對酒當歌人生幾何譬如朝露去日苦多慨當以慷憂思難忘何以解憂唯有杜康青青子衿悠悠我心但為君故沉吟至今呦呦鹿鳴

食野之苹我有嘉賓鼓瑟

吹笙明明如月何時可掇憂從中來

越陌度阡枉用相存契闊談讌心念舊恩月明星稀烏鵲南飛繞樹三匝何枝可依山不厭高海不厭深

周公吐哺天下歸心

曹孟德短歌行 [illegible]

書　　名：中國酒事集觀（白酒卷）
本書顧問：周恒剛　潘裕仁　沈怡方　劉錦林　高景炎　高月明
特邀編審：（以姓氏漢字簡體筆畫爲序）
丁伯年　孫前聚　沈正祥　何　釗　楊光遠
季克良　陶家馳　曾祖訓　雍級三
著　　者：王效金　董苑文
叢書主編：蔣建平　王佐之
策劃統籌：羅民勝　王佐之
裝　　幀：黄　田　金　一
電腦制作：何　瀧
（本書被列入英國皇家圖書館二〇〇〇年漢典類書刊館藏書目）

中國酒事集觀（白酒卷）

以書爲材
架設溝通古今的歷史橋梁

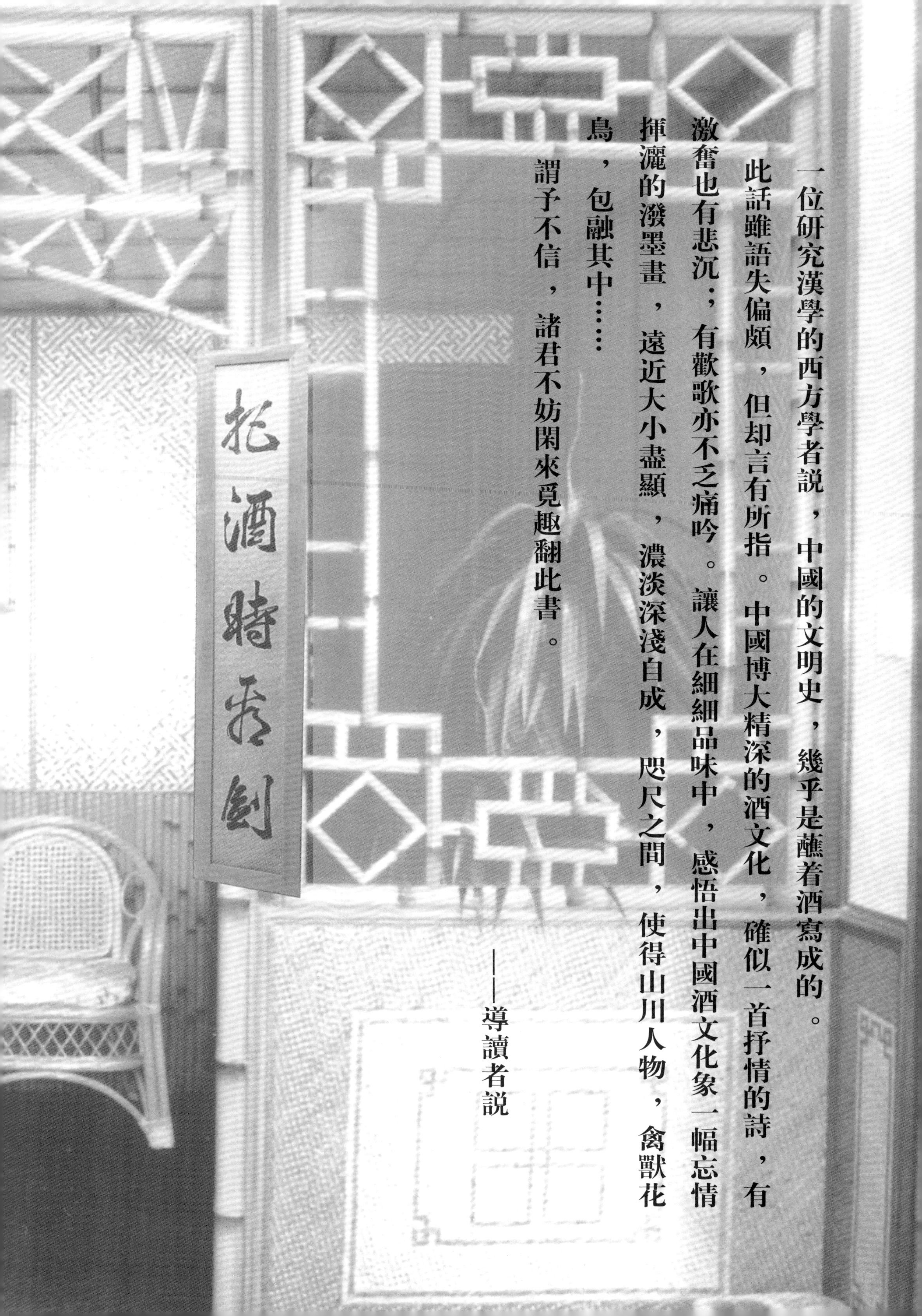

一位研究漢學的西方學者說，中國的文明史，幾乎是蘸着酒寫成的。

此話雖語失偏頗，但卻言有所指。中國博大精深的酒文化，確似一首抒情的詩，有激奮也有悲沉，有歡歌亦不乏痛吟。讓人在細細品味中，感悟出中國酒文化象一幅忘情揮灑的潑墨畫，遠近大小盡顯，濃淡深淺自成，咫尺之間，使得山川人物，禽獸花鳥，包融其中……

謂予不信，諸君不妨閑來覓趣翻此書。

——導讀者說

作者小傳與他的書

王效金，男，漢族，新中國的同齡人。王氏出生在安徽亳州一個城市貧民的家庭，不曾富有的家境及動蕩的社會環境，使他在青少年時期僅受過中等專業教育。但志高自强的他，現在已是經濟研究生班的畢業生，并且具有了高級經濟師的職稱。

王氏現供職於安徽古井(集團)公司，任董事長并兼安徽古井貢酒股份有限公司董事長、總經理。

數年來，王氏在『古井』任上，苦其心志，謀劃經營，率同仁敬業孝崗，使其屬下的企業在中國大陸白酒界獨樹一幟，僅商標信譽價值就達二十一億人民幣，成爲中國大陸白酒行業第一家在境外上市

的公司。一九八九年，由他率先提出的白酒『降度降價』的生產、經營方略，引發了一場震驚中國大陸的『白酒革命』。他因此被業内人士譽爲『經營怪杰』、『中國白酒界第一人』。更因其政績卓著，先后被評爲『全國優秀企業家』、『全國勞動模範』、『中國經營大師』等榮銜，并獲得國家頒發的『金球獎』，被推舉爲九届全國人大代表，參與國事。

近年來，王效金先生工作之余，筆耕不輟，著述相繼問世。其中，《王效金的企業思維和經營藝術》、《炒股看大勢》等，頗受讀者歡迎與業内人士推崇。特別是其理論專著《總要比別人好一點》在大陸與海外，以多種文本推出后，反響更大，一家亞洲經濟情報研究中心將其列爲館藏書目。

這部《中國酒事集觀〈白酒卷〉》，是王氏與他人合著的第一部關於白酒的專著。該書從中國酒文化的大概念出發，論證了中國白酒的出現及釀造技術的形成與發展，重點而有見地的介紹了中國白酒特別是名優白酒獨到的釀造工藝；提出了在當前情況下提高白酒質量的技術措施；論述了中國白酒特殊的藥用價值；并書列中國歷代古傳藥酒方數百首；書中還就酒事的其他方面旁征博引，廣爲涉獵，并載有大量珍貴圖片，極富知識性、趣味性與史料性，是一部了解、研究中國酒文化不可多得的參考書目。

更值得一提的是，本書還采用了許多與中國酒文化有關的名家繪畫作品，很有欣賞與收藏價值。

目次

獻辭
導讀者說——作者小傳和他的書
國人與國酒（圖録）
中國酒事集觀（白酒卷）編目：
序
前言
第一章　中國酒的起源與釀造技術　（〇〇一）
第一節　中國酒起『四源』說　（〇〇一）
第二節　中國釀酒技術的形成與發展　（〇〇五）
第三節　中國釀酒技術對世界人類的三大貢獻　（〇一〇）
第二章　中國白酒　（〇一四）
第一節　中國白酒的出現及品質構成特征　（〇一四）
第二節　中國白酒的名稱確定及品種分類　（〇二五）
第三節　中國白酒的香型風格及技術特點　（〇三二）
第四節　中國名優白酒及其部分產品工藝介紹　（〇三九）
第五節　提高濃香型白酒質量的技術措施初探　（一〇四）
第六節　中國白酒特殊的藥用價值　（一一四）
第三章　中國古傳藥酒方舉要　（一二一）
第四章　中國白酒的酒標與酒瓶　（二六二）

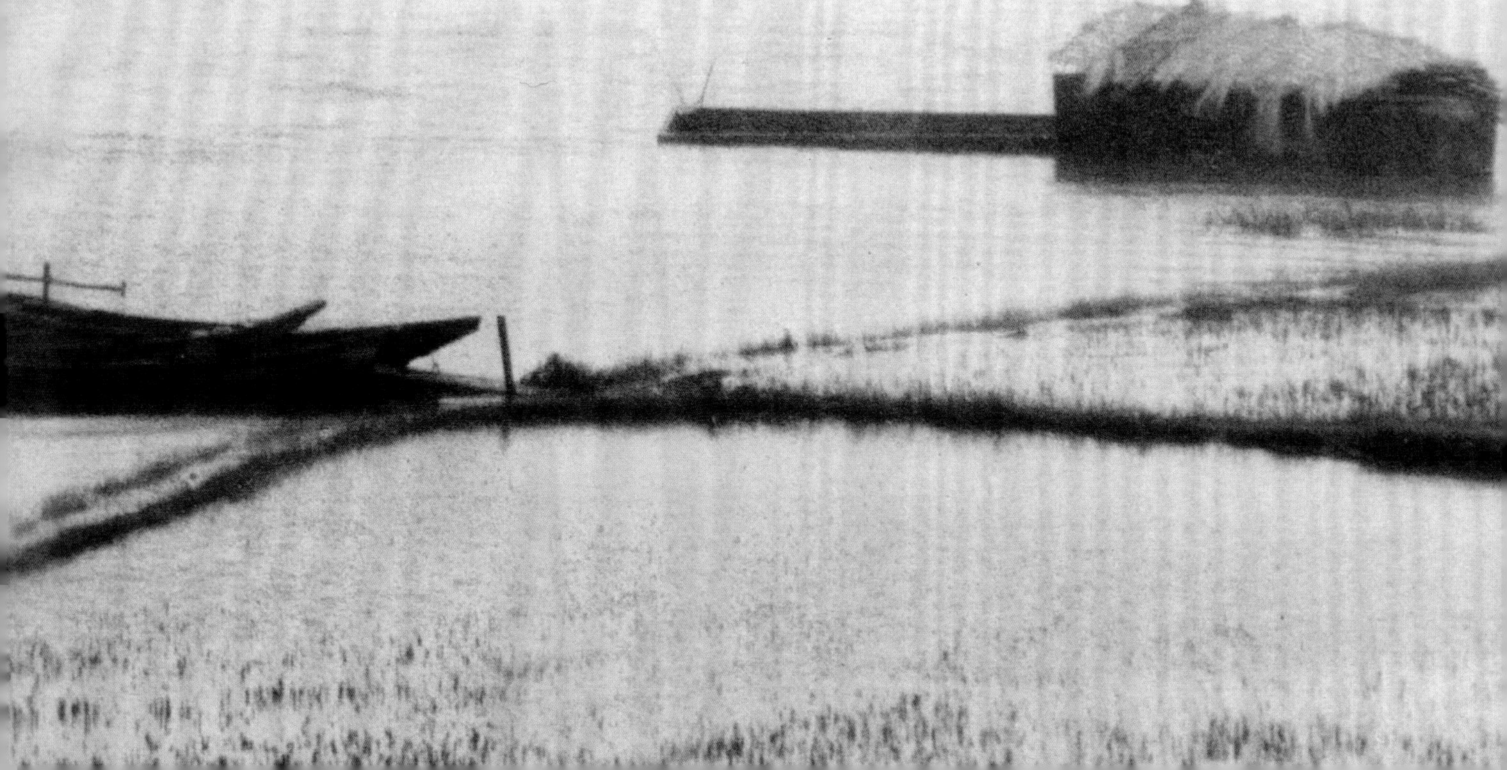

第五章　中國古人與中國白酒（三三九）
第一節　歷代酒經選粹（三三九）
第二節　歷代酒政輯要（四一五）
第三節　歷代酒俗拾趣（四二九）
第四節　歷代酒令雅集（四五三）
第五節　歷代酒器觀攬（四六四）
附：中國古代酒器圖典（四七一）
第六節　歷代名人皆愛酒（四九一）
第七節　華夏文明飄酒香（五一二）
附：與酒相關的傳世佳作選（五二七）
第八節　古代的酒肆與酒樓（五三九）
第九節　古人飲酒養生術（五四七）
第十節　古代帝王與酒（五五六）
第六章　酒事圖録（五六三）
一、釀酒名泉（五六三）
二、酒鄉名勝（五六六）
三、白酒文化博物館（五六九）
四、古今釀酒工藝圖選（五七一）
五、中國酒文化分布圖（五七五）
第七章　中國白酒主要論著書目及大事記摘編（五七七）
第八章　酒苑掇英（五八九）

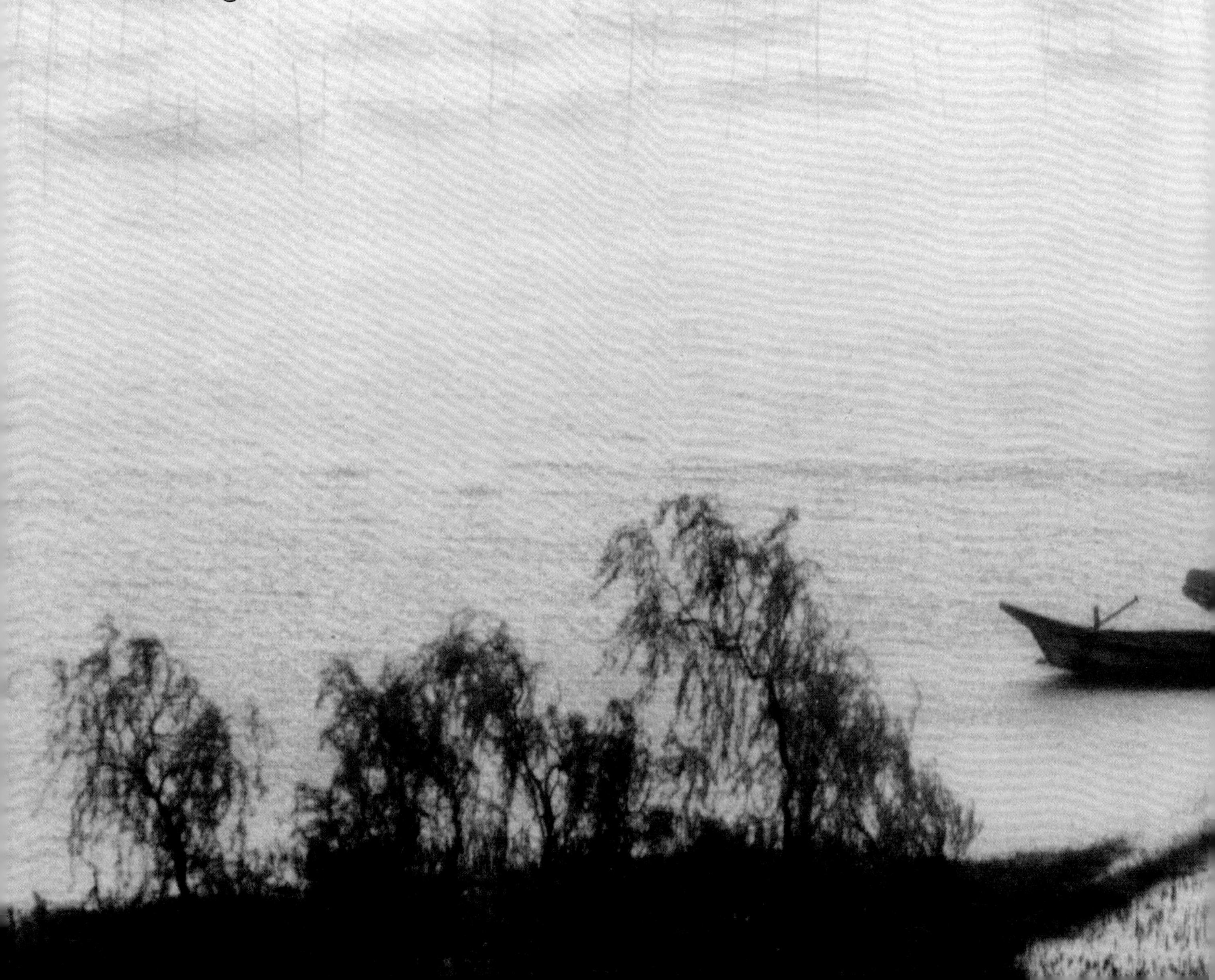

國宴用酒的中國酒品

中國飲食文化的奇葩——滿漢全席

……這些舉杯的主人，
這些杯中的美酒，
一同從歷史走來，
又一起推着歷史前走。
可敬
人是偉人。
堪慕
酒是國酒。
他們是東方文明的代表，
他們來自崇拜龍的民族。
他們曾將熱血化作瓊漿，

毛澤東等老一輩革命家宴請國賓

爲人類的和平與進步祝福；
也曾對酒當歌，
將自身的磨難傾訴……
這就是中國人！
這就是中國酒！

當新世紀的鐘聲敲響的時候，
世人的目光將怎樣投向
屹立在世界東方的華夏民族？

周恩來總理與越南國家主席胡志明

周恩來總理宴請美國總統尼克松

鄧小平宴請英國女王伊麗沙白二世

20

鄧小平宴請香港包玉剛先生

時任全國人大委員長的葉劍英宴請美國國務卿基辛格

時任全國人大委員長的萬里在北京人民大會堂宴請外賓

慶祝中華人民共和國成立五十周年招待會在人民大堂舉行

1949

江澤民主席宴請德國總理科爾

李鵬委員長宴請英國前首相梅杰

朱鎔基總理關心國酒的生產

序

世人相傳釀酒始於儀狄、杜康，事實并非如此。『有飯不盡，委之空桑，郁結成味，久蓄氣芳』的推論是可信的。乃剩飯經自然發酵後而形成的『原始酒』。不知經歷多少年，逐漸認識與掌握了其變化規律，復經不斷完善才逐步成型的。正如實革所言『智者作之，天下後世循之，而莫能廢』。儀狄等古人可能在釀酒技術上有所貢獻，以醞得名，實非釀酒的發明創造者。

我國利用霉菌糖化發酵的獨特釀酒技術，始於奴隸社會，在糧穀有了剩余和由自然發酵衍演過來的。是勞動人民歷經幾千年實踐，積累了豐富經驗所形成的。并隨着陶器的發展，對釀酒擴大生產起到了推動作用。出土文物表明，陶器是酒文化的載體，又是酒文化歷史的物證。由於我國酒文化歷史悠久，技藝精湛，故此，有識之士曾倡導，中國應是五大發明，與國計民生密切相關的微生物釀造，應該列入其中。爾今在科學技術蓬勃發展的時代，廣大科技工作者在先人創造的基礎上，潛心研究，使釀酒技術大為提高，并揭開了遺留的科學之謎。

序文作者近照

我國酒文化豐富了社會文化生活，也反映了社會文明與科學進步。縱觀我國歷史的興衰，無不是與酒文化相聯系着的。晋代七賢之頹，開元八仙之盛，都足以證明。然而自酒問世以來，對酒的褒貶不一，或稱之天祿，或謂之禍水。其實，孔子飲酒無致於亂。邵堯夫美酒飲教微醉後，才是真知酒者。至于貪杯傷身，敗家辱國者，怨其不能自節，與酒何干？

近五十年來，釀酒科研成果纍纍。在釀酒工藝改進上；在選育優良菌種上；在香味微量成分分析上；在品評勾兌上；在降低工人勞動强度上都取得了優异成績。在正確方針政策指引下通過釀酒戰綫職工的努力，每年為國家積纍建設資金約兩百多億元。

《酒事集觀》讀後，深感此書猶如『酒海』，匯納百川。在浩瀚的古今書藉中，千淘萬漉，薈萃精華，并融入現代方針政策與科技成果，編制成册。其特點是，以現代理論及觀點，進行冶煉感性材料，實屬難得。集古人酒事之大成以饗後人，同時對中國酒文化走向世界起到了推進作用。偉哉！

周恒剛

飲中八仙

(清·吳友如繪)

詩人賀知章

知章騎馬
似乘船
眼花落井
水底眠
友如

左丞相李適之

左相
日興
費萬錢
飲如
長鯨
吸百川
銜杯樂
聖稱
避賢
友如

汝陽王李璡

汝陽三斗始朝天
道逢麴車口流涎恨不
移封向酒泉 友如

名士崔宗之

宗之
瀟灑
美少年
舉觴
白眼
望青天
皎如

前言

中國古老的歷史，不僅記錄在浩瀚的史書典籍裏，而且滲透于人們的日常生活中。歲月悠悠，往事如烟，華夏文明源遠流長。在這個文化寶庫中，有許多深藏在歷史塵埃中的秘密，等待人們去探尋、去破譯。其中，以釀酒和飲酒爲載體的中國酒文化，便是博大精深，蘊涵豐富，書之不盡，道之無窮的，堪稱中華民族文化遺產中的精華。本書便是想以此爲題材，以中國酒類家族中的白酒爲

名士蘇晉

書法家張旭

詩人李白

平民焦遂

載體，訴說深深植根于民族文化沃土中的中國酒文化獨有的形態與獨特的芬芳，展現中國酒文化那超越了純粹物態意義上的民族特色。

筆者多年來一直生活、工作在白酒行業，可謂與白酒有着不解之緣。因此，寫一部關於白酒的書，便成了我們的夙願。今當人類文明跨入新的千禧年之際，在諸多專家，朋友的幫助下，能得以成書，自覺快慰。但因本人水平所限，書中定有許多不足之處，懇望各界讀者批評指教，以利知識的總結，本人的提高。

作者

第一章 中國酒的起源與釀酒技術

第一節 中國酒起『四源』說

中國酒的歷史，可以上朔到人類社會發展史的上古時期。《史記．殷本紀》中便有紂王『以酒爲池，懸肉爲林』，『爲長夜之飲』的記載，《詩經》中『十月獲稻、爲此春酒』和『爲此酒春，以介眉壽』的詩句，都以人類不同的社會活動表明中國酒的興起已有五千年的歷史了。

另據考古學家證明，在近現代出土的新石器時代的陶器中，已有了專用的酒器，這說明，在原始社會，中國釀酒已很盛行。有關酒的起源，歷史文獻記述有四種各據理論的說法。

上天造酒說

自古以來，中國人的祖先就有酒是天上『酒星』所造的說法。《晉書》中有關于酒旗星座的記載：『軒轅右角南三星日酒旗，酒官之旗也，主宴饗飲食。』軒轅，中國古稱星名，共十七顆星，其中十二顆屬獅子星座。酒旗三星，即獅子座的Ψ、ε和ς三星。這三顆星，呈『1』形排列，南邊緊傍二十八宿的柳宿八顆星。柳宿八顆星，即長蛇座δ、σ、η、ρ、ε、ω、W、⊙八星。明朗的夜晚，對照星圖仔細在天空中搜尋，獅子座中的軒轅十四和長蛇座的二十八宿中的星宿一，很明亮，很容易找到，酒旗三星，則因亮度太小或太遙遠，而用肉眼很難辨認。

酒旗星的發現，最早見於《周禮》一書中，據今已有近三千年的歷史。二十八宿的說法，始于殷代而確立于周代，是中國古代天文學的偉大發現之一。在當時天文科學儀器極其簡陋的情況下，能在浩淼的星漢中觀察到這幾顆并不怎樣明亮的『酒旗星』，給予命名并留下關于酒旗星的種種記載與傳說，這不能不說是一種奇迹。

猿猴造酒說

唐人李肇所撰《國史補》一書，對人類如何捕捉聰明伶俐的猿猴，有一段極精采的記載。

猿猴是十分機敏的動物，它們居于深山野林中，出沒無常，很難捉到。經過細致的觀察，人們發現猿猴『嗜酒』。于是，人們便在猿猴出沒的地方，擺上香甜濃郁的美酒。猿猴聞香而至，先是在酒缸前流連不前，接着便小心翼翼地蘸酒吮嘗。時間一久，終因經受不住美酒的誘惑，而暢飲起來，直到酩酊大醉而被人捉住。這種捕捉猿猴的方法并非中國獨有，東南亞一帶的群衆和非洲的土著民族捕捉猿猴或大猩猩，也都采用類似的方法。

猿猴不僅嗜酒，而且還會『造酒』，這在中國歷史的典籍中都有記載。清代文人李調元在他的著述中有『瓊州(今海南島)』多猿……。嘗于石岩深處得猿酒，蓋猿酒以稻米雜百花所造，一百六輒有五六升許，味最辣，然極難得。』的記載；清代的一本筆記小說中也道：『粵西平樂(今廣西壯族自治區東部，西江支流桂江中游)等府，山中多猿，善采百花釀酒。樵子入山，得其巢穴者，其酒多至數百。飲之，香美异常，名曰猿酒。』無獨有偶，早在明朝時期，這類猿猴『造』酒的傳說就有過記載。明代文人李日華在他的著述中，也有過類似的記載：『黃山多猿猱，春夏采雜花果于石窪中，醞釀成酒，香氣溢發，聞數百步。』

昔年，《安徽日報》曾刊登老畫家程嘯天先生在黃山險峰深谷覓得『猴兒酒』的事情。這些不同時代人的記載，都證明在猿猴的聚居處，常常有類似『酒』的東西發現。由此也可推論酒的起源，當由水果發酵開始，因爲它比糧谷發酵容易得多。

酒是一種由發酵所得的食品，是由一種叫酵母菌的微生物分解糖類產生的。酵母菌是一種分布極其廣泛的菌類，在廣袤的大自然原野中，尤其在一些含糖分較高的水果中，這種酵母菌更容易繁衍滋長。山林中野生的水果，是猿猴的重要食物。猿猴在水果成熟的季節，收貯大量水果于『石窪中』，堆積的水果受到自然界中酵母菌的作用而發酵，在石窪中將一種被后人稱爲『酒』的液體析出，因此，猿猴在不自覺中『造』出酒來，是合乎邏輯與情理的。

儀狄造酒說

史籍中有多處提到儀狄『作酒而美』、『始作酒醪』的記載。

一種說法叫『儀狄作酒醪，杜康作秫酒』。由字面看，是講他們在作不同的酒。『醪』，是一種糯米經過發酵加工而成的『醑糟兒』。性溫軟，其味甜，多產于江浙一帶。現在的不少家庭中，仍自制醪糟兒。醪糟兒潔白細膩，稠狀的糟糊可當主食，上面的清亮汁液頗近于酒。『秫』，高粱的別稱。杜康作秫酒，指的是杜康造酒所使用的原料是高粱。由此看來，儀狄是黃酒的創始人，而杜康可能是高粱酒創始人。

另一種說法是『酒之所興，肇自上皇，成于儀狄』。意思是說，自上古三皇五帝的時候，就有各種各樣的造酒的方法流行于民間，是儀狄將這些造酒的方法歸納總結起來，始之流傳于后世的。

儀狄是什么時代的人呢？比起杜康來，古籍中關於儀狄的記載比較一致。例如《世本》、《呂氏春秋》、《戰國策》中都認爲他是夏禹時代的人。那么，儀狄是不是釀酒的『始祖』呢？此說自古看法就不一致，甚至有與《世本》相矛盾的說法。例如孔子八世孫孔鮒，說帝堯、帝舜都是飲酒量很大的君王。黃帝、堯、舜，都早于夏禹，早于夏禹的堯舜都善飲酒，他們飲的是誰人制造的酒呢？可見，說夏禹的臣屬儀狄『始作酒醪』并不確切。事實上用糧食釀酒是件程序、工藝都很復雜的事，單憑一個人力量是難以完成的。

杜康造酒說

還有一種說法是杜康『有飯不盡，委之空桑，郁結成味，久蓄氣芳，本出于代，不由奇方。』意思是說，杜康將未吃完的剩飯，放置在桑園的樹洞裏，剩飯在樹洞中發酵，有芳香的氣味傳出。這就是酒的作法，杜康就是釀祖。

魏武帝樂府詩曰：『何以解憂，惟有杜康』。自此之后，認爲酒就是杜康所創的說法似乎更多了。

歷史上杜康確有其人。古籍中如《世本》、《呂氏春秋》、《戰國策》、《說文解字》等書，對杜康都有過記載。清乾隆十九年重修的《白水縣志》中，對杜康也有過較詳的描述。白水縣，位于陝北高原南緣與關中平原交界處，因流經縣治的一條河水底多白色頭而得名。白水縣，系『古雍州之域，周末爲彭戲，春秋爲彭衙』，『漢景帝建粟邑衙縣』，『唐建白水縣於今治』，可見白水縣歷史的悠久。相傳這裏曾出過『四大賢人』：一是黃帝的史官、創造文字的倉頡，出生于本縣陽武村；一是死后被封爲彭衙土神的雷祥，生前善制瓷器；一是中國『四大發明』之一的造紙術發明者東漢人蔡倫，不知緣何因由也在此地留有墳墓；此外就是相傳爲釀酒的鼻祖杜康的遺址了。一個黃土高原上的小小縣城，一下子擁有倉頡、雷祥、蔡倫、杜康這四大賢人的遺址，真可謂『人杰地靈』了。

『杜康，字仲宇，相傳爲縣康家衛人，善造酒。』康家衛是一個至今尚在的小村莊，西距縣城七八公里。村邊有一道大溝，長約十公里，最寬處一百多米，最深處也近百米，人們叫它『杜康溝』。溝的起源處有一眼泉，四周綠樹環繞，草木叢生，名『杜康泉』。縣志上說『俗傳杜康取此水造酒』，『鄉民謂此水至今有酒味』。

有酒味故然不確，但此泉水質清冽甘爽却是事實。清流從泉眼中汩汩涌出，沿着溝底流淌，最后匯入白水河，人們稱它爲『杜康河』。杜康泉旁邊的土坡上，有個直長五六米的大土包，以磚墻圍護着，傳說是杜康埋骸之所。杜康廟就在墳墓左側，鑿壁爲室，供奉杜康造象。可惜廟與象均毁于『十年浩劫』了。據縣志記載，往日，鄉民每逢正月二十一日，都要組織『賽享』活動。這一天熱鬧非常，搭臺演戲，商販雲集，熙熙攘攘，直至日落西山人們方盡興而散。如今，杜康墓和杜康廟均已修整，杜康泉上已建好一座凉亭。亭呈六角形，紅柱緑瓦，五彩飛檐，楣上繪着『杜康醉劉伶』、『青梅煮酒論英雄』等故事圖畫。盡管杜康的出生地等均系『相傳』，但據考古工作者在這一帶發現的殘磚斷瓦考定，商、周之時，此地確有建築物。這裏産酒的歷史也頗爲悠久。唐代大詩人杜甫于安史之亂時，曾挈家來此依其舅氏崔少府，寫下了《白水舅宅喜雨》等詩多首，詩句中有『今日醉弦歌』、『生開桑落酒』等飲酒的記載。釀酒專家們對杜康泉水也作過化驗，認爲水質適于造酒。一九七六年，白水縣人在杜康泉附近建立了一家現代化酒廠，定名爲『杜康酒廠』，用該泉之水釀酒，産品名『杜康酒』，曾獲得國家輕工業部全國酒類大賽的銅杯獎。

清道光十八年重修的《伊陽縣志》和道光二十年修的《汝州全志》中，也都有關于杜康遺址的記載。《伊陽縣志》中《水》條裏，有『杜水河』一語，釋曰『俗傳杜康造酒于此』。《汝州全志》中說：『杜康，在城北五十里，俗傳杜康造酒處』。《汝州全志》還載有：『俗傳杜康造酒處』叫『杜康偓』，『在城北五十里』的地方。今天，這裏尚有一個叫『杜康仙莊』的小村，人們説這裏就是杜康偓。『偓』，本義是指石頭的破裂聲，而杜康仙莊一帶的土壤又正是山石風化而成的。從地隙中涌出許多股清冽的泉水，匯入旁村流過的一道小河中，人們説這段河就是杜水河。令人感到有趣的是在傍村這段河道中，生長着一種長約一厘米的小蝦，全身澄黄，蜷腰横行，爲別處所罕見。此外，生長在這段河套上的鴨子生的蛋，蛋黄泛紅。此地村民由于飲用河水，竟没有患胃病的人。在距杜康仙莊北約十多公里的伊川縣境内，有一眼名叫『上皇古泉』的泉眼，相傳也是杜康取過水的泉子。如今在伊川縣和汝陽縣，已分别建立了頗具規模的杜康酒廠，產品都叫杜康酒。伊川的產品、汝陽的產品連同白水的產品合在一起，年產量已達數萬噸之多，這恐怕是當年的杜康所無法想象的。

第二節　中國釀酒技術的形成與發展

一九七四年在河北省平山縣戰國時期的中山國王墓中，發現距今約二千二百年前的兩種古酒。一種青翠透明，似竹葉青酒，另一種呈黛綠色，出土時它們分別貯存在一圓一扁的密閉青銅瓶裏，保存良好，兩瓶共十多斤，啓封時在場的人員都感到酒香撲鼻，經測試兩者都是曲釀酒，均含有乙醇、糖、脂肪等十多種成分。

一九八八年河南信陽地區考古工作者在羅山蟒張鄉天湖商代墓地，發現中國現存最古老的陳釀美酒，它裝在一件青銅卣內，密封良好，經河南省食品工業科學研究所對古酒抽樣色譜測試，證明酒内含有乙酯等物質，并有果香氣味。

衆所周知，酒是一種極易揮發的東西，但酒竟能保存二三千年而不壞，除密封完好外，足以證明中國釀酒技術在遙遠的古代就已達到了很高的水平。中國釀酒技術的發展，不僅表現在能够生產出質量較高的酒，而且還促進了與釀酒技術相關學科的發展。

酒曲與古微生物學

中國古代發明的曲蘖釀酒，與古阿拉伯地區發明的麥芽啤酒、愛琴海地區的葡萄酒釀造，并稱爲現代世界釀酒技術的三大來源。

從現代微生物學的觀點看，酒曲中含有幾十種微生物，它們體內有許許多多含酶的菌，酶是一種生物催化劑，在常温常壓下可以較容易地進行物質轉化。例如酒曲中有一種微生物稱作曲霉，就是釀酒業所用的糖化菌種，是與制酒關系極爲密切的一類菌。還有根霉、毛霉、青霉、木霉、紅曲霉、鏈飽霉等霉菌，都屬于植物類的微生物。因此，釀酒用曲首先需要一個制曲的過程，而制曲過程就是人工控制霉菌生長發育的過程。要掌握這些過程，勢必要了解霉菌的生物學規律，然后才可能制造出所需的酒曲。而不同的微生物有不同的特性、不同的生存方式與代謝産物，所需養料和對温度、濕度、環境條件的要求也有差

异。在既無殺菌消毒的良好設備、又没有控制温度、濕度的房舍，要把含澱粉的穀物放在一個合適的環境中，使之有利于釀酒用的微生物繁殖并抑制不利于釀酒的微生物的生長繁殖，顯然是件極不易做到的事情，但中國人的祖先至少在四千年前就做到了。《尚書》說『若作酒醴，爾維曲蘖』，其認識和應用微生物之巧妙，時代之早，不能不爲世人所驚嘆，歐洲人直到十八世紀借助簡單顯微鏡后，才開始觀察到奇妙的微生物世界。當然，中國人的先祖憑感覺和經驗認識微生物，與近代歐洲人通過光學儀器科學地認識微生物有着質的差别，但是中國人的祖先畢竟是先行了一步，并且取得了足以誇示于后人的成就，這些成就歸納起來突出表現在四個方面：

第一，南北朝時期賈思勰的《齊民要術》已比較科學地提出了曲的分類，如把酒分成神曲與苯(音tu)曲兩大類十種，和較爲准確地記述制曲工藝所依據的曲中微生物規律。賈思勰說制曲過程要經過『三七日』即三周，第一周將曲科『當處翻之還令泥户』，『至二七，聚曲……』，『至三七日出之』，有的還要拿出曲房放入瓮裏再泥封，待到第四周則取出曬太陽。出曲標准是『打破看，餅内干燥，五色衣成。所謂『五色衣』即系霉菌各種顏色表現，賈思勰的描述基本上符合霉菌生長規律。

第二，是在曲中加配中草藥，晋人稽含所著《南方草木狀》中載有：『草曲南海多矣，酒不用曲蘖，但杵米粉，加以衆草葉，治葛汁，滌溲之，大如卵，置蓬蒿中陰蔽之，經月而成，用以合糯爲酒』，文中所說南海就是現在的廣東地區，這

事

説明晋朝時，廣東地區用草曲釀酒已很普遍，這是制曲技術上的一種改進。一般曲中加配中草藥，由于中草藥中含有許多有利于微生物生長的維生素，可以促進酒曲中微生物更好地生長，同時用加有中草藥的曲釀出的酒也別具風味。因此，后來在曲中加中草藥的方法逐漸發展起來，《齊民要術》中記載的十種曲，其中有四種加了中草藥，用胡葈、蒼耳、野蓼、桑葉和艾的煎汁等，唐代劉恂《嶺表异録》，也有類似的記載。宋代是曲中加中草藥最流行的時期，《北山酒經》提到的十三種曲，無一不加配中草藥，少者一味，多者達十六味，一般爲四至九味，曲中加中草藥是一項重大發明，是中國勞動人民認識微生物生長規律的又一突出事例。

第三，宋代制曲，使用曲母，用曲母接種的方法，是釀酒史上一個重大的技術革新。《北山酒經》記述『玉友曲』和『白醪曲』的制法時，談到『以舊曲末逐個爲衣』和『更以曲母遍身糝過爲衣』，采用把陳曲塗抹在生曲的表面，這樣既便于原有優良菌種代代相傳，又便于菌種不斷選育和提高，這種方法一直延續到今天。玉友曲和白醪曲與現今的小曲極爲相似，今天中國的某些小曲中根霉菌的糖化力特別强，主要是經過人工選種育種纍代培養的結果。可見，從《北山酒經》算起，這種選育工作至今也有八百多年了。

第四，是紅曲的制作和應用。紅曲的菌種是紅曲霉，它是一種耐高温、糖化力强又有酒精發酵力的霉菌，并且在高温下才容易繁殖，否則會被其它菌類所抑制。因此，在當時依靠自然培菌的條件下，能培育出紅曲霉占優勢的紅曲，顯然是需要具備較科學的微生物知識和制曲經驗才能做到，故李時珍贊嘆道：『以白米飯受濕熱，郁蒸變而爲紅即成真色，久亦不渝，此乃人窺造化之巧者也』，西方國家的釀造學家也對中國紅曲的制作與應用表示驚嘆。

紅曲最早可能出現于南北朝時期，后魏楊衒之《洛陽伽藍記》中提到了紅酒，據説這種紅酒是用紅曲制成的。唐代徐堅等編著的《初學記》首次明確地提到了紅曲。宋初陶穀《清异録》中有『紅曲煮肉』的話，這可能是中國人最初使用紅曲烹調食物的較早記載。到了宋代紅曲的應用已很普遍，『江南、閩中公私醖釀皆紅曲酒，至秋，盡食紅糟，蔬菜魚肉率以拌和』。(莊綽《鷄肋篇》卷下)不過，宋人没有留下關于紅曲的的制作方法。明末清初宋應星《天工開物》對紅曲的制法寫得很詳細，其中有二點值得注意：第一，用明礬

水來維持紅曲生長的酸度，并抑制雜菌生長；這是一項驚人的創造。第二，創造了分段加水法，把水分控制在足以使紅曲霉可以鑽入大米內部，但又不能多到使其在大米內部進行糖化作用和酒化作用的程度。這樣便得到了色紅心實的紅曲。這兩項創造即使在今天對于培養微生物來說，也值得借鑒。紅曲霉能產生紅曲霉紅素，絕大多數種没有毒性，是飲食與藥物中的佳品。

綜上所述可知，中國的釀酒技術先后經歷了自然釀造、穀物釀造、曲蘖釀造，傳統釀造及蒸餾等階段，形成了自具特色的釀酒技術及釀造工藝理論。

記載和總結中國釀造工藝理論的最早典籍，是秦漢時的《禮記》及《周禮》兩書。《禮記·月令篇》寫道：『仲冬之月，乃令大酋，秫稻必香，曲蘖必時，湛熾必潔，水泉必香，陶器必良，火齊必得，兼用六物，大酋監之，毋有差貸。』這段引文用今天的話來說，其大意爲：醞釀必須精選原料，制曲蘖必須季節適宜，浸米和蒸飯操作必須保持清潔，用水必須清澈甘美，陶器必須精良不漏。蒸飯、制曲、發酵及煎酒溫度必須控制得當，以上六種方法在實際操作過程中由酒官監管不得有誤。僅四十四個字便簡明扼要地叙述了釀酒工藝的六個關鍵問題，被后世稱作『古遺六法。』『古遺六法』對中國釀酒技術的發展有着深遠的的影響，就是在今天它仍然是傳統釀酒工藝的基本要素。

《周禮·天官篇》記有『五齊』之名：『一曰泛齊、二曰醴齊、盎齊、醍齊、沉齊(一作治齊)』。何謂五齊，一向衆說紛紜，有人認爲是五種不同原料的酒，有人則認爲『五齊』是指釀酒發酵過程中的五個步驟，即：發酵開始時發生二氧化碳氣體，把部分的穀物衝到液面上來，是爲泛齊階段；逐漸有薄薄的酒味兒了，是爲醴齊階段；氣泡很多，還發出一些聲音，是爲盎齊階段；顏色改變，曲黃到紅，是爲醍齊階段；氣泡停止發酵完成，糟粕下沉，是爲沉齊階段。如果『五齊』是指釀酒發酵的五個階段的觀點無誤的話，那么周代對釀酒發酵工藝的認識已達到一個相當高的水平。

從以上的叙述看，雖然《禮記》和《周禮》所載的『古遺六法』和『五齊』僅是寥寥數語，但是包含的內容却很豐富，因此人們把它作爲中國釀酒工藝理論的雛型階段。

周秦以降，中國釀酒技術不斷進步，釀酒工藝理論也隨之有了較大的發展，其發展的標識首先表現在有關制曲釀酒工藝的專論、專著問世的數目有了明顯的增加。據元代人韋孟《酒乘》和清朝人郎挺極《勝飲篇》及其它文獻的統計，屬于釀造工藝理論的文獻(不包括有關酒的傳奇、風俗、文化等論著)就有下列十五種之多：

一、(漢)崔浩《食經》
二、(三國·魏)曹操《奏上九醞酒法奏》
三、(北魏)賈思勰《齊民要術》卷七《笨曲餅酒第六十六》
四、(南朝·宋)佚名《酒録》一卷、又《白酒方》一卷、《酒譜》一卷
五、王進《甘露經》一卷、又《酒譜》一卷
六、(唐)王績《酒經》、又《酒譜》二卷
七、(宋)蘇軾《東坡酒經》
八、(宋)林洪《新豐酒經》
九、(宋)朱翼中《北山酒經》三卷
十、(宋)李保《續北山酒經》
十一、(宋)竇子野《酒譜》
十二、(宋)範成大《桂梅酒志》
十三、(明)高謙《遵生八箋》
十四、(明)李明珍《本草綱目》卷二十五
十五、(明)宋應星《天工開物》曲蘗第十七

除上述所列文獻以外，散見於歷代詩文集、類書、本草等典籍中的論述還有很多。在這些衆多的釀酒專論、專著當中，《齊民要術》、《北山酒經》、《本草綱目》、《遵生八箋》和《天工開物》可作爲中國中古代釀酒工藝理論的代表作。《齊民要術》集南北朝以前歷代制曲釀酒工藝之大成，《北山酒經》是中國第一部專門論述制曲釀酒工藝的理論專著，全書五千余言，蘊藏着許許多多的真知灼見，《本草綱目》和《天工開物》的有關章節則在前代的基礎上，把古代釀酒工藝理論推向一個新階段。它們既是中國古代先賢探索釀酒技術科學規律的智慧結晶，也是中國民族文化中寶貴的遺產之一，并由此造就了中國的釀造文化。

中國釀酒技術形成與發展過程中的五個階段是：

自然釀造

自然釀造是『天然酒』產生的直接原因。所謂『天然酒』，是指某些漿果物質在一定的條件下，經過自然發酵而變成的『酒』。

一九七七年，中國考古科學家在江蘇省泗洪縣發現中新世古

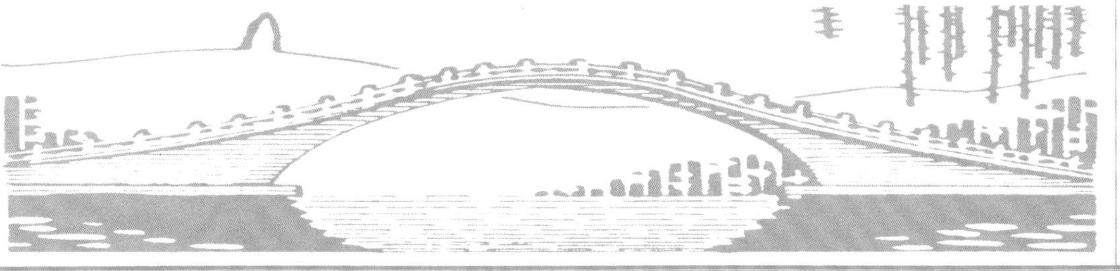

猿化石。翌年，李傳夔將此化石命名爲『雙溝醉猿』，這是一種亞洲獨有的生活在距今一千多萬年前的森林古猿。

穀物釀造

穀物釀造是中國人的祖先在對自然釀造認識并總結后創造出的一種方法。穀物釀造以發達的農業爲基礎，同時借助其他釀造器具，形成了一套完整的工藝。

曲蘖釀造

利用『曲蘖』加快釀造時間、提高釀造質量是中國人的祖先一項有劃時代意義的科學發現。

中國的曲蘖釀酒始於公元前十六世紀的商代，最早以曲蘖造出的酒叫『醴』。

傳統釀造

中國傳統釀造工藝是指以黃酒爲代表的釀造技術，其工藝流程爲：

浸米→蒸飯→涼飯→缸發酵→開耙→壇發酵→壓榨→煎酒→貯存→包裝

蒸餾釀造

蒸餾釀造是在傳統釀造基礎上發展起來的，是中國白酒生產的主要工藝形式。早在青銅器時代，蒸餾工藝就已出現。

第三節 中國釀酒技術對世界人類的三大貢獻

第一、促進了發酵化學的發展

人類進步的文明史證明，釀酒技術是現代發酵化學的重要組成部分。因此，最早出現在人類歷史上的中國釀酒技術及工藝理論，對世界古代發酵科學的形成與發展作出了功不可沒的重大貢獻。突出表現在：

較早地提出了發酵概念

在衆多的古代發酵化學的文獻中，中國的《齊民要術》一書，首先提出了『曲勢』的概念。用現代微生物化學的知識來解釋，『曲勢』就是釀酒微生物酶的動力。書中說道：『沸未息者、曲勢未盡』、『蓋用未既少，曲勢未盡故也』，『酒薄霍霍者，是曲勢盛也』，『米有不消者，便是曲勢盡也』。用現在的話來解釋，其大意是『醪液在翻騰，產生霍霍之聲，是曲勢的表現，翻騰不息，說明內在動力沒有竭盡，當原料被留下，并且不再翻出氣泡了，這時內在動力也就用完了。』賈思勰的這段描述基本上准確描繪了發酵的化學變化特征。到宋代，朱肱在《北山酒經》提出了『酵力』的説法，比賈思勰的『曲勢』在概念上更明確、更科學。『凡醞不用酵，即酒難發酷，來遲則脚不正』『正發的酷爲酵最妙』，其后發酵概念便一直延用到今。而在西歐，發酵概念直到一九五七年始由法國人巴斯德在實驗室確立，可見，中國古代釀酒發酵概念比西方早了很多年的。

掌握了嚴格調整和控制發酵温度的方法

一般地説，酒的質量好壞，在其它條件相同的情况下，決定于温度是否適宜于澱粉酶的酵母菌的共同活動，尤其是要掌握酵母菌活動的最適温度，温度過高或不足都會影響酒的質量，中國勞動人民從實踐中摸索出一條規律，就是把温度控制在對澱粉酶和酵母都有利的條件下，同時進行催化作用，即把温度適當降低，給酒化創造適宜温度，但又不影響糖化的繼續進行，只是時間較爲緩慢而已。這樣正好使糖化緩慢地水解産生，逐漸提供酵母菌酒化作用，即邊糖化邊酒化，相齊并行進行着。糖化完了，酒也快要成熟了。這種黄酒釀造工藝流程，是中國特有的發明創造，世無先例可言。

對分批投料法的認識、掌握與使用先人一步

原料分批加入發酵，謂之酘。這是控制發酵動態和把好酒的質量關的關鍵。也是中國古代勞動人民的一項創造。據《左傳》記載，春秋時已有酎酒，《説文解字》釋『酎』爲『三重醇酒』，意即分三次追加原料、反復醞釀的酒，東漢末年南陽人郭芝發明了『九醞酒法』，曹操將其法獻給漢獻帝，這就是著名的《上九醞酒法》，九醞酒實際上就是分九次或十次投料，其后這種方法爲后代所繼承。宋朝蘇軾所著《東坡酒經》即采取五次投料的醞酒法。分批投料的特點是規定一定的曲量，并按酒曲的釀造性能作爲酒化標准，以后根據這個指標及時分批投料，達到曲的酒化指標的限度爲止，使曲、原料發酵效果恰到好處，保證釀出味道純正的好酒。兩千年前總結過的這種方法，與今天發酵工業中所采用的連續投料或流加法等所依據的原理是相同的。如著名的紹興加飯酒就采用的這種把蒸煮后的原料分數次投入的方法，日本清酒在釀造時也采用三次投料法，所釀的酒深受日本人民的喜愛。

認識并掌握了加熱滅菌法的使用

從現代釀酒工藝來講，加熱滅菌的目的是爲了把初釀成的酒中的酵母等微生物殺死，并破壞殘存的酶，籍以停止由于微生物

或酶作用而使酒的成份發生變化，加熱殺菌還能使部分蛋白質變質凝聚，使成品酒清亮透明。十九世紀法國人路易·巴斯德在對啤酒的研究中，發現啤酒變混濁的原因是微生物的作用所引起的，于是他采取加熱的方法將微生物殺死，這就是著名的巴氏殺菌法。但是早在十二世紀初，《北山酒經》已經記載了與之相類似的加熱滅菌法。此書卷下記述煮酒工序時說：『凡煮酒每鬥入蠟二錢，竹葉五片，官局天南星丸九粒，化入酒中，如法封緊，置在甑中，然后發火，候甑簞上酒香透，酒溢出倒流，便揭取瓶蓋，取一瓶開看，酒滚即熟矣，便住火，良久方取下。』煮酒現在仍然是黃酒生産過程中不可或缺的一道工序，其目的就在于加熱滅菌，由此可知，中國使用加熱滅菌法的時間，至少要比歐洲早八百多年。

掌握了用石灰調解酒酸的技術

宋代兩浙一帶在釀制黃酒時，常常加入適量的石灰。莊綽說：『二浙造酒，皆用石灰。』據現代黃酒工藝的知識，在發酵醪液壓榨的前一天加入適量的石灰水，可以降低醪液的酸度，并且還能够加速酒液的澄清。一般石灰水的用量約相當于醪量的百分之〇點三至〇點五，現在中國南方特別是福建省的一些黃酒廠都采用這種方法。另據研究，使用石灰末見對人體有損害。因此，只要石灰中重金屬含量不超過標准和無毒性存在，是可以使用的。這一切均與莊綽的說法尤爲相近：『二浙造酒，非用灰則不澄而易敗』，『雲無之(石灰)則不清』，『每醅一石，用石灰九兩(即百分之〇點五左右)』，『今南人飲之無恙』可見，宋代在使用石灰處理黃酒酸敗現象，特別是在掌握醪量和石灰用量之間科學的比例關系方面，已達到相當高的水平。今天，人們在花雕酒壇上塗石灰，除美化包裝，更爲使石灰水滲入壇內，起調節酒酸作用。

總結出了鑒定酒的質量的四大標准

通觀古代釀造理論，可以把古人鑒定酒的質量標准歸納爲：『聞、品、色、感』四個字。賈恩紱指出好酒『芳香醇烈、輕雋、遒爽、超然獨异』，如果酒香刺鼻，那酒的質量就可能存在着問題。這是『聞』。『品』，就是口感如何，好酒應該是『酒甘如乳』，『姜辛、桂辣、蜜甜、膽苦悉在其中，』也就是說辛、甜、苦、辣、甘五味俱調爲上品好酒。酒的第三個標准是色澤，若『酒色漂漂，與銀光一體』，或『色似麻油』就是好酒。第四個標准用手插入酒瓮中靠感覺來判斷，『以手內瓮中，冷，無熱氣，便熟矣』。這些寶貴的經驗，有的至今仍閃爍着智慧的光芒。

第二、首開酒地質學的先河

近年來在國際上興起了一門新學科——酒地質學，第二十六屆國際地質學大會上專設酒地質學學科組。這門學科的主旨是研究酒的地質背景，即通過對世界各地名酒產地的地層、構造、岩石、水文地質、地球化學、土壤、地貌等的綜合調查研究，從中找出在這些因素影響下的釀酒原料、糧食、水果、水及儲酒環境與美醞佳釀之間的關系。也告訴人們，不但地質條件重要，地理條件也很重要，由于氣候條件不同，栖息的環境微生物亦不同。因而各香型白酒廠微生物分布亦不相同。南方生產小曲酒，而北方生產大曲酒。南方盛產濃香型與醬香型白酒，而北方擅長生產清香型白酒。

其實中國酒人在探索釀酒規律的過程中，很早就注意到了用于釀酒的糧食、水果和其它植物香料等原料的產地不同和水質相异，能够直接影響酒的質量，從而總結出許多有價值的經驗，這種探索可算是酒地質學的濫觴。

水是釀酒的主要原料，水質對釀酒的糖化遲速、發酵良否、酒味優劣都極有關系。所以古代釀酒對水源、水質的選擇和鑒別一向是很慎重的。

周代的『古遺六法』中有一法，即是『水泉必香』。《齊民要術》、《北山酒經》亦有專門的論述。釀酒『收水法，河水第一好，遠河者，取極甘井水，水碱則不佳。』明確指出中性水最好。還說取河『初凍后，盡年暮，水脉既定，收取則用。』這是利用清潔度好的低溫季節，水流漲落已經很穩定，含雜菌和有機物質少，便于發酵管理的緣故。過去紹興酒生產强調用冬天的水，即由于此。

從地質學的角度來說，不同物質組成結構的岩石，其土壤分布區的水質是各有千秋的。宋人周煇《清波雜志》說：『泰州雪釀用州治客次井蟹黃水，有呼匠輩至都下，用西湖水釀成，頗不逮，有詰之者，雲：「蟹黃水重，西湖水輕。」』雪釀酒換用西湖水，其風味便不如用蟹黃水，顯然這是不同的水質在起作用的緣故。《浙江通志》卷一百零六載：『東陽酒，食物本草東陽酒最佳，自古擅名。』小字注雲：『《曲本草》：其水最佳，稱之重于他水。《事林廣記》所載釀法，今則絶無，惟用麩曲蓼汁拌造，假其辛辣之力。俗人因其水好竟造酒，味雖少酸，一種清香遠遠入門就聞，好事者清水和麩曲造，曲米多水少，其味辛而不厲，美而不甜，色復金黃瑩澈，天香風味奇絕，此皆水土之美故也。』《齊民要術》(作頤酒法)『八月九月作者水定難調。宜煎湯三四沸。待冷後浸用麴酒無不佳』。《北山酒經》(卧漿)：『但不得犯生水』。

這都説明古人釀酒亦用經熱滅菌後的釀酒用水，可見其對水質的選用深得三昧。

不過，同探討其它事物的規律一樣，限于歷史給予的認識水平的局限，古人對水質的認識都是憑借直觀的經驗獲得，而不能上升到科學認識的高度，因而在不能完全解釋諸如『名酒之地，必有佳泉』之類的問題的原因時，往往編造出一些類似于神話的傳説，現代全國名酒山西汾酒，是用杏花村的井泉釀造。這眼井泉水質優美，民間稱爲『仙井』，説是古時候有一個仙人到杏花村飲了酒，吐到井中，從此用井泉水釀出的酒就無比優美了。像這類例子，在釀酒史上可以説是不勝枚舉。

糧食是釀酒的主要原料之一，由于土壤的性質不同，生長出來的糧食，有的適于釀酒，有的則不適用。對于這一點古人也是很了解的。如宋人施宿《會稽志》卷十七《草部》：『椎頭稗粟，穗短而大，以釀，勝他粟。』『稗米搗取炊食之，不減粱米，又可釀作酒，酒勢最釅，尤踰禾秫……』。《北山酒經》：『要須自種糯穀。』説明古人已有了自建原料基地的萌芽思想。

第三、促進了陶瓷工業的發展

釀酒或許早于陶瓷，然而陶瓷的發展確實促進了釀酒工業的形成，當年陶瓷若不發展，酒存于何處？況且出土文物陶瓷酒具之多足以説明釀酒業與陶瓷業有着互促互進的依存關系。

第二章 中國白酒

第一節 中國白酒的出現及品質構成特點

中國白酒的出現

和中國酒的起源一樣，中國白酒出現于何時，自古也是衆說紛紜，較代表性的說法是：

一說是中國白酒出現于東漢時期。一九八三年上海博物館的研究員馬承源先生曾發表論文，言說該館收藏的東漢前期(公元二十五至一百年)的出土蒸餾器實物，可制得酒精體積分數爲百分之十四點七至百分之二十六點六的蒸餾酒。在四川省新都縣及彭縣出土的兩方東漢晚期的畫像磚中都能看到采用蒸餾法制酒的圖案。

另一種說法是起源于唐代。依據是，在現存的唐代文獻中，燒酒、蒸酒之稱謂多有出現。李肇(公元八百〇六年)所著的《國史補》一書，就有『酒則有劍南之燒春』的記述。田鈞的《曲本草》中也有『暹羅酒以燒復燒兩次，入珍貴异香……埋土中二三年絶去燒氣，取用之』的記載。

再一種說法是元代時由阿拉伯或印度使入。理由是中國古代曾稱白酒或燒酒爲『阿剌古』，現已查明，『阿拉古』系番語譯音。古文獻《飲食辨》一書曾寫道：『燒酒、又名火酒、「阿剌古」。「阿剌古」番語也。』在阿拉伯或印度，人們對一種用稻米釀造的蒸餾酒稱爲『阿剌古』。

還有一種說法，就是李時珍在《本草綱目》中寫的『燒酒非古法也，自元時始創，其法用濃酒和糟入甑，蒸氣氣上，用器承取滴露，凡酸敗之酒皆可蒸燒。近時惟以糯米或黍或秫或大麥蒸熟，和曲釀瓮中十日，以甑蒸好，其清如水，味極濃烈蓋酒露也。』

這段記述，除說明了中國白酒或燒酒的創制年代之外，還闡述了生産的方法及過程，對考證白酒的起源是頗爲珍貴的歷史資料。盡管蒸餾酒早於明代，但不排除燒酒由處理酸敗黃酒而得到了發展。近年來，有人論證中國白酒始于宋代，理由似更充分。僅録于后，以饗讀者。

從制作工藝看宋代白酒的生産

《宋令要輯稿》食貨五十二之一載有：『仁宗天聖二年十月詔三司所，將去酒退糟，入水覆壓作酒，更不行用。』這裏所講『退糟入水覆壓作酒』，顯然是利用壓榨后的酒糟重新制酒，其情形很類似現代利用黃酒酒糟制取糟燒，這是因爲酒糟中含有較多的酒精、澱粉和香味成份，可經再次發酵蒸餾得白酒。由于過去南方把白干酒稱爲燒酒，爲使黃酒酒糟制成的燒酒區別于一般的燒酒，取名爲糟燒。這當然僅爲一說，不是定論。

《續資治通鑒長編》卷三百四十記光祿卿呂嘉問的上言：

光祿掌酒醴祠祭，實尊罍相承，用法酒庫三色法酒以代《周禮》。所謂五齊三酒，恐不足以上稱陛下崇祀之意，近于法酒內酒庫，以醖酒法式考之《禮經》五齊三酒，令醅酒其齊……今朝廷因事而醖造者，蓋事酒也；今俞歲成熟蒸醖者，昔酒也；同天節上壽燕，所供臘醅酒者，皆冬醅夏成，蓋清酒也。……

雖然呂嘉問的這段話意在說明宋代三色法酒與《周禮》所言三酒的相承關系，但是他的話也透露出宋代法酒在制作方法上與《周禮》《禮記》所言三酒不盡相同的信息。這就是『昔酒』的制作方法有了明顯的變化。因爲對『昔酒』的解釋，《周禮》的諸家疏爲『久釀乃熟，故以昔酒爲名』，『昔酒對事酒爲清，若對清酒則爲白，故雲奠久白酒也。』這與呂嘉問所說『今俞歲成熟』基本是意義相同的，然而呂氏緊接着加上了『蒸醖者』的特定含義，顯然說明宋代法酒庫內酒庫被當作昔酒的『蒸醖者』，與《禮經》所言的昔酒，在制作方法上是有區別的。

《宋史》卷一百八十五《食貨志》講到宋代的酒有『小酒』和『大酒』之分。『自春到秋，醖成即鬻，謂之小酒，其價自五錢到三十錢有二二六等；臘釀蒸鬻，候夏而出，謂之大酒，自八錢到四十八錢有二十三等。』這裏所講的『大酒』，頗似現代桂林所產三花酒。這是因爲『大酒』經過臘釀、蒸制而后貯存老熟才得以出賣(候夏而出)的釀制方法與采取蒸米后加曲在缸內固體糖化后，裝入醅缸，后期發酵漸成液體，酒度達百分之十一至百分之十二，以直火蒸餾，酒味有特异芳香，再經貯存后的三花酒的制取方法極爲相近，所以『臘釀蒸鬻』之蒸應作蒸餾解。

在宋代繼唐朝『燒酒』名詞外又出現了『蒸酒』。如蘇舜欽『時有飄梅應得句，苦無蒸酒可沾巾』，秦觀『素冠長跪蒸酒肴，雲是劉郎字全美。』《慶元條法事類》卷三十說：『隨宜增添煮酒錢，本季內賣過酒若干……增添蠟蒸酒錢，本季內賣過酒若干』。

這些詩句，雖屬文人唱和的記述，但也明確無誤告訴世人，宋朝時的蒸酒與前人所說的燒酒已經有了不同之處。『蒸酒』與後人常說的蒸餾酒更爲接近。

從蒸餾酒器具看宋代的白酒生產

用蒸餾的方法制取白酒或燒酒，蒸餾酒器無疑是關鍵的技術設備，因而，從一定意義上說，蒸餾酒的起始問題，就是蒸餾器的出現與使用時間問題。

一九七五年位于河北省承德地區青龍縣城東三十公里處的金代遺址發現一個銅制燒酒鍋。對此，承德市避暑山莊博物館做了科學的考訂，考訂的結果以《金代蒸餾器考略》爲題發表在《考古》一九八〇年第五期上。現將結論摘抄于下：『綜上所述，可以得出兩個結論：一、早在金元時期，中國已擁有自己制造的蒸餾酒器具，蒸餾技術也已經應用到造酒的生産實踐中去了。過去一些國外學者認爲中國元代蒸餾酒的技術來源于煉丹術。蒸餾酒産生于宋代，元代開始得到廣泛的發展，傳統的「水酒」不再被稱爲「燒酒」而退居次位，蒸餾酒却獲得「燒酒」的稱號取而代之。』

另外，在宋人黄干的文集裏有『燒器』的記載，經考訂，這個燒器既非一般用于蒸煮原料的甑釜，也不會是用于煮酒的甑釜，而是宋朝常見的一種燒酒用鍋。

從宋人對由蒸餾工藝所産酒的特征的描述看宋代白酒的生産

蒸餾酒酒精含量較高，氣味濃烈豐辣，飲用效果與其它酒類迴然不同，因此，要確定宋代已有蒸餾白酒生産，考察飲用效果是一重要途徑。

首先表現在飲用數量减少，『小鐘連罰十玻璃，醉倒南軒爛似泥』（鄭獬《鄖溪集》卷二十八）『所取何嘗議升鬥，一標未盡朱顔酡』（曾幾《茶山集》卷三）『一生須幾兩，萬事付三杯。』（蘇泂《冷然齋集》卷四）以飲用『十杯』『一杯』即形容醉爛如泥和朱顔酡，在前代的詩賦中是極其少見的。至于用『幾兩』來形容飲酒更是前代所没有。這只能是酒度明顯提高后不宜多飲用的直接反映。

蘇東坡是一位酒文化的愛好者，不僅善飲、自釀和編著《酒經》，并且留下了許多飲酒佳話，爲時人傳爲美談。譬如，趙德鄰曾轉述東坡的話『茶苦患不美，酒美患不辣』（《侯鯖録》卷三）何 在《春渚舊聞》中亦有記載，一次東坡與數人飲酒，東坡形容所飲之酒『白色，此何等酒也，人腹無髒』，酒味辛辣和入腹無髒，只有度數較高的酒才能有這樣的特征。

陸游在《老學庵筆記》卷七中說：『壽皇（宋孝宗）時禁中供禦酒，名薔薇露，賜大臣酒謂之流香酒，分數旋取旨，蓋酒户大小已盡察矣。』這裏所講的酒户不是指賣酒人家，而是特指飲『酒量』。在很短時間内（旋取旨）能够測定出飲酒之大小的酒，諒必不是酒度較低的黄酒或果酒，所以筆者推測，流香酒是一種高濃度酒。

宋人所著《物類相感志》和彭龜年《止齋集》卷二都説酒能燃燒『酒中火焰以青面拂之自滅』『凝賽不冰，沃火則炎』，能燃燒的酒當然是燒酒。

從上述三方面所論，蒸餾白酒或燒酒在宋代已開始生産并形成規模是可信的。

與世界其他國家的白酒相比，中國白酒具有特殊的風味。

中國白酒，酒色潔白精瑩、無色透明、香氣宜人。且五種香型的酒各具特色。但不管那種香型的白酒，都具有口味醇原柔綿、甘潤清洌，余香不盡，回味悠久，爽口尾净，變化無奇的優美味道。

中國白酒的酒度早期很高，有六十七度、六十五度、六十二度不等。度數這樣高的酒在世界其他國家也是罕見的。近年

來，中國開始生産三十八度的白酒，漸被飲慣了高度酒的中國人認可和接受。

中國白酒的品質構成特征

爲了使讀者了解白酒的品質構成特征，現將中國部分名優白酒的主要品質和微量成分含量列表如下：

酒名	産地	酒精（v%20℃）	總酸（克／100毫升）	總醛（克／100毫升）	總酯（克／100毫升）
茅臺酒	貴州	53°	0.115	0.29	0.288
五糧液	四川	60° 52° 39°	<0.17	<0.06	>0.37
汾酒	山西	65° 53° 38°	0.1	0.03	0.3
劍南春	四川	60° 52° 38°	<0.13	<0.049	>0.42
古井貢酒	安徽	60° 55° 38°	0.14	0.05	0.35
特制洋河大曲	江蘇	55° 48° 38°	0.1	0.04	0.4
董酒	貴州	58°	<0.45	<0.02	>0.45
瀘州老窖特酒	四川	60° 52° 38°	0.06～0.07	0.02～0.03	0.25～0.4
西鳳酒	陝西	65° 55° 39°	0.05～0.06	0.04～0.06	0.18～0.20
全興大曲	四川	60° 52° 38°	0.15	0.04	0.30
郎酒	四川	53° 39°	0.15	0.045	0.25
雙溝大曲	江蘇	53° 46°	<0.12	<0.04	0.35
寶豐酒	河南	63° 54°	0.15	0.04	0.3
武陵酒	湖南	53° 48°	0.2～0.25	<0.05	0.5
特制酒黃鶴樓	武漢	62° 54° 39°			
宋何糧液	河南	54° 38°			
沱牌曲酒	四川	54° 38°			

中國白酒的質量指標爲：

濃香型白酒——

感官指標

色澤：無色透明或微黃，無懸浮物，無沉澱。

香氣：窖香濃郁，具有以已酸乙酯爲主體的純正，諧調的酯類香氣。

滋味：甜綿爽净，香味諧調，余味悠長。

風格：具有本品固有的獨特風格。

理化指標

項目	酒精度(以醋酸計)(v%20℃)	總酸(以醋酸乙酯計)(克／升)	總酯(克／升)	乙酸乙酯(克／升)	固形物(克／升)
指標	38–40 52–55 59–61	≥0.6	≥3.0	≥1.7	≤0.4

注：以上系六十度標准，低于或高于六十度者，按標准換算。

醬香型白酒——

感官指標

色澤：無色(或微黃)透明，無懸浮物，無沉澱。

香氣：醬香突出，幽雅細膩，空杯留香，余香持久。

滋味：醇厚豐滿，醬香顯著，回味悠久。

風格：具有本品特有風格。

理化指標

項目	酒精度(v%20℃)	總酯(以醋酸乙酯計)(克／升)	總酸(以醋酸計)(克／升)	固形物(克／升)
指標	52～57	≥2.5	1.5～3.0	≤0.4

清香型白酒——

感官指標

色澤：無色，清亮，透明，無沉澱和懸浮物。

香氣：清香醇正，具有以乙酸乙酯爲主體的清雅、諧調的較悠長，不應有其他邪雜味。

風格：在清香純正，酒體爽净的基礎上，突出清、爽、綿、甜净的風格。

理化指標

項目	酒精度(v%20℃)	總酸(以乙酸計)(克／升)	總酯(以乙酸乙酯計)(克／升)	固形物(克／升)
指標	55–65	≥0.5	≥2.0	≤0.4

米香型白酒——

感官指標

色澤：無色透明，無懸浮物，無沉澱。

香氣：蜜香清雅。

滋味：入口綿甜，落口爽净，回味怡暢。

風格：具有本品固有的 獨特風格。

理化指標，如下表所示：

其他香型白酒——

項目	酒精度(v%20℃)	總酸(以乙酸計)(克／升)	總酯(以乙酸乙酯計)(克／升)	固形物(克／升)
指標	50～57	1.0～2.0	0.4～0.7	0.4

感官指標

色標：無色或微黄，透明，無懸浮物，無沉澱。

香氣：具有本品舒的獨特香氣。

滋味：香味諧調，醇和味長。

風格：具有本品特有風格。

理化指標

產品必須符合省級頒布的企業標准。

中國白酒中的各種成分對酒的質量的影響

白酒的主要在分是乙醇和水，二者約占總量的百分之九十八以上。其余的微量成分含量不到百分之二，其中包括高級醇、有機酸、酯類、多元醇、酚類及其他族化合物。白酒中的微量成分雖然含量極少，但對白酒質量却有大影響，決定白酒的香氣和口味，構成白酒的不同香型和風格。

乙醇：即酒精，是白酒中含量最多的成分，微呈甜味。乙醉含量的高低，決定了酒的度數，含量越高，酒度越高，酒性越强烈。有些人認爲酒度越高，酒的質量就越好，這是一種錯誤的看法。酒分子與水分子在酒五十三~五十四時親合力最强，酒的醇和度好，酒味最諧調，茅臺酒就巧妙地利用了這一點。酒度高的烈性酒，對人體有害，常年飲用容易引起慢性酒精中毒，對神經系統、胃、十二指腸、肝髒、心髒、血管都能引起疾病。目前，中國名優酒保持原來的酒度以外，其他白酒多數由高度酒改爲降度酒，還出現了不少四十度以下的低度酒。

酸：酸是白酒中的重要呈味物質，它與其他香味物質共同構成白酒所特有的芳香。含酸量小的酒，酒味淡，后味短；含酸量大的酒，則酒味粗糙。適量的酸在酒中能起到緩衝的作用，可消除飲后上頭和口味不諧調等現象。酸還能促進酒質的甜味感，但過酸的酒甜味減少，也影響口味。一般名優白酒的含酸量較高，超過普通白酒的兩倍，乙酸和乳酸是白酒中含最大的兩種酸，多數白酒的乙酸超過乳酸，優質的白酒的乳酸含量較高。小曲白酒，如米香型的湘山酒等，乳酸含量爲乙酸的兩倍左右。

酯：白酒中的香味物質，數量最多、影響最大的是酯類。一般優質白酒的酯類含量都比較高，平均爲百分之○點二至○點六。普通固態白酒比液態白酒的酯含量高一倍，優質白酒比普通固態白酒的酯含量高一倍，所以優質白酒的香味濃郁。

高級醇：白酒中的高級醇是指碳鏈比乙醇長的醇類，其中主要的异丁醇和异醇，在水溶液裏呈油狀物，所以又叫雜醇油。各種高級醇都有各自的香氣和口味，是構成白酒的香氣成分之一。多數高級醇似酒精味，但有些醇有苦味或澀味。因此白酒中雜醇油的含量必須適當，不能過高，否則將帶來苦澀怪味。但是，如果白酒中根本没有雜醇油或其含量過少，酒味將會十分淡薄。白酒中醇、酯的比例也要適當，通常質量較好的白酒，高級醇比酯比酸爲一點五比二比一較爲適宜。

多元醇：多元醇在白酒中呈甜味。白酒中的多元醇類，以甘露醇(即已六醇)的甜味最濃。多元醇在酒内可起緩衝作用。使白酒口感更加豐滿醇厚。多元醇是在酒醅内酵母酒精發酵的副産品。酒醅的低温發酵有利于這些醇甜物質的生成，發酵緩些，發酵期長些，多元醇的積纍也較高。

此外，酚類化合物也給白酒以特殊的香氣。

白酒中的微量成分與酒質香型的關系，通常是清香型白酒的主體香氣成分爲乙酸乙酯，濃香型白酒爲乙酸乙酯，米香型白酒爲乙酸乙酯和B—苯乙醇，而醬香型白酒則很難確指出主體香氣成分是什么，人們對其有關成分的認識尚有争議。通過酒微量成分的析，可以看出白酒的各種微量成分的定性種類雖比較一致，但在量比關系上差异較大。正是這種差异構成白酒各種不同的香型和風格特點。

中國白酒中的營養物質和有害物質

白酒的主要成分是乙醇(酒精)和水。但乙醇不是酒的主要營養成分，也不是酒的有害成分。酒含熱量極高，據有關科研部門測定，每毫升純酒精可産生熱量七卡，相當于脂肪的供熱量，明顯地高于糖類和蛋白質。適量的酒精對人體是有益的。白酒内的乙酸、乳酸、乙酸乙酯、丁酸乙酯、已酸乙酯、乳酸乙酯、异醇等物質都是人體健康所必需的。所以説白酒是有營養的。

白酒中的有害物質，一是農藥殘留量。釀酒所用原料，如穀物和薯類作物等，在生長過程中如遇過多地施用家藥，毒物會殘留在種子或塊根中。用這種原料制酒，農藥就會帶入酒中，飲用后影響健康。按衛生部規定，每公糧食，農藥666不得超過〇點三毫克，滴滴涕不得超過〇點一毫克。

二是甲醇。是一種有麻醉性的無色體，密度〇點七九一，沸點六十四點七攝氏度，能無限地溶于水和酒精中。它有酒精味，也有刺鼻的氣味，毒性很大，對人體健康有害，過量飲用，會頭暈、頭痛、耳鳴、視力模糊。十毫升醇要引起嚴重中毒，眼睛失明；急性者可出現惡心、胃痛、呼吸困難、昏迷，甚至危及生命。按衛生部規定，每百毫升穀類酒含甲醇不得超過〇點一二克。

三是醛類。醛類主要是在白酒的生產發酵過程中產生的。它有較大的刺激性和辛辣味。醛類中甲醛的毒性最大，飲含量十克的甲醛即可使人致死。其次是乙醛和糠醛。乙醛是極易揮發的無色液體，能溶於酒精和水。蒸酒時，酒頭含量最多，經過貯存，會逐漸揮發一些。人們經常喝乙醛含量高的酒，容易產生酒癮。乙醛毒性相當于乙醇的十倍。一般白酒中的含量不應超過每百毫升〇點〇〇四五克。糠醛的毒性相當于乙醇的八十三倍。因此，它在白酒中的含量必須是非常微小的。

四是雜醇油。雜醇油爲無色油狀液體，是白酒的重要成分之一。從衛生角度來看，它是一種有害物質，含量過高，對人體有害，能使神經系統充血，使人頭痛、頭暈。喝酒上頭，主要是雜醇油的作用。它在人體內氧化慢，停留時間長，容易引起惡醉。雜醇油的含量過多，加漿時還會引起白酒乳白色的渾濁。其含量一般不超過每毫升〇點一五克。

五是鉛。白酒中的鉛主要來自釀酒設備冷却器、盛酒容器、銷售酒具。鉛對人體危害極大，它能在人體積蓄而引起慢性中毒，其症狀爲頭痛、頭暈、記憶力減退、手握力減弱、睡眠不好、貧血等。國家對白酒含鉛量的規定，爲每升白酒所含的鉛不得超過一毫克。現皆采用不銹鋼材料，已消除後患。

中國白酒的勾兑和調味

勾兑：將蒸出并經長期貯存的酒和各種酒互相摻和以使各種香味成分保持平衡，稱爲勾兑，勾兑能使酒的質量差別得到縮小，質量得到提高，使酒在出廠前穩定質量，取長補短，統一標准。質量上符合出廠標准并要基本達到同等級酒的水平。

勾兑酒的作用，主要是使酒中各種微量成分配比適當，達到該種白酒標准要求的或理想的香味感覺和風格特點。勾兑的做法就是把生產車間的酒逐一品嘗，經氣相色譜分析各自的長處和短處，將它們互相摻和，使各種微量成分按比例配合，酒體更加諧調豐滿。

好酒與差酒相勾兑，勾兑后的酒變好酒，差酒與差酒相勾兑，勾兑后的酒也可以變好酒；如果好酒與好酒勾兑，比例不當，各種酒的性質、氣味不合，也可能使勾兑的酒質量下降。但一般來説，好酒與好酒勾兑，質量總是會提高的。

由于有了勾兑這一工序，所以各種雜味酒不一定是不好的酒，它們常常可以用作調味酒，尤其是苦、酸、澀、麻的酒，還可能是好酒，后味苦的酒，可以增加酒的陳釀味。后味澀的酒，可以增加酒的香味，可作帶酒、搭酒。有焦糊味的酒，有酒尾味的酒，以及有霉、倒燒味、丢糟的酒，如果這些酒异味較輕微而又有其特點，也可作爲搭酒，少量用以勾兑，可增加酒的香味。

調味：調味是對勾兑后的基礎酒的一項加工技術。調味的效果與基礎酒是否合格有密切的關系。如果基礎酒好，調味就容易，調味酒的用量就少。調味酒又稱精華酒，是采用特殊工藝制成的。生産中發現的特殊好酒，也可作爲調味酒。用很少量的(一般在千分之一左右)調味酒來彌補基礎酒的不足，加强基礎酒的香味，突出其風格，使基礎酒在某一點或某一方面有較明顯的改進，質量有較明顯的提高。

白酒調味的作用可歸納爲三種：即平衡作用、緩衝作用和締合作用。調味前對基礎酒必須有明確的了解，要選擇好調味酒，在方法上要先作小樣試驗。調味后的酒還須再貯存七～十五天，然后再經品嘗，確認合格后才能包裝、出廠。

調味酒的種類很多。單獨品嘗調味酒時，常常感到味怪而不諧調，容易誤認爲是壞酒。調味酒的種類、質量、數量與調味效果也有密切的關系。

酒的勾兑和調味都需要有精細的嘗酒水平，嘗平技術是勾兑和調味的基礎。嘗評水平差，必然影響勾兑、調味效果。爲盡可能保證准確無誤，對勾兑、調味后的酒，還可采取集體嘗評的方法，以減少誤差。

中國白酒的貯存時間

白酒經過較長時間的貯存，其質量會變得温潤醇厚。因此，一般都認爲白酒越陳越好。其實，并不盡然。雖然白酒没有保質期，但酒在存存放過程中，酒中的醇類會和有機酸起化學反應，産生多種酯類物質，各種酯類都具有各種特殊的香氣，由于酒中的酯化反應相當緩慢，因此，優質酒一般需要貯存一至三年，甚至更長一點的時間。經過氣化還原反應及分子間締合使酒綿柔而老熟，如果繼續貯存，會使酒精度數減少，酒味變淡，揮發損也會增大。特別是目前有些中檔和低檔白酒，在勾兑過程中添加了香味劑，這類酒更不宜長時間存放。否則，酒質會變淡。所以，白酒貯存也有適當的時限，并非越陳越好。

中國白酒度及其測定方法

白酒的酒度，指的是白酒中酒精容量的百分比，也就是酒精的含量。例如：六十度的白酒，就是指含有百分之六十的酒精，余的百分之四十基本上就是水。

中國早年没有酒表，測定酒度是用看酒花和用火燒酒等辦法來確定酒的酒精含量的。

看酒花。將酒對上一定的數量的水，取一勻一盆，用勺舀酒慢慢由高處低處倒入盆內，觀察落在接酒盆內的酒『花』大小、均勻程度、保持時間的長短，由此來確定酒精成分的含量。這種方法的准確率可達到百分之九十左右。

在生產條件較差，檢測手段原始的年代，不少生產廠家有以火燒測定酒度的土作法，辦法是將白酒斟在盅內，點火燃燒，火熄后，看在盅內的水分多少，確定酒的度數。

新中國成立后，全國統一使用『酒表』，用酒表來測定白酒的酒精含量。

中國白酒中的异常現象及補救方法

白酒中有乳白色沉澱物：有的白酒有時會出現乳白色絮狀沉澱物。這是什么原因？這種酒還能飲用嗎？

這種乳白色沉澱物的主要成分是亞油酸乙酯、油酸乙酯和棕櫚酸乙酯及雜醇類。這些物質的來源，主要是原料脂肪在發酵過程中所產生的。當溫度降到十攝氏度以下時，這些酯類物質在酒中的溶解度降低而析出，就出現渾濁現象。當溫度升高，溶解度增大，沉澱物便會消失。

要使沉澱物消失，如白酒的貯量大，可放置較溫暖的地方貯存；如數量少，可將酒置于六十攝氏度的水中溫熱后輕搖動即可溶解。這些物質對人體無害，并非變質，可以飲用。如果經溫水浸泡處理后，沉澱物或其他雜質仍不溶解消失，則表明該酒質量問題，最好不要飲用，或經化驗后再决定是否飲用。

白酒的苦味：白酒微苦是允許的，也是必然的。主要來自酒中所含的醇類。其主要原因：一是原料有霉變現象，含單寧過多；二是霉菌感染；三是入池溫度高，發酵不正常；四是水質不潔。解決的辦法，在釀造過程中除了要注意上述幾個方面的問題以外，還應適當減少釀制過程的用曲量，俗稱『曲大酒苦』。降低發酵溫度。對成品酒則可采取土麥冬葉、活性炭脫味法，即用土麥葉酒量的百分之〇點五放入酒中，浸泡四天后取出，再加少許活性炭，白酒的苦味即可脫去大部分。

白酒的辛辣味：主要是由于酒中所含醛類造成的，乙醛溶入乙醇中其辛辣味成倍增長，在貯存過程中醛類減少辛辣味亦隨之降低。解決的辦法，除了在白酒蒸餾時應注意提高餾酒溫度，并結合量、質分段摘酒外，對苦辣味重的成品白酒，宜采取勾兑、調味的方法進行處理。

另一種方法是：將一份碎冰糖、兩份清水和打成細沫的適量蛋清混合攪拌，小火緩慢煮溶化，再趁熱用棉布過濾后，加入苦辣味重的白酒中，攪勻，澄清，即可收到良好效果。但須注意控制添加量，否則會破壞白酒的原有風味。

白酒的臭味：新酒的臭味是因丁醇超量所致。一般是由于原料發霉、變質、或發酵溫度過高、雜菌感染等原因引起的。濃香型白酒窖泥不成熟帶來濃厚的使人不快的硫化物臭，解決的辦法，可采用高錳酸鉀處理。其方法是：將一定量的高錳酸鉀（一般用量爲〇點一～〇點一五克每公斤）完全溶解在臭味的白酒中，充分攪勻，后靜置，讓其自然澄清。待溶液完全澄清后，用沙濾棒過濾器過濾，即可除去白酒中的臭味。對臭味較重的白酒，可適當加大高錳酸鉀的用量，但最大用量不得超過〇點五克每公斤。用高錳酸鉀處理過的白酒，最好能按一定比例不含錳的白酒相勾兑，與之勾兑的酒中錳的含量不得超過〇點〇〇二克每公斤，這樣既能降低酒中錳的含量，又能增加白酒的風味。提高窖泥質量是解決濃香型酒硫化物臭的根本措施。

第二節　中國白酒的名稱確定及品種分類

中國酒包括中國白酒的名稱，歷來是以産地、原料、水源、配方、香型及名人典故確定的。上下數千年，歷經演變，形成了一個洋洋大觀的酒名王國，這也從一個側面反映出了中國酒文化的淵遠流長。

和中國任何一件事物一樣，中國白酒的名稱的確定都與相應的文字形成有着直接的關系。

東漢人許慎在其專著《說文解字》一書中說：『酒、就也。所以就人性之善惡也，從水酉，以酉目爲之，酉說聲，一曰造也。』劉熙的《彩名》一書也說，『酒，酉也。釀之類曲，酉懌久而味美也。』

由是可知，文字初創時期，『酒字寫作酉』。故《辭源》在一個條目中寫道：『古文酒與酉同』。

在甲骨文中，酒字的寫法有兩種，一是『酉』的單體象形，一是在『酉』字旁加上幾個點，表示液體。這說明，在甲骨文中，『酒』字尚未最后定形，仍處在酒器象形字的階段。『酒』字由象形字向形聲字轉變則是鐘鼎文產生以后的事。

甲骨文是中國歷史上段商時代文明的標志物。當時，飲酒風氣極盛，『酒池肉林』的典故就出自這個時期。『醴』和『鬯』就是殷商時代的名酒。

清人編著的《淵鑒類函》卷三百九十二轉引《飲膳標題》曰：

酒，一也。而清、濁、厚、薄、甜、苦、紅、綠、白之別，故清者曰栗，清而甜者曰酏，濁者曰醠，亦曰醓，濁而微清者曰醆，厚者曰醇，亦曰醹，重釀者曰酘，三重釀曰酎，薄者曰醨，甜而一宿熟者曰醴，美者曰酏，苦者曰醋，紅者曰醍，綠者曰醽，白者曰醝。

宋朝人何剡所著《酒爾雅》所釋的酒名，與上述的解釋略有出入：

醱，重醞酒也；酎，醞酒也；醅，未泲之酒也；醪，汁滓酒也；醑，厚酒也，醨，薄酒也；醴，一宿酒也；醆，酒微清而濁也，醥，清酒也；酏，清而甜也；醠，濁酒也；醋，苦酒也；醍，紅酒也；醽，綠酒也；醝，白酒也；元鬯，醇酒也。

《酒爾雅》與《飲膳標題》對各類酒名的解釋雖然不盡相同，但它們均是周秦時代的酒名則大致沒有什么區別。從周秦的酒名來看，酒的名稱以直接表現和區別酒的釀造原料、品味、色澤爲特征，酒的命名尚沒有顯現出更多的想象。漢魏晉南北朝，酒名已不再僅是區分不同酒類品種的符號，而是比較講求藝術效果，注入了美的想象，廣告色彩也日漸濃厚。

漢朝人稱稻米酒爲上尊，稷米酒爲中尊，黍米酒爲下尊。

事

武帝時東方朔好飲酒，他把喜愛的棗酒稱作仙鄉酒，還有桐馬酒、肋酒、恬酒、柏酒、桂酒、菊花酒、百末旨酒（一名蘭生）、椒酒、齋中酒、聽事酒、猥酒、香酒、甘醴、甘醪等。兩晋南北朝時酒則有金漿（即蔗酒）、千裏醉、騎驢酒、白墜春醪、縹絞酒、桃花酒（亦稱美人酒，據説喝了這種酒可以『除百病、好容色』）、梨花春、駐顏酒、榴花酒、巴鄉清、桑落酒等。

唐宋時代，就像發達的唐宋詩詞所表現出的無窮魅力一樣，酒名也帶有很濃的詩情和詞意，馳騁着美的想象。唐宋時期有多少種酒，現已很難作出完全的統計，從李肇《唐國史補》和宋朝人張能臣《酒名記》及散見于其它一些詩詞、文集來看，至少有三百余種。

《唐國史補》所載唐代酒名有：『郢州之富水，烏程之若下，滎陽之土窟春，富平之石凍春，劍南之燒春，河東之干和、葡萄，嶺南之靈溪、博羅，宜城之九醖，潯陽之湓水，京城之西市腔、暇蟆陵、郎官清、阿婆清，又青三勒漿類。酒，法出波斯，三勒者，謂摩勒，毗梨勒，訶梨勒。

此外《龍城録》載有：録，翠濤』。唐太宗曾賦詩贊曰：『渌勝蘭生，翠濤過玉薤，千日醉不醒，十年味不敗』。詩中蘭生酒即是漢武帝時期的百味旨酒，玉薤則是隋煬帝宮中的酒名。

宋酒琳琅滿目，酒名美不勝收。現據張能臣《酒名記》、吴自牧《攀梁録》、周密《武林舊事》等文獻轉述如下：

四京：香泉、天醇、醽醁、瓊酥、瑶池、坤儀、瀛玉、慶會、膏露、親賢、瓊腴、蘭芷、五正位、椿令、嘉琬酯、重釀、玉瀝、詩字、公雅、成春、獻卿、香瓊、瑶瓊、清醇、褒公、光忠、嘉義、美誠、玉液、酴醾香、金漿醪、香桂、法酒、桂香、北庫、瑶泉、眉壽、和旨、仙醪、玉液、瑶液、玉醖、瓊漿、流霞、清風、玉髓、玉酯、碧光、瓊波、千日春、延壽、玉漿、瑶光、法清、大桶、仙酥、瓊酥、羊羔、美禄。

河北東、西路：金波、玉液、中和堂、宜城、蓮花、延相堂、碧琳、石門、宜城、揀米、細酒、銀光、碎玉、中山堂、九醖、瓜曲、錯著水、沙醅、金波、宜城、香桂、栢泉、洛酒、玉瑞堂、夷白堂、玉友、玉醅、風曲、法酒、瑶波、巡邊、銀條、知訓堂、杏仁。

河東路：玉液、静制堂、甘露堂、干和酒、歲寒堂、瓊漿、金波、瓊酥、珍珠紅。

陝西路：天禄、舜泉、陝府、蒙泉、蓮花、冰堂、上尊、静照堂、玉泉、江漢堂、瑶泉、清洛、清心堂、清白堂、鳳州酒、回酒。

淮南路：白桃、瓊花露、金城、金門城、杏仁。

兩浙路：竹葉青、碧香、白酒、秋自露、梨花酒、薔薇露、流香、思堂春、鳳泉、宣賜、碧香、玉練槌、有美堂、中和堂、雪醅、真珠泉、皇都春、常酒、和酒、皇華堂、愛咨堂、齊雲、清露、愛山堂、得江、留都春、静治堂、第一江山、北府兵厨、錦波香、秦淮春、清心堂、豐和春、思政堂、慶遠堂、清白堂、藍波香、秦淮春、清心堂、豐和春、思政堂、慶遠堂、清白堂、藍橋、鳳月、紫金泉、慶華堂、元勛堂、眉壽堂、萬象皆春、濟美堂、勝茶、十州春、木蘭堂、白雲泉、雙瑞、金波、雙魚酒、河清酒、錯認水、穀溪春、蒙泉、蕭酒泉、常州、金門泉、龜峰。

江南東、西路：芙蓉、百桃、清心堂、銀光、池陽春、雙泉、金波、穀廉、金盤露。

四川路：忠臣堂、玉髓、錦江春、浣花堂、刺麻酒、蜜酒、廉泉、瓊波、竹葉青、東溪、葡萄、金波、長春、香桂、銀液、仙醇、香糜、至喜泉、法醹、法醞。

荆湖南、北路：金蓮堂、白玉泉、法酒、瑶光、香桂。

福建路：竹葉、謝家紅、劈靂春。

廣南東、西路：十八仙、香蛇酒、换骨、玉泉、古辣酒、瑞露。

京東、西路：舜泉、近泉、清燕堂、真珠泉、蓮花清、銀光、三酘、白羊、荷花、鳳曲、白佛泉、香桂、重醖、朝霞、玉液、壽泉、揀米、宜城、細波、杏仁、揀米、清虚堂、鳳曲、冰堂、漢泉、香桂郢酒、白雲樓、銀條、淮原、泌泉、銀光、香桂、瓊酥、金沙、宜城、檀溪、竹葉青、香泉、寒泉、香菊、甘露、仙醇、河外、金泉、洴泉。

元朝是燒酒崛起的重要時期，燒酒的名稱有阿剌吉、汗酒、燒刀子、火酒等。其它酒類名稱在流傳至今的文獻中記載的不多。《元氏　庭記》説元朝宫中有『翠濤、飲露、囊飲、瓊華汁、玉團春、石凍春、葡萄春、風子腦、薔薇露、緑膏漿』等。

明清兩代的酒名，在現存的文獻中亦無系統完整的記載，據《遵生八牋》、《本草綱目》所載明代約有近百種酒。《遵生八 》載的酒名有：桃源酒、香雪酒、碧香酒、臘酒、建昌紅酒、五香燒酒、山芋酒、葡萄酒、黃精酒、白術酒、地黃酒、菖蒲酒、羊羔酒、天門冬酒、松花酒、菊花酒、五加皮、三骰酒。《本草綱目》共載六十九種配制藥酒。

清朝有多少酒名，恐難以統計，據『清京道人』所著的《聽雨軒筆記》雲：『酒之種類，難以枚舉。』清代著名文學家袁枚《隨園食單》所載酒名有：金壇于酒、德州盧酒、四川郫筒酒、紹興酒、潮州濤酒、常州蘭陵酒、溧陽烏飯酒、蘇州陳三白酒、金華酒、山西汾酒、山東膏梁燒、蘇州女貞、福貞、無燥、宣州豆酒、通州棗兒紅、揚州木瓜。

屈大均所著《廣東新語》載有清代廣東的酒名：陽江春、醴泉、龍潭清、嚴樹酒、荔支酒、倒捻酒、甜娘酒、七香酒、龍眼之、杏之凍、蒲桃之冬白、仙茅之春紅、桂之月月黃、荔支之燒春、龍江燒、百花酒等。

潘榮陛的《帝京歲時紀勝》和《清稗類鈔》載有北京的酒名：中國公、黃連液、菌陳緑、桔豆青、灣酒、涞酒、易酒、滄酒、女貞、花雕、紹興、竹葉青、雪酒、冬酒、木瓜、干榨、良鄉酒、玫瑰露、蘋果露、山楂露、蓮花白等。

李汝珍所著《鏡花緣》一書的第九十六回粉牌上列舉的五十余種酒，大致是清朝中期的名酒：山西汾酒、江南沛酒、真定煮酒、潮洲瀕酒、湖南衡酒、饒州米酒、徽州甲酒、陝西灌酒、湖南濤酒、巴縣咋酒、貴州苗、無錫惠泉酒、蘇州福貞酒、杭州三白酒、直隸東路酒、衛輝明流酒、和州苦露酒、大名滴溜酒、濟寧金波酒、雲南包裹酒、四川潞江酒、潮南砂仁酒、冀州衡水酒、海寧香雪酒、淮安延壽酒、乍浦郁金酒、福建浣香酒、海州辣黃酒、欒城羊羔酒、河南柿子酒、泰州枯陳酒、茂州鍋疤酒、山西潞安酒、蕪湖五毒酒、成都薛濤酒、山陽陳壇酒、清河雙辣酒、高郵蓤酒、嘉興十月白酒、鹽城草艷漿酒、山東穀轆子酒、廣東翁頭春酒、琉球蜜林酎酒、長沙洞庭春色酒、太平府延春益酒。

元人宋伯仁《酒小史》所例的一百余種酒，大致是從春秋迄元代的歷代名酒。

春秋椒漿酒
杭城秋露白
西京金漿醪
相州碎玉
薊州薏苡仁酒
金華腑金華酒
高郵五加皮酒
長安新豐市酒
汀州謝家紅
南唐臘酒
處州金盤露
廣南香蛇酒
黃州茅柴酒
燕京内法酒
漢時桐馬酒
關中桑落酒
平陽襄陵酒
山西蒲州酒
山西太原酒
郫縣郫筒酒
淮安苦蒿酒
雲安曲米酒
成都刺麻酒
建章麻姑酒

滎陽土窟春
富平石凍春
池州池陽酒
宜城九醞酒
杭州梨花酒
博羅縣桂醑
劍南燒春
江北擂酒

事

唐時玉練槌
灞陵崔家酒
汾州干和酒
山西羊羔酒
安陽宜春酒
潞州珍珠紅
魏征醽醁翠濤
閩中霹靂春
嶺南瓊琯酎
蒼梧寄生酒
唐憲宗李花釀
宋昌王八桂酒
晋阮籍步兵厨
曹湜介壽
隋煬帝玉薤
孫思邈酴酥
王公權荔枝綠
廖致平綠荔枝
謝世昌蜜酒
肅王蘭香酒
漢武蘭生酒
蔡攸棣花酒
陸士衡松醪
淮南菉豆酒
華氏蕩口酒
顧氏三白酒
風州清白酒
劉拾遺玉露春
曹成保平
宋劉后玉腴
王師約瑶源
秦松表勛
宋開封瑶泉
宋高后香泉
梁簡文鳧花
劉孝標雲液
宋德隆月波
安定郡王洞庭春色
東坡羅浮春
範至能萬裏春

段成式湘東美品　魏賈將昆侖觴
劉白墜搞好酒　燕昭王瑞珉膏
洪梁縣洪梁酒　高祖菊花酒
梁孝王縹玉酒　漢武百味旨酒
扶南石榴酒　辰溪鉤藤酒
梁州諸蔗酒　蘭溪河清酒

至于白酒的分類，因品種繁多，大致可分成六類若干種。

(一)按原料分爲：

糧食酒(如高梁酒，玉米酒，大米酒等)；

瓜干酒(如地瓜干或紅著酒等)；

代用原料酒(如米糖酒、粉渣酒等)；

(二)按香型分爲：

濃香型(亦稱窖香型)白酒；醬香型(亦稱茅香型)白酒；清香型(亦稱醇香型)白酒；米香型(亦稱小曲米香)白酒；兼香型(亦稱復香型)白酒；

(三)按生產工藝可分爲：

固態法白酒——原料經固態發酵，又經固態蒸留而成，爲中國傳統蒸餾工藝；

液態法白酒——原料經過液態發酵，又經過液態蒸餾，其產品初爲酒精，再經串香，調配而成普通白酒；

調香白酒——用固態法生產的白酒或用液態法生產的酒精經過加香調配而成；

串香白酒——液態法生產的酒精加入固態發醇香醅內重新入甑蒸餾而成；

(四)按糖化發酵劑分爲：

大曲酒——用大曲(指曲的形態)釀制的白酒。

小曲酒——用小曲釀制成的固態或豐固態的發酵白酒，此類曲酒流稱爲米香型酒；

熯曲酒——用熯曲釀制的白酒又稱快曲酒。

(五)按酒精含量分爲：

高度酒。(主要指六十度以上的酒)；

降度酒。(主要指五十四度左右的酒)；

低度酒。(主要指三十九度、三十八度一檔的酒)；

(六)按產品檔次分爲：

高檔酒。是指用料好，工藝精，發酵及貯存期較長，售價也較高的酒。如名酒類和標爲特曲、特窖、陳曲、陳窖、陳釀等類的酒；

中檔酒。是指生產工藝較爲復雜，發酵及貯存期稍長，售價中等的白酒，如各類大曲酒，雜糧酒等；低檔酒。是指瓜干酒、串季酒調季酒，糧季酒等散裝白酒。

第三節 中國白酒的香型風格及技術特點

中國白酒的香型，目前分爲醬香、濃香、清香和其他香型五種。（其它香型中以西鳳酒及兼香型占有較大比重）。不同香型的白酒，有着完全不同產品風格及技術特點。

一、醬香型白酒的風格及技術特點

產品風格——

醬香型白酒是中國白酒中較爲珍貴的一個大類，產量約占全國白酒總產量的百分之一，以馳名中外的茅臺酒爲代表。它具有醬香突出、幽雅細膩、酒體醇厚豐滿、回味悠長、空杯留香持久的特點。總酸、總醇、醛、酮、高沸點成分，均高于其它香型名酒。

工藝類型——

生產工藝可分爲大曲法和麩曲法兩種。以小麥爲原料經粉碎制成曲坯，曲自然界微生物繁殖而成的大曲是糖化發酵劑；以麩曲爲主要原料，由人工菌株培育而成的麩曲是糖化劑，須另加酒母進行發酵。

工藝特點——

目前，醬香型名優酒中，仍以大曲法的產品爲主。經長期研究和總結，醬香型白酒的工藝特點，可歸納爲『四高一長』。

高温制曲： 實踐證明，若制曲最高品温低于六十攝氏度，則曲的醬香及曲香均不良。醬香型白酒的風格，主要取决于曲的質量；而制曲的品温又與曲坯的加水量，氣温，曲室大小及投放量等因素相關。如茅臺酒的傳統踩曲時節爲伏天，因這時自然界微生物很活躍，其種類也較多。一般曲室内可堆放四~五層曲坯，縱、橫間用稻草相隔，空間較小。在高温、高濕條件下，耐高温的細菌，尤其是嗜熱芽孢杆菌生長占優勢，高温階段，也正是曲的醬香形成期。這些細菌具有較强的蛋白質分解能力，可生成較多量的氨基酸；在高温條件下，氨基酸與糖進行氨羰基反應，其反應的褐變產物呋喃類化合物等，具有不同程度的醬香味。據分析，凡是呈褐色部位的曲，醬香較濃，其主要成分爲醛類、酚類及吡嗪類化合物。

通常，醬香型大曲酒的用曲量也較大，糧曲比爲一比一～一點二。

高温堆積：由于高温中缺乏霉菌和酵母，故借助于堆積過程可網羅空氣中的酵母等有益微生物，并使之得以繁殖，可謂『二次制曲』；堆積中亦有糖化、酒化、酯化等作用，使醅中的水分、酸度及澱粉含量等逐漸下降，而糖分、總酯等成分含量不斷上升，故又可稱之爲『堆積糖化發酵』。因此，堆積是醬香型白酒生產過程中一道舉足輕重的工序。即將添加酒尾和曲粉后的酒醅，在場内堆成一個圓堆，每天添上幾甑材料，待堆至够裝一窖、且品温已升至預定要求時，即可下窖。

實踐證明，若物料不予堆積，則入窖發酵時酸度上升快、出酒率低，酒的雜味重；若物料經合理堆積后再入窖發酵，則酒醅升酸慢，出酒率高，酒具有醬香和醇甜味。爲了達到堆積的預期目的，堆積操作須得法，要保證微生物生長和發酵所需的空氣、温度、温度及時間四個條件。

注意物料的含氧量：據檢測，物料堆積后的活菌數，比自曲粉帶來的活菌數多十一～十四倍。且微生物的種類也增多，如細菌增加九種，酵母增加七種，酵母數增加十三倍。爲使有用微生物得以如此正常地繁殖，須使物料有足够的含氧量。因此，除在兩次摘酒后醅中添加一定量的輔料外，不宜采用通風凉楂法，而應沿用晾堂攤凉法。晾堂爲三合土地面，物料攤凉的時間比通風凉楂法長，故其含氧量也相對高些，另外，應注意上堆均勻，不能爲了節省晾堂面積而沿墻堆積。

物料的含水量須適宜，不應過多或過少。

注意堆積温度：應掌握收堆温度，及時上堆。收堆温度約爲三十攝氏度，可按季節不同而調整堆的高度。若收堆温度過低，則物料升温緩慢，最終品温偏低，其結果雖產量有所增加，但酒香較差，酒體較軟；若收堆温度和最終堆温偏高，則酒香較好，但產量減少，并易產生焦糊香和苦味及氨味，還能使生成的部分酯分解。通常堆的上層在堆積前期品温下降，然后逐漸上升至與推下層的品温接近；堆層中部的品温高于堆的上下層。生沙堆積比糙沙堆積品温高二至三攝氏度，這與糙沙酒醅酸度增高有關。一般堆積品温控制爲四十五至五十攝氏度。

此外，須注意逐甑不斷地均勻上堆，中斷時間宜短，使物料升温正常，并全部發酵；若上堆過程因故中斷，待品温上升后再繼續上堆，則物料升温不正常，僅有部分物料發酵。

高温發酵：物料入窖時品温可達五十攝氏度。在整個發酵階段，品温應控制爲四十二至四十五攝氏度，則產酒量高，醬香突出；若品温低于四十二攝氏度，則出酒率低，酒質亦差；若發酵品温在四十六攝氏度以上，則醬香突出，但出酒率不高，且酒味雜而衝，酸味也較重。同一窖內的上、中、下三層酒醅的品温不同，故通常醬香型酒產于窖面；中層酒醅主要產醇甜型酒；下層酒醅產窖香型酒，這也與窖底酒醅接觸窖底泥、且酸度較高、水分較大有關。發酵過程中，還采用『多輪次發酵』及『回酒發酵』等工藝措施。

高温餾酒：這與濃香型酒采取的低温緩慢發酵和低温餾酒工藝是不同的。低温餾酒是爲了盡量多地將低沸點的酯類收集于酒中；而醬香型酒中高沸點的糖醛、以及總酸、總醇等都高于濃香型白酒，而總酯含量則低于濃香型白酒。

長期貯存：一般大曲醬香型白酒須貯存三年以上；麩曲醬香型白酒應貯存一年以上。貯存中所用酒窖窖泥質量十分重要，本書另有詳述。

二、濃香型白酒的風格及技術特點

產品風格——

濃香型白酒在中國名酒中占有很大的比例，故重點介紹之。這類白酒其總的感官特征，可用『窖香濃郁、綿甜甘洌、香味協調，尾净余長』十六字來概括。但實際上，每個品名的濃香型白酒，均具其本品種固有風格。就宏觀而言，濃香型白酒在風味及生產工藝上，可分爲兩大類型：即以四川酒爲代表的『濃中帶醬』型，(或稱『濃中帶陳味』型)；及蘇、魯、皖、豫等省所產酒品，俗稱『純濃香型』，(或稱『淡濃香』型)。

濃香型白酒兩大風格的形成，與物質基礎、自然條件和技術背景都有密不可分的關系。盡管濃香型白酒共同的工藝要點是『優質高梁、陳年老窖、混蒸混燒、長期發酵、分層蒸餾、質量摘酒、分級貯存、精心勾兑』，但具體分析，在工藝上也存在着與產品風格相應的兩大類型。濃香型名優酒主要是大曲酒，也有少數麩曲酒。濃香型白酒兩大工藝類型的區別主要在大曲、制酒原料及制酒工藝。

制大曲——

原料：醬香型白酒的大曲原料爲小麥，但制曲温度較高；清香型白酒的大曲原料爲大麥或大麥加豌豆，但制曲温度較低；濃香型白酒大曲的制曲温度居中或偏高，川酒主要以純小麥制曲，而蘇、魯、皖、豫等省則多以小麥、大麥、豌豆爲原料，區別如下表所示。

曲別	小麥	大麥	豌豆	高粱	大米	大曲粉
瀘州曲	95~97			3~5		有時加5%老曲
五糧液曲	100					
全興曲	95			4		1
劍南春曲	90	10				
沱牌曲酒曲	92~95	5~8		1~2	2~5	0.5~1
古井貢曲	70	20	10			
洋河曲	50	40	10			
雙溝曲	60	30	10			
宋河糧液曲	100					

豌豆中含有小麥所没有的成分；有的豌豆中的粗蛋白含量高達百分之二十二點五，而有些小麥爲百分之十二點一，大麥爲百分之十點八。由于制曲原料種類及其配比的不同，使基質的炭氮比值等也差別較大；自然條件不一，所含有的有益微生物的種類和數量也有差异；加上制曲工藝條件的差异，制成的大曲及成品酒的質量和風格也必然不同。

曲料粉碎度：曲料粉碎度與成曲質量密切相關。川酒的純小麥曲原料在粉碎前多用温水潤料，要求麥粒表面收干、內心發硬、口咬不粘牙且有脆聲；粉碎后成『心爛皮不爛』的梅花瓣。蘇、魯、皖、豫等制濃香型酒大曲原料在粉碎前一般不潤料，粉碎要求爲：洋河曲、宋河糧液曲原料通過四十目篩孔者占百分之五十，雙溝曲原料通過四十目篩孔占百分之四十，古井貢曲原料通過四十目篩孔者爲冬季百分之三十八、夏季百分之四十。

曲別	外形	體積(長×寬×高)mm^3	質量(g/塊)
五糧液曲	長方體，中間凸起約4cm	268×174×50	2750
瀘州曲	長方體	330×200×50	3400
劍南春曲	長方體，中間凸起約4cm	330×180×60	32500
全興曲	長方體，中間凸起約4cm	330×190×62	3300
沱牌曲	長方體	330×200×60	3500
洋牌曲	長方體	300×185×60	3900
雙溝曲	長方體	300×180×60	3800
古井貢曲	長方體，截去四角	259×125×59	1450
宋河糧液曲	長方體	300×180×60	3750

相比之下，川酒曲原料粉碎較粗，粉碎前潤料的時間爲三十~六十分鐘。各地制濃香型大曲酒的原料粉碎度通常爲冬粗夏細，春秋季介于冬夏之間。

曲塊外形：以長方體爲主。五糧液曲等曲坯中間有凸起，稱

爲『包包曲』，其余欲稱爲『平板曲』。九種濃香型國家名酒成曲的外形及質量，如上表所示。

曲坯含水量：因季節、氣候而异。若天氣干燥、濕度小、氣温高，則曲坯含水量應高些。通常，四川地區因濕度較高，故曲坯含水量較少，且曲坯成型后，須在空氣中自然涼干一～二小時，化驗曲坯的水分爲百分之三十六～百分之三十八；蘇、魯、皖、豫地區，因氣候較干燥，故曲坯含水量較大，爲百分之三十八～百分之四十。

卧曲型式：按傳統操作，川酒的『包包曲』多采用『□□□』方式卧曲，『平板曲』通常采用『‖‖‖』的方式卧曲；蘇、皖、豫地區的洋河、雙溝、古井貢、宋河糧大曲，均采取『‖‖‖』的方式卧曲，曲塊的間距爲二～三厘米，即謂『似靠非靠』。目前，大部分名酒廠已采用機械壓制曲坯，以樓房爲曲室，曲塊置于曲架上培養，即謂『架式大曲』。其卧曲方式通常爲『‖‖‖』。有的廠已采用微機控制培曲條件。

培曲最高品温：通常川酒大曲的培養温度高于蘇、魯、皖、豫地區，其中尤以沱牌曲酒的制曲温度最高，可達六十～六十五攝氏度。目前，爲了提高濃香型大曲酒的優質品率。多使用最高品温爲五十五～六十攝氏度的大曲。九種濃香型國家名酒制曲的最高品温，如下表所示。

曲名	最高品温	曲名	最高品温	曲名	最高品温
瀘州曲	53～54	劍南春曲	54～57	雙溝曲	53～55
五糧液曲	56～58	沱牌曲	60～65	古井貢曲	50～53
全興曲	55～60	洋河曲	55～58	宋河糧液曲	50～55

制酒原料——

四川的濃香型大曲酒，除五糧液和劍南春以高梁、大米、小麥、玉米爲糯米，沱牌曲酒以高梁和糯米爲原料外，大多以該省自産的糯高梁爲原料，選育、推廣『青殼洋高梁』『81—二』等優良品種用于濃香型白酒生産；蘇、魯、皖、豫則以東北及華北地區産的粳高梁爲濃香型白酒的原料。

不同高梁的澱粉、蛋白質、脂肪、單寧等成分的含量也各有不同。而酒醅與原料混蒸混燒的特殊工藝，又使原料本身的揮發性微量成分直接蒸入酒中。在發酵過程中，不同原料的酒醅，其各種成分變化也各不相同，因而出酒率和酒質也存在差异。通常，由于糯高梁所含的澱粉約有百分之九十五以上爲支鏈澱粉，而粳高粱的支鏈澱粉僅爲百分之七十～百分之八十。因此，糯高粱的出酒率較高，有人認爲所産的酒風味也較好。至于高粱之外的其它原料，也會賦予成品酒一定的特色，有所謂『高粱香、玉米甜、大米純、大麥衝』等説法。

制酒技術——

入窖條件的控制：川酒在控制物料的入窖澱粉濃度和酸度方面有其特點，如劍南春酒廠的經驗表明，采取高澱粉、高酸度的入窖條件是提高濃香型白酒質量的關鍵措施之一。蘇、魯、皖、豫等省的濃香型白酒的生産，采取較低入窖温度的工藝條件。如洋河酒廠，生産旺季的入窖温度爲十三～十四攝氏度，發酵最高品温爲二十七～二十九攝氏度，即窖内酒醅升温幅度爲十四～十五攝氏度，故所産的酒香味和甜味均較好。

酒醅入窖發酵方式：川酒采用原窖分層法、跑窖法；蘇、魯、皖、豫等省采用混燒老五甑法，按不同糌醅入窖發酵。

發酵周期：四川的濃香型白酒的發酵期多爲六十～九十天。如瀘州特曲和全興大曲酒爲六十天，五糧液爲九十天。蘇、魯、皖、豫等地的濃香型白酒發酵期多爲四十五～六十天。即川酒的産香后發酵期較長，這不僅關系到當排酒的風味，且由于續糌配料的工藝，影響着釀酒全過程的酒質。

出窖、蒸餾：四川濃香型白酒的酒醅出窖時，五分之三不滴除黄水，且采用大窖小甑桶，故一窖酒醅自開窖到下排封窖，需六至八天時間，五糧液更有『跑窖』的特别操作法；而蘇、魯、皖、豫等省的濃香型白酒酒醅，一般不滴黄水，當天開窖蒸酒，當天續糧入窖、封窖。

濃香型大曲酒的風格，除了受上述的大曲、制酒原料及工藝制約外，地理環境也是重要的因素之一。地理環境包括氣候、土壤、水質及空氣中的微生物。例如蘇北地區，爲暖温帶和亞熱帶的分界地域，爲濕潤、半濕潤季風氣候，平均氣温爲十三～十五攝氏度。川酒的産地爲川東和川南等地區，屬于亞熱帶濕潤季風氣候，具有冬暖、春旱、夏熱、秋雨、温度大、雲霧多等特點。

三、清香型白酒的風格及技術特點

産品風格——

清香型白酒目前占全國白酒總産量的百分之十五左右，以『清、爽、綿、甜、净』的風格著稱。其成分經剖析有二百○四種。其中酯類及其含量對清香型白酒的風格具有決定性的作用。構成清香型白酒主體香成分的乙酸乙酯含量在〇點三克每一百毫升以上。乙酸乙酯和乳酸乙酯兩大酯類含量占總酯的百分之九十八，它們的比例爲一比一點三左右。乙酸乙酯呈清香，乳酸乙酯爲糟香。乙酸乙酯含量較高，有利于産品呈純正的清香風格。乙酸异戊酯含量爲三～四毫克每升，接近于在純酒精中的香味閾值，其發放清香遠大于乙酸乙酯。

技術特點——

清香型白酒的生産方法，有大曲法、小曲法、麩曲法等多種，但名酒多爲大曲法産品。其生産技術特點如下。

主要采用清蒸清糌工藝，也有少數是采用清蒸續糌工藝的。

大曲：以大麥、豌豆爲原料；培制過程最高品温低于五十攝氏度，稱爲低温曲；成曲具有較高的糖化力和發酵力，以及優雅的清香味。

發酵容器：采用地缸發酵，石板作蓋；也有采用陶瓷磚池或水泥池的，但水泥池壁須塗以食用級塗料。場地及晾堂用磚或水泥鋪設，以便刷洗。

發酵：一次投入，兩次發酵后丟糟，發酵期二十天左右。

蒸餾、蒸煮：糧食、鋪料單獨清蒸；酒醅加熟輔料單獨蒸餾，前后共兩次。故謂『清蒸二次清』。

四、米香型白酒的風格及技術特點

産品風格——

無色透明；具有淡雅的蜜甜香氣，持香時間不長；口味醇甜、甘爽、微苦、回味怡暢，后味欠長，具有似『甜酒釀』樣香氣等特征，三花酒爲其代表。

技術特點——

以大米爲原料、小曲爲糖化發酵劑，采用前期進行固態培菌糖化、后期加水呈半固態發酵的工藝，以蒸餾釜進行間歇蒸餾。

成分特征——

香味組成的總含量較低；總醇超過總酯；酯類中，乳酸乙酯含量大于乙酸乙酯含量；因其爲半液態發酵，故此醇類中，异戊醇含量最高，异丁醇和正丙醇的含量也較高。异戊醇及异丁醇的絕對含量超過濃香型及清香型白酒中總雜醇油的含量；最大特點爲β－苯乙醇的含量多于濃香型及清香型白酒，因其酒度低，后酯份含量高的緣故；有機酸以乳酸爲最多，多于乙酸，這兩種酸的含量和占總酸的百分之九十以上；羰基化合物含量較低。

因此，該類酒可聞到醇的香氣，以乙酸乙酯、乳乙酯及β-苯乙醇爲主體香成分；口味上微苦的感覺。

五、其他香型白酒的風格及技術特點

產品風格——

所謂其它香型白酒，是指醬香型，濃香型、清香型，米香型四大香型以外的各種香型白酒的統稱。例如介于濃香型與清香型之間的西鳳酒，有其自身的風格，其香型定爲鳳香型，西鳳酒爲鳳香型白酒的代表；玉冰燒爲鼓香型白酒的代表；董酒爲藥香型白酒的代表；景芝白干酒爲芝麻香型白酒的代表；白雲邊酒和白沙液酒爲濃中帶醬的兼香型白酒的代表；四特酒爲特型白酒的代表。

技術特點——

不雷同于四大香型酒的其中之一；但吸收其一或二或三的某些工藝；有自身的獨到之處。

成分特征——

如西鳳酒的總酯等百分之五十的成分含量，介于清香型與濃香型白酒之間，其香氣主要來自乙酸乙酯、己酸乙酯及异戊醇等成分；白雲邊酒的很多成分，介于醬香型和濃香型白酒之間；四特酒的奇數碳的脂肪酸乙脂含量，高于各種香型白酒；景芝白干的諸多成分含量，介于濃香型、清香型和醬香型白酒之間，也含有類似芝麻油香氣成分的雜環類化合物及含硫化合物等成分；玉冰燒中β-苯乙醇含量比米香型白酒還要高約一倍，并含有相當數量的二元酸酯及α-蒎烯；董酒中的總酸含量很高，尤以乙酸爲多，藥香中帶有丁酸及丁酸乙酯的夏合氣味。此外，有些所謂『混合香』類型的酒，則有有清香、米香、濃香型白酒香味組分的某些特征，并含有自身的一些特殊成分，有的兼有『醬、濃、清、米』四大香型香味組分的一些特點。

第四節 中國名優白酒及其部分產品工藝介紹

(一)、中國名優白酒

中國白酒品牌繁多，現將新中國成立后一~五屆全國評酒會評出的名優白酒書列于后：

第一屆全國評酒會於一九五二年在北京舉行。從各地推薦的一百多種酒樣中，評選出以下八種酒爲全國名酒，稱爲『八大名酒』。其中白酒是：

茅臺酒（貴州仁懷）；瀘州老窖特曲（四川盧洲）；西鳳酒（陝西鳳翔柳林鎮）；汾酒（山西汾陽杏花村）。

第二屆全國評酒會於一九六三年十一月在北京舉行。從一百九十六種酒樣中，評選出十八種全國名酒，二十七種全國優質酒。其中白酒中的國家名酒是：

五糧液（四川宜賓）；古井貢酒（安徽亳縣）；瀘州老窖特曲（四川瀘州）；全興大曲（四川成都）；茅臺酒（貴州仁懷）；董酒（貴州遵義）；西鳳酒（陝西鳳翔柳林鎮）；汾酒（山西汾陽杏花村）；竹葉青（山西汾陽杏花村）。

白酒中的國家優質酒是：

雙溝大曲酒（江蘇泗洪），龍濱酒（黑龍江哈爾濱）；德山大曲酒（湖南常德）；湘山酒（廣西全州）；三花酒（廣西桂林）；凌川白酒（遼寧錦州）；哈爾濱老白干（黑龍江哈爾濱）；合肥薯干白酒（安徽合肥）；滄州薯干白酒（河北滄州）；福建老酒（福建福州）；壽生酒（浙江金華）；醇香酒（江蘇蘇州）。

第三屆全國評酒會於一九七九年八月在大連市舉行。從三百一十三種酒樣中，評選出全國名酒十八種，全國優質酒四十七種。其國家名白酒是：

貴州茅臺酒；山西汾酒；四川五糧液；四川劍南春；安徽古井貢酒；江蘇洋河大曲；貴州董酒；四川瀘州老窖特曲。

國家優質白酒十八種：

陝西西鳳酒（大曲清香）；河南寶豐酒（大曲清香）；四川郎酒（大曲醬香）；湖南武陵酒（大曲醬香）；江蘇雙溝大曲（大曲濃香）；淮北口子酒（大曲濃香）；河北叢臺酒（大曲濃香）；湖北白去邊酒（其它香型）；廣西湘山酒（小曲米香）；桂林三花酒（小曲米香）；廣東長樂燒（小曲米香）；廊坊迎春酒（麩曲醬香）；山西六曲香酒（麩曲清香）；哈爾濱高梁糖白酒（麩曲清香）；河北燕潮酩（麩曲逍香）；遼寧金州曲酒（麩曲濃香）；江蘇雙溝低度大曲（三十九度）；山東坊子白酒（薯干液態發酵）。

第四屆全國評酒會因參加評比的酒較多，故分三次舉行。一九八三年六月，評選黃酒和葡萄酒；一九八四年五月，評選白酒；一九八五年五月，評選啤酒、果酒和露酒。共評選出二十

六種 獲金質獎章的國家名酒，六十四種獲銀質獎章的國家優質酒。

其中金獎白酒十三種：

茅臺酒（飛天牌，大曲醬香型，貴州茅臺酒廠）；汾酒（古井亭牌、長城牌，大曲清香型，山西杏花村汾酒廠）；五糧液（五糧液牌、交杯牌，大曲濃香型，四川宜賓五糧液酒廠）；洋河大曲（羊禾牌、大曲濃香型，江蘇洋河酒廠）；劍南春（劍南春牌，大曲濃香型，四川綿竹酒廠）；古井貢酒（古井牌，大曲濃香型，安徽古井貢酒廠）；董酒（董牌，其它香型，貴州遺義董酒廠）；西鳳酒（西鳳牌，其它香型，陝西西鳳酒廠）；瀘州老窖特曲（瀘州牌，大曲濃香型，四川瀘州曲酒廠）；全興大曲（全興牌，大曲濃香型，四川成都酒廠）；雙溝大曲（雙溝牌，大曲濃香型，江蘇雙溝酒廠）；特制黃鶴樓酒（黃鶴樓牌，大曲清香型，武漢酒廠）；郎酒（郎泉牌，大曲醬香型，四川古藺縣郎酒廠）。

優質白酒二十七種：

武陵酒（武陵牌，大曲醬香型，湖南常德武陵酒廠）；特釀龍濱酒（龍濱牌，大曲醬香型，哈爾濱市龍濱酒廠）；寶豐酒（寶豐牌，大曲清香型，河南寶豐酒廠）；叙府大曲（叙府牌，大曲濃香型，四川宜賓市曲酒廠）；德山大曲（德山牌，大曲濃香型，湖南常德市德山大曲酒廠）；瀏陽河大曲（瀏陽河牌，小曲米香

型，湖南瀏陽縣酒廠）；湘山酒（湘山牌，小曲米香型，廣西全州湘山酒廠）；桂林三花酒（象山牌，小曲米香型，廣西桂林飲料廠）；雙溝特液（曲）（雙溝牌，低度大曲濃香型，江蘇雙溝酒廠）；低度洋河大曲酒（洋禾牌，低度大曲濃香型，江蘇洋河酒廠）；津酒（津牌，低度濃香型，天津釀酒廠）；張弓大曲（張弓牌，低度濃香型，河南張弓酒廠）；迎春酒（迎春牌，麩曲醬香型，河北廊坊市釀酒廠）；凌川白酒（凌川牌，麩曲醬香型，遼寧凌川灑廠）；老窖酒（遼海牌，麩曲醬香型，大連酒廠）；六曲香（麓臺牌，麩曲清香型，山西祁縣酒廠）；凌塔白酒（凌塔牌，麩曲清香型，遼寧朝陽酒廠）；老白干酒（勝洪牌，麩曲清香型，哈爾濱白酒廠）；龍泉春（龍泉春牌，麩曲濃香型，吉林遼源市龍泉酒廠）；陳曲酒（向陽牌，麩曲濃香型，內蒙古赤峰市制酒廠）；燕潮酩（燕潮酩牌，麩曲濃香型，河北三河縣燕郊酒廠）；金州曲酒（金州牌，麩曲濃香型，遼寧金州酒廠）；白雲邊酒（白雲邊牌，兼香型，湖北白雲邊酒廠）；豉味玉冰燒（珠江橋牌，其它香型，廣東石灣酒廠）；坊子白酒（坊子牌，其

它香型，山東坊子酒廠）；西陵特曲（西陵峽牌，兼香型，湖北宜昌市酒廠）；中國玉泉酒（紅梅牌，兼香型，黑龍江阿城玉泉酒廠）；

第五屆全國評酒會于一九八九年一月十～十九日在安徽合肥市舉行。這次評酒會只評選名優白酒。共評選出十七種國家名酒，五十三種國家優質酒。

國家名酒（國家金質獎）十七種：

茅臺酒（飛天、貴州牌，大曲醬香，五十三度，貴州茅臺酒廠）；汾酒（古井亭、汾字、長城牌，大曲清香，六十五度、五十三度，山西杏花村酒廠）；汾特佳酒（汾字牌，大曲清香，三十八度，山西杏花村汾酒廠）；五糧液（五糧液牌，大曲濃香，六十度、五十二度、三十九度，四川宜賓五糧液酒廠）；洋河大曲（洋河牌，大曲濃香，五十五度、四十八度、三十八度，江蘇洋河酒廠）；劍南春（劍南春牌，大曲濃香，六十度、五十二度、三十八度，四川錦竹劍南春酒廠）；古井貢酒（古井牌，大曲濃香，六十度、五十五度、三十八度，安徽亳縣古井酒廠）；董酒（董牌，小曲其它香，五十八度，貴州遵義董酒廠）；董醇（飛天牌，小曲其它香，三十八度，貴州遵義董酒廠）；西鳳酒（西鳳牌，大曲其它香，六十五度、五十五度、三十九度，陝西西鳳酒廠）；瀘州老窖特曲（瀘州牌，大曲濃香，六十度、五十二度、三十八度，四川瀘州曲酒廠）；全興大曲（全興牌，大曲濃香，六十度、五十二度、三十八度，四川成都酒廠）；雙溝大曲（雙溝牌，大曲濃香，五十三度、四十六度，江蘇雙溝酒廠）；雙溝特液（雙溝牌，大曲濃香，三十九度，江蘇雙溝酒廠）；特制黃鶴酒（黃鶴樓牌，大曲清香，六十二度、五十四度、三十八度，武漢市武漢酒廠）；郎酒（郎泉牌，大曲醬香，五十三度、三十九度，四川古藺縣郎酒廠）；宋河糧液（宋河牌，大曲濃香，五十四度、三十八度，河南宋河酒廠）；沱牌曲酒（沱牌，大曲濃香，五十四度、三十八度，四川射洪沱牌酒廠）；武陵酒（武陵牌，大曲醬香，五十三度、四十八度，湖南常德市武陵酒廠）；寶豐酒（寶豐牌，大曲清香，六十三度、五十四度，河南寶豐酒廠）。

國家優質酒（國家銀質獎）五十三種：

特釀龍濱酒（龍濱牌，大曲醬香，五十五度、五十度、三十九度，哈爾濱市龍濱酒廠）；敘府在曲（敘府牌，大曲濃香，

六十度、五十二度、三十八度，四川宜賓市曲酒廠）；德山大曲（德山牌，大曲濃香，五十八度、五十五度、三十八度，湖南常德德山大曲酒廠）；瀏陽河小曲（瀏陽河牌，小曲米香，五十七度、五十度、三十八度，湖南瀏陽縣酒廠）；湘山酒（湘山牌，小曲米香，五十五度，廣西全州湘山酒廠）；桂林三花酒（象山牌，小曲米香，五十六度，廣西桂林釀酒總廠）；雙溝特液（雙溝牌，大曲濃香，三十三度，江蘇雙溝酒廠），洋河大曲（洋河牌，大曲濃香，二十八度，江蘇洋河酒廠）；津酒（津牌，大曲濃香，三十八度，天津市天津釀酒廠）；張弓人曲（張弓牌，大曲濃香，五十四度、三十八度二十八度，河南寧陵張弓酒廠）；迎春酒（迎春牌，麩曲醬香，五十五度，河北廊坊市釀酒廠）；凌川白酒（凌川牌，麩曲醬香，五十五度，遼寧錦州市凌川酒廠）；老窖酒（遼海牌，麩曲醬香，五十五度，大連市白酒廠）；六曲香（麓臺牌，麩曲清香，六十二度、五十三度，山西祁縣六曲香酒廠）；凌塔白酒（凌塔牌，麩曲清香，六十度、五十三度，遼寧朝陽市朝陽酒廠）；二峨大曲（二峨牌，大曲濃香，三十八度，四川二峨曲酒廠）；口子酒（口子牌，大曲濃香，五十四度，安徽濉溪縣口子酒廠）；三蘇特曲（三蘇牌，大曲濃香，五十三度，四川眉山縣三蘇酒廠）；習酒（習水牌，大曲醬香，五十二度，貴州習水酒廠）；三溪大曲（三溪牌，大曲濃香，三十八度，四川瀘州三溪酒廠）；太白酒（太白牌，大曲其它香，五十五度，陝西眉縣太白酒廠）；孔府家酒（孔府牌，大曲濃香，三十九度，山東曲阜酒廠）；雙洋特曲（重崗山牌，大曲濃香，江蘇雙洋酒廠）；北鳳酒（芳醇鳳牌，麩曲其它香，三十九度，黑龍江寧安縣酒廠）；叢臺酒（叢臺牌，大曲濃香，五十三度，河北邯鄲市酒廠）；白沙液（白沙牌，大曲其它香，五十四度，湖南長沙酒廠）；寧城老窖（大明塔牌，麩曲濃香，五十五度，內蒙古寧城八裏罕酒廠）；四特灑（四特牌，大曲其它香，五十四度，江西四特酒廠）；仙潭大曲（仙潭牌，大曲濃香，三十九度，四川古藺縣曲酒廠）；湯溝特曲（香泉牌，大曲濃香，五十三度，江蘇湯溝酒廠）；湯溝特液（香泉牌，大曲濃香，三十八度，江蘇湯溝酒廠）；安酒（安字牌，大曲濃香，五十五度，貴州安順市酒廠）；杜康酒（杜康牌，大曲濃香，五十五、度五十二度，洛陽杜康酒業集團伊川杜康酒廠、汝陽杜康酒廠）；詩仙大白陳曲（詩仙牌，大曲濃香，三十八度，四川萬縣太白酒廠）；林河特曲（林河牌，大曲濃香，五十四度，河南商丘林河酒廠）；寶蓮大曲（寶蓮牌，大曲濃香，五十四度、三十八度，四川資陽酒廠）；珍酒（珍牌，大曲醬香，五十四度，貴州珍酒廠）；晉陽酒（晉陽牌，大曲清香，五十三度，山西太原徐溝酒廠）；高溝特曲（高溝牌，大曲濃香，三十九度，江蘇高溝酒廠）；築春酒（築春版，麩曲醬香，貴州省軍區酒廠）；湄窖酒（湄字牌，大曲濃香，五十五度，貴州湄潭酒廠）；德惠大曲（德惠牌，麩曲濃香，三十八度，吉林德惠酒廠）；黔春酒（黔春牌，麩曲醬香，五十四度，貴州貴陽酒廠）；濉溪特液（濉溪牌，大曲濃香，三十八度，安徽淮北市口子酒廠）；老白干酒（勝洪牌，麩曲清香，六十二度、五十五度，哈爾濱市白酒廠）；龍泉春（龍泉春牌，麩曲濃香，五十九度、五十四度、三十九度，吉林遼源市龍泉酒廠）；陳曲酒（向陽牌，麩曲濃香，五十八度、五十五度，內蒙古赤峰市第一制酒廠）；燕潮酩（燕潮酩牌，麩曲濃香，五十八度，河北三河燕郊酒廠）；金州曲酒（金州牌，麩曲濃香，五十四度、三十八度，大連市金州酒廠）；白雲邊酒（白雲邊牌，大曲兼香，五十三度、三十八度，湖北松滋白雲邊酒廠）；豉味玉冰燒（珠江橋牌，小曲其它香，三十度，廣東佛山石灣酒廠）；坊子白酒（坊子牌，麩曲其它香，五十九度、五十四度，山東坊子酒廠）；西陵特曲（西陵牌，大曲兼香，五十五度、三十八度，湖北宜昌市酒廠）；中國玉泉（紅梅牌，大曲兼香，五十五度、四十五度、三十九度，黑龍江阿城玉泉酒廠）。

（二）中國名優白酒部分產品生產工藝介紹

醬香型類產品舉例：

一、茅臺酒

中國的茅臺酒與法國的干邑白蘭地、英國的蘇格蘭威士忌被譽爲世界三大蒸餾名酒，該酒因產于貴州赤水河畔的茅臺鎮而得名。早在明朝嘉靖年間，茅臺鎮上已有作酒的燒房，清道光年間茅臺鎮的酒坊已增加到二十余家，且聲名日漸雀起。當時有人寫詩贊道：『茅臺香釀釅于油，三五呼朋買小舟，醉到綠波人不覺，老漁喚醒月斜鈎。』一九六三年編修的《續遵義府志》載道：『茅臺酒……出仁懷縣茅臺村，黔省稱第一，……其品之醇，氣之香，乃百經自具，非假曲與香料而成。造法不易，他處難于仿制，故獨以茅臺稱也。』

茅臺酒爲大曲醬香型五十三度，其風味特征是：醬香悠長，幽雅細致，酒味醇厚，回味悠長，清澈透明，色澤微黃。飲后的空杯，留香經久不散，故一向被人們譽爲『國酒』。曾於一九一五年巴拿馬萬國商品賽會上榮獲金質獎章和獎狀。在歷届全國評酒會上一直被評爲全國名酒。其產品生產工藝過程是：

制曲工藝

（一）、配料——

小麥粉碎：小麥先灑百分之五～百分之十的清水潤糧三～四小時后，再用滚動磨粉機粉碎成不通過二十目篩孔占百分之四十的粗粒；通過一百目篩孔占百分之四的細粉及小沙狀粒占百分之二十的碎料。

加水量：可視季節而定，一般爲小麥用量的百分之四十～百分之四十三。

加母曲量：爲曲料的百分之四～百分之八，且按季節而夏少冬多。

拌合：按上述比例，將母曲粉及粉碎的小麥同時送入攪拌箱，再注入適量的水，充分攪匀至無結塊、無白粉、手捏能成團、拋下能散開爲度。

（二）、制坯、凉坯——

將上述拌好的曲料，用機械或人力裝入曲模，踩壓成呈龜背形的曲坯。要求其四邊緊、中間松、表面不毛糙、四角齊整。每塊爲七點六～八千克。

再將曲坯置於凉堂攤凉一～一點五小時，待曲坯表面『收汗』不粘手后，即可送入曲室堆曲。曲坯在凉堂內放置的時間應適當，不宜過長或過短。

（三）、入曲室堆曲——

每間曲室面積爲八點五×三點五平方米。地面至梁底標高三點五米。地面以紅土築成；或爲水泥地面。設孔窗六扇。

曲坯入曲室前，預先在曲室內鋪好壓緊約十七厘米的底草和隔墻稻草。曲坯按横、竪各三塊交替堆置，塊間距爲一點五厘米。用稻草挽成草把，將曲塊之間卡緊、墊平，以使用過的稻草爲主，新稻草每曲室用量不超過五百千克。堆置一層后，在曲坯上面鋪一層稻草。再在第一層曲坯上堆第二層，但上下層之間曲坯排列方向應互成垂直交叉狀。按上述操作放置六行，留出空位置作爲走道及翻曲用。每行堆曲坯四~五層。最后，在曲坯的上面和邊上覆蓋并壓緊十七厘米厚的稻草，灑上七十~一百千克的凉水，以不流濕曲坯爲度，使室内保持一定的濕度。

（四）、培曲、翻曲、拆曲——

培制醬香型白酒的高温大曲，着重于堆放合度，覆蓋嚴密，以保温保潮爲主。

第一次翻曲：曲坯入曲室后關閉門窗、或稍留氣孔，使品温逐漸上升。至第六~八天，于曲堆的上、中、下部位選六點測量品温。待品温達六十~六十二攝氏度、曲塊略變型、呈黄褐色、有黄粑味和甜酸味、但無生麥味時，可進行第一次翻曲。即將曲塊上與下、邊與中、前與后互換位置，堆放方法與曲坯入室時相同。翻曲時將濕草取出，并換上部分新草。翻曲的速度宜快，冬季翻曲時不得開啓門窗，以免品温下降幅度過大而影響成曲質量。

第二次翻曲：第一次翻曲后，品温聚降至五十攝氏度以下。經一兩天后，品温又回升。通常在第一次翻曲后的第六~八天，正常品温爲五十~五十五攝氏度，曲塊已基本定型，呈黄褐色，有醬香味和曲香味。這時可進行第二次翻曲。其操作方法同第一次翻曲，但爲使曲塊成熟和干燥，可適當增大行間距，并將曲塊竪直堆積。

拆曲：待曲坯入室培養約四十天后，品温逐漸下降至接近需要品温時，即可揭去蓋章，進行拆曲。即將曲塊上面的稻草拆干净，并將能再使用的稻草保留備用。若在拆曲時發現底層曲塊水分較高、曲塊較重，則應另行放置，促其干燥。

（五）、曲塊貯存——

將拆曲后的曲塊運至干曲倉，貯存六個月以上，即可使用。

制酒技術

茅臺地區海拔爲四百〇九米，爲河穀地帶；全年平均風速約爲一點二米每秒；空氣相對濕度爲百分之六十三~百分之八十八，全年平均降雨量爲一千〇八十八毫米左右；全年平均氣温約爲二十一攝氏度，最低爲零下二點七攝氏度，最高爲三十九攝氏度左右。在這樣的自然條件下，微生物經過長期的馴育，優勝劣汰，形成了適於釀制茅臺酒的特殊群系。

但茅臺酒的風格，更主要的還是取决于優良的原料及獨特的工藝。

在一九五六年，爲保證酒的質量，確定恢復原有水源、原有工藝、適當延長貯存期。有關部門還曾于一九五九、一九六四年兩次組織力量，以茅臺酒廠爲試點，對茅臺酒的生產工藝進行了科學的總結，逐步形成了『高温制曲、兩次投料、高温堆積、輕水入窖、八次加曲、八次高温發酵、回酒及雙輪底發酵、以酒養窖、九次蒸酒、七次摘取原酒、高温接酒、長期貯存、精心勾調』的一整套工藝。其流程如下圖所示。

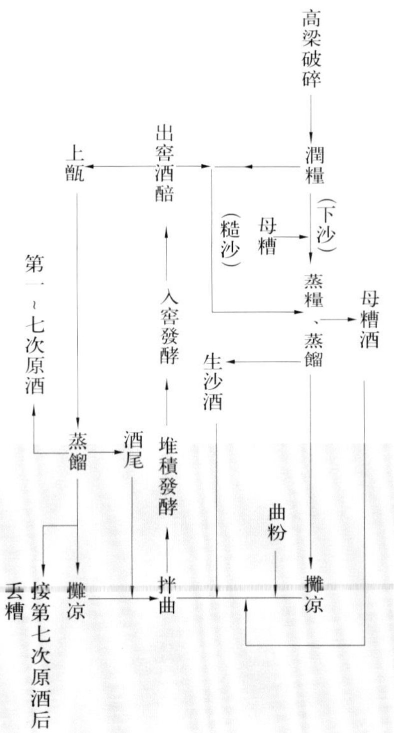

（一）、原輔料，生産用水、大曲調配——

高粱及其處理

要求：制酒原料爲『紅纓子』、『牛心子』等良種糯高粱。種植這種高粱需肥量較大的土壤，仁懷縣適宜種植這些高粱的十九個鄉爲茅臺酒的原料生産基地。此類高粱含單寧較少、澱粉含量高、顆粒大、耐蒸煮；通常澱粉含量超過百分之六十，水分低於百分之十二點五、蟲蛀率少于百分之一。生産一千克茅臺酒需高粱約二點七千克，分下沙和糙沙兩次等量投料完成。

破碎度：下沙整粒與破碎粒之比爲八比二；糙沙整粒與破碎粒之比爲七比三。

生産用水：采用赤水河上游的優質河水，無論是洪水期或枯水期，全年水質的各項指標均波動較小，這是其它地區所難以比擬的。其pH值爲七～八；硬度爲七～十一；鐵、鈣、鎂、硫酸鹽及硝酸鹽等含量均合適。

曲的粉碎及用量：大曲用磨碎機粉碎，要求越細越好。生産一千克成品酒需大曲三千克以上。各輪次的加曲量隨酒醅的澱粉含量、酒質狀况及温變化而异。一般説來夏少冬多。下沙時用曲量爲投料量的百分之十左右，糙沙時用曲量最高，以后各輪次遞減，如第八輪次的加曲量僅爲第七輪次的百分之五十。

輔料：稻殼的用量很少，根據酒醅的狀况確定。

（二）、下沙操作——

茅臺酒生産中，高粱經適度破碎后稱之爲『沙』，第一次料(包括發酵完成)稱爲下沙。

潤糧：每甑裝經破碎的高梁三百五十千克。潤糧水又稱發糧水，使用温度一般爲九十攝氏度以上，用量爲原料量的百分之五十六~百分之六十。分二次潑入，第一次潑入百分之三十一~百分之三十二，第二次爲百分之二十，其余在蒸糧后再潑入。潤糧水要准確計量，將水潑入糧堆時要邊潑邊翻拌，不得使水流失，并須分堆操作。第一次潤糧四~五小時后，再進行第二次，潤糧二十小時左右，然后蒸糧。

蒸糧：在蒸糧前加入母糟，其用量爲高粱的百分之七~百分之十。母糟是未多次蒸過酒的酒醅，并無霉變與异味。須將母糟打散與高粱拌和二~三遍后再行蒸糧。上甑時要求見汽裝料，汽壓控制爲〇點〇八~〇點一五標准大氣壓。蒸好的糧要求感觀均勻、透心、熟而不爛。

攤涼、補水、加尾酒和曲粉：將上述蒸過的物料移至涼堂，作成埂子后潑入潤糧時多余的熱水，并翻勻攤涼至適溫后，再用每壺裝七點五千克酒尾的噴壺噴入酒尾，每甑物料噴二壺，邊噴邊翻拌均勻。例如在室溫二十攝氏度、品溫降至三十四攝氏度左右時，撒入三十五千克曲粉。

堆積發酵：加入曲粉翻勻后，收攏成堆，要求上堆勻而圓，并按不同季節調整堆的高度。收堆后的品溫爲三十攝氏度左右。經堆積發酵三~五天，待堆積最高品溫爲四十五~五十攝氏度、用手插入堆內取出酒醅有酒香味時，即可下窖。

下窖發酵：茅臺酒傳說的發酵容器爲條石地窖，其規格爲長×寬×深=三百九十六厘米×二百一十五厘米×三百〇二厘米，容積爲二十六點六五立方米。窖壁用方塊石和粘土砌成，表面再塗粘土；窖底以紅土築成，設有排水溝。下窖時窖底撒十五千克曲粉，酒醅要疏松，邊下窖邊酒原料量百分之五左右的尾酒。待酒醅裝畢后，用木板輕輕壓平，再撒上一薄層稻殼，最后用四厘米厚的稀泥密封。自封窖之日起計，發酵期不得少於三十天，品溫控制爲三十五~四十八攝氏度。

(三)、糙沙操作——

潤糧：將下沙后的另一半高粱潤糧，其操作同『下沙』。

醅糧混合、蒸餾：第一次發酵結束后，鏟除封泥及稻殼。酒醅分兩次取出，加入等量經潤糧的生沙，拌勻后蒸餾，蒸出的酒稱爲生沙酒，也用于下窖養窖。

茅臺酒的酒醅發酵，與濃香型白酒一樣，采用雙輪底發酵法。即取出雙輪底發酵好的一半酒醅，補充一半新醅，加尾酒和曲粉拌均后，經堆積發酵、回窖再發酵；另一半發酵好的雙輪底酒醅則直接蒸餾取酒，入庫單獨貯存，留作調味酒。

攤涼、堆積發酵、入窖發酵：將蒸酒后的糟攤涼至三十二攝氏度，潑入全部生沙酒，再加入曲粉后進行堆積發酵。爲使前后發酵輪次的堆積酒醅質量相近，可優選適量上輪堆積酒醅不入窖，留作下輪堆積酒醅的種子。

以上操作統稱爲糙沙操作。

(四)、第一~七次原酒的制得——

蒸取第一次原酒：取出上述經糙沙操作第二次發酵后的酒醅，不再加入新料進行蒸餾，量質摘取中段酒作爲第一次原酒，稱之爲糙沙酒。酒頭單獨貯存；酒尾潑入糟中。

第二~七次原酒的制取：從前一次發酵后的酒醅蒸餾結束到下一次發酵后的酒醅蒸餾完畢，稱爲一個輪次。故第二~七次原酒應從第三~八次發酵酒醅中蒸取。

上述經第二次發酵的酒醅加適量經清蒸后的稻殼蒸餾后的糟，再加尾酒和曲粉拌勻，進行堆積發酵后，再入窖發酵一個月。出窖后的酒醅加適量經清蒸后的稻殼蒸餾得第二次原酒。

此后的第四~八輪次操作，即第三~七次原酒的制取，同第三輪次。但各輪次的加曲量、堆積發酵和入窖發酵的品温控制等條件，可按氣温、酒醅的澱粉含量及酸度等予以靈活調整。

接取第七次原酒后的酒糟，可作爲飼料。但該糟中仍含有百分之十二的殘余澱粉等成分，故可將其補加根霉曲和酒母再進行發酵后，追取一次『翻沙酒』，另作它用。

第二~四次原酒稱爲大回酒，第五次原酒稱爲小回酒，第六次原酒稱爲枯糟酒，第七次原酒稱爲丢糟酒，也可將丢糟酒用于養窖。

關於茅臺酒的貯存與勾兑一般作法是：采取看花、品嘗、測量酒精濃度而接取的原酒，分型分級密封于陶瓷容器中，經三年以上的貯存期，進行精心勾兑后，再貯存一段時間。最后以品嘗及化驗爲嚴格把關手段，要求成品酒質量達到或高于標准樣的水平，即可包裝出廠了。

二、郎酒

郎酒醬香幽雅、醇柔甘洌，甜酸似鮮果，飲用尤宜人。該酒產于四川省古藺縣二郎灘(鎮)古藺郎酒廠。二郎灘位于四川與貴州兩省交界處的赤水河中游。郎酒因利用叢山峻嶺的深穀中流出的『郎泉』水釀制而成，故名。

郎酒以高粱爲原料，利用小麥制的高温大曲爲糖化發酵劑，用曲量爲原料的百分之八十。

制曲工藝

原料——

小麥的粉碎度較小，粉碎成二~三毫米。制成的曲坯要厚大、松軟。

制曲——

每塊曲坯用稻草包緊，堆曲時曲塊間用稻草塞緊，上面用稻草蓋嚴并灑水保潮。培養期爲五十~六十天。期間最高品温可達六十五~七十攝氏度，共翻曲二次。曲塊出室后貯存六個月即可使用。

該廠曾采用三次翻曲的工藝，但效果不好。因與醬香密切相關的嗜熱芽孢杆菌適于在五十~五十五繁殖，而第三次翻曲時，正值適于此類微生物生長的保温期。故二次翻曲法既利于保温、保潮，又可减少雜菌侵入，并减少工作量，成曲呈金黄色，香味較濃，優于三次翻曲法的産品。

制酒技術

高粱破碎后分二次投料。一個大生産周期爲九個月，期間七次蒸取原酒。

第一次投料：高粱破碎二~三瓣后，加八十~一百攝氏度熱水潤料二十~二十二小時，再加温水潤料一點五~二小時，然后與百分之十老醅混合，并蒸二~三小時。出甑冷却、加曲、堆積發酵，開始品温爲三十~三十一攝氏度，待最高品温達五十攝氏度時，入窖發酵一個月。

第二次投料：將破碎的高粱蒸熟后與第一次發酵的酒醅混合，再如第一次蒸餾、冷却、加曲、堆積、入窖發酵，蒸取第一次原酒。

蒸取第一~七次原酒后的醅，只加曲，不再加量水，再進行堆積、入窖發酵。

該廠曾在傳統經驗的基礎上，對生産工藝不斷改進：如對原料破碎度及分次加曲的比例作調整；潤糧水用量比原來增加了百分之十三，以利于蒸糧；堆積發酵的品温比原來提高五攝氏度以上，以利于酒醅在窖内的正常發酵，并提高原料出酒率；爲改進成品酒 風味，注意了制取窖底香酒，采取雙輪底發酵操作、改進摘酒工藝、控制接酒温度、并注意留足尾酒等，都有力地保證了郎酒質量的穩定與提高。

三、珍酒

珍酒是茅臺酒在遵義易地生産的産品。雖基本上采用茅臺酒的傳統工藝，酒師也是茅臺人。但其酒質仍與茅臺酒有明顯差异。由于氣候條件不同，大曲易反潮生霉，故貯曲須采用除濕裝置；下沙的時節也須往后推移。珍酒的生産工藝是：

制曲工藝

主要原料——

小麥：選用當地優質小麥，要求顆粒泡滿、均匀、干燥、無霉變及蟲蛀。其粉碎度爲粗粉占百分之六十五、細粉占百分之三十五，以無粗塊、手摸不糙爲宜。

拌料用水：要求潔净。其用量爲小麥數的百分之三十七~百分之四十。

曲母：爲貯存半年的優質生産用曲。其用量爲小麥粉的百分之五~百分之八。

制曲——

第一次翻曲：曲坯入曲室后，隨着微生物的繁殖及代謝活動，品温逐漸上升，一般微生物尤其是酵母菌的生長，在五十攝氏度以上受到强烈抑制，故活菌數明顯下降。至入曲室后七天，上層曲塊的品温達六十攝氏度，這時仍處于升温期，可進行第一次翻曲。翻曲時可能發現靠門窗及頂部有部分曲塊表面爲生曲；中間行上層有變黑的曲塊。這時可聞及輕微的醬香及曲香。

第二次翻曲：第一次翻曲調整了曲塊的温温度，隨后品温又回升。至曲坯入室后約十四天，曲堆中部品温可高達六十二攝氏度。這時正處于培曲過程的高温期。霉菌生長受到抑制；酵母菌大部分死亡而未能檢出；細菌數占絶對優勢。這時可進行第二次翻曲，發現少量曲塊發黑，大部分曲塊呈黄褐色，其香味遠濃于第一次翻曲，并有明顯的醬香。

成曲：具有茅臺酒大曲的色澤和特點，但珍酒大曲的黑色、灰白色曲塊多于茅臺酒大曲，香味也略淡。

制酒技術

原料及其破碎——

選用貴州或四川産的糯高粱，要求顆粒飽滿，無蟲蛀及霉變。其破碎度爲：下沙高梁的整粒與碎粒之比爲八比二；糙沙高梁的整粒與碎粒之比爲七比三。

下沙操作——

潤糧：潤糧水温爲九十攝氏度以上。二次潤糧的總用水量不超過源料量的百分之五十六。自第一次加水到上甑的時間，須在十八小時以上。

加母糟：母糟用量爲高梁的百分之十。分二次加入，第一次在蒸糧前先加一半，另一半在蒸糧后酒酒尾前添加，要求翻拌均勻。

蒸糧：自冷凝器流出冷凝開始計時，須蒸二小時以上，以高梁熟透無白心爲宜。

堆積發酵：每甑糟加酒尾約七點五千克。加曲粉量爲投料量的百分之十一。堆積最高品温可達四十八~五十一攝氏度。

入窖發酵：待堆積品温達最高值時，入窖發酵一個月。

糙沙操作——

將另一半原料如同下沙操作進行潤糧后，加入上述經第一次發酵的酒醅進行蒸餾。所得的酒爲下沙酒，用于養窖。糟再加入投料量百分之十八的曲粉進行堆積、入窖發酵一個月。

第一~七次原酒制取：經第二次發酵的酒醅，蒸取糙沙酒，爲第一次原酒。第二~七次原酒的制取，即第三~八輪次發酵的操作，同第二輪次，但不加新糧和量水。第三~八輪次的各用曲量分別爲原料量的百分之十三、百分之十三、百分之十一、百分之七、百分之六、百分之五。整個大生產周期總用曲量爲原料量的百分之八十四~百分之八十七。經大汽蒸三十分鐘的稻殼，在第三輪蒸酒時使用少量，以后逐輪增加，但每輪用量不得超過原料量的百分之一點五~百分之一點八，即每甑稻殼用量爲七點五~九千克。摘酒的依據是酒的香味和酒度，要求入庫酒的酒精體積分數爲百分之五十四~百分之五十七。新酒貯存于陶壇中，經精心勾兑后爲成品酒。

四、龍濱酒

產于黑龍江省哈爾濱市龍濱酒廠。

該酒的酒精體積分數爲百分之六十；具有濃醇、清洌的特殊風格。其生產方法以茅臺酒爲基礎，并吸取其它名酒廠的先進經驗、根據北方嚴寒的氣候條件加以改進而形成了『清蒸五次清』的生産工藝。其特點表現爲高粱與發酵后的酒醅單獨進行蒸煮、蒸餾，蒸酒五次后丟糟；發酵期爲三十天。

制曲工藝

原料爲小麥。其粉碎度以『心破皮不爛』爲准。曲料加水量爲百分之三十八~百分之三十九，母曲加量爲百分之四。采用以稻草包、碼連垜卧曲法培曲。最高品温爲六十~六十三攝氏度；培養期約爲四十天。

成曲呈黄褐色，具有明顯的醬香味，無异味；茬口爲淡褐色、無生心，中部也有醬香，以干燥過心，質地松軟爲好。

制酒技術

潤料：稱取經粉碎爲『糝子』的優質紅高粱六百千克，加六十~六十五攝氏度熱水一百九十千克，拌勻后堆成丘狀，潤糧十六~十七小時，用手捍可呈粉狀。

蒸糧：將潤好的糧糝加入酒醅三百千克拌勻，待底鍋水沸騰后裝甑，見汽撒料。裝滿圓汽后，蒸六十分鐘。要求物料無硬心、不粘手、糊化程度爲百分之八十~百分之九十。

散冷、加曲、回酒：物料出甑后，加『老量』四百八十千克，以調節入窖水分。待散冷至品温爲三十攝氏度時，加曲、回酒、入窖發醇。不同排次的加曲量、回酒品温及用量、入窖品温，如表A、表B、表C所示。添加稻殼爲填充料降低百分之〇點五用量，可提高産品質量；增加回酒量，可明顯地提高産品質量，但酒的風格不變；采取增 曲降温措施，雖然可提高酒質，但出酒率有所降低。

入窖發酵：物料下窖后，上面撒一層稻殼，再加八~十二厘米厚的酒糟鋪平、踩緊，并塗四~五厘米厚的泥；次日，夏天用細砂、冬天用稻皮蓋住，以免窖泥裂開；爲使窖皮保持濕潤，可適時灑水；發酵期間，每天跟窖觀察，一經發現裂縫，立即予以踩緊。

蒸餾：每排酒醅經五輪次蒸酒后，即可丟糟。

新酒用陶壇分質貯存二年以上后，進行精心勾兑爲成品酒。

表A

項目＼排次	1	2	3	4	5
原工藝	4.0	4.2	4.5	5.0	5.5
增曲降温	5.5	7.0	7.0	7.0	7.0
增加回酒	4.0	4.2	4.5	5.0	5.5

表A和表B中，比一九六一年降低用曲量百分之〇點五。

表B

項目＼排次	1	2	3	4	5
原工藝	20	23	25	23	28
增曲降温	18	20	21	22	24
增加回酒	20	26	23	23	27

表C

排次 / 回酒温度及用量 / 項目	1		2		3		4		5	
	温度	用量	温度	用量	温度	用量	温度	用量	温度	用量
	℃	%	℃	%	℃	%	℃	%	℃	%
原工藝	22	0.86	25	1.21	26	2.55	24	2.8	29	1.9
增曲降温	23	1.0	24	1.9	23	2.13	23	3.3	25	2.4
增加回酒	27	1.6	27	2.0	23	3.91	24	4.2	28	3.2

注：回酒的酒精體積分數均按百分之二十五計。

五、武陵酒

武陵酒產于湖南省常德市酒廠，因常德古名爲武陵而酒得此名。該酒采用茅臺酒的生產工藝，輔加二次投料，高粱整粒浸泡等方法釀造。總用曲量爲原料量的百分之七十～百分之八十；凉堂堆積，每個小發酵周期爲一個月，總發酵期爲八個月。其生產工藝是：

制曲工藝

純小麥粉碎后加母曲和清水拌和，制成曲坯入室培養，最高品温爲七十攝氏度，稱爲『火曲』。曲塊出曲室半年后即可使用。

制酒技術

第一次投料——

將一半整粒高粱以六十攝氏度温水浸泡二十四小時后，衝洗二次，以去除一部分單寧。瀝干后蒸糧一點五～二小時。揚冷后加入原料量百分之十未經蒸餾的母糟，再加入原料總量百分之三十的曲粉，并將物料含水量調整爲百分之四十～百分之四十二。在起始温料總量百分之三十的曲粉，并將物料含水量調整爲百分之四十～百分之四十二。在起始温度三十攝氏度下進行堆積發酵。經一～二天后品温升至四十八～五十攝氏度時，再入窖發酵。

第二次投料——

將另一半整粒高粱如同第一次投料進行浸泡后，與經第一次發酵后的酒醅混蒸。再加原料量百分之二十的熱水后，冷却至適温，加原料量百分之二十的曲粉，再堆積發酵、入窖發酵、蒸餾。

第三～六輪次發酵　酒醅堆積前不再加熱水，只加曲粉。各輪次曲量分別爲原料量的百分之十二、百分之十、百分之七。以下操作同第二輪次。整個大周期采用『七蒸六吊』的工藝，酒糟澱粉含量爲百分之十～百分之二十。再加中温曲制取二曲酒后，酒糟澱粉濃度爲百分之十～百分之十二，可繼續用麩曲制普通白酒，使原料總的澱粉出酒率爲百分之五十。

近年來，該廠又不斷完善生產工藝，使產品質量進一步提高。其主要措施體現在三方個方面，即：合理用曲、調整發酵期和科學勾兑調味。使成品酒的醬香型風格更具曲型性。

濃香型類産品舉例：

一、五糧液酒

五糧液産于四川宜賓縣五糧液酒廠。宜賓出産名酒有文獻可查的歷史已有一千二百多年。五糧液因以五種糧食——高粱、糯米、大米、玉米、小麥——爲原料而得名。據《叙州府志》記載：早在宋朝時，當地人就用多種穀物爲原料混和釀酒，稱爲『荔枝緑』，爲王公權所造，廣有美名。詩人黄庭堅曾飲此酒，以酒質無比優美，譽爲戎州第一，著有《荔緑頌》。后人遂仿其方法，常以多種穀物原料釀酒。可見五糧液的産生有其源遠流長的歷史。

據傳，一九二八年時，利川永糟房老板聽説酒師趙銘盛有用多種糧穀混合釀制雜糧酒的秘方，可制出上等好酒。于是，經多方設法，終于使趙師傅將秘方説出，原來此方爲趙的師傅陳三烤酒師在清朝同治八年即一八六九年臨終時傳給他的。這一秘方每代傳授均在師傅仙逝之時，從衆徒弟中選一位被認爲最忠厚可靠者，口傳心授而繼承下來，外人無法知曉。傳到他時，已爲第六代。再早就無從溯源了。五糧液酒廠的老窖池，系明清兩代所建，在明末清初，叙州有温豐德(后改爲利川永)等四家糟房。故有三百年老窖之説。

五糧液的技術不斷改進，如將原來配方中的蕎麥改爲汴麥，配方比例也不斷更新，去掉了成品酒的苦、澀、糙味。評酒家説：『五糧液吸取五穀之菁英，蘊積而成玉液，其噴香、味甜、純净之特質，可謂巧奪天工地融諸味于一體之功』。已故著名數學家華羅庚贈詩説：『名酒五糧液，優選味更醇；省糧五百擔，產量增五成。誼飲李太白，雅酌陶淵明；深恨生太早，只能享老春』。確實，李白所愛飲備至的『老春』酒，是決不能采取五糧液酒廠總結推行的『熟糠拌料、平封窖頂、泥蓋隔熱、新窖早熟、雙輪底發酵、回酒發酵、滴窖降酸、量質摘酒、按質并震動，分給貯存、精心勾兑，以及跑窖循環』等一整套行之有效的工藝的。

五糧液酒的生産工藝是：

制曲工藝

該廠的酒師，也將五糧的作用總結爲：高粱使酒香濃、大米使酒净爽、糯米使酒醇厚、小麥使酒勁衝、玉米使酒甜綿。

多種糧穀釀酒的原料配方，經長期生產實踐，現確定爲糯高粱百分之三十六、大米百分之二十二、糯米百分之十八、小麥百分之十六、玉米百分之八、上述糧品均系川南所産的品種。

五糧液的大曲外形及制作工藝較特殊。一般大曲酒廠使用表面平的磚狀平板曲，而五糧液采用『包包曲』，因其中部隆起如小山包而得名。質量也不同于平板曲，因其接觸空氣的表面積大于一般大曲，所以十分有利于霉菌的繁殖。

包包曲：以川南優質純小麥爲原料，制作工藝較平板曲復雜。培曲過程中，品温由表及裏地逐步升高，形成明顯的温度梯度，使曲塊内部生長種類較多的微生物及其代謝産物較豐富。故成曲　香氣特殊且濃郁、皮薄心實，糖化發酵及蛋白質分解能力均較强，并富含氨基酸及諸多香味前體成分。

培曲周期較長，爲四十天；在后火保温階段的品温較高，爲五十～六十攝氏度。成曲霉菌生長充分，入窖時使用陳年老曲。

制酒技術

『跑窖循環』因糟醅從第一窖出、大部分入第二窖發酵以此類推，逐窖傳遞，通常可依次在十～二十個窖内循環，故名。這對于相對地平衡各窖酒醅的質量、平衡各生産段的酒質，以及新窖的老熟等，均起到較好的作用。

酒醅酸度高、演粉濃度高一般濃香型白酒廠多采用入窖酸度及澱粉濃度均較低的工藝條件，但五糧液的入窖酸度及澱粉濃度都較高，故成品酒到濃香充溢、醇厚豐滿見長。雙輪糟的出池酸度高達四點八～五以上。一般酒醅的出、入窖等條件，如下表所示。頂火温度即最高品温。自入窖至頂火所需時間，稱爲定温頂火時間，通常頂火持續期爲四～五天。

季節	入窖温度(℃)	頂火温度(℃)	定温頂火時間(天)
冬、春、夏初	17～18	32～33	7～8
夏季	平地温、28	38～40	4～5

季節	入窖澱粉濃度(%)	入窖酸度	出窖酸度
冬季	20～22	1.7以下	3.0～3.5
夏季	18～20	2.4以下	3.5～4.5

事

發酵期長達九十天。

分層起酒醅、分層蒸餾、量質摘酒、按質并壇，分質貯存。

該廠的勾調實力雄厚、素質精良，并在全國率先進行微機勾兑。

二、古井貢酒

古井貢酒產于曹操的故鄉安徽省亳州市減店鎮古井酒廠。該酒爲明清兩代進獻皇帝的貢酒，其釀造用水取自一千四百多年前開掘的古井。自詡醉翁的宋代大文學家歐陽修，在他任亳州知州時出巡酒鄉減店集市，憑吊古井、暢飲佳釀，醉意悠生，曾寫下詩句：『若無潁水肥魚蟹，終老仙鄉作醉鄉。』『雨過紫苔惟鳥迹，夜凉蒼松起天風；白醪酒嫩迎秋熟，紅棗林繁喜歲豐。』詩中所説的仙鄉，即指老子故里太清宮，屬亳州，故稱亳州爲仙鄉。由于歷史的原因，古井貢酒曾一度失傳。一九五九年國家投資建廠，重新恢復古井貢酒的生產。

古井貢酒，酒液清澈透明如水晶，香純如幽蘭，經久不息。屬濃香型，酒度六十度、五十五度、三十八度，于一九六三、一九七九、一九八四、一九八八年連續四次被評爲全國名酒。古井貢酒的生產工藝特點是：

制曲工藝

采用多種原料；培曲的最高品温較低。

原料及其處理——

小麥、大麥、豌豆的比例爲七比二比一。

原料要求顆粒飲滿、無霉爛及蟲蛀，夾雜物百分之一以下。

將原料按比例混勻后用粉碎機粉碎。要求粉碎度能通過四十目篩孔者夏天占百分之四十，冬天占百分之三十八。

制曲坯——

將粉碎的曲料加水拌勻，用踩曲機壓成每塊重三點二千克、厚約六~七厘米的曲坯，含水量爲百分之三十八。

入曲室——

曲坯入室前，先將曲室清掃干净，并鋪新鮮麥秸三~五厘米厚，麥秸需每季度更換。再用硫磺殺菌后備用。

卧曲時由裏向外，每行二層，中間用竹杆相隔，曲坯間距二~三厘米，行間距約三厘米，夏稀冬密。曲坯頂面蓋麥秸，邊進邊蓋。每間曲室可容納二千五百千克曲料的曲坯。曲室入滿后，即關閉門窗保温培養。該廠現已建有多幢可進行架式培曲的制曲樓。

挂衣(長霉)——

隨着微生物的繁殖，室温逐漸上升，曲塊表面産生菌絲和白斑。夏約一天，冬季三～四天，即可滿衣，室温可高達四十六～四十七攝氏度。若挂衣效果欠佳，可在麥秸上噴水保潮，使挂滿衣。

放潮、晾霉——

待滿衣后打開窗户，揭去麥秸，并放潮二～四小時后，曲室温度降低，在曲塊表面不粘手時，可進行第一次翻曲，即將曲塊上下、裏外更換位置。然后晾霉二天。

起潮火——

晾霉后關窗。待品温升至四十攝氏度左右時，進行保温，即用節窗户開啓度控制品温。第一天后，隔天進行翻曲一次。潮火期爲四～五天。

中火期——

潮火期之后，抽去上下層間的竹杆，曲塊逐漸收攏。同時曲二層逐漸加高至三～五層，曲温保持四十四～四十六攝氏度。中火期爲七天左右。

后火期——

中火期后，部分曲塊已成熟。此時可將水分大、不成熟的曲塊緊密地堆至裏面。并用麻袋蓋住，四周用麥秸堆圍，使品温再升至四十七～四十八攝氏度，并防止降温，且不要翻動，直至曲塊完全成熟。然后，讓曲塊逐漸降温，排除多余水分。待降至室温時，即可出曲室。

出曲室、貯存——

曲塊出室前，須抽樣作感官和理化檢驗。按曲的質量差异分開貯存約三個月。

成曲質量——

成曲率爲百分之七十～百分之七十五。要求成曲『全白一塊玉』，糖化力在八百u／g以上。

制酒技術

原輔料、大曲配比——

高粱粉用大曲粉約百分之二十六；稻殼百分之十五～百分之二十；加水量爲高粱的百分之一百～百分之一百一十；糧糟比爲一比四～五。

操作——

發酵和蒸餾采用老五甑法。即熟糠拌料、糧糟混蒸、下四蒸五、低温入窖、泥窖發酵、分層蒸餾、量質摘酒、分級入庫、貯存一年。

酒醅的出入窖條件如下圖所示

發酵期 天	季節	入窖條件 水分 %	入窖條件 温度 ℃	入窖條件 酸度	入窖條件 澱粉濃度 %	出窖條件 水分 %	出窖條件 温度 ℃	出窖條件 酸度	出窖條件 澱粉濃度 %	至頂火温度所需天數	頂火温度保持天數
40	冬	54~56	16~20	1.4~1.8	16~18	65~68	24~26	2.6~3.0	8~9	7~8	6~8
	夏	54~56	低室温2	1.8~2.0	13~14	65~68	24~26	2.6~3.4	8~9	3~5	6~8
	春秋	54~56	18~20	1.6~1.8	15~17	65~68	24~26	2.6~3.0	8~9	7~8	6~8
60	冬	55~57	16~18	1.4~1.8	16~18	66~68	24~26	2.6~3.2	8~9	12~15	8~12
	夏	54~57	低室温2	1.4~1.8	13~14	66~68	24~26	2.8~3.5	8~9	4~6	8~12
	春秋	55~57	16~18	1.4~1.8	15~17	66~68	24~26	2.8~3.2	8~9	6~12	8~12

三、瀘州老窖特曲酒

瀘州老窖特曲產于四川瀘州市曲酒廠，已有近四百年的悠久歷史。瀘州老窖特曲酒爲濃香型白酒之典型，酒度爲六十度和五十五度兩種規格。評酒家稱此酒具有『濃香、醇和、味甜、回味長』四大特色。長期以來瀘州老窖特曲的獨特風格的形成是與陳年老窖發酵有極大關系，《修補瀘縣志》記載説：『以高粱、小麥合釀者曰大曲，清末畀户十余家，窖老者尤清冽，』故在特曲酒之前，特加『老窖』二字。

本世紀二十年代，瀘州老窖特曲酒曾在巴拿馬國際覽會上獲金質獎章和獎狀。新中國成立后，蟬聯歷屆全國名酒。

其生產工藝特點是：

制曲工藝

通常采用純小麥制曲，也可摻加百分之三~百分之十的高粱：大多制中温曲，制曲最高品温爲五十三~六十攝氏度；傳統工藝的曲必在夏天，最高品温不超過五十二攝氏度，也可稱爲中温曲。

中温大曲制作：

原料處理——

每一百千克小麥加十千克熱水潤料、堆積三~四小時后，磨成片狀，其余爲粉狀。

拌料——

每鍋拌麥粉三十千克，加入爲原料重量百分之二十六~百分之三十三的水。除熱季用冷水外，一般用四十~六十攝氏度的温水。拌至用手捏可成團、但不粘手爲止。

制曲坯——

每塊曲坯重量不得相差○點二千克。待收汗后即可轉入曲室，不宜使其表面水分揮發過度，以免掊曲時干皮或不上霉。

曲坯入室——

傳統的曲室爲磚木結構、夾層墻、黃泥地，高六米、長八米、寬四米。每室可置曲坯八百～八百五十塊。兩側墻壁有足够的玻璃及木板雙層通風窗，雙層墻以稻殼及木屑爲填充材料，屋頂有通氣天窗。

曲室運入曲坯前，在地面上撒一層新鮮稻殼，其厚度以不露地面爲准。曲坯以四塊爲一碼，按相互垂直依次排列。曲坯間距爲三～四厘米，每平方米可放曲坯二十六塊。曲坯放置后，在曲室四壁的空隙處塞稻草，在曲坯頂上蓋上蒲草席，再在席上按不同季節鋪十五～三十厘米的稻草保温。最后按一百塊曲坯所占的面積，在稻草上灑七千克水，水温同拌料用水，但冬季應灑八十攝氏度左右的熱水，灑畢即關閉門窗。

培養過程——

挂衣：曲坯升温的速度，因季節和室温而异。例如室温開始爲十九～二十二攝氏度、曲堆温度爲三十～三十五攝氏度，約經二天后曲心温度可升至四十攝氏度左右，曲塊表面已布滿白斑及菌絲。若表面水分揮發到一定程度，即可進行第一次翻曲。

前火期：第一次翻曲的方法爲底層曲塊翻至上層，周圍的翻至中間，硬度大的翻到下層。曲塊間距爲四～四點五厘米，全部并列排置，爲二～三層、上層的曲塊對准下層二塊曲的縫隙。二層之間用二～三根細竹竿或篾相隔，使曲堆穩固。第一次翻曲后，仍如前述加覆蓋物，并關閉門窗保温，采用減薄蓋草及開啓門窗等措施，使最高品温不超過五十五～六十攝氏度。

中火期、后火期、收堆：第一次翻曲后，可每隔一～二天翻曲一次，大多翻三～四次即可，翻法如前，并視曲塊的變硬程度逐漸加高。待曲心水分已大部分揮發、品温逐漸下降時，可進行最后一次翻曲；同時將曲塊收堆，不留間隙，壘至六～七層。收堆后，品温繼續下降，應注意保温，以免品温下降過快、后火太小而產生紅心、生心或窩水等現象。

成曲——

曲坯從入室到成熟干燥，約需三十余天。新曲應貯存三個月后使用。貯曲室應干燥通風。成曲折斷后有特殊的曲香，無霉酸氣味。表皮越薄越好。若曲料過粗或曲坯在室外凉太久，或入室后升温過猛，則表皮較厚。曲塊表面應有均勻的白斑或菌絲。若曲塊間隙太小、曲坯含過大且翻曲不及時，則曲塊表面光滑無底，或有灰黑色絮狀菌絲。

另外成曲的斷面應布滿白色菌絲，并有黃色或紅色斑點爲好。若曲塊間距太小和后火太小，則會出現窩水曲；若在濕度大的條件下后火太小，則曲心會長灰黑毛；若曲料粗、水分小、前火大，則曲心呈黑褐色。

温永盛傳統操作法制酒技術

瀘州老窖酒的生產工藝源於創立於一九二五年的『温永盛』和『天成王』的名顯標志是窖池的培育。一般新窖用黃泥築成，七～八個月后，窖泥變成暗灰色，十幾年后窖泥如黑土。『温永盛』的老窖，三米多以內土已全黑，用這種窖發酵的酒醅，蒸出的酒不經貯存香氣也很濃。據説早在十七世紀中葉，瀘州的舒家辦酒廠時，曾將陝西省漢中地區略陽縣生產大曲酒的母糟、築窖的泥樣及技工帶到瀘州，利用瀘州南城雲溝附近的泥土和龍泉井水，按略陽的方法築建六個發酵窖。此事至今仍有舒聚源在一八〇七年重修龍泉井碑記可供查考。到十九世紀初，舒家的全部發酵窖售給温氏經營。也有人説瀘州現存的窖齡最長的窖，爲明朝萬歷年間(一五七三～一六二〇)所建，『四百年老窖』的提法，即由此而來。

瀘州老窖的平均容積爲十立方米左右，尤以六～八立方米爲優。選用黃泥底的窖基地，在窖壁上釘入長三十厘米、寬三厘米的楠竹釘，竹節向上，竹針頭上纏苧麻繩，釘入壁內深度爲二十厘米，以正三角形狀釘成橫列，釘間距爲二十厘米。再以距城五公里的五渡溪的細膩、無夾沙、粘性强的黃泥加入黃水等踩柔后，搭于窖壁，厚約十厘米；窖底用浮黃泥夯實，厚約三十厘米。新窖經發酵七～八輪次后，黃泥由黃變烏；繼而漸變爲烏白色，并變綿軟爲脆硬；約經二十年，泥質由脆硬變爲又碎(無粘性)又軟、泥色由烏白轉爲烏黑，并呈現紅綠等彩色，產生濃郁的香味，初步達到老窖的標准；此后年復一年，產品質量越來越好。這就是温永盛老窖大曲酒名聲日盛的由來。

『温永盛』制酒工藝流程如下圖所示。

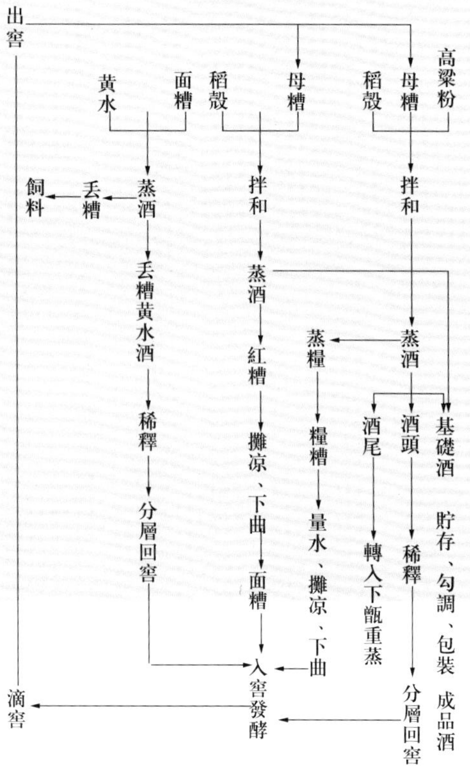

釀造用水、原輔料、大曲及其處理——

釀造用水：爲龍泉井水，該水爽口微甜、呈微酸性、總硬度爲四點六；后因産量大增，改用沱江之水，其水質也較好，硬度爲四~十。

這兩種水所含的氨、硝酸鹽、腐敗有機物及鐵含量均甚微，爲理想釀酒用水。

原輔料、大曲及其處理：高粱要求成熟飽滿、干净、澱粉含量高；大曲要求潔白質硬、内部干燥、曲香濃；稻殼要求新鮮、干燥、金黄色、不發霉。

高粱須粉碎成能通過二十目篩孔者占百分之七十八~百分之八十五；麥曲用木錘擊碎再經石輥輾細，要求能通過二十目篩孔者占百分之七十，其余能通過○點五厘米的篩孔；稻殼原來不清蒸，現改爲使用前先蒸一次。

制酒技術

配料蒸糧蒸酒——

傳統的方法是：在蒸上排發酵糟的同時，應進行配料。每甑用發酵糟(配醅)二百四十八~二百七十千克，高粱粉七十千克。后改爲加糟量爲高粱粉的四點五~五倍，稻殼用量爲投糧量的百分之二十~百分之二十五，即夏季爲百分之二十~百分之二十一，冬季爲百分之二十一~百分之二十五。正常生産時，窖中有六甑物料，最上層的一甑爲回糟，或稱面糟，出窖后不再加新糧，蒸餾后即丢糟；面糟下面爲四甑糧糟，出窖后加入新糧蒸餾、加量水、冷却、加曲，成爲准備再入窖的五甑物料；最下層爲紅糟，出窖后不再加糧，只加比糧糟少一半的曲粉，成爲下排發酵后出窖時的面糟。所以是老七甑續楂混蒸操作法，窖中老有六甑物料。

配糧糟時，先將母糟鋪開，再入高粱粉及稻殼，低翻速拌三遍，然后蓋上稻殼堆入三十~四十五分鐘后裝甑。甑的容量爲一點二五立方米，采用立管式的純錫冷凝器。裝甑前先加足够量的底鍋水，再放置甑橋、甑篦，并撒上稻殼一~一點二五千克。裝甑時間爲三十~四十分鐘，以三十分鐘效果爲最好。裝甑要端撮畀子均勻、輕倒詐撒穿汽一致，以免『夾花掉尾』。物料要裝成邊高中低。蒸留過程中要防止塌甑、溢甑及漏氣等現象。每甑共蒸四十五分鐘，蒸糧階段，須加大火力。

改進后的操作方法是：先在加好新水的底鍋内倒入黄水、放置甑篦。待水煮沸后裝入四~五畚箕面糟鋪底，再繼續裝甑、蒸餾，蒸出的酒單獨貯存，出甑后的糟作爲飼料。糧糟的蒸餾操作，在流酒階段與面糟蒸餾相同摘酒○點五千克，用于回窖再發酵；再接取原酒二十～二十五分鐘，約二十八～四十八千克，流酒速度爲三～四千克每分鐘，平均酒精體積分數爲百分之六十三～百分之六十五；再接二十八～三十分鐘尾酒，用于下一甑復蒸；斷酒尾后，應加大蒸汽蒸二十～二十五分鐘，以利于高粱熟透。

加量水——

俗稱打量水。出甑的糧糟，按每一百千克高粱粉加入蒸餾時的冷却水九十五千克，水温爲五十五～八十五攝氏度。每窖除窖底二～三甑不打量水外，其余分層打入數量不等的量水，以從窖底起自下而上加水量遞增爲原則，靠近窖的下層糧糟，每甑打量水約五十千克，中間每甑約七十五千克，最上層約一百千克。量水要與糧糟充分拌勻，使入窖糧糟的含水量爲百分之六十～百分之六十二。配糟后剩余的母糟，不打量水，只待攤涼加曲后作爲封窖的面糟。

攤涼撒曲粉——

用木鍁將糧糟攤于涼堂呈三～五厘米厚，再用竹耙或木齒耙反復拉三～五遍，待品温降至比地温高六～十二攝氏度時即可撒曲粉，地温爲十五攝氏度以上時，撒曲粉品温比地温高六～七攝氏度。曲粉的用量爲高粱粉的百分之二十；但作爲紅糟的下曲量比糧糟應少百分之五十。具體操作應根據氣温，如下表所示，調整投糧、輔料量、加水量及用曲粉量。

投料項目及投料條件	旺季	平季	淡季
	1～4月 12月	5 6 11月	7～10月
氣温(℃)	20以下	20～25	25以上
拇甑投糧量(kg)	130	120	110
下窖物料澱粉濃度(%)	17～19	16～17	15～16
加水量對高粱粉(%)	60～65	65～70	70～75
稻殼量對高粱粉(%)	24～26	22～24	20～22
曲粉對高粱粉(%)	20	19	18～19
每甑回酒量(kg)	2.5	2.5	2.5

入窖發酵——

老窖每一立方米可容納糧糟一百一十～一百二十千克。每窖裝底糟二～三甑，其品温爲二十～二十一攝氏度、糧界品温爲十八～十九攝氏度；紅糟品温比糧糟高五～八攝氏度。每裝二甑糧糟后，要踩緊窖邊，但也不宜踩得過于緊實。糧糟不得超過窖坎十五厘米；紅糟應完全裝在糧糟的表面。裝完紅糟后，將其表面拍光，再抹上四～六厘米泥密封。實踐證明，采用泥封法比塑料布密封效果好。

發酵管理——

入窖后，每天應檢查窖溫及封泥狀況，并用竹簽向窖內穿一~二個小孔(吹口)，以排放二氧化碳和掌握酒醅的發酵質量，俗稱『清吹』。一般『清吹』應在四~六次，以隨時掌握品溫。夏天入窖四~五天，最高品溫即可達到三十八~四十攝氏度，但冬天需八~十天才能升至三十一攝氏度左右。

傳統的發酵期爲三十~四十五天，現已改爲四十五~六十天。延長發酵期，可增强香味，但也有副作用，例如已酸异酯等僦量也增加，會呈現類似中藥和噴漆的氣味。

在發酵過程中，窖內酒醅向下滲流的黃色漿水稱爲黃水，含酒精百分之四點五左右，以及有機酸、腐殖質、酵母自溶物、香味成分前體等物質，還有經馴化的已酸菌等。因此，黃水是培養人工窖泥的良好材料，也可將其集中后，放入底鍋內蒸取黃水酒。若黃水發黑，則是窖溫過高所致，不宜再用。

『六分法』工藝

在『溫永盛』操作法的基礎上，瀘州酒人又創造了『六分法』工藝：

『六分法』工藝，是在『溫永盛』的基礎上，吸取了『跑窖法』和『老五甑法』的優點而發展形成的一種新型工藝，具體操作是：

分層投糧

針對窖內母糟上下發酵的不均勻性，予以區別對待，即分層投糧。在全窖總投糧量不變的原則下，入窖時下層糧醅多投糧，上層糧醅少投糧，使窖內各層糟醅的澱粉含量呈『梯度』結構。其層次的劃分最好以『甑』爲單位。爲便于操作，大體上自上而下可分爲三層：第一層爲面糟，約占全窖糟量的百分之二十左右；第二層是『黃水綫』以上的糟醅，可按全窖的每甑平均投糧量投料；第三層是『黃水綫』以下的糟醅(含雙輪底糟)，投料量比全窖的每甑平均數多約三分之一。

分層發酵

針對各層物料在發酵過程中的變化規律，在發酵時間上予以區別掌握。上層糟醅在生酸期之后，酯化作用微弱，若使其繼續留在窖內發酵的價值不大，故可將其提前出窖、蒸餾；而窖底糟醅的產香幅度大，則可延長其酯化時間。

具體操作中可將一個窖內的糟醅區分爲下列三種發酵期：面糟在入窖后三十~四十天，即生酸期后，可將其取出，不再加糧而進行蒸餾、冷卻，只加大曲粉，作爲紅糟，回入原窖內覆蓋于糧糟上，封窖、再發酵；糧糟發酵六十~六十五天后，與

事

上面的紅糟同時出窖；每窖的底糟爲一～三甑，兩排出窖一次，即第一排不出窖，但須加大曲粉，稱爲『雙輪底糟』，其發酵期可爲一百二十天以上。

分層堆糟

爲將窖內各層次糟醅分層蒸餾，應將各層次的出窖糟醅分別予以堆放，方法是：曲糟和雙輪底分別單獨堆放，以便于單獨蒸餾；母糟(糧糟)分層出窖后堆于一堆，但在堆糟壩上每甑由裏向外地逐層堆放，以便先蒸下層、后蒸上層糟，『優差』有別，利于量質摘酒。

分層蒸餾

如上所述，窖內各層次糟醅在發酵過程中造成的質量是有差异的，故蒸得的酒的質量也各不相同。爲了提高名優酒品率，避免因各層次糟醅混雜而全窖整體酒質下降的現象，各層次應該分別蒸餾，以便量質摘酒、貯存、勾兑。

分段摘酒

針對不同層次糟醅的酒質，以及在蒸餾過程中各段餾分酒質的不同，爲了更多地摘取優質基礎酒和特殊調味酒，以提高優級品率，須按不同的糟醅進行科學地分段摘酒。

分質并壇

經分層蒸餾，分段摘酒，各壇基礎酒的酒質有着明顯的差异。爲便于按質貯存和勾兑、保證產品質量，應將摘取的不同壇基礎酒嚴格地按質并壇。

四、洋河大曲酒

洋河大曲產于江蘇泗陽縣洋河酒廠。《康熙字典》已有『洋河大曲產于江蘇白羊河』的條目，足見洋河大曲聞名于世已有三百多年的歷史。《宿遷縣志》也載清乾隆皇帝第二次下江南，在宿遷留住時曾飲洋河大曲，并寫下『洋河大曲酒味香醇，真佳酒也』的題詞。雍正年間，洋河大曲酒被列爲貢品。

洋河大曲酒液透明無色，屬濃香型，酒度五十五、四十八、三十八度。人們贊譽它具有『色、香、鮮、濃、醇』獨特風格。曾于一九一五年巴拿馬萬國商品賽會上榮獲金質獎章和獎狀。一九七九、一九八四、一九八八年連續三次被評爲全國名酒。

洋河大曲酒原以『美人泉』水和高粱爲原料，以特制中温大曲爲糖化發酵劑，采用老五甑、老窖發酵等一整套獨特的工藝精制而成。近幾年來，又創造并推廣了樓房制曲、大容器貯存等新技術，使產品的產量和質量不斷提高。共生產工藝特點是：

制曲工藝

制曲模——

大塊曲模尺寸爲三十厘米×十八點五厘米×六厘米；小塊曲模爲二十六點五厘米×十六點五厘米×五厘米。

配料：將百分之五十的小麥、百分之四十的大麥及百分之十的豌豆混勻，破碎成能通過四十目篩孔者占百分之五十的碎料。

加水、拌料、踩曲：原料加水量，春季爲百分之四十三～百分之四十四，水温應在三十攝氏度以上；夏秋加水量爲百分之四十四～百分之四十五。要求每塊曲坯的用料量誤差不超過五十克。

入室——

曲室地面鋪三～四厘米厚的稻殼，上面再鋪上柴席，曲坯入室前還須撒些稻殼。

曲坯壘成二層，坯塊的間距應下緊上松，即下層間距爲三厘米，層則爲五～六厘米。層與層之間的稻草要平，以免曲坯傾斜。

曲坯的行間距爲二厘米，離墻爲十二厘米，靠近墻的空間塞稻草。春秋之際，曲坯上應蓋濕稻草和蘆席；夏季只需蓋蘆席，并視季節、氣温及曲室狀况適當打些明漿(水)，以保證曲室的相對濕度。曲坯入室完畢，即封閉門窗。

培養——

前期培養：該階段春季爲五～六天；夏秋爲三～四天。由于霉菌、酵母、細菌等微生物的自然繁殖，品温可逐漸升至五十五攝氏度左右。要求曲塊外表呈棕色并有白色斑點，斷面爲棕黃色、無生面，有微酸味。

排潮換氣：在前期培養結束后，立即開啓門窗排潮，揭去曲塊上的覆蓋物，并將曲塊改成三層，同時把沾帶的稻殼及濕稻草掃净。排潮換氣的時間夏季爲十二小時左右；春秋末可適當縮短。該階段結束后，應立即關閉門窗，以免排潮和品温下降過度而使曲塊表皮干硬。

中、后期培養：待曲塊中的微生物基本上繁殖好后，仍需繼續保温培養，尤其須注意品温的變化及曲塊水分的揮發速度。通常自曲坯入室十五天后，曲塊每天應輕減一百克爲宜。中、后期培養温濕度掌握及操作情況如下：

潮火階段：排潮后第三天，曲塊由三層改爲四層。翻曲時要將曲塊裏轉外、外轉裏，下調上、上調下。從排潮開始后五～七天，品温升至五十攝氏度以上，室温比品温低二～三攝氏度，室內較顯悶，玻璃窗上有水珠。要防止品温過高、曲塊內水分揮發不出來，可適時開閉門窗以控制室温，以免曲塊表面堅硬、斷面有黑圈和生心。

大火階段：可持續約十天，品温在五十攝氏度以上。室温比品温低三～四攝氏度。可將曲塊增高至五層以上，以調節品温。

后火階段：也爲十天左右。品温保持在四十五攝氏度以上。曲塊間距及行距逐漸緊縮，直至去除稻草、碼曲擠火。

擠火階段：曲塊水分爲百分之十～百分之二十時，可進行堆積擠火。在該階段若封閉門窗仍不能保温，則可在曲堆周圍用席或稻草包住。

上述爲一般小塊曲的制作過程；若培養大塊火曲，則前期培養的最高品温可達五十六～六十攝氏度，整個培養過程較長，其余基本上同小塊曲培養。

成曲質量指標——

感官指標

具有麥曲特有的香味，無异雜味。曲塊斷面的色澤均一、呈黃褐色、無火圈及黑圈。

理化指標

大曲塊：糖化力爲二百～二百五十u/g。

小曲塊：糖化力爲三百～三百五十u/g。

制酒技術

總的工藝流流程如下圖所示。

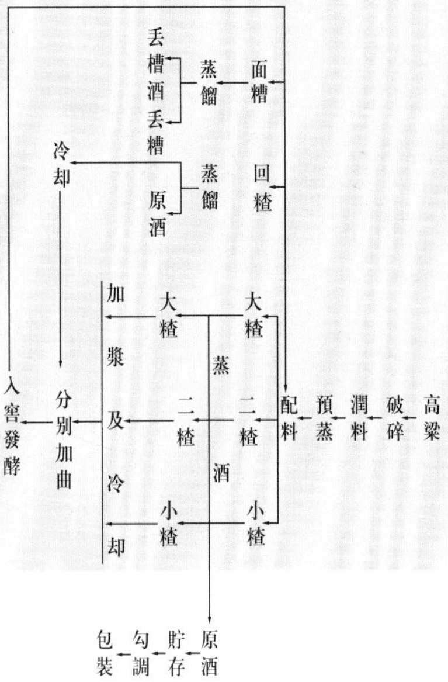

實際操作中，還采用蒸餾接原酒時截頭去尾、回酒發酵、雙輪底發酵等工藝。

原料預處理——

破碎：高粱破碎成四～六瓣，對質地堅硬的黑殼高粱可適當破碎細些。

潤料、預煮：碎高粱加百分之十八～百分之二十、四十～五十攝氏度的熱水潤料。優質酒的生產用高粱加適量冷水拌勻后上甑，待圓汽后蒸十分鐘、出甑揚涼備用。

配料及入窖條件——

配料：高粱與糟醅比爲一比四～五；用曲量爲原料高粱的百分之二十二～百分之二十四；稻殼爲高粱的百分之十～百分之十二。糧醅出甑后加適量的量水。

入窖條件：大查的入窖澱粉濃度爲百分之十六～百分之二十二；酒醅入窖水分爲百分之五十四～百分之五十六；入窖温度和酸度。若入窖酸度在二以上，則須加强窖的管理、搞好衛生、滴窖控酸。

入窖操作——

優質酒的窖，用發酵泥墊底三十～三十三厘米。發酵泥制法：在伏天選擇中性或酸性粘土，加入適量曲粉、有機氮源、碳源，以及少量低度酒和水拌勻后，密封發酵一個月即可。

入窖前的准備：入窖前在窖底、壁灑尾酒十～十五千克。窖底撒一些稻殼及一點五～一點七千克曲粉。新墊發酵泥的窖底灑些水。

入窖：物料入窖、攤平，查與查之間用竹條隔開。適當地進行踩窖，以減慢發酵速度。

封窖：普通酒的酒醅可用塑料薄膜封窖，并四周塞緊，有洞眼立即修補；名優酒的酒醅采用泥封法，封泥厚度爲五十～六十厘米。

原酒貯存——

入庫貯存酒的酒精體積分數不低百分之六十四，分爲特級、一級及三級三種，特級酒用陶壇貯存，其余可用二十立方米的大池貯存。貯存二～三個月后進行勾兑。

五、劍南春酒

劍南春酒產于四川綿竹縣劍南春酒廠，它是在釀造綿竹大曲的基礎上發展而來的。綿竹大曲始釀于清康熙初年，距今已有三百多年的歷史。《綿竹縣志》記載：『大曲，邑特產，味醇香，色清白，狀若清露。李太史調元《涵海》載：『絹竹清露，大曲酒是也，夏清暑，冬禦寒，能止吱瀉，除濕及山嵐瘴氣。』明李德楊雲：『一代儀充土物，却病比人參』蓋紀實也，惟西南城外一綫泉脉，可釀此酒。』

一九五八年綿竹酒廠在原大曲酒的傳統釀造基礎上，改進原料和工藝，釀出超越大曲酒的新產品，正式命名『劍南春』。

劍南春酒無色透明，芳香濃郁，醇和回甜，清洌浄爽，余香悠長，屬大曲濃香型。酒度有六十、五十二和三十八度三種規格。評酒家們認爲此酒有芳、冽、醇、甘四大特點，于一九

七九、一九八四、一九八八年連續三次被評爲全國名酒。其生產工藝特點是：

制曲工藝

劍南春酒的制曲工藝沿襲了瀘州老窖中温制曲的工藝，原料爲小麥百分之九十，大麥百分之十

制酒技術

配料——

五糧：高粱百分之四十、大米百分之二十~百分之三十、小麥百分之十五、玉米百分之五、糯米百分之十~百分之二十。將五糧混合后粉碎成小魚籽狀。冬季要求物料澱粉含量爲百分之十七左右，即每甑投糧一百一十五~一百二十五千克；夏季物料入澱粉濃度控制爲百分之十五左右，即每甑投糧一百〇五~一百一十千克。

大曲：每一百千克五糧使用曲粉二十千克。要求大曲隨粉碎隨用，粉碎得越細越好。霉爛變質的曲不能使用。

稻殼：每一百千克用細稻殼二十三~二十五千克。按母糟狀況而定。要求稻殼新鮮、干燥、無霉變及雜質，使用前須進行清蒸。

母糟：五糧配母糟之比，冬季爲一比四點五，夏季爲一比五~五點五。

量水：每一百千克出甑原料加冷凝器内的量水六十~七十千克，水温爲七十五~八十攝氏度。下半窖物料加水量爲全量的百分之四十，上半窖爲百分之六十。

發酵——

涼糟醅：糟醅出甑、加量水后用木鍁揚于攤棚内，吹風降温，并適時翻拌。自開始攤涼到加水、加曲、入窖冬季在三十分鐘以内，夏季在五十分鐘之内。

入窖：酒醅攤涼至與入窖品温同一攝氏度時，即可加曲拌勻、收堆入窖。

每甑入窖物料的酒精體積分數應爲百分之六十的酒一點五千克，并以二倍的水稀釋后再入窖，入窖后將物料踩緊。

發酵管理：封窖時，先蓋好塑料蒲膜，再在四周壓細膩的泥，其厚度爲十三~十七厘米，不得有裂口和縫隙，上面再蓋一層稻殼。

每天有專人檢查密封、品温及發酵狀況，以便采取相應措施。

開窖、蒸餾——

開窖出糟醅：先揭去蓋窖稻殼，再除去封泥及塑料薄膜，并記録品温。

先起紅糟，后起糧糟，分開堆放，分别蒸餾。起糧糟不宜過早，以免酒精及香氣成分揮發。應從一邊或一約七十厘米寬的糟面起出部分面糟，待滴盡黄水后，再取出全部母糟。出窖的母糟先干后濕，爲使其水分及酸度基本一致，應調配均匀、堆放拍緊拍光并蓋嚴，以免空氣和有害菌侵入及有效成分揮發。

合沙：于裝前一小時，掀出够裝一甑的母糟，將一定量的糧粉均匀地鋪在母糟面上拌匀。然后，再將一定量的稻殼傾入，再拌合二遍，要求拌好的糧糟不見白面結塊。接着收堆拍實并用稻殼蓋嚴。

裝甑：從開始裝甑到流酒，時間要求控制在三十~四十分鐘内。

蒸餾：底鍋每天清洗一次，換入清水。上次的酒尾，倒入本次的底鍋復蒸。蒸紅糟時所得的尾酒作回酒發酵用。流酒温度爲三十五攝氏度以下。流酒的酒精體積分保持在百分之六十三~百分之六十五之間，通常流酒二十分鐘后再接酒尾二十~二十五分鐘。若糧粉較粗，可再蒸十~十五分鐘才斷尾。接着衝酸二~五分鐘，結束蒸煮。

劍南春酒廠在原工藝的基礎上，還總結出了『一長、二高、三適當』的操作方法。

『一長』即發酵期應較長。該廠曾作了發酵期爲五十天、六十天、七十天、八十天、九十天的試驗，結果以七十天的酒質爲最好，基礎酒口感醇甜、主體香突出；總酸比原工藝增加〇點〇五二九克每一百毫升、總酯增加〇點二九八七克每一百毫升，已酸乙酯由一百八二毫克每一百毫升增至二百五十毫克每一百毫升。故將原來的發酵期五十五~六十天調整爲七十~七十五天，使名酒品率提高一倍。

『二高』是指酸高、澱粉高。

酸高：若發酵期爲五十~五十五天，則産酸量少酒味淡薄、柔和但味短，已酸乙酯含量僅爲一百三十毫克每一百毫升。若將入窖酸度控制爲二~二點四、出窖酸度達三點六以上時，雖然原酒出酒率略有下降，但酒的己酸乙酯含量每一百毫升却平均增加五十至八十毫克，且酒的香氣和口味也比入窖酸度低時協調得多。

澱粉高：實踐證明，若母糟內含酸量高而澱粉含量低，則發酵時不易升温、產酒少且雜味重而典型性差。在相同的酸度下，若將入窖澱粉濃度控制爲百分之十四、百分之十五、百分之十六、百分之十七、百分之十八、百分之十九、百分之二十，進行比較，則凡澱粉含量高的酒醅，所産的酒的已酸乙酯含量也高。這充分表明，酒醅的澱粉含量與酒珠香味成分密切相關，且『二高』必須協調進行。

『三適當』是指入窖水分、温度及稻殼用量要適當。

該廠推行『一長、二高、三適當』的工藝原則后，使名酒品率提高至百分之五十，收到了良好的經濟效益。

六、雙溝大曲酒

雙溝大曲産于江蘇省泗洪縣雙溝鎮。

淮河流至江蘇、安徽交界的浮山之麓，便分兩支流入洪澤湖，在北支的東岸、洪澤湖西濱有一個古老的市鎮，即爲雙溝鎮。古鎮所産雙溝大曲酒以『芳香撲鼻、風味純正、入口甜美、回香悠長』著名于世。

蘇東坡在《泗州除夕雪中成章使君送酥酒》詩中寫道：

暮雪紛紛投碎米，春流咽咽走黄沙；
舊游似夢徒能説，逐客如僧豈是家；
冷硯欲書先自凍，孤燈何事燭成花；
使君半夜分酥酒，驚起妻孥一笑嘩。

由此推斷，雙溝大曲酒已有上千年的歷史。

在全國第四、五屆評酒會上蟬聯國家名酒。其生産工藝如下。

制曲工藝

制曲以大麥、小麥、元豆爲原料；制酒以優質高粱爲原料。

釀造用水甘美可口，含碱量在一毫克每升以下；并含有促進糖化、發酵的無機成分。

制酒技術

采用傳統的混蒸法，但自具特點。

發酵——

采用『老窖、少水、低温、回沙、回酒』等工藝；發酵期爲六十天。

蒸餾、蒸煮——

采用熟糠分層、緩火蒸餾、分段截酒、大火蒸糧、熱水潑漿等操作法。

貯存——

糟酒分置、入庫酒分類分級貯存一年后，按不同呈香特點勾兑。

七、口子酒

口子酒是安徽省濉溪縣口子酒廠的產品。濉溪是古淮河的渡口，左控濉河，右臨溪河，城鎮居中，故習慣上稱其爲口子。口子酒，也就成了濉溪酒習慣名稱。濉溪酒的歷史悠久，春秋時期，魯昭公七年諸侯歃血飲酒會盟于渠，所飲的酒自然是濉溪產的酒，因渠是今日的渠溝，距濉溪僅四公里。明代名人任柔節曾以詩贊頌濉溪酒：

『隔壁千家醉，開壇十裏香』。

口子酒芳香濃郁、余香悠長，柔綿甘美、清洌爽適。其生產采用老五甑混蒸法，但在用曲等方面具有特點。具體生產工藝如下。

制曲工藝

在小麥、高粱、豌豆大曲中，濉溪大曲的培養，采用典型的『菊花心』工藝，傳統的大曲『火圈』多達五個。

曲室——

曲室清潔向陽，地面至梁標高爲二點五米左右；面積爲五十一～五十四平方米；地面用爐渣、石灰碾平，不采用水泥地面，因其不易保潮、保温；前后墻均有窗户，但冬季外窗用磚壘擋，只留小方孔，以利保温和降温。

曲料配比及粉碎——

小麥比大麥比豌豆爲六比三比一。三者混勻后用輕振動篩除雜，再用輥式粉碎機破碎兩道，粉碎度爲通過和不通過四十目篩孔的比例約爲一比二，手握時不扎手爲好。粉碎后的曲料置於干燥、涼爽降温，以免發熱霉變。

制坯——

機制曲坯的曲料加水量爲百分之四十至百分之四十三，化驗水分爲百分之三十七至百分之三十九，夏季用十四～二十攝氏度的冷水，冬季用三十～三十五攝氏度的温水。曲坯制成后可用明槳噴霧，以增加坯皮的水分，利於挂衣。

曲模尺寸爲一百九十五毫米×一百三十八毫米×七十五毫米，每塊曲坯重二點二五千克，要求誤差爲正負一百克，平整緊實、厚薄一致、水分均勻、無飛邊掉角現象。每間曲室投料六千～六千七百五十千克，制坯四千一百～四千三百塊。

卧坯——

曲坯入室前，用新鮮麥秸二百～二百五十千克，潑灑清水一百五十~二百千克，堆積并用葦席保潮，在潔净的曲室地面鋪七十~一百厘米厚的一層麥秸。若冬季制曲，應以暖氣或火爐使室温達二十攝氏度左右。

將曲坯環壁排放爲二層，層間用細竹竿相隔，曲坯的間距爲二厘米，行間距爲二至三厘米。放置三行，在坯頂蓋五至八厘米厚的濕草，或再覆蓋席，四周用麥草圍蓋。在坯堆與壁的空隙處用稻草塞緊。

曲坯入室完畢，立即封閉門窗保温保潮。鋪地用的麥秸，每年更换兩次，并先將曲室熏蒸消毒后，再置入新的，以减速少雜菌的污染。

前火期——

曲坯内室后一~九天爲前火期，要求曲室潮而熱，坯升温快而急，具體過程如下。

上霉：自曲坯入室起，冬季三~四天、夏季一~二天，曲堆逐漸升温，曲室温度達三十一~三十五攝氏度，曲塊間温度達四十~四十三攝氏度，約有百分之八十~百分之九十的曲塊表面開始有白色斑點，曲塊因發酵而膨脹柔軟，曲室潮濕，這時即可放潮。

第一次翻曲：放潮后即可進行第一次翻曲。按原排列方法，將曲塊上下翻轉，并調整内外位置，薄蓋稻草。翻畢后立即關閉門窗。

第二次翻曲：第一次翻曲后隔天，進行第二次翻曲，去掉竹竿，將曲塊斜置爲人字形。擺第二層時，壓住第一層的二塊曲，薄蓋稻草，以免曲塊潮氣大而長毛狀的菌絲。

晾霉及第三次翻曲：冬季在第二次翻曲后二天、夏季約一天，可翻第三次曲，去掉麥秸，揮發潮氣。翻曲時，可根據氣候及工藝條件的變化，采取以下二種方式排列：一是火車道式，即將第一層曲塊拉開間距，横的擺放二塊，第二層再縱的擺二塊，一般爲四層，以利于散熱；另一種爲竪人字形，即將二塊曲竪立成人字形，上層再擺成横的人字形，這種方式利于曲塊保温。第三次翻曲生産關系了擺成横人字形，其余季節爲火車道式。翻曲后繼續關閉門窗。

第四次翻曲：待曲堆品温升至四十三~四十六攝氏度、曲皮干燥時，即行第四次翻曲。

第五次翻曲及攏火升温：自曲坯入室后六~八天，曲塊表皮發硬時，可先將品温調至三十五~三十六攝氏度、室温三十~三十二攝氏度，然后進行第五次翻曲。在翻曲的同時攏火升溫，又稱『拉皮』，即將曲塊按人字形堆成五～六層高，不留間隙，周圍及上層覆蓋稻草及大席，并緊閉門窗。約經二十四～三十二小時，堆內品溫升至約五十六攝氏度，取中部二層以下的曲塊，觀察其斷面呈現褐黄色邊圈時，即可去除覆蓋物，敞開門窗放潮。

第六次翻曲：放潮的同時，進行第六次翻曲，翻成火車道式。待曲塊間品溫降至三十五攝氏度、室溫爲二十九攝氏度時，繼續保温、保潮，控制品温每天升高一～二攝氏度。

在前火期若升溫太慢，易使曲塊發硬，影響曲心水分揮發，使曲塊斷面發暗。

中火期——

自曲坯入室后約十天左右、冬季時間稍長些，即進入中火期，曲塊開始起大熱。要求室溫和品溫平穩地上升，曲塊內部水分大量揮發，干濕球溫差較大。通常每隔一天翻曲一次，將曲塊內外、上下翻轉、調換位置，冬季擺成竪立人字形，其它季節爲火車道式，用調整行間距及開閉門窗來控制品溫。在夏季，曲塊上層及周圍不覆蓋稻草，只將靠門的曲塊用麥秸擋住，以免外風自吹。通常將室溫調節爲三十～三十八攝氏度，曲塊間的品溫控制在三十九～四十六攝氏度之間。晾曲時的室溫不能低于三十攝氏度。冬季的室溫和品溫差距較大，以控制品溫爲主，并加厚曲周圍的稻草。

中火期曲塊斷面要形成二道圈和銀茬，呈現銀茬較適宜的曲間溫度爲四十～四十二攝氏度，品溫保持平穩；若將曲間溫度再提高至四十四～四十六攝氏度，則可形成二道圈；如果在此溫度下持續時間更長，會使圈老且厚；若品溫過高，則會呈現黑。在中火期的第六～八天，曲塊斷面即可出現二道圈及銀茬。傳統的菊花心曲，經多次的熱和涼，可形成三～五道火圈，目前只有少數老工人掌握這一技巧，制曲質量達到這個標准。

中火起大熱是決定菊花心曲的關鍵，必須勤于檢查、加强管理。曲于曲塊水分大量揮發，其重量明顯減輕。待在曲室內能聞到特有的曲香味、曲塊斷面只殘留曲心的部分水分區時，即可進入后火期。

后火期——

自曲坯入室后十八天左右，曲塊干操，接近成熟，僅百分之十的曲心部位殘留一點潮濕的水分區。這時在操作上要控制曲間品温緩慢下降，防止曲心温度突然下降，使曲心余水得以擴散，并促使微生物深入曲心繁殖，直至全面成熟，出現點心。翻曲時可將曲塊靠緊，調換上下、内外位置并增高層數，擺成横竪人字形，周圍或上面圍蓋麥秸。在傳統的工藝中，還有一個上垛擠潮操作，即在曲塊升温停滯、基本成熟時，再進行一次攏火升温，以進一步排除曲心余水、并增加曲香味的做法。即將曲塊集中于曲室一角，擺放緊實，壘至十~十一層，分層灑水共一百五十千克左右，用麥秸和大席覆蓋并封閉門窗，紅經三~五天，再拆垛晾干、出房入庫。一般情況下曲塊總培養時間，夏季約二十天、冬季約三十天。

成曲——

通常認爲曲塊表面分布薄而勻的白色小點，斷面呈褐黄色，至少有二道圈紋，中間點心，茬口明亮，具有特殊濃重曲香味的成曲爲好曲。好無不挂衣、生心、紅點、黑圈、風火圈、窩潮、懸心、脱殼等現象。

制酒技術

高粱和大曲的粉碎——

高粱粉碎成六~八瓣，無整粒，能通過四十目篩孔的細面不超過百分之二十；大曲粉碎至粗面狀，能通過四十目篩孔者占百分之三十，最大顆粒不超過三毫米。

潤料、加糠——

高粱的總加水量爲百分之一百一十~百分之一百二十。將上述高粱粉加總水量的百分之四十五拌勻，潤二~四小時后加入爲高粱量百分之二十的熟高粱糠。

出窖、配料——

將上述潤好的料分成三堆，大楂的高粱爲小楂的五點五倍。把窖中已發酵好的酒醅分層挖出，按高粱與酒醅之比一比四~五拌勻。其中底醅單獨配成一甑，夏季配成小楂，其它季節配在第二甑，以便酒分等。底層香糟或雙輪底糟單獨蒸餾。其余的酒醅不加新料，只加曲粉作下一排的回糟。各堆物料按所加新糧百分之十~百分之十五，拌入清蒸半小時的稻殼翻勻。拌好未裝甑的料醅，應將其表面拍緊、蓋上稻殼，以防酒精等揮發。

混蒸——

冷凝器每半個月蛋洗一次，使用前應衝洗干净。將上述物料分甑蒸餾，裝甑時間不少于二十五分鐘。每甑混蒸時間爲五十~

七十分鐘，即第一甑七十分鐘，二、三甑六十分鐘，小 五十分鐘……。蒸餾過程中，開始裝料后，火力大一些，待物料裝入百分之八十后，應減小火力，取酒時，用緩火蒸餾，最后可加大火力，以追盡余酒。蒸出的酒要摘頭去尾，酒頭和酒尾可在下次再回底鍋復蒸；中流酒應分段摘取。

加漿、出甑——

出甑前，將温度爲七十~八十攝氏度的熱水加入三個 醅中加水量爲高粱總加水量的百分之五十五。加水后，靜置五~十分鐘出甑。

補漿、降温、加曲、入窖——

將醅出甑，按再入窖時的水分要求適當潑入七十攝氏度以上的熱水拌勻。然后通風冷却，待品温降至比入窖温度高二~三攝氏度時，即可添加曲粉，加量爲高粱新投入量的百分之二十五~百分之三十。其中百分之十爲高温曲，百分之十五~百分之二十爲中温曲。

入窖前，先在窖底、四壁噴灑低度尾酒十二點五~十五千克，以及高温香曲粉二點五~五千克。

入窖品温視季節而定物料入窖水分爲百分之五十四點五~百分之五十八點五。大楂、二楂入窖澱粉濃度爲百分之十六~百分之二十。酸度爲〇點七~一點五。

分層入窖、攤平踩實后，嚴密封窖，冬天在塑料薄膜上蓋稻殼保温，夏天只需在四周用沙土壓實即可。

發酵管理——

每兩天踩窖一次，并注意檢查品温。發酵期爲五十六天。

清香型類產品舉例：

一、汾酒

汾酒產于山西省汾陽縣杏花村汾酒廠。汾陽古稱『汾州』，早在南北朝時期就產有『汾清』酒。唐代詩人杜牧寫有『清明時節雨紛紛，路上行人欲斷魂。借問酒家何處有？牧童遥指杏花村』的詩句，膾炙人口。據說唐代山西杏花村的酒坊達七十二家。宋代《酒名記》記有汾州甘露堂，宋伯仁的《酒小史》亦列有汾州干和酒。也有人說，唐代詩人李白曾兩游并州飲汾酒后，留下了『瓊杯綺食青玉案，使我醉飽無歸心。時時出向城西曲、晉祠流水碧如玉』的著名詩句。

汾酒的釀造工藝最富傳統色彩，除蒸餾一道工序外，其它工序均與黄酒的生産工藝十分相似，并有七條秘訣流傳至今：『人必得其精，水必得其甘，曲必得其時，高粱必得其實，器具必得其潔，缸必得其濕，火必得其緩』。所以，有人據此認爲汾酒源于唐宋時期的黄酒，至于什么時候增添了蒸餾工序而發展成爲白酒，因年代久遠已難得其詳了。

汾酒酒液晶瑩透明，是帶有清香醇厚，醇甜柔和，余味爽净等特征的清香型酒類的曲型。故常以『汾香』指稱清香型。汾酒雖酒度高達六十五度，但酒力强勁而無刺激性。自一九一五年巴拿馬萬國博覽會上榮獲一等優勝金質獎章后，其聲名即遠播域内外。在新中國成立后歷届全國評酒會上，連續被評爲全國名酒。其生産工藝如下：

制曲工藝

汾酒大曲爲典型的中温曲。它分爲清茬、后火及紅心三種，制作步驟相同，但品温的控制有明顯區别。在制酒時，這三種曲按一定比例合理搭配使用。

原料配比及粉碎——

原料配比：大麥比豌豆爲六比四。冬季豌豆用量可略少些，以免曲塊外干内濕或生心，但决不能少于原料總量的百分之三十，否則，曲坯易碎散并會影響成品酒的特有香味。

原料粉碎：原料經清雜、去石、吸鐵處理，用配料混合機將原料混匀后，先用脱殼機脱去曲料中的皮殼，再用鋼磨粗碎，然后進第一道磨輥粉碎機粉碎、并送入篩孔爲一點五毫米的傾斜振動篩，將篩面粗粉與脱出的皮殼混合，篩下細粉入第二道磨輥機進一步粉碎，再將皮殼、粗粉、細粉攪拌混匀。

粉碎度的要求：在孔徑爲一毫米的篩面上，粗粉占百分之十八至二十二，過篩的細粉占百分之七十八至八十二。可按季節掌握冬季略粗，夏季稍細，特别是紅心曲料的粉碎要略粗于清茬曲和后火曲。

制坯——

濃香型或醬香型白酒廠的制坯機，不適用于清香型白酒的制坯。拌料的水温夏季爲十四至十五攝氏度、春秋季爲二十五至三十攝氏度、冬季以三十至三十五攝氏度爲宜。采用壓坯機制的坯，其水分爲百分三十六至百分三十八，每塊重三點二千克至三點五千克。爲提高酒的質量，配料時，可加入百分之二至百分之三的母曲。

培曲過程(以清茬曲爲例)——

制曲時節以農歷三月清明節至農歷十月秋收節爲宜，有桃花曲和杏花曲之説。

坯入室：傳統的曲室爲土木結構的平房，每室可容納曲坯三千~四千塊。曲室長十~十一米，寬五~六米，高二點五~三米，四壁有門窗，房頂有通氣孔。曲坯入室前，室温應調節爲二十~二十五攝氏度，夏季室温盡可能低些；地面鋪上稻殼或麥殼。

曲坯側放成行，曲坯間距爲二~三厘米，行間距爲三~四厘米，層與層之間用葦杆或竹竿相隔。一般放三層，上下層曲坯交錯，呈品字形。

上霉：曲坯入室后約一天，即開始『生衣』，表面呈現白色的霉菌菌絲斑點。應控制品温緩升，夏季培養約三十六小時，冬季約七十二小時后，品温可升至三十八~三十九攝氏度。

晾霉：待品温高達三十八~三十九攝氏度時，須打門窗并揭去覆蓋物，進行第一次翻曲。即將曲塊上下、內外互換位置，并增加曲層及曲塊間距，以低曲塊的水分及温度，使表可菌叢不地厚，顯得以干燥。上述操作稱爲晾霉，爲期二~三天，期間每天翻曲一次，第一次翻曲由三層增至四層，第二次增至五層。晾霉期間不應有較大的流風，以免曲皮干燥。

起潮火：晾霉后，曲塊表面已不粘手，即可封閉門窗進入潮火期。時間約在曲坯入室后第五~六天起，曲塊開始升温，待品温升至三十六~三十八攝氏度時，可進行翻曲，抽去葦杆，由五層增至六層，曲塊排列爲人字形，曲塊間距爲六厘米。以后每天或隔天翻曲一次，第二次從六層翻成七層，再翻時層數不變。潮火期爲四~六天，每天放潮二次，晝夜窗户兩封兩啓，品温兩起兩落，由三十八攝氏度漸升爲四十五~四十六攝氏度。

大火期：大火期又稱干火期。大火期爲七~八天，菌絲由曲塊表面向裏生長，水分及熱量則繼續由裏向外散發，可開門窗調節品温，最高品温達四十四~四十六攝氏度，最低爲二十八~三十攝氏度。頭三天因每天最高品温達四十四~四十六攝氏度，故要每天翻曲一次，并晾曲温至三十二~三十四攝氏度。熱、晾時間基本相同，翻曲方法同潮火期，但中間留火道，即够一人側行的空道，僅一端要通行。后三~四天，因曲心水分已較少，故要隔天翻曲一次，并適當多熱少晾。例如熱七小時，晾曲五小時。大火期結束時，已有百分之五十~百分之七十的曲塊成熟。

后火期：大火期結束后，曲坯斷面僅有寬約一厘米的水分綫、曲心尚有余熱。后火期爲三～六天，品温由四十四～四十六攝氏度漸下至三十二～三十三攝氏度，每天約一攝氏度，應注意多熱少晾，保持熱曲七～八小時，晾曲四～五小時，每天二～三天翻曲一次，不留火道。

養曲：后火期結束時，尚有百分之十～百分之二十的曲塊中心有余水，宜用温驅散。仍應注意多熱少晾，保持熱曲温度爲三十二～三十四攝氏度，晾曲品温爲二十八～三十一攝氏度。晾曲時開窗不宜過大，以利于曲心余水擠出。養曲期爲三～四天。

出室、貯曲：培曲總時間約一個月，了室時每塊曲一點八～一點九千克，即一千克原料可制得大曲○點七五千克。培養成熟的曲，堆存地貯曲棚六個月，糖化力下百分之六十，發酵力變化較注小。貯曲棚面積爲曲室面積的三分之二～四分之三，四面無壁，地在至梁底標高爲二點五～三米；也可設高約一點六米的半壁，一米以下爲磚壁，一米以上爲花壁。

汾酒三種低温大曲的特點

清茬曲：熱曲最高口温爲四十四～四十六攝氏度，晾曲温極限爲二十八～三十攝氏度，屬于大熱小晾。

后火曲：潮火末期及大火期的最高品温比清茬曲高一～二攝氏度，最高可達四十九攝氏度，并持續五～七天；各段的晾曲品温也比清茬曲高一～三攝氏度，爲大熱中晾。

紅心曲：采用邊凉霉邊關窗起潮火，無明顯凉霉階段，品温很快長至三十八攝氏度，采取調節窗户開啓度控制品温，不采用晝夜窗户兩開兩啓的辦法而温度兩起兩落。從起潮火至大火階段，最高品温爲四十五～四十七攝氏度，晾曲温極限爲三十四～三十八攝氏度，屬于中熱小晾。

由于這三種曲的工藝條件略有不同，故成曲的質量及使用效果也有所差异，若單獨使用，在發酵過程中紅心曲發酵前期升温略快，清茬曲及后火曲發酵后期升温幅度稍大；出酒率后火曲較高，清茬曲次之，爲穩妥起見，可按清茬曲比紅心曲比后火曲爲三比三比四的比例混合使用。

制酒技術

汾酒的制法要訣，由原來的七訣發展爲十一訣，是古遺六法的繼承和發展。即人必得其精，水必得其甘，曲必得其時，糧必得其實，器必得其潔，缸必得其濕，火必得其緩，工必得其細，拌必得其准，管必得其嚴，勾必得其適。其中『火緩』是指發酵或蒸餾的温度波動不宜過急過大，要緩慢升降；爲了『缸濕』，每年夏天都要在發酵缸旁的地上扎孔灌水。

汾酒生産的工藝流程，如下圖所示。

高梁→粉碎→碎高梁(紅糁)（←熱水）→潤糁→蒸煮(清蒸)（←水米糠；→水米糠）→揚冷

→加曲→發酵→拌糠→蒸餾→頭楂酒→貯存→勾調

蒸餾→揚冷→加曲→發酵→蒸餾（→酒糟）→二楂酒→貯存→勾調→成品

原輔料及用曲——

主原料：采用離杏花村僅十五～四十公里的『一把抓』高梁。

輔料：第一次蒸酒前酒醅添加原料量百分之二十五小米糠。

用曲量：爲原料量的百分之二十。

一般説來，高梁一千一百千克、輔料二百七十五千克、大曲二百二十千克，可産酒精體職分數爲四百四十四千克，即原料出酒率爲百分之四十四。

高梁和曲的粉碎——

高梁粉碎：新收獲的高梁須貯存三個月以上才能制酒。采用輥式粉碎機將高梁粉碎成四～八瓣，其中能通過一點二毫米篩孔的細粉占百分之二十五～百分之三十五，粗粉占百分之六十五～百分之七十五，整粒不超過百分之〇點三。并按季節調整原料粉碎度，做到冬粗夏細。

大曲粉碎：用于大楂的曲粉粉碎較粗，要求粉碎至大者如豌豆、小者如緑豆，能通過一點二毫米篩孔的細粉占百分之七十～百分之七十五。也是夏粗冬細。

潤糁——

爲提高酒的質量，汾酒廠改傳統的低温潤糁，而爲高温潤糁。其好處在于可使發酵材料入缸時不淋漿而發酵時升温較緩慢，因而成品酒較綿甜。同時，高温潤糁還可促使果膠分解成醇，以便在蒸煮時排除，相對降低了成品酒中醇的含量。

潤糁用水的温度，夏季爲七十五～八十攝氏度，冬季爲八十～九十攝氏度；加水量爲原料重量的百分之五十五～百分之六十五。每班投紅糁一千～一千一百千克，堆放成形，加水拌勻后堆積潤料，用麻袋或蘆席蓋住。堆積時間爲十八～二十小時，

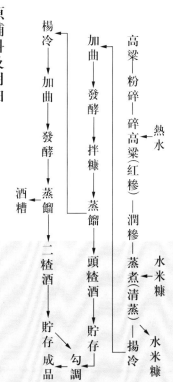

在冬品温能升至四十二~四十五攝氏度，夏天達四十七~五十二攝氏度。期間應翻動二~三次。若發現翻拌動糝皮干燥，可補加原料量百分之二~百分之三的水。

潤糝后，若用拇指與食指能搓開成粉而無硬心，則説明已潤透，否則還需延長堆積時間，直至充分潤透。

蒸糝(糊化)——

蒸煮過程：上述潤好的糝分二甑進行蒸煮。蒸煮容器爲活底甑。先在甑上撒一層輔料。將底鍋水煮沸后，用畚箕將糝撒入甑内，要求料層勻而平、冒汽均勻。需在四十分鐘内裝完料。待蒸汽上勻(圓汽)后，再用六十攝氏度熱水十五千克潑于料層表面，稱爲『加悶頭量』，然后在糝上面覆蓋輔料一起清蒸。這時要保證火力旺盛，約五~十分鐘，使原、輔料的不良氣味逸散出去。最后用蘆度加蓋，用大火蒸六十~八十分鐘初蒸時的品温爲九十八~九十九攝氏度。

清蒸后的輔料用于蒸餾，應當天用完。

加水、揚冷、加曲——

加水：將糊化的糝取出堆成長方形，立即入原料量百分之三十~百分之四十、温度爲十八~二十一攝氏度的井水，也可用同量的水代替冷水。加水量因季節而异。

揚冷：加水后立即打碎團塊，翻拌均勻，停五~十分鐘，使水滲入，再人工翻拌幾遍，或用揚糝機通風揚涼，使糝吸收部分氣。冬季物料降温至二十~三十攝氏度；夏季盡可能降至室温。

加曲：散冷后的糝立即堆成長方形。由入缸温度决定下曲温度，將一定的曲粉撒于糝表面、翻勻。翻拌操作必須在品温降至入缸温度前完成。

入缸——

備缸：缸在使用前，用清水洗净。對新的缸和蓋，用清水洗净后，再用七點五千克開水加六十克花椒制成花椒水洗净備用。缸間距爲十~二十四厘米。一千一百千克原料占大缸八個或小缸十六個。

入缸：入缸温度應按季節、加水量、下曲温度、用曲量及缸温等加以調節。剛空出的缸，最好當天進料，以防缸温下降。

封缸：物料入缸后，缸頂用石板蓋嚴，再用清蒸后的小米糠封口，蓋上還可用稻殼保温。

第一次發酵及蒸餾——

傳統工藝的發酵期爲二十一天，爲增進成品酒的芳香醇和感，可延長至二十八天。整個發酵過程分爲前期、中期和后期三個階段。對酒醅的發酵温度，應掌握所謂『前緩升、中挺足、后緩落』的規律，即前期品温緩慢地上升；中期持續相當長時間的較高品温；后期品温逐漸下降。

出缸——

將成熟醅取出，抖入原料量百分之二十二點五的小米糠，拌入稻殼比小米爲三比一的混合輔料。

裝甑、蒸餾——

裝甑須『輕、松、薄、勻、緩』，材料要『二干一濕』，蒸汽要『二小一大』，并以緩汽蒸酒、大汽追尾爲原則。

家家扶得醉人歸

近年來，該廠采用先進科學的量質摘酒、分級入庫法，即分爲酒頭、初餾分、中餾分、硬酒尾及軟酒尾等，由原來的一級品率入庫改爲一~三級或多級品入庫，取得了良好效果。

第二次發酵及蒸餾——

操作方法大體上同第一次。第一次蒸餾結束后，視醅的干濕狀況，潑入温度爲三十五~四十攝氏度的『蒙頭水』二十五~三十千克。將醅出甑后立即散冷至三十~三十八攝氏度的下曲温度，加曲量爲原料量的百分之九~百分之九點五，充分翻勻。

入缸發酵的温度掌握夏季爲十八~二十二攝氏度，其余三季爲二十二~二十八攝氏度。

初入缸的物料稱爲二楂。其成分爲：水分爲百分之六十~百分之六十二；澱粉濃度爲百分之十四~百分之二十；酸度一點一~一點五；糖分百分之二點九~百分之三點七八。

因二楂含糖量大而疏松，應適當地將其踩緊，以免好氣性生酸細菌大量繁殖。踩楂后噴入上次的酒頭。二楂的發酵期仍爲二十一~二十八天。

二楂成熟酒醅的成分含量爲：水分百分之五十八點五~百分之六十七點二；酒精體積分數爲百分之五點一~百分之五點八；澱粉濃度爲百分之八點八五~百分之十一點三；酸度爲一點九二~二點八五；糖分爲百分之〇點三一~百分之〇點三四；總醛爲〇點〇一〇二克每一百毫升；總酯爲〇點一七七七克每一百毫升。

臺北頭曲酒産自臺北嘉義酒廠。其酒精體積分數爲百分之六十六點二五、總酸百分之○點○五六，總酯百分之○點三二，醛類百分之○點○四八，雜醇油百分之○點二五。其生産工藝如下。

制曲工藝

將小麥磨碎、加水抖勻后裝入圓形的曲模，壓成直徑爲二十五厘米、厚度九厘米、重五千克的曲坯，中心有一圓孔，以利于菌類均勻繁殖。

培曲頭三天關閉門窗，相對濕度爲百分之八十~百分之九十。待品溫升至三十七~四十攝氏度，可開啓門窗以調節室溫，并進行第一次翻曲，這時曲塊上已形成大量孢子，自第六~十五天間，菌類向曲塊內部繁殖，此時品溫保持爲三十五~四十三攝氏度，并隨時將曲塊翻轉或竪立。第十六日后，品溫升至四十七~五十攝氏度，持續七天后開始下降。這時可關閉門窗，保持品溫與室溫之差爲四攝氏度，菌類已充分繁殖，曲塊漸干燥、貯存備用。

制酒技術

高梁經洗、泡、蒸、冷后，加入爲高梁重量百分之十五~百分之十七的曲粉拌勻，輸入發酵池中壓緊，蓋上塑料布。一~二天后，翻醅一次，再密封、發酵，發酵品溫以二十五~三十攝氏度爲宜。夏天發酵十四~十六天，冬天發酵十六~二十天蒸酒。

米香型類産品舉例：

一、桂林三花酒

三花酒産于桂林釀酒總廠。在過去相當長的歷史時期，人們是以摇動酒液來觀察起花(泡)的多少和持久程度而確定酒質的。堆花久者被視爲上品。最好爲可堆大、中、小三層花的酒，稱作『堆花酒』、『堆三花』或『三花酒』。

宋朝詩人範成大任桂林地方官時，在《桂海虞衡志》中如此記述三花酒：『……得來桂林，而飲瑞露，乃盡酒之妙，聲震湖廣』。三花酒的生産工藝如下。

制曲工藝

原料配比——

大米粉：以總用量二十千克計，其中十五千克用于制坯，五千克細粉用作裹粉。

草藥：只用一種當地産的香藥草，其用量爲坯粉量的百分之十三。該草藥莖細小，應干燥磨粉后使用。

曲母：爲上次制小曲時保留的少量酒藥種。其用量爲壞粉的百分之二，爲裹粉的百分之四。

加水：約爲壞粉重量的百分之六十。

制作過程——

浸米：大米浸泡時間夏天爲二~三小時，冬季爲六小時左右，瀝干備用。

粉碎：將瀝干后的大米用石臼搗碎，再用粉碎機粉碎成米粉，用一百八十目篩篩出五千克細粉，用作裹粉。

制坯：每批用米粉十五千克、加香藥草一點九五千克、曲母三百克、水約九千克，混勻，制成餅團。再在制坯架上壓平，用刀切成二厘米見方的小塊，在竹篩上篩成圓形坯。

裹粉：將約五千克細粉加入○點二千克曲母粉混勻，先撒一小部分裹粉于簸箕中，同時灑水于坯上。再將坯倒入簸箕，開振動篩，使坯表面裹粉。再灑水、裹粉，直至裹粉用完爲止。總灑水量爲○點五千克，坯含水分爲百分之四十六左右。最后將圓坯分裝于小竹篩內攤平、蓋上空簸箕、入曲室培養。

培曲：可分下述三個階段。

前期：室溫爲二十八~三十一攝氏度，培養時間約二十小時。待霉菌菌絲生長旺盛直至倒下、曲塊表面起白泡時，可將空簸箕掀開。此時品溫爲三十三~三十四攝氏度，最高不得超過三十七攝氏度。

中期：培養二十四小時后進入中期，酵母菌開始大量繁殖。該階段約需二十四小，室溫控制爲二十八~三十攝氏度，品溫不超過三十五攝氏度。

后期：需四十八小時。該階段品溫逐漸下降，而曲塊漸趨成熟。

出曲入庫：將成熟的曲塊移至四十~五十攝氏度的烘房內，經一天即可烘干；或放在外面曬干；但不得暴曬。再將成曲移到陰凉干燥的庫內貯存。自曲坯入曲室入庫，共需五天。

成曲：外觀帶白色或淡黃色，無黑色，質地疏松，具有特殊芳香。化驗指標水分爲百分之十二~百分之十四，總酸百分之○點六以下；發酵力爲每一百千克大米産酒精體積分數爲百分之五十八的白酒六十千克以上。

浸米：大米用五十~六十攝氏度温水浸泡一小時使米吸足水分后瀝干。

蒸煮：大米入瓶、待圓汽后在常壓下初蒸十五~二十分鐘；攪松扒平后潑入爲大米量百分之六十的熱水，再蒸十五~二十分鐘；進行第二次潑熱水，水量爲原料米的百分之四十左右，翻匀后再蒸二十分鐘。要求飯粒熟而不粘，飯粒飽滿，出飯率應夏天低冬天高，粳質米要求揚冷后的出飯率爲百分之二百一十五~百分之二百四十，飯粒含水量爲百分之六十二~百分之六十三。目前，此工序已實現機械化操作。

揚冷、拌曲：將熟飯倒入拌料機，攪散揚涼后拌曲粉。加曲條件如下表所示。

室温 ℃	加曲温度 ℃	原料用曲量 %	室温 ℃	加曲温度 ℃	原料用曲量 %
10以下	38~40	1.5	20~25	21~33	1.0
15~20	34~36	1.2	25以上	28~31	0.8

入缸固態培菌糖化：每缸投入物料折合大米爲十五~二十千克，飯層厚度爲十~十三厘米，夏薄冬厚。在飯層中央挖一個呈喇叭形的穴，以利于通氣及平衡品温。待品温下降至三十二~三十四攝氏度時，用簸箕加蓋，并根據氣温做好保温或降温工作。

通常入缸后，夏天爲五~八小時，冬天爲十~十二小時，品温開始上升。夏天經十六~二十小時，品温升至三十八~四十二攝氏度；冬天需二十四~二十六小時才升至三十四~三十七攝氏度。這時可聞到香味，飯層高度下降，并有糖化糖流入穴内。糖化率達百分之七十~百分之八十。此時應立即加水。

半固態發酵：培菌糖化后，根據室温、品温及水温，加入爲原料量百分之一百二十~百分之一百二十五的水，使品温爲三十四~三十七攝氏度。在正常情况下，加水拌匀后的酒醅，其糖分爲百分之九~百分之十，總酸小于〇點七，酒精體積分數爲百分之二~百分之三。然后，每個飯缸轉入二個醅缸，用塑料布封口，并做好保温或降温工作。發酵期爲五~七天。成熟醅的酒精體積分數爲百分之十一~百分之十二，總酸爲〇點八~一點二，殘糖在百分之〇點五以下。

蒸餾：可采用土竈蒸餾鍋進行直接火加熱蒸餾，還可用立式或卧式的蒸餾釜用間接蒸汽加熱蒸餾。兩者的操作要求基本相同。每個蒸餾鍋裝五缸酒醅，并加入上一鍋的酒頭及酒尾。上蓋、封好鍋邊、連接過汽筒及冷凝器后，開始蒸餾。火力要均勻，以免焦醅或跑糟。冷凝器上面的水温不能超過五十五攝氏度。先摘除〇點五～一點五千克的酒頭，若酒頭呈黄色并有焦氣和雜味等現象，則應將酒頭接至合格爲止。再接中餾酒，接酒温度爲三十攝氏度以下，待接的酒混合后酒精體積分數爲百分之五十八以下時，接爲酒尾。

蒸餾釜以不銹鋼板制成，其容積爲六立方米。蒸餾時，蒸汽壓力初期〇點四兆帕斯卡，流酒時爲〇點〇五～〇點五兆帕斯卡。

三花酒成品質量指標是：

感官指標，無色透明，米香純正，清雅綿甜、爽洌、回味上怡暢，風格典型。經第三届全國評酒會評議，確定其規範化的評語爲：密香清雅，入口綿甜，落口爽，回味怡暢。

理化指標，主體香體成分爲乳酸乙酯、乙酸乙酯及-苯乙醇。酒精體積分數爲百分之四十一～百分之五十七；總酸（以乙酸計）大于或等于〇點三克每升；總酯（以乙酸乙酯計）大于或等于一克每升；固形物小于或等于〇點四克每升。

二、長樂燒

長樂燒因産于廣東省原名爲長樂縣的五華縣，故名。該酒的酒精體積分數爲百分之五十五，米香濃、醇原綿、后味長、回味甘。

制曲工藝

原料——

爲新鮮、潔净的糙米。

白曲——

結塊緊且有彈性，香味正常，無异雜色。糖化度爲百分之十五～百分之二十五；出酒率以酒精體積分數百分之四十計，爲百分之九十五以上。

酒餅——

無雜色。香味正常。出酒率在百分之九十酒餅原料配比：干米粉十五千克，加大青葉百分之四～百分之五、白泥百分之五、中藥粉百分之一點五、加水量百分之五十～百分之五十五，接種量百分之二～百分之二點五，麥皮少量或不加。其中中藥配方爲：除桂皮三和丁香〇點五外。其余十四種草藥均爲一，這十四種草藥爲薄荷、香茹、元茴、川茴、細辛、川椒、甘松、川烏、砂姜、皂角、華發、麥芽、白椒和甘草。

制酒技術

蒸飯——

取清水約三十五千克，煮沸后加入糙米二十五千克，待水干后即起飯。鍋底的飯干另加水二點五千克，煮沸后并入飯中，儲于飯缸内并加蓋。待煮完四鍋后，一起入瓶，從圓 汽到蒸飯結束，約一小時。要求飯粒熟而不粘，黄而不焦。

攤凉、接種——

夏天的接種品温與氣温持平或高出一攝氏度，冬天爲三十二~三十六攝氏度。夏天的接種量爲百分之二~百分之二點四，冬天爲百分之四~百分之二點八。其中酒餅爲百分之〇點八~百分之一點二，其余爲白曲。分二次接種，三次翻拌。每五十千克大米的物料裝瓮十二~十四個。

發酵——

轉蓋：瓮進醅室后二十~二十四小時，夏天品温升至三十六~三十七攝氏度、冬季爲三十八~三十九攝氏度時，去掉原來加蓋的麻袋，改爲在翁口放一只碗。在冬天爲保温可加蓋幾層麻袋。

加水：培菌糖化四十~四十八小時后，品温降爲三十~三十二攝氏度，開始有糖化液。這時即可加水，加水量夏天爲百分之一百一十五~百分之一百二十；冬天爲百分之一百二十~百分之一百二十五。冬天用温水，夏天用凉水，允許放入百分之〇點〇一的氯化鈉。

翻醅：加水后的次日，將整塊酒醅底面倒翻。

封醅：夏天翻醅后即可封醅；冬天在翻醅后的第二天封醅，即用塑料薄膜及橡膠帶將翁口封閉。冬天也可將五十千克原料的酒醅轉入大缸中進行封醅發酵。發酵期夏天爲十二~十五天，冬天爲十五~二十五天。

蒸餾——

取酒頭〇點二五千克，連同酒精體積分數爲百分之四十五以下的酒尾，一起入下一鍋復蒸。流酒温度夏天不超過四十五攝氏度，冬天不高于四十攝氏度。

其他香型類産品舉例：

一、西鳳酒

西鳳酒產于陝西鳳翔縣西鳳酒廠。鳳翔，古名雍城。是春秋戰國時秦國的都城。相傳秦穆公的女兒弄玉和丈夫蕭史均善吹蕭，能作鳳鳴，后來夫妻二人吹蕭引來龍和鳳，雙雙乘龍跨鳳飛升而去（《列仙傳》）。因此，西鳳酒的商標繪有鳳凰圖案，即與此傳說有關。到了唐代，鳳翔成爲『西府』府臺所在地，故有『西府鳳翔』之説，西鳳酒即由此得名。此酒始于周秦、盛于唐宋，迄今已有二千四百多年的歷史了。

歷史上鳳翔是盛產美酒的地方，據史載，唐朝時鳳翔所產的酒『甘泉佳釀、清洌醇馥』，被列爲珍品。相傳唐高宗時，吏部侍朗裴行儉護送波斯國王子沿絲綢之路回國，時值暮春三月，途經鳳翔城西亭子頭時，

忽見路旁蜂蝶墜地而卧。主客都感到驚异，即令郡守察探原由。原來是附近一家酒坊剛從地下挖起一壇酒齡逾三百年的老酒，酒香順風飄至，醉倒了蜂蝶。郡守向裴公禀報實情，并將陳酒呈送裴公。裴公聞及酒香，頓然精神煥發，即興吟詩：

送客亭子頭，蜂醉蝶不舞，
三陽開國泰，美哉柳林塢！

至今在柳林鎮還有一村名爲亭子頭，即爲裴氏送客處。北宋的蘇東坡任職鳳翔時，曾在詞中贊揚：『柳林酒，東湖柳，婦人手。』這裏『婦人手』是指當地婦女善于編織的精巧手藝。西鳳酒的生產工藝很獨特，與瀘州老窖相反，不僅不用老窖，還忌諱老窖，它以新窖發酵，窖池壁要常鏟去舊泥，敷上新泥，否則不能保證西鳳酒香氣清芬、幽雅馥郁的風格。西鳳酒屬清香型有六十五度、五十五度、三十九度。評酒家們贊譽説，西鳳酒清芬甘潤，酸、甜、苦、辣香五味俱全，但五味皆恰到好處。酸而不澀，甜而不膩，苦而不粘，辣不嗆喉，香不刺鼻。在一九五三年、一九六三年、一九八四年、一九八八年全國評酒會上被評爲全國名酒。其生產工藝如下：

制曲工藝

制曲所選原料與清香型白酒大曲相同，但培曲最高品温爲六十攝氏度，且須持續三天以上。

制坯——

制坯：將大麥與豌豆按六比四重量比混合，經篩選、除雜、除塵后粉碎，要求通過六十目標准篩孔者爲百分之三十二～

百分之三十四。再加入十五攝氏度以上的水拌勻。然后用壓坯機壓制成二百五十五毫米×一百七十五毫米×八十毫米的曲坯，其水分爲百分之四十~百分之四十三。要求曲坯厚薄均勻、軟硬適中，表面光滑，棱角分明，內無夾粉、水花和裂縫。

入室：曲室設于通風干燥處，朝南，磚木結構，人字架屋頂，房高五米，面積爲六十平方米，前后各開上下二層高爲一點一米的窗，兩側山墻各開天窗一扇。設雙重門，其中內門爲二扇可開關的短門。室內設有用木板擋住的暖氣裝置。

曲坯疊積的行間距爲四厘米，冬季可密些。每行爲二至三層，坯間距爲二厘米。底層每隔五至六塊放一個曲架。每二層之間鋪八至九根粗細一致且筆直的細竹竿，撒一些米糠，以防曲坯粘住竹竿。竹竿的大頭要碩住墻壁，以免曲坯倒塌。曲坯排放完后，在表面撒一層米糠。再蓋上麻袋或蘆席，并在其上面噴一些水。

培曲——

培曲經上霉、晾霉、前火、清糠掃霉、大火、后火、晾曲等過程。具體管理分下述四個階段。即坯室一~二天后，霉菌的菌絲已長好，可揭房排潮；第七~八天曲皮已有稍硬，可清糠掃霉；至十一~十二天時，品溫達最高峰；此后品溫下降，到第十八~二十天時，可收火保溫。第二十五~三十五天出房。

揭房：曲坯入室后將門窗密閉，室溫保持爲二十攝氏度左右。夏天經二十四小時，室溫可升至二十五攝氏度，窗紙發潮，曲塊發松，表面呈『梅花點』的白色花霉點。這時可揭去曲塊上的覆蓋物，若無大風，則可大開門窗；若有風或陽光直射，可挂上窗簾，冬天不宜大開門窗，僅打開天窗。

揭房是第一關鍵。若揭房太遲，則霉長得太厚成一片白的所謂『白臉』，曲皮起皺而使水分難以揮發，甚至曲塊表面結成露珠，造成『淹霉』的現象；若揭房過早，則曲塊不發松，霉菌菌絲生長不良而成光板曲。通常在夏季曲塊的霉長得稍重，揭房后晾曲時間可長些；冬天曲塊的霉長得稍輕，對長霉過松的曲塊，可在晾曲時將其靠近的窗子關嚴，次日即可長好霉。

晾曲時間爲三十至四十分鐘，待曲塊表皮發硬、手感不覺發粘時，即可進行第一次翻曲。

五次翻曲與清糠掃霉：第一次翻曲是上、下層曲塊更換位置，兩層間仍放置竹杆。若長霉狀況較理想，可適當加寬行的間距。若曲塊軟而松，應從二層改爲三層。若中間一層支撐不住，則可增加曲架，或將上層的曲塊斜置于第二層的兩塊曲上面。翻曲后的品温不低于十九～二十三攝氏度，干濕球温度計差不超過二攝氏度。若不刮風，窗户可經常打開些，每隔三～四小時檢查一次，在正常情況下，曲塊外觀應保持揭房時的狀態。

爲使曲塊水分正常揮發而不致于長毛，并保證曲塊不變形和内部水分一致，可在第一次翻曲后的次日進行第二次翻曲，即在原層位置將每塊曲上下翻轉，并將靠墻及較厚的曲塊與原來中間和較薄的曲塊交換位置。曲塊的間距按季節而异，約爲三點五厘米。層數不再增加。

第二次翻曲后的次日，進行第三次翻曲。即上下層頂成品字形，以放盡潮氣。

第三次翻曲后隔一天，進行第四次翻曲后，品温上升至三十六～四十攝氏度，室温爲二十五～二十九攝氏度，干濕球温度差約爲五攝氏度。這時若曲皮顯干，則應將地面和底層曲塊下面的米糠清掃出去，地面改鋪細竹。

第四次翻曲后隔一天，進行第五次翻曲。這時品温升高，稱爲起火。曲皮干燥，可用掃帚將地面及曲塊上的米糖和曲塊表面的霉點掃刷一遍，稱爲清糠掃霉，這是制曲的第二個關鍵。

起大火：第五次翻曲后，室温和品温均上升較快。干濕球温差增大，曲塊内部水分揮發很快，應隔一日進行第六次翻曲，曲塊的間距、行距及層次均不變。此后，除繼續調節室温、品温持續上升外，更重要的是使水分得以正常揮發，一般以每天曲塊減輕二百五十～三百克爲宜。

第六次翻曲后隔一日，進行第七次翻曲，由三層增爲四層，第天曲塊減輕三百～五百克。這時品温高達五十八～六十攝氏度，干濕球温差九～十攝氏度。以后品濕就逐漸下降。

第七次翻曲后隔一日，再翻第八次，以后曲塊每天減輕三百～三百五十克。

收火：第八次翻曲后隔二天，進行第九次翻曲，翻畢后品温已降至四十七～四十八攝氏度。根據氣温，將曲塊向一起靠攏，并關閉門窗進行收火保温，曲塊每天減輕二百～二百五十克。七～八天后，開窗放潮氣，并進行第十次翻曲，將曲塊壘至五～六層，天熱時可高至六～七屋，時行晾曲，使品温在三~五天内逐漸降至接近室温時，即可出房。

收火保温是制曲成敗的第三個關鍵，應因時制宜，視曲塊品温及含水量來决定操作。若天氣凉爽，在品温降近室温、曲塊重量已減爲原坯的百分之六十五時，即可不再放潮及翻 曲，而應緊閉門窗室保温，使品源自然下降。若氣温和品温高、曲塊内部水分大至 斷面有約三分之一的顯濕面積，則需每隔三天翻曲一次，不得緊閉門窗，直至出室。否則 品温會重新回升，稱爲回燒或起倒數，對曲塊中曲霉及霉類産生不利影響。

對成曲的質量鑒定一般是：凡皮薄、白色、茬青發亮、無雜色、氣味清香、質地硬者稱爲青茬曲；内部有黄斑者稱爲槐瓤曲；曲塊斷面呈紅色者稱爲紅心曲；内心有紅斑或棕色者稱之爲金黄 一條綫。上述各曲均爲好曲。應貯存三個月后使用。

制酒技術

物料及其配比——

高粱：粉碎至能通過一毫米標准篩孔者占百分之五十五~百分之六十，未通過者爲八~十瓣，整粒在百分之〇點五以下。入窖時的澱粉濃度爲百分之十六~百分之十七點五；出窖澱粉濃度爲百分之九點五~百分之十一點五。

輔料：以高粱皮、稻殼爲輔料，應在圓汽后再清蒸半小時。其用量由原來的百分之二十五~百分之三十降爲百分之十五以下，其中百分之三十用于墊甑笆及拌在回糟中，百分之七十與高粱一起粉碎。

用曲：大曲應粉碎至能通過一毫米標准篩孔者爲百分之三十五~百分之四十，未通過者爲麥粒的一半。用曲量爲投糧的百分之十八~百分之二十二。

量水：用潔净的新底鍋開水施量。入窖水分由原來的百分之五十九改爲百分之五十七點五左右。

發酵容器及發酵條件——

發酵容器：不用老窖而用新窖，每年更換一次窖皮，即將窖池壁的舊泥鏟除、敷上新泥，以控制已酸菌的生長量及乙酯的生成量。

發酵條件

發酵温度：温度偏高效果較好，但輔料少，水分小，温度偏高是三者統一的。

酸度：入窖酸度控制爲〇點八~一點二；出窖酸度以一點八~二點四爲宜。否則對酵母的活力及酶類的作用有不良影響。

發酵期：發酵期延長至十四天，既可保持西鳳酒的風格，又能增加總酸及總酯的含量，使酒更醇厚、柔順。

蒸餾——每甑活蒸酒時間不少于三十分鐘，流酒溫度不低于三十攝氏度；摘除適量酒頭，并去酒尾四十～四十五千克。西鳳酒的生產周期運作特別值得一提，因爲在制酒工藝上它自成一體。

采用續糙老六甑操作法，一年爲一個大的生產周期，即每年九月開始投料立窖，次年七月停産（挑窖）。全生産過程分爲立窖、破窖、頂窖、圓窖、插窖、挑窖六個階段。

立窖也稱爲立糙，即第一排生産。

潤料、蒸煮：在二十攝氏度室溫下，將粉碎的高粱一千一百千克與三百六十千克高粱皮混合，加入五十～六十攝氏度的溫水一千～一千一百千克翻拌均勻后堆積二小時，中間翻拌二次，要求潤透、手搓成面、無异味。然后入甑，從圓汽時算起蒸六十分鐘。

出甑、加水、散冷、加曲、入池：加曲采用雙搗雙插法，即把糙收成條，這時品溫比入窖高六十攝氏度左右。在渣條上劃一條溝，加曲于溝內并用渣蓋住。再深扎一遍后由二人面對面將物料低揚搗拌二次，攤成一點三～一點七米寬的長條。然后抹碎結塊部分。最后收成條堆。若品溫高于入窖要求，可再行搗拌至適溫后入窖。

發酵過程及管理：物料入窖后，用稀糠泥糊約一厘米厚，發酵二十四小時后進行檢查。在正常狀態下，這時窖內放出二氧化碳應衝出窖皮約二十厘米。發酵二十四小時后，泥布上均勻地鼓起杏核大的氣泡。若泡大而稀，表明入窖品溫偏低、加曲量太少或窖涼，則可灌入五十～六十攝氏度的曲浸泡的水以提高品溫，曲浸泡水濃度及用量應酌情而定。若泡小而密致，則說明品溫高或用曲量偏多。

破窖（第二排生産）

檢查窖皮：在本排生産前，先檢查窖的封皮。若其上面霉點均勻，而不是一片白或完全無霉點的淹霉狀態，即可視酒醅的發酵情況進行破窖。

破窖操作：上述發酵酒醅出窖后，在原來的三個大糙中拌入高粱九百千克及高粱皮二百四十千克（包括拌入回渣及甑桶笸上的高粱皮用量）分成三個新的大糙及一個回渣，分四甑蒸餾。醅出甑后分別加底鍋開水、散、加曲、入窖。并用細竹子將大渣與回糙隔開。窖頂仍用稀糠泥封住，約二厘米厚。

頂窖(第三排生産)

仍在從上排出窖的三個大楂中加入一份新糧，即加入高粱楂三百千克、高粱皮一百六十五~一百四十千克，分四甑蒸餾，其中第四甑作這排的回楂，上排的回楂經蒸餾 后作這排的糟醅，在大楂與回渣，回楂與醅之間用竹杆隔開。

圓窖(第四排生産)

在上排出窖的大渣中加高粱九百千克、高粱皮一百七十五千克，如上排操作，入窖發酵五個活。上排的糟醅蒸餾后成丢糟，作飼料用。

正常生産階段

第四排以后進入正常生産階段，即每十四天一排，反復進行生産，每日加新糧一份，出丢糟一份，每排定爲十二~十三個窖。采用傳統的『蒸擁法』操作，其主要特點是各種甑活的入窖溫度比以凉潮爲主的操作法高四~六攝氏度，并調整了原料與輔料的比例，使酒醅的澱粉濃度較低，因而成品酒順口醇香。

插窖(停産前一排生産)

這排操作不再加新糧，只加輔料四百~五百千克于上排的三個大渣中，分四甑蒸餾后作爲這排的四個回渣處理；上排的回楂不加輔料，蒸餾后作爲 這排的糟醅；上排的糟醅蒸餾后丢糟。上述五甑蒸餾后再入窖的醅中，共撒曲粉一百二十五千克，加水一百五十~二百二十五千克，在室温十~二十五攝氏度下，入窖品温控制爲二十八~三十攝氏度。

挑窖(最后一排生産)

將上排發酵后的酒醅餾后，全部作爲丢糟，整個大生産周期就此結束。

二、董酒

董酒産于貴州遵義董酒廠。據説董酒的命名，是因其董酒廠的前身酒坊，在本世紀初出現于遵義市郊的董公寺旁，人們習慣把這個酒坊産的酒稱爲『董酒』，其后該酒在社會上享有盛譽，故至今沿用其名。

遵義的釀酒歷史，可追溯到魏、晋、南北朝時期，以釀造『砸酒』而揚名；到元末 明初，出現『燒酒』，清代末期，董公寺附近有十余家酒坊，尤以程氏作坊所制的小曲酒最爲可口。一九二七年，程氏后人程明坤繼承前人釀技，結合當地氣候、原料等條件，創造出獨樹一幟的制曲、窖池、蒸餾等釀酒工藝，制出別具一格的藥香酒，被稱爲『程氏窖酒』、『董公寺窖酒』，一九四二年，稱之爲『董酒』。其法秘而不宣，即使是程氏本家的其它作坊，也只知其一，不知其二。但是，程氏小作坊僅有二個發酵窖，年産量從未逾八噸。然而其瓶裝酒，在川、黔、滇、湘等省，頗有名氣。一九五六年，遵義酒精廠在原程氏作坊舊址建成一個董酒車間；一九七九年，該車間經擴建后，正式更名爲遵義董酒廠。

董酒以優質高粱爲原料，引水口寺甘冽的泉水爲釀造用水；以大米及九十五味中草藥制成的小曲、以及小麥和四十味中草藥制成的大曲爲糖化發酵劑；使用石灰、白泥和洋桃藤泡汁拌合而成的窖泥築成偏碱性的地窖爲發酵容器；采用『兩小兩大、雙醅串蒸』的工藝路綫。即用小曲、小窖制成的酒醅和大曲、大窖制成的香醅一次串蒸而成原酒，再經分級貯存1年以上，并精心勾兑而爲産品。在中國白酒中獨成一型。

該酒既有大曲酒的濃郁芳香，又有小曲酒的柔綿、醇和、回甜；還有淡雅舒適的藥 香和爽口的微酸。專家們將其風格概括爲：『酒液晶瑩透明，酯香氣幽雅，微帶舒適藥香，入口醇和濃郁，綿甜爽口，飲后甘爽味長』。即其香味由酯香、醇香及藥 香構成。其生産工藝如下：

制曲工藝

制曲原料及藥材——

原料：大曲原料爲小麥，小曲原料爲大米。

藥材 大曲藥材。共四十味，每味取十千克，可混成四百千克備用。

小曲藥材：共九十五味，配比如下表。（本配方俗稱蜈蚣單）

序號	藥名	數量(kg)	序號	藥名	數量(kg)	序號	藥名	數量(kg)
1	姜殼	2.5	33	枳實	1.5	65	緑蠶	1
2	白術	1.5	34	青皮	2.5	66	然銅	1
3	蒼術	2.5	35	肉桂	2.5	67	泡參	2.5
4	遠志肉	2	36	官桂	2.5	68	甘草	2.5
5	天冬	2.5	37	班蝥	1	69	雷丸	1.5
6	桔梗	1.5	38	益智	1.5	70	馬藺子	1.5
7	半夏	1.5	39	白芍	2.5	71	枸杞	2
8	南星	1.5	40	生地	2	72	吴萸	2
9	大具	2	41	丹皮	2	73	梔子	2.5
10	花粉	2.5	42	紅花	1.5	74	化紅	2
11	獨活	2.5	43	大黄	3	75	菊花	2
12	姜活	2	44	黄芩	3	76	蟬退	1.5
13	防風	2.5	45	知母	2.5	77	大早	2
14	藁木	2.5	46	防杞	2	78	馬鞭草	2.5
15	粉葛	3	47	澤瀉	1.5	79	朱苓	2
16	升麻	3	48	草烏	2	80	因陳	2
17	白芷	3	49	蛇條子	1.5	81	石膏	1
18	麻黄	3	50	黑故紙	2.5	82	川烏	2
19	荊芥	3	51	香薰	2.5	83	厚樸	2.5
20	紫莱	3	52	准通	2.5	84	牙皂	3
21	小荷	2.5	53	香附	2.5	85	杜仲	2
22	木則	2.5	54	翟夏	2	86	川椒	2
23	黄精	2.5	55	大茴	2.5	87	陳皮	2.5
24	玄參	2.5	56	小茴	2.5	88	山楂	2.5
25	茯苓	2.5	57	藿香	2	89	紅娘	1.5
26	黄柏	3	58	甘松	2.5	90	百合	2.5
27	桂枝	2.5	59	良姜	2	91	穿甲	2
28	生膝	2.5	60	山茶	2.5	92	干姜	2.5
29	柴胡	3	61	前仁	1.5	93	白芥子	1.5
30	前胡	3	62	木瓜	2.5	94	神曲	2.5
31	大腹皮	2.5	63	桂子	2.5	95	大鱉子	1.5
32	五加皮	2.5	64	蜈蚣	500(條)			

大曲四十味中草藥爲：黃耆、砂仁、波扣、龜膠、鹿膠、虎膠、益智仁、棗仁、遠志肉、元肉、百合、北辛、山奈、甘松、柴胡、白芍、川芎、當歸、生地、熟地、防風、貝母、廣香、貢木、蟲草、紅花、枸杞、犀角、杜仲、黑胡紙、丹皮、大茴、小茴、麻黃、桂枝、安桂、丹砂、茯神、蓽拔、尖貝。

制曲過程——

物料准備：小麥和大米先用粉碎機粉碎，再用磨粉碎機磨成細粉。要求米粉越細越好；麥粉可粗些。

制大曲及小曲用的中草藥按上述配方混勻、曬干后，粉碎成細粉。

制坯：將麥粉或米粉，各加百分之五的中草藥粉，再在大曲物料中加母曲百分之二、小曲物料中加母曲百分之一，并分別加百分之五十～百分之五十五的潔净水，用拌料機充分拌勻。將拌好的物料放在板框上踩緊，厚度爲三厘米。再用刀切成方塊，小曲坯塊的長、寬均爲三點五厘米左右，大曲坯塊爲邊長十厘米的正方形。

培曲：將上述曲坯移入墊有稻草的箱中，堆成柱形，在室溫二十八攝氏度下開始培養，以后視情況調節室溫。

揭汗：培養一天左右，大曲品溫升至四十四攝氏度、小曲品溫爲三十七攝氏度時，即可進行揭汗。有時也在較低品溫下揭汗，即大曲品溫爲三十八攝氏度左右，小曲品溫爲三十五～三十六攝氏度。揭汗后，品溫立即下降。

翻箱：揭汗后，先將曲箱錯開，以后每隔二～三小時，上下翻箱一次，使上、中、下品溫基本一致。

反燒：自揭汗后十二小時起，大曲和小曲都將繼續升溫，稱爲反燒。通常小曲的升溫幅度大于大曲，但均以不超過四十攝氏度爲宜。反燒時小曲要注意勤翻箱，必要時可打開門窗降溫。大曲反燒與曲子烘干的時間基本上可銜接，故品溫即使稍高些也無妨。

烘曲：約培養七天左右，曲子已成熟。要及時用火烘干。烘干溫度以不超過四十五攝氏度爲宜。

制酒技術

小曲酒醅制作——

高粱蒸煮：取整粒高粱三百七十五千克，用九十攝氏度熱水浸泡八小時。基本瀝干后，入甑蒸煮，待圓汽后干蒸四十分

鐘。再用五十攝氏度左右的温水悶糧，繼續加温至九十五攝氏度左右，糯高粱悶五~十分鐘，粳高粱悶六十~七十分鐘。放水后用大汽蒸煮，待圓汽后再蒸一~一點五小時。最后，打開甑蓋衝陽水，蒸煮二十分鐘。

培菌、糖化：先后培菌箱底鋪一層二~三厘米厚的配糟，再加上面撒一層稻殼。然后用揚渣機將預先攤凉的熟高粱打入箱内。并鼓風吹冷至加曲温度：夏天約爲三十五攝氏度、冬天爲四十攝氏度左右。添加小曲量爲高粱的百分之○點四~百分之○點五，分二次加入。每次加曲后用耙拌均，不要翻動底層的配糟。然后把物料攤平，在周邊用木鍬插成一條寬約十八厘米的溝，在溝内填滿熱配糟，以保温。培菌起始温度夏天爲二十八攝氏度左右，冬天爲三十四攝氏度。糯高粱 培菌時間爲二十六小時左右、粳高粱爲三十二小時左右。出箱時，糯高粱品温以不超過四十攝氏度、粳高粱不超過四十二攝氏度爲宜。

入窖發酵：將上述培養好的秕子加入九百千克配糟，即高粱比配糟爲一比二點四。加糟后迅速翻匀，夏天吹冷至品温越低越好，冬天爲二十八~三十攝氏度，此時即可入窖。入窖后，每窖加熱水一百二十千克，夏天水温爲四十五攝氏度左右，冬天爲六十五攝氏度。然后踩緊表面及周邊，再用塑料薄膜或泥封窖后發酵六~七天即可，期間最高品温不超過四十攝氏度。

香醅制備——

下窖：秕子下窖前，先將窖打掃干净，并鏟除窖壁的青每菌等雜菌，然后取隔天蒸酒后的小曲酒糟七百五十千克，大曲酒精三百五十千克下窖、大窖發酵后未蒸酒的香醅三百五十千克，加大曲粉七百五十千克拌匀后即可下窖。尚有小曲酒糟比大曲酒糟比香醅爲四比四比二或五比三比二、加曲量爲上述加量的百分之五十等配方。

發酵：夏天下窖后，當天將秕耙平、踩緊，冬天則先將秕在凉堂或窖内堆積培菌一天。次日再將入窖后的秕耙平、踩緊。此后，每隔二~三天潑一次酒，每堂大約共潑酒精體積分數爲百分之六十的小曲酒二百七十五千克。一個大窖需十二~十四天才能下滿，下秕量爲一萬~一萬五千千克。

窖下滿后，用拌有黄泥的稀煤封窖。發酵期爲六~十個月。

串香蒸酒：從窖中挖取發酵好的小曲酒醅，拌入稻殼(大班每甑拌十二千克、小班六千克)后，分二甑裝甑。再在小曲酒醅上裝入上窖發酵好的香醅(大玉七百千克、小班三百五十千克 并拌入適量稻殼。然后上蓋蒸酒。截去酒頭二~三千克，再摘取酒精體積分數爲百分之六十點五~百分之六十二的原酒，經分級貯有一年后，即可勾兑包裝。

三、白雲邊酒

白雲邊酒産自湖北松滋白雲邊酒廠。松滋縣在古代是鄂西大道南來北往必經之地。唐代大詩人李白在洞庭湖上泛舟飲酒吟詩，其中一首寫道：

南河秋水夜無烟，耐可乘流直上天？

且就洞庭賒月色，將船買酒白雲邊。

于是，『白雲邊』酒因詩得名。

白雲邊酒兼具濃香型白酒和醬香型白酒的風格。在技術上，也以濃香型及醬香型白 酒的某些工藝混用爲其特點。即以高粱爲原料，用小麥制高温曲，從投料開始至第七輪次，大多采用大曲醬香型白酒的操作法，投料分爲第一次、第一次混蒸的兩次投料法，進行高温堆積及高温多輪次發酵。到第八輪時，改用仿濃香型大曲酒的工藝，即再將占總投料量百分之九的高粱粉和第七輪次的出窖酒醅混勻后混蒸，出甑后的醅加百分之十五的水、百分之二十的中温大曲，再低温發酵一個月。除第一輪次的酒全部回入酒醅進行再次發酵外，其余各輪次酒則分層、分型摘取、貯存。

制曲工藝

原料預處理——

小麥粉碎至能通過二十目篩孔者占百分之二十七~百分之三十，通過四十目篩孔者百分之十五~百分之二十，通過六十余目篩孔者爲百分之十~百分之十五，即細粒占總量的百分之四十，粗粒不能有整粒小麥、手握無刺手感。

配料——

每一百千克小麥粉加水四十五~五十千克，夏天爲冷水，冬天爲三十~四十攝氏度的温水，并加百分之三~百分之四的母曲拌勻。

制坯——

踩制的曲坯在坯場放置十五~三十分鐘，使其表面水分揮發。曲坯水分以百分之三十七~百分之四十二爲宜。

入室——

先在地面鋪一層新鮮稻草，或三~六厘米厚的稻殼。將曲坯横立放置，曲壞間斜插一稻草把，使其間隙爲兩指寬。放好一層后，在上面平鋪三厘米厚的稻草，再放置第二層，共叠四～五層。通常安放四～六層列。墻與曲坯的空隙處也塞稻。曲堆上層蓋草袋或稻草，稻草厚度爲九～十五厘米。再在上面潑一次清水，用水量爲百分之二左右。最后關 閉門窗。

培曲——

入室后二十～二十四小時，品温升至四十～四十四攝氏度。在二十四～四十八小時之内，工藝上稱爲排汗萌發期。此后，霉菌菌絲大量繁殖，在曲塊表面長成一層白色茸毛，稱爲上霉。到第七天左右，品温可達六十五攝氏度，但最高不得超過七十攝氏度。待曲室内能聞到黄花、豆豉般香味時，可進行第一次翻曲。

第一次翻曲后，經七天左右，品温又回升至五十五～六十攝氏度，可進行第二次翻曲。

第二次翻曲后，經歷時七天，品温控制在三十六～四十六攝氏度之間。在此中火階段，原來被高温所抑制的霉菌則成爲繁殖的優勢菌，這是澱粉酶的積纍階段，也是決定大曲質量的關鍵階段。

此后，品温控制在三十四～三十六攝氏度之間，歷時七～十天，再開啓窗户，進行通風降温、排潮、驅除二氧化碳。這時可揭去稻草，將曲塊堆存十天，待品温與室温持平時，即可將曲塊出室。培曲周期共四十天。中温曲的培養最高品温爲五十五攝氏度。

制酒技術

每年八月底至九月上旬開始投料，前后共分三次投料、蒸餾九次，發酵八次、七次摘取原酒。每次發酵一個月，整個大的生産周期約九個月。

按不同輪次，合理地規定其用曲量。一～三輪次用曲量爲百分之十二；四～七輪次爲百分之八～百分之十；第八輪次爲百分之二十。也可進行第九輪次發酵。總用曲量爲原料的百分之八十，糧醅在入窖前使用中温曲。采用了人工老窖增香、分輪分層、回酒發酵、量質摘酒等濃香型白酒的技術措施；但又不雷同，如糧醅入窖品温高于濃香型酒醅；入窖水分却小于濃香型酒醅，但大于醬香型酒醅；發酵過程中酒醅升温幅度小于濃香型酒醅；投料方式分三次混蒸，即投料次數多于醬香型白酒，而又不同于濃香型白酒的連續混蒸糌培養萬年糟的方法。

第一次投料：將高粱粉碎至碎糧占百分之二十。取其占總投料量的百分之四十五點五，用八十攝氏度以上的熱水悶糧，用水量爲投料量的百分之四十五。分二次加入，堆悶七～八小時，加百分之五的第八輪次發酵后再蒸餾的母糟，拌勻后進行混蒸。

第一次加曲發酵：物料出甑后，先加八十攝氏度的量水百分之十五，并運入凉堂。再加百分之二的酒尾，翻拌冷却至三十八攝氏度左右時，加入百分之十二的曲粉拌勻。然后堆積四～五天。

發酵容器爲長三點五米、寬三米、高二米的磚砌水泥池，池底有六～九厘米厚的培養窖泥。料醅入池前，先掃干净，并潑一百五十千克酒尾于池底；再撒入曲粉二十～三十千克。然后將物料入池。最后用培養好的香泥封池、發酵。

第二次投料、蒸餾、發酵：將高粱粉碎至碎糧占百分之三十、其投料量爲總投料量的百分之四十五點五。如同第一次投料加水悶糧、堆積。然后，與第一次發酵好的酒酪混合均勻。再入甑混蒸、蒸取的酒全部回入料酪。其扣的加水、加曲等操作，同第一次發酵。

第三～七輪次發酵、蒸餾：這幾個輪次不加新糧，其操作都相同。即先取全池八分之一的酒醅進行蒸餾，掌握前汽稍小、中間汽足、大汽追尾的原則。適時摘除酒頭、酒尾。所取原酒醬、濃香型酒，分級入庫貯存。

再取全池八分之五的酒酪蒸餾、所得原酒爲中層酒酪的接近於清香型白酒，也分級貯存。最后將池底酒醅蒸餾，所得原酒爲濃、醬香型酒，同樣分級貯存。

每輪次餾酒后，將出甑醅攤于凉堂內，加百分之十五的量水，翻拌一遍。通風散熱后，再加百分之二尾酒。凉至三十八～四十攝氏度時，添加百分之八～百分之十的曲粉拌勻。高温堆積三天后，立即入池發酵。

第八次發酵：經七次發酵后，酒醅中的澱粉含量已較低，但醅中的醬香、濃香、清香的香味成分較多。因此，在第七輪次出甑后的醅中，再如開頭所述進行第三次投料、加水、加曲、發酵，使出酒率大爲提高。也可將第八次發酵后的酒醅蒸酒后，再加曲進行第九次發酵。

由于第三～七輪次池中上、中、下層酒醅蒸得的各級白酒，各具特色，上層酒醅所蒸的酒，乙酸乙酯含量較高，微呈醬香，但酒質欠細膩，中層酒醅所蒸的酒，味正醇和，甜度大，清雅爽净，下層酒醅所蒸的酒，已酸乙酯含量較高，味甘綿軟，但后味苦澀，酒尾的特點是醬香突出，但酸味重，乳酸乙酯及糠醛的含量較高。所以成酒的勾兑應按各級原酒的特點，先作小樣勾調，并同標准樣對照，再進行擴大勾調。

四、四特酒

四特酒產于江西樟樹市江西四特酒廠。樟樹市的釀酒業已有一千七百多年歷史。南宋詩人陸游在《對酒》中寫道：

名酒來清江，嫩色如新鵝。

清朝光緒年間，樟樹鎮有位年輕的釀酒工婁德清，與他人合辦了一個釀酒作坊，取名『婁源隆』。他們在繼承該鎮傳統的小曲釀造白酒的基礎上，努力學習山西汾酒和湖北漢汾酒的工藝，并延長酒的貯存時間和講究勾兑，使產品具有獨特風味。到民國初年，『婁源隆』從外地請來酒師，進一步改進了制曲技術，以高粱、糯米爲原料，采用固態酵法，釀制出了更優質的白酒。由于該酒坊產品銷路極好，別的酒坊有時就冒充『婁源隆』的名義推銷自己的白酒。故在一九三〇年，『婁源隆』的分號『天成酒店』首次在酒壇和酒瓶上貼上兩個『特』字，作爲標志和酒質特優。抗日戰爭前夕，又采用『大鵬』商標，貼上四個『特』字，并附以說明。四特酒的名稱便從此形成。

新中國成立后，四特酒的生產技術不斷發展和完善。一九八八年，有關專家對其原料、技術及產品風格用以下四句話作了概括。即『整粒大米爲原料，大曲面麩加酒糟，紅褚條石壘酒窖，三型皆備猶不靠』。意思是說，米香型白酒所用的原料大米是經過粉碎的，文君酒的原料是帶殼的穀粒而四特酒則使用整粒大米爲原料，不經浸泡，直接與酒醅混蒸，可將米香成分帶入酒中；在大曲制作中使用酒糟爲原料之一，這也是獨特的，這有利于提高曲塊的疏松度、調節酸度、接種微生物并提供其營養；酒窖四壁的材料爲當地特產紅褚條石，其質地疏松、空隙極多，吸附性强，是有益微生物的良好載體；三型是指白酒的四大香型之三的醬香型、濃香型和清香型。

制曲工藝

原料配方爲：面粉百分之三十五~百分之四十；麥麩百分之四十~百分之五十；酒糟(以干燥計)爲百分之二十~百分之十五。

制酒技術

采用續糟混蒸四甑操作法，具體生產過程如下。

原輔料准備：由七個組成的班組，每班蒸四甑。使用高粱六百千克、中碎米六百三十千克，其成品酒質量比原來只使用大米爲好。高粱的粉碎要求均勻一致，不應有整粒；稻殼使用前須清蒸三十分鐘。

開窖起糟、配糧、加輔料：去除封窖泥后，再鏟除接觸窖泥的酒醅約五厘米。然后按季節及投料量挖取上層酒醅一千五百～二千一百千克，加入清蒸后的稻殼六十千克，不加新原料，稱爲『頭糟』。

第二、三甑爲大楂及二楂。挖取窖中層酒醅適量，加入清蒸稻殼一百二十～一百七十七千克，與新糧混合均勻后成堆，表面蓋上一層稻殼。

最后一甑酒醅稱爲『尾糟』，蒸餾后即丢糟。先在甑的后面撒一層稻殼，將酒醅倒在上面，再蓋上稻蓋約一百七十七千克。

不同季節的配料狀況，如表所示。

項目 月份	投糧(kg) 手工班	投糧(kg) 機械化班	糧配比	投糧用曲量(%)	原糧稻殼用量(%) 手工班	原糧稻殼用量(%) 機械化班
1 2 3 4 10 11 12	630	3150	1:4.0	26	≤40	≤45
5 9	540	2700	1:4.5	25	≤40	≤45
6 7 8	540	2250	1:5.0	24	≤40	≤45

混蒸：將甑內打掃干净、用水衝洗后，再用汽衝。有時用鐵鏟將甑篦敲幾下，以利于上汽均勻。然后放走底鍋水，塞住放水孔。

先在甑篦上撒少量稻殼、裝上一薄層酒醅后再開汽。采用見汽上甑法，做到輕倒旋撒、穿汽一致。上甑時間約三十分鐘。

上甑時宜開大汽、流酒時汽應小些。在蒸餾過程中必須防止塌甑、跑汽等現象發生。每甑蒸酒時間約二十分鐘；蒸糧需四十～五十分鐘，視原料品種、顆粒粗細及水分大小而定。蒸糧宜開大汽。

摘酒時，每甑截取酒頭二～三千克，貯存后用作調味酒；酒精體積分數在百分之四十五以下的酒，作爲酒尾不入庫，各甑酒尾的一部分用于回窖發酵，其余集中于最后一甑的底鍋進行復蒸。

攤涼、撒曲、加漿：頭糟出甑后攤涼。待降溫至三十攝氏度左右時，撒入曲粉三十千克拌勻。在室溫爲十八～二十攝氏度的冬季，待品溫達二十四攝氏度左右時，即可收攏成堆，運送入窖，作爲回糟。

大楂和二楂出甑時，必須無白色的生心。裝車運到通風凉渣板上堆積，潑上七十～八十攝氏度的漿水三十六千克。若水溫偏低，則糧粒易返生。如果發現有生心飯粒，應燜堆五～十分鐘。再揚渣至下曲溫度時，每甑糧醅加入大曲粉七十八千克左右拌勻后入窖。最后一甑尾糟蒸酒后作爲飼料。

入窖發酵：發酵窖用當地紅條石砌成，僅在窖底及封窖時用泥。可選用質地細膩、綿軟、無夾砂及粘土的黃土自制人工窖泥。先將黃土曬干、砸細后，加大曲粉、尾酒、黃水拌勻，即將大曲粉加于黃土中翻拌二次后，再加尾酒和黃水，踩成泥狀后，堆積發酵一個月，然后填于窖底，其厚度爲三十～五十厘米。人工老窖的原料配比，如下表所示。

方案	黃土(kg)	大曲粉		酒精體積約25%尾酒		黃水	
		重量(kg)	%	重量(kg)	%	重量(kg	%
1	1000	60	6	45	4.5	450	43.7
2	400	30	7.5	22.5	5.6	175	45

下窖時應鋪平踩實，并以竹片作標記，將各甑酒醅隔開。另外，應在大渣中潑入酒精體積分數爲百分之二十以下的尾酒二十千克，在二渣中潑入尾酒四十千克。若能將百分之五～百分之十的成熟酒醅回入大楂和二楂中，進行回醅發酵，則效果良好。

下窖結束后，用泥土封好。發酵溫度以不超過四十攝氏度爲宜，溫度曲綫以『前緩、中挺、后慢落』爲好。發酵期爲一個月，爲提高酒質，還可適當延長。

五、景芝白干

景芝白干是山東景芝酒業股份有限公司的產品，因該廠位于安丘縣景芝鎮，故名。其芝麻香幽雅，酒體豐滿，入口軟綿柔和、甘爽諧調，余味舒暢。

該酒以高粱等爲原料，以小麥中溫曲爲糖化發酵劑，利用磚池爲發酵容器，進行固態發酵、精制而成。

制曲工藝

麥曲——

以純小麥爲原料，要求粉碎成爛心不爛皮的梅花瓣。曲坯水分爲百分之三十七～百分之三十九。采用架式培養法制兩種大曲：高溫曲的最高品溫爲六十攝氏度，中溫曲的最高品溫爲五十～五十五攝氏度。制曲周期爲三十天。

白曲——

采用河內白曲菌株。培養過程爲：固體試管→夜態試管→液態三角瓶↓麩皮擴大培養。

生香酵母培養——

采用五株菌種。在三角瓶之前單獨培養，擴大培養爲混合養。其流程爲：固體試管↓液態試管↓液態三角瓶↓皮擴大培養。

細菌培養——

從原有的二十一株菌種中優選出其中八株，先進行分組培養，再進行混合擴大培養。其過程爲：固體試管↓五百毫升液態三角瓶↓麩皮固態擴大培養。

制酒技術

原輔料及大曲處理——

原料配比爲：高粱百分之八十五、小麥百分之五、麩皮百分之十。

高粱及小麥粉碎成四~六瓣，無整粒，通過二十目篩者不超過百分之二十，配醅前用原粒量百分之二十~百分之五十的四十攝氏度温水潤料、拌勻。稻殼須清蒸三十分鐘。大曲粉碎至通過二十目篩孔者百分之六十以上。

出池配料——

分層出池、分糙配料。料醅比爲一比四~四點五。老五甑。部分池子采用雙輪底發酵調味酒。

蒸餾糊化——

緩汽裝甑，裝甑時間不少于二十五分鐘。

緩汽蒸餾，流酒速度每分鐘不超過四千克，流酒温度爲二十五~三十攝氏度。掐頭去尾、量質摘酒、分級入庫。蒸酒后，在料醅上面裝入麩皮。要求料要蒸透、熟而不粘、內無生心。

加水出甑——

邊出甑邊加入一定的七十~八十攝氏度的熱水。

冷却、補水、加曲——

酒醅出甑后攤平，通風翻拌降温至預定温度后，補充水分、加曲拌勻。加曲量爲：高、中温大曲各百分之五、白曲百分之十六、生香酵母培養物百分之十，細菌培養物百分之四。物料入池水分爲百分之五十六~百分之五十八。

堆積——

要求堆得方正平坦，高約四十厘米。堆積始温二十~二十五攝氏度，最高品温五十攝氏度，最佳爲四十七攝氏度。堆積時間視季節而定，一般爲二小時左右。

入池發酵——

堆積后攤涼到二十五~三十攝氏度，入池密封、發酵。發酵期爲一個月。

貯存、勾兑——

貯存期爲一~五年。選用貯存一~二年酒體醇厚、香氣協調、后味爽净的基礎酒，調以貯存期三~五年的陳酒、芝麻香突出的調味酒，以及尾酒或焦香突出的酒。

第五節 提高濃香型名白酒的質量技術措施初探

不斷提高中國名優白酒的質量，是廣大業内人士及消費者的共同願望，但是，由于提高酒質的措施涉及到原料、工藝及設備諸方面，包括傳統工藝的繼承，與現代生物技術、電子技術等新技術的應用等，所以，實施起來并達到理想的效果，并不是一件容易的事情。筆者多年工作在濃香型白酒的生產戰綫，現就提高濃香型名白酒質量的技術措施，談一些試驗性的意見。

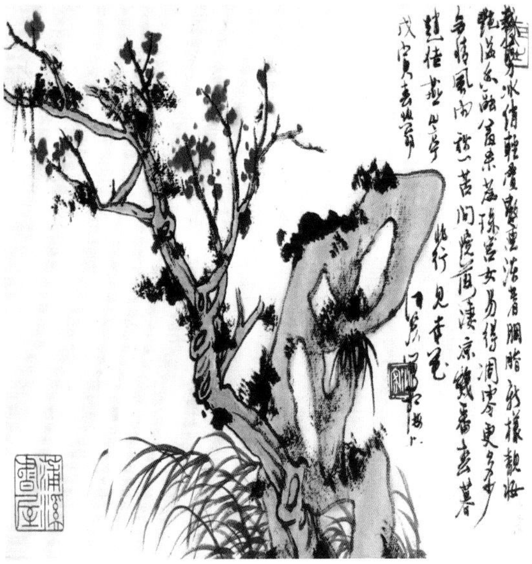

一、關於合理確定發酵周期與發酵方式

注意發酵周期與酒質及產量的關系。發酵期短，成品酒產量高而質量低；發酵期長，酒質好而產量低。據某名酒廠試驗，發酵期爲三十天左右，原料出酒率爲百分之五十左右；發酵期爲四十五天左右，原料出酒率在百分之四十五左右；發酵期爲六十天左右，原料出酒率爲百分之四十左右；再延長發酵周期，則出酒率更低。所以，合理的發酵期多數窖定爲四十五~六十天；少數窖爲六十天以上；有些做特殊調味酒的窖的發酵期爲半年~一年。

掌握發酵周期長時制調味酒的具體方法。

一要認真、嚴格選窖　應選優質窖池，不漏氣、不漏水；窖泥含水量豐富、芳香濃郁。

二要選發酵正常的糟醅　要求糟醅色澤紅潤、團粒大顆、疏松不糙、柔熟不粘。入窖酸度不宜太高；入窖澱粉濃度應略高于正常的窖池；量水用量應大些。

三要把准入窖時間　發酵期爲半年的窖，選四、五月份入窖，這時正值生產的『小轉排期』，氣温由冷逐漸轉暖、有較適宜的易于控制的温度，微生物活力强。經半年發酵后，于當年十、十一月份適時開窖。發酵期爲一年的窖，入窖時間同上，次年開窖。

四要嚴格操作、管理、特別要强調：

㈠必須做到低温入窖。

㈡用全泥密封窖池。要選用粘性强，細密的新黄泥，經熱水浸泡松散，反復踩柔后方能使用。封窖泥厚度不低于十厘米，且要各部位均匀一致。一旦發現窖泥干燥、掉落或呈裂縫等現象，須立即補救，决不能使外界空氣侵入窖内。

㈢起窖時，須加强滴窖，以降低醅的酸度。

另外，從入窖至蒸餾的全過程中，應認真做好清潔衛生工作。蒸取的酒，均宜作爲調味酒使用。

雙輪底發酵

所謂雙輪底發酵，是指在開窖后，將大部分糟醅取出，只在窖的底部留一部分糟醅(也可加入適量的酒及曲粉等)進行再次或多次發酵的一種方法。其實質是延長發酵期的一項特殊工藝，即不是延長全窖糟醅的發酵期，而只延長留于窖底的部分糟醅的發酵期。

窖底糟醅再發酵的好處有三：一是窖底泥中的微生物及其代謝産物最易進入底部糟醅；二是底部糟醅水分充足、營養豐富，適于有用微生物生長和作用；三是底部糟醅酸度高，有利于酯化作用。

雙輪底發酵方式有多種，常見的有『連續雙輪底』和『隔排雙輪底』兩種；此外還有三排或四排雙輪底、『夾沙』雙輪底等强化雙輪底。現就前兩種方式作簡要論述。

連續雙輪底：在第一次起窖時，于窖底留下約一點五甑的糟醅不出窖，并加入一定量的大曲粉及低度酒，進行再次發酵。窖底留糟醅量，可根據窖的體積而定，通常容十甑左右物料的窖留一甑底糟，十六甑以上者留二甑底糟。在留下的底糟上面放置二塊竹簾作爲記號，再在其上面逐甑放入經蒸餾、攤凉、下曲、加水后的糧糟等。經發酵后，當取至竹簾上方尚有一點五甑物料時，即將其扒至黄水坑内堆高，或堆放于窖邊，待簾下的雙輪底糟起完后，再將留于黄水坑或窖邊的那一點五甑糟醅扒平，作爲下排的雙輪底糟，并重新放置二塊竹簾作記號，再逐甑放入糧糟等。以后每排按上述方法操作。因其每排(輪)都有雙輪底糟，故此法又稱『連續雙輪底』或『每排雙輪底』。有的廠在窖底和窖中央均搞成雙輪底發酵，效果更好。

通常在每排雙輪底糟中加入曲粉七點五千克、丢糟黃水酒十千克。

隔排雙輪底：即在第一排(輪)的第一甑糧糟投入窖底后，在上面放置竹簾作記號，再逐甑裝入糧糟等。在第二輪起窖和入窖時，不動竹簾及其下面的底糟，在第三輪起窖至竹簾處，即停止起醅，并打黃水坑、勤舀黃水，待准備蒸本窖第一甑糟醅時，再將底糟全部取出，或將底糟起至專放處，滴除黃水。此后，按上述方法重復操作，因每隔一排才產一次雙輪底酒，因此稱爲隔排雙輪底法。

采用雙輪底發酵法應注意的技術事項

第一點，雙輪底糟出窖后，應將其堆于堆糟壩上，再滴二十四小時黃水，堆糟壩具有坡度，并設有黃水坑；或將雙輪底糟置于本窖已取出堆好、拍光的其它糟醅上面，滴出多余的黃水。通過再滴黃水，可使雙輪底酒糟的含水量降至百分之六十左右，否則因糟發粘需加大稻殼用量而影響酒質的糟質。

第二點，無論是何種方式的雙輪底糟，在第一次發酵時均須加入適量的大曲粉及低度酒。

第三點，由于雙輪底糟酸度高，所以只能在氣温較低的冬天作雙輪底發酵。如果全年做雙輪底就不要其他輔助措施。

第四點，雙輪底糟須單獨蒸餾、摘酒、貯存，產品均用作調味酒。

二、關於人工培養老窖泥

自一九六四年茅臺試點發現濃香型白酒主體香氣并進行窖底微生物分離以來，推動了人工培養窖泥工作的開展。老窖泥表層呈灰白色，其厚度爲一～四厘米，水分大，有較强的粘稠性，并具有濃郁的窖底香氣；中間層呈烏黑色，也有呈黃、紅、綠等各種顏色的，其厚度爲三～五厘米，泥質脆無粘稠性、水分小，有輕微的硫化氫氣味，在表層與中間的相鄰處，有許多呈顆粒狀的無色晶體物質；最裏層爲窖墻泥，呈黃褐色，有臭蛋味、泥腥味，有一定的粘稠性。人工培養窖泥的配方有：

配方Ⅰ

優質泥	5000kg	老窖皮泥	1000kg
黃水	10%	大曲粉	1%
酒尾	2%	老窖泥擴大培養液	500L

再加入適量的含無機氮或有機氮、磷、鉀的物質。將上述物料拌勻后，置于窖內密封、培養。

配方Ⅱ

優質泥	4000kg	黃水	5%
黑色河塘泥	1000kg	大曲粉	1.5%
窖皮泥	1000kg	老窖泥擴大培養液	300L

再加入適量糟粉及酒尾，拌勻后密封、培養。

三、關於科學采用回窖發酵法

回窖發酵是大幅度地提高產品質量的有效措施，有回酒發酵、回泥發酵、回糟發酵、翻糟發酵、回黃水發酵、回己酸菌液發酵，以及回綜合菌液發酵等多種方式，現擇要簡述之。

回酒發酵：回酒發酵有利于控制發酵溫度、抑制雜菌、促進生香作用及養窖。其具體方法有分層回酒和斷吹回酒兩種。所謂分層回酒就是將酒尾及丢糟黃水酒和三曲酒加水釋至酒精體積分數爲百分之二十，在第一甑糧入窖前一~二分鐘，用酒水壺或瓢均勻地噴潑于糟醅上，再逐甑入窖，回酒至窖坎(平窖)時即止，若有多余的酒，則沿窖內壁淋窖的做法。

而斷吹回酒，就是用長約二點五~三米，直徑約四米、頭部削尖的竹竿，在窖的兩側向糟醅的交叉方向扎二個孔，深度爲離窖底一米處。再抽出竹竿，往孔內插入直徑約二米的食用膠管，將酒液吸入窖內。回酒結束后，再將窖密封。

在封窖后十五~二十天酒精發酵基本結束時回酒入窖。凡漏水、漏氣的窖，不宜采用斷吹回酒法。

生產實踐證明，采用上述兩方法灌酒窖所產的酒可提高一~二個等級，在香氣、回味、陳味等方面均有明顯增强，回一次酒可具有二排以上的效果；灌酒后的母糟，總酯及其它有益成分含量均明顯增多；在七~八月間灌酒，效果很好。

回泥發酵的操作辦法是將每甑所需加入的泥量，加入該甑應打入的量水中，再加入糧糟；或將每甑所需加入的泥量，加入二倍左右的酒尾，攪成糊狀，如分層回酒操作，逐甑回入糧糟上。

采用這種方法成品酒的窖糟香味明顯增濃；總酸、總酯等有所增加；醅中芽孢杆菌數大增。

回糟發酵實際上起到回酒、回菌、回多效成分等綜合作用。有的名酒廠采用一層糧糟、一層優質母糟的分層回糟法，效果也較好。

翻糟發酵實質上是集二次發酵、回酯化液、回酒化酵、延長發酵周期等技術爲一體，是提高名酒廠優質品率的重要措施。

翻糟發酵的材料選擇一是合格的大曲粉；二是達到二曲酒標准以上的原酒。

三是經培養，符合質量標准的黃水酯化液。（其温度爲三十五攝氏度左右，切勿使用冷酯液。）

操作的步驟共分五步：

第一步、將已發酵三十天左右的窖池的封窖泥揭去。

第二步、將面上的丢糟去掉。

第三步、將窖内的糟醅全部起出。

第四步、每甑糟醅加十五千克大曲粉拌勻后入窖，原上層糟先入窖、底層糟后入窖。每甑糟入窖后，回入原度酒或酯化液十五～二十五千克，潑散均勻，數量爲下少上多。

第五步、入窖完畢，拍緊拍光、密封窖池、清掃場地。

也有的名酒廠待酒醅發酵十五～二十天、即主發酵結束后，將酒醅全部挖出，加入適量大曲粉、黃水或液態窖泥及酒液，拌勻后，按底翻面、面入底的順序，再入窖并蓋上面糟、封泥，發酵三個月左右開窖，使酒質明顯提高。

四、關於提高黃水的應用效果

黃水含有大量的梭狀芽孢杆菌，約爲二×十的七次方每毫升，是産生己酸和己酸乙酯的主要菌源；并含有大量醇類、酸類等有效成份，所以提高質量必須提高對黃水應用的效果。

直接灌窖：待糧入窖后十五～二十天主發酵結束時，將黃水加入大曲粉適量，揭開封窖泥和面糟，潑入窖中或扎孔注入后，再發酵五十～六十天，開窖蒸餾。

制醇酸酯化液：將黃水用雙輪底酒尾衝稀，按一定比例加入大曲粉、窖泥及底糟等混勻后，在一定温度下緩慢酯化三十～四十天而成酯化液。可將其倒入底鍋串蒸酒醅，也可潑出糧糟串蒸，或進行灌窖發酵，或用以培養窖泥。

五、關於注意强化蒸留技術

將發酵成熟的己酸乙酯香味液，潑于入甑的酒醅進行串蒸，以提高酒的酸、酯含量。

薄層串蒸。在入甑的酒醅上蓋十～十五厘米厚的雙輪底糟醅，進行蒸餾，以提高酒質。

雙層蒸、酒兩級冷凝。在甑内增設一層篩板，將酒醅分成二層，以減小酒醅的自重壓力而保持疏松狀態，提高蒸餾效率，使產量和優質品率分别提高百分之十和百分之三十五以上。

采用雙段冷凝工藝　第一段冷凝液温度控制爲六十~七十攝氏度；第二段冷却温度控制爲二十攝氏度。這樣可降低酒中低沸點醛類等成份的含量，使酒緩和暴辣、增事綿净感。

六、關於不斷提高接酒技術水平

看花斷酒。根據酒花大小和形態判斷酒液酒度的高低，按順序先后呈現的五種酒花爲大清花、二清花、水花、油花。

開始流酒時，泡沫較大且整齊一致，稱爲大清花，此時酒精含量爲七十毫升每一百毫升以上；待酒液泡沫逐漸變小而細碎但仍較持久時，稱爲二清花，這時酒精體積分數爲百分之六十二~百分之六十五；隨着酒度的逐漸降低、泡沫變爲『绿豆花』和『碎米花』，即爲小清花；到碎米花之后的一瞬間，不見酒花，即爲斷花。到小清花爲止的摘酒方法稱爲看花斷酒或斷花摘酒；以后蒸出的酒稱爲『稍子』或尾酒，可回鍋底或拌稻殼復蒸，或作爲回窖發酵等多種用途。

斷花后看酒杯中呈現的泡沫，稱爲水花。它與上述酒花不同，無光澤，皮厚且易消失，有小水花呈沫狀粘連，這時酒精體積分數一般爲百分之三十或略高。大清花、二清花、小清花均發亮、皮薄、呈粒狀，消失速度較水花慢。故通常所説的斷花或看花的花，即以小清花爲界，俗稱『過花』。

若裝甑得法，則流酒時酒花利落，大清花與小清花有明顯區别，過花后的尾酒酒度也較低、酒稍子很少；若上甑時酒醅過濕、上甑不匀或上汽不匀，則流酒時酒花大小參差不齊，吊尾時還會有酒花夾在其中，俗稱『夾花吊尾』或『花酒』，因而影響成品酒的產量和質量，有的在過花之后就不再看酒度，隨便接一桶稍子即停止接酒，這樣令酒損失較多。

量質摘酒的操作：

截去酒頭。因酒頭中含有甲醇、低沸點醛類、高級醇及低級脂肪酸酯的量較多，故香味較濃、口味暴辣、雜味也重，過多的雜醇油等成分對飲用者有害，所以應截去酒頭。

酒頭的截取量，應視成品酒質量而异，一般截取酒頭量爲〇點五~一點五千克。若截頭過量，則酒香氣不足、酒味淡泊；若截頭不足，則如人們常説的『香頭大的酒都暴辣』。酒頭可回

底鍋復蒸，或單獨貯存后用作調味酒。

分段摘酒。除丢糟酒和回活酒因質量較差而不分段摘酒外，截去酒頭、斷花之前的酒身部分，均須采取分段按質(分等級)摘酒的方法。前后兩大段中，酒花呈大花狀的前段酒的酒精體積分數應保持在百分之六十七以上，最低不小于百分之六十六；后段酒保持在百分之六十以上。通常，大糙的前段酒和后段酒均摘取約二分之一；二渣酒前、后兩段酒分別摘取三分之二和三分之一；小糙的后段酒也均摘取二分之一左右。上述是某名酒廠一、二、四季度的摘酒方案。在實際操作中，可按季節、窖池、酒醅、出酒率等不同情况靈活掌握。

分質并壇。分質并壇可按如下原則進行，大糙后段酒和小渣后段酒和回活酒可以并壇；小糙前段酒與二糙后段酒可以并壇；大糙前段酒與二糙前段酒可以并壇。雙輪底酒則單獨裝壇。

上述各段酒均須邊嘗邊量質摘取，決不可主觀預先確定各級酒流出的時間及摘取比例；再將所摘的酒按標准分等級并壇，最后經專職評酒員品嘗后定級、驗收。

去尾酒。斷花后流出的酒爲尾酒，其中含有糠醛；較多的高級醇、不揮發酸、高級脂肪酸酯等高沸點成分，味酸、澀、糙、苦、辣而刺喉，酒度也較低，且乳酸及乳酸乙酯的含量高于酒頭和酒身數倍，故應及時摘除；但若摘尾過早，則會影響成品酒的産量、質量和酒度，使大量香味成分存留于酒尾和酒糟中，因而應以斷花摘尾爲宜。

七、關於提高濃香型白酒質量的一些配套技術

確定糧醅比的配套措施。適宜的糧醅比是兼顧出酒率及酒質的重要因素之一，故應按季節和氣溫變化合理地調整糧醅比。在這方面可以借鑒的經驗是：

㈠、要確定酒醅發酵的最高品溫。這是決定糧醅比的根據之一，一般在旺季，發酵最高品温定爲二十七~二十九攝氏度，使出酒率較高且産的酒香氣和甜味勻較理想。若最高品温低于二十五攝氏度，則酒味突出而香味欠佳；若最高品温超過三十攝氏度，則酒香較好，但酒味欠諧調、并缺乏醇甜感，甚至呈苦味。

㈡、要確定酒醅發酵升溫幅度。酒醅的發酵作用是由多種微生物共同參與的，它們之間相互制約，故很難准確地預測消耗單

位質量澱粉所釋放的熱量。各廠的窖池大小和質量不同，即使在同一廠家，其窖的位置、冬季保温狀況、散熱狀況也有差异。在通常情況下，固態發酵法白酒糟醅每消耗百分之一澱粉，品温約升高一點九攝氏度。據此，當發酵升温幅度確定后，即可推算出澱粉的消耗百分率。一般來説，在旺季，入窖温度控制爲十三~十四攝氏度，按正常發酵規律，最高品温爲二十八攝氏度，即升測幅度爲十四~十五攝氏度，則消耗澱粉應爲百分之七點五；若出窖澱粉濃度爲百分之十，則入窖澱粉濃度應爲百分之十七點五。

㈢要有配套設備。這裏主要指甑與窖的容積要相應，以酒醅發酵達到最高品温后，物料與窖口相平、不露出窖口爲好。一般甑窖容積比爲一比四。從入窖至出窖，窖内物料通常要下降二十厘米，則甑、窖容積比應以一比三點六爲宜。若窖過大，則不利于窖壁上部的保養和二氧化碳的逸散；若窖過小，則不利于窖口的管理，且冬季不易保温，而夏季品温較高。通常情況下甑容積爲二點六五立方米，窖容積爲九點三六立方米，兩者之比爲一比三點五三。

上述各項數據確定后，即可推算出不同季節的最佳糧醅比。

要有進行低温緩慢發酵的綜合措施

低温緩慢地酵的規律：以發酵期四十五天爲例，從入窖至最高品温的前緩期爲十五~二十天；最高品温的持續時間即中挺期爲五~十天；從品温開始下降至發酵末期的后緩落期爲六~八天。經過如上三十幾天發酵后，若品温不再回升或不污染大量有害菌，則可保證出酒率及酒質。

在控制低温緩慢地酵的綜合措施中控制入窖品温是保證緩慢發酵的重要手段，具體做法有：

㈠、控制輔料用量。在保證酒醅疏松度適當的前提下應盡量減少輔料用量，以限制酒醅的空氣含量，控制好氧産酸細菌的生長速度。經驗表明，在其它條件相同的情況下，酒醅中若含原料量百分之二十的輔料，其發酵速度明顯快于輔料用量爲百分之十五的酒醅。

㈡、使用熱漿水。加入剛出甑糧醅中的熱漿水，其温度不得低于五十攝氏度，最好在八十攝氏度以上。實踐證明，使用熱漿水的發酵速度，要比使用冷水的遲緩二~三天；所産的酒也醇甜可口，而使用冷水的醅所産的酒味辣難飲。其原因就在于升温幅度較小，進行緩慢發酵，即謂『以熱攻熱』。熱水易滲入糧粒内部，有利于糖化發酵，熱水相當于冷水經過了巴斯德殺菌，因而有效地控制了產酸菌的生長。

㈢、合理用曲。使用制曲最高品温爲五十五攝氏度以上的高温曲，因其所含的產酸非芽孢杆菌相對爲少；曲的貯存期不宜太短；增加曲的粉碎粒度，最大顆粒直徑可爲三毫米左右；合理控制用曲量，以免糖化速度過快。

㈣、控制入窖酸度。實踐證明，發酵期爲四十五～五十天，在入窖酸度爲一～一點四時，最有利于糖化發酵的正常進行；入窖酸度低于〇點八時，發酵速度較快；入窖酸度大于一點七時，發酵比較困難。

㈤、回酒發酵。回窖少量低度酒，可和緩升温速度，并有利于提高產量和質量。

八、關於提高濃香型大曲酒質量綜合措施的舉例說明

一個生產濃香型特制大曲酒的廠家位于中國大陸腹地。該酒具有窖香濃郁、味甜綿柔、醇厚協調、尾净純正、回味悠長的特點。在生產過程中他們從四個方面采取有效措施確保了酒品質量。

第一、培制優質高温大曲原料及制曲最高品溫。制曲原料爲小麥比大麥比豌豆爲七比二比一，與洋河大曲及古井貢酒相同，但制曲最高品温約高十攝氏度，爲六十攝氏度；而五糧液的制曲原料爲百分之一百的小麥、制曲最高品温爲五十六～五十八攝氏度；瀘州特曲酒的制曲原料爲小麥百分之九十～百分之九十五、高粱百分之五～百分之十，制曲最高品温爲五十三～五十四攝氏度，由此可見，每種名酒的風格，首先可從其制曲原料及最高品温上找到一定的依據。

曲料粉碎度及加水量。將上述原料混合后，粉碎成細面占百分之五十；曲料含水分爲百分之四十～百分之四十五，比一般小麥曲高百分之五。制曲用水爲冬暖夏凉，冬季使用三十攝氏度以上的温水，夏季可用凉水。

成曲。要注意通風堆積，若保管不善而滋長青霉菌，則制成的酒有苦味；成曲須保存六個月后才能使用；要注意將不同質量和不同保存期的大曲搭配使用。

第二、培制優質人工窖泥，主要采取以下二種方法。

以人工菌株爲菌源。將已酸菌經小三角瓶、大三角瓶、大缸擴培成泥基培養液后，再堆積培養成生香窖泥。

以老窖泥爲菌源。利用原有的優質老窖泥種，擴培爲人工窖泥。在將人工窖泥使用時，再加入適量的黄漿水和酒尾，踩柔后分幾遍緊貼于窖的四壁和底部。

第三、合理配料及低温發酵

合理配料是指原料、酒醅、輔料、水、曲粉五者之間的比例，表現爲入窖澱粉濃度、水分、酸度和品温的關系，還應與相應的工藝科學合理地結合起來。但其中的澱粉濃度，即恰當的糧醅比尤爲重要。例如，若酒醅發酵前火猛、主發酵提前結束、升酸高，則不但本排少産酒，且下排産酒更少。其原因是澱粉濃度高、回醅量小或水分大、用曲量過多，其中澱粉濃度是主要因素。正確的方法是在原料澱粉含量百分之六十五以上時，取糧醅比爲一比五；原糧澱粉含量爲百分之六十~百分之六十五時，取糧醅比爲一比四點五；原糧澱粉含量爲百分之五十~百分之六十時，取糧醅比爲一比四。當然，適當加大回醅量，除了應與澱粉濃度相適宜外，還應考慮與之相應的設備容積、輔料用量及入窖酸度等因素。

低温發酵。若輔料用量較多、酒醅水分較大、發酵品温較高，則酒的醇甜味較差而苦味較重。要求品温較低也應視具體情況而定，若在上排入窖温度高、升酸大時，下排突然降温幅度較大，則會使品温升不上來，勢必造成産量低而酒質差。故應逐步降低入窖品温。

第四、注意蒸餾操作。

蒸餾時上汽均匀，酒液流速緩慢，可將酒醅内的香氣成分較充分地由水蒸氣拖帶至酒中，防止大汽把硫化氫、高沸點成分等蒸入酒内。適當提高流酒温度，可揮發掉含硫化合物、乙醛、丙烯醛及硫醇等成分，以利于縮短酒的貯存期。

九、關於利用現代科技改進傳統工藝提高酒質的其它措施

功能菌的其它應用——

丙酸菌、甲烷菌應用于人工窖泥的培養；利用霉菌、酵母、細菌等功能菌制成强化大曲，其感官和理化指標、酶系、酶活力等均優于一般大曲，可節省用曲量百分之三~百分之五，并能提高酒質；將T_H-ADDY及生香活性干酵母、人工培養的細菌接入酒醅，并添加糖化酶等酶制劑，同時采取相應的配套措施，可有利于減少大曲用量、保證安全度夏、提高出酒率和酒質。

生產的機械化和自動化——

架式制曲及微機控制

將機制曲坯置于曲架上培養，并模擬培養過程所需的溫度、濕度等微生物生態環境，采用微機自動或半自動控制。不必再由人工翻曲，工人可在控制室内進行操作，完成制曲作業，并可縮短制曲周期；成曲的一等品率比例可提高百分之三十五，酒質也可提高一個等級。

對濃香型白酒進行儀器分析，利用數學和電子技術，實現微機勾兑、調味。

采用氣相色譜儀、高壓液相色譜儀等現代精密分析儀器，在對濃香型白酒約一百四十種微量成分進行分析的基礎上，運用數學統計的方法，對其中含量最高的、占總微量成分重量約百分之八十四的十四種成分的量比關系，給予一個模式，爲成品酒的勾兑和調味提供了參考依據，并可作爲微機勾兑、調味的軟件模型。

建立酒質控制計算機輔助系統。按系統工程的原理，通過大量的數據統計、分析和模擬試驗，建立數學表達式，編制微機勾兑、調味程序，可在最大範圍内選酒組合，給出最佳方案，解決了基礎酒最優組合的計算問題。這個系統的運用還能增强生產信息的綜合處理能力，以便更科學、更嚴格地控制酒質，利于產品質量的相對穩定。據統計，采用微機勾兑、調味，可提高工效百分之五十，名優酒勾兑率提高百分之十~百分之二十。

提高濃香型白酒質量的措施，白酒界有句行話叫做『酒曲是動力，窖泥是基礎，工藝是關鍵』。因而過去有一段時間，出現了東北部的酒廠側重攻制曲，西南部則偏重改窖泥，而川酒廠家則偏重抓工藝。這從技術攻關分工的角度考慮是可以的，但對整體的生産廠，若只注重于一個側面，則在提高名優品率上收效不會太大。目前，許多廠家已開始較多注重綜合措施，如采用『養、回、酵、串』等一整套有效工藝，使名優品率從原來的百分之十五左右，提高到百分之六十左右，這是一個可喜的進步。

第六節 中國白酒特殊的藥用價值

中國人歷來以會釀酒，善飲酒著稱于世。長期的生活實踐，人們把適度飲用白酒的好處歸納爲四個方面。即：

第一，適度飲用白酒，能加速血液循環，有效地調節、改善體內的生化代謝及經神傳導。

酒有通經活絡的作用，所以中國人的祖先除把酒作爲日常飲品外，還根據『藥食同源』的中醫學觀點，將酒應用于醫療。如加泡藥材制成各種藥酒，可治療許多疾病，有些外傷，也用酒進行外部揉擦，使之散開瘀血，解除病痛。

酒能通經活絡的功效，也被今人廣泛運用。如日本近年來盛行一種酒浴，就是例證。

所謂酒浴，就是每當沐浴時，在浴水中加入適量的飲浴兩用的特效酒，使人在浴后感到通身异常暖和，皮膚也顯光潔如玉。現在日本通常采用的酒浴叫『玉之膚』，是用發酵的酒糟和發酵的米酒混合，再蒸制多次而成的清酒，其色淡黃，醇香可口。這種酒加入水中對人的全身肌膚會産生一種良性刺激，不但加速了血液循環，而且對神經傳導也會産生良好的反饋作用。特別是酒中含有大米發酵后産生的兩百多種 有用成份和發酵酒糟中的大量氨基酸、蛋白質和維生素等營養物質，供人體肌膚吸 收。這就是『玉之膚』酒浴令人感到通體暖爽和肌膚健美的奥秘。同時，酒浴對一些皮膚病，神經痛等疾患有的顯療效，再加上簡便易行，故被世人接受。

第二、適度飲用白酒可促進消化。

中國自唐朝以來，宮廷中有飲『開胃酒』的禦膳習慣。所謂飲『開胃酒』就是讓進 膳者在吃飯前喝一小杯特制的禦酒，古代中醫認爲，餐前少量飲酒能刺激消化液的分 泌，增進食欲。當代著名中醫學家姜春華教授根據自己多年的研究指出，適量飲酒 能够增進食欲，一位從事內分泌研究的生理學家也做過這樣的實驗：人在適量飲酒一小時后，測量其體內胰液素的含量發現較飲酒前明顯增多。胰液素是胰髒分泌的消化性激素，對人的健康極爲重要。人在進入中年，特別是老年之后，人體消化系統的功能開始降低，飯前少量飲酒，可以促進胰液素的大量分泌，胰液素又可促進人體 消化系統的消化液的分泌，從而增强胃腸道對食物的消化和吸收。因此，中老年飯前適量地飲酒可以彌補消化功能低的缺陷。

第三、適量飲用白酒可以减輕心髒負擔，預防心血管疾病。

酒的活血化瘀功能，是古代中醫認爲適度飲酒可以减輕心髒負擔，預防心血管疾病的主要理論依據。美國密歇根大學曾對兩萬人進行過四年營養同血壓關系的調查，結果發現，酗酒者血壓最高，其次是不飲酒者，少量飲酒者血壓最理想。同時還發現適度飲酒還可以增加血液中的蛋白質成分，而且具有防止心肺病發作和減少動脈硬化的危險。英國一家醫學研究會在分析了十八個西方國家有關死亡原因與飲食關系的統計圖表后發現，果酒的消耗量和心血管疾病的死亡率之間有着引人注意的關系。

在這些國家中，意大利和法國人的心髒病死亡率最低，芬蘭人最高，美國人次之。在對果酒的消耗上，意大利、法國介人二十五加侖，美國人則很少飲用果酒，芬蘭人幾乎不飲用果酒。

適量飲酒爲什么可以防止心髒病？心髒病又叫冠心病，是『冠狀動脈硬化性心髒病』的簡稱。這種疾病是因爲冠狀動脈內壁上有膽固醇沉着，引起冠狀動脈硬化，內腔變小，狹窄，甚至，阻塞使心肌缺血，輕的引起心絞痛，重的心肌梗塞。膽固醇爲什么會在冠狀動脈內沉着？原來人體內有一種高密度脂蛋白，它能將血管裏的，也包括冠狀動的膽固醇運走，送到肝髒裏去，再轉變成對人體有用的激素，多余的部分就從大便中排出。適度飲酒可以使高密度脂蛋白增多，這就是適度飲酒會減少冠心病發生的原因所死。同時，適量的飲酒還可抑制血小板的聚集并增强纖維蛋白的溶解，因面阻止血液在冠狀動脈內凝固，起『活血化瘀』的作用，從而使冠心病的發病率減少。

第四、適度飲用白酒能延年益壽。

適度飲酒使人延年益壽的事例古今中外比比皆是，近年來許多國家的研究都表明，適量飲酒比滴酒不沾要長壽。美國波士頓一家老人院自每日下午讓老人喝一杯啤酒之后，僅兩個月的時間，可以自行活動人員由原來的百分之二十增加到百分之七十四。美國一位學者，曾對九十四對兄弟進行追踪調查。有趣的是這九十四對兄弟都是其中一位適度飲酒，另一位滴酒不沾。結果表明，適度飲酒者都比滴酒不沾者長壽。

爲什么適度飲酒會有益于人體健康？中國古代醫藥學認爲，酒爲水穀之氣，味辛甘，性熱，入心、肝二經。適量飲酒有暢通血脉、活血行氣，祛風散寒，健脾胃及引藥上行，助藥之力的功效。李時珍在《本草鋼目》中說，『酒少飲則和血行氣，痛飲則傷神耗血，損胃之精，生痰動炎』。現代醫學則認爲，酒的效應是益是害，完全取決于『量』。以大腦爲例，適量，使人興奮，激起人的豪情和勇氣；過量，則使人麻痹，失支控制，喪失理智。酒從飲品到藥品的飛躍，是古代中國醫學史上的一項重大發明。

酒最初在醫療上的應用是作爲興奮劑和麻醉劑使用的。隨着人們用藥經驗和藥物品種的增加，以及人類社會醫藥知識的不斷發展和豐富，中國人的祖先，就從單純的用酒治療疾病發展到用藥酒及酒炙、酒炒、酒洗、酒浸、水酒合煮，酒糊爲丸等治病的方藥。另外，人們從漢字『醫』字演變中也不難看出古代中國人對酒的醫用值的重視。『醫』字的古寫法是『毉』字。上半部『医』與『殳』，含義是『針裝在針袋』裏，和『竹刀』并存，説明古代的中國人治病使用的是『刀』和『針』。在巫氏盛行的年代裏，醫學及醫生行業爲『巫』所把持，故『殹』之下加『巫』，『醫』字的古寫法爲『毉』。自從酒被廣泛地用于醫療之后便改『巫』爲『酉』，（古代酒、酉通用），『医』便成了『醫』，一直沿用至今。

『酒爲百藥之長』（《漢書·食雜志》），是古代中國人對酒在醫療上應用的高度評價。歷代專家以酒爲藥治病的案例很多，《史記·扁鵲倉公傳》中就有淳于意用三石藥酒爲濟北王治療『風蹶胸滿』病的記述。唐代名醫孫思邈在《千金方》中有這樣的描述：一日唐相國寺僧允惠患『癲疾失心』病，時愈半載，遍求名家醫藥而不得治。后來允惠的俗家弟子求醫孫思邈，孫診視后説：『今夜睡着，明日便愈』。臨行時，孫將一包很咸的食物，交與其兄，讓其弟服之，并吩咐，等他喊口渴時來告我。果然，允夜半喊渴。孫思邈取酒一杯，調朱砂、酸棗仁、乳香等藥給允惠服下。不久，又用半杯酒調上藥再服。后來，這位僧人大睡兩天兩夜后，病便痊愈了。

藥酒不但能治療内科疾患，而且在治療外科病上也獨具功效。古代名醫王燾在《外臺秘要》一書中記有治下部痔瘡方即『掘地作小坑，燒赤，以酒沃之，納吴茱萸在綫，坐之，不過三度良。』

藥酒還可以預防疾病，如華佗發明的屠蘇酒，就是用酒浸泡大黄、白術、桔校、桂枝、山椒、防風、附子、烏頭等中草藥而成，每介除夕之夜，男女老少皆服，可預防春季常常發生的瘟疫流行病。此酒后來被東渡的唐代高僧帶到了日本，至今仍被日本人民所推崇，除此之外，中國古代形成的端午節飲服雄黄酒、艾葉酒、重陽節飲服菊花酒、茱萸酒、山椒酒等都源于此。至今在中國的南方地區及港、臺等地，仍有此

俗，只不過藥酒的成分已有變化。

利用藥酒延年益壽，是古代中國勞動人民的一項發明創造，并被長期的醫療和生活實踐所證實。如壽星酒可補益老人，壯體延年；回春酒久服可陽事雄壯，須發烏黑，顔發童子，目視不花，常服身强體健；延春酒可和氣血、壯精神，益腎和胃、健身延年等。總之，中國歷代醫家在同疾病的鬥争中，創造出大量有效的藥酒方，其中有簡便有效的單味藥酒，也有上百味的復雜酒方，這些藥酒功效各异，適應症多，至今仍被沿用，成了人類歷史上的文化遺産。

藥酒在中藥方劑學上稱『酒劑』就是把藥物(植物的根、莖、花、果或動物全體(内髒)及某些礦物質按一定的比例浸泡于飲用酒中，使藥物的有效成分溶解于酒中，經過一定的時期后除渣備用。藥酒的起源與酒的生産幾乎同時出現。我國現存最早的藥酒方始見于一九七三年馬王堆出土的帛書《養生方》和《雜療方》中，雖多不完整，但仍可辨認出藥酒的配方、釀制工藝的記述。

早在先秦時期，中國第一部醫學史著《黄帝内經》的《素問·湯液醪醴篇》中對酒在醫學上的作用和貢獻也作了論述。漢代藥酒已成中藥方劑的一個重要組成部分。《史記·扁鵲倉公列傳》中有『其在腸胃，酒醴之所及也』的記載，這説明那時的扁鵲已有了用酒醪治療腸胃疾病的看法和實踐。東漢張仲景的《傷寒病雜論》中也記載了不少以酒煎藥或服藥治疾的方例。

出現在西晋和南北朝時期的賈思勰的《齊民要術》對藥酒的釀造方法，特别是浸藥專用酒的制作做了較爲詳盡的論述，葛洪的《肘后備急方》中有關于桃仁酒、海藻酒及猪胰酒的治療方法和説明，陶統景的《本草經集論》則提出了『酒可行藥勢』的觀點，使人對酒在醫療上應用的認識産生了新的飛躍。

唐代孫思邈所著《千金方》中收有治病内科、外科、婦科及補益强身的藥酒方八十余首，并第一次提出飲酒及服用藥酒要注意毒副作用的問題。他在后來的《千金翼方》一書中還對藥酒的服用方法提出了具體的要求。他説，『凡服藥酒，飲得使酒氣相接，無所斷絶，絶則不達藥力，多少皆以知爲度，不可全醉及吐，則大損人也。』

宋、元兩代中國的釀酒業得到突飛猛進的發展，藥酒的種類及應用範圍也有了相應的增加和擴展。現從《太平聖惠方》、《聖濟總録》、《太平 惠民和劑局方》、《三因方》、《本事方》、

酒

《濟生方》等書中都可看到那時的藥酒品種已增至數百種，應用範圍已擴展到内、外、婦、五官等多種疾病的治療。有些藥酒不僅具有治病養生的功效，且口味醇正，成了宫廷禦酒。當時的《養老奉親書》、《飲膳正要》、《禦藥院方》等書，都收録了不少適合人們日常服用的養生保健藥酒。

明代的醫學家在整理、繼承前人經驗的同時，又創制出了許多功效顯著的新藥酒方。如《普濟方》、《奇效良方》、《醫學全録》、《證治准繩》、《本草綱目》等，都收有大量藥酒配方。民間作坊中也自釀藥酒出售，如羊羔酒、薏仁酒等都深受人們的歡迎。

在清代的醫學著作《醫方集解》、《隨息居飲食譜》、《醫宗全鑒》、《良朋匯集經驗神方》、《同壽録》等收載了明清時期新創制的藥酒配方。藥酒應用在這一時期的一個突出特點就是除治病之外，重在養生保健。特别是宫廷補益藥酒的制做空前興旺發達。如『益壽藥酒』『松齡太平春酒』就是乾隆皇帝的專用品。這時的藥酒已經成爲藥補和食補相結合的産物。

數千年來，祖祖輩輩的中國人在日常飲酒和酒的藥用上積纍了豐富的經驗。這些經驗和資料，或流傳于民間，或散見于漢牛充棟的古醫書籍之中，爲了使這一寶貴的文化遺産得到繼承和發揚，收到古爲今用的社會效果，筆者從『廉、驗、得』的原則出發，采輯一些流傳民間及歷代醫界名賢著述中的用酒、飲酒良方，奉獻給國内外讀者，既可用之防治一些常見病、多發病乃至急性病，又可療補身體，有益于人民健康。同時，又有益于國際文化交流，使中國的醫藥寶庫爲全世界人民造福。

本書共采輯古傳酒方八百三十八首，其中，民間驗方一百五十五首，歷代諸家著述所載良方六百八十三首。在歷代諸家著述中，《聖濟總録》一百四十一首，《本草綱目》一百二十五首；《普濟方》七十首；《聖惠方》四十四首；《太平聖惠方》三十七首；《千金方》三十五首；《肘后方》十二首；《肘后急備方》二十二首；《岳景全書》十七首；《萬病回春》十四首；《禦藥院方》六首；《證治准繩》七首；《奇效良方》四首；《金匱要略》五首；《隨息居飲食譜》五首；《柳森可用方》三首；《飲食辨録》五首；《三因方》四首；《和劑方》四首；《千金翼方》五首；《本草拾遺》二首；《得效方》二首；《外臺秘要》七首；《串雅内編》十一首；《本草經注》二首；《温病條辨》三首；《衛生寶鑒》三首；《楊氏

家藏方》三首；《永類鈐方》三首；《衛生家寶方》三首；《十便良言》三首；《千便良方》一首；《危氏方》三首；《丹溪心法》二首；《千金要方》三首；《施金墨方》二首；《飲膳正要》二首；《類證話人書》一首；《山泉清供》一首；《內外傷辨惑論》一首；《萬氏家傳養生四要》一首；《評琴書屋醫略》一首；《元匯醫鏡》一首；《同壽録》一首；《家藏方》二首；《食醫心鑒》二首；《醫宗金鑒》一首；《山居備用》一首；《原機啓徽》一首；《德生堂》二首；《重慶堂隨筆》一首；《濟生方》四首；《本事方》三首；《華佗神方》二首；《余居士選奇方》一首；《惠直堂經驗方》二首；《鮑氏方》一首；《蘭臺軌範》一首；《遵生八箋》一首；《醫方集成》二首；《柑園小識》一首；《瑞竹堂方》四首；《清宮秘方》一首；《慈禧光緒醫方選議》一首；《醫方大成》一首；《醫方類聚》二首；《婦人大全民方》一首；《博濟方》一首；《儒門親事》一首；《臥雲山人傳方》一首；《醫宗必讀》二首；《孟洗食療》一首；《類證治裁》一首；《海上方》二首；《壽世編》一首；《滇南本草》一首；《傷寒論》一首；《直指方》一首；《中經注》二首；《永樂大典》一首；《菉竹堂經驗方》一首；《普濟本事方》二首；《宣明論》一首；《小品方》一首；《劉禹錫傳信方》一首；《瀕湖集簡方》一首；《扶壽經方》一首；《奇醫寶鑒》四首。

第三章

中國古傳藥酒方舉要

骨本酒

配方：枸骨樹皮五百克、清酒四斤

制法：藥切細，入清酒中，浸七日后成。

功效：補肝腎，益氣血，去風濕，令健步。

用法：每日二次，每次兩小杯。

明蝦酒

配方：明蝦六只、白酒○點五升

制法：將明蝦用清水洗净，拍爛，用紗布袋盛之，與酒一同置入净器中，封口，五日后即可開啟飲用。

功效：補腎壯陽，益氣開胃，散寒止痛。

用法：每日三次，每次十~二十毫升，藥渣可炒食佐餐，或配酒服食。

雪蓮酒

配方：雪蓮六十克、白酒○點五升

制法：將雪蓮切碎，用白紗布袋盛之，與酒同入于瓶中，封口七日后即可開啟飲用。

功效：補腎壯陽，温經散寒，祛風除濕。

用法：每日二次，每次十~二十毫升，早晚空心温飲。

常春藤酒

配方：常春藤一百克、酒一升

制法：取常春藤細切，若鮮革可倍量，置入净器中，入酒浸泡，封口；五~七日后開封，澄清后即可飲用。

功效：祛風利濕，平肝解毒。

用法：每日二次，每次十~二十毫升，空腹温飲。

原蠶沙酒

配方：原蠶沙(炒黃)一百五十克、白酒一公斤

制法：取家蠶幼蟲二眠到三眠時的原蠶屎，炒微黃，絹袋盛浸酒，浸經三~五日，即得。

功效：去風緩諸節不隨，皮膚頑痹，腹內宿冷，冷血，瘀血，腰脚疼冷。

用法：每飲三十毫升左右，每日二次。病愈藥止。

豆淋酒

配方：大豆二升、黃酒三點五升

制法：將大豆二升炒熟，至微烟出，入瓮中，以酒三點五升熱沃之，浸經一日以上。口噤者，加獨活四百七十五克，微微捶破，同沃之。即得。

功效：治産后病，中風不語。

用法：每服三十~五十毫升左右，素體强壯者可多服，温服令少汗出，身潤即愈。産后宜常服，以防風氣，又消結血。

柏子仁酒

配方：柏子仁(銼破)十四～二十枚、米酒一杯

制法：上二味同煎。

功效：治下血，積熱食毒，有濕熱。

用法：去渣飲酒頓服之。

枳皮酒

配方：枳樹皮二斤、酒四斤

制法：將枳樹皮切細，酒浸一晚成。

功效：祛風通絡，治風頭身痛。

用法：每不拘時温飲一杯。

杜仲丹參酒

配方：杜仲、丹參各六十克；川芎三十克、白酒二升

制法：將上藥共搗碎末，用白夏布袋盛之，置入净器中，加白酒浸泡，封口，十四日后開啓，即可飲用。

功效：補肝腎，强筋骨，活血通絡。

用法：每日二次，每次十～十五毫升，亦可隨時隨量飲，但勿過量致醉。

五精酒

配方：天冬、枸杞子各五百克；松葉六百克；黄精、白術各四百克；糯米十二點五千克、細曲一點二千克

制法：先將細曲加工成細末，備用；枸杞子、黄精等藥置于大砂鍋中，加水煮到十升，待冷備用。再將糯米淘净，蒸煮后瀝半干，倒入净缸中待冷。然后將藥并汁倒入缸中，加入細曲末，用柳枝攪拌匀，加蓋密封，置保温處。二十一日后開封，壓榨去糟渣，過濾裝瓶備用。

功效：補肝腎，益精血，健脾，祛風濕。

用法：每日二次，每次十～二十毫升，空腹温飲。或每次隨量飲之。

延年石斛酒

配方：生石斛九十克、生地黄六十克、懷牛膝三十克；杜仲、丹參各二十克；白酒一點五升

制法：將上藥共搗爲粗末，用白紗布袋盛之，置于净器中，入白酒浸泡，封口，七日后開啓，去掉藥袋，過濾備用。

功效：補腎，强筋骨，除痹。

用法：每日三次，每次二十～三十毫升，空腹温飲。

松節釀酒

配方：松節二點五千克、糯米、曲適量。

制法：將松節連葉煮汁，同熟糯米與曲粉同入缸中，拌匀，密封，置保温處；十四日后開取，壓去糟渣，過濾裝瓶備用。

功效：祛風燥濕。

用法：不拘時徐徐飲之。

白楊皮釀酒(一)

配方：白楊樹皮一公斤、糯米五公斤

制法：取白楊樹皮，切細煎水，取汁下米炊飯，拌曲適量，如常釀酒成。或每取一~二兩，浸酒飲。

功效：消癭氣。

用法：每旦一盞，日再服。

襄荷酒

配方：襄荷根五十克、米酒二百五十克

制法：酒漬半日，即得。

功效：主治喉舌瘡爛。

用法：含喇其汁，以愈爲度。

牛蒡根酒

配方：牛蒡根(切)五百克、黄酒二公斤

制法：浸酒經五~七日取飲。又法：牛蒡根一百克、生地黄三百克、枸杞子三百克、好黄酒二公斤，漬之。

功效：治諸風毒，一切風疾，利腰脚。

用法：每飲一杯，日飲二次。

接骨酒

配方：炒羊躑躅、大黄、紅花、當歸、芍藥各十克；丹皮五克、生地十五克、地鱉蟲十枚、土虱三十個、自然銅三克

制法：先將前藥入酒五百克，煎沸一會兒后，加入自然銅末，頓服之。一夜則愈。

功效：接骨强筋。治跌傷，打傷，手足斷折。急以杉板夾住手足，扶正湊合，再用此酒内服。

復方黄藥子酒

配方：黄藥子、海藻各一點二千克、浙貝母九百克、白酒七~八升

制法：將藥共研成粗末，置净器内，加白酒，隔水加熱，不時攪拌至沸，取出，連酒帶藥倒入壇中，趁熱封閉，静置十天，濾過裝瓶備用。

功效：軟堅散結。

用法：每日三次，每次服十毫升。

白鴿煮酒

配方：白鴿一只、血竭三十克、白酒一升

制法：將白鴿宰殺，去毛，洗净，去腸；再將血竭納入白鴿肚中，用針縫住，用好酒煮百沸令熟。然后取下候温備用。

功效：活血行瘀，滋補身體。

用法：將鴿肉分二次食完，酒徐徐飲之。

香櫞酒

配方：香櫞一枚、清酒五百克

制法：去核切片，以清酒同搗爛，入砂罐(砂鍋)，文火徐徐煮之，自黄昏至五更爲度。(視汁揮發，注意補加清酒)，后用蜂蜜拌勻，即得。

功效：治久咳。理氣潤肺。

用法：唤醒病人，嘱其用匙挑服，服畢再睡片刻，一次即愈。

消癧酒

配方：萬州黃藥子四百七十八克、好黃酒十升

制法：上二味，取萬州黃藥子，緊重者爲上，如輕虛是他州所産，力薄，用須加倍，取無灰酒（好黃酒）十公斤，投藥其中，固濟瓶口，以糖火燒一周時，待酒冷開。

功效：凉血阡火，消瘿解毒，主治諸惡腫瘡。

用法：不拘時，酌量温飲之，常令酒氣相續，經三五日自消矣。

槐花酒（一）

配方：槐花（炒）九十克、黃酒五百毫升

制法：將槐花炒黃爲末，每取九克，以黃酒約五十毫升衝服。

功效：治乳癌，硬如石者。

用法：頓服之，每日一~二次。

蟹殻酒

配方：生蟹殻（新鮮）數十枚、陳酒適量

制法：取新鮮生蟹殻數十枚，放砂鍋内焙焦，研細末，每服六克，陳酒一杯衝服，每日三次，不可間斷。

功效：主治乳岩潰爛。

蜜蠟酒

配方：蜜蠟一塊

制法：每取五~九克，熱酒一杯化開服。與玉真散對用尤妙。未愈再作。

功效：治破傷風濕如瘧者。

野烟草葉酒

配方：野烟葉鮮葉一握、紅酒一杯

制法：取鮮葉，洗净，搗爛絞汁一湯匙，和紅酒一杯頓服。

功效：治瘋狗咬傷。

星宿菜酒

配方：星宿菜（又名：紅燈心、奮基黃）鮮全草

制法：每取鮮草（一~三兩）約三十~九十克，洗净，瀝干，細切，搗爛絞汁，酌加米酒（五十~一百五十毫升）。

功效：治蛇咬傷，蜈蚣傷。

用法：飲服之。渣塗傷口。

鹿髓酒

配方：鹿髓一百二十克、蜂密六十克　白酒二升

制法：將髓切成小段，同蜂蜜共裝入壇中，倒入白酒，置文火上煮三十分鐘，取下候冷，密封，五日后開啓，過濾去渣，裝瓶備用。

功效：補腎壯陽，生精潤燥。

用法：每日二次，每次十~二十毫升，早晚空心温飲。

胡居士茵芋酒

配方：茵芋、附子（炮）、天雄、烏

頭(制)、秦艽、女萎、防風、防已、石南葉、躑躅花、細辛、桂心各三十七克

制法：以上十二味，細切，以絹袋盛，清酒一斗(約七點五公斤)漬之。冬七日，夏三日，春秋五日，藥成。

功效：治賊風，手足枯痹攣。

用法：每服五十～六十毫升，每日二次，以感手足微麻爲度。

桑菊酒

配方：桑葉、菊花、杏仁各三十克；薄荷、甘草各十克；蘆根三十五克、桔梗二十克、江米酒一升

制法：以上八味，共搗爲粗末，用江米酒浸于瓶中，封口。五日后開啓，過濾去渣，即可飲用。

功效：疏風清熱，宣肺止咳。

用法：每日二次，每次十五毫升，早晚空腹溫飲。

三仁酒

配方：杏仁、滑石(另包)、生薏苡仁各五十克；白通草、竹葉、厚樸、半夏各三十克；白蔻仁二十克、甜米酒二～三升

制法：將藥洗淨，搗碎，用白紗布袋盛之，置淨器中，入甜米酒浸泡，密封，七日后開啓，去掉藥袋，過濾后瓶備用。

功效：宣暢氣機，清利濕熱。

用法：每日三次，每次飲二十毫升。

涌泉酒

配方：王不留行十克、穿山甲(炮黃)五克、天花粉十克、當歸七克、甘草十克、麥冬八克

制法：上六味，共爲細末，每取藥末六～七克，用黃酒二杯煎取一杯，俟溫服之。每日二次。

功效：主治產后乳汁不通。

養胃酒

配方：人參、黃芪、炙甘草、白術各三十克；升麻、柴胡各十五克；當歸、炒曲各六十克；陳皮、生地黃各四十五克

制法：諸藥打細，用布袋盛，入清酒六斤浸泡四日即可。

功效：開胃益氣。補胃氣以助發之氣。治產后氣血雙虧，頭昏目眩，乏力，厭食。

用法：每日食前，各飲兩杯，隨時添新酒。

人參蛤蚧酒

配方：人參、茯苓、桑白皮各十五克；貝母、知母各二十克；杏仁克、甘草各二十四克；蛤蚧一對、白酒一升

制法：蛤蚧先用河水浸泡五天，逐日換水，洗去腥氣，之后與諸藥共研粗末，紗布包縫，浸入酒中，浸泡三十日后，過濾，去渣備用。

功效：益氣清肺，止咳平喘。

用法：每日二次，每次五～十毫

升，早晚飯前飲用。

四味補心酒

配方：當歸、肉蓯蓉各六十克；硃砂三十克、杏仁一百五十枚

制法：先將杏仁泡去皮，研成膏狀。其余諸藥又用酒浸一日，亦搗細煮如薄糊。將兩膏相和，拌勻即得。

功效：益血補心，安神寧志。治怔忡驚悸，恍惚健忘。

用法：每日早、晚各飲一小杯酒膏。

全蝎酒

配方：白附子、僵蠶、全蝎各三十克；白酒〇點二五升

制法：先將上藥搗爲細末，置入瓶中，入白酒浸泡，封口，三白后開啓，過濾去渣備用。

功效：祛風通絡，化痰止痙。

用法：每次飲十毫升，不拘時，常令有酒力。

木饅頭酒

配方：木饅頭（炒）、枳殼（去瓤麩炒）、槐花各四十克

制法：上三味，爲細末，收貯備用。每服六克，黃酒一杯調下，温服之。每日二服。

功效：治腸風下血不止，大便更澀。

烏蛇酒

配方：烏蛇一條

制法：用好酒四斤，將烏蛇置其中，浸泡七日后開取。

功效：祛風護膚。治白虎風。朝野記載，商州有人患大風，家人惡，山中爲茅屋徒居焉有烏蛇墜酒甕中，病人不知，飲酒漸瘥，甕底尚有蛇骨，方知其由也。

用法：每日飲一杯。如吃盡酒，取烏蛇焙干爲末，温酒調下三克。

三至寶酒

配方：鹿角、蒼耳子、人參、沉香、遠志、沙苑、蒺藜、炮附子各三十克；當歸一百五十克

制法：諸藥打細，加入酒和米面，制成酒丸，如梧桐子大。

功效：主補虛損，生精血，去風濕，壯筋骨，明目聰，强健腰脚，和悅陰陽，百病皆愈。

用法：每取五十藥丸，酒中化服，每日三次。

平補鎮心酒

配方：酸棗仁、白茯苓、五味子各六十克；肉桂、人參、遠志、甘草各三十克；麥門冬、茯神、車前子、天門冬、龍齒、熟地黃各九十克

制法：諸藥打細，用布袋盛，入清酒十斤，浸泡十日后開取。

功效：補血安神。治心氣不足，志意不定，神情恍惚，夜半异夢，四肢倦怠。

用法：每日晨時，飲三杯。

舒手酒

配方：天麻一百五十克；枳殼、牛膝、秦艽、桔梗、防風、羌活、晚蠶沙各六十克；當歸、地黃、枸杞子、牛蒡子、大麻子、蒼術各一百二十克

制法：諸藥打細，用布袋盛，入清酒十斤，密封浸泡七日后開取。

功效：祛風通絡。治諸風疾，并大風偏風。

用法：隨意飲用，勿令斷絶，常令有酒氣。

換白發酒

配方：白芷、菊花、旋覆花、桂心、白茯苓、巨勝子、華澄茄、牛膝各二十五克、覆盆子、蓮花須各十克

制法：諸藥打細末，入酒及面粉適量，制成梧桐子大丸，瓷瓶中貯。

功效：生發黑發，返老延年。

用法：早、中各取三十丸，入酒中化服。

換骨酒

配方：白茯苓、晚蠶沙各九十克、甘草、檳榔、何首烏、白附子、益智仁、天麻、山茱萸、肉蓯蓉、狗脊、炮天雄、干姜、蒼耳子、菟絲子各三十克、郁李仁、炮附子、防風、瓜蔞、牛蒡子根、牛膝、干菊花、杜仲、黄芪、牡丹皮、牡蠣、枸杞子、鼠粘子、紫菀、白術、桔梗、白花蛇各十五克

制法：諸藥打細，用布袋盛，入清酒二十斤，在瓮中封閉，春夏十四日，秋冬二十一日后開取。

功效：祛風活血，温陽益腎。昔人早年患偏風證，四肢不舉。未服此藥時，非人回轉，不能血動，服藥三日，便能手梳頭，七日四肢漸舒，十日行步，半月覺身輕眼明，此藥神效。

用法：藥滓取出打爲細末，加蜜制成梧桐子大之藥丸，名換骨，以灑衝服三十丸，日三次。此藥補精氣，活血駐顔，潤皮膚，治眼目，能退一切風疾。常服烏發，身輕骨健，精神，净房修一月妙。

地仙酒

配方：薔薇根莖、清酒各適量

制法：切碎，蒸熟曬干爲末，或煮濃汁。

功效：盧山譚先生年五十，服此酒至一百四十歲，上升。

用法：每次取五克，酒一杯煎服；或濃汁一杯，酒一杯調服。

行步酒

配方：萆薢六十克、桂心三十克、杜仲一百克

制法：諸藥打細，布袋盛，入清酒五斤，浸泡七日成。

功效：壯腰健骨，除濕。治腰冷痹不仁，行步無力。

用法：每日三次，各飲兩小杯。

天麻酒

配方：天麻、牛膝、附子、杜仲各六十克

制法：諸藥打細，用布袋盛，入好酒六斤浸泡七日后開取。

功效：平陽祛風。治婦人風痹，手足不遂。

用法：每日三次，各飲一小杯。

蓼酒

配方：蓼木、糯米、曲各適量

制法：八月取蓼木六十余把，加水煮濃汁，再煮糯米六斤，加入曲并藥汁，入瓮發酵即得。

功效：健益氣。治胃管不能飲食，目不聰明，四肢有水氣，冬卧脚冷，服此酒十月后，目既精神，體又充壯。

用法：隨意飲用，其效甚速，不醉爲佳。

固脱酒

配方：桂枝六十克、好酒五百克

制法：將桂枝投酒中，火煎至酒余一半成。

功效：回陽固脱，治脱陽證。

用法：候温，分作二次服之。

攝風酒

配方：尋風藤、三角尖、青藤根、石薜各三十克、五加皮、骨碎補、威靈仙、川斷、當歸、羌活、牛膝、防風、蘇木、甘草、生姜、川烏頭各四十五克、烏藥、石南葉、青木香、南木香、細辛、乳香各十五克

制法：諸藥打細，有布袋盛，清酒一壇，放酒中浸，油紙封縛，以鍋內盛水，將酒壇坐于鍋內，慢火自辰煮午，連壇取出放冷。

功效：祛風濕，利關節。治白虎厲節風，及諸般風濕流注四肢，大風鶴膝，一切風疾熱毒之類。

用法：每日不拘時，隨意温服藥酒。

補益歸茸丸

配方：熟干地黄、鹿茸、當歸、五味子各一百二十克；山藥、山茱萸、炮附子、官桂、牛膝各六十克、白茯苓、牡丹皮、澤瀉各四十五克、

制法：諸藥打細，用布袋盛，入清酒十斤中浸，七日后開取。將藥末取出，焙干爲末，入酒并米面，制成梧桐子大藥丸。

功效：滋肝腎，益心血，利足膝，實肌膚，悦顏色，真男子衛生之良藥也

用法：每日食前藥酒衡服五十丸。

黄柏知母酒

配方：黄柏、知母、龜板各四十克；熟地四十五克、黄酒一升

制法：黄柏炒成褐色，知母炒約十分鐘，熟地蒸熟，龜版炙酥。

功效：滋陰降火。

虎潛健步酒

配方：當歸、知母、黃柏、秦艽、獨活、熟地、龜版、白術、白芍、黃芪、補骨脂、杜仲、羌活、鎖陽、茯苓、防風、菟絲子各四十克；木瓜、續斷、枸杞子、牛膝各八十克；附片、人參各十克；虎骨(或豹骨)六十克、白酒五升

制法：以上計二十四味，洗净，研粗末，研粗末，裝入紗布袋中，扎口，浸于白酒內，密封。三十日后啓封，過濾，去渣取液備用。

若有些藥物找不到，可以用成藥『健步虎潛丸』五十丸，計一百五十克，浸于白酒中，月余后飲用。

功效：滋陰火，强壯筋骨，滋氣血，散風通絡。

用法：每日一次，每次十~三十毫升，早飯前飯用。

巴戟天酒(一)

配方：巴戟天一百五十克、牛膝七十五克、枸杞根七十克；麥門冬、干地黃各一百克；防風四十五克、白酒一升

制法：上藥共研粗末，裝入紗布袋中，扎口，置于酒中，浸泡十五日，過濾，去渣備用，

功效：强肝益腎，補虛興陽，

用法：每日三次，每次五~十五毫升，温飲。常令酒氣相及，勿致過量。

鐘乳石酒(一)

配方：鐘乳石六十克；黃芪、當歸、石斛各三十克；山茱萸、薏苡仁、天門冬、牛膝、杜仲、防風、丹參各二十克；川芎、附子、肉桂各十五克；秦艽、干姜各十克；白酒五升

制法：先將鐘乳石用甘草浸泡三晝夜，然后再浸入牛乳中泡二小時，再置鍋中飯上蒸二小時，特牛乳完全傾出后，取出用水把鐘乳石淘洗干净，研細備用。其余各藥均搗成細末，與鐘乳石一起裝入白紗布袋口，扎口，置入净器中，入白酒浸泡，封口，十四日后，過濾去渣，裝瓶備用。

功效：壯陽補腎，補氣益血，祛風除濕。

用法：每日二次，每次十~二十毫升，早晚空腹飲用。

温脾酒

配方：干姜三十克、甘草三十克、大黃三十克、人參二十克、制附子二十克、黃酒◯點五升

制法：以上五味，共搗細，浸酒中，五日后，過濾，去渣備用。

功效：温中通便。

用法：每日二次，每次十~二十毫升，早晚温服爲宜。

振瘻酒

配方：海馬一具；紫河車、石决明、龍骨、仙茅、桑葉、巴戟天、菟絲子、海參、淫羊藿各六十克；紫貝齒、牡蠣、陽起石、蛇床子、刺猬皮、阿膠、鹿角膠、附片、人參各三十克；益智仁四十克、砂仁二十克、白術四十五

克、金櫻子九十克、准山藥一百克、白酒五升

制法：以上各藥，共研碎末，用白紗布袋盛之，置于淨器中，入白酒浸泡之，封口，三十日后開啓，過濾去渣，裝瓶備用。

功效：補腎壯陽，安神定志。

用法：每日二次，每次五～十毫升，早晚飲用爲宜。

滋陰止遺酒

配方：刺猬皮六十克、石蓮肉四十克；旱蓮草、女貞子、金櫻子各二十克；山萸肉二十四克、韭菜子三十克、白酒〇點五升

制法：上述各藥，共研細末，裝入紗布袋中，扎口，入酒中浸泡三十日，過濾，去渣備用。

功效：滋陰腎，固精止遺。

用法：每日二次，每次五～十毫升，早晚飲用。

地黃酒（一）

配方：地黃六十克、白酒〇點五升

制法：先將地黃洗淨，浸入酒中密封，浸泡二周后，即可飲用。

功效：血，補精，生髓、滋陰。

用法：每日一次，每次十～三十毫升，臨睡前服之尤佳。

枸杞酒

配方：大枸杞一百克、白酒一升

制法：將枸杞子洗淨，浸入白酒中密封，浸泡七日后，即可飲用。

功效：補虛，益精，祛寒，壯腎。

用法：每日二次，每次十～二十毫升，早晚空腹飲用。

薏仁桐皮酒

配方：薏苡仁、牛膝各六十克；海桐皮、五加皮、獨活、防風、杜仲各三十克；熟地四十五克、白術二十克、白酒二升

制法：以上九味，共搗爲粗末，用白紗布袋盛之，置于淨器中，入白酒浸泡，封口；春夏三日，秋冬七日后開封，去掉藥袋，過濾備用。

功效：祛風利濕。

用法：每日三次，每次十五～二十毫升，飯前溫飲。

胡麻酒

配方：麻子五百克、生姜六十克、生龍腦葉一撮

制法：漬麻子、煎熟，略炒，加生姜、生龍腦葉，同入炒，細研，投民煮釀五升，濾渣去水，浸之。

功效：解暑熱。

用法：盛夏正午飲一臣觥。

生脉益氣酒

配方：人參十八克、麥冬五十克、五味子三十克、白酒〇點五升

制法：麥冬去心，三味藥物洗滌后，浸入白酒中，密封二周許，可開啓

使用。

功效：補氣斂汗，關陰生

用法：每日一次，每次十～二十毫升，清晨飲用佳。

春壽酒

配方：生地、熟地、山藥、天冬、麥冬、蓮肉、紅棗各三十克；白酒二升

制法：將紅棗去核切碎，與其余藥共搗爲粗末，用白紗布袋盛之，置于淨壇中，入白酒后交壇加蓋，置文火上煮數百沸，離火特冷后密封，五日后開封，去掉藥袋，過濾后即可飲用。

功效：補腎，陰，健脾。

用法：每日三次，每次十～三十毫升，空腹溫飲，或隨量飲用。

寧神固精酒

配方：桑螵蛸、菖蒲、茯神、龍骨各四十克；麥冬二十五克、蓮子二十四克、棗仁二十克；遠志、龜板各三十克；黃連十克、白酒一升

制法：上藥洗淨，裝入紗布袋中，扎口，置入酒中，浸泡六十天，過濾，去渣備用。

功效：寧神益知，強腎固精。

用法：每日一次，每次五～十毫升。臨睡前服用。

杞圓酒(一)

配方：枸札子、龍眼肉、生地、當歸各一百二十克；五加皮、金銀花、懷牛膝、杜仲各九十克；紅花、甘草各三十克；大棗五百克；白糖、蜂蜜各一千克；酒八升

制法：先將眩藥搗成粗末，置砂鍋中，加水二點五升，置文火上煎煮，取其濃汁，去掉藥渣，特冷后備用，再將白酒倒入淨壇中，加入藥汁，拌勻備用。然后將白糖，蜂蜜置鍋中，加水適量煉，特次后加藥酒中，拌勻，加病蓋密封，置陰涼處。五日后開封，再用細紗布過濾一遍，即可裝瓶飲用。

功效：滋補肝腎，益精血，安心神，壯筋骨。

用法：每日一次，每次十五毫升，晨起飯前空腹飲用。

宜男酒

配方：枸杞子、杜仲、胡桃肉、當歸、龍眼肉、茯神、牛膝、葡萄各干六十克；白酒五升

制法：將上藥搗成末，用白布袋盛之，置于淨壇中，入白酒浸泡。加蓋，置鍋中，隔水加熱，約四十鐘取出，待冷后密封，埋入土中，七日后取出開啓，去掉藥袋，過濾裝瓶備用。

功效：補腎肝，益精血，壯筋骨，安心神。

用法：每日二次，每次十～二十毫升，早晚空腹溫服。

禦仙酒

配方：牛膝、牛蒡根各二百五十克、大麻子五百克、枸杞子一百二十克、

蒼術三百克、牛蒡子、蠶沙、秦艽、桔梗、羌活、防風各一百三十克

制法：諸藥打細，入清酒十斤，于净器中浸，密封七日后開取。

功效：祛風通絡。治偏風，手足拘攣，半身不遂。

用法：每服一大杯，食前取，常令有酒氣。

經驗松節酒

配方：當歸、熟地黃、松節、列節、牛膝各三十克

制法：諸藥打細，用布袋盛，入清酒四斤，浸三日后開取。

功效：利關節，通經絡，祛風濕氣。

用法：每日三次，各飲一杯，則添新酒一杯，藥淡則換之。

薯蕷酒

配方：生山藥二百五十克、黃酒一點五升

制法：先用竹刀把生山藥刮皮，切成碎塊。先后把酒放入砂鍋內煮沸，再放入山藥。約煮半小時，待山藥熟，撈出，拌入蜂蜜五十克，另存，酒亦另存。

功效：補氣陰，滋脾固腎。

用法：每日清晨，漱口完畢，以葱花、花椒、食鹽適量，拌上山藥十五克許，空腹食下。然后飲煮之酒約三十毫升。

巨勝酒

配方：巨勝子一百克、薏苡仁三十克、干地黃二百五十克、白酒一升

制法：上述諸藥，用生絹袋裝之，縫口，置于酒中，浸泡五~七天，過濾，去渣備用。

功效：强筋益骨，逐散風濕。

用法：每日二次，每次二十~三十毫升，飯后飲用爲佳

麻黃宣肺酒

配方：麻黃三十克、麻黃根三十克

制法：用白酒一斤，將上藥浸泡，重煮約一小時，露一宿，去渣，收貯備用。

功效：宣肺中郁氣。

用法：每日早、晚各飲二~三小杯。

三味地黃酒

配方：生地黃(切)、牛蒡根(切)各一百克；大豆(炒)二百克、酒二升

制法：將藥用白紗布袋盛之，置于净器中，入酒浸泡，密封，五日后開啓，過濾后裝瓶備用。

功效：補腎除煩，祛風止痛。

用法：不拘時，隨量飲之。

明目酒

配方：天冬、茯苓、麥冬、甘菊花、牛膝、枸杞子、肉蓯蓉各四十克；人參、五味子、甘草、黃連、杏仁、枳殼各十五克；熟地、生地、青葙子各

三十五克；菟絲子、草决明各二十五克；干山藥、川芎各二十克；蒺藜二十四克、石斛五十克、防風三十克；烏犀角、羚羊角各三克；白酒三升

制法：犀角與羊角研細粉，其余各藥洗浄，切碎，紗布包扎，浸于白酒中，封口，十五日后，過濾，去渣備用。如不宜在家中自制時，可用成藥『石斛夜光丸』五十丸，浸于白酒中，十五日后即可供飲用。

功效：滋有明目，平肝熄風。

用法：每日二次，每次十～二十毫升。

金鎖補真酒

配方：川斷、獨活、穀精草、黄精草各四十克、蓮花心、鷄頭粉、鹿角霜各三十克、金櫻子二百五十克

制法：諸藥除除金櫻子外，打細末，次將金櫻子碎，用酒二斤，煮至一斤，去滓，再慢火至膏狀，再將其余諸藥末加入，和勻成藥丸，如彈子大。

功效：升降陰陽，壯理元氣，精神不敗，功效極多，兼治夢遺白濁，大能秘精。

用法：每日晨時温酒送下一丸。

永壽酒

配方：蓮子五百克、蒼術、茯苓各一百二十克；沉香、木香各十五克；熟地黄、枸杞子、山藥、柏子仁各一百五十克；五味子、小茴香、川楝子、破故紙各六十克；青鹽十五克

制法：諸藥打爲細末，以酒適量，加入藥中，制成丸如梧桐子大。或諸藥打細，入清酒十五斤中浸，七日后開取，藥滓取出，陰干爲細末，入酒制成丸，酒衝服。

功效：大補元陽，滋益脾胃，調順血氣，添補精髓不老，壯少年之人并宜服之，甚有功。

用法：每服五十丸，每日一次，漸加至七十丸。服藥酒后，吃少許食物。

燮理十全酒

配方：黨参、黄芪各八十克；白術、熟地黄各七十五克；甘草、川芎各五十克；陳皮、法半夏各三十克；當歸身六十五克、白芍五十五克；鹿角粉、龜版粉各十二克；白酒三點五升

制法：黨参、黄芪、白術、用砂鍋拌炒，令至微黄色，法半夏、熟地黄，用砂仁五克拌炒后，混入其藥，加水五百毫升，白酒三點五升，水酒相合，共煎諸藥，煎煮一小時許，有多少藥液，留存多少藥液。然后過濾去渣，入瓶備用，以后隨飲加白糖，可供較長時間飲用。

功效：調理陰陽，氣血雙補。

用法：每日一次，每次十～二十毫升，于早晚飲后服用最佳。

鬼風酒

配方：石斛、石南葉、防風、五加皮、當歸、茵芋葉、杜仲、川牛膝、川芎、川斷、金毛狗脊、川巴戟各三十

克

制法：諸藥打細，用布袋盛，入清酒十斤，密封浸泡十日后開取。

功效：散寒祛風，治風偏枯半死，行勞得風，若骨所擊，四肢不遂，不能行步，但是一切諸攣急之證，悉皆治療。

用法：每隨飲，溫服一杯，不拘時。

當歸酒

配方：黄芪、防風、官桂、天麻草、石斛、白芍、當歸、去母粉、白術、虎骨、茵芋、木香、仙靈脾、甘草、川斷各三十克

制法：諸藥打細，用布袋盛，入清酒十五斤浸泡，五～七日成。

功效：祛風舒筋，强骨健脾。治風濕痹，身體頑麻，皮膚燥癢，筋脉攣急，言語蹇澀，手足不遂，時覺不仁。

用法：每日不拘時候溫飲一杯，常令氣酒氣相續爲宜。

茯神補酒

配方：茯神、黄芪各五十五克；白術、當歸、遠志各四十五克；酸棗仁五克；人參、甘草各三十克；木香二十四克、桂圓肉四十克、熟地黄五十克、白酒一點五升

制法：上述諸藥，洗净后，裝紗布袋中，扎口，入砂鍋内，慢火濃煎。煎至極濃時(約四小時許)；連帶藥，一起泡入酒中，密封存放。一周后，過濾，去渣留液，裝瓶備用。

功效：補血心，益氣健脾。

用法：每日二次，每次十～三十毫升，早晚空腹飲用。

治妊娠遺尿酒

配方：白薇、白芍藥各等份、酒適量

制法：取前二味，各等量，爲細末備用。

功效：治妊娠遺尿，不知出。

用法：每取服七～八克，食前以酒一杯調服。

牛膝丸酒

配方：牛膝九十克、川椒十五克、炮附子三十克、五加皮六十克

制法：將諸藥打細，裝入布袋，入清酒十斤，泡七～十日即成。

功效：强筋骨，溫陽散寒。治腰脚筋骨疼軟無力。

用法：每日三次各一大杯。酒飲完后，將藥渣打細末加入醋，制成梧桐子大之藥丸。每日一次服二十丸，空腹溫酒送下。

補氣祛風酒

配方：人參、萆薢、仙靈脾、薏苡仁、牛膝、熟地黄各六十克

制法：諸藥打細，用布袋盛，入清酒六斤，浸泡十日后開取。

功效：補血益氣，祛風，壯筋骨，强脚力。

用法：每日早、晚各飲一杯，取一

杯，則添一杯新酒。

羊腎酒

配方：鹿茸(炙)、菟絲子各三十克；舶茴香(大茄香)十五克、生羊腎二付

制法：取前三味，爲末，將羊腎洗净切碎，共入白酒三公斤浸泡七日，取用。

功效：温補腎陽，主治腎虛、腰痛、不能反側及老人足痿。

用法：不拘時，隨量飲之。

華佗闢疫酒

配方：大黄、白術、桔梗、蜀椒各十五克；桂心十八克、川烏六克、菝葜十二克、白酒○點四升

制法：以上七味，共搗爲粗末，用白紗布袋盛之，懸于井底，十日后取出，與白酒四百毫升同放放鍋中，煎數沸，候温，去掉藥袋，即可飲用。

功效：避瘟疫。

用法：每日早晨服十~二十毫升。

小補心酒

配方：天門冬、麥門冬、干山藥各二百克、熟干地黄、五味子、石菖蒲各一百二十克、人參、茯神、茯苓各十五克、遠志、官桂、地骨皮、酸棗仁、龍齒、柏子仁各九十克

制法：諸藥打細，用布袋盛，入清酒十斤，于瓷瓮中浸，七日后開取。

功效：補血心。治心氣虛，驚悸喜忘。

用法：每日早晚，各飲一杯，漸加量。

加味養生酒

配方：龍眼肉二百四十克；五加皮、桑寄生各一百二十克；生地、山鞭黄、枸杞子、牛膝、杜仲、白芍、菊花各六十克；當歸、木瓜各三十克；桂枝九十克、白酒十升

制法：將上搗爲粗末，用白紗布袋盛之，置入壇中，入白酒浸泡，加蓋密封。七日后開啓，去掉藥袋，過濾裝瓶備用。

功效：補腎肝，益精血，强筋骨，祛風濕。

用法：每日二次，每次十~二十毫升，早晚空心温飲。

首烏地黄酒

配方：何首烏、枸杞子各一百二十克；熟地二百四十克；當歸、龍眼肉各九十克；薏苡仕二十克、檀香九克、白酒十升

制法：將上藥搗成粗末，用白紗布袋盛之，置于净器中，入白酒浸泡，封口。十四日后開啓，去掉藥袋，過濾裝瓶備用。

功效：滋肝腎，益精髓，養心肝，益氣血。

用法：每日一次，每次三~五毫升，臨睡前温飲。

木鱉酒

配方：麻黄、木鱉、杏仁、大黄各六十克

制法：諸藥打細，于鍋中，入好酒六斤，煎取四斤即得。

功效：活血祛風。治諸風，左癱右瘓，厲節走疰疼痛。

用法：每日三次，各飲二杯。

活絡酒

配方：白花蛇、烏梢蛇、天麻、何首烏、甘草、乳香、赤芍藥、没藥、白豆蔻、茯苓、骨碎補、白術各三十克；威靈仙、龜板、葛根、當歸、黑附子各四十克；兩頭尖、貫仲、羌活、官桂、藿香、黄蓮、大黄、沉香、僵蠶、黄芩、玄參、香附、松脂各十五克；草烏、全蝎、麻黄、烏藥、天南星、血蝎、虎骨、人參各十克；熟地五十克；木香、丁香、青皮各二十四克；細辛九克；安息香、犀角各五克；防風三十五克、地龍二十五克、牛黄七克；片腦、麝香各三克；白酒五升

制法：上藥不找全，可用市售之大活絡丸粒，浸入白酒中，十五日后，過濾，去渣備用。

功效：扶正祛風，活血通絡。

用法：每日一次，每次十~二十毫升，睡前一小時飲用。

龜臺回童酒

配方：胡麻仁三百克；黄精三百五十克；天冬、白術各二百五十克；茯苓二百克、桃仁一百五十克、朱砂十克、秫米五千克、酒曲三百二十克

制法：先將朱砂研極細粉末，貯于大瓶中，酒曲搗成粗粒，備用。再將其余各藥置于砂鍋中，加水煎煎到五升，待冷，然后將秫米蒸煮，瀝半干，倒入壇中，候冷時將藥連汁倒入壇中，加入酒曲，攪拌均勻，加蓋密封，置保溫處，二十一日后開啓，用細紗布絞去糟，貯入裝朱砂的大瓶口，再静置過濾，裝瓶備用。

功效：補腎健脾，悦容顏，壯精神，烏須發，健身益壽。

用法：每日三次，每次十~二十毫升，空腹温飲，佐餐亦佳。

五子酒

配方：菟絲子、五味子、枸杞子、覆盆子、車前子、柏子仁、酸棗仁、薏苡仁各三十克

制法：諸藥打細，入清酒五斤，于瓷瓮中密封，七日后開取。

功效：心益肝，生血補氣，潤澤肌膚，治五臟不調，夢中驚悸，盗汗怔忡，夢中失精，四肢倦怠，肌膚瘦弱，或發寒熱，老人便秘。

用法：每日量性飲用，不可大醉。

杜仲浸酒

配方：杜仲五百克、仙靈脾、當歸各一百克

制法：杜仲切細。炒使絲斷，再合他藥。入清酒六斤，浸泡十日成。

功效：補腎益精。治風冷傷腎，腰

痛不能屈伸，治背痛。

用法：每日四次，各飲三小杯。

八寶膏酒

配方：廣木香、母丁香、紅花各六十克、牡蠣、地龍各十五克、燈草、川山甲各六克、胭脂四十五克

制法：諸藥打細末，入清酒并甘草膏同熬成酒膏，浸酒中貯。

功效：壯益元陽，行氣生血。

用法：每取酒一杯，膏一匙調入后服。

玉丹田酒

配方：蓯蓉、菟絲子、牛膝、山藥、熟地黃、炮烏頭、澤瀉、人參、當歸、官桂各三十克

制法：諸藥打細，加入清酒適量，制成梧桐子大之酒丸貯。

功效：補腎益精。治陰損久虛下冷，夜頻起，暖丹田。

用法：每日取五十丸，温酒一杯化服。

瑞竹白花蛇酒

配方：白花蛇一條　糯米一斗（約十～十一公斤）

制法：用白花蛇一條，酒潤，去皮骨，取肉，絹袋盛之。蒸糯米一斗，安曲于缸底，置蛇于曲上，以飯安索上，用物密蓋。三七日取酒（『三七日』即二十一日——編者注），以蛇曬干爲末。每服二五分，温酒一盞下。仍以濁酒酒脚并作餅食之，更佳。

功效：治諸風癧癬，并治大風。

仙酒方

配方：牛膝（洗净細切）、秦艽（去列文）、桔梗（去蘆）、防風（去蘆，細切）、晚蠶沙（洗净，炒）、以上各七十五克、枸杞子一千九百克、牛蒡四百八十克、牛蒡根（去粗皮，細切）一千九百一十克、火麻仁（洗净）九百五十五克、蒼術（洗净，去粗皮，磁器内蒸熟用）一千九百克

制法：以上共爲末，糯米酒二十升，放大磁器内浸藥封口，第七日開封，勿令面近瓶口，恐藥氣出人眼目，每服一小杯，空心服，日進三服，温服之，温服之，忌濕面、魚三個月。

功效：治諸風疾，手足拘攣，半身不遂。

長春酒

配方：天冬（去心）、麥冬（去心）、山茱萸、茯苓、石菖蒲、遠志各三十克；熟地、巴戟天、覆盆子、菟絲子各四十五克；山藥、柏子仁、澤瀉、地骨皮各四十克；牛膝、杜仲各七十克；人參十克、木香十五克、五味子二十四克、川椒九克、肉蓯蓉一百二十克、枸杞子一百克、白酒三點五升

制法：上述諸藥，洗净后研成細粉，混拌。然后用白紗布三層作袋，裝入藥粉，扎口，置入酒中，密封。浸泡三十余日，過濾，去渣留液，裝瓶備用。

功效：補虛損，壯筋骨，調陰陽。

用法：每日一次，每次五~十五毫升，臨睡前飲用。

泡酒方

配方：鮮石菖蒲、九月菊、鮮木瓜各二十克；桑寄生三十克、小茴香十克、燒酒一點五升

制法：以上五味，用紗袋盛之，置于净器中，用白酒泡七日后，取用。

功效：清心，肝，補腎。

用法：每日早晨空心溫服十~十五毫升。

九味牛膝酒

配方：牛膝、羌活、地骨皮、五加皮、薏苡仁各三十克、甘草、生地黄各十五克、海桐皮六十克

制法：諸藥打細，布袋盛，入清酒四斤浸泡七日成。

功效：益精氣，壯腰膝，治腰膝痛。

用法：每日四次，各飲一杯，常令酒氣不絶爲佳。

牛膝根酒

配方：牛膝根二斤、豆一斤、生地黄二斤

制法：將藥切細，入酒八斤浸，再將豆炒熟，熱投于藥酒中，經三日后開取。

功效：益精氣，補髓。治頭昏眩，筋攣痛，去黑痣面，皮膚光潤。

用法：每日隨性飲用。

烏粘子酒

配方：烏粘子二百五十克、菊花一百二十克、天蓼木五百克

制法：諸藥打細，入酒六斤，浸五日即成。

功效：清利頭目。治頭目眩，五臟虛，脚膝頑麻無力。

用法：每日隨性飲用。不可醉。

菖蒲酒（一）

配方：石菖蒲（根）、破故紙各九十克；米酒（或淡黄酒）一點五升

制法：以上二味，炒爲末，拌勻，裝瓶備用。

功效：化濕和胃，壯陽收斂。

用法：每日一次，取藥末六克，用米酒（或淡黄酒）五十毫升調服。

補骨脂酒（一）

配方：補骨脂、胡蘆巴、懷香子、檳榔、楝實、巴戟、三棱、青皮各三十克、積殼、華撥、炮附子、華澄茄、木香、丁香、桂心各十五克

制法：諸藥打細，用布袋盛，入清酒六斤，浸酒七日后開取。或諸藥打細末，酒煎服。

功效：能補益精髓，溫中下氣，安五臟，利腰脚，除膀胱冷氣，臍肋冷氣刺痛，及治脾腎虛冷，汗氣攻，大補益，進飲食。

用法：每日三次，各飲一杯。女人

吃之，可水一半，酒一半，取藥末五克，煎服。

元胡酒

配方：當歸、元胡、乳香、没藥、紅花各三十克

制法：諸藥打細，用布袋盛，入清酒四斤，浸經七日，取上清液即得。

功效：養血通經。治月經欲來，腹中脹痛。

用法：每日早、晚各飲一杯。

蟠桃酒

配方：棉子、紅棗、巴戟肉各五十克；當歸身、枸杞子、牛膝、肉蓯蓉、山茱萸、菟絲子、魚鰾、茯苓、熟地黄各一百克；白酒三升

制法：棉子取净仁，燒酒拌透，下用黄酒、水各半蒸一柱香；紅棗黄酒煮熟，取净肉；茯苓，人乳拌蒸。然后上述十二味藥共搗末，裝入紗布袋中，扎口，置入酒中。浸泡三十天后，過濾，去渣備用。

功效：補肝腎，壯腰膝，益精血。

用法：每日二次，每次十~二十毫升，早晚各飲一杯。

姜附酒

配方：干姜六十克、制附子四十克、黄酒○點五升

制法：以上二味，共研細末，浸酒中封口，七日后開啓，過濾，去渣備用。

功效：温中散寒，回陽通脉，温肺化飲。

用法：每日三次，每次十~二十毫升，食前温飲爲佳。

吴萸酒（一）

配方：吴茱萸四十克、姜豉一百克、酒○點五公斤

制法：取吴萸、姜豉，水少量浸潤一小時后，加米酒○點五公斤，共煮沸，待冷去渣備用。

功效：主治風口偏，不能語者。

用法：一日三次，每次服三十~五十毫升。

鹿茸羊腎酒

配方：鹿茸三十克、菟絲子七十五克、茴香四十克、羊腰子三只、白酒一升

制法：羊腰子剖開，去臊腺，先用白酒五百毫升煮一小時，余下的酒汁，過濾。其余藥，入白酒中浸泡，并兑入用羊腰煮的酒。密封。浸泡二十一日后，過濾，去渣留液，裝瓶備用。

功效：血補陽，生精補髓。

用法：每日二次，每次五~十毫升，早晚飲用。

杞根酒

配方：枸杞根皮一百五十克、萆薢、杜仲各九十克

制法：諸藥打細，入好酒四斤，干净瓶内浸，密封五日成。

功效：補腎壯腰。治風濕腰痛，及濕痹不散。

用法：每日不拘時候飲，常令取醉爲效。

猪胰青蒿桂心酒

配方：猪胰一具、青蒿葉、桂心各三十克

制法：取新鮮猪胰一具，細切，與青蒿葉(切)相和，置砂鍋中，入黄酒一斤，文火温之，至微沸。再加桂心(研末)于酒中，攪勻，熱放貯净器内密封備用。

功效：治冷痢久不愈。此是脾氣不足，冷入脾，舌上生瘡，飲食無味，或食下還吐，小腹雷鳴，時時心悶，逆飲憂煩，四肢無力，夫痃癖，兩脅虚脹，爲爲水汽，服之皆效。

用法：每日三次，每次十毫升。

延齡酒

配方：枸杞子二百四十克、當歸九十克、龍眼肉一百二十克、黑豆二百五十克、炒白術三十克、白酒七升

制法：將上藥搗成精末，用白紗布袋盛之，置于净器中，入白酒浸泡，封口，七日后開啓，去掉藥袋，過濾裝瓶備用

功效：補肝腎，養血，益心脾。

用法：每日三次，每次十～二十毫升，空腹温飲。

鮮橙汁衝米酒

配方：鮮橙汁半、米酒一～二匙

制法：將米酒衝入鮮橙汁内即可。

功效：行氣止痛。

用法：每日二次飲服。

半夏人參酒

配方：半厦、黄芩各三十克；干姜、人参、炙甘草各二十克；黄蓮六克、大棗十克、白酒〇點七升

制法：上述七味，黄搗碎，布包，浸於酒中，五日后，再加冷白開水五百毫升和勻，去渣備用。

功效：和胃降逆，開結散痞。

用法：每日二次，每次二十毫升，早晚温飲。

婆蒿根酒

配方：全蝎七個、麝香三克、婆蒿根適量

制法：全蝎在新瓦上微炒打細末，用酒三杯，將藥末調入。婆蒿根切細，酒煎。

功效：通絡開竅。治風淫濕滯，手足不舉，盤節攣疼。

用法：先一次服下全蝎、麝香調酒，再擬婆蒿根煎酒日服兩次以治余疾。

養髒酒

配方：黄精、枸杞子、蒼術各九十克、天門冬一百二十克、松葉六十克

制法：諸藥打細，用布袋盛，入清酒八斤，于净器中，浸泡七日后開取。

功效：養五髒氣，久服益壽，主治

神疲乏力，飲食減少，頭暈目眩，腰膝不利。

用法：每日早、晚各飲一杯。

草烏酒

配方：制草烏二十克；當歸、白芍藥、黑豆各七十克；忍冬九十克、酒一點五升

制法：上五味，將黑豆炒半熟，置于净器中，入酒浸泡，再將另四味藥藥碎細入酒中，密封，五日后開啓，過濾后裝瓶備用。

功效：祛風濕，和血止痛。

用法：不拘時，隨量溫飲。渣干爲末，酒調服。

人參固本酒

配方：人參、何首烏、枸杞子、生地黃、熟地黃、麥門冬、天門冬、當歸各六十克；茯苓三十克、白酒六升

制法：將上藥搗爲碎末，用白紗布袋盛之，置于净壇中，入白酒浸泡，加蓋再放在文火上煮沸，約一小時后離火，待冷后密封。七日后開啓，去渣裝瓶備用。

功效：補肝腎，填精髓，益氣血。

用法：每日二次，每次十至二十毫升，早晚空腹服。

仙靈酒

配方：仙靈脾、草薢、牛膝、薏苡仁、熟地、五加皮各七十五克

制法：諸藥打細，用布袋盛，入清酒八斤，浸泡七日后開取。

功效：補益氣血，壯筋骨，强脚力。

用法：每日一杯，取一杯，則添新酒一杯。

增損茵芋酒

配方：茵芋葉、石楠葉、防風(去叉股)、椒(去目、微炒出汗)、細辛(去葉)、肉桂(去皮)、白芍、秦艽(去土)、防己、躑躅花各二十克；烏(炮去皮)、附子(炮去皮臍)、天雄(炮去皮臍)各十克；女萎(玉)六十克；當歸(去蘆洗酒浸切焙)、生地各四十克

制法：右十八味，酒二十五公斤浸漬之，冬七日夏三日，春秋各五日，澄清即得。

功效：主治中風經年，肝膽筋骨諸風。

用法：初服一合(約今之一市兩，五十九毫升左右)，漸增之，以知爲度，令酒氣相續。

防風天麻酒

配方：防風、天麻、白芷、草烏頭、白附子、荊芥穗、當歸、甘草、羌活各十五克、滑石六十克

制法：諸藥打細末，加入酒和蜜調服。

功效：祛風溫經通絡。治風，麻痹走注，肢節疼痛，中同偏枯，或不語。

用法：每取藥散一點五，蜜酒少許化服。每日三次；漸加大用量至三克。

小品酒

配方：獨活二百四十克、當歸一百二十克

制法：諸藥打細，以酒四斤，煮取二斤，去滓即得。

功效：祛風血。治産后中蓐風，舉休疼痛、自汗，及余百疾。

用法：分四次服用，日三夜一，取微汗出。

海桐皮酒

配方：海桐皮七十克、牛膝、川芎、羌活、地骨皮、五加皮各三十五克、甘草十八克、薏苡仁七十克、生地黄三百五十克

制法：上九味，共經碎，以綿布包，入無灰酒二斗(合今之一萬三千二百八十二毫升)浸之，冬二周，夏一周，澄清即得。

功效：治腰膝痛。

用法：每日二次，每次十毫升。

世傳白花蛇酒

配方：白花蛇一條；全蠍(炒)、當歸、防風、羌活各四克；獨活十八克、白芷、天麻、赤芍、甘草、升麻各十八克；糯米二十千克、酒適量

制法：上十一味，先將白花蛇溫水洗净，頭尾各去三寸，酒浸，去骨刺，取净肉；余藥銼碎，共以絹袋盛之，用糯米蒸熟，如常造酒，以藥袋置缸中，待酒成。取酒同袋密封，煮熟，置陰地七日出毒，即得。

功效：祛風活絡，解毒止痛。

用法：每溫飲數杯，常令酒氣相續。

一醉不老丹

配方：熟地黄、生地黄、五加皮、蓮子蕊、槐角子各九十克；没石子六枚、白酒四升。

制法：將上藥搗成粗末，用白紗布袋盛之，置入净器中，入白酒浸泡，封口，十四日開后開啓，去掉藥袋，過濾后裝瓶備用。

再將布袋中的藥渣出曬干，研成細末，與同適量的大麥炒和，炒密爲丸，每丸重六克，或制成餅狀。貯時，用壇裝，每放一層藥丸即撒一層薄荷末。

功效：補固精，血須，壯筋骨。

用法：每日飲酒二次，每次十~十五毫升，空腹温飲。飯后服用藥丸一~二丸。

一醉不老酒

配方：蓮花、生地黄、槐角子、五加皮各六十克、没石子六個

制法：諸藥搗碎，用布袋盛，入清酒十斤，干净器中浸，二十日后開取。

功效：專養血，烏發黑須。

用法：任意飲用，以稍醉爲度，須連日服。酒盡而發當自黑，不黑則再制酒服。

固本酒

配方：生干地黄、熟地黄、天門冬、麥門冬、白茯苓各六十克、人參三十克

制法：諸藥打細，用布袋盛，好酒六斤，浸三日后，又用文火煮四小時，酒色黑爲度。

功效：補虛，益壽延年，烏發，美容，顏。

用法：每日隨意飲用三至五杯，以知爲度。

胡桃酒（一）

配方：胡桃肉一百二十克、杜仲六十克、小茴香三十克、白酒二升

制法：將上述藥物搗成細末，裝入白紗布袋中，置入净器中，入白酒浸泡之，封口，十四日后開啓封，過濾去渣，裝瓶備用。

功效：補腎、强腰。

用法：每日二次，每次十~二十毫升，早晚空腹温服。

神仙固本酒

配方：懷牛膝二百四十克、何首烏百八十克、枸杞子一百二十克；生地黄、熟地黄、天門冬、麥門冬、人參、當歸各六十克；肉桂三十克、糯米七千克、白曲五百克

制法：先將上藥共搗爲粗末，備用，白曲加工成細末，備用。再將糯米置鍋中蒸熟，倒入净壇中，待冷后，再倒入藥末和曲末，用柳枝攪拌均勻，加蓋密封，置保温處，十四日后開啓，壓榨去渣，再用細紗布過濾一遍，裝瓶備用。

功效：補肝腎，真精髓，益氣血。

用法：每日三次，每次十~三十毫升，空腹温飲。

益氣止咳酒

配方：丹參、干地黄各一百五十克、川芎、石斛、牛膝、黄芪、白術、蓯蓉各一百二十克、防風、獨活、炮附子、秦艽、桂心、干姜各九十克、鐘乳五十克

制法：諸藥切細，鐘乳石研末，入瓮中，以酒十斤浸，七日后開取。

功效：補氣益肺。

用法：每日二次，各一杯，漸漸加量。

參桂酒

配方：人參、白術、桂圓肉各六十克、黄芪一百二十克、生姜三十克

制法：諸藥打細，入瓷瓶中，用好酒五斤，浸泡十日后開取。

功效：益氣温中。治氣極虛寒，皮毛焦，津液不通，虛勞百病，力氣損乏。

用法：每食前各飲適量，并添新酒入瓶。

補心白術酒

配方：白術、地骨皮、荆實、菊花各二斤

制法：諸藥切細，入水中煮取汁，去滓得十斤。又炊糯米飯十斤，將汁拌

入，并加油，入翁密封，發酵即得。酒置冷涼處保存。

功效：補心定氣。治心虛寒，氣性反常，心手不隨，語聲冒昧。

用法：每日隨性飲之，常令有酒氣。

四味杜仲酒

配方：杜仲二百四十克、石南六十克、羌活一百二十克、大附子五枚。

制法：諸藥打細，以酒五斤浸三日即成。

功效：温陽散寒。治陽氣不足，腰脚冷痛。

用法：每日二次，各飲一杯。

石斛萬病酒

配方：牛膝、遠志、續斷各六十克、菟絲子、茯苓、肉蓯蓉、杜仲各九十克、蛇床子、炮附子、炮天雄、桂心、干姜、蜀椒、雲母粉各三十克；防風、干地黄、白術、萆薢、石斛、菊花、菖蒲各八十克、細辛十五克

制法：諸藥打細，用布袋盛，入清酒十斤，浸泡七日后開取。藥滓取出曬干，爲細末。

功效：補勞損，益精氣。療五勞七傷，大風緩急，濕癢不仁，甚則偏枯，筋脉拘攣，胸肋支滿，引身强直，或頸項腰背疼痛，四肢酸煩，陽痿臨事不起，癢濕，卧便盗汗，心腹滿急，小便莖中疼痛，或時便血，咽干口噪，飲食不消，往來寒熱，羸瘦短氣，肌肉損減，或無子，若生男女，欲成人便死，此皆極勞傷血氣，心神不足所致，藥悉主之，令人康健多子。

用法：每日三次，各飲一杯，銜服藥散五克許，以知爲度，神效。

天門冬酒(一)

配方：天門冬三斤、糯米六斤、曲半斤

制法：用天門冬搗取汁，又將米蒸熟，冷温后，入曲并藥汁，入翁密封，發酵后壓清汁。

功效：補益精氣。治六髒六腑大風洞虛，五勞七傷，症結滯氣，冷熱諸風，癲癇惡疾，耳聾頭風，四肢拘攣，猥腿厲節風，萬病皆主之。久服延年輕身，齒落更生，發白再黑。

用法：隨意飲用，常令酒氣相接，勿醉。

修仙酒

配方：地黄三斤、甘草、巴戟天、覆盆子、干漆各一百五十克

制法：取地黄三斤，將之切細，以清酒十斤，漬三日，又曝干，反復如此浸酒至十斤酒盡止，再與其他諸藥相合，打爲細散即成。

功效：强力，使老人還少，無病延年。

用法：每日三次，各取十五約，酒煎服。

千金茵芋酒

配方：茵芋、炮烏頭、石南、防風、女萎、蜀椒、炮附子、細辛、獨活、卷柏、炮天雄、秦艽、防已各三十克、躑躅六十克。

制法：諸藥打細如麻豆，青壯年勿用熬，虛老人稍煎者后，入清酒二十斤中，浸七日即得。

功效：散寒通絡，祛風解毒。治半身偏死，拘急痹痛不能動摇，關節腫痛，骨中酸疼，手不得上頭，足不得屈伸。亦治蛊風，搔之生瘡。

用法：初時每日三次，各飲一小杯，漸加量。

巴戟干金酒

配方：巴戟天、牛膝、枸杞根皮、麥門冬、地黄、防風各六十克。

制法：諸藥打細，浸入酒適量，七日后開取即得。畏寒肢冷者，加干姜、桂心各六十克。大虛勞者，加五味子、蓯蓉各六十克，陰不濕者，加五加皮根、石斛各六十克爲准。藥渣曬干爲末，以此酒衝服。

功效：補元陽。治虛羸陽道不舉，五勞七傷百病。

用法：每日隨意飲用，常令有酒氣。

石英補勞酒

配方：白石英、石斛、肉蓯蓉各一百五十克、菟絲子九十克、澤瀉、白茯苓、橘皮各三十克。

制法：諸藥打細末，酒浸服。

功效：明目，利小便。治氣虛及補五勞七傷。

用法：每日二次，各取散五克，酒一杯中浸二小時余服用。

千金黑發酒

配方：旋覆花、秦椒、白芷各二百五十克、桂心三十克。

制法：諸藥打細末，酒煎服。

功效：令白發還黑。

用法：每于食前，取藥三克許，入酒一杯中，稍煎温服。

正視酒

配方：山藥、川烏、山茱萸各九十克、細辛四十五克、秦艽、獨活、桂心各六十克。

制法：諸藥打細末，酒煎服。

功效：通絡止痛。治頭目有風，牽引目睛疼，偏視不明。

用法：每日三次，各取藥二克，酒煎服。

干姜酒

配方：五加皮、枸杞皮、石膏、杜仲各一百五十克；干地黄、丹參各八十克、干姜四十克、附子三十克。

制法：諸藥打細，入清酒六斤，浸三日成。

功效：補腎，强筋骨。治内虛，坐不安席，好動，主脾病寒氣所傷。

用法：每日三次，食前各服二小杯。

千金酒

配方：枸杞根、杜仲、萆薢各九十克、川斷六十克

制法：諸藥打細，入好酒四斤，密封浸泡五日即成。

功效：壯腰益腎。治腎虛腰痛。

用法：隨意飲用，不拘多少。

松膏酒

配方：松脂十斤、米、曲各適量

制法：松脂細銼，以水淹浸一周日，煮之，細細接取浮于水面之膏，水竭更添之，脂盡即止。取一斤，米煮熟，將松膏拌入，加曲，密封發酵即得。封一百日爲佳。

功效：補肝。治肝虛寒，或高風眼泪等。

用法：每日不拘時，隨意飲用。

通經酒

配方：大麻子三百克、菴蕳子二百克、土瓜根、射干各一百二十克、桃仁一百克、窮底墨、桂心各九十克、牛膝一百五十克

制法：諸藥打細，用布袋盛，入清酒十斤，浸泡五日成。

功效：活血通經。治月經不通。

用法：每日早、晚各飲一杯。

桂酒

配方：桂心、牡丹、芍藥、牛膝、土瓜根、干漆、牡蠣各一百二十克；吳茱萸六十克；大黄、黄芩、干姜各五十克；虻蟲、䗪蟲、蠐螬、僵蠶、水蛭各二十克；乳發灰、細辛各三十克；大麻子、突灰各一百克；干地黄一百五十克、虎杖根、鱉甲各四十五克、菴蕳子二百克

制法：諸藥打細，入清酒二十斤，分兩瓶中浸七日，又合爲一瓶，攪拌即得。

功效：破血通經。治婦入月經不通，結成瘕塊。

用法：初時每日兩小杯，漸加至四杯。

鹿骨酒

配方：鹿骨一百克、枸杞子三十克、白酒一升

制法：將鹿骨搗碎，枸杞子拍破，置于净器中，加入白酒，封口，十四日后即可飲用。

功效：補虛羸，壯陽，强筋骨。

用法：每日二次，每次十～二十毫升，早晚空腹飲用。

牛膝獨活酒

配方：牛膝四十五克、獨活二十五克、桑寄生三十克、秦艽二十五克、杜仲四十克、人參十克、當歸三十五克、白酒一升

制法：上述諸藥，洗滌后切碎，放入紗布袋中，縫口，置入酒中。浸泡三十日后，過濾，去渣備用。

功效：補氣血，益肝腎，祛風濕，

止腰腿痛。

用法：每日一次，每次十～三十毫升，以巳時(上午九～十一時)服用爲佳。

蜜膏酒

配方：蜂蜜、飴糖各二百五十克；生姜汁、生百部汁各一百二十五毫升；棗肉(搗泥)七十五克、杏仁(搗泥)七十五克、桔皮末六十克

制法：先將杏仁和水一升，文火煮取〇點五升，過濾去渣后，再入蜂蜜、生姜汁、飴糖、生百部汁、棗仁、桔皮末，文火再熬，煎取一升。

功效：疏風散寒，止咳平喘。

用法：每日三次，每次二勺，温酒送服，細細咽之。

通草酒

配方：通草三十克、石鐘乳六十克、米酒〇點四升

制法：將通草切碎，石鐘乳搗研成細末。然后二者與米酒一同置于瓶中，放在近火處煨三晝夜后，過濾去渣，即可飲用。

功效：通乳。

用法：不拘時，頻頻飲之。

大補中當歸酒

配方：當歸、續斷、肉桂、川芎、干姜、黄芪、麥冬各四十克；芍藥六十克；吴茱萸、干地黄各一百克；甘草、白芷各三十克；大棗二十個

制法：上藥共碎細，布包，置于淨器中，用酒四斤浸之，經一宿，加水二斤，煮取三斤，備用。

功效：補虛損。

用法：每日三次，每次飯前温飲十五～二十毫升。

枸杞酒(二)

配方：枸杞子二百克、酒一千克

制法：浸泡十五～二十日，即得。

功效：主治肝虛下泪。

用法：每日一小盅。

杞根地黄酒

配方：枸杞根九百五十五克、生地黄四千七百七十五克、米酒(或黄酒)六升

制法：上三味，將藥材細銼，入酒中煎煮，微火煮至减半，濾去渣，即得。

功效：主治帶下脉數。

用法：用服約三十毫升，每日二～三次。

麻子仁酒

配方：火麻子六百毫升、黄酒一千二百毫升

制法：上二味，取麻子仁，搗碎，入黄酒漬一夜，明旦去渣温服一碗，先食服。若不瘥，夜再服一碗，不吐不下，忌房事一月，未愈再漬服，將養如初産法。

功效：主治産后閼血不去。

地黄釀酒

配方：地黃一公斤、秫米十二升、曲適量

制法：用地黃，加水煮取汁，浸米炊飯，拌曲適量，如常釀酒，至熟，封七日，取清酒，即成。

功效：治産后百病，滋補陰血。

用法：隨量飲，不拘時，常令酒氣相續。忌生冷。未産先一月釀成，夏月不可造。

露蜂房酒(一)

配方：露蜂房(末三指撮約一點二克)、酒一杯

制法：采露蜂房(胡蜂科昆蟲大黃蜂或野蜜蜂的巢)，曬干，或略蒸后，除去死蜂死蛹，再曬，剪成小塊，略炒至微黃色，爲細末，收貯。

功效：功崩中漏下五色，不孕。久服有子。

用法：每取一點二克，入酒一杯，衝飲。或浸酒飲。

赤小豆酒

配方：赤小豆一百五十克

制法：上一味，爲細末，曬干收貯。每取小許，黃酒和。

功效：治小兒四五歲不語者。

用法：酒和，取少許，敷舌下。

補虛酒

配方：五加皮、地骨皮各六百毫升

制法：上二味，細銼，以水一鬥五升(合今之九公斤)，煮汁得四公斤。分取約二點三公斤浸曲，以約一點七公斤拌飯(米二公斤炊飯)，如常釀成，待熟去渣取飲。

功效：主治虛勞不足。

用法：每飲二十~三十毫升，每日二次。

益智酒

配方：人參(末)三十六克、猪板油(煉熬)三百六十克

制法：上二味，以醇酒二公斤和勻。

功效：開心益智。耳目聰明，補骨髓，潤肌膚，强記性，并去風熱痰病。

用法：每服一杯，每日一~二次。

蔓荊子酒

配方：蔓荊子九十克

制法：上一味，入白酒五百毫升漬五~七日，即得。

功效：疏散風熱，清利頭目。主治風熱感冒、偏、正頭痛等。

用法：每日二次，每次服三十爲毫升左右。

壯腰酒

配方：枸杞根、杜仲九十克、萆薢各九十克

制法：上三味，共細碎，好酒三公斤漬之，泡五~七日，澄清即得。

功效：主治腎虛腰痛。

用法：隨量不拘時。

菟絲牛膝酒

配方：菟絲子、牛膝各三十克

制法：于器内用酒浸過一寸許，三日后取出，焙干爲末，又將原浸酒衝服。

功效：補腎陽。治膝脚積冷，頑麻少力。

用法：以原浸酒，入鹽少許，衝服十克末。

興陽酒

配方：淫羊藿二百克、清酒二斤

制法：藥浸酒中，三日后開取。

功效：益丈夫，興陽理腿膝冷。

用法：每日二次，各飲一杯。

威靈仙酒(一)

配方：威靈仙二百五十克、清酒六斤

制法：將藥打細，入酒中浸十日成。

功效：袪風通絡。治腰脚身痛不愈。

用法：每日二次，各飲二小杯。

烏星膏酒

配方：咱烏、南星、桂心各三十克

制法：諸藥打細末，酒適量調入即可。

功效：散寒温經。治太陽穴痛不可忍。

用法：將酒膏取少許，貼在太陽穴上。

牡丹酒

配方：桂心六十克、牡丹皮四十克、附片三十克

制法：諸藥打細，布袋盛，入清酒八斤，浸泡三日即可飲用。

功效：温陽散寒。治卒腰痛，不得俯仰。

用法：每日二次，各飲一杯。

蝦蟆酒

配方：蝦蟆一個、去皮并腸及爪子、陰干燒灰搗篩細末。

制法：取蝦蟆一個，如上述修治燒灰，以酒過口服之，或燒存性浸酒飲之。

功效：滋陽助陽，解勞熱。用治癲狂。

用法：每日三次，每次取藥末一~二克，以酒一小杯(十~三十毫升)服下。

松蘿酒

配方：松蘿、杜蘅各二十克；瓜蒂十五枚

制法：以上三味，置瓶中，入黄酒二百五十毫升，浸一宿。

功效：治胸中有痰，火痛不欲飲食。

用法：晨飲十五~二十毫升，取吐。若不吐，晚再服十五~二十毫升。

治寒疝酒

配方：吴茱萸十四克、生姜七克、黄酒二百毫升

制法：將藥細碎，入酒煎沸，温分

服之。

功效：主治寒疝往來。

豉酒

配方：豉(微炒香)三百克

制法：上一味，微炒，乘熱入酒一公斤中漬三宿，即得。

功效：治手足不隨。

用法：溫服，不拘時，酌量飲，常令微醉爲佳。

胡麻酒

配方：胡麻一公斤、黄酒適量

制法：胡麻，蒸之三十遍，曝干、爲末，每日取一百～二百毫升，用黄酒酌量送服。

功效：常服明目洞視。

墨酒

配方：好墨(陳久者，松烟墨佳，研細末)五克

制法：上一味，置匙羹中，取米酒一～二杯(視入酒量大小)，先以少許酒調墨末燕下，呷幾口溫開水，繼續飲酒。

功效：主治胞衣不出，痛引腰脊。

金牙酒

配方：川椒、茵芋、金牙、細辛、莽草、干地黄、防風、附子、地膚、蒴藋、升麻各五十六克、人參四十克、羌活三百五十六克、牛膝七十克

制法：以上十四味，切，以黄酒九公斤，漬七日，取上清液濾過，即得。

功效：治中風、脚屈不能行，口喎語蹇。

用法：每飲三十～五十毫升。漸加之。

桑白吴萸酒

配方：桑根白皮六十克、生姜四十克、吴茱萸十克、水一點五升、酒一升

制法：用水、酒煮藥，三沸后，去渣。

功效：瀉肺行水，清肺止咳。

用法：藥酒煮成后，盡服之。

天門冬酒(二)

配方：天門冬十五克、白酒一百～五百毫升

制法：取上藥曝干搗末酒服，或浸酒服。

功效：養陰潤燥，清肺益腎。用治風耳鳴，脅痛等症。

菟絲子酒

配方：菟絲子一百克、白酒五百毫升。

制法：取菟絲子去净雜質，洗净，曬干，備用。浸泡法，浸七日開取。

功效：主治身面卒腫洪大(浮腫)。

用法：每日三次，每服一～二兩。

羊胰大棗酒

配方：羊胰(細切)三具、大棗一百個

制法：上二味，置瓶中，用白酒一

公斤浸三～五日，去渣取飲。

功效：理氣潤燥，止咳平喘。用治遠年咳喘。

用法：每日兩次，每次十毫升。

姜酒

配方：乾姜四十克、白酒二百～二百五十毫升

制法：將干姜搗碎成粗末，入白酒中浸泡五～七日，澄清即得。

功效：治卒乏氣，氣不復，張口抬肩。

用法：每服小盅，每日二～三次。

桂心酒(一)

配方：桂心三十克

制法：取桂心，搗爲細末，置浄瓶中，入白酒一公斤浸泡五～七日，即得。

功效：治寒疝心痛，四肢逆冷，全不飲食者。

用法：每服一～二兩，每日三次。

茱萸消石酒

配方：茱萸十一克、消石四十克、生姜三十六克、黄酒一公斤

制法：取茱萸破碎，生姜切薄片或拍破，三藥共入浄瓶中，内酒一公斤，浸漬，經五～七日，取上清液即得。

功效：治腹中冷癖，水穀陰結，心下停痰，兩脅痞滿，按之鳴轉，逆害飲食。

用法：先服一劑，一百～二百毫升，不痛者止，勿再服之。下病后，好將養息。

赤蓼酒

配方：赤蓼莖葉(切)五十克

制法：取赤蓼莖葉，洗浄細切，取五十克，加水一小碗，米酒五十～一百克，共煎煮，至約剩下二兩藥汁，去滓即得。

功效：治肝虚轉筋

用法：温分二服。

酒制摩膏

配方：牛蒡莖葉六～十公斤

制法：取牛蒡莖葉，洗浄細切，搗報濃汁約二升，加好黄酒一公斤，鹽花(食鹽)一匙頭，文火煎熬，令向稠成膏，收貯備用。

功效：治頭風腦掣痛不可忍者。亦主時行頭痛(流感)。

用法：每取少許，用力按摩痛處，摩擦至患處感覺熱燙，乃速效。

楓柳酒

配方：楓香桑生六百克；楓樹皮、柳皮各六十克；腦麝各三克

制法：上五味，用白酒一公斤浸漬五～七日。

功效：祛風除濕，活血除痰。治白虎風所患不已，積年久治無效，痛不可忍者。

用法：每日二次，每次飲一～二杯。

豆淋酒

配方：大豆一公斤、米甜酒四公斤

制法：大豆，炒熟，乘熱投于有米酒四公斤的瓶内，密封浸七日，去渣即得。

功效：治頭風、頭痛。

用法：温服。每日一～二次，每次一～二杯。

楮枝酒

配方：楮枝葉(楮樹)兩把、米酒一公斤

制法：取新鮮楮枝葉兩把，水洗净，細切，入米酒一公斤，文火慢煮，至沸移熱灰中，除去上層沫，濾去滓，乘熱飲之。

功效：治卒中風，手足不隨。

用法：先服豉的水煮液一小碗(以豉十五克、水一碗煎煮得)，后再飲此酒，温服一～二杯，微醉爲佳。

淫洋藿酒

配方：淫羊藿一百七十八克、酒一公斤

制法：浸經三日，取上清液即得。

功效：益丈夫，興陽理腿膝冷。

用法：每日一～二次，每飲十五～二十毫升。

杜仲浸酒

配方：杜仲三百五十克、酒四公斤

制法：取藥材剪碎，加酒漬十日即得。

功效：主治腰背痛。(陶隱居效方)

用法：每日一～二次，每次飲一～二小杯。

襄荷根酒

配方：襄荷根二十八克、米酒一碗

制法：取襄荷根(新鮮)二十八克，研絞取汁，酒一大盏相和，令匀，濾去渣却得。

功效：治卒中風，或因大聲咽喉不利。

用法：每温服一杯，不拘時。

獨活附子酒

配方：獨活八十克、炮附子六十克

制法：上二味，切碎，以酒三公斤漬經三宿，即得。

功效：治脚氣之病，或微覺疼痹，或兩脛滿，或小腹不仁，或時冷時熱。

用法：小劑量開始，每服一盅，以四肢感覺微麻爲度。

常山酒

配方：常山四十克、甘草七克、米酒一百毫升、水一百毫升

制法：上四味，合煎煮，至約剩一百毫升，去渣即得。

功效：治瘧疾。

用法：先發時(在大概要發病之前二小時許)一服，飲二十五～三十毫升；比發令三服盡(臨發時頓服之)。

穄米酒

配方：紅穄米一百～一百五十克、米酒一杯

制法：取紅穄米。陶洗。煮薄粥，以米酒一大杯摻和。攪勻即得。

功效：主治男子陰易。

用法：乘熱放量飲之，令發汗即愈。

壯肌酒

配方：薏苡仁、牛膝各六十克、海桐皮、五加皮、獨活、防風、杜仲各三十克、熟地黃四十五克、白術十五克

制法：諸藥打細，用布袋盛，入清灑八斤，密封浸泡五日即可。

功效：壯肌肉，祛風濕。治風濕痹，肢體困重不展，舉體艱難。

用法：每日四次，各飲一～二杯，温服，常令有酒氣。

熟地酒

配方：熟地黃、牛膝、五加皮、萆薢、仙靈皮、薏苡仁各六十克

制法：諸藥打細，用布袋盛，入清酒六斤，浸泡五日即可。女用去牛膝。

功效：去風，補血益氣，壯筋骨，强脚力。

用法：每日一杯。飲一杯則加新酒一杯。

消癭酒

配方：昆布十克、海藻十五克、沉香三克、雄黃(研末)三克、酒〇點五升

制法：將藥置净器中，入酒浸泡，密封，十日后開啓，過濾裝瓶備用。

功效：行瘀散結。

用法：每日早、晚飯后温飲十～二十毫升。

槐米酒

配方：槐米(揀净，不必炒)一百克

制法：每取槐米十克，食前清酒一杯吞下，早、中、晚每日三服。

功效：治楊梅瘡、棉花瘡及下疳初感或毒盛經久難愈者。

牛膝酒

配方：牛膝、川芎克、羌活、五加皮、杜仲、甘草、地骨皮、薏苡仁各三十克；生地二百克、海桐皮六十克

制法：以上十味，共碎細，絹袋貯以酒二公斤漬之，春夏五日，秋冬十日，取上清液即得。

功效：祛風解毒，用治楊梅瘡，風毒腹痛。

用法：每日三服，每次飯前飲十～十五毫升。

右歸酒

配方：當歸一百二十克；山萸肉、桂枝各七十克；炮附片、鹿角各三十克；茯苓、熟地各五十克；枸杞子七十五克、菟絲子五十五克、白酒一點五升

制法：上藥洗净，共爲粗末，入紗布袋中，縫口，置入白酒中，封存一百天，然后過濾去渣，取液裝瓶備用。

功效：温利腎陽，填充精血。

用法：每日二次，每次五~十毫升，早晚飲用。

左歸酒

配方：熟地、山萸肉各三十克；山藥二十四克、枸杞子四十克；鹿角、龜板各二十克；牛膝一百二十克、白酒一點五升

制法：上藥洗，切碎，入紗布袋中，扎口，置于白酒中，密封。浸泡月余，過濾，去渣留液，裝瓶備用。

功效：補肝腎，益精血。

用法：每日一次，每次五~十毫升，午飯前飲用較佳。

熟地枸杞酒

配方：熟地五十五克、山藥四十五克、枸杞子五十克、茯苓四十克、山茱萸二十五克、炙甘草三十克、黃酒一升

制法：以水二百毫升，合黃酒一起煎煮諸藥，煎三十分鐘，待藥沉定后，用紗布過濾，過濾后的藥渣，用紗布另包，仍浸泡在藥酒中。

功效：滋陰補腎。

用法：每日一次，每次十~二十毫升，晚飯后飲用。

忍冬藤酒

配方：忍冬藤一百五十克、生甘草十克、米酒〇點五升

制法：先取一把忍冬葉入砂盆研爛，加入酒少許和勻成膏。再將忍冬藤、生甘草入砂鍋內，加清水一升，文武文煎至五百毫升，入米酒，再煎數十沸，候冷，去渣，分爲三份，備用。

功效：消腫解毒，消熱祛風濕。

用法：將藥膏調塗患處四周，留頭。藥酒早、午、晚三次服盡，病重者一天可服二劑。

神效酒

配方：人參、沒藥、當歸尾各三十克；甘草十五克、瓜蔞一枚、黃酒一升

制法：以上五味，共搗爲粗末，與黃酒同上火煎煮，煎取七百毫升，分作四份。

功效：排毒，散毒，治瘡癰。

用法：每日一份，細細飲之。

景岳屠蘇酒

配方：麻黃、川椒、細辛、防風、蒼術、干姜、肉桂、桔梗各十克；酒一升

制法：以上八味，共搗爲粗末，用白紗布袋盛之，置于净器中，用白酒浸泡，封口；五日后開封，去掉藥袋，過濾裝瓶備用。

功效：祛風濕，避瘟解毒。

用法：每日空腹飲十~二十毫升。

降椒酒

配方：降真香六十克、川椒三十克

制法：將上藥絹袋盛，浸酒四百毫升于净瓶中，經七日后開取。

功效：闢瘟。

用法：不拘時，每次飲十~十五毫

升。

蒲公英酒

配方：鮮蒲公英一握、白酒一小茶杯

制法：將蒲公英搗爛，置入净器中，入白酒浸泡片刻，去渣即可飲用。

功效：解毒。

用法：不拘時温飲，隨量。藥渣貼敷患處。

解毒消瘡酒

配方：牛膝、川芎、羌活、五加皮、杜仲、甘草、地骨皮、薏苡仁各三十克；生地二百克、海桐皮六十克、白酒二升

制法：以上十味，共搗爲細末，用白紗布袋盛之，置于净器中，入白酒浸泡，封口；春夏五日，秋冬十日開封，去渣備用。

功效：祛風解毒。

用法：每日三次，每次十~十五毫升，飯前温飲。

當歸酒

配方：當歸三十克、好酒一升

制法：將上藥同酒煎取六百毫升即成。

功效：補血和絡、活血止痛。

用法：適量飲用。

核桃酒

配方：核桃肉、大棗各一百二十克；杏仁三十克、白蜜一百克、酶油七十克

制法：先將前三味藥，共搗爲粗末，用好燒酒四斤浸三~五日。另取清酒一斤，將后二味溶化，一并入上酒中，攪匀，再經五日即成。

功效：補腎潤肺，澤肌膚，烏須發，悦容顔，益氣健脾。

用法：每日三次，各飲一中杯。

龍眼酒

配方：龍眼肉二百五十克、清酒五斤

制法：將龍眼肉浸酒中即得。

功效：補心脾，養血安神。治心血不足，凉悸不寐，怔仲健忘，老弱體虚。

用法：每日早、晚各飲一杯。

仙茅加皮酒

配方：仙茅(用米泔水浸，去赤水盡，曬干)九十克、淫羊藿(洗净)一百二十克、五加皮九十克(酒洗净)、酒一點五升

制法：將藥搗碎，用白紗布袋盛之，懸入醇酒小壇内浸泡，密封，七日后開啓，去掉藥袋，過濾后裝瓶備用。

功效：補肝益腎，壯陽强身，散寒除痹。

用法：每日早、晚各飲十~二十毫升，甚效。

紅顔酒

配方：胡桃肉、紅棗各一百二十

克；杏仁三十克、白蜜一百克、酶油七十克、燒酒一升

制法： 先將杏仁去皮尖，煮五沸，曬干，與胡桃仁肉，紅棗一并搗碎；再將蜜，油溶化兑入燒酒中，最后將三藥一并入酒內，浸泡七日后，過濾去渣，裝瓶備用。

功效： 補腎，烏須發，潤肺，澤肌膚。

用法： 每日二次，每次十～二十毫升，午晚空心温服。

八珍酒

配方： 全當歸、白術各二十六克；川芎十克；炒白芍十八克；生地黄、人參各十五克；雲茯苓、炙甘草各二十克；五加皮二十五克；肥紅棗、胡桃肉各三十六克；白酒一點五升

制法： 上藥用水洗滌后，共研粗末，裝入三層紗布袋中，扎口，浸入白酒中，裝壇封口，上火煮一小時，候冷，埋入净土中，五日后取出，再過三～七日，開啓，去渣裝入瓶中備用。

功效： 補氣血，調脾胃，悦顏色。

用法： 每日三次，每次十～三十毫升，飯前温服。

扶衰仙鳳酒

配方： 肥母鷄一只(烏骨鷄最佳)、生姜一百二十克、大棗二百五十克、白酒二升

制法： 將肥母鷄退毛后，開肚去腸洗净，切成數塊，再加入生姜一百二十克，大棗二百五十克，同白酒共裝入磁壇之内，密封，重湯煮一日，然后把酒共裝入凉水中，拔出火毒，裝瓶備用。

功效： 温中，益氣，補虚。

用法： 每日空心將鷄酒連姜隨意服食，數日可見功效。

宜忌：鷄肉多食能生熱動風，凡有實邪，邪毒未清者均不宜服食。

因本遐齡酒

配方： 當歸、巴戟天、肉蓯蓉、杜仲、人參、沉香、小茴香、破故紙、石菖蒲、木通、山茱萸、石斛、牛膝、酸棗仁、覆盆子、青鹽各三十六克；枸杞子、神曲、虎脛骨、生姜各四十克；川椒二十克；白豆蔻、廣木香各十二克；砂仁、益智仁各五克；大茴香、乳香各十五克；鮮淫羊藿、蜂蜜各六十克；糯米、大棗各五百克；遠志六十克、鮮山藥八十克、白酒十五升

制法： 先將糯米蒸熟，大棗去核，生姜搗汁，山藥搗汁。用煉好的蜂蜜和糯米，大棗，姜汁，山藥汁和匀成團，分成四～六塊，各用紗布袋包扎，放入酒壇中。最后倒入白酒浸泡，封口，經二十一日后開啓，過濾去渣，裝瓶備用。

功效： 補肝腎，調氣血，益脾胃，强腰膝，添精髓，壯精神，明耳目，澤肌膚，悦顏色，延年益壽。

用法： 每日二次，每次十～二十毫升，早晚温熱飲用。數日即見功效。

仙傳藥酒

配方：茯神、陳皮、枳殼、青皮、牛膝、熟地、肉蓯蓉、茯苓、當歸、山藥、吳茱萸、防風、人參、木香、丁香、乳香各三十克；沒藥、縮砂、小茴、大茴、紅豆、白術、草果、黃芩、杏仁、甘草、猪苓、黃芪、三棱、莪術、半夏、南星、丹皮、檳榔、青木香、肉桂、大腹皮、澤瀉、天冬、梔子、紅曲、白花蛇(砂土炒)、沉香各二十克；荊芥穗、蒼術、川烏(火炮)、白芍、桂皮、知母、細辛、貝母(去心)、麻黃、麥冬、草烏(火炮)各十五克；藿香、山查、白芷、白附子、石膏、羌活、薄荷、木瓜、木通、葛根、山茱萸、獨活各十八克；香附、破故紙(炒)、虎脛骨(酥炙)、天麻、枸杞子、川芎各二十八克；良姜十二克、川椒十克；蜂蜜、核桃仁、紅棗(去子)各五百克、竹葉適量、黃酒五升

制法：上七十四味，共搗碎，用絹或紗布包貯，外用蜂蜜，核桃仁，紅棗同黃酒共裝入一大壇內，竹葉封固，經七日后下鍋煮，經三柱香取出，土埋十日去火毒。

功效：祛諸風寒濕，理氣活血止痛，化痰通絡補虛。

用法：每日飲用十毫升，久服便有良效。

蝎虎酒

配方：活蝎虎一只、白酒〇點一升

制法：將蝎虎投入茶杯，入白酒將其醉死，浸泡七日后，將酒頓熟，去蝎虎，備用。

功效：消腫，祛痛，攻毒，殺蟲。

用法：不拘時，每次徐徐飲十~十五毫升。

中山還童酒

配方：馬蘭根、馬蘭子各七百五十克；黃米十千克、陳曲五十克、酒酵子〇點五升

制法：取馬蘭五百克，洗净切碎，用黃米加水煮成糜狀；陳曲研爲細末；酒酵子并馬蘭子五百克共和一處，做酒待熟。另用馬蘭根二百五十克、馬蘭子二百五十克，加水煮數十沸，倒入酒內，每日攪勻，經三~五日，其酒如漆之黑時，濾去渣即成。

功效：清熱利濕，涼血止血，利尿消腫。

用法：不拘時，隨量飲用。

青囊酒

配方：蒼術(米泔水浸炒)、烏藥、牛膝、杜仲(姜汁炒)、樸(姜汁炒)各三十六克；陳皮、厚當歸、枳殼(去瓤麩炒)、獨活、檳榔、木瓜、川芎、白芍、桔梗、白芷、茯苓(去皮)二十克、姜半夏、麻黃、肉桂、防已、甘草各二十克；酒二升

制法：將藥共搗細碎，用白紗布袋盛之，將藥懸壇內，入酒，密封，鍋內煮一時許，然后取出，五日后，過濾裝瓶備用。

功效：祛風除濕，消腫止痛，活血通經。

用法：不拘時隨量飲之。

參歸補虛酒

配方：全當歸二十克、川芎十克、炒白芍十八克、生地黃十五克、人參十五克、白術二十克、雲苓二十克、炙甘草十五克、五加皮二十五克、肥紅棗三十六克、胡桃肉三十克

制法：把全當歸、生地黃酒洗，紅棗去核，十一味共碎細，棉紗布包貯，置于壇內，用好酒三斤浸之，煮一小時后取下，候冷，埋凈土中五日液，取出過三～七日開取去渣。

功效：補氣和血，調脾胃，悅顏色。

用法：每日甲早、午、晚各一次，每次飯前濕飲一～二盅。

秘傳藥酒

配方：當歸、白芍、生地、牛膝、秦艽、木瓜、黃柏、杜仲、防風、陳皮、白芷各三十克；川芎、羌活、獨活各二十五克；檳榔十八克；肉桂、炙甘草各十克；油松節十五克

制法：將白芍炒，黃柏鹽炒，杜仲姜炒，上藥搗碎入絹袋中，入酒三斤，貯于瓮中，火上煮一小時，去渣備用。

功效：祛風、活血、止痛，補腎。

用法：早、晚隨量飲。

香楝酒

配方：南木香、小茴香、大茴香、川楝肉各十二克

制法：上四味，作一服，鍋肉炒至香，入葱白蓮須五根，用水一碗，衝入鍋內，蓋上蓋子，候煎至半碗時取出濾去渣，加好酒小半碗合和，再入炒鹽一小匙。空腹乘熱服，極痛者，一服立愈。

功效：理氣止痛，清泄肝火。

菖蒲益陽酒

配方：枳殼、木香、山茱萸、木賊、菖蒲、甘草各三十克、牽牛子、全蝎各十克、茴香十五克

制法：先以酒五斤熬茴香，再以此酒浸泡諸藥，七日后開取。

功效：健陽道，壯筋骨，快氣入小腸。

用法：每日晨時飲一小杯。

太和膏酒

配方：當歸、川楝子、破故紙、白茯苓、枸杞子、胡蘆巴、遠志、白術各九十克；川芎六十克、茴香、胡桃肉、肉蓯蓉各一百五十克、黃蠟四十五克、葱白十莖、鹿角二百五十克

制法：諸藥打細，加水于火上慢火煎熬，成膏狀時取出，于凈器中貯。

功效：益精氣，壯元陽，補虛乏，健脾胃，美飲食。治諸虛不足，氣血虛衰，精神減少，肢體瘦悴，行步艱難。

用法：每日一次，取十克膏，入酒一杯中，慢火化開，食前服。

五精烏發酒

配方：黃精一百二十克、天門冬、松葉、白術、枸杞子各一百五十克

制法：諸藥入酒十斤中，浸七日后即可。

功效：發白反黑，齒去更生，治萬病。

用法：每日任性飲用，不可醉。

益壽地仙酒

配方：甘菊花九十克；枸杞子、巴戟干各六十克；肉蓯蓉一百二十克

制法：諸藥打細末，用布袋盛，入清酒十斤中浸，十日后開取。同時，將藥滓曬干，加蜂蜜制成藥丸，如梧桐子太。

功效：補五髒，填骨髓，續絶傷，黑髭發，和氣血，駐顏，輕身健體，延年益壽，補益丹田，清頭目，聰耳。

用法：每日晨時用酒中服藥丸三十粒。

禦藥酒

配方：茵芋、萆薢、蜀椒、敌脊、桂心、炮附子各三十克、牛膝、石斛、生姜各四十五克

制法：諸藥打細，用布袋盛，入清酒五斤，浸泡三日后飲用。

功效：除風濕，補腰腎。治風寒濕痹，皮肉不仁，骨髓疼痛，不可忍者。

用法：每日三次，各飲一小杯。

補髓延壽酒

配方：松脂六十克、茯苓、菊花、柏子仁各一百五十克

制法：諸藥打細，用布袋盛，入清酒五斤，浸泡七日后開取。

功效：補精髓，養先天，益氣壯元陽。

用法：用日三次，各飲三小杯。

甘草酒(一)

配方：甘草、牛膝、川芎、羌活、地骨皮、五加皮、薏苡仁各三十克、海桐皮五十克、生地黃三百克、當歸、枸杞、杜仲各四十五克

制法：諸藥打細，用布袋盛，入好酒十五斤，浸十四日、夏季三~五日后開取。

功效：活血祛濕。治風濕腰痛，脚膝無力。

用法：每日三次，各飲一杯，令酒氣不絶

保真酒

配方：鹿角、川楝子各十五克；杜仲、巴戟天、遠志、山藥、熟地、肉蓯蓉各四十克；五味子二十克；茯苓、山萸肉各二十四克；沉香十克、益智仁三十克、補骨脂五十克、胡蘆巴七十克、白酒二升

制法：上藥洗淨，共研極細末，入酒中浸泡，三十日后過濾，去渣留液，裝瓶備用。

功效：温腎補精，壯火養精。

用法：每日一次，每次五~十毫升，睡前飲用最佳。

兩皮酒

配方：海桐皮、五加皮三十克、獨活、薏苡仁(炒)、防風、干蝎(炒)、杜仲、牛膝各三十克；生地九十克、白酒一點五升

制法：以上九味，共搗爲粗末，用白約布袋盛之，置于瓷瓷瓶中，入白酒浸泡，密封；秋夏三日，春冬七日，開封，去掉藥袋，過濾去渣，裝瓶備用。

功效：祛風，解毒，止痛。

用法：每日三次，每次十~二十毫升，飯前温飲。甚者不拘時時候飲之，常令酒色相續。

苦參猬皮酒

配方：苦參一百五十克、露蜂房十五克、刺猬皮一具

制法：刺猬皮酥炙。上三味，共研粗末，用水五斤，煎湯至一斤，去渣，浸曲一點五斤、添三斤相伴，如常釀法，酒熟壓去糟。收貯備用。

功效：清熱解毒，燥濕殺蟲。

用法：每于食前，温飲十毫升。

黄芪酒

配方：黄芪、獨活、防風、細辛、牛膝、川芎、甘草、制附子、蜀椒各四十五克；制川烏、山萸肉、干葛根、秦艽、官桂、生大黄各三十克；白術、干姜各十五克；白酒二升、當歸三十六克。（加減：身體虛弱者加肉蓯蓉三十克，健忘者加石斛三十克、石菖蒲三十克、紫石英三十克，心下有水氣者加茯伶三十克、黨參三十克、山藥四十五克）

制法：以上十八味，洗凈后研爲細末裝入三層紗布袋中，置于凈器中，用好酒浸之，封口，春夏五日，秋冬七日后，去藥袋，過濾裝瓶備用。

功效：補氣血，通經絡，祛風寒，化痰飲。

用法：每日一次，每次十~三十毫升，早晨服用。可以小量飲起，逐日加量，老弱者温熱服之，少壯者勿熱。

槐花酒(一)

配方：槐花一百二十克

制法：將槐花微炒黄，乘熱入黄酒五百毫升，煎數十余沸，去渣。熱服取汗，瘡毒未成者二~三服。瘡毒已成者一~二取即愈。

功效：解毒，除風，凉血。

胡荽酒

配方：胡荽一百二十克

制法：將胡荽細切。用好酒二杯，煮一~二沸，入胡荽再煮數沸，候温收瓶備用。每次用口含一大口，從項至足微噴之，勿噴頭面，使病人左右常令有胡荽氣。

功效：透疹。

魯王酒

配方：茵芋、烏頭、躑躅各三十

克；天雄、防已、石斛各二十五克；細辛、牛黃、甘草、通草、柏子仁、秦艽、茵陳、山茱萸、黃芩、附子、瞿麥、干地黃、杜仲、澤瀉、石南葉、防風、遠志、王不留行各二十克

制法：諸藥打細，入清酒二十斤，浸泡十日即可飲用。

功效：祛風通絡，補腎散寒。治風眩心亂，耳聾目暗泪流，鼻不聞香自，口爛生瘡，風齒瘰癧，喉下生瘡，煩熱厥逆上氣，胸脅肩痹痛，手不能上頭，不能解衣帶，腰背不能俯仰，脚酸不仁，難以久立，八風十二痹，五緩六急，半争不遂，四肢偏枯，筋攣不能屈伸，賊風咽喉閉塞，哽哽不利，或如錐刀所刺，行人皮膚中，無有常處，久久不治，入人五髒，或在心下，或在膏肓，游走四肢，偏有冷處，如風所吹，久寒積聚風濕，五勞七傷，虛損百病，悉皆治之。

用法：初時每日一次，飲一小杯。以后漸漸加大用量，至每日三次，各飲一小杯。

天麻酒

配方：天麻、骨碎補、地龍、烏蛇、白花蛇、惡實、熟地黃、松節、敗龜板、川芎、當歸各三十克、茄子根、大麻仁、晚蠶砂各六十克、炮附子、羌活、獨活、牛膝各十五克

制法：諸藥打細，布袋盛，入清酒十斤浸之，密封三~七日成。

功效：祛風活血，養陰生肌。治癱緩風，不計深淺，久在床枕。

用法：每日三次，各服一小杯。

桂心酒(一)

配方：桂心三十克、枸杞一百克、仙靈脾、黃芪、杜仲、麥門冬、防風、地龍各六十克

制法：諸藥打細，布袋盛，入好酒六斤，浸泡五日即可飲用。

功效：活力益氣，祛風散寒。活腎氣虛冷，肌體羸瘦，四肢不利。

用法：每日三次，各飲三小杯。

枳棗酒

配方：枳刺、黃芪、當歸、五加皮、白術、種芎各六十克；杜仲、地骨皮、人參各三十克

制法：諸藥打細，入清酒八斤，在瓷翁中密封，浸泡七日成。

功效：益氣生肌。治肢體弱，萎軟無力。

用法：每日三次，各飲一杯，漸漸加量。

瓜蔞薤白酒

配方：瓜蔞一枚、薤白六十克、米酒〇點三升

制法：將瓜蔞打碎，與薤白同酒共煮取二百毫升，候溫，過濾去渣備用。

功效：通陽散結，行氣祛痰。

用法：每日一次，每次溫飲二十毫升。

紅藍花酒

升

配方：紅藍花二十克、白酒〇點二升

制法：把紅藍花與白酒同入鍋中，煎減至半，去渣，候冷，即可飲用。

功效：行血，潤燥，消腫止痛。

用法：每次服五十毫升，不止再服。

宜忌：孕婦忌飲此酒。

養血安神酒

配方：酸棗仁二十五克、甘草二十五克、知母二十四克、茯苓四十克、川芎十五克、白酒一升

制法：上藥洗淨，研粗末，裝入紗布袋中，縫中，置入酒中，密封七日后啓封，過濾，去渣備用。

功效：養血安神，清熱除煩。

用法：每日一次，每次十~二十升，晚飯后飲用。

麻黃醇酒

配方：麻黃四十克

制法：上一味，以米甜酒(或黃酒)一千毫升，煮沸至液量減半，頓服之，冬月用酒，春月用水煮之。

功效：治黃疸。

玉靈酒

配方：桂圓肉一百克、西洋參五十克、白糖二百克、白酒一升

制法：將藥洗淨，連糖一起浸入酒中，密封，浸泡三周后，即可開啓飲用。

功效：益氣補血。

用法：每日一次，每次十~三十毫升，臨睡前飲用。

定風酒

配方：當歸、天冬各六十克；懷牛膝、熟地、秦艽、麥冬、川芎、生地、五加皮各三十克；桂枝二十克；紅糖、白蜜、米醋各五百克；白酒七點五升

制法：先將上述各藥搗成粗末，用白紗布袋盛之備用。次將白酒裝入瓷壇中，隨后放入白蜜、紅糖、米醋，攪勻后，再把藥袋下入酒中，加蓋，用豆腐皮封口，壓上大磚。然后將藥壇放入大鍋水中蒸煮，約二小時后取出，待冷后將藥壇埋入土，七日后取出，去掉藥袋，過濾裝瓶備用。

功效：滋肝腎，補陰血，熄風，健筋骨。

用法：每日二次，每次十~三十毫升，早晚空腹溫飲。藥渣爆干爲末，每次服藥時衝服六~九克。飲服時，以不醉爲度。

健步酒

配方：生羊腸一具；生薏苡仁、龍眼肉、仙靈脾、沙苑子、仙茅各一百二十克；白酒十升

制法：先將羊腸洗淨爆干，切碎，余藥也碎爲粗末，共用絹袋盛之。再把藥袋與白酒置于瓦壇內，加蓋密封，二十一日后開啓，取出藥袋，過濾酒液，裝瓶

備用。藥渣爆干后爲末分成六克重的小包。

功效：補腎壯陽，理虛健脾，散寒除濕。

用法：每日二次，每次十毫升，早晚空心溫飲，并銜服藥渣末一包。

熙春酒

配方：枸杞子、龍眼肉、女貞子、仙靈脾各一百五十克；生地、绿豆各一百二十克；猪油四百克、白酒五升

制法：先將生地，女貞子搗碎粗末，绿豆搗破，枸杞子拍爛，與龍眼肉共裝入白布藥袋中；次將酒倒入瓷壇，猪油入鍋煉過，乘熱倒入酒中攪勻，再把藥袋置于酒壇中，加蓋密封；二十一日后再開啓，即可飲用。

功效：補腎養肝，潤肺止咳，益氣血，强筋骨，澤肌膚，美毛發。

用法：每日三次，每次十～二十毫升，飯前飯用。

喇嘛酒方

配方：核桃仁、龍眼肉各二百克、稀簽草、白術、白芍、茯苓、丹皮各二十五克、枸杞、首烏熟地各五十克、砂仁、烏藥各十五克、醇酒二千五百克、燒酒七點五公斤

制法：將上藥用紗布袋扎好，扎緊袋口，然后放入裝有醇酒的瓷瓶內，隔水煎二小時，待冷，再加入燒酒，密封浸泡七天即成。

功效：養肝腎，補氣血，强筋骨。

用法：服用時，根據本人的酒量酌飲，早、晚各服一次，每次不超過三十毫升。

引風酒

配方：炮附子、枳實、澤瀉、陳皮、茯苓、防風、甘草各三十克、大豆一百五十克

制法：先用酒三斤，水三斤煎煮大豆，得汁四斤，入器中。又將諸藥打細，浸入該汁中，再煎得二斤藥酒。

功效：止痛利濕。治風痛，遍身脹滿。

用法：將藥酒分成三份，每日服一份，三日服完爲一療程。

復方白蛇酒

配方：白花蛇一條；虎脛骨、獨活各六十克；當歸、川芎各三十克；制附子、肉桂、熟地、山萸肉、草薢、石斛、細辛、黄芪、天麻、肉蓯蓉各四十克；枳殼二十五克、醇酒三升

制法：將藥打碎細，白布袋盛之，置于淨瓮中，用醇酒浸泡，密封口，經七日后開。

功效：祛去寒濕，活血止痛，補虛。

用法：不拘時，隨量溫飲，常令微醉。旋飲旋添，味薄止。

十七味藥酒

配方：牛膝、石斛、制附子各九十克；白石英、磁石各一百二十克；草

薢、丹參、防風、山萸肉、黃芪、羌活、羚羊角、酸棗仁各三十克；生地、肉桂、雲苓各六十克；杜仲四十五克、酒三點五升

制法：將藥共碎爲細末，用白布袋盛之，懸于净壇中，入酒浸泡，密封，十日后開啓。

功效：祛風，利濕，補虛。

用法：每日二次，早、晚各一次，每次空心濕飲十毫升，旋飲旋添酒，味薄止。

茵陳酒

配方：茵陳蒿五十克、秫米酒〇點七五克

制法：先將茵陳蒿放在砂鍋內微炒，至黃，然后置入紗布袋中，扎口，泡入酒中。浸泡四十九天，然后取出藥袋，飲用茵陳酒。

功效：祛風濕，緩筋急。

用法：每日一次，每次飲十～三十毫升。

竹葉酒

配方：淡竹汁三十克、白酒〇點五升

制法：將竹葉洗净，剪碎，裝入紗布袋中，扎口，將紗布袋置入酒中，浸泡五日，待酒成嫩綠色即成。

功效：祛風熱，暢心神。

用法：每日清晨飲用十～三十毫升。

菊花酒

配方：甘菊花三十五克；干地黃、當歸各三十克；枸杞子二十五克、糯米酒一升

制法：將上述四味藥物與水五百毫升同入砂鍋，煎煮三十分鐘后，過濾，去渣取液，兑入酒中，再慢火煎煮三十分鐘，裝瓶密封備用。

功效：清利頭目，温通血脈。

用法：每日一次，每次十～三十毫升，以最后空腹飲用最佳。

桑椹酒

配方：鮮桑椹五百克、白酒〇點五升

制法：將鮮桑椹搗爛，取汁，把其濃汁兑入酒中，和勻，密封。數周后，用紗布過濾，過濾后的濃綠酒液，入瓶備用。

功效：補益肝腎，養血明目，利水消腫。

用法：每日二次，每次三十～五十毫升。

橘紅酒

配方：化橘紅五十克、白酒〇點五升

制法：將化橘紅浸入酒中，封固，浸泡一周后啓用。

功效：化痰止嗽，理氣散寒。

用法：每日一次，每次十～三十毫升，臨睡前飲用爲佳。

仙酒

配方：牛蒡根、牛膝各一百克、秦艽、防風、蠶沙、鼠粘子、羌活各六十克、枸杞子二百克、蒼術、大麻子、桔梗各三十克

制法：諸藥打細，用布袋盛，入酒六斤，密封浸泡七日后開取。

功效：活血祛風。治一切風疾，延年益壽。

用法：每日三次，各飲一大杯，溫報，常令面有酒色。

倉公當歸酒

配方：當歸、防風各十克、獨活四十五克、麻黃三十克、細辛十五克、炮附子二十克

制法：諸藥打細，用布袋盛，入清酒四斤，密封浸泡五日成。

功效：養血活血。治筋骨疼痛，腰間酸疼。

用法：每日晨時飲一小杯。

遠志酒

配方：遠志一百克、米酒一公斤

制法：用遠志，米泔浸洗，捶去心，爲末。每取一百克，入米酒一公斤調浸，經一～二日，取上清液即得。

功效：治一切癰疽發背癤毒，惡候侵大。有死血陰毒在中則不痛，敷之即痛。有優怒等氣積而怒攻則痛不可忍，傅之即不痛。或蘊熱在内，熱逼人手不可近，傅之即清凉。或氣虛血冷，潰而不斂，傅之即斂。若七情内郁，不問虛實寒熱，治之皆愈。

用法：每温飲一盞。急用，或每取藥十克，温酒一盞調，澄少頃，飲其清液，以滓傅患處。

治疝酒

配方：胡椒、玄胡索、茴香各六克；酒〇點一五升

制法：將藥搗爲細末，用白紗布袋盛之，置净器中，入酒浸泡，密封，二～三日后開啓，去掉藥袋，濾過裝瓶備用。

功效：散氣開郁。

用法：每日一～二次，每次五十毫升，飯前温服。

十華散酒

配方：五加皮、陳皮、干姜、甘草、附子各一百八十克；桔梗、肉桂、羌活、黄芪、蒼信各二百四十克；川烏頭九十克、

制法：諸藥搗爲細末，每次取五克，加酒一杯煎煮，每日三次。

功效：健脾温陽，祛風除濕。治脾胃氣虛，不思飲食，霍亂吐瀉，四肢冷麻焦枯，中毒傷寒，及丈夫五勞七傷，渾身疼痛，四肢拘急，腰膝無力，脚氣流注腫痛，行步不得并虛勞等患，并皆治之。

用法：煎時入姜兩片，棗一枚，純服。

補骨脂酒(二)

配方：補骨脂、杜仲各五十克；井

胡桃肉二十枚、大蒜十克、生姜十克、白酒一升

制法：胡桃仁去皮，與它藥共研粗粉，裝入紗布袋中，扎口置入白酒中，浸泡十五日后，過濾，去渣備用。

功效：補益腎氣，壯骨强筋。

用法：每日一次，每次五～十毫升，晚飯后飯用。

參術酒

配方：人參、生姜、陳皮各二十克；炙甘草、紅棗各三十克；白茯苓、炒白術各四十克；黃酒一升。（加減：痰濕重者，加半夏三十克，兼有嘔吐痞悶、胃脘痛者，再加木香二十克，砂仁二十五克）

制法：上藥洗净，研粗末，裝入紗布袋中，扎口，置入黃酒中，密封。浸泡三日后，過濾，去渣留液，裝瓶備用。

功效：健脾益氣。

用法：每日二次，每次十～二十毫升，早晚空心温服。

十全大補酒

配方：人參（或以黨參代之）、茯苓、白術（炒）、黃芪、白芍各八十克；肉桂（去粗皮）二十克；川芎、炙甘草各四十克；熟地、當歸各一百二十克

制法：上十味，爲粗末，入白酒十六公斤浸泡十日后，于浸出液中加砂糖約一點五公斤，生姜五十克切片，大棗一百五十克（煮），攪勻，繼續密閉浸泡數日，經静置濾過即得。

功效：大補氣血，强筋健骨，治諸虛不足，五勞七傷，不思飲食；潮熱自汗，面色萎黃；憂思傷脾，脾腎氣弱，神疲乏力等。

用法：用服二十～三十毫升。每日一次。久復康復，延年。

薊根酒

配方：大、小薊根各二百克、黃酒○點六升

制法：以上二味洗净切碎，置于瓶中，用黃酒浸泡之，五日后過濾即可飲用。藥渣爆干后研末，可外敷止血用。

功效：清熱涼血，止血止崩。

用法：隨意任性飲之。

升麻酒

配方：升麻一百克、清酒一升

制法：把升麻與清酒置鍋內，武火煮沸，文火煎至一半，過濾去渣，收起備用。

功效：益氣止血。

用法：每日二次，每次三十～五十毫升，空腹温服。服后當吐下惡物，勿怪。

附子酒

配方：制附子三十克

制法：上藥搗碎如麻豆大，置于净瓶中，以醇酒一斤，浸泡三～五日后開取。每服一上杯，以唇微麻爲度。

功效：温中散寒，止痛。

茱萸酒

配方： 茱萸約四十克、米酒(黃酒)二公斤

制法： 取茱萸一鷄子大，約四十克，細碎置净瓶内，入米酒二公斤，漬半日，煮。

功效： 治産后盗汗，啬啬惡寒。

用法： 每取五十～一百毫升，温飲。不善飲酒者酌减。

補益紫金酒

配方： 黃芪九十克、青蒿、柴胡各六十克、芍藥、五加皮、續斷、石斛、羌活各三十克

制法： 諸藥打細，以清酒、童小便各一斤浸半日，將藥取出曝干搗爲細末。其浸藥之酒，存熬下藥：

當歸、牛膝各三十克，桃仁、肉蓯蓉各四十五克，地黃汁二斤。

以上五味，除地黃汁外，搗羅爲細末，同地黃汁并入前浸藥酒内，慢火熬，時時攪轉，令膏凝即停。再入下藥：

川芎、人參、白茯苓、桂心、蛇床子、炮附子、卷柏、蜀椒、木香、厚樸、華澄茄各三十克。諸藥搗羅爲細末，并入前藥膏，再前方之藥也一同并入，添煉蜜制成酒丸，如桐子大。

功效： 飲食無味，形氣衰憊，積氣上攻，心膈不利，身體羸瘦，悉皆主之。

用法： 每日三次，各取三十丸，温酒衝服。

少陽酒

配方： 人參六十克、蒼術、杜仲、破故紙、山藥、白茯苓、白芍藥、胡桃仁各一百二十克

制法： 諸藥打細，用布袋盛，入清酒五斤浸泡七日后開取。藥滓取出，焙干搗羅爲末，入煉密制成梧桐子大之藥丸。

功效： 補虛益氣，壯腎陽。

用法： 每日晨時飲酒一杯，衝服五十藥丸。

陳皮酒

配方： 仙靈脾一百八十克、大腹皮、檳榔各三枚、黑豆皮、豆豉各一百二十克桂心十克、生姜、葱白各十五克

制法： 諸藥打細，用布袋盛，用清酒五斤，浸泡密封，于瓷瓮外以小火煨四小時取出。

功效： 益氣補精。

用法： 每日早、晚各飲一杯。

應真酒

配方： 琥珀、預知子、遠志、人參、白術、白茯苓、菖蒲各六十克、桂心三十克

制法： 諸藥搗細爲散，酒調服。

功效： 安鎮魂魄，令人神爽氣清，耳聰目明。

用法： 每食前取散五克許，入酒一杯中，拌匀服之。可入少許密。

七聖酒

配方：白茯苓六十克、桂心、遠志、人參、天門冬、菖蒲、地肯皮各三十克

制法：諸藥打細，用布袋盛，入清酒八斤，浸泡五日后開取。將滓取出，曬干搗爲末，加密制丸，如梧桐子大。

功效：令人聰明，益心智，治健忘。

用法：每食后飲酒一杯，銜服二十粒藥丸。

十全補血酒

配方：茯神、益智仁、防風、人參、桑寄生、藿香葉、炙甘草、熟地各三十克、沉香十五克

制法：諸藥搗細爲散，清酒五斤煎沸即得。

功效：養血補心。治心脾氣虛，止健忘。

用法：每日早、晚各取一杯飲，和滓取。

石斛温陽酒

配方：石斛、牛膝各一百五十克、五加皮、羌活、海桐皮、防風、木香、桂心、川芎、甘菊花、川椒各六十克、炮附子、天麻各九十克

制法：諸藥打細，用布袋盛，用好酒十斤，以瓷瓶盛浸，密封七日后即成。

功效：温腎暖腰。治風冷氣攻腰脚，行立無力。

用法：每日三次，各温飲一小杯。每取一杯，即添一杯，藥味淡即换之。

調中酒

配方：阿魏、厚樸、草豆蔻、白附子各三十克

制法：諸藥打細，用布袋盛，入清酒十斤，浸泡七日后開取。藥末取出陰干，入蜜爲丸。

功效：散宿冷，調脾氣，治腰膝疼痛。

用法：每日食前飲酒一杯，銜服二十藥丸。

胡蘆巴酒

配方：胡蘆巴十五克；懷香子、蒼術各九十克；王瓜、巴戟天各三十克

制法：懷香子炒熟，同諸藥打細末，入酒適量并面糊，制成梧桐大藥丸貯。

功效：壯陽益氣，暖元脾，補虛乏，輕腰膝。

用法：每日三次，取二十丸，酒化服。

解攣酒

配方：干姜、川芎、地骨皮各六十克、白術、猪椒根、五加皮各七十五克、枳殼芍藥、丹參、熟干地黄、柴胡、枸杞子各一百二十克。

制法：諸藥打細，如麻豆大，用生絹袋子貯，以清酒十斤浸四日后開取。

功效：養肝疏筋。治肝虛勞損口苦，關節疼痛，筋脉攣縮。

用法：每日食前各飲一杯。

芍藥酒

配方：芍藥、牡丹皮、荊芥穗各二十五克；熟干地黄、黄芪炙甘草、白茯苓、青葙子、白附子、防風、山梔子各四十五克；細辛十五克

制法：諸藥打細如麻豆大，酒煎即得。

功效：養肝血。治肝勞不足，補虛。

用法：每日食，散五克，酒煎服。

小地黄酒

配方：生地黄三斤、鹿角膠一百五十克、紫蘇子九十克、酥一百二十克、生姜六十克、蜜二百五十克

制法：生地黄搗絞取汁，慢火再煎沸，即以酒二斤研紫蘇子，濾取汁投入，又煎沸，下鹿膠化盡，后下酥、蜜、姜汁等，同煎稠如湯。收于净器中存。

功效：能平補益顏色，烏髭發，令人肥健。

用法：每服一匙，暖酒化飲之，不計時。

天雄酒

配方：炮天雄、炮附子各三十克；防風、獨活、當歸、白術各六十克；五加皮、川芎、桂心、干姜各六十克

制法：諸藥打細，用布袋盛，入清酒十斤浸泡五~七日即成。

功效：温陽散寒，宣痹通絡。治寒濕著痹，皮肉不仁，乃骨髓疼痛者。

用法：每日一次，温服一杯，以后漸漸加量，至日三次，各兩杯。以口麻爲度。

防風酒

配方：生姜、薏苡仁、防風各六十克；白術、山芋、山茱萸、炮附子、炮天雄、細辛、獨活、秦艽各四十五克；茵芋、杏仁、生地黄各三十克；紫巴戟、桂心、麻黄各五十克；磁石二百五十克、防風六十克

制法：諸藥打細，用布袋盛，以清酒二十斤浸泡六日后開取。

功效：調和營衛，祛風生肌。治榮虛衛實，肌肉不仁，病名肉苛。

用法：每日晨時飲兩小杯

女萎酒

配方：女萎、茵芋、附子、天雄、烏頭、秦艽、防風、羊躑躅、防已、石南、細辛、桂心各三十克

制法：諸藥打細，以布袋盛，入清酒二十斤浸之，冬七日、夏三日、秋五日、春五日即成。

功效：祛風活血治風痹，肌體手足痿弱，四肢拘攣。

用法：初服一小杯，每日三次，漸加大用量。

劉寄奴酒

配方：劉寄奴、甘草各等分

制法：上二味，共研細，净瓶收貯。每取三十克，先以水兩杯，入藥煎

至一杯，再入清酒一杯，又煎煮至一杯，去渣一次用。

功效：散瘀止痛。治産后腸血阻滞、血暈。

用法：温酒一次頓服。

姜汁酒(一)

配方：地黄汁二斤、清酒二斤、生姜汁一百克

制法：先煮地黄汁，再入姜汁并酒，同煎少時。畏寒加桂心末七十五克，煩熱加生藕汁適量。

功效：祛風定驚。治産后中風，腰脊反折，筋急口噤。

用法：每日隨意温飲。

滋血酒

配方：當歸、川芎、芍藥、人参、麥門冬、牡丹皮、阿膠各六十克、琥珀十克、炒棗仁、粉草、桂心各三十克、半夏曲五十克、生姜三片

制法：諸藥打細，用布代盛，于瓷瓮中，入清酒八斤，浸泡五日成。

功效：滋養榮血。補婦人諸虚，血海久冷。

用法：每日早晚各飲一杯。

蒼術木瓜酒

配方：蒼術、木瓜各一百二十克

制法：將二味藥打細末，用布袋盛，入清酒六斤浸，十日后開取。同時，將藥滓取出，做成梧桐子大之藥丸。

功效：却老駐顏，治腰脚。

用法：每日晨時以酒調藥丸三十粒送下。

神仙菟絲子酒

配方：菟絲子、菊花各五百克

制法：諸藥打細，用布袋盛，入清酒八斤，浸泡七日后開取。

功效：令人光澤，唯服多甚好，三年后，老變爲少。此藥治腰膝，去風冷，益顔色，久服延年，神秘勿示非道，兼明目。

用法：每日隨意飲用，不醉爲佳。

羌活酒

配方：羌活、獨活、川芎各十五克、大麻子、黑豆各三十克

制法：諸藥打細，大麻子炒，同于酒兩斤中浸，經七日后，不去滓煎煮，最后炒黑豆烟起，乘熱傾于酒中，净經去滓即得。

功效：開竅祛風。治偏風，冒悶不知人事，手足單曳，便速服，神效。

用法：每日三次，各飲三小杯。

古聖酒

配方：漏蘆、地龍各十五克；生姜六十克

制法：先用生姜取姜汁，加入蜜六十克、酒一大杯，同煎沸，入瓷器中盛。

功效：利關節，通經絡。治厲節風脈拘攣，骨節疼痛。

用法：每日三次，各用上酒汁一小

杯，調服藥末三克許。

神蒜酒

配方：蒜五百克、桃仁五十克、豉二百五十克

制法：藥打細如豆大。蒜桃仁宜先炒，用布袋盛藥，干净器中用好酒六斤浸，密封七日后開取。

功效：祛風活血。治初覺似有風濕。

用法：初服半杯，漸加至一杯，每日三次。常令有酒色，如酒飲完，再入新酒，加椒適量。

蛇床補精酒

配方：鹿茸、肉蓯蓉、蛇床子各三十克

制法：諸藥打細，投酒中浸十日即可。

功效：益精氣。治腎久虛，精氣虧耗，神色昏暗，耳鳴焦枯，陽道萎弱，精少欲事過度。

用法：每日早、晚，各飲適量。隨飲隨添新酒，藥味淡后，可將藥滓取出，制成蜜丸服。

蛤參酒

配方：蛤蚧一對、人參三十克、甘蔗汁一百毫升、白酒一點五升

制法：將蛤蚧去掉頭足，搗成粗碎末，將人參搗成碎末，兩藥用細紗布袋盛之；然后將白酒、甘蔗汁倒入净壇中攪勻，放入藥袋，加蓋密封，十四日開啓，過濾去渣，裝瓶備用。藥渣可研成極細粉劑。

功效：補肺腎，壯元氣，定喘助陽，强壯身體。

用法：每日二次，每次十~二十毫升，早晚空腹飲用。服完節酒，可衝服藥粉，每次九克，温開水衝服。

何首烏酒

配方：何首烏一百克、牛膝九十克、熟地黄四十五克、白酒〇點五升

制法：上述諸藥洗净，切碎，入紗布袋中，扎口，置入白酒中，密封浸泡一月余，去渣留液，裝瓶備用。

功效：補陰養血，强筋壯骨。

用法：每日一次，每次十~三十毫升，午飯后飲用。

枸杞防風酒

配方：枸杞子、晚蠶砂、炒牛蒡子、蒼耳子、防風、茄子根、牛膝、牛蒂根各七十克；大麻子仁五十克；桔梗、羌活、秦艽、菖蒲各三十克；白酒二點五升

制法：以上十三味，共搗碎末，裝入紗布袋中，扎口置于净器中，用白酒浸泡，密封勿令通氣。七日后開啓，去渣留液，裝瓶備用。

功效：補肝祛風。

用法：每日三次，每次十~二十毫升，食前温飲。常令有酒氣相續。久病風疾，不過一月即愈。

吴萸根浸酒

配方：吴茱萸根粗者三十厘米、麻子五十克、陳皮七十克、白酒一升

制法：將吴茱萸根切碎，備用；再搗陳皮、麻子爲泥。然后拌入吴茱萸根末，置于净壇中，入白酒浸泡二十四小時；再放在慢火上微煎，去渣，貯瓶備用。

功效：温脾潤腸，降逆止嘔，殺蟲。

用法：分作五份。需要時空腹温服一份。

白術釀酒

配方：生白術、地骨皮、蔓荊子各五百克；菊花(未開者)三百克、黍米十千克

制法：前四味，粗搗篩，用水十五升同煮取七點五升，去渣澄清取汁，釀黍米，用碎曲如常醞法，酒熟壓去糟渣。取清酒于瓷器中收，密封備用。

功效：清神寧志，袪風通經。

用法：每日二次，每次服三十~五十毫升，徐徐飲之，如能飲者，常令半醉，但勿吐。

天麻補酒

配方：天麻、骨碎補、樺節(碎細)、敗龜(醋炙)、當歸、川芎、熟地各十五克；龍骨、虎骨(酒炙)、烏蛇(酒浸去皮骨炙)、白花蛇(酒浸去皮骨炙)、惡實根(切焙)、羌活、獨活、牛膝(酒浸切焙)、制附子各十克；大麻仁、茄子根、晚蠶沙各三十克；酒一點五升

制法：上十九味，粗搗碎如麻豆，用白紗布袋盛之，置于净器中，用酒浸泡，密封，春夏四日，秋冬七日后開啓，去掉藥袋，過濾后裝瓶備用。

功效：風袪邪，活血止痛，强筋壯骨。

用法：每服十~二十毫升，不拘時，温飲。

十味附子酒

配方：制附子、丹參、續斷、牛膝各三十克；五加皮(炙)二十克；白術、生姜、桑白皮各五十克；細辛、内桂各二十五克；清酒一點五升

制法：將藥搗細如麻豆大，用白紗布袋盛之，置瓷瓶中，入酒浸泡，密封，春夏五日，秋冬七日后開啓，去掉藥袋，過濾裝瓶備用。

功效：散寒逐濕。

用法：每日三次，每次空腹温餘十毫升。

五味子酒

配方：五味子、防風、枸杞子、牛膝、丹皮、肉蓯蓉(炒)、黄芩、白術、丹參(微炙)、當歸、積殼(炒)、炙甘草、厚樸(姜汁炙)、五加皮、澤瀉、知母、細辛(微炒)、白芷(炒)、肉桂各九克；酒一升

制法：將藥搗碎如麻豆大，用白砂布袋盛之，置于净器中，入好酒浸泡，密封，七日后開啓，過濾后裝瓶備用。

功效：調氣和血，搜風祛邪。

用法：每日二次，早、晚空心各服一次，每次飲十五毫升，漸加至二十～三十毫升，再加至四十毫升。

牛膝白術酒

配方：牛膝、制附子、丹參、山萸肉、陸英、杜仲、石斛、茵芋各十五克；防風、川椒、細辛、獨活、秦艽、肉桂、薏苡仁、川芎各十二克；當歸、白術、五加皮各二十克；炮姜十克、清酒一點五升

制法：上二十味，搗細，用白紗布袋盛之，置于净器中，入酒浸泡，密封，冬七日，夏三日后開啓，去掉藥袋，過濾后裝瓶備用。

功效：壯陽散寒，祛風利濕，壯筋骨，和血脉。

用法：初服十五毫升，漸中，有感覺爲度，對目昏頭眩者極佳。可長期服用。

牛膝附子酒

配方：牛膝、秦艽、天冬、杜仲、五加皮各十五克；薏苡仁、獨活、細辛(炙)、制附子、巴戟天、肉桂、石楠葉各十克；清酒一升

制法：上十二味，搗爲細末，用白紗布袋盛之，置于净器中，入酒浸泡，密封，冬十日，春七日，秋五日，夏三日后開啓，過濾去渣，裝瓶備用。

功效：散寒祛風，補火回陽，舒筋活血，温中止痛。

用法：每日三次，每悶服十五毫升，漸加至二十五毫升。

防風白術酒

配方：防風、紫巴戟(去心)、肉桂、麻黄各十二克；白術、山萸肉、制附子、細辛(微炒)、獨活、秦艽、茵芋、山藥、杏仁(炒)各九克；磁石五十克、生姜(切焙)三十克、薏苡仁(炒)十八克、生地十五克、清酒一升

制法：將藥搗細，用白紗布袋盛之，置于净器中，入酒浸泡，密封，七日后開啓，去掉藥袋，過濾后裝瓶備用。

功效：調和氣血，搜風祛邪。

用法：每日二次，早、晚各空心温飲二十毫升，以知覺爲度。

附子細辛酒

配方：制附子、川芎、當歸、白術、茵芋、五加皮、薏苡仁各十二克；金牙石、牛膝、丹參、山萸肉、陸英、杜仲、石斛各二十克；防風、炮姜、細辛、獨活、秦艽、肉桂、川椒(去目及閉口者炒出汗)各六克；酒一升

制法：將藥搗碎，用白紗豊袋盛之，置于净器中，入酒浸泡，密封，七日后開啓，過濾裝瓶備用。

功效：散風祛濕，温經止痛，强筋骨。

用法：每日二次，每次温飲十毫升。

松葉酒

配方：青松葉、防風各二百五十克；白酒一點五升

制法：先將松葉搗令出汁，與防風用布包之，置于净器中，用白酒浸二日，近火煨一日，去渣即可飲用。

功效：祛風燥濕。

用法：初服二十毫升，漸加至三十毫升，不拘時候，以頭面出汗爲度。

夜合枝酒

配方：羌活七十克；黑豆、糯米各二點五千克；細曲三點五千克、防風一百八十克；夜合枝、桑枝、槐枝、柏枝、石榴枝各五百克；水二十五升

制法：將羌活、防風搗碎如豆，以水二十五升，與五枝同煎，取十二點五升，去渣，浸入米、豆，經二宿，蒸熟入曲，與防風、羌活拌和造酒。依常法醖封二十一日，壓去糟渣即成。

功效：祛風勝濕，通經活絡。

用法：每日二次，早、晚各一次，每次隨量温飲，以愈爲止。

獨活當歸酒

配方：獨活、杜仲、當歸、川芎、熟地、丹參各三十克；酒一升

制法：將藥碎細，置于净器中，入酒浸泡，密封，近火煨，一日后候冷，過濾去渣裝瓶備用。

功效：祛風濕，舒關節。

用法：不拘時温飲之，隨量，常令有酒氣。

萆薢杜仲酒

配方：杜仲、炮姜、萆薢、羌活、制附子、蜀椒(去目，閉口者炒出汗)、肉桂、川芎、防風、秦艽、炙甘草各三十克；細辛、五加皮、石斛、續斷、地骨皮各十五克；桔梗三十五克、酒一點五升

制法：將藥搗碎細，用酒于瓷瓶內漬之，密封口，煮二時辰，取下候冷開封待用。

功效：温補肝腎，祛風除濕。

用法：每温服十毫升，不拘時，隨量，常令有酒氣。

萆薢地骨酒

配方：萆薢(炙)、杜仲(炙)各五十克；地骨皮九十克、酒一升

制法：將藥搗細，置于净器中，用好酒浸泡，密封，煮一時許，取出候冷，過濾后裝瓶備用。

功效：利濕祛風，補益肝腎。

用法：不拘時飲之，常令微醉。

黑豆白芷酒

組成：黑豆(炒)二百五十克、白芷三十克、薏苡仁六十克、黄酒一點五升

制法：將藥搗碎，用白紗布袋盛之，置于净器中，入酒浸泡，密封，三日后開啓，去掉藥袋，過濾后裝瓶備用。

功效：利水消腫，養血平肝，化濕除痹。

用法：每日隨量飲之，常令酒力相續。

薏仁姜附酒

配方：薏仁、白蘞、白芍、酸棗仁、干姜、炙甘草各七十五克；制附子十五克、白酒一點五升

制法：以上七味，共搗爲粗末，用白酒浸二十四小時后，微火煎沸去渣，瓷器收之。

功效：祛濕除痹，温腎止痛，通利筋脉。

用法：每日三次，每次二十毫升，食前温飲，不善飲酒者，可隨意飲之，常令有酒意佳。

桃仁生地酒

配方：桃仁三十克、生地黄汁五百毫升、白酒〇點五升

制法：先將桃仁去皮尖，搗成膏狀，備用，再將地黄汁與白酒入鍋中煮煎令沸，下桃仁膏再煎數沸，候温，過濾去渣備用。

功效：疏通脉絡，活血祛瘀。

用法：每次温飲十~十五毫升，不拘時服。

牛蒡地黄酒

配方：牛蒡子、生地黄、枸杞子各一百克；懷牛膝二十克、白酒一點五升

制法：以上四味中藥，共搗爲碎末，用白紗布袋盛之，置于净器中，入白酒浸泡，密封；春夏七日，秋冬十四日開封，去掉藥袋，過濾裝瓶備用。

功效：清熱解毒，養陰涼血，益肝腎。

用法：每空心温服十~二十毫升，晚飯后再服，常令微醉爲好。

神應酒

配方：茵陳、躑躅花各二十克；制附子、丹參、蜀椒、炙甘草、石菖蒲、肉桂、干姜、制烏頭、獨活、地骨皮、秦艽、防風、川芎、人參、當歸、白芷、藁本、生地、白癬皮、蔓荆子(炒)各三十克；白酒三升

制法：以上二十二味，共搗爲粗末，用白紗布袋盛之，置于净器中，入白酒浸泡，封口；七日后開啓，去掉藥袋，過濾去渣備用。

功效：搜風祛邪。

用法：每日三次，每次十五~二十毫升，空腹温飲。以后漸漸加飲，每次飲后，以飯二~三匙壓之。

瓜蔞甘草酒

配方：瓜蔞一枚、甘草十二克、白酒少許

制法：先將瓜蔞、甘草成膩粉，備用；每次用酒二十毫升，水二十毫升，量人虎實入膩粉少許(十~二十克)，上火煎三~五沸，去渣備用。

功效：消腫化瘀。

用法：臨睡前温服。

柳根酒

配方：柳根(近水露出者)、糯米各七百五十克；細曲五十克

制法：把柳根與水二點五升同入鍋內，煎取一半，備用。將糯米洗净，上籠蒸半熟，瀝半干，備用。細曲研細末，備用。將三者同置入缸內，攪拌匀，封口，置保温處；二十一日后開啓，壓去糟渣，收貯備用。

功效：消癭。

用法：每日三次，空腹温飲。初飲十毫升，以后漸加之，以唇麻爲度。

丹參箭羽酒

配方：丹參、鬼箭羽、猪苓、白術各二十七克；秦艽、知母、赤茯苓各十八克；海藻、肉桂各十克；獨活十五克、酒一升

制法：以上十味，共搗爲粗末，用酒浸泡于净瓶中，封口；五日后開封，過濾去渣備用。如急用，可置熱灰上一日即可。

功效：滲濕利水，消腫散結，祛風。

用法：每日三次，每次二十毫升。飲酒少者，可隨意減之。

甘草升麻酒

配方：炙甘草、升麻、沉香末各二十克；麝香○點六克、淡豆豉三十五克

制法：以上五味，除麝香外，共搗爲細末，過篩；然后與麝香拌匀，置于瓶中，密封，備用。

功效：消腫止痛。

用法：每次用藥末十五克，酒五十毫升同煎至八成，過濾去渣。早、晚飯前各飲一次。藥渣熱敷腫處。

桃仁酒

配方：桃仁八十克、白酒○點二五升

制法：先將桃仁炒熱，乘熱搗如膏狀，分數次漸漸倒入酒中，研攪；然后過濾去渣，收瓶備用。

功效：破血行瘀，消腫止痛。

用法：每服十~二十毫升，空腹臨睡前飲用。

茄子酒

配方：大茄子(子多成熟者)三枚、白酒○點七五升

制法：先將茄子一枚用濕紙包裹，置于灰火中，煨熟后取出，入瓷罐子內，乘熱用白酒七百五十毫升沃之，然后以蠟紙封口，三日后開封，去掉茄子，留酒備用。

另二枚茄子用同樣的方法加工，三枚爲一療程。

功效：止血。

用法：隨酒量空腹温飲。

辛夷酒

配方：辛夷、白芷各九克；藁本、甘草、當歸各十八克；羊脊髓二百五十克、黄酒三升

制法：先取前五味，搗碎，以黄酒浸泡；另取羊髓于砂鍋內，加少許水微火煎煮至沸。二者同傾于净器中，密封。三~五日后開取，過濾去渣，裝瓶備用。

功效：宣肺通竅。

用法：每日二次，每次十～二十毫升，食后温飲。

皂莢酒

配方：皂莢(去皮生用)十克、白酒〇點三升

制法：將皂莢搗成細末，和酒浸泡二十四小時，去渣備用。

功效：祛痰，開竅。

用法：空心頓服，得吐利即愈。

細辛獨活酒

配方：獨活、莽草、防風各十五克；細辛五克、制附子六克、酒〇點二五升

制法：將藥碎細，用酒煎藥數十沸，去渣。

功效：祛風，止痛，消腫。

用法：熱漱，以愈爲止。

菖蒲桂心酒

配方：石菖蒲二十克、木通十克；桂心、磁石各十五克；防風、羌活各三十克；白酒〇點五升

制法：以上六味，共搗爲粗末，用白紗布袋盛之，置于净器中，入白酒浸泡，封口；七日后開封，去掉藥袋，過濾去渣備用。

功效：開竅祛風，納所潛陽，安神。

用法：每日空腹温飲十～二十毫升。

福禄補酒

配方：紅參、炙黄芪、桑寄生、女貞子各五克；生玉竹、金櫻子各七點五克；紅花一克、馬鹿茸一點六克、鎖陽二斤

制法：浸之，秋冬五日，春夏三日開封，去渣備用。

功效：補氣益虛，壯腰膝，和血脉。

用法：每日空腹温飲一～二杯。

巴戟天酒(二)

配方：巴戟天、牛膝、石斛各十八克；羌活、當歸、生姜各二十七克；川椒二克

制法：上七味搗細，用酒二斤浸于瓶中，密封，煮一小時，取下放冷備用。

功效：補腎壯陽，活血通經，舒筋利關節。

用法：每温服十五～二十毫升，不拘時候常常有酒力爲好。

天麻熄風酒

配方：防風九十克、天麻六十克、黍米五斤、枸杞根一斤半、面曲五斤

制法：將防風、天麻、枸杞根用水二十斤，煮取十斤，去渣，置净器中，將黍米依造酒法蒸熟，蒸汽入曲末拌。分三次如常法。又取槐白皮一百克細碎，并用三年純黑猫一只，去皮腸肚煮爛，同槐白皮相合入酒，酒熟壓去槽。

功效：散風祛，濕産肝熄風，定驚

止痙、清熱補虛。

用法：每日早、午、晚各温飲二十～四十毫升。

牛膝大豆酒

配方：牛膝、大豆、生地黄各九十五克

制法：將大豆炒熟，牛膝、生地搗碎細并大豆拌匀，同蒸熟，傾出，紗布包貯，置净器中，以酒三斤浸三宿，開封，去渣備。

功效：養血祛風，通經活血，補肝腎，强筋骨。

用法：每早晚空心温飲一～二杯。

鐵酒

配方：鐵一塊、酒一大杯

制法：燒鐵全紅，急投酒中，去鐵即成。

功效：開竅

用法：隨量飲，以磁石塞耳中。

阿膠酒

配方：阿膠四百克、黄酒三斤

制法：用酒在慢火上煮阿膠，全化盡，再煮至二斤，取下候温。分作四服，空心細細飲下，不拘時候，服盡不愈，再加前法配制。

功效：補血止血，滋陰潤肺。

葶藶酒

配方：葶藶子一百克

制法：將上一味搗碎，白細布包，置于净器中，用一斤酒浸之，漬三宿。

功效：逐飲行水，瀉肺定喘。

用法：每日二次，每服二十毫升，以小便利爲度。

猪脂酒

配方：猪脂切碎半鷄子大

制法：用酒半斤微煮沸，投猪脂，更煎一～二沸，分爲兩份，食前温服，未通再服。

功效：通利二便。

秦艽酒

配方：秦艽、牛膝、川芎、防風、杜仲、赤苓、丹參、獨活、地骨皮、薏苡仁、大麻仁各三十克；肉桂、麥冬各二十五克；石斛、干姜各二十克；五加皮五十克、制附子二十四克、

制法：上藥碎細，白夏布袋裝，置于净瓶中，用酒三斤浸之，春夏五日，秋冬七日后開封。

功效：祛風寒，止痛，通二便。

用法：每日空腹温飲十～二十毫升，以愈爲度。

酸漿酒

配方：酢漿草一把

制法：將酢漿草絞取自然汁，與醇酒適量相伴。一次頓服。

功效：通利二便。

地黄羌活酒

配方：羌活六十克、獨活三十克、

五加皮四十五克、生地黄汗二百五十毫升、小黑豆二百五十克

制法：小黑豆炒熟，將羌活、獨活、五加皮搗爲粗末，用清酒二斤浸，置火上煮，酒熱下豆并地黄汁，煮魚眼沸（微沸，泡如魚眼），取下去渣候冷。

功效：散風，除濕，養血。

用法：任量飲之，常令有酒力相續。

熟地杜仲酒

配方：杜仲、炮姜、熟地、萆薢、羌活、附子、蜀椒、肉桂、川芎、烏頭、秦艽、細辛、續斷各三十克；五加皮、石斛各五十克；瓜蔞根、地骨皮、桔梗、炙甘草、防風各二十五克

制法：將杜仲炙后，附子、烏頭分別炮裂去皮臍，蜀椒去目閉口者炒出汗。上二十味，碎細，白布袋盛，置于净器中，用酒四斤，浸四宿開取，去渣備用。每服一小杯，不拘時，常令酒氣相續爲妙。

功效：補肝益腎，强腰壯體。

烏鷄酒

配方：烏雌鷄一只

制法：將烏雌鷄去毛嘴脚，剖肚去腸，以江米酒八斤，煮取二斤，去渣備用。

功效：祛風，補虚。

用法：分三服，早午、晚各一服，汗出即愈。

必效酒

配方：蒜瓣（四破去心頂）一升

制法：上一味，以無灰酒四升，煮蒜令極爛。

功效：解毒鎮痙

用法：每服取五合并滓頓服之。

菝葜酒

配方：菝葜五斤、細曲一斤、白糯米十斤

制法：將菝葜搗碎以水十五斤煮取七斤去渣澄清，細曲搗碎前將藥汗二斤浸曲三日沸起，將糯米净掏控干炊飯，候熟傾出，温度適中，入前藥汁五斤，并曲末拌勻，瓮中盛之。春夏七日，秋冬十余日，藥酒成，壓去糟渣，收貯備用。

功效：祛風利濕，消腫止痛。

用法：每次隨量而飲，每日五～六次，常令酒力相續，不過三～五劑皆平復。

黄芪石斛酒

配方：石斛二十克；黄芪、黨參各四十五克；防風五點五克；丹參、山萸、杜仲、牛膝、五味子、茯苓、山藥、萆薢各六十克；細辛三十克、天冬七十克、生姜九十克、薏米一百五十克、杞果一百五十克、

制法：上藥共爲粗末，置于净瓶中，用黄酒六斤同浸五天后開取，去渣備用。

功效：扶正除風。

用法：每服二～三杯，漸加至三～四杯，酒力要相繼，不可間斷。

獨活羌活酒

配方：羌活、川芎、大麻仁、獨活各十五克；黑豆三十克

制法：將羌活、獨活分别去蘆頭、羌活、獨活、川芎、炒研后大麻仁同粗搗篩，以米酒四斤浸之，春夏三日，秋冬七日，日滿更煎余沸，炒黑百令烟起，乘熱倒入酒中，候冷去渣。

功效：祛風，止痙，除濕。

用法：每日早、午、晚各一次，每次飲一～二小杯。

防風松葉酒

配方：青松葉、防風各二百五十克

制法：將松葉搗令汁出，與防風用布包，盛净器中，以酒三斤浸二宿，近火煨一宿。

功效：祛風燥濕。

用法：初服二十毫升，漸加至三十毫升，不拘時候，以頭面汗出爲度。

排風酒

配方：防風、升麻、肉桂、獨活、制附子(原方天雄)、羌活各三十克(原方有仙人放杖草)

制法：上藥搗細，以醇酒三斤浸入净器中，經五日開取。

功效：散風祛濕，解痙止痛。

用法：每日二次，每次飲二十毫升。

牛膝肉桂酒

配方：牛膝、秦艽、川芎、防風、肉桂、獨活、丹參、雲苓各三十克；杜仲、制附子、石斛、干姜、麥冬、地骨皮各二十五克；五加皮四十克、薏苡仁十五克、大麻子十克

制法：上藥搗細，用清酒三斤浸于瓶中，春夏三日，秋冬七日后開取，去渣備用。

功效：補腎壯陽，祛風除濕。

用法：每日三次，每次空腹温飲十五毫升。

牛膝玉米酒

配方：牛膝、薏苡仁、酸棗仁、赤芍藥、制附子、炮姜、石斛、柏子仁各三十克；炙甘草二十克

制法：上九味共搗細，用好酒三斤浸于净瓶中，封口，經七日后開封。

功效：祛風散寒除濕，益肝腎，回陽補火，舒筋脉，利關節。

用法：不拘時，温飲十五～二十毫升。旋添酒漬藥，味薄即止。

附子白術酒

配方：制附子、防風、獨活、當歸、白術各三十克；五加皮、川芎、肉桂、炮姜各二十五克(原方有天雄)

制法：上藥共搗細如麻豆，布色，置于净瓶中，用白酒二斤浸泡，春夏五日，秋冬七日后開取，去渣。

功效：散寒逐濕，祛風止痛，回陽

温中。

用法： 每次温飲十~二十毫升，亦可隨量加减，不拘時候，以愈爲度。

金牙獨活酒

配方： 獨活一百克；金牙石、地膚子、莽草、熟地、陸英根、防風、制附子、續斷、蜀椒各二十克；細辛十克

制法： 將蜀椒去目閉口者并炒出汗，上藥共搗碎細，置于净器中，以清酒三斤浸去，密封口，夏三宿，冬三宿，去渣備用。

功效： 舒筋活血，祛風除濕。

用法： 每日三次。每次温飲二十毫升，漸增之。

知母常山酒

配方： 常山、鱉甲各三十克；知母、甘草、柴胡、白頭翁各三克；肉桂十五克、青蒿二十克、桃李枝、頭、心各七枚；葱、薤白各十克

制法： 將鱉甲醋炙。上藥共碎細，篩爲散。每服用十克，以酒六十毫升浸一宿，然后煎取二十毫升，去渣。

功效： 截瘧。

用法： 每次空腹頓服，當吐痰出，再煎渣服，每日早、晚各一次。

艾葉釀酒

配方： 平艾葉三十克、曲適量

制法： 將艾葉濃煮取汁，用糯米二斤拌漫，入曲如常釀法，候酒熟，去渣，收瓶。

功效： 温經止痛

用法： 不拘時候，徐徐飲之，常令酒氣相接。

皂莢刺乳香酒

配方： 皂莢刺一枚、乳香三克

制法： 選皂莢刺大者，碎作十余片，將乳香于器內炒，令烟起，入皂莢刺大者，碎作十余片，將乳香于器内炒，令烟起，入皂莢刺同炒，候乳香纏在刺上，便入醇酒一小杯，同煎令沸，濾去渣。一次頓服，腫未成者可消，已成者膿毒自破。

功效： 消腫排毒

麻根消腫酒

配方： 大麻根及葉三斤

制法： 選用大麻根及葉生者，細削，搗絞取汁。

功效： 消腫止痛

用法： 每用汁、酒各半小杯，拌和同服，不拘時。

萊菔(即蘿卜)酒

配方： 萊菔、不拘多少

制法： 右一味，每細銼一合，用酒一盞，先煎百沸，次下萊菔，再煎一~二沸，放温濾去滓。

功效： 治大衄不止。

用法： 頓服之。

桑根白皮酒

配方： 桑根白皮(東引者，碎細)，

取六百六十四毫升、狼牙(去連苗處，净刷去土)三兩(一百一十二克)、吴茱萸根皮(東引者，净刷去土)五兩(一百八十六克)。

制法： 上三味細銼，用酒四千六百五十毫升，煮至紅一千三百毫升，去滓分作三服，每日空腹一服。

功效： 主治肺勞熱生蟲，在肺爲病。

艾葉二黄酒

配方： 生艾葉二十克、麻黄六克、大黄(炒)四克

制法： 上三味，銼如麻豆大，以米酒一公斤，再加大豆五十克，同煎煮，去滓食前温服。

功效： 治酒疸，身目俱黄，心中懊痛。

牛膽酒

配方： 瓜蒂、大黄(銼炒)、蕘花(炒)各三十克、芫花(醋炒)十五克、牛膽(數枚，服用時加入)

制法： 取方中前四味，粗搗羅，用黄酒二公斤，浸一宿，再煎至約一升，去滓，澄清備用。

功效： 清熱利膽。主治酒疸，遍身黄。

用法： 每日到牛膽一個，刺破取汁，衡入如上法漬煎過的酒一杯内。分作三次，每次空心温飲一～二口。

蠶沙酒

配方： 蠶沙(微炒)三百克、酒一公斤

制法： 取蠶沙，微炒，入瓶中，以酒一公斤浸經七日，去渣備用。

功效： 治中風口面僻，口欠涎流。

用法： 每日三次，每次飲一小杯，常令酒氣相續，以瘥爲度。

麻子仁酒

配方： 麻子仁(炒)、黑豆(緊小者，炒)、鴿糞(炒)各三十克；垂柳枝(銼，切細)三百六十克

制法： 上四味，先以米酒五公斤煮柳枝至約剩下三點五公斤，炒鴿糞、麻仁、黑豆等令黄，乘熱投于柳枝酒内，片刻去滓令净，收貯備用。

功效： 治偏風，手足不隨，口面斜。

用法： 每日二次，晨晚空心各飲一杯。

川芎酒

配方： 川芎、羌活(去蘆頭)、莽草、細辛(去苗葉)、甘草(炙銼)各四十克，黑豆(炒)二百克

制法： 上六味，粗搗篩，分作八帖。生帖以酒(黄酒)〇點六六公斤，煎煮至減半。

功效： 治熱毒風、口面斜及偏風。

用法： 熱含嗽，咽下亦無妨。

茯苓酒

配方： 赤茯苓(去黑皮)、續斷各一百八十克；甘菊花(未開者良，微炒)、栝樓根、防風、牡丹(去心)、黄芪、遠志

(去心)各七十五克；山茱萸、人參各三十五克、蒼耳(炒)；熟地(切焙)、菟絲子(酒浸別搗)、原蠶沙(炒)各一百一十克；天雄(炮裂去皮臍)三十克；肉蓯蓉(酒浸切焙)二十克；白術、牡蠣(熬)、狗脊(去毛)、惡實(炒)、桔梗(炒)各四克；紫苑、杜仲(去粗皮銼炒)、蛇床子(炒)各十二克；菖蒲(米泔浸刮去皮節)、干姜(炮)各七十克；石斛(去根銼)四十克、柏子仁(生用)五百克；附子(炮裂去皮臍)、芍藥、牛膝、萆薢各十克；虎骨(酒炙)、羌活(去蘆頭)、惡實根各十八克；枸杞子(炒)四百七十五克、

制法：上三十六味，銼如麻豆，每斤藥以生絹袋盛，稍寬即可，用無灰酒十四公斤，于瓷瓶中浸，封頭(蠟紙并白紙十重封系，今用透明塑膜扎緊)至二周藥成，方開封，不得面當瓶口，藥氣衝人。

功效：治偏風，手足一邊攣縮不隨，百醫未效已經數年。骨節痛，四肢不收，脊背佝僂，口面斜，中風不語，筋脉牽抽。或手足冷痛，髒腑痛腸鳴，嘔逆痰水，纍年心痛等症。

用法：每次飲五~十毫升，每日一~二次。

石斛酒

配方：石斛(去根)九十克；炙黃芪、人參各六克；丹參、牛膝、杜仲(去粗皮，銼炒)、五味子、白茯苓(去黑皮)、山茱萸、懷山藥、萆薢(微炒)、防風、天門冬(去心焙)各八克；枸杞子(微炒)一百二十克、細辛(去苗葉，輕炒)四克、生姜十一克、薏苡仁(炒)四十克

制法：上十七味，細銼如麻豆。用生絹袋盛，以酒四公斤于淨瓷器中浸七宿。

功效：治腎中風下注，腰腳痹弱。利關節，堅筋骨，除頭面游風，補虛勞，益氣力。

用法：每日三次，每次飲十~三十毫升。令常有酒氣，不至大醉。

牛膝酒

配方：牛膝(去苗)、虎脛骨(酥炙黃)、羚羊角、鎊屑、枳殼(去瓤麩炒)各三十克

制法：上四味，銼如麻豆，用米酒四公斤，浸一~二周。

功效：治風冷傷腰，筋骨疼痛，不可屈伸。

用法：溫服，每飲一~二盅，不拘時，常令酒氣相續。

石斛浸酒

配方：石斛(去根)六十克、牛膝(酒浸，切焙)十二克、杜仲(去粗皮炙)一百克、丹參七十五克、熟地一百二十四克、桂枝五十克

制法：上六味，各細銼，用酒二公斤，瓷瓶內浸密封，漬五~七日(若急用可以重湯煮，保溫一~二時辰，取出冷卻)即得。

功效：治風濕寒冷傷著腰腳冷痹，皮膚不仁。

用法：每温一小盏服，不拘時，常令有酒氣。

露蜂房酒(二)

配方：露蜂房一百八十六克、苦參三千八百二十克

制法：右二味，銼細，用水三鬥，煮取一鬥五升，去滓浸曲，炊黍米二鬥，如常釀法，候酒熟去糟。

功效：治烏癩，白癩。

用法：每服二~三兩，日二~三次。以瘥爲度。

黑豆酒

配方：黑豆(炒)二百克

制法：以上一味，以酒一千克乘豆熱浸入，封經三宿，即得。

功效：治脚氣痹弱，頭目眩冒筋急。

用法：隨性飲，常令酒氣相續。

桃花釀酒

配方：桃花三百克、糯米五公斤

制法：三月初三取桃花，收花揀净，以井華水煮，竈糯米五公斤，和曲面適量，如常釀酒。釀熟去糟。

功效：治腰脊苦痛不遂。

用法：每服約二百五十~五百毫升，日三次。中病即止。

甘豆酒

配方：黑豆五百克、生甘草十八克、炙甘草十八克

制法：取黑豆，揀净，炒微焦，與半炙半生之甘草等三味，共爲末，置净器中(砂鍋爲佳)，入黄酒或米甜酒三公斤，慢火煎至約一公斤，去滓空心分温二服。

功效：治赤白痢，服諸藥不瘥者。

丁香木瓜酒

配方：丁香三十六克；木瓜四十克；白術、沉香、胡椒各十八克；肉豆蔻(去殼)、五味子各二十八克；川芎、白僵蠶各九克

制法：以上九味，搗羅爲末，置瓶中，入高粱酒一公斤，浸三日，再加冷開水約五百毫升降度，使成三十八~四十度。攪匀澄澱三~四日，即得。

功效：治嘔吐泄瀉，煩燥不得安卧。

用法：每日三次，每次臨飲前温服一~二盅。

酸漿草酒

配方：酸漿草一握

制法：右一味研取自然汁，與醇酒(優質黄酒)相拌，約得五十~一百毫升。濾過即得。

功效：治小便不通，氣滿悶。

用法：頓服。若不飲酒者，用甘草三寸，生姜棗大，銼同研，用井華水五分盞，濾取汁和服亦得。

胞痹藥酒

配方：秦艽、牛膝、川芎、防風、桂枝、獨活、丹參、赤茯苓各三十

六克、杜仲(炒)、側子(炮)、石斛、干姜、麥門冬(焙)、地骨皮各二十八克、五加皮九十克、薏苡仁八克、大麻子仁(炒)十六克

制法：以上十七味，細碎，以夏白布袋盛之，用黃酒四公斤浸七日，澄清即得。

功效：治胞痹。

用法：每日二次，每次空心温服一~二盅。

惡實酒

配方：惡實根(細切)、磁石(生搗末)、生地黃各一百克；枳殼(去瓤)三十五克；薏苡仁、小黑豆各六十克；玄參、烏蛇各二十八克

制法：以上八味，粗搗篩，絹袋盛，好黃酒三~四公斤浸三日，澄清即得。

功效：治脚氣腫滿生瘡，積年不差，或飲酒壅滯，散在腠理，及風癢疥癬，毒氣下注。輕腰脚，通腸胃，去肺中熱毒。

用法：不拘時，隨量飲之。(若配以漏蘆丸吞服，效更佳。且可用白斂湯洗患處)。

甘草酒(二)

配方：甘草(炙)、升麻、沉香(銼)、麝香(别研)各十八克；豉五十六克

制法：上五味，除麝香外，粗搗篩，入麝香拌勻收貯，每服三~四克，李瑞環 盞半，煎至八分(注：指酒的體積約剩百分之八十)去滓候温，即成。

用法：每日二次，早晚食前各温服一次，約五十毫升。并將藥渣敷患處。

玄參酒

配方：玄參(細銼)、磁石(燒令赤醋淬七遍細研水飛)各四百克

制法：以上二味，生絹袋盛，米酒三~四公斤浸一周。

功效：治瘰癧寒熱，先從頸腋諸處起勢者。

用法：每服一盞，(約一百毫升)空腹臨卧温服。

治鼠瘻酒

配方：赤小豆、白斂、牡蠣(燒赤細研)、黃芪各等分

制法：以上四味，搗羅爲散，每取四百〇五克，以酒一盞半(約二百毫升黃酒)，煎至一盞，去滓候温即成。

功效：治諸瘻涓涓出膿血，疼痛日夜止，漸加羸瘦，宜服此酒。

用法：不拘時，隨量飲之，温服。

蝮蛇酒

配方：蝮蛇(活者)一枚、醇酒六公斤

制法：取活蛇一條，置器中，投以醇酒一斗(約合今之六立升)，封密，浸經一年。

功效：療癩疾諸瘻。心腹痛，下結氣，除蠱毒。又主治大風(即麻風)，諸惡風，半身枯死，手足臟腑間重疾。

用法：每日一~二次，每服一~二

蛊。

赤練蛇酒

配方：黃頷蛇肉一條（又名黃喉蛇、赤練蛇，菜花蛇代之亦可）

制法：取活蛇一條，殺，去皮骨，以水煮汁，同米、曲適量，釀如常法，待酒熟去，封存備用。

功效：主治風癩頑癬惡瘡。

用法：每日一～二次，每服一～二盅。

剪草酒

配方：剪草適量、酒適量

制法：浸酒服。

功效：主治諸惡瘡疥癬風瘙，瘻蝕有蟲。綱目。又主一切失血。

松花酒

配方：松花（連苔）三百克、酒一公斤

制法：三月收松花并苔五六寸如尾者，蒸切，以生絹袋貯，浸酒中五日。澄清即得。

功效：主治頭旋腦腫。

用法：空心暖飲一～二杯。

菖蒲釀酒

配方：菖蒲、苦參、天門冬（去心）各九百五十五克；天雄（炮裂去皮臍）、干漆（炒烟出）、生干地黃（切焙）、遠志（去心）各一百一十二克；麻子仁（生用）六百六十四毫升；茵芋（去粗莖）、露蜂房（微炒）各三十七克；黃芪（炙銼）三百克、獨活（去蘆頭）、石斛（去根）各一百八十六克、柏子仁（生用）一千三百二十八毫升、蛇蛻皮（微炙）長約一米、木天蓼（銼）七十五克

制法：上十六味，粗搗篩，以水二石五㪷，煮菖蒲等取汁一石，以釀一石二㪷秫米，蒸如常法，用六月六日細曲，于七月七日釀酒，酒成去糟取清，收于淨器中密復。

功效：治白駁舉體斑白，經年不愈。

用法：每溫服一～二杯，每日三次。并可取菖蒲等藥渣重煮，以其湯淋洗所患之處，佳。

防風酒（二）

配方：防風（去叉銼碎）九百五十五克、天麻（銼碎）一百八十六克、黍米一石（合今之六十六點四立升）、枸杞根（銼）四百七十五克、好面曲（酒藥子）適量

制法：右五味，將防風、天麻、枸杞根三味，用水六㪷，煮取三㪷去滓，置不津器（釉壇）中，將黍米依造蒸飯，蒸訖入曲末拌，分二如常法，又取槐白皮九百五十五克細銼，并用三年純黑猫兒一個，去皮腸肚另（注：原文作『外』）爛煮，同銼槐白皮相向入酒，酒熟壓去糟澄清即得。

功效：治惡風癩病。

用法：每服溫飲二～三杯，每日二～三次。

白艾蒿酒

配方：白艾蒿十束、糯米、曲適量

制法：取白艾蒿十束，每束如升許大，净擇水洗，細銼，煮取濃汁，拌曲米適量，炊釀如常法，酒熟去糟取清酒，稍稍飲之，令常醺醺然。

功效：治大風癩病，身體面目，俱有瘡痍，惡汁自出。

商陸酒

配方：商陸根(削去皮，銼)一千一百九十四克、糯米六公斤

制法：先用水煎藥取汁，約得三升，去滓浸米炊飯，涼冷，拌麦適量，如常法釀酒，待熟壓去糟。

功效：治白癩大風，眉須墮落；八風十二痹，筋脈拘急，肢節痠弱，手足麻木。

用法：每溫飲一～二杯，日三次。若得藥發吐下爲佳。

地黃酒(一)

配方：生地黃汁五十毫升、黃酒五百毫升；桃仁(炒)、牡丹(去心)各二十八克

制法：右五味，以后三味共細末，與前二味共煎熟，去渣溫飲一盞，不拘時，未愈再作。

功效：治跌打損傷，瘀血在腹。

地黃酒(二)

配方：生地黃(洗切研)三百克、黃酒二公斤

制法：上二味，共煎數沸去渣。

功效：治倒僕筋蹴，不得舒展。

用法：每服一小盞溫飲，不拘時候。

附注：原書另一處，加桃仁。

杏仁酒

配方：杏仁(碎研，生用，不去皮尖)五十克、酒五百克

制法：右一味，蒸令一久，更研令極細，入酒，絞取汁，即得。

功效：治金瘡中風，角弓反張。

用法：每服約五十毫升，每日二～三次，汗出慎外風即愈；兼將杏仁酒汁摩敷瘡上。

凝水石酒

配方：凝水石、白石英、白石脂、代赭石、礬石、嶼石、石膏、芒硝、石楠、石韋、天雄(炮裂去皮臍)、附子(炮裂去皮臍)、常山、續斷、芫花、白術、防風(去叉)、黃芩、黃連、大黃、熟地、麻黃、山茱萸、杏仁、玄參、茹、狼毒、半夏、藜蘆、菖蒲、前胡、蜈蚣(炒)、炙甘草、龍膽、桔梗(銼炒)、菟絲子(酒浸一宿焙)、秦艽、芍藥、紫菀、白芷、遠志、卷柏以上各三十七克

制法：右四十二味，各一兩(合今之三十七點三克)，銼如麻豆，盛以絹袋，用水二十升，七月七日一點五公斤，黍米三鬥(約二十升)作飯，依和酒法，以藥袋著釀中，春秋七日，冬十日，夏三日，酒成服半鷄蛋殼，日三次。并曝囊中藥滓，更搗篩，酒服方寸匕，以體暖爲

度。

功效：治八風十二痹，偏枯不隨，宿食虛冷，五勞七傷。

杏棗酒

配方：杏仁(去皮尖雙仁，研泥)十五克；棗肉(煮去皮核)、飴糖各一百五十克；白蜜、酥、生姜汁各七十五克

制法：上六味，共入米甜酒，或豆淋酒三公斤內，浸泡，攪勻，再加白酒一斤，經五~七日開取。

功效：治肺傷寒氣，咳嗽唾痰，鼻塞聲重。

用法：每日二~三次，每飲一~二杯。

菖蒲木通酒

配方：菖蒲(米泔浸一浸一宿銼焙)二十八克；木通、磁石(搗碎綿)、肉桂(去粗皮)各十六克；防風、羌活各三十六克

制法：右六味，咀如麻豆，以酒六點六公斤漬，寒七日，暑三日，取上清液即得。

功效：治耳聾，通曳開竅。

用法：每日空腹飲三兩小盞，以瘥爲度。

杉葉酒

配方：杉葉(洗净，細切)五十克、川芎六克、細辛六克

制法：上三味，先以水煎沸，少頃，去渣，入酒二百五十毫升，攪勻，再濾去渣，收貯備用。

功效：主治風、蟲牙痛。

用法：含嗽冷吐。

柏仁酒

配方：柏子仁(生研)、鷄糞白(炒)、肉桂(去粗皮)各三十六克；生姜(不去皮，切)十八克

制法：右四味，粗搗篩，共炒令焦色，乘熱投酒(好黄酒)二千毫升，候冷濾去渣，即得。

功效：治中風失音不語。

用法：每服大半盞(約七十五毫升左右)，空心服，每日三次。

半夏酒

配方：半夏十枚

制法：右一味，以苦，以苦酒五百毫升，煮取約四百毫升，去渣即得。

功效：治狗咽，喉中忽覺結塞。

用法：熱含冷吐，或每取少許，徐徐含咽。

朱砂酒

配方：丹砂(研)、肉桂(去粗皮)、絳礬各四克

制法：上三味，搗研爲細末，以綿，用好酒少許(一盅)，浸良久。即成。

功效：治急喉痹。

用法：含嗽即愈。

縮砂酒

配方：縮砂不拘多少

制法： 取縮砂仁，不拘多少，慢火炒令熱透去皮用仁。搗羅爲末，每取服三~四克，温酒一小杯調下。

功效： 治婦人妊娠，偶因所觸，或墜高傷打，致胎動不安，腹中痛不可忍者。熱酒調服砂仁末，須臾覺腹中胎動極熱，即胎已安矣。即胎已安矣。（孫用和原方用砂仁炒研，每服二錢）

聖功酒

配方： 蜀葵子（陳者）不拘多少

制法： 右一味，搗羅爲散，每取七克，温酒調下。如口噤，斡開灌之。

功效： 治難産横生倒，困頓不省人事。

黄芪酒（二）

配方： 黄芪、川椒（炒）、白術、牛膝、葛根、防風、甘草（炙）、細辛、山茱萸、附子（炮）、人参各七十五克；獨活（去蘆頭）、肉桂（去粗皮）各二十八克

制法： 以上十八味，銼如麻豆，用生絹袋盛，于三十公斤好黄酒中浸三~五日，取上清液即得。

功效： 治産后中風偏枯，半身不隨，言語不利，疼痛無力。

用法： 每温服一小盞，不拘時。

三味地黄酒

配方： 生地黄（以銅切，炒）十八克；蒲黄（炒）、生姜（切炒）各九克

制法： 上三味，以無灰酒三盞（優質黄酒二百~二百五十毫升）同煎至二盞，去滓分温二服，末下更服。

功效： 治妊娠墮胎，胞衣不出。

羌活酒

配方： 羌活（去蘆頭銼）十八克

制法： 右一味，以醇酒一杯煎，候濃温服。

功效： 治産后中風腹痛。

用法： 頓服之，未愈再作，温服。

伏龍肝酒

配方： 竈中黄（又名伏龍肝，竈心上）、干姜（炮）各等份。

制法： 右二味各等份，搗羅爲散。

功效： 主治産后風痙并健脾胃。

用法： 每以温酒一杯調服二克許。

椒附酒

配方： 椒、附子（炮）、生地（焙）、當歸、牛膝、細辛、薏苡仁、酸棗仁、麻黄、杜仙、萆、五加皮、原蠶沙、羌活各三十七克

制法： 以上十四味，好酒十四公斤，浸十五日，取目清液即得。

功效： 治好人半身不遂，肌肉偏枯，或言語微澀，或口眼微，舉動艱辛。

用法： 不拘時温飲一杯，常沉微醉爲妙。或病勢急，其藥即將酒煎沸，熱投之，候温分作三服，亦得。

地骨酒

配方： 枸杞根、生地黄、甘菊花各

○點五分斤(合今之六百六十四毫升)

制法：上三味，擣碎，以水一石，煮取汁五㪷，炊糯火五㪷(合今之三十三點二升)，細適量拌勻，入瓮中如常封釀。待熟去渣澄清，即得。

功效：壯筋骨，補精髓，延年耐老。

用法：每飲一杯，每日三次。

聖濟黃精酒

配方：黃精(去皮)四千七百七十五克、天門冬二千八百六十五克、松葉四千七百七十五克、枸杞根四千七百七十五克、糯米六十六點五公斤

制法：取前四味，擣爲粗末，以水三石(合今之二百人斤)，入愈藥在內，煮取一百三十三公斤，用糯米一石(合今之六十六點五公斤)，細曲適量，蒸飯，同曲入在前藥汁中，封閉二七日(即十四日)熟。

功效：延年益壽。

用法：任意飲之。

四補酒

配方：柏子仁、何首烏、肉蓯蓉、牛膝各六十克

制法：上四味，細切碎，入净器中，用酒二公斤浸，春夏十日，秋冬二十日，澄清即得。

功效：益氣血，補元髒，悅顏色。每次一、二盅，日兩次。

驢皮膠酒

配方：驢皮膠(炙燥)九百克、好黃酒四公斤

制法：以酒煮膠令化，久煮約得二點五公斤。

功效：治中風身如角弓反張。

用法：每日三～四次，每交空腹服一盅，或黃酒烊化開。

白楊皮酒(一)

配方：白楊皮(東南枝，去地三尺者)一百四十克

制法：取白楊木皮一百四十銼，微炒。內不津器中，以清酒一公斤漬之。密封，令泄氣，冬十四日，春夏七日，開取飲。

功效：主治風毒脚氣，手足拘攣，風毒游易在皮膚中，痧癬等。

用法：量人酒性多少服之，常令酒力相接，以瘥爲度。(白楊皮須白色者佳，不要近冢墓者)

驅寒單味藥酒

五加皮，浸酒飲，主風濕骨節攣痛。

蠶沙，浸酒

百靈藤，浸酒

百南藤，浸酒

青藤，浸酒。

茵陳蒿酒

配方：茵陳蒿(炙黃)五百克、糯高粱米五十公斤

制法：上二味，蒸熟，涼冷，拌

曲適量，如常釀酒飲。

功效：祛風濕，治筋骨攣急。

四根酒

配方：桑木根節心、松木根節心、柏木根節心、杉木根節心、乳香研、没藥、五靈脂、石龍黄(炒)、木香、紫檀香(銼)、地龍(炒)各十五克；肉蓯蓉(酒浸切焙)、天雄(炮裂去皮臍)各三十克；麝香(研)七克、木瓜二百五十克

制法：先將桑、松、柏、杉根節心四味，細銼，并炒黑，余藥除乳香、麝香(研)外，搗羅爲散，最后將研藥小心研細末，共入净器，内米酒五公斤封浸十～十五日，備用。

功效：治年深一十九種干濕脚氣。

用法：每晚食后飲一杯，五十毫升左右。

獨活浸酒

配方：獨活(去芒頭)、生干地黄焙各三十七克；生黑豆皮二百毫升、海桐皮二十五克、生惡實根三百一十八克、肉桂(去粗皮)十二克、大麻子仁(炒)三百克

制法：上七味，銼如黑豆，以生絹袋裝，用好黄酒六升，同入瓷中浸之，冬七日，夏三日，春秋五日，即成。

功效：治嶺南脚氣發動，地氣郁蒸，熱毒風盛，脾肺常有虚熱者。

用法：不限早晚，隨意飲之，常令有酒氣，酒盡更添，藥無味再作。

牛膝大豆浸酒

配方：牛膝(酒浸切焙)、大豆(黑豆緊小者炒)各二百四十克；生地黄(鮮，洗切)九百五十克

制法：右三味，拌匀，同蒸一饋傾出，絹囊貯，以黄酒五升浸經宿，即得。

功效：治久患風濕痹，筋攣膝痛，兼理胃氣積聚，止毒熱，去黑痣，潤皮氣。

用法：每服一劑。

白頭翁酒

配方：白頭翁草一握

制法：上一味，研如泥，以醇酒一杯投之，和匀，濾去渣，頓服之。

功效：治諸風痛攻四肢百節。

側子浸酒

配方：側子(炮裂去皮臍)、牛膝(去苗)、丹參(去苗土)、山茱萸杜促(去粗皮)、石斛(去根)、蒴根各七十五克、防風、蜀椒(炒出汗)、細辛、獨活、秦艽、官桂(去粗皮)、川芎、當歸(切焙)、白術、茵芋(去粗莖)各五十六克、干姜(炮)、三十七克、五加皮九十克、薏苡(炒)二百八十克

制法：上二十味，車銼如麻豆，以大生絹袋貯，清酒十五公斤浸，春夏三日，秋冬五日。

功效：治寒濕着痹，四肢皮膚不仁，甚至脚弱難行。

用法：每次温服一盅，每日二次。未愈稍加服

金牙酒

配方：金牙、細辛、茵芋、防風、炮附子、炮干姜、地膚子、蒴、生干地黃(焙)、升麻、人參各七十五克、牛膝、石斛(去根)各一百一十二克、獨活二百二十四克

制法：以上十四味，咀，用絹袋盛，以清酒二十二公斤浸密封，春夏五日，秋冬七日。

功效：治風毒脚氣，上攻心脾，口不能語

用法：隨量飲之，不拘時，常令酒力相續。

茵芋浸酒

配方：茵芋(去粗莖)、蓖草椒(炒)、狗脊(去毛)、桂(去粗皮)、炮附子(去皮臍)、石斛各三十七克；牛膝(去苗酒浸切焙)、石斛(去根)、生姜各五十六克

制法：以上九味，咬咀，以生絹袋貯，以黄酒一斗約今七點五公斤浸經三宿，澄清即得。

功效：治風寒濕痹，皮肉不仁，骨髓疼痛不可忍者。

用法：每服一~二杯，温服。服近酒一半，更可添新酒浸之，覺藥味淡，即再合。

萱草根酒

配方：萱根九克、生姜(切碎米)三克

制法：上二味，細切，入香油炒熱，沃酒用黄酒一杯，去滓飲之。

功效：治大便后出血。

鷄翅灰酒

配方：鷄翅(左右俱用，燒灰)不限多少

制法：上一味，細研爲末，每取約三克，黄酒一杯調和，温服之。不拘時。

功效：治陰疝腫痛，陰器緊縮而腫痛。

鱉甲漬酒

配方：鱉甲(醋炙)十八克；烏賊骨、常山各七十五克；炮附子(去皮臍)三十六克、炙甘草三十克

制法：右五味，銼如麻豆，收貯。每取六克，酒一大杯，浸藥一宿。明日先以酒塗五心，過發時瘧斷；若不斷，可飲藥酒一~二小杯，即愈。

功效：治痰瘧以時發。

常山竹葉酒

配方：常山、淡竹葉(洗切)各三十六克；鱉甲(酥炙)九克、炙甘草(銼)二十七克

制法：以上四味，粗搗篩，每取六克，以酒一小杯浸藥，蓋好，安露地一宿，明旦以水一碗，煎至減三成，去滓，未發前温服盡，當吐，既效不必盡劑，過發時，良久方可食。

功效：治痰瘧先寒后戰，寒解壯熱，日發及間日發。

孕婦截瘧酒

配方：炙甘草、柴胡(去苗)、常山、烏梅(去核)各十五克

制法：以上四味，銼碎，用銀器或沙石銚，當發日絶早，以好酒優黃酒約一千二百毫升，慢火熬至一碗，濾去滓放温，作一服飲盡。良久吐涎即愈，如尚覺有寒氣未退，過六七日再服。

功效：治瘧及有孕婦人患者。

山萸蓯蓉酒

配方：山藥二十五克；肉蓯蓉六十克；山萸肉、川牛膝、菟絲子、茯苓、澤瀉、熟地黃、巴戟天、遠志各三十克；五味子三十五克、杜仲四十克、白酒二升

制法：以上十二味，共搗粗末，置于净器中，用醇白酒二千毫升浸泡之，封口，春夏五日，秋冬七日后開取，去渣備用。

功效：補肝腎，暖腰膝，安神定志，充精補腦。

用法：每日二次，每次十～二十毫升，早晚空心温服。

精神藥酒

配方：枸杞子三十克；熟地、紅參、淫羊藿各十五克；沙苑蒺藜二十五克、沉香五克、荔枝核十二克、炒遠志三克、冰糖二百五十克、白酒一升

制法：上藥揀去雜質，洗净，切碎，裝入紗布袋中，扎口，與白酒和冰糖共入壇中，密封，浸泡一月后開啓，去渣留液裝瓶備用。

功效：補血健腦，益精助陽。

用法：每日一次，每次二十毫升，臨睡前緩緩飲下。

祛風獨活酒

配方：獨活六十克、白酒〇點二五升

制法：將藥用白酒浸泡于瓶中，五日后開取。

功效：祛風濕，止痛。

用法：每日三次，每次空腹温飲十毫升。

蛤鞭酒

配方：蛤蚧一對、狗鞭一具；巴戟天、肉蓯蓉、枸杞各三十克；山茱萸一百二十克、沉香四克、蜂蜜四十克、白酒二點五升

制法：將蛤蚧去頭足，狗鞭酥炙，連同他藥共搗成碎末，用白紗布袋盛之，置于净器中，入白酒浸泡，密封；二十一日后開封，去掉藥袋，再將煉過的蜂蜜加入藥酒中，攪勻，再用細紗布過濾，貯入瓶中備用。

功效：補腎壯陽。

用法：每日二次，每次五～十五毫升，早晚空腹温飲。

蒜豉酒

配方：蒜(拍碎)四百克；桃仁(去皮尖炒研)、豉(炒香)二百五十克；好酒二升

制法：上三味，以白夏布包，入净

器中，用酒浸泡，密封，春夏三日，秋冬七日開啓。

功效：散風祛寒，活血，舒筋和血。

用法：每日三~四次，初服十毫升，漸加至二十毫升，隨量飲之，常令有酒色。如酒盡，更添入酒一點五升，加好椒三十克。

術苓忍冬酒

配方：白術、白茯苓、甘菊花各六十克；忍冬葉四十克、白酒一點五升

制法：將白術、白茯苓搗成碎末，忍冬葉切細，然后將四味藥用白紗布袋盛之，置于净器中，用醇酒浸泡，封口，經七日后開啓，去掉藥袋，過濾后再添入冷開水一升，即可裝瓶備用。

功效：補脾和胃，益智寧心，明耳目，祛風濕。

用法：每日一~二次，每次十~十五毫升，空腹温飲。

僵蠶豆淋酒

配方：黑豆五百克、僵蠶二百五十克、黄酒一升

制法：將黑豆炒焦，用酒淋之，絞去渣，貯于净瓶中，加入僵蠶，五日后即可飲用。

功效：祛風止痙。

用法：每日二次，每日五十毫升，日、夜各温服一次。

蘇木行瘀酒

配方：蘇木七十克、白酒〇點五升

制法：將蘇木搗成碎末，與水、酒各五百克毫升同置于鍋中，上火煎取五百毫升，候温，過濾去渣，分作三份。

功效：行血祛瘀，止痛消腫。

用法：每日三次，每次飲一份，空心温飲。

風濕酒(三)

配方：制川烏、制首烏各十五克；制草烏六克；追地風、千年健各九克；白酒一升

制法：將藥洗净，搗碎，用白紗布袋盛之，置净器中，入白酒浸泡，密封，二日后開啓，去掉藥袋，過濾裝瓶密封備用。

功效：祛風散寒，活血止痛。

用法：口服。每日二~三次，每次十毫升。

寧心酒

配方：龍眼肉五百克、桂花一百二十克、白糖二百四十克、白酒五升

制法：浸泡，封固，愈久愈佳，其味清美香甜。

功效：安神益智，寧心悦顔。

用法：每隨量飲，不可喝醉。

鹿角霜酒

配方：鹿角霜、桂仲各三十克；黄芪、當歸、玉竹各二十克；紅花十克、冰糖九十克、白酒二升

制法：將上藥搗碎，用白紗布袋盛

之，置入净器中，入白酒浸泡，密封，二十一日后開封，去掉藥袋；將冰置鍋中，加水適量，文火加熱熔化，趁熱加入酒中，攪勻，再用細紗布過濾一遍，裝瓶備用。

功效：補腎，益氣，活血。

用法：每日二次，每次十五～二十毫升，空腹温飲。

刺梨酒

配方：核桃(鮮果)二百五十克、刺梨根一百三十克、白酒一升

制法：將藥洗净，搗碎，用白紗布袋盛之，置净器中，加酒冷浸，密封，浸漬二十天后開啓，去掉藥袋，過濾，裝瓶備用。

功效：補氣、消炎、緩痛。

用法：每日三次，每次服十毫升。

夏枯草酒

配方：夏枯草五百克、黄酒一升

制法：將夏枯草切碎，加冷開水適量浸泡，再加黄酒一升，隔水蒸至無酒味時過慮，去渣備用。

功效：清熱止血。

用法：每日三次，每次三十毫升，空腹温飲。

海風藤藥酒

配方：海風藤、追地風一百二十五克；白酒(四十～六十度)適量

制法：將藥洗净，搗碎，用白紗布袋盛之，置净器内，入酒浸漬，密封十日后開啓，去掉藥袋，過濾，裝瓶備用(制成一升)。

功效：祛風利濕，通絡止痛，宣肺利痰。

用法：每日二次，每次十毫升，早晚空腹服，服時不可加温。

鎖陽酒

配方：鎖陽六十克、白酒五百毫升

制法：將鎖陽打碎，裝入瓶中，倒入白酒浸泡之，封口，七日后開啓，過濾去渣備用。

功效：補腎，潤腸。

用法：每日二次，每次十～二十毫升，早晚空心温飲。

跌打風濕酒

配方：勒黨根、小顆薔薇根四十六克；山花椒根二十四克、三花酒(五十度)○點五升

制法：將藥洗净，搗碎，置净器中，入酒浸漬，密封，十五日后開啓，濾過澄清裝瓶備用。

功效：散風祛濕，活血止痛。

用法：急性扭挫傷：口服，首次一百毫升，以后爲每次飲五十毫升

大豆蠶沙酒

配方：大豆二百五十克；雲苓、蠶沙各一百二十六克；黄酒一點五六升

制法：上三味，將后兩味碎細，置净器中，用黄酒浸之；别炒大豆，令聲斷，急投入酒中，封口，經七日后開

啓，過濾后裝瓶備用。

功效：祛風濕。

用法：每日五～七次，每次温飲十～二十毫升，微出汗則佳。

獨活天豆酒

配方：獨活六十克、大豆三十克、酒一升

制法：將獨活置于砂鍋内，入酒浸漬，并煎取半量酒液，别炒大豆熱投酒中，二小時后去渣，過濾裝瓶備用。

功效：祛風除濕。

用法：每日三次，每次飯前温服二十毫升。

菝葜酒

配方：菝葜二百五十克、百分之六十食用酒精(糖酒更佳)五升

制法：將菝葜根莖，銼爲粗粉，置净器中，入酒浸泡，密封，五～七日后開啓，過濾澄清裝瓶備用。

功效：祛風濕，消腫毒。

用法：每日五～三次，每次服五十毫升。

石楠膚子酒

配方：石楠葉、地膚子、當歸五十克、獨活各五十克；白酒〇點五升

制法：以上四味，共搗爲粗末，與酒共置于鍋中，上火煎煮數十沸，候冷，過濾去渣，裝瓶備用。

功效：除風濕，和血止癢。

用法：每日三次，每次十～十五毫升，空腹温服。

王瓜酒

配方：王瓜、黄酒各適量

制法：用酒適量煮王瓜爛熟。

功效：清熱生津，消瘀，通乳。

用法：每日一次，飲酒，細咬王瓜下。

山核桃酒

配方：山核桃三千克、白酒五升

制法：取青核桃三千克搗碎，置净器中，加白酒浸泡，密封，二十天后開啓，以酒變褐爲度，過濾去渣，裝瓶備用。

功效：收斂、消炎、止痛。

用法：每日三次，每次服十毫升。

金銀花酒

配方：金銀花五十克、甘草十克、白酒〇點二五升

制法：以上二味，用水一升，煎取二百五十毫升，再入白酒二百五十毫升，上火略煎后，分爲三份。

功效：清熱解毒。

用法：早、午、晚各服一份，重者一天二劑。

芍藥黄芪酒

配方：白芍藥、黄芪、生地黄各一百克；炒艾葉三十克、黄酒一升

制法：以上四味，共搗成粗末，用白紗布袋盛之，置于净器中，用酒浸泡，

封口，三日后開啓，支掉藥袋，過濾去渣即飲用。
功效：調經止帶。
用法：每日三日，每次十～二十毫升，飯前温飲。

鹿茸蟲草酒

配方：鹿茸十五克、冬蟲草十克、天冬六克、白酒七百五十毫升
制法：將上藥共搗碎末，裝入净瓶中，入白酒浸泡，密封；十五日后開啓，静置澄明即成。
功效：補腎，壯陽，填精。
用法：每日二次，每次飲十～十五毫升。

牛蒡蟬蜕酒

配方：牛蒡根(或子)五百克、蟬蜕三十克、黄酒一點五升
制法：將牛蒡根(或子)搗碎，與酒同置于瓶中，封口，三～五日后開啓，過濾去渣，即可飲用。
功效：散風宣肺，清熱解毒，利咽散結，透疹止癢。
用法：每日二～三次，每次十～二十毫升，飯前温飲。

復方紅花藥酒

配方：紅花一百克；當歸、赤芍、桂皮各五十克；百分之四十食用酒精適量
制法：取石松，揀净雜質，篩去灰屑，切段，置入净器中，入白酒浸泡，封口；十四日后開啓，過濾后即可飲用。
功效：活血祛瘀，温經通絡。
用法：每日一次，每次飲三十～五十毫升。

胡蜂酒

配方：鮮胡蜂一百克、白酒一升
制法：將胡蜂入白酒内，浸泡十五天，濾過，即得。
功效：祛風除濕。
用法：每日二次，每次十五～二十五毫升，口服。服后偶有皮膚瘙癢，次日可自行消失。

治癱瘓酒

配方：威靈仙、蒼術、懷牛膝、桂枝、木通各六十克；黄酒五升
制法：將洗净之藥搗碎，裝入白紗布袋中，置入净器中，加黄酒浸泡，密封，七日后開啓，去掉藥袋，過濾裝瓶備用。
功效：通經活絡。
用法：每日二次，每次服十五毫升。

却老酒

配方：甘菊花、麥冬、枸杞子、焦白術、石菖蒲、遠志、熟地各六十克；白茯苓七十克、人參三十克、肉桂二十五克、何首烏五十克、白酒二升
制法：以上十一味，共搗爲粗末，用醇酒浸之，封口，春夏五日，秋冬七日開取，去渣裝瓶備用。
功效：補五髒，充精髓，烏須發，

澤肌膚却老延年。

用法：每日飯前温飲二十毫升。

沙苑蒺藜酒

配方：沙苑蒺藜一百五十克、鎖陽五十克、菟絲子五十五克、淮牛膝四十克、白酒一升

制法：上藥洗净，研粗末，裝紗布袋中，扎口，置入酒中，泡三十日，過濾，去渣備用。

功效：補益肝者，壯腰强身。

用法：每日二次，每次十~二十次毫次，早晚飲用。

養血愈風酒

配方：防風、秦艽、川牛膝、蠶沙、萆薢、白术(炒)、蒼耳子、當歸各十八克；杜仲(炒)二十六克；白茄根、枸杞子各三十六克；羌活、鱉甲(制)、陳皮、紅花各九克；白糖七十克、白酒五升

制法：將藥搗碎，用白紗布袋盛之，連白糖一起置净器内，入白酒浸泡，密封，經過五~七日，開啓，去掉藥袋，濾過，澄清裝瓶備用。

功效：祖風活血。

用法：適量服用，每次不超過一百二十五毫升。

化瘀止痛酒

配方：丹皮、肉桂、桃仁各三十克；生地黄汁二百五十毫升、白酒〇點五升

制法：將桃仁、丹皮、肉桂共搗爲細末。與生地黄汁和酒同煎數十沸，取下候冷，過濾去渣，收貯備用。

功效：通經化瘀，止痛。

用法：每日三次，每次十~二十毫升，空腹温飲。或不拘時飲。

葱子酒

配方：葱子、杜仲(去粗皮，微炙黄)、牛膝、石斛、制附子、防風、肉桂、白术、五加皮、棗仁(炒)各二十克；仙靈脾、種芎、川椒(去目及閉口者微炒出汗)各十五克；烏蛇(酒浸，去骨，炙微黄)三十克、酒三升

制法：上藥十四味，共搗碎，置于净器中，入酒浸泡，密封，七日后開啓，過濾，去渣，裝瓶備用

功效：補腎氣，壯腰膝，祛風散寒。

用法：每日二~三次，每次温飲十毫升，飯前服。

還少酒

配方：山茱萸五十克、茯苓四十克、杜仲四十五克、肉蓯蓉四十克、巴戟天二十五克、枸杞子三十克、白酒一升

制法：上藥共爲碎末，用白布袋盛之，置入净器中，用白酒泡之，七日后開封，過濾去渣備用。

功效：温補腎陽，振奮元陽。

用法：每日二次，每次十~二十毫升，早晚飲用。

九香蟲酒

配方：九香蟲四十克、白酒四百毫升

制法：將九香蟲拍碎，用白紗布袋盛之，置入净器中，入白酒浸泡，封口，七日后開封，去掉藥袋，即可飲用。

功效：補腎壯陽，理氣止痛。

用法：每日二次，每次十~二十毫升，空腹温飲。

壯陽酒

配方：枸杞子、狗脊、菟絲子、山萸肉、人參各二十克；肉蓯蓉四十克、當歸十五克、蛤蚧尾一對、海狗腎二個、白酒一升

制法：上藥洗净后，共爲粗末，放入三層紗布縫制的袋中，扎口，入壇内，加入白酒浸泡七天后，去渣留液，裝瓶備用。

功效：補腎填精，峻補命門。

用法：每日三次，每次飲五~十毫升。

白蘚皮酒

配方：白蘚皮九十克、白酒〇點五升

制法：將白蘚皮搗碎，用白紗布袋盛之，置于净瓶中，入白酒浸泡，封品口；三日后開封，去掉藥袋，過濾備用。

功效：清熱解毒，祛風化濕。

用法：每日三次，每次十毫升，空腹温飲。

照白杜鵑酒

配方：照白杜鵑(鮮葉)十三點五千克、白酒(五十度)十五升

制法：取照白杜鵑鮮葉十三點五千克，浸于白酒一十五升内，加水至三十升，浸泡五日，然后制成百分之三十照白杜鵑葉酒液。

功效：止咳化痰。

用法：每日三次，每次五~十五毫升，飯后三十分鐘服用，七~十日爲一療程。

益腎明目酒

配方：覆盆子五十克；巴戟天、肉蓯蓉、遠志、川牛膝、五味子、續斷各三十五克；山萸肉三十克、醇酒一升

制法：以上八味，共搗碎爲粗末，用白夏布袋盛，置于净器中，用醇酒一升浸泡之，封口，春夏五日，秋冬七日，然后開啓，添凉開水一升，合匀，過濾去渣，裝瓶備用。

功效：補肝益腎養心，聰耳明目，悦容顔。

菖蒲酒(一)

配方：菖蒲一百二十克、白酒〇點四五毫升

制法：將菖蒲浸酒于净瓶中，封口，五日后開啓。

功效：開竅逐痰，散風祛濕，寬中和胃。

用法：每日三次，每次空心飲十～二十毫升。

羊脛骨酒

配方：羊脛骨一千五百克、曲一百五十克、糯米五千克

制法：將羊脛骨煮汁，同曲、米如常法釀酒。

功效：健腰脚，固牙齒。

用法：每日三次，每次十～三十毫升。

當歸枸杞酒

配方：當歸、鷄血藤、枸杞子各九十克；熟地七十克、白術六十克、川芎四十五克、白酒一升

制法：上藥洗净，切碎，共入紗布袋中，縫好，置入白酒中，密封月余，過濾去渣備用。

功效：滋陰養血，調補肝腎。

用法：每日二次，每次十～三十毫升，早晚飲用。

復方女貞子酒

配方：女貞子二百五十克；女貞皮、鷄血藤、何首烏各一百克；白酒二升

制法：上藥粗碎，置于净瓶中，白酒浸之，封口，七日后，過濾，去渣備用。

功效：補腎益陰，養肝明目。

用法：每日二次，每次十～二十毫升，早晚飲用。

益陰酒

配方：女貞子、枸杞子、胡麻仁各六十克；生地三十克、冰糖一百克、白酒二升

制法：先將胡麻仁水浸，去掉浮物，洗净蒸過，研爛；女貞子、枸杞子、生地搗成粗末，同胡麻仁用白細紗布袋盛之。再將冰糖放入鍋中，加水適量，置文火上加熱溶化，待呈黃色時，趁熱用净細紗布過濾一遍，備用。然后將酒裝入小壇內，放入藥袋，加蓋，置爐上文火煮，魚眼沸時取下，待冷后密封；十四日后開啓，去掉藥袋，加入冰糖，再加入五百毫升冰開水拌勻，靜置過濾，裝瓶備用。

功效：滋肝腎，補精血，益氣力，烏顏發。

用法：每日三次，每次十～二十毫升，空腹溫飲。

地黃首烏酒

配方：生地四百克、何首烏五百克、曲一百克、糯米二點五升

制法：上藥煎煮取濃汁，同曲、糯米如常法釀酒，密封之，春夏五日，秋冬七日啓之，中有綠汁，此真精鞭，宜先飲之。乃濾汁收貯備用。

亦可將上藥煎取的濃汁，兑入二升白酒中，上火再煮沸三十分鐘，過濾，去渣取液裝瓶備用。

功效：補腎益精，養陰生津，清熱涼血。

用法：每日三次，每次十～二十毫升。

地黃滋補酒

配方：熟地黃、山萸肉各一百克；淮山藥一百二十克；茯苓、澤瀉各五十克；丹皮二十五克、白酒一升

制法：上藥洗淨，研粗末。放入紗布袋中，扎口，置入酒中，浸泡三十天，過濾，去渣留液，裝瓶備用。

功效：滋補肝腎。

用法：每日一次，每次十～二十毫升，臨睡前飲用。

首烏枸杞酒

配方：何首烏一百二十克、枸杞子一百二十克、熟地六十克、當歸三十克、黃精三十克、白酒二、五升

制法：將上藥搗成粗末，用白布袋盛之，與白酒一同放入淨壇中，加蓋；再將酒壇放鍋中，隔水加熱約一小時取出候冷，埋入土中；五日后破土取出，開封，去掉藥袋，過濾后裝瓶備用。

功效：補腎養肝，健脾，益精血。

用法：每日三次，每次十～二十毫升，空腹溫飲。

康壯酒

配方：枸杞子、炒陳曲、甘菊花、熟地黃、肉桂各四十五克；肉蓯蓉三十六克、醇酒一點五升

制法：先將以上六味中藥，搗碎成粗末，用白紗布袋盛之，置于淨器中，入醇酒浸泡之，封口。春夏五日，秋冬七日開取，再加冷開水一升合勻，裝瓶備用。

功效：益肝腎，烏須發，老人久服體健。

用法：不拘時，空心任意徐徐溫飲。

毛鷄藥酒

配方：干毛鷄(或鮮毛鷄三百二十克，均去毛、內髒)、當歸、川芎、白芷、紅花、千年健各一百六十克；赤芍、檔仁各十五克；茯苓二十克、白酒十六點九六升

制法：以上九味，干毛鷄用蒸氣蒸十五分鐘，(鮮毛鷄不蒸制)，放冷，用白酒適量浸泡二十五天后，與當歸等八味置容器內，加剩余白酒密閉浸泡四十五～五十五天，濾過，即得。

功效：溫經祛風，活血化瘀。

用法：每日三～四次，每次十五～三十毫升，空腹飲用。

益氣補酒

配方：黃芪三十五克、黨參三十克、當歸三十克、熟地黃三十五克、茯苓三十五克、甘草二十四克、柴胡二十克、升麻二十四克、白酒一．五升

制法：上述諸藥，混合在一起，研成細末，用白紗布三層縫袋，裝入藥粉，扎口，置于酒中，浸泡六十天后，去渣留液，裝瓶備用。

功效：益氣升陽，調補脾胃。

用法：每日一次，每次十~三十毫升，臨睡前飲用。

靈脾地黃酒

配方：仙靈脾二百五十克、熟地一百五十克、酒一點二五升

制法：將藥碎細，用白紗布袋盛之，置于净器内，入醇酒浸泡、密封，春夏三次，秋冬五日后開啓，去掉藥袋，過濾裝瓶備用。

功效：補腎壯陽，祛風濕，强筋骨。

用法：每日隨量温飲之，常令有酒力相，但不得大醉。

養精種玉酒

配方：熟地黃、全當歸（酒洗）、山茱萸（蒸）、遠志肉、紫河車各五十克；白芍藥（酒炒）、核桃肉各六十克；甘杞子、菟絲子各三十克；五味子、香附、炒麥穀芽各二十克；酸石榴子、炙甘草、炒棗仁各十克；丹參十五克、白蜜三百克、米酒一升、高粱酒二升

制法：以上十六味，共爲細末，加白蜜、米酒、高粱酒、入瓷罐内和匀，封浸十五天后開啓，取上清液即成。

功效：養血益陰，調補肝腎。

用法：每日兩次，每次二十~三十毫升。

橘核川芎酒

配方：橘核四十克；牛膝、川芎各三十五克；當歸、桑寄生、杜仲各三十克；地黃二十五克；茯苓、防風各二十四克；細辛六克；白芍、甘草各二十克、白酒一升

制法：上藥洗净，共研細末，裝入紗布袋中，扎口置入白酒中，浸泡六十天后，過濾，去渣留液，裝瓶備用。

功效：補腎養血，祛風散濕。

用法：每日一次，每次十~二十毫升，以晨起進食前飲用佳。

麻子仁酒

配方：麻子仁、黑豆（緊小者）、鴿糞、垂柳枝各六十克；酒〇點七升

制法：先以酒七百毫升，煮柳枝至五百毫升，炒鴿糞、麻仁、黑豆等令黄，乘熱投入柳枝酒内，須臾去渣令净，裝瓶備用。

功效：和血脉，疏通經絡。

用法：每日臨卧空心服，每次温飲二十~三十毫升。

三仙酒

配方：桑椹、蜂蜜各六十克；鎖陽三十克、白酒一升

制法：將桑椹搗爛，鎖陽搗碎；兩藥共倒入净器中，入白酒浸泡，密封，七日后開封，過濾去渣；將蜂蜜煉過入藥酒中，拌匀，貯入瓶中，即可飲用。

功效：補腎養肝，益精血，潤燥。

用法：每日二次，每次空腹飲十~二十毫升，空腹温飲。

復方杜仲酒

配方：生杜仲、寄生、黃芩、雙花各一百克；通草五克、當歸五十克、紅花一克、米酒十升、糧白酒適量

制法：將藥洗净，共搗碎，用白紗布袋盛之，置净器中，入米酒浸漬，密封，七~十四日后開啓，去掉藥袋，過濾，補加糖白酒至十升即得。

功效：鎮静、降壓。

用法：口服。成人每次十五~二十毫升，每日二次，小兒酌减。果蔬過口。

螞蟻酒

配方：螞蟻三十克、白酒〇點五升

制法：將螞蟻搗碎，用白紗布袋盛之，扎口，與酒共置于瓶中，封口，二十一日后開啓，即可飲用。

功效：補腎益氣，强筋壯骨。

用法：每日二次，每次十毫升，空心飲服。

薄荷酒

配方：薄荷油十克、米酒五十毫升、好黃酒(煮)〇點〇五升

制法：將薄荷油與米酒、黃酒兑在一起即可。

功效：疏風，清熱，闢穢，解毒，健胃，清咽，透疹。

用法：每日二次，每次十~二十毫升，早晚空腹飲用。小兒每用一次。

滋陰補血酒

配方：當歸九十克、枸杞子七十五克、何首烏五十克、大棗五十枚、白酒〇點五升

制法：大棗去核，與當歸、枸杞子、何首烏共入白酒内浸泡，一周后即可飲用。

功效：補血養陰。

用法：每日一次，于午飯時隨意佐餐飲之。

鷄冠花酒

配方：白鷄冠花(曬干爲末)一百八十克、米酒一升

制法：將白鷄冠花末連同米酒一同置瓶中浸泡，封口；五~七日后開啓，過濾去渣，即可飲用。

功效：凉血止血。

用法：每日一次，每次三十~五十毫升，清晨温飲。

復方香蟲酒

配方：九香蟲、五味子、肉豆莞各三十克；黨參二十克、白酒一升

制法：以上四味，共搗粗末，用白紗布袋盛之，置于净器中，入白酒浸泡，密封；一十四日后開啓，去掉藥袋，過濾去渣，即可飲用。

功效：温補脾腎，散寒止瀉。

用法：每日二次，每次十~十五毫升，空腹温飲。

獨活參附酒

配方：獨活、制附子各三十五克；

黨參二十克、白酒一升

制法：將上藥搗細末，用白紗布袋盛之，置于净瓶中，入白酒浸泡，封口，春夏五日，秋冬七日開啓，去渣即可飲用。

功效：散寒除濕，温中止痛。

用法：隨量飲服，宜常令有酒氣相續。

風濕骨痛酒

配方：老鸛草六百克；丁公藤三百克；桑枝、豨草各一百五十克；白酒若干

制法：以上四味，加常水煎煮兩次，第一次二小時，第二次一小時，合并藥静置沉澱，過濾，濃縮。每五十升濃縮液加入白酒八十升，每日充分攪伴一次，連續三天，静置，取上清液備用。沉澱物壓榨，榨出液静置沉澱，濾過，濾液與上清液合并，濾過即得。

功效：祛風濕，通經絡。

用法：每日三次，每次十五毫升，口服。

蠶砂酒

配方：蠶砂一百五十克(炒半黄色)、無灰酒一壺(約一公斤)

制法：上二味，共入壺内，重湯煮沸，澄去砂。

功效：主治月經久閉。

用法：每温飲一盞。

治蛇咬傷藥酒

配方：了哥王根九十克、兩面針根一百二十克、酸藤根六十克、蝦辣眼根七十五克

制法：上藥加米酒(三十度)浸過藥面，浸經七~十日，即可。

功效：用治毒蛇咬傷。

用法：口服，每次十毫升，每日二~三次。亦可外用，傷口局部進行消毒，切開排毒后，自外向傷口周圍塗擦藥酒，每日四~五次。

羊骨酒

配方：羊脛骨一副

制法：槌碎，武火快速醋炙。入酒一公斤中浸經五~七日，開取。

功效：除濕熱，止腰脚筋骨痛。補腎，强筋骨。

用法：每晚酌飲一杯，酒后避風寒。慎房事。

丁公藤酒

配方：丁公藤二百克、五十度米酒適量

制法：將藥切細，蒸半小時，加入五十度米酒浸漬十五天，濾取一千毫升浸出液即得。

功效：主治風濕性腰腿痛。

用法：口服。每服十五~二十毫升，每日二次。

絲瓜根酒

配方：絲瓜根五棵、黄酒一百毫升

制法：取絲瓜根五棵，洗净切細搗

爛，用水一大碗煎八分，去渣候温。視冷暖適口，用黃酒二兩衝服之。

功效：清熱利濕。主治黃疸，眼睛、周身黃如金色。

韭子酒

配方：韭子六十克、白龍骨二百克

制法：上二味，共細末，入酒一公斤浸泡十五日后開取。

功效：治腎元虛冷，真氣不固，睡即泄精。

用法：每日空心飲服一次，三十~五十毫升。

安神酒

配方：黃精、肉蓯蓉各二百五十克；糧白酒五公斤

制法：冷浸五~七日。

功效：壯陽，益精。用治神經衰弱等。

用法：口服，每次二十五~五十毫升，每日二次。

蒜姜酒

配方：獨蒜(大者)一顆、生姜(細碎)九克

制法：上二味，研碎，以黃酒三百毫升調浸，去滓。

功效：治胃瘧，饑不能食。

用法：未發時旋服之。

白果酒

配方：白果(銀杏)一百二十克

制法：取白果仁，除去硬殼，揀凈雜質，研，每取六克。

功效：主治乳癰潰爛。

用法：酒一杯衝服之。

荔枝草酒

配方：荔枝草(一握)約九十克、黃酒二碗

制法：上二味，共煎取一碗，去渣温服，取汗出。

功效：治蛇咬、犬傷及破傷風。

胃痛藥酒

配方：地榆六十四克、青木香六十四克、白酒一千毫升。

制法：取藥材切碎，如白酒按浸漬法制備。

功效：行氣消脹緩痛，用于慢性胃炎。

用法：口服。每次十毫升，早晚各一次。

牛膝酒

配方：牛膝(莖葉)一把(切)、黃酒六百~七百毫升

制法：煎酒至沸，去渣飲酒。或與曲、米適量釀酒成。

功效：治老瘧久不斷。

用法：温分兩服，令微有酒氣。若未愈，更作飲服。

雪蓮酒

配方：雪蓮花、黨參、丹參各三十

克；秦艽、玉竹各二十克；黃柏、五味子、甘草各五克；

制法：上八味，爲粗末，加白酒或黃酒一公斤，泡七日，澄清即得。亦可酌加大棗或冰糖調味。

功效：治風濕性關節炎，婦女小腹冷痛，痛經等。每服二十毫升，一日二次。

强身藥酒

配方：黨參(炒)一千克；五加皮、牛膝、生地黃、桑寄生、熟地黃、女貞子(酒制)、鷄血藤、白術(炒)、木瓜、丹參、山藥、澤瀉、六神曲(焦)、山楂(焦)、麥芽(炒)各五百克；制首烏七百五十克；香附(制)、陳皮、半夏(姜制)、桔梗、大棗各二百五十克；紅花一百二十五克、

制法：以上二十三味，加入白酒八十六公斤作溶媒，分兩次熱回流提取，每次二小時，然后回收藥渣内余酒，合并酒液，濾過，靜置沉澱，濾取上清液，即得。

功效：强身活血，健胃。用于身體衰弱，神倦力乏，脾胃不和，食欲不振。

用法：口服。一次十五～二十五毫升，一日二次。

舒筋活血酒

配方：石斛、紅花、秦艽、石菖蒲、鷄血藤、鳳眼草、麻黃、五加皮、炙甘草、防風、桂枝各一百二十五克；忍冬藤、桑枝(酒炒)、骨碎補、萆薢、蠶砂(炒)、接骨西、威靈仙、淫羊藿、龍骨(煅)、丹參、蒼術、菟絲子、復盆子、木瓜、桑寄生、蒺藜、女貞子(鹽水炒)、紅棗、香附(制)各二百五十克；烏梢蛇、片姜黃各六十三克；烏藥十二克、狗脊五百克

制法：以上三十四味，爲粗末，用白酒八十二公斤作溶媒，浸漬四十八小時后，按流浸膏劑與膏劑項下滲漉法緩緩滲漉，收集滲漉液，靜置沉澱，濾過，加入砂糖四公斤溶化，靜置沉澱，濾過，分裝即得。

功效：溫補氣血，舒筋活絡。用于氣血氣損，風寒濕痹，并節痛，手足拘攣。

用法：口服，一次十五～三十毫升，一日二次。

蛇傷藥酒

配方：黃連十二克、入地金牛根皮九十克、細辛八克、吴萸、雄黃、五靈脂各四十四克；黑皮蛇、白毛蓮、金果欖各三十四克；大黃、白芷各五十六克；坑邊藕、七荊芥各一百一十二克；七星劍、山白菜各八十克；巴豆葉十克、海底銀針一百二十克、九里香葉六十八克、黃柏二十四克

制法：取上藥三分之二量，搗碎混勻，加米酒二千克，浸二十日后過濾，濾液再浸其余三分之一藥物，又浸二十五天，過濾即得

功效：解毒消腫。用于各種毒蛇咬

傷中毒

用法：口服。輕症每次服三十毫升，每日一次。重症每次六十毫升，每二~三小時服一次。外敷。可用藥棉，紗布，潔净衛生紙滲藥酒濕敷，敷前切開傷口以蒜頭(或辣椒)輕擦，自上至下，至出血爲度。

羊脛骨酒

配方：取羊脚爪一副、白酒二公斤

制法：將羊脚爪，剥去皮毛，洗净瀝干，放鍋内，武火以酒、醋炙酥，香油少量炙片刻，取出，破碎裂，置净器中，入酒二公斤浸泡月余，取飲。若無羊脛骨，或以狗脛骨代之。

功效：補肝腎，健腰脚，固牙齒。用治筋骨疼痛，腰膝無力，牙齒動摇。

用法：每飲一杯，每日二次。

蘄蛇藥酒

配方：蘄蛇十二克、羌活六克、紅花九克、防風四克、天麻六克、五加皮六克、當歸六克、秦艽六克

制法：將上藥粉碎成粗粉，加白糖一百克，共入白酒一公斤内浸泡，夏五日，冬十日，澄清即得。

功效：祛濕通絡，用于風濕性或類風濕性關節炎、關節疼痛等症。

用法：每服三十~五十毫升，每日二次。

復方紅花蘇木酒

配方：紅花五百克；蘇木、兩背針(皮)各二千五百克；百分之五十食用乙醇七點五公斤、高粱酒七點五公斤

制法：浸泡十五天，濾過即得。

功效：活血祛瘀，消腫止痛。用于跌打損傷引起的瘀血腫痛。

用法：每次服二十~三十毫升，每日二次。外用適量，擦患部至有灼熱感。

龍岩風濕酒

配方：岩陀、過山龍、五香血藤各十七克；透骨草十三克 玉帶草三克、大棗三十五克

制法：上六味搗碎，用白酒一公斤浸泡十日，濾取浸液，藥渣繼續用白酒五百毫升浸泡五天，濾取浸液，合并兩次濾液，混匀收貯備用。

功效：祛風利濕，舒筋活絡，用于跌打損傷及風濕性關節炎。

用法：早晚温服兩小杯。

小關桃酒

配方：小關桃(根或果實)三十克

制法：取小羊桃根或果實三十克，搗絨，加米酒三十毫升拌勻，熟水一杯衝和，澄清后去渣飲汁。

功效：清熱利濕，補虛益損。用治吐血。

威靈仙酒(一)

配方：威靈仙根(鮮)、紅糖各五百克

制法：先將威靈仙根切碎，置鍋内加八倍量水，煎煮一不時取汁，過濾，再加少許水，煎煮藥渣半小時，取汗過

濾，合并濾液。放入紅糖、并投白酒一百克，與前藥汁同煎煮片刻，即得。

功效：祛風除濕，主治絲蟲病。

用法：日服二次，早晚服，連服五日服完。小兒酌減。

淡竹葉酒

配方：淡竹葉一公斤、糯米四公斤、曲適量

制法：四五月采收未開花之淡竹葉，揀去雜質，去須根，切段曬干，備用。冬春秤取一公斤，水煎汁，用糯米四公斤炊飯，連汁拌曲末（甜酒藥）適量，釀如常法，待酒熟壓榨去糟。

功效：清熱利尿，清心暢意。主治心煩口渴，小便赤澀，口舌生瘡、鼻衄等。

用法：不拘時徐徐飲之，熱解病愈爲度。

白丑酒

配方：白丑（白牽牛仁，研）十克、水一杯、米酒一杯。

制法：以上三味，共入砂鍋煎煮，取湯汁內服。

功效：治梅毒、橫痃。

用法：頓服之。以愈爲度。

忍冬酒

配方：忍冬藤（生用）一百八十六克、大甘草節三十七克

制法：上二味，用水二碗煎得一碗，入無灰好酒一碗，再煎數沸去渣，分三服。

功效：治一切癰甚效。（仍以麥飯、神异二膏敷貼。）

用法：一晝夜用盡，病重晝夜兩劑，至大小便通利爲度。另用忍冬藤一把爛研，入酒少許，敷四周。

梅花酒

配方：忍冬藤四十克、栝蔞根、甘葛根、川芎、烏梅、綿黄芪（炒）、甘草、蘇木各十克

制法：上八味，水一碗、米酒一碗，共煎服汁。

功效：解消熱毒，防毒內攻。

跌打風濕酒

配方：勒黨根、小顆薔薇根各四十六克；山花椒根二十四克、三花酒（五十度）五百克

制法：按浸漬法浸十五日，澄清即得。

功效：散風祛濕，活血止痛。用于急性扭挫傷、風濕性關節痛，腰部勞損。

用法：急性扭挫傷：口服，首次一百毫升，以后爲每次飲五十毫升，每日二次。同時適量外擦。

風濕性關節痛、腰部勞損：晚睡時服一百毫升，或每日二次每次五十毫升，一百二十天爲一療程，病重者可連報一～二個療程。出現因喉燥熱，停藥數天后可繼續服用。

臨汝藥酒

配方：當歸、高良姜、丁香各二百五十克；生草烏七百五十克

制法：取丁香制成粗粉，余藥切片，混合裝入袋內，加六十度白酒六千毫升，密閉，水浴加熱，使內溫度達六十五~七十攝氏度，保持二十四小時，降至室溫，過濾，壓榨殘渣，合并濾液與壓榨液。另取紅糖一千克，炒至棕色味苦，加入酒內攪勻，靜置五~七天，紗布過濾，取澄清液灌裝，燈檢，包裝即得。

功效：溫中散寒，活血祛風。用于風濕麻木、腰背冷痛，半身不遂，口眼歪斜，產后中風。

用法：口服，一次一毫升，一日二次，早晚空腹服，白開水送下。

地龍酒

配方：地龍(蚯蚓，去泥洗凈)五條、荸薺二十克

制法：上二味，拌絞取汁，同灑適量合和煎數沸，去渣候溫。

功效：清熱解毒，鎮痙通絡。主治出疹血熱毒盛，黑陷不起。

用法：頓服。

養血愈風酒

配方：防風、秦艽、川牛膝、蠶沙、白術(炒)、蒼耳子、當歸、萆薢各十八克；紅花、羌活、鱉甲(制)、陳皮各九克；白茄根、枸杞子各三十六克；杜仲(炒)二十六克、白糖七十克、白酒五公斤

制法：浸漬去，浸經五~七日，取上清液即得。

功效：祛風活血，用于風寒而引起的四肢淩麻，筋骨疼痛，腰膝軟弱等症。

用法：適量服用，每次不超過一百二十五毫升。

九層風酒

配方：九層風、紅魚眼各四十五克；三根風、山大鳳各三十克

制法：上四味，混勻，加五十五度三花酒二點五十二公斤浸漬十五天，取上清液即得。

功效：祛風勝濕。用于風濕性關節炎。

用法：如病人能飲酒而又無禁忌症，則給予內服藥酒，每次二十毫升，每日二次，約五十日爲一療程。若病人不宜飲酒(如肝炎、消化道瘍高血壓等)則采用水煎劑，劑量爲原來每劑浸酒量的四分之一，分早晚兩次服。

風痛藥酒

配方：丁公藤十九點二公斤；白芷、青蒿子、桂枝、威靈仙各一點六公斤；五加皮、小茴香、防已、羌活、獨活各一點二公斤；當歸、川芎、建梔各一公斤；麻黃三點二公斤、白酒(五十度)一百九十二公斤

制法：以上十五味，除白酒外，先將余藥和勻，加入白酒密封浸漬，夏秋四十五天，春冬六十天，濾取上清液，將藥渣壓榨，榨出液與浸液合并，靜置四天，濾過即得。

功效：祛風通絡，散寒止痛。用于風濕寒痹、四肢麻木，筋骨痛，腰膝乏力，老傷復發。

用法：口服，常用量每次十五毫升，每日三次。

玉藤酒

配方：飛龍掌血、黑骨頭、玉葡萄根、四塊瓦、虎仗、杜仲、大血藤、大發汗、吹風散各五十克；白酒(五十度)五千毫升

制法：取上述前九味，洗净，切片，干燥，用白酒浸泡，淹過藥面，第一周內每天攪拌一次，浸泡四周，濾過。共得濾液約四千毫升。

功效：舒筋活血，祛風除濕。用于風濕性關節炎。

用法：每服十~二十毫升，早晚各一次。

二冬二地酒

配方：天門冬、生地、熟地、山藥、牛膝、杜仲(姜汁炒)、巴戟天(去心)、枸杞子、山萸肉、人參、白茯苓、柏子仁各六十克；麥冬九十克；菟絲子、肉蓯蓉各一百二十克、五味子、木香、遠志肉、澤瀉各三十克；復分子、車前子、地骨皮各四十五克；石菖蒲、川椒各二十克

制法：以上二十四味，共細碎，夏白布寬扎，置于净器中，用好酒三~五公斤浸泡一、二星期后開取。可隨飲隨添酒，味薄即止。

功效：補腎添精，安神定志。用治腎濾精虧，中年陽痿，老人視物昏花，神志恍惚等。

用法：每早、晚空心服一小杯。

蟲草酒

配方：冬蟲、夏草各二十克

制法：取冬蟲夏草數枚，約二十克，研碎，浸白酒一公斤內，半月后取服。

功效：滋肺益腎，止咳化痰。治陽痿遺精，勞嗽痰血、盜汗、肺結核、年老衰弱之慢性咳喘、病后久病不復等，久服效佳。

用法：每日服一盅。飲完可再加酒浸泡。

五木皮酒

配方：楊樹皮、柳樹皮、槐樹皮、桑樹皮、松樹皮各一百五十克

制法：于空氣清鮮潔净處，取以上五種樹皮去粗皮切絲，置净器內，加入糧酒或食用酒精(五十度)五升，密封，浸經三~五日，時加振搖，濾過即得。

功效：散風止痛，用于大骨節病，關節炎。

用法：每日二~三次，每次飲三十~五十毫升，酒有木性味，可酌加冰糖或柬少許調味。

半楓荷酒

配方：半楓荷、五加皮、廣陳皮、何首烏、千斤拔、當歸各三百七十五克；

橘紅皮、熟川烏、牛膝各二百五十克

制法：以上九味，共切片，放釉壇中，加入五十~六十度白酒五十公斤，密封浸泡二十天，去渣濾清即得。

功效：祛風濕，強筋骨，止疼痛。用于腰肌勞損，關節扭傷，類風濕脊椎炎等。

用法：成人每日服二次，每次服半兩至一兩。婦老酌減。

長寧風濕酒

配方：當歸一百二十克；土茯苓、威靈仙各九十克；生地、防已、紅花各六十克；木瓜三十克

制法：以上藥材用高粱酒六十度一千五百毫升浸泡三周后，取濾液；藥渣再加水煎煮后，過濾去渣取藥汁；另有蝮蛇、眼睛蛇，赤鏈蛇(均用活蛇)各○點五公斤，分別浸酒一公斤，三周后瀝出，等量混合爲三蛇酒。將藥酒、藥汁、三蛇酒三者等量混合即爲長寧風濕酒。

功效：散風活血，祛濕止痛，用于類風濕性關節炎。

用法：口服。每次十毫升，每日三次。

水蓼釀酒

配方：水蓼一公斤

制法：以蓼煎汁，和曲、米酌量釀酒，酒成去糟渣。

功效：清熱利濕，止血。主治泄瀉痢疾，水腫，月經過多。

用法：每日三次，每服一~二小杯。

七星劍酒

配方：七星劍(全草)十五克

制法：取七星劍，干者十五克(或鮮者三十克)，水一碗，煎微沸，再入米酒或三花酒一杯，再微沸，(不宜久煎)去滓候温備用。

功效：治癲狗、毒蛇、惡物咬傷。

用法：乘熱頓服之每日二~三次。藥渣濕敷患處。首次量宜大些，待症狀好轉后，可適當減小劑量。

蠶蛹煮酒

配方：蠶蛹三十克

制法：取蠶蛹(由蠶繭繅絲后取出曬干或烘干)三十克，以米酒一中盞，約二百毫升，水一大盞，約四百毫升，同煮取一中盞，澄清，去蠶蛹服之。

功效：治消渴熱，或心神煩亂等症。

海風藤藥酒

配方：海風藤、追地風各一百二十五克；白酒(四十~六十度)適量。

制法：浸漬法，制成一千毫升。

功效：祛風利濕，通絡止痛。用于風濕性關節炎，亦可用一支氣管哮喘、支氣管炎。

用法：口服。每次一十毫升，每日二次，早晚空腹服，服時不可加温，否則失效。

枸杞共菊花酒

配方：枸杞子五百克、甘菊花二十克、麥冬一百克、曲二百五十克、糯米一十五斤

制法：上三味，同煮爛，取汁和曲、米如常法釀酒。酒熟后壓去糟，收貯備用。

功效：補腎養精，養肝明目。止泪。

用法：每日早晚各服一次，每次飯前飲一～二小杯。

續筋接骨酒

配方：透骨草、大黄、當歸、芍藥、土狗、紅花各十克；丹皮六克、生地十五克、土虱三十克、自然銅(末)三克

制法：將土狗槌碎。上藥中除銅末外，其他共搗粗碎，以三百五十毫升好酒煎取一半，去渣，候温備用。

功效：接骨續筋、止痛。

用法：將其分做三份，每日用一份藥酒送服銅末一克

牛膝參歸酒

配方：牛膝三十克；黨參、當歸、香附各十五克；紅花、肉桂各九克；白酒半公斤

制法：將上藥切碎，浸入酒中，容器密封七天即成。

功效：益氣活血。

用法：早、晚各用一次，早五～十毫升，晚十～二十毫升，服至月經來潮爲止。如果身體强壯，能够耐受，也可適度增飲二十～三十毫升，有利于縮短療程。

月季花酒

配方：月季花一十二朵、黄酒適量

制法：將月季花燒灰存性。

功效：行氣活血。

用法：黄酒送服。

葫蘆酒

配方：苦葫蘆子三十克

制法：將上藥搗碎并置于净瓶中，以一百五十毫升之醇酒浸泡，經七日后開口，去渣備用。

功效：通竅。

用法：少少的納入鼻中，每日二～四次。

愈癬藥酒

配方：苦參子、土荆皮、花椒、樟皮、白芨、干姜、百部、檳榔、木通各三十克

制法：上藥，共搗碎，布包，置于净瓶中用高梁酒一斤半浸泡，經三～五日，去渣備用。用毛筆醮塗患處。

功效：清熱，除濕，攻毒，殺蟲，止癢。

用法：一日二次，至愈爲度。

楝脂二香脬酒

配方：猪脬一枚大、小茴香、補骨脂、川楝子各等分 酒適量

制法：將猪脬洗净入大茴香、小茴

事

香、補骨脂、川楝子各等分填滿，放適量鹽，用酒煮熟，食肉。

功效：温補肝腎，散寒。

用法：其藥焙干爲末，每次二克，用酒衝服。

板藍根酒

配方：板藍根二百克

制法：將板藍根以白酒二百五十克煎，分多次服完。

功效：清熱解毒，排毒療傷。

化瘀止痛酒

配方：生地黄汁二百五十毫升；酒一斤；丹皮、肉桂、桃仁各三十克

制法：將肉桂去粗皮，桃仁去皮尖炒。將丹皮、肉桂、桃仁共搗爲細末，并與生地黄汁、酒同煎數十沸，候温，去渣備用。

功效：通經化瘀，止痛。

用法：每次温服一~二小杯，日服三次，不拘時。

僵蠶豆淋酒

配方：黑豆、僵蠶各二百五十克；酒一千克

制法：將黑豆炒焦，以酒淋之，絞去渣，貯于净器中，將僵蠶投入酒中，經五日后取用。

功效：祛風。

用法：每日二次，夜一次，每次温飲五十毫升。

烏須酒

配方：秫米三十斤、淮曲十塊、麥門冬二百四十克、天門冬六十克、人參三十克、生地黄一百二十克、熟地黄六十克、枸杞子六十克、何首烏一百二十克、川牛膝三十克、全當歸六十克

制法：將麥門冬、天門冬去心，九味共搗碎細，將秫米煮爲粥，同曲并藥同入缸内，釀之，令酒熟，去渣，貯入净瓶中。

功效：補氣血，助精神，澤肌膚，悦容顔，烏須發，强腰膝，久服體壯。

用法：每日清晨飲一~二盅。

桃仁生地酒

配方：生地黄汁五百克、酒一斤、桃仁三十克

制法：將桃仁去皮尖另研膏。將生地黄汁并酒煎令沸，下桃仁膏再煮數沸，去渣，收貯備用。

用法：每次温服一杯，不拘時。

百草霜酒

配方：百草霜九克

制法：將百草霜以水衝服。

功效：止血救逆。

桂花酒

配方：桂花五十克、白酒五百克

制法：一、將桂花洗净，除去雜質，放入酒壇中；二、將酒倒入盛有桂花的酒壇中，拌勻，蓋上蓋，封嚴，每隔二天拌攪一次，浸泡一十五天即成。

功效：散冷氣，消瘀血，止腸風。

用法：每日服二次，每次十～一十五克。

蠶繭酒

配方：蠶繭三克

制法：將上藥研細爲末。

功效：活血散瘀。

用法：以熱酒調服。

佛手酒

配方：佛手片、干荸薺、蓮子肉、紅棗、柿餅、橄欖、桂圓、薏苡仁各三十克

制法：上藥用大麥燒酒五斤浸泡干淨瓶中，經七日后，去渣備用。

功效：養中和胃。

用法：每日三次，每次空腹溫飲一～二杯。

養榮酒

配方：白茯苓、甘菊花、石菖蒲、天門冬、白術、生黃精、生地黃各五十克；人參、肉桂、牛膝各三十克

制法：將上藥搗細，以白夏布袋盛貯，置淨器之中，以釀酒三斤浸之，春夏三日，秋冬七日開取，去渣。

功效：補虛損，壯力氣，澤肌膚，久服益壽。

用法：每日早、晚各一次，每次空心溫飲一酒盅。

苓術酒

配方：白術二斤、白茯苓一斤

制法：將上藥共去皮搗碎，以常流水二十斤漬之三十日取汁，露一夜，浸曲、米適量釀酒。亦可以白術一斤、白茯苓半斤、黃酒五斤浸泡之，一十余日后去渣備用。

功效：補脾燥濕，和中祛痰。

蜂房金蠅酒

配方：露蜂房、金蝎各二十克；山慈菇、白僵蚕各二十五克；蟾蜍皮十五克

制法：將上藥共搗碎，置于淨器中，以四百五十毫升浸泡，七天后開取。

功效：攻毒，殺蟲。

用法：日服三次，每次空腹飲十～十五毫升。

貝母酒

配方：川貝母七枚

制法：將藥研細末以酒調服。

功效：潤肺散結。

用法：每服一劑。

二根茴香酒

配方：茶樹根、凌霄花根、小茴香各十五克

制法：于月經來時，將前二味同適量黃酒隔水炖二～三小時，去渣加紅糖和服。月經淨后的第二天，將后一味藥炖老母鷄，加少許米酒加食鹽服食。

功效：健脾補腎，溫經散寒，調經助孕。

用法：每月一次，連服三個月。

魚灰酒

配方：鯉魚頭五校、黃酒五百毫升

制法：將魚頭在瓦上燒灰，細研爲末，以酒同煎數沸后，去渣備用。

功效：通乳。

壁虎酒(二)

配方：壁虎一對

制法：將壁虎焙干研爲細末，

功效：清肝瀉火，祛風定驚。

用法：以白酒吞服，每日三次，七日爲一療程。

金牙防風酒

配方：金牙石、莽草、茵芋各二十克；細辛、防風、蛇床子、炮姜各二十五克；生地三十五克、制附子三十克；獨活、牛膝、石斛各四十克

制法：金牙石以四川産爲佳，上藥共搗碎置净瓶中，用酒三斤浸之，封口，經七日后開取，去渣。

功效：宣壅逐濕，祛風，濕中。

用法：每次于食前，隨量温飲。

櫻桃酒

配方：鮮櫻桃二百克、白酒五百克

制法：將櫻桃去雜質，洗净，置壇中，以酒浸泡，密封，每二~三日攪拌一次，泡十五~二十天即成。

功效：益氣，祛風濕。

用法：每日服二次，每次十五~二十克。

丹參酒

配方：丹參九克

制法：將丹參研爲細末。

功效：活血散瘀。

用法：以酒調服。

浮萍酒

配方：鮮浮萍六十克

制法：將鮮浮萍洗净搗爛，以二百五十克醇酒浸泡于净器之中，經五日后開封，去渣備用。

功效：祛風止癢。

用法：取適量塗擦患處。

青梅煮酒

配方：青梅三十克、黃酒一百毫升

制法：將青梅去雜質，洗净，裝入瓷杯，以黃酒浸之。將瓷杯入鍋蒸二十分鐘即成。

功效：收斂生津，安蛔驅蟲。

用法：每日報二次，每次十~三十毫升。

助陽酒

配方：黨參、熟地、枸杞子各一點五克；沙苑蒺藜、淫羊藿、母丁香各十克；遠志肉、沉香各四克；荔枝肉七個

制法：將上藥用白布袋盛，用酒二斤浸于净器中，密封口。三日后放熱水煮一十五分鐘，再放冷水中去火毒，過三周即制成。

功效：補腎壯陽。

用法： 每日早、晚各飲一~二小杯。

巴戟熟地酒

配方： 巴戟天六十克、熟地黃四十五克、枸札子三十克、制附子二十克、甘菊花六十克、蜀椒三十克

制法： 將巴戟天去心，蜀椒去目并閉口者炒出汗。上藥共搗碎，盛于净瓶中，用醇酒三斤浸之，封口，經五日后開取。去渣。

功效： 補腎壯陽，悅容顏，長肌肉。

用法： 每日、早、晚各一次，每次空心溫飲一~二小盅。

楂糖酒

配方： 山楂 紅糖各六十克、白酒三十毫升

制法： 文火將山楂炒至略焦，離火加酒攪拌，再加水二百毫升，煎十五分鐘，去渣加紅糖趁溫一次服。

功效： 止痢。

用法： 每日一劑。

黨參酒

配方： 老條黨參一只、酒一斤

制法： 將黨參拍爛置于瓶中，注酒浸之，封口七日后取用。

功效： 補中益氣，健脾止瀉。

用法： 隨量飲之，佐膳更佳。酒盡再添，味薄后取參食之。

丁香山楂酒

配方： 黃酒五十毫升、丁香二粒、山楂六克

制法： 將黃酒放在瓷杯中，加入丁香，山楂，把瓷杯放入鍋中蒸炖十分鐘，趁熱飲酒。

功效： 溫中止痛。

玫瑰露面

配方： 鮮玫瑰二百五十克、白酒一千五百克、冰糖二百克

制法： 將花浸入酒中，同時放入冰糖，浸月余，用瓷壇或玻璃瓶貯存，不可加熱。

功效： 疏肝理氣，止痛和胃。

用法： 每日次一~二盅。

核桃酒

配方： 青核桃六斤、白酒十斤

制法： 將青核桃搗碎，浸泡二十~三十天服用，

功效： 止痛。

用法： 每服十~十五毫升，日服三次。

姜附酒

配方： 干姜六十克、制附子四十克

制法： 將上二味藥，共搗碎細，置净器中，以一斤黃酒漬之，密封，經七天后開取，去渣備用。

功效： 溫中散寒，回陽通脈，溫肺化飲。

用法： 每次食前溫服一~二杯，日

服三次。

地黃牛青酒

配方：熟地青一百克、萬年青一百五十克、黑桑椹一百二十克、黑芝麻六十克、淮山藥二百克、南燭子三十克、花椒三十克、白果一十五克、巨勝子四百五十克

制法：將上藥共搗碎細，白夏布包貯，置净器之中，以好酒四斤浸之，七日后開取，去渣備用。

功效：補肝腎，烏須發，久服聰耳明目。

用法：每早、晚各服一次，每次空腹温飲一～二杯。

山萸蓯蓉酒

配方：山蕷二十五克；肉蓯蓉、菟絲子各六十克；五味子三十五克、杜仲四十克；川牛膝、白茯苓、澤瀉、熟地黃、山萸肉、巴戟天、遠志各三十克

制法：將杜仲微炒，上二十味藥，共搗碎，置净器之中，以醇酒四斤浸之，密封，春夏五日，秋冬七日后開取，去渣備用。

功效：補肝腎，暖腰膝，安神定志，充粗補腦。

用法：每日早、晚各服一次，每次空腹温飲一～二小盅。

補精益老酒

配方：熟地黃一百二十克、全當歸一百五十克；川芎、杜仲、白茯苓各四十五克；甘草、金櫻子、淫羊藿各三十克；金石斛九十克

制法：九味共碎爲粗末，用白袋盛，置于净器中，浸入好酒三斤，封口，春夏七日，秋冬十四日開取。去渣備用。

功效：補虛損，益精血，久服益老人。

用法：每早、晚各一次，每次空腹飲一～二杯。

脾腎兩肋酒

配方：白術、青皮、生地、厚樸、杜仲、破故紙、廣陳皮、川椒、巴戟肉、白茯苓、小茴香、肉蓯蓉各三十克；青鹽一十五克、黑豆六十克、

制法：將白術土炒，厚樸、杜仲分別以姜汁炒，破故紙，黑豆分別微炒，廣陳皮去净白。上十四味，共搗爲粗末，白夏布或絹袋貯，置净器中，用高梁酒三斤浸，封口，春夏七日，秋冬一十日后開取。

功效：添精補髓，健脾養胃，久服身體健康。

用法：每早、晚空心温服一～二杯。

松鶴補酒

配方：人參七百克、靈芝二百五十克、玉竹二千克、山藥二千克、茯苓一千五百克、麥冬一千五百克、澤瀉一千五百克、熟地五百克、山茱萸一百克、丹皮一百五十克、紅曲五百克、五味子五十

克、白酒二萬克

功效：滋補肝腎，益氣安神。

用法：市售成藥，適量飲用。

康寶補酒

配方：首烏、刺五加、黨參、砂仁、淫羊藿、典精、桑椹子、黃芪、枸杞、熟地等味藥均量

制法：上十味研末浸酒，十日后開啓飲用。

功效：益腦補腎，强心健脾。

用法：市售成藥，口服一次三十~五十毫升，一日一~二次。

人參藥酒

配方：紅參、五味子、熟地黃各一百克；麥冬、當歸、淫羊藿各一百五十克；白酒五千克、

制法：以酒浸泡上藥。

功效：益氣補血。

用法：口服一次五~十毫升，一日二次，飯后温飲。

鹿茸酒

配方：鹿茸三十克、山藥一百二十克

制法：諸藥切細，用布袋盛，入清酒二斤，浸泡五日后開取。

功效：壯陽攝精。治陽痿，小便頻，遺精。

用法：每日早、晚各飲適量。隨添新酒。

南藤酒

配方：南藤一百二十克、清酒二斤

制法：藥切細入，入酒中浸七日后開取。

功效：主氣血，補衰老，起陽，强腰脚。

用法：每日二次，各飲適量。

烈節酒

配方：南藤、松節、牛膝、熟地黃、當歸各四十五克

制法：諸藥打細，用布袋盛，入清酒十斤，浸泡三日后開

功效：通絡止痛。治全身筋骨肌肉痛。

用法：每日三次，各温飲一杯。

小金牙酒

配方：金牙、細辛、莽草、防風、地膚子、地黃、炮附子、茵芋、川斷、蜀椒、蒴藋根各一百五十克；獨活五百克

制法：金牙搗末，另包。余藥打細，布袋盛，同入酒二十斤中，密封浸泡四日成。

功效：補虛損，温陽散寒。治風痓百病，虛勞濕冷，緩弱不仁，不能行步，用之多效。

用法：每日二次，各飲兩小杯。

南燭酒

配方：南燭葉并心子

制法：于三月采藥，于瓶中以童子小便浸滿瓶，密口一周年取用。

功效：益髭發及容顏，兼補暖方。

用法：每日一至兩次，取藥一匙，酒一杯中調服。

曲酒

配方：紅曲一百二十克、白酒五百克

制法：取曲揀去雜質，敲碎，以酒浸之，煎煮即得。

功效：活血通絡。治産瘀血、腹痛。

用法：去渣温服，每日二次。

破風酒

配方：川烏頭九十克、黑豆三百克

制法：將川烏與大豆同炒半黑，入清酒二斤，傾鍋內攪拌，濾滓取酒。

功效：祛風定驚。治産后中風，身如角弓反張，口噤不語。

用法：每服一杯，微出汗即得。若口不開拗開灌之。

紅花丹參酒

配方：紅花、丹參各三十克；當歸六十克、月季花十五克

制法：諸藥打細，用布袋盛，入清酒四斤，密封浸泡七日。

功效：活血調經。治月經不調，痛經。

用法：每日二次，各飲一杯。

復閭子酒

配方：復閭子六十克、桃仁一百克

制法：先酒浸桃仁去皮尖，再與復閭子黄研匀，入清酒二斤，浸泡五日成。

功效：活血調經。治月水不通，婦人縮有風冷，留血積聚。

用法：每日三次，各飲兩小杯。

當歸酒（一）

配方：當歸二百五十克、糯米二十五斤、曲適量

制法：以當歸煎汁，又煮米飯熟，將當歸并曲入其中拌匀，入瓮密封，發酵即得

功效：和血脉，堅筋骨，止諸痛，調經水

用法：去滓取清酒服，隨意飲用。

虎仗酒

配方：虎仗十克；甘草、菊花各三克；炒大豆、炒麥芽、炒穀芽各十五克

制法：諸藥打細，入水二斤煎煮，取出，加冰糖六十克攪溶，再加清酒六十克，去渣即得。

功效：健胃消食。治飲食不下、大熱煩躁，止渴利尿。

用法：隨意飲用，不醉爲佳。

女貞子酒

配方：女貞子二百五十克、白酒〇點七五升

制法：把女貞子置子净瓶中，用酒七百五十毫升浸泡，封口，五日后啓封，過濾，去渣備用。

功效：滋陰補腎，養肝明目。

用法： 每日二次，每次十～三十毫升，空心飲服。

逡巡酒

配方： 桃花、芝麻花各一百克；馬蘭花一百六十克、黄甘菊花三百克、桃仁四十九枚

制法： 將桃仁去皮尖，與余四味藥共陰干研碎，和白面作曲，紙包四十九日。用時，用曲一丸，熟面一塊，白水一杯，入净器内，封良久則成。如淡，再加曲一丸，酒成，去渣備用。

功效： 補虚，烏發，悦容顔，久服益壽。

用法： 任意服用，不拘時。

羊羔酒

配方： 嫩肥羊肉一千五百克、杏仁二百克、木香十五克、曲二百克、糯米五千克

制法： 將糯米如常法浸蒸，肥羊肉、杏仁(去皮光)同煮爛，連汁拌米，入木香與曲同釀酒。勿犯水，十日熟。壓去糟渣，收貯備用。

又法：嫩羊肉二千五百克蒸爛，酒浸一宿，入好梨七個，同搗取汁，和曲、米同釀酒。

功效： 健脾胃，益腰腎，大補元氣。

用法： 每日三次，每次十～三十毫升，空腹温飲。

吴萸酒(二)

配方： 吴茱萸五十克、黄酒一升

制法： 取吴茱萸(色緑，飽滿者爲佳)研爲碎末，置于瓶中，入黄酒浸泡，密封，三～五日后開啓，過濾后即可飲用。

功效： 温中止痛，理氣燥濕。

用法： 每日三次，每次十毫升，空腹飲用。

茴香酒

配方： 小茴香炒黄一百二十克、黄酒○點五升

制法： 將上藥與黄酒同置于净器中，上火，煮數沸，候凉，收瓶備用。

功效： 散寒止痛，開胃進食。

用法： 每日三次，每次十～二十毫升，飯前温飲。

苦參釀酒

配方： 苦參、童尿適量

制法： 取苦參適量，劈碎，以童尿煎汁，兑入等量净水，入糯米(使汁水浸過米上)作飯，拌曲(甜酒藥)如常法釀酒。

功效： 祛風痰濕熱，利血氣積。

用法： 每日二次，每次十～三十毫升。

猪胰酒

配方： 猪胰三千克、大棗一千克、白糖五百克、白酒七～八升、甜酒二～三升

制法： 將猪胰切成薄片，與大棗、白糖同置于小壇中，入白酒浸泡五日，不時攪拌，再加入米甜酒或封缸酒二～三

升，封口，三日后開啓，飲時取上清液。

功效：理肺，止咳平喘。

用法：不拘時温服，每次十～二十毫升，或飯后隨量飲之，以不醉爲度。

芥子酒

配方：白芥子二百五十克、白酒一升、黄酒二～三升

制法：將白芥子研成粗末，用白紗布袋盛之，置于净器中，入白酒浸泡三日，再入黄酒或米甜酒二～三升，再浸泡三日，去掉藥袋，澄清后即可飲用。

功效：温中散寒，利氣豁痰。

用法：每日三次，每次二十～五十毫升，空腹温飲。

五加皮酒

配方：五加皮一百五十克、當歸一百克、地榆三十克、川牛膝六十克、曲二百克、糯米五點五千克

制法：將五加皮煎汁，和曲、米如常法釀成酒，再把當歸、川牛膝、地榆浸酒中煮數百佛，去渣，過濾后裝瓶備用。

功效：祛風化濕，强筋通絡。

用法：每日三次，每次飲十五～二十毫升。

烏梢蛇酒

配方：烏梢蛇一條、酒〇點五升

制法：將烏梢蛇置净瓶中，用好酒浸泡三～四日，藥酒則成，或用烏蛇肉一條，袋盛，同曲適量置于缸底，糯飯蓋之，三～七日酒熟，去渣，將酒收貯瓶中。

功效：祛風通絡，攻毒。

用法：每日三次，每次服十～二十毫升。

白石英酒

配方：白石英(碎如大麻粒)、磁石(火煆令赤，醋淬，如此五遍)各三十克；酒〇點五升

制法：將藥搗篩爲粗末，用生白布袋盛之，置于净器中，入酒浸泡，密封，六日后開啓。

功效：祛風濕，利關節，安神聰耳。

用法：不計時，隨量温飲。服將盡，可更添酒。

薏苡仁酒(一)

配方：薏苡仁一百克、高粱米酒一點五升

制法：先將薏苡仁研成細粉，混入酒内，放砂鍋内加濕，熬煮十五分鐘，取出，冷却，密封三日。然后開啓，過濾，去渣留汁另裝瓶備用。

功效：健脾胃，强筋骨，祛風濕。

用法：每日一次，每次十～三十毫升，早晨空腹飲用爲佳。

瀕湖白花蛇酒

配方：白花蛇(一條，洗净，取肉)一百五十克；真羌活、當歸身、真天

麻、真秦艽、五加皮各七十五克；防風三十七克、白酒適量、糯米酒五升

制法：以上七味，各銼匀，以生絹袋盛之，入白酒于壇内，置胎安置。入糯米生酒醅浸藥袋，箬葉密封。安壇于大鍋内，水煮一日，取起，埋陰地七日取出(出火毒)，即得。另以滓日干碾末，酒糊丸梧子大。裝瓶備用。

功效：祛風活絡，解毒止痛。

用法：每日一～二次。每次飲藥酒十五至三十毫升；服藥丸五十粒(用煮酒吞下)。

蚺蛇酒

配方：蚺蛇一條、羌活三十克、白酒一升

制法：以上二味，共搗爲碎末，用白紗布袋盛之，置于净器中，用酒浸泡，封口；七日后開封，去掉藥袋，過濾備用。

功效：祛風活絡，解毒止痛。

用法：每日空心温飲十～十五毫升，臨睡前按上量再飲一次，以消爲度。

紅花血竭酒

配方：紅藍花、血竭各五十克；葡萄酒四升

制法：以上二味，共研細末，用白紗布袋盛之，入葡萄酒浸泡，封口；五～七日后開封，去掉藥袋，澄清后即可飲用。

功效：治血散瘀。

用法：每日二～三次，每次十毫升，徐徐咽下。

黄藥酒

配方：黄藥子五百克、無灰酒二點五升

制法：把黄藥子與無灰酒置于净瓶中，封口，以糠火澆一時，用火時不可多，惟燒至酒氣香味出，瓶口有津出即停火，候酒冷，過濾去渣，即可飲用。

功效：散結消癭，清熱解毒。

用法：每日二次，每次十毫升。勿絶酒氣，經三～五日自覺腫消停飲。

當歸紅花酒

配方：當歸三十克、紅花二十克；丹參、月季花各十五克；米酒一點五升

制法：以上四味，共研細末，用白紗布袋盛之，置于净器中，入米酒浸泡，封口；七日后開啓，去掉藥袋，澄清后即可飲用。

功效：理氣活血，調經養血。

用法：每日二次，每次十五～三十毫升，空腹温飲。

青苔酒

配方：青苔適量、酒適量

制法：取古墻北陰青苔衣，洗净，酒漬。

功效：解熱毒，散郁結。

用法：飲青苔酒適量。

桃皮酒

配方：桃皮五百克、秫米、曲適量

制法： 將桃皮煎汁，秫米蒸煮熟后瀝干，曲研細粉；然后將三者共入缸中，攪拌勻，封口，置保温處；十四日后開取，去糟渣，貯瓶備用。

功效： 利水，通便。

用法： 每日三次，每次二十～三十毫升，飯前温飲。

通草燈芯酒

配方： 通草二百五十克、燈芯三十克、秫米、曲適量

制法： 將通草、燈芯水煎取汁，秫術煮熟，曲研細粉；三者同入缸中，攪拌勻，密封，置保温處；十四日后開啓，壓榨去糟渣，裝瓶備用。

功效： 利水滲濕，清熱通經。

用法： 每日不拘量，徐徐飲之，以愈爲度。

川芎浸酒

配方： 川芎三十克、糖適量、白酒一升

制法： 將川芎洗净，搗爲粗末，用白紗布袋盛之，連糖一起置入净器中，入白酒浸泡，密封。五日后開啓，去掉藥袋，過濾后備用。

功效： 活血行氣，祛風止痛。

用法： 口服。每日二次，每次十～二十毫升。

大黄浸酒

配方： 大黄十二克、白酒〇點二五升

制法： 將大黄搗爲粗末，置于净瓶中，入白酒浸泡，七日后，過濾去渣，即可飲用。

功效： 瀉熱毒，破積滯。

用法： 每日二次，每次十毫升，飯前飲用。

天門冬酒（二）

配方： 天門冬五百克

制法： 冬月用天門冬去心煮汁，同曲，米適量釀酒。或用米酒三斤于净瓶中浸天門冬五日，去渣。

功效： 清肺降火，滋陰潤燥。

用法： 每服一～二小杯，常令酒氣相接，勿令大醉。

磁石酒

配方： 磁石十五克；木通、石菖蒲各二百五十克

制法： 將磁石搗碎，石菖蒲以米泔水浸一日切焙。上三味，共搗碎，用白夏布包，置于净器中，用酒二斤浸之，封口，夏三日，冬七日，去渣備用。

功效： 開竅，納氣潜陽。

用法： 每食后飲一～二小杯。

人參釀酒

配方： 人參三十克

制法： 將參搗爲末，同曲、米適量釀酒，或將人參全者一支，用酒一斤浸于净瓶中三～五日。

功效： 大補元氣，補脾益肺，生津止渴，安神增智。

用法：每早、晚各空腹飲一～二杯，酒盡后再添，味薄取參食之。

百部酒

配方：百部根一百克、白酒五百毫升

制法：將百部切炒，用酒浸于瓶中，經七日后開瓶備用。

功效：潤肺下氣，止咳殺蟲。

用法：一日三次，每次于食后徐徐飲十五～二十毫升。

縮砂酒(二)

配方：縮砂仁六十克、黄酒一斤

制法：將砂仁炒研爲粗末，夏白布袋盛，浸酒于浄瓶中，經三～五天開取。

功效：行氣和中，開胃消食。

用法：每日三次，每次食后温飲十五～二十毫升。

鷄冠花酒

配方：鷄冠花

制法：煎酒服用。赤痢用紅蓊，白痢用血花。

功效：止痢。

仙茅酒

配方：仙茅一百二十克、酒一斤

制法：將仙茅九蒸九曬后，置于浄器中，浸入酒浸泡，封口，經七日后開取。

功效：温腎壯陽，祛寒除濕。

用法：每日早、晚各空心飲十五～二十毫升。

薯蕷釀酒

配方：薯蕷二斤(或加：山萸肉、五味子各三十克；人參一點五克)曲三百五十克、糯米十二斤

制法：將薯蕷細研成粉，同曲、米如常法釀酒。(或用薯蕷片同山萸片、五味子、人參置于浄瓶中，用好酒四斤浸之，經七日開取，去渣備用。)

功效：補脾益瀉，固腎止瀉。

用法：每日早、晚各一次，每次空腹温飲一～二杯。

仙靈脾酒(一)

配方：仙靈脾二百五十克

制法：將藥切碎，用白布袋盛，用白酒二斤浸，密封三日后開取。

功效：補腎壯陽，祛風除濕，强筋骨。

用法：每日三次，每次空腹飲一杯。

白花蛇肉釀酒

配方：白花蛇一條

制法：用白花蛇肉，袋盛，同曲適量置于缸底，糯飯蓋之，三～七日酒成，濾過，瓶貯。或將白蛇肉用好酒一斤浸泡于瓶中數日。

功效：祛風濕，起癱瘓，定抽痙，療驚痫。

用法：每日早、晚各飲一～二小杯。

楠藤釀酒

配方：石楠藤二斤、曲二百克、糯米十斤

制法：用石楠藤煎汁，同曲、米如常法釀酒。

功效：舒筋通絡，祛風濕。

用法：每服一~二杯，每日三次。

冷蟲心痛酒

配方：川椒一百二十克

制法：上藥炒出汁，酒一碗淋之，服酒。

功效：安蛔驅蟲。

用法：每服三十毫升至愈。

當歸釀酒(二)

配方：當歸二百五十克

制法：將當歸煎汁與糯米十斤、曲二百五十克同釀成酒，或單以歸浸二斤酒中三~五日。

功效：補血調經，活血止痛，潤躁滑腸。

用法：每次温服十~二十毫升，每日三次。

滋陰養血酒

配方：鮮生地黄二十斤

制法：上藥用木臼搗取自然汁，紋去渣，用米酒三斤和匀，放于瓷器中，蒸熟爲度，瓷瓶盛貯。

功效：養陰生津、清熱凉血。

用法：不拘時候，每次温飲一~二小杯。以瘥爲度。

白菊花酒

配方：白菊花(或帶花全草)一千四百三十克、米甜酒十公斤、白酒(六十度)一公斤

制法：將菊花或苗爲粗末，生絹袋盛，貯入酒中浸泡一周，澄清即得。

功效：主治男女頭風眩運。

用法：日三次，常令酒氣相續，不醉爲度。

豉酒

配方：豆豉二百克、清酒一公斤

制法：用大豆豉二百克微炒香，投清酒(甜黄酒、封紅酒即可)一公斤，净器内浸泡三日，備用。

功效：止盗汗，除煩躁。

用法：早晚空腹一小杯。

桃仁酒

配方：桃仁二百克、白酒二千五百毫升

制法：取桃仁，置沸水中煮至外皮微皺，撈出，浸入凉水中，搓去皮尖，曬干，稱取二百克，絹袋寬扎，浸酒壺中，入酒二點五公斤，浸漬一周。即得。

功效：主治暴咳，(卒得咳嗽)。

用法：日服三次，每服十五毫升。

龜肉酒

配方：龜肉五百克、曲一百五十

克、糯米三～三點五公斤。

制法：將龜肉煮爛，連汁和曲、米同釀酒，候熟備用。

功效：補肺腎，祛風，止咳。主治經年咳嗽不愈，中風緩急，四肢拘攣，日久癱瘓不收者。

用法：每日三次，每次飯后温飲一～二小杯。

術酒

配方：白術一千克、白茯苓五百克

制法：上二味，去皮搗碎，以常流水十五公斤，漬三十日取汁，露一夜，浸曲，和米飯適量釀酒成。或用白朮二百五十克、白茯苓一百二十五克、黄酒一千五百毫升浸泡十余日去渣備用。

功效：補脾燥濕，和中祛痰。用治食少腹脹，消化不良，泄瀉，痰飲咳嗽，水腫，小便不利等。

用法：每日三次，每次空腹飲一～二杯。

豉術酒

配方：香豉、白術(炒)各二百五十克

制法：上藥置于瓶中，以米酒二公斤浸十五日。

功效：補脾燥濕。祛瘴氣，闢除瘟疫。

用法：不拘時，隨量飲之。

麻仁酒

配方：大麻仁三百克(研碎)

制法：將大麻仁三百克，研碎，入瓶中，加米酒一千毫升，漬三日開取。

功效：主治脚氣腹痹，并可潤腸通便。

用法：每日二次，每次温飲一小杯，約三十毫升。

松脂酒

配方：松脂(煉)六十克

制法：取煉成松脂六十克，釀米二公斤，拌曲(甜酒藥)五十克，如作酒釀法，待熟。

功效：主肝虛目泪。

用法：頻飲之。

棘檳酒

配方：白棘刺、檳榔各十五克；黄酒二百五十毫升。

制法：取白棘刺(白刺花，豆科植物白刺花的根或葉)、檳榔各十五克，入黄酒中煎煮，去滓飲酒。

功效：清熱解毒，利濕消腫。

楮白皮酒

配方：楮樹白皮(楮樹，又名穀樹)三公斤

制法：煮汁竈米作飯，用糯米約一十公斤，如常法釀酒。

功效：治水腫入腹，短氣咳嗽。

用法：每日一～二次，每飲一～二杯。

鷄矢醴

配方：干鷄矢白五百克、黄酒八公

斤

制法：臘月，收取干鷄矢白(可超前用肉骨頭敲碎飼鷄)，袋盛，以黄酒于净器中浸漬七日，去渣澄清即得。

功效：治鼓脹，旦食不能暮食。(類似今之肝腹水症)

用法：每日三次，每次温服三杯。或爲末，每服二錢(約六克)亦可。

生附子酒

配方：生附子三十克

制法：用生附子三十克，酒◯點五~一公斤，浸七日。

功效：治半身不遂，遂令癖症。

用法：隔日飲一小杯，約五十毫升。

龍須根酒

配方：白龍須根皮四十克、鬧羊花二十五克

制法：上二味，以燒酒二公斤，封固，煮一炷香(約二十~三十分鐘)，埋土中一夜。

功效：主諸風癱瘓，筋骨不收。

用法：臨卧時服，視素體酒量大小，每飲一~三盅。

鼠藤酒

配方：鼠藤適量

制法：加黄酒，浸酒服。

功效：主丈夫五勞七傷，陰痿，益陽道，小便數白，腰脚痛冷，除風氣，壯筋骨，補衰老，好顔色。

牛膝蓯蓉酒

配方：牛膝、肉蓯蓉各三十克；糧酒一公斤

制法：浸五~七日，即得。

功效：益腎。

用法：每日一次，酌飲勿醉。

仙茆酒

配方：仙茅一百克、白酒一公斤

制法：采得仙茅根莖(鮮)，用清水洗令净，砧板上用銅刀或竹刀切如豆大，于黑豆水中浸一縮，取出，用黄酒適量(約十~二十克)拌匀潤透，九蒸九曬，然后浸入一公斤白酒中，約五~七日，即得。

功效：温腎陽，壯筋骨。治精氣虚寒，陽痿膝弱，脚痛痹緩，諸虚之病。

用法：每日一~二次，每飲五十毫升左右。

河砂淋

配方：河砂(細白砂)五百克

制法：取回細白砂大半碗，約五百克，炒熱，以酒一碗，約五百克淋汁，澄清濾過即成。

功效：主治石淋

用法：每日一~二次，每次飲一盅。

大黄浸酒

配方：大黄十二克

制法：浸酒二百五十毫升中一~二

日，去渣飲酒。

功效：適用于積滞、諸痢初起。

用法：每日一～二次，每次飯前飲一小杯。

藕節酒

配方：鮮藕節一段

制法：新采藕節(鮮)，洗浄，搗爛，置杯或碗中，加入米酒二百五十克，隔水蒸煮。

功效：主治冷痢。

用法：飲酒食藕。或熱酒調下。

天花粉酒

配方：天花粉十八克

制法：上一味，入黄酒一碗浸之，約六小時后，慢火微煎滚，露一夜。

功效：治偏疝痛極。

用法：次晨低凳坐定，兩手按膝，飲下即愈。若未效，再一服。

霹靂酒

配方：熟鐵一塊、酒一大杯

制法：上二味，將鐵燒紅，急投酒中，去鐵即成。

功效：治疝腫。兼治耳聾。

用法：頓服，隨量飲之。若用治耳聾，且以磁石塞耳中。

龜板酒

配方：龜甲(炙)五十克、酒五百克

制法：取炙龜板，銼末，以酒一斤浸十～十五日開取。

功效：治疥癬死肌，又補腎健骨。

用法：每日一～二次，每次一～二杯。酒盡可再添酒浸之。

蜜酒

配方：蜂蜜五百克、糯飯(新熟)一千五百克

制法：取糯米炊飯，約得二碗，入沙蜜○點五公斤，熟水五升，酌加曲粉，同入瓶中，攪匀，封釀七日成酒，尋常以蜜入酒代之，亦良。

功效：治風疹風癬。

用法：不拘時，酌量飲之。

枸橘酒

配方：枸橘核(炒)六十克、酒五百克

制法：取小枸橘細切，麥麸炒黄爲末。每服二錢(六克)，酒浸少時，飲酒。(救急方)

功效：治白疹搔癢遍身者。

用法：每日飲約五十毫升，每日一次。發病初起以枸橘煎湯洗患處。

水龜釀酒

配方：水龜一枚(約○點五公斤)、糯米三公斤

制法：將龜肉煮爛，連汁炊米作飯，用米二點五～三公斤，拌曲適量，釀如常法，待熟取用。

功效：治大風緩急，四肢拘攣，或久癱緩不收，皆愈。

用法：每日三次，每次一～二小

杯。

昆布酒

配方：昆布、海藻各一百五十克；黃酒一公斤

制法：上二味，爲末浸酒一宿后開取。

功效：消瘰癧。

用法：每次飯后取飲約三十毫升，或時時含咽。

鹿靨酒

配方：鹿靨(切細)一具、白酒一大碗

制法：上二味，同入净瓶中浸漬。取上清液。

功效：主治氣癭。

用法：每取少許含咽，味盡更易，十具乃愈。

水天蓼釀酒

配方：水天蓼(枝葉)一公斤、好黃酒二十公斤

制法：取水天蓼枝葉，去皮，細切，夏白布袋盛，入好酒二十公斤浸之，春夏一星期，秋冬二星期。即得。

功效：主治風勞虛冷，症結積聚。

用法：每空心(晨)、日午、下晚各温飲一盞。

蛤蟆酒

配方：蛤蟆一只、黃酒一百~二百毫升

制法：取蛤蟆一只，煅研，取細末，黃酒服下。顯效而未愈者，再作。

功效：開結消積，治噎膈。(食道癌、胃癌)

楊淋酒

配方：白楊木(東南枝，去粗皮，細銼熬黃)約一升

制法：取白楊木細鬪銼，(或取白楊樹木材的新鮮無霉變鋸屑、刨花亦可)，熬黃，乘熱以一公斤黃酒(或白酒)淋之，用絹袋盛滓還納酒中，密封，再浸一宿，即得。

功效：治腹滿癖堅如石，積年不損者。

用法：每日三次，每次飲一小盅。

鹿骨酒

配方：鹿骨二百克、白酒一公斤

制法：浸酒十數日后開取。

功效：主內虛、續絕傷，補骨髓，除風。

用法：每日空腹飲一杯。

神曲酒

配方：神曲二十克、酒一小碗

制法：將神曲一小塊，約二十克，入柴火中燒令赤，入酒淬。泡浸少頃，去渣飲酒。

功效：治閃肭腰痛。

用法：頓服之。

牛膝丹參酒

配方：牛膝、丹參、薏苡仁(炒)、生

干地黄各九十克；白術、獨活各四十克；萆薢、赤茯苓、防風、五加皮各三十克；側子(炮)、茵芋葉、桂、人參、川芎、石楠葉各二十克；細辛(去苗葉)、升麻各十五克；磁石(煅酒淬七遍)一百八十克、生姜三十六克、石斛(去根)四十五克

制法：右二十一味，銼如小豆大，絹袋盛。以優質黄酒十公斤，浸七日，密封備用。

功效：治脚氣入冬即苦脚痹弱，或筋骨疼不能伸屈，皮膚麻木不仁，手脚指節腫滿悶，或四肢腫，腰脛强直。

用法：浸日滿，每空心取半盞一盞，温飲之。不善飲酒者，頻頻少服，以知爲度。每日二～三次。

蟬衣酒

配方：蟬衣三十克、酒五百毫升

制法：取蟬衣炒研，爲細末備用。

功效：治破傷風，發熱。

用法：每服取三克，以酒一杯服下，效佳。

當歸酒(二)

配方：當歸二百克、糧食酒一公斤

制法：取當歸，切，酒漬三～五日。

功效：治手臂疼痛。

用法：每服三十～五十毫升，日二次。以瘥爲度。

牡荊子酒

配方：牡荊子(微炒)二百克、酒一公斤

制法：浸泡，冬七日，夏三日，取上清液即得。

功效：温腎祛風化痰，治耳聾。

用法：去渣任性飲之，勿醉爲度，雖久聾亦瘥。

石灰浸酒

配方：風化石灰三克、黄酒三百毫升

制法：取風化石灰(亦名『南山灰』，俗稱烊灰)炒赤，内黄酒中浸，經五～七日，去渣過濾。

功效：治發落不止、肺有勞熱。

用法：每服十五～二十毫升，每日二次。(本品不宜久貯)。

楓柳酒(一)

配方：楓柳皮(細銼焙)三十克

制法：取楓柳樹(又名楓楊樹、鬼柳楊)的二層皮，細銼，焙，入酒一公斤中浸之，經五～七日，取服。或噙用。

功效：主治風、齲齒痛，久治無效者。

用法：一般先以藥酒少量，含嗽，一日數次。若經數日，仍無效者，從小劑量開始，一日服三～五、五～十毫升。白糖茶過口。

野櫻桃酒

配方：野櫻桃樹根三十克、黄酒五百克

制法：取鮮野櫻桃樹根三十克(干者減

半），去土洗净，切段，入黃酒煎煮，去渣備用。

功效： 調氣活血，主治喉痹痛塞，煎酒灌之佳。兼治婦女月經不調。

地錦浸酒

配方： 地錦（根、莖）一公斤；米甜酒、高粱酒各三公斤

制法： 取地錦的根、莖，洗净，切細，置瓷中，入酒密封浸泡，經五～十日，取上清液即可。

功效： 活血，祛風，止痛。用治赤白帶下，産后血瘀，腹中有塊，風濕筋骨疼痛，偏頭痛等。

用法： 每飲五十～六十毫升，每日一～二次。

水陸二仙酒（一）

配方： 金櫻子（去子洗净搗碎）、芡實肉（研）各一百二十克

制法： 上二味，若用鮮果，洗净搗研，干者銼細。共入米酒一公斤干净瓶內，浸泡五～七日，時加震搖，日滿，加鹽花少放（食鹽碾細末，〇點一克）攪勻，隔水（重湯）蒸煮，取出收貯備用。

功效： 益氣補元，治白濁帶下。

用法： 每飲五百毫升，食前服，每口二次。

龜甲酒

配方： 龜甲（煅燒存性，研末）十八克；血余炭、川芎、當歸各九克；米酒一杯

制法： 上五味，除酒外，共研細末，搗羅，取篩下細粉，置碗中，入米酒一杯衝和，即得。

功效： 主治難産，矮小女子，交骨不開。

用法： 溫飲頓服之。

紅曲酒

配方： 紅曲一百二十克、白酒五十克

制法： 取紅曲一百二十克，篩盡灰屑，揀去雜質，敲碎，以白酒五百克浸。或以黃酒一公斤浸，煮。

功效： 治腹中及産后瘀血。

用法： 去渣溫服，以白酒泡制者，每飲三十～五十毫升，若以黃酒浸制的，每煮飲五十～一百毫升。每日二次。

白鷄冠花酒

配方： 白鷄冠一十支、酒一杯

制法： 酒煎服。去渣飲酒。

功效： 主治産后血痛。

豆淋川烏酒

配方： 川烏頭九十克、黑大豆三百五十克、酒二公斤

制法： 取制川烏九十克同黑大豆三百五十克，同炒半黑，以黃酒二公斤，傾鍋內急攪，以絹濾取酒，微溫服，每服二十～三十毫升，取汗。若口不開，拗開灌之。

功效： 主治産后中風，身如角弓反張，口噤不語。

貫衆酒

配方：貫衆十八克、黃酒二百毫升

制法：上二味，同煮煎，去滓飲酒。

功效：主女人血崩(集簡方)

用法：每日二次，每次飲一~二小杯。

槐耳酒

配方：槐耳一百克、黃酒一公斤

制法：取槐耳，曬脆，爲末，每取十八克，入酒一百毫升，濃煎飲服。或以槐耳燒存性，爲末每取約一克，温酒調下。

功效：主治婦人崩中下血，產后血瘀。

用法：一日服二次。

丁香酒

配方：丁香七十五克、米酒二公斤

制法：先將米酒或黃酒二公斤，煎微沸，次將丁香七十五克加入，保温十~十五分鐘，呈微沸，取下，候温即得。

功效：主治婦人崩中，晝夜不止。(梅師方)

用法：温服，每服三十~五十毫升，每日三~四次。

薊酒

配方：大薊、小薊各六十克；黃酒一百五十毫升

制法：取鮮大薊、小薊的全草或根，搗，絞取汁，(若無鮮草、根，以干根、莖、葉各二十克，水煎)入黃酒或米酒，煎飲或浸酒飲。温分三服。未愈再作。

功效：調營清熱。主治崩中漏下，月水不止，五十(歲)行經。

治崩漏藥酒

配方：百草霜六克、狗膽一具，取汁

制法：上二味，拌勻，分作二服，當歸酒一杯調下。(當歸酒，亦可用酒五百克，泡當歸五十克浸制)，未愈再制服。

功效：治婦人崩中漏下。

荔枝酒

配方：荔枝肉五~十枚

制法：上一味，以黃酒一杯，浸入半日，飲酒，并食荔枝肉。忌生冷。

功效：治瘰癧，疔腫，發小兒痘瘡。

地黃酒

配方：生地黃(生，肥)絞汁五百毫升

制法：用生肥地黃，水洗净，絞取汁，同曲，米適量，封密器中(塑料桶，不宜久貯)，釀如常法。春夏二十一日，秋冬三十五日開起，中有綠汁，真精英，宜先取飲之，乃濾汁藏貯。

功效：補虛弱，壯筋骨，通血脈，治腹痛，變白發。

用法：每飲一杯，每日二~三次。

膃肭臍酒

配方：膃肭臍一副、米酒一公斤

制法：浸酒月余取飲。或將膃肭臍酒浸擂爛，同曲、米如常釀酒飲。

功效：温腎暖陽，益精補髓。用治虚損勞傷，陽痿精衰，腰膝痿弱。破症結冷氣，大補益人。

用法：每飲三十～五十毫升，每日一次。

茯苓酒

配方：茯苓四百二十克、白酒一千克

制法：浸酒經十～一十五日，取飲，或爲末，同、米適量釀酒，飲之。

功效：利水滲濕，健脾補中，寧心安神。主治頭風虚眩，五勞七傷，中虚脹滿，水濕停滯、尿少水腫等症。能補腰脚，益陽道。

用法：每食前飲一杯，約五十毫升，每日二次。

壯腎酒

配方：牛蒡根、生地黄各九十克；大豆(炒)一百八十克

制法：取牛蒡根、生地黄細切，大豆炒，乘熱内白酒一公斤中浸，經五～六日后開取。

功效：治老人風濕久痹，筋骨攣痛。服此壯骨，潤皮毛，益氣力。

用法：每空心温服二～三小杯，每日二次。

桑葉煎酒

配方：桑葉一千克、米酒五百毫升

制法：取嫩桑葉一百克，入米酒煎，去滓收貯備用。

功效：祛風。

用法：日飲一杯。

蘇合香酒

配方：蘇合香丸三十七點三克、好黄酒六公斤

制法：同煮，收貯備用。

功效：調和五臟，却腹中諸疾。和氣血，闢外邪。

用法：每冒寒夙興，則宜飲一杯。

川椒酒

配方：川椒一百一十二克、黄酒五公斤

制法：川椒，去目并合口者，以生絹袋盛，浸無灰酒五公斤中三日。

功效：主治虚冷短氣

用法：隨性飲之。

主治風熱濕熱單味藥酒四首

槐枝、釀酒、治大風痿痹

板白發、治中風，皮膚與二，身直不得屈伸，煎酒及水服。

白楊皮、主毒風緩弱，毒氣在皮膚中，浸酒服。

赤銅、并除賊風反折，燒赤浸酒飲。

絲瓜酒

配方：絲瓜（老、燒灰存性）六十克

制法：上一味，取秋后經霜干枯絲瓜，燒灰存性，收貯備用。

功效：治腸風下血，肛門酒痔。

用法：每取六克，酒一杯調服。

椰殼酒

配方：椰子殼一只

制法：取椰子殼，燒存性，臨時炒熱爲末備用，（用酒數，量患者酒量大小。）

功效：主治楊梅瘡筋骨痛。

用法：每以滾酒泡服六～九克，暖覆取汗。

薔薇根煮酒

配方：薔薇根九～十二克　黄酒一杯

制法：上二味，煮酒飲。

功效：治楊梅瘡年久筋骨痛。及跌打損傷、白帶、尿頻、熱癧、咽喉腫痛等症。

用法：頓服之，未愈再作。

猪血酒

配方：鮮猪血（熱，不着鹽水）二百毫升、米酒二百毫升

制法：取半大小猪（架子猪略小者）一只，驅打二三十下（原文作『撞之三十六』），放于户中，逐使喘極，縛住，乃抽其血二百毫升（原書作『刺肋下取血一升』），以米酒等量，合和飲之。若匆忙無酒，但服猪血，慎勿使冷。

功效：治交接勞復（同房后），陰卵腫，或陰器緊縮入腹，腹中絞痛或便絶者。

莎根酒

配方：制香附子（莎草根）三百六十克、米酒五公斤

制法：取香附子，搗熬令香，生絹袋盛，貯于五公斤米酒中浸之。春三日冬七日，近暖處乃佳。

功效：治丈夫心中客熱，膀胱間連脅下氣妨，常日憂愁不樂，兼心忪者。

用法：每空腹温飲一盞，日夜三～四次，常令酒氣相續，以知爲度。

鯪鯉甲酒

配方：鯪鯉甲（酒浸炙黄）十八克、常山二十七克、鱉甲（醋炙）十八克、烏賊骨二十七克、烏梅肉（微炒）九克、桃仁十二克、竹葉二十四克、豉（微炒）四十克、葱白七莖切

制法：以上九味，細銼，生絹袋盛，黄酒二立升浸經一宿。取上清液即得。

功效：主治久難瘥者。

用法：每日空腹温飲半盞（一小杯），取吐爲佳。

煅礜酒

配方：白嶼石煅五十～六十克、黄酒五公斤。

制法：將白礜煅研，爲末，入酒中浸三日。

功效：主治風冷脚氣。

用法：每日一次，飲服五十毫升。

華佗屠蘇酒

配方：赤木桂心二十三克、防風三十克、菝葜十五克；蜀椒、桔梗克、大黄各十七克；制烏頭八克、赤小豆十四粒

制法：上八味，爲粗末，棉麻白袋盛，入砂鍋，投米酒一公斤許，煎數沸，(原書言，除夕夜將藥袋『懸井底，元旦取出置酒中』)去渣收貯備用。

功效：闢疫癘一切不正之氣。

用法：正月，每日晨起，温飲一杯。

石松酒

配方：石松二百四十克、白酒一公斤

制法：浸泡五~七日，去渣取飲。

功效：祛風散寒，除濕消腫，舒筋活血。治風寒濕痹，關節酸痛，皮膚麻木，四肢軟弱。

用法：每日二次，每次飲三十~五十毫升。

禁忌：孕膚及出血過多者忌服。

大薊酒

配方：大薊根十五克、土艾葉九克、白鷄冠花籽、木耳各六克

制法：上四味，共細碎，入水酒(低底發酵酒)一大碗，砂鍋内煨煮，(首煎用酒，二煎用水)去渣温飲。

功效：治婦人紅崩下血，白帶不止。

用法：每日一貼，分首煎、二煎兩次服下，未愈再作。若證見赤白帶，赤帶，黄帶，每劑中加：炒黄柏十五克同煎。

水陸二仙酒(一)

配方：金櫻子、芡實肉各五百克

制法：金櫻子搗碎入瓶中蒸熟，取出加酒慢火煎之成膏，芡實打粉投入膏中，同制爲丸，如梧桐子大。

功效：補元陽。治腎虚漏濁遺精。

用法：食前以酒吞服二十藥丸。

棗仁養心酒

配方：黄芪、酸棗仁、桔梗、茯神、羌活、石菖蒲、遠志、川芎、牛膝、熟地黄、草薢、蓯蓉、炮附子、石斛各三十克；防風、羚羊角各十五克

制法：諸藥打細，用布袋盛之，入清酒一十斤，密封瓶中。春夏三日，秋冬七日后開取。

功效：養肝腎，調順血氣，補虚排邪，理腰膝風痹，皮膚不仁，或下注，步履艱難。久服去健忘，益心氣，清頭目，定神魂。

用法：每日二次，各飲一大杯。酒飲一半即添新酒浸之。藥味淡，將滓取出，焙干爲末，每次取五克，酒調下。

奇補酒

配方：麻油、牛酥、蜜、鼓、酒各一斤；胡麻仁二百五十克、葱白三十克

制法：先于鍋中入油煎令沸，入葱白令黃；下酥蜜鼓汁麻仁令沸，下酒即得。

功效：補髓令人健，療大風勞虛損。

用法：每日晨時飲一匙，或酒銜服。

温陽祛寒酒

配方：石斛一百五十克；牛膝、丹砂各三十克；杜仲六十克、桂心九十克

制法：諸藥打細，瓷瓶內浸酒六克，密封，以水煮此瓶四小時即得。

功效：温陽祛寒，强筋健骨。

用法：不拘時候，温飲一杯，常令如醉。酒減半即添新酒。

蓯蓉補虛益陽酒

配方：蓯蓉、續斷、蛇床子、五味子、山藥、遠志各三十克；干地黃六十克、巴戟天四十五克、天雄二十克

制法：諸藥打細成末，酒浸即得。

功效：益陽攝精。治陽氣不足，陰囊濕癢，尿有余瀝，漏泄，虛損雲爲不起。

用法：每日食前取藥末一克許，入酒一杯中，浸半小時后，酒并藥呑服。

金液酒

配方：硫黃、陽起石、石膏各一百二十克。

制法：諸藥打細末，甘草煎湯調入后曬干。

功效：補暖。治元陽虧損，不思房事。

用法：每取五克許，酒煎服。

萬安酒

配方：肉蓯蓉二百五十克；山藥、五味子各八十克；杜仲、巴戟、赤茯苓各九十克；牛膝、澤瀉、白茯苓、熟地黃、當歸、山茱萸各六十克

制法：取肉蓯蓉二百五十克，加酒煎熬成膏，又將其他諸藥打細末，投入酒膏中，制成梧桐子大之藥丸，酒化服。

功效：補下元，起陰陽，安魂定魄、和三焦，破積聚，消五穀，强骨輕身，明目。

用法：每日一次取五十丸，入酒中化服。

烏頭酒

配方：烏頭五十克；丹參、天麻、牛膝、杜仲、川芎、菝葜、人參、桂心、薏苡仁各三十克；羚羊角十五克、南椒二十克

制法：諸藥打細，用布袋盛之，入清酒一十五斤，密封浸泡七日成。

功效：祛風濕，益氣健骨。治諸頭目腰腳筋骨風，益氣添氣力。

用法：每日三次，各飲一杯。取一杯，則添新酒一杯。藥味淡則換藥。

白花蛇酒

配方：白花蛇一條；當歸、川芎、炮附子、桂心、熟干地黃、防風、山茱

萸、草　、石斛、牛膝、細辛、天麻、黃芪、枳殼、肉蓯蓉各六十克；獨活九十克

制法：諸藥打細，用布袋盛，以好酒二十斤于瓷瓶中密封，浸泡七日成。

功效：祛風濕，强筋骨，益氣溫腎。治風，骨髓及腰脚疼痛，行步稍難，兼風毒攻注，皮膚瘙痛不知。

用法：隨性暖飲，常令醺醺，勿令大醉。其酒漸漸飲后添加，酒味淡則換藥。忌生冷粘滑動風之物。

杜仲調心酒

配方：蓮子一百二十克；龍骨、益智仁、破故紙、茴香、牛膝、白茯苓、杜仲、桃仁、菟絲子各三十克

制法：諸藥打細，用布袋盛，入清酒十斤，浸泡五日后開取。

功效：調心腎，益氣血，暖元髒，縮小便。

用法：每于食前量性飲用，不可大醉。

平補枸杞酒

配方：枸杞子、菊花、肉蓯蓉、桂心、黃芪、牛膝、遠志、生干地黃、山芋各六十克；柏子仁、人參、白茯苓各三十克。

制法：先取酒八斤，浸肉蓯蓉、牛膝、干地黃、柏子仁等一日，焙干，并諸藥打細末。又將酒投其中，并熟米面，制成梧桐子大之藥丸。

功效：調和陰陽，補虛勞，培筋力。

用法：每日食前取丸三十粒，前浸藥酒服。

四制蒼術酒

配方：蒼術五百克；川椒、小茴香、破故紙、川楝、何首烏、白茯苓各一百二十克

制法：先用酒浸蒼術五日，又將之取出焙干，同諸花打細，加入酒和面粉適量，制成梧桐子大藥丸。

功效：烏髭發，下補丹田。

用法：食前取五十丸，用前浸蒼術酒調服。

强力益志酒

配方：麥門冬六十克；天門冬、茯種、杜仲、柏子仁、石菖蒲、枸杞子、生干地黃、百部根、白茯苓、山芋、人參、五味子各三十克；貝母四十五克

制法：諸藥打細，用布袋盛，入清酒八斤，于瓷瓶中浸，五日后開取。

功效：補心育神，强力益志。兼止肺嗽，及腎髒風冷。

用法：每日食前量性飲用。

通痹酒

配方：獨活、川芎、天麻、當歸、白術各一百克

制法：諸藥打細，入清酒五斤，浸泡七日即可服用。

功效：强筋骨，祛風濕。治兩足至膝，冷如水，不能自舉，或因熱立冷水

中，久成此疾。

用法：每日食前各服兩小杯。

萆薢酒

配方：萆薢、牛膝、石斛、熟干地黄各九十克；防風、獨活、川芎、山茱萸、當歸、桂心、酸棗仁各六十克；大麻仁一百五十克

制法：諸藥打細，以布袋盛，入好酒十斤瓷瓶中浸，密封七日成。

功效：祛風活血，益精止痛。治腰脚風毒攻注疼痛。

用法：每日三~五次，各飲一杯。常令醺醺，勿至大醉。

七川酒

配方：川附子、川烏、川當歸各四十五克；川羌活、川芎、川牛膝、獨活、赤芍、白術、杜仲、萆薢、防風、肉桂、肉蓯蓉、黄芪、金毛狗脊、白茯苓、白蒺藜、人參、天麻、川斷各三十克

制法：諸藥打細，用布袋盛，入清酒一十五斤，密封浸泡。春五日、夏三日、秋七日、冬十日后開取飲用。

功效：活血生肌，祛風益氣。治諸般風痹，手足疼痛，止履艱辛，腿膝緩弱，久服年輕體健，運動快捷，大和血氣，通行榮衛，補虛排邪，有益真氣。

用法：每日晨時飲一杯，温服。藥滓曬干和酒糊爲丸。晨時酒送下。

大黄芪酒

配方：黄芪、桂心、馬戟天、石斛、澤瀉、茯苓、柏子仁、干姜、蜀椒各九十克；防風、獨活、人參各六十克；天雄、芍藥、附子、烏頭、茵芋、瓜蔞根、山茱萸、半夏、細辛、白術、黄芩各三十克

制法：諸藥打細，布袋盛之，入清酒二十斤浸泡，秋冬季七日，春夏季三日后開即得。

功效：健脾益氣。治肉極虛寒，爲脾風陰動傷寒，體重怠惰，四肢不欲舉，關節疼痛，不嗜飲食，虛極所致。

用法：初時每日三次，各一小杯，漸漸加量。

秦艽酒

配方：秦艽、牛膝、天門冬、五加皮各四十五克；薏苡仁十克、細辛、炮附子、巴戟天、石南葉、杜仲各三十五克；獨活一百克、桂心六十克

制法：諸藥打細，布袋盛，入清酒二十斤浸泡，冬十日、春七日、秋五日、夏三日后開取。

功效：健脾益氣，生肌去風。治脾中風，手臂不收，行步脚弱，屈伸攣急，痿疼痛，麻痹不仁。

用法：每日兩次，各飲一小杯，漸加至三~四杯，白日三次，晚一次。

薏苡仁浸酒

配方：薏苡仁、白術、芍藥、酸棗仁、干姜、炙甘草各一百五十克；炮附子三十克

制法：諸藥打細，入酒八斤浸泡一晚，然后用微火煎沸去滓，再入瓷瓶中貯存即得。

功效：健脾除濕，散寒活血。治風寒濕氣中脚，搏于筋脉，痹攣不可屈伸者。

用法：每日多次隨意飲用，常令有酒氣。

蛇床子酒

配方：蛇床子、細辛、干姜、防風各三十克；金牙、牛膝、石斛各九十克；茵芋、生地黄、炮附子、莽草各六十克；獨活一百五十克

制法：諸藥打細，用布袋盛，入清酒一十斤，浸泡七日即可飲用。

功效：祛寒濕，强筋骨。治脚氣屈弱。

用法：每于食前隨性飲之。

秦艽酒飲之

配方：獨活二百五十克、桂心九十克、秦艽一百二十克

制法：諸藥打細，用布袋盛，入清酒四斤，浸泡三日即成。

功效：祛風通路。治産后中風，言語蹇澀，腰强直。

用法：每日隨意飲用，初時飲五小杯，漸加至每日十小杯。

温經酒

配方：防風、獨活、茵芋各三十克；胡荽、桂心各六十克；石斛一百五十克

制法：諸藥打細，用布袋盛，入清酒六斤，密封浸泡三日成。

功效：祛風通絡。治産后中風。

用法：每日三次，各飲兩小杯，漸加量。

養血酒

配方：五加皮、枸杞子、蛇床子、杜仲各一百克；干地黄、丹参、天門冬各六十克；干姜三十克、亂發五十克

制法：諸藥打細，用布袋盛，用清酒八斤，浸泡三日即可。

功效：養血生肌，益腎活絡。治産后癖瘦。

用法：每日服一次，可漸漸加量。

紫蘇子酒

配方：人参、甘草、赤石脂、茯神、當歸、麥芽、麥門冬、薏苡仁各三十克；陳皮、厚樸、白術各六十克；干姜十五克；紫蘇子四十五克、細辛、杏仁各十克

制法：諸藥打細，用布袋盛，入清酒八斤，浸泡四日后取開飲用。

功效：健脾益氣。治虚勞脾胃冷弱，飲食不弱，氣逆煩滿。稍熱即發虚煩。

用法：每于食前，各服兩小杯。

芍藥酒

配方：芍藥、黄芪、生地黄各九十克；艾葉三十克

制法：諸藥打細，用布袋盛，入清酒五斤，浸一日成。

功效：補血養心。治婦人經血過多，心悸不安，兼赤白帶下。

用法：每日食前隨意飲用。

廣術酒

配方：當歸、川芎、廣術各三十克；赤芍藥九十克；陳皮、干姜各十五克

制法：諸藥打爲細末，每次取六克，加酒一杯，煎沸即得。

功效：活血散結。治産后血氣不和，臍腹硬塊疼痛。

用法：每日兩次，食前服，和滓服用。

補胃酒

配方：桔梗、吴茱萸、白術、桂心、人参各四十五克；厚樸、陳皮、枳殻、干姜、炙甘草、麥芽、神曲各三十克

制法：諸藥打細，用布袋盛，入清酒六斤，密封，浸泡五日成。

功效：益胃理氣。治虚勞脾胃虚冷，氣滿，不能食，雖食腹内不消，陳冷下氣。

用法：每于食前，各飲三小杯。

真人靈飛酒

配方：雲母粉二百五十克；茯苓、鐘乳粉、生地黄各一百五十克；柏子仁、續斷、菊花各九十克；桂心六十克、人参三十克、天門冬五百克

制法：先將天門冬搗絞取汁，再將諸藥打細，以天門冬汁淋諸藥，又用布袋盛，入清酒二十斤中浸，密封十日后開取

功效：悦澤輕身，夜視有光，血脉充盛，行及奔馬，絶穀不饑。

用法：每日早、晚各飲一杯。見效如書中所述：『日力倍，五日血脉充盛，七日身輕，十日面色悦澤，十五日行及奔馬，三十日夜視有光，七十日白發返黑，故齒皆去。』

參脂酒

配方：人参三克、猪脂十克

制法：取人参、猪脂相和，入清酒一杯中煎服。

功效：一百日滿體髓益日誦千言，肌膚潤，去熱風痰。

用法：每日早、晚各煎飲一杯。

王母四童酒

配方：胡麻仁、天門冬、白茯苓、熟黄精、桃仁、蒼術各一百克

制法：諸藥打爲細末，加酒煎即得。

功效：輕身延年却老。

用法：每日晨時，取藥散十克，酒一杯煎服，晚再服，漸加量。

神仙力不衰酒

配方：松脂、飴糖各一百二十克；羊脂、白蜜各二斤；白蠟一斤

制法：諸藥都入銅器中，以慢火

煎，兩小時余取出，盛于淨器中即可。

功效：益氣力，夜能誦書。

用法：每次取一鷄蛋大小，以酒一杯衝服，每日三次服神妙。

久服成仙酒

配方：白茯苓三斤

制法：去皮薄切，曝干蒸之，再去取其苦汁，當甜，則曝干搗爲末，用酒十斤，蜜二斤，相拌入茯苓，攪勻，封之勿泄氣。冬五十日，夏二十五日，則見酒上浮茯苓酥，掠取，其味甘美，做餅子如手掌大，于空室中陰干，色赤如棗。

功效：除萬病，久服神仙方。

用法：每日食一個或半個餅子。用此酒調服，終日不饑。

偏枯靈驗酒

配方：牛膝、茄子根各二百五十克；防風、鼠粘子九十克；萆 、枸杞子、羌活、海桐皮、蒼耳子、炮附子、五加皮、牛蒡子、大麻子、蠶沙、黑豆各六十克；秦艽三十克

制法：諸藥打細，用生絹袋盛，入清酒十斤，密封七日后開取。

功效：温陽散寒，强筋健骨。治風及偏枯，腰膝疼痛。

用法：每日三次，各飲一小杯。隨時加入新酒，味淡即换藥。

天木酒

配方：天蓼木、桑根白皮、地骨皮、石斛、遠志、牛膝、菟絲子各一百五十克；生地黄、防風各十五克、槐子、白蒺藜各一百二十克；烏蛇一條、烏鷄糞三十克

制法：諸藥打細，用布袋盛。次取天蓼木入水、酒各五斤，煎煮得汁。又將諸藥入其中浸，密封冬月二十一天、春夏十四天后開取。

功效：生肌益精，祛風通絡。治中風，偏枯不遂，失音不語。

用法：隨意飲用，令常有酒容，如覺熱即減之。眼鼻及面口偏者，七日取正；手脚不遂者，半月内差；失音服之即語。

朱玉酒

配方：牛膝、秦艽、薏苡仁、獨活、炮附子、五加皮、桂心、丹參、杜仲、酸棗仁、仙靈脾各三十克；天門冬四十五克、細辛十五克、蠶沙六十克

制法：諸藥打細，用布袋盛，入清酒六斤，浸泡七日后開取。

功效：祛風活血。治婦人中風偏枯，一旁手足不收，頑麻不仁，筋脉拘急，不能運動。

用法：每日不計時候飲一杯，常令有酒氣。

松節酒

配方：松節、猪椒葉各三十斤、柏子仁、天雄、萆 、川芎各一百五十克；防風、磁石、獨活各三百五十克；秦艽一百八十克；人參、茵芋各一百二十

克

制法：先入水煎煮松節和猪椒葉，得藥汁。再煮糯米飯適量，又將之入前藥汁中，入灑曲，于瓮中密封，有酸味時再加入以后諸藥，密封四日后開取，壓取清酒。

功效：祛風濕，壯筋骨。治厲節風，四肢疼痛，猶如解落。

用法：隨意飲用，不可大醉。

松酒

配方：松節五百克、生干地黃一百五十克；桂心、防風各六十克；丹參、萆、蒼耳子、獨活各九十克；大麻仁、牛膝、牛蒡根各一百二十克

制法：諸藥打細，用布袋盛，入清酒十斤，浸七日后開取。

功效：利關節，壯膝。治脚氣筋攣急，四肢掣痛，或至軟脚。

用法：每于食前，隨意暖服之。

糯米酒

配方：糯米五斤；曲、防風、蒼耳子各二百五十克

制法：煮糯米飯熟，候冷入瓮中，加入藥細末，并曲，密封發酵一周即得。

功效：祛風除濕。治一切風濕痹痛。

用法：每日三次，各飲一杯。

烏藥酒

配方：土烏藥適量、麝香少許

制法：土烏藥，即矮樟樹根，不用鐵器，不須過水，干布揩净，用瓷片刮屑，收于瓷器内，取出酒浸一宿，次日空腹在瓷器湯上坐服。

功效：祛風除濕。治脚氣發動。

用法：麝香入少許在酒中，一同服下。

酸棗仁酒

配方：酸棗仁、黃芪、天門冬、赤茯苓、羚羊角、五加皮各九十克；干葡萄、牛膝各一百五十克；防風、獨活、桂心各六十克

制法：諸藥打細，用布袋盛，入清酒十斤，浸泡七日后開取。

功效：養血潤膚。光澤肌膚，潤養髒腑，治脚氣疼痛。

用法：每于食前，隨性暖服之。

人參養血酒

配方：人參、赤芍、川芎、菖蒲各三十克；當歸六十克、熟地黃一百五十克、烏梅肉九十克

制法：諸藥打細，用布袋盛，入清酒六斤，浸泡四日即可。

功效：補氣益血。治産后血氣虛損，補衝任，調血脉，退邪熱，安神潤顔色。頭昏目眩及産出月羸瘦不復常在。

用法：每日早晚各飲適量。

保生酒

配方：石斛、干地黃、當歸各一百二十克；枸杞二百克；防風、蜀椒、細辛各三十克

制法：諸藥打細，用布袋盛，入清酒八斤，浸泡五日成。

功效：調衝任，祛風寒。治産前産后，血氣風冷及是婦人所患一切疾病。

用法：每日三次，各飲兩小杯。

鹿茸補肝酒

配方：鹿茸二十克；熟干地黄、當歸、白術、黄芪各六十克；炮附子三十克、柏子仁、石斛、枳殼、白茯苓、覆盆子、酸棗仁各四十五克；沉香、肉桂各十五克

制法：諸藥打細，用布袋盛，入清酒十斤于瓷瓮中，浸泡五日成。

功效：益肝血，温陽氣。治産后勞傷，血氣肝經不足、頭暈心悸，四肢懈倦，翁翁氣短，常服補五臟，駐顔色。

用法：每日三次，各飲兩小杯。

三石酒

配方：白石英一百五十克、陽起石九十克、磁石一百二十克、白酒一點五升

制法：上藥共研細末，用絹袋盛之，與酒共置入净器中，加蓋密封，七日后開啓，即可飲用。其酒隨飲隨添，味淡即止。

功效：補腎氣，療虚損。

用法：每日三次，每次十~二十毫升，空腹温飲。

胡麻酒

配方：胡麻仁四十克、黄酒一升

制法：先將胡麻仁曝干，上火炒微香，然后置乳鉢中搗成泥狀后，放入净器中，再入黄酒浸泡，攪勻密封。七日后開啓，澄清后即可飲用。

功效：補肝腎，益氣血，强筋骨，潤腸通便，延年益壽。

用法：隨意飲用。

丹參杜仲酒

配方：杜仲、丹參各三十克；川芎二百克、江米酒〇點七五升

制法：將藥共碎細，用白紗布袋盛之，置于净器中，入酒浸泡，密封，五日后開啓，去掉藥袋，過濾裝瓶備用。

功效：補腎益肝，活血通絡。

用法：不拘時，隨量温飲。

牛膝蠶沙酒

配方：牛膝七十克、牛蒡子(微炒)三十六克；防風、萆 、枸杞子、羌活、海桐皮、黑豆(炒熟)、蒼耳子、制附子、虎脛骨(塗酥炙微黄)各三十克；牛蒡根、大麻子、晚蠶沙各四十克；秦艽二十克；五加皮、茄子根各六十克；酒二點二五升

制法：上十七味，共搗爲細末，用白紗布袋盛之，置于净壇内，用酒浸泡之，密封，七日后開啓。

功效：祛風濕，壯筋骨，通血脉，益肝腎。

用法：每日午、晚各服一次，每次空心温飲十~二十毫升。隨飲隨添新酒，味淡即換藥。

黑豆丹參酒

配方：黑豆(揀緊小者泡净)二百五十克、丹參一百五十克、黃酒二升

制法：將藥搗碎，同黃酒共入瓶中，密封，用灰火煨，常令熱，約至酒減半，即去渣取酒。

功效：活血祛瘀，利濕除痹。

用法：每日四次，早、午、晚及臨卧時各一次，每次飲十~二十毫升。

大豆烏蛇酒

配方：大豆一百克、麻子仁一千克、烏蛇(去頭尾皮骨)十二克、白酒一點五升

制法：將以上三味，相和令匀，放甑内蒸，待熟后，去掉甑底物，用酒就甑中淋，候酒熱再淋，凡此淋七~八遍，將酒入瓷瓶中密封，候冷備用。

功效：祛風通絡，攻毒，消腫止痛。

用法：不拘時候，量性飲之，常帶酒氣爲好。

石榴酒

配方：酸石榴、甜石榴各七個；常參、苦參、丹參、蒼耳子、羌活各三十克、清酒一點五升

制法：先將石榴連皮搗爛備用；其余八味中藥也搗成細末。然后把石榴與藥共置于瓷瓶中，入白酒浸泡，密封口。春夏七日，秋冬十四日開啓，過濾去渣，貯瓶備用。

功效：疏風消腫。

用法：每日三次，每次十~十五毫升，飯前温飲。可時飲時加酒，味薄即止。

松葉酒(二)

配方：松葉五百克、白酒一升

制法：將松葉切碎，與酒同煎，煮取三百毫升，候温備用。

功效：祛風，止癢，解毒。

用法：日夜服盡，處温室中，衣蓋出汗即愈。

菖蒲蛇蜕酒

配方：菖蒲、天門冬、苦參、麻子仁各二百五十克；茵芋、露蜂房各十五克；干漆(炒烟出)、生干地黄、遠志各四十五克；獨活、石斛各七十五克；柏子仁、紅曲各五百克；炮附子三十克、炙黄芪一百二十克、蛇蜕一公尺、秫米六千克

制法：先將前十五味藥搗成粗末，入鍋中加水十二點五升，煎取五升，備用；細曲研細末，備用。次將秫米洗净，蒸煮至半熟，下籠，瀝半干，備用。再將藥汁、細曲、秫米同置于鍋缸中，用柳枝攪拌匀，密封；二十一日后開封。壓濾去糟渣，貯入净瓶中備用。藥渣可另煎湯，淋洗患處。

功效：祛風氣，消疥癬，和血脉，攻毒殺蟲。

用法：每日二次，每次十毫升，早晚服用。藥渣煎湯淋洗患處。

黃芪防風酒

配方： 黃芪、蜀椒、白術、牛膝、葛根各六十克；防風九十克；炙甘草、山萸肉、制附子、秦艽、炮姜、當歸、制烏頭、人參、肉桂各三十克；獨活十克、白酒二升

制法： 以上十六味。共爲粗末，用白紗布袋盛之，置于净器中，用白酒浸泡，封口。春夏三日，秋冬五日后開封，去掉藥袋，過濾后裝瓶備用。

功效： 除風止痛，活血通經。

用法： 不拘時隨量飲之，以不醉爲度。

川芎羌活酒

配方： 川芎、羌活(去蘆頭)、細辛、甘草(炙)各三十克；莽草二十克、黑豆(炒)六十克、酒〇點八升

制法： 將藥粗搗碎，分作八份，每份用酒一百毫升煎取五十毫升。

功效： 祛風止痛。活血通絡。

用法： 熱含漱，每日四~五次，咽亦無妨。

松花酒

配方： 松花二百五十克

制法： 選用春三月之松花取五六寸如鼠尾者，將藥蒸，細切，用生白布袋內，酒二斤浸泡于净器中，經五日開取。每日早、晚各空腹溫飲一小杯。

功效： 祛風清目。

蒼耳酒

配方： 蒼耳子、防風、牛蒡子、大生地、黃芪、白茯苓、獨活各三十克；木通、薏苡仁各二十克；人參十五克、肉桂十二克

制法： 將牛蒡子炒后，上十一味，搗碎，用白夏布包貯，置于净器中，用酒二斤浸之，封口，經七日后開取，

功效： 除熱、補虛。

用法： 每日空腹飲，初次飲一~二小杯，后量性徐徐加至二~三小杯。

肉桂黃芪酒

配方： 黃芪、肉桂、巴戟天、石斛、澤瀉、白茯苓、柏子仁、蜀椒各九十克；防風、獨活、黨參、白芍藥、制附子、制川烏、茵芋、半夏、細辛、白術、炙甘草、瓜蔞根、山萸肉各三十克；干姜八十克

制法： 將肉桂去粗皮，巴戟天去心，石斛去根，白茯苓去黑皮，蜀椒去目并閉口者炒出汗，干姜泡后，均爲粗末，布包，置于净器中以清酒四斤漬之，封口，秋冬七日，春夏三日開取，去渣。

功效： 溫中散寒，祛風濕，止痛。

用法： 初服三十毫升，漸加量，以微微麻木爲效。

發灰酒

配方： 婦人油頭發若干

制法： 燒作灰，裝瓶備用。

功效： 止痛。

用法： 每次酒服六克。

靈脾肉桂酒

配方： 仙靈脾一百克、陳橘皮十五克；豆豉、黑豆皮各三十克；連皮大腹檳榔三克、肉桂三十片、生姜三片、葱白三根

制法： 將葱白切段，上藥搗碎，以生白布袋盛，用黃酒二斤浸，桂藥不會到底，灰火(熱灰火)外煨二十四小時，取出候冷備用。

功效： 溫補腎陽，健脾利濕。

用法： 早、晚溫飲一杯。

梔子酒

配方： 梔子、茵陳各一束

制法： 上二味以酒二碗，煎至八分，三更時分服之，忌油膩、濕面、豆腐、生冷等物。

功效： 清熱利濕退黃。

治金瘡浸酒方

配方： 雀屎(炒研)半合

制法： 以酒七合，煮五合，濾去渣。

功效： 熄風解痙。

用法： 溫頓服之。

長松酒

配方： 松根二斤

制法： 將根切片，九蒸九曬，用酒二斤浸于瓶內，封口，經七日開取。

功效： 祛風寒，利濕，壯腰腿。

用法： 每于食前溫飲一～二杯。

兩皮獨活

配方： 海桐皮、五加皮、獨活、石斛、桂心、防風、當歸、杜仲、仙靈脾、萆薢、牛膝、薏苡仁、生地黃各三十克；制附子十克、虎脛骨四十五克

制法： 將防風去蘆頭，杜仲炒斷絲去粗皮，牛膝去苗，虎脛骨酥炙黃，上十五味，共搗碎，生白布袋包，用白酒三斤浸泡于淨瓶中，春夏七日，秋冬十四日后開取。

功效： 益腎祛風，強腰壯骨。

用法： 每日空腹溫飲一～二杯，常令微醉，不得大醉，重者不過兩劑，若酒盡，旋即添之，以藥味盡即止。

甜酸石榴酒

配方： 酸石榴、甜石榴各七枚；黨參、苦參、沙參、丹參、蒼耳子、羌活各三十克

制法： 將酸、甜石榴分別連皮搗爛。上八味，共碎細，以清酒三斤浸于瓷瓶中，密封中。春夏七日，秋冬十四日開取，去渣備用。

功效： 疏風消腫。

用法： 每食前溫服一中杯。時飲時加酒，味薄即止。

内消浸酒

配方： 鮮仙人掌二百五十克；羌活、杏仁各三十克

制法： 將杏仁去皮尖。上三味，搗味，以酒二斤浸入瓶中，封口，七日后

開取。

功效：清熱解毒，消腫。

用法：每日空心服一杯，臨睡再服一杯，以消爲度。

枳殼秦艽酒

配方：枳殼九十克；秦艽、肉蓯蓉各一百二十克；丹參一百五十克、獨活十二克、陸英一百克、松葉二百五十克

制法：將枳殼去瓤、麩炒、獨活去蘆。上七味，搗碎，用夏布袋貯，置于净器中，用白酒四斤浸之，封口，經七日后開封，去渣備用。

功效：疏風癢，透疹。

用法：每日三次，每次飲十～十五毫升，漸加至二十毫升。

萸桑煮酒

配方：茱萸根五十克、桑白皮一百克

制法：上二味細切，用黄酒一千五百毫升，煮至約五百毫升，去渣，收貯備用。

功效：治腎熱肢腫，并主瀉肺行水，清肺止咳。

用法：分作三份，每日空腹飲一服。

牛蒡根浸酒（二）

配方：牛蒡根（銼，蒸三遍）九十五克、米酒五公斤

制法：將牛蒡根銼、蒸三遍，以生絹袋盛之，入酒五公斤于净器中浸五日。

功效：主治月水不通，結成症塊，腹肋脹大，煩悶難忍。

用法：每飯前温飲一盞。

人參黄芪酒

配方：石斛一百二十克；人參、黄芪、丹參、杜仲、牛膝、五味子、白茯苓、山茱萸、薯蕷、草　、防風、生姜各六十克；枸杞子、天門冬、薏苡仁各一百五十克；細辛三十克

制法：諸藥打細，用布袋盛，入清酒十斤，于瓷瓮中浸之。

功效：主補虛勞，益氣力，除腰脚痹弱及頭面游風，利關節，堅筋骨。

用法：每日早、晚各一杯，漸加至兩杯。

五味酒

配方：薯蕷、山茱萸、白術、五味子各二百克；丹參、生姜各一百二十克；防風二百五十克、人參三十克、

制法：諸藥打細，用布袋盛，入清酒十斤，入瓷瓮中浸七日后開。

功效：補益氣力，治頭風眩，不能食。

用法：每日三次，各飲一杯。

黑豆浸酒

配方：黑豆五百克；熟地黄、牛膝、防風各九十克；杜仲、石斛、炮附子、茵芋、白茯苓各六十克；枸杞子、羌活、當歸、川椒、桂心、川芎、白術、五加皮、酸棗仁各三十克

制法：諸藥打細，用布袋盛，入清酒十斤，浸泡七日后開封。黑豆炒熟后用。

功效：補氣温陽，祛風除濕。治風濕腰痛牽引流入腿膝，元氣衰虛。

用法：每于食前暖一中杯飲之。

巴戟天酒(三)

配方：巴戟天、羌活、當歸、石斛、蜀椒、生姜各六十克

制法：諸藥打細，用酒五斤，瓷瓶内浸密封，以水煮此瓶四小時即得。

功效：壯腎陽，强筋骨。治腎虧腰脚屈弱。

用法：隨意飲用，每次一杯，常有酒氣。

棗仁暖髒酒

配方：酸棗仁九十克；羌活、牛膝、山茱萸、桂心、天雄、仙靈脾、萆薢、川芎、天麻、肉蓯蓉各六十克；甘菊花、桑寄生各四十五克

制法：諸藥打細，用布袋盛，入好酒十斤，浸泡五日后開取。

功效：暖髒腑，利脚膝，止痛痛，祛風寒。

用法：每日五次，各飲一杯，常令有酒氣。

磁石玉真酒

配方：磁石三百克；肉蓯蓉、木香、補骨脂、檳榔、肉豆寇、蛇床子各六十克。

制法：磁石大火燒令赤，投于醋中淬七次，細研水飛，再以好酒一斤煮之。其他諸藥打細末，投入磁石煎酒中，制成丸子梧桐大小以備用。

功效：補暖下元水髒，强益氣力，明耳目利腰脚，神效。

用法：每日晨時以酒温化三十丸服用。

甜瓜酒

配方：甜瓜子五百克、白芷三十克；當歸、川芎、炙甘草各六十克

制法：諸藥打細散，酒煎服。

功效：補血益髓。治血氣虛，腦髓空竭，諸髒虛乏，少如蒜發，及憂愁早白。

用法：每于食后，以酒一杯，煎藥五克服。

薏苡仁酒(二)

配方：薏苡仁二百五十克；牛膝一百五十克、赤芍藥、酸棗仁、干姜、熟附子、柏子仁、石斛各九十克；甘草三十克

制法：諸藥打細，布袋盛，入清酒八斤，浸泡七日成。

功效：養肝柔筋。治肝髒風，拘攣不可屈伸。

用法：每日根據自己的酒量隨意服用，不醉爲佳。每日服后隨時加新酒。

鹿角酒

配方：鹿角屑一百五十克、生附子

六十克

制法：兩藥搗細羅爲散，酒煎即得。

功效：令人少睡，益壽長力，通神明。

用法：每日三次，各取五克，一杯酒稍煎服。

羚角酒

配方：羚羊角屑、酸棗仁、猪椒根各三十克；五加皮、生干地黄六十克；枳實、丹参、川芎、桂心、地骨皮各三十克

制法：諸藥打細，以布袋盛，用清酒四斤，浸泡七日成。

功效：强筋健骨。治肝勞，肢節疼痛，脉攣縮，宜服。

用法：每日食前温服一小杯。

仙靈脾酒（二）

配方：仙靈脾九十克；桂心、防風、羌活、萆、川芎、生干地黄、海桐皮、牛膝、骨碎補、炮附子各六十克；五加皮一百二十克

制法：諸藥打細，用布袋盛之，入清酒八斤，于瓷瓶中浸，密封五日后開取。

功效：壯腰府，止疼痛。治風，腰膝疼痛。

用法：每日隨意飲用。酒少再添新酒，藥味淡時换藥，以愈爲度。忌生冷毒滑魚肉。

木瓜酒

配方：牛膝、菖蒲、酸棗仁、川芎、石斛、仙靈脾、赤箭、桂心、炮附子、萆薢各九十克；木瓜一百五十克

制法：諸藥打細，以布袋盛，用好酒十斤于瓷瓶中浸，密封七日后取。

功效：舒筋止痛，散寒活血。治風，腰脚疼痛，及皮膚不仁，筋脉拘急。

用法：每日隨意温飲一杯，常令醺醺，不得大醉。酒盡更添，以藥味薄即换之。忌生冷毒滑物。

烏喙酒

配方：炮烏喙、枳殼、防風、干姜、獨活、地骨皮、牛膝、石南葉各六十克；五加皮、干熟地黄各九十克；丹参四十五克

制法：諸藥打細，用布袋盛之，入清酒六斤于瓷瓶中浸，密封七日后開取。

功效：益腎壯腰，祛風止痛。治風毒氣，攻腰脚連骨髓，日夜疼痛。

用法：每日飲三~五次，温飲一小杯。常令有酒氣，以愈爲度。

羚羊角酒

配方：羚羊角、五加皮、防風、獨活各九十克；薏苡仁、牛膝各一百五十克；牛蒡根二百五十克；桂心、海桐皮、大麻仁各三十克；黑豆五百克

制法：諸藥打細，用布袋盛，入清酒十斤，浸泡七日成。

功效：强筋骨，除煩熱。治脚氣發

動，煩熱疼痛，筋脈拘急，得履不得。

用法： 每于食前隨意飲用。

薏苡仁酒(三)

配方： 薏苡仁一百五十克、羚羊角十克；秦艽、五加皮各九十克；升麻、黄芩、羌活、獨活、牛蒡子、桂心各六十克；地骨皮、枳殼各三十克；大麻仁一百克；牛膝、牛地黄各一百二十克

制法： 諸藥打細，用布袋盛，入清酒八斤，密封浸泡七日即可。

功效： 益氣强筋，除煩熱。治發渴疼痛，四肢拘急，背項强直。

用法： 每于食前隨性温服之，不醉爲宜。

舒筋酒

配方： 狗脊、丹參、黄芪、萆、川芎、獨活各三十克；炮附子十五克

制法： 諸藥打細，如麻豆大，用清酒八斤，內瓶中密封，于鍋中加水煮之，六小時即得。

功效： 舒筋活血，生肌强健。治腰痛强直，不能舒展。

用法： 每于食前温服一杯。

桂枝浸酒

配方： 桂枝、川芎、獨活、炙甘草、牛膝、淮山藥、炮附子、干姜、躑躅花各三十克；炮天雄、防風、茵芋、杜仲、白術各四十五克；白茯苓、蒴藋、猪椒根皮各六十克

制法： 諸藥打細，用布袋盛，入清酒十斤，浸泡七日后開取。

功效： 護膚祛風。治風，偏身如蟲行。

用法： 每日空腹及夜臨卧時，暖飲一杯。

雄附酒

配方： 炮天雄、炮烏頭、茵芋、川椒、躑躅花、干姜、桂心、防風、石南葉、炙甘草、莽草各三十克

制法： 諸藥打細，用布袋盛，入清酒八斤，浸之七日滿后開取。

功效： 護膚祛風。治大風癩疾，眉毛墮落。

用法： 每日三次，各温飲一杯，漸加量。

石榴浸酒

配方： 酸石榴、甜石榴各七枚；人參、苦參、沙參、丹參、蒼耳子、羌活各五十克

制法： 諸藥打細，布袋盛，入清酒八斤，于瓷瓶中浸之，密封七~十四日開取。

功效： 活血益氣，清熱解毒。治頭面熱毒皮膚生瘡，面上生結，如眉落者。

用法： 每于食前温飲一杯。

皮酒

配方： 苦參一百克、露蜂房一百五十克、皮一具

制法： 諸藥打細，用布袋盛，入清酒六斤，浸泡七日后開取。

功效：祛風解毒。治遍身白點，搔之屑落或癢或痛，白色漸展，也呼白癩。

用法：每日三次，各飲三小杯。

松葉酒(三)

配方：松葉一百克、麻黄一百五十克

制法：諸藥打細，以布袋盛，入好酒十斤，浸泡七日成。

功效：祛風解毒。治發眉自落。

用法：每日隨意温飲，不拘時候。

生枸杞子酒

配方：枸杞子五百克

制法：用好酒六斤，浸七日成。

功效：主補虛，長肌肉，益顔色，肥健能去勞熱。

用法：每日任性飲之，不醉爲度。

菴蕳子酒

配方：菴蕳子、大麻仁各一百五十克；桃仁三百克、

制法：先用麩炒桃仁，再將各藥加酒十斤，入黄瓷中密封，用慢火輕煎半日成。

功效：通經活血。治産后風冷，留血不去，停結，月水閉寒。

用法：每日早、午各飲一中杯。

十味消食酒

配方：金牙、蛇床子、干地黄、葪藋根、附子、防風、細辛、莽草各一百三十克；蜀椒三十克、羌活二百五十克

制法：諸藥打細，用布袋盛，用清酒十五斤，于瓷瓮中漬，密封，勿令泄氣，四～七日成。

功效：温陽健脾。治三焦不和，脾胃不磨，飲結實，逆害飲食，酢咽嘔吐，食不生肌，積年八風五痓，舉身不得轉側，行步跛，不能收攝，又暴口，失音，言語不正，四肢皆痹，筋急腫痛，流走不常，勞冷積聚，少氣，乍寒乍熱。

用法：每日三次，各飲適量。此酒無毒，可小醉，常令酒氣相接不盡，一劑病無不愈。

開胃酒

配方：淮山藥六十克；石斛、牛膝、鹿茸、肉蓯蓉、茯苓、五味子、川斷、巴戟、炮附子、山茱萸、人參、桂心、澤瀉、熟干地黄、杜仲、蛇床子、遠志、覆盆子、菟絲子各三十克

制法：諸藥打細，如麻豆大，用布袋盛，入清酒一十斤浸，七日后開取即得。

功效：益胃侵脾，大補元氣。治脾胃氣寒，飲食無味，諸虛不足，及男子五勞七傷，久虛損羸瘦，脚無力，顔色痿黄，下元衰備。

用法：每日三次，各飲兩小杯。

茱萸根浸酒

配方：吴茱萸根五百克、大麻子二百五十克、陳橘皮六十克。

制法：先搗碎陳皮，麻子搗如泥，

茱萸根銼細。諸藥相拌，用酒六斤，浸一晚，慢火上微煎，絞去滓，分作五服。

功效：健俾驅蟲。治脾勞熱，有白蟲，在脾中爲病，令人好嘔不食。

用法：每日晨時温服一次，蟲即下。

馬灌酒

配方：天雄六十克；啇陸根、躑躅、烏頭、附子各三十克；桂心、白蘞、茵芋、干姜各九十克

制法：諸藥打細，用布袋盛之，入清酒二十斤于瓷瓮中浸，春夏季五日，秋冬季七日成。

功效：除風氣，通血脉，益精華，定六腑，聰明耳目，悦澤顏色，頭白更黑，齒落更生。服藥二十日勢倍，六十日志氣充盈，八十日能夜作書，百日致神明，房中强壯如三十歲時，能引弩，年八十人服之亦當有子，病在腰膝，藥悉主之。

用法：初服半杯，漸加至三小杯。藥滓打成細末，每取五克此酒衝服。

奔馬酒

配方：菖蒲三斤、清酒十斤、秫米五斤

制法：用菖蒲切細曝干，用布袋盛，入好酒五斤中浸，密封百日后開視之，酒如緑葉色，復炊秫米，投入酒中，再封四十日，便濾去滓。

功效：通血脉，調榮衛。治骨立痿黄，醫所不能治者，服一劑。服經百日，顏色充足，氣力倍常，耳目聰明，行及奔馬，發白更黑，齒落再生，晝夜有光，延年益壽，久得與通神。

用法：每日三次，各温飲一杯。其藥滓曬干，搗爲細散，酒調三克，服之尢妙。

菊花延年酒

配方：菊花、生地黄、枸杞根各二斤

制法：將諸藥切細，加入適量水，煮取濃汁五斤，炊糯米五斤，加入細曲并藥汁，同拌令匀，入瓮密封，發酵澄清即得。

功效：壯筋骨，補髓，延年益壽耐老。

用法：每日三次，各酒飲一杯。

四扇酒

配方：松脂、澤瀉、白術、雲母粉、干姜、肉桂、菖蒲、生干地黄各六十克。

制法：諸藥打爲細末，用布袋盛，入清酒八斤，浸泡七日后開取。

功效：變白輕身，却老還童，除白疾，駐顏益壽，填精補腦。

用法：每日早、晚各飲一小杯。

芝草精酒

配方：黄精五斤、干姜九十克、桂心三十克

制法：取鮮黄精，去毛洗净，打碎

蒸熟，壓得藥汁，再濃煎得膏，加入干姜末及桂心末，又微火煎看色欲黄時取出，待冷盛净器中貯。

功效：補益，療萬病，神仙延年。

用法：每日二次，各取膏二十克，投入一杯酒中，拌匀后飲用。

神仙蒺藜酒

配方：刺蒺藜子三斤、清酒六斤

制法：先蒸藥二小時許，再曬干，打爲細散，用布袋盛，入酒中浸三日成。

功效：延年益壽。治一切風氣，緊鷄痔，惡瘡，男子遺精，婦人發乳，帶下過多。

用法：藥滓取出曬干，每日一次，取酒一杯，藥滓三克，衡服。

狗脊當歸酒

配方：狗脊、當歸、川芎、桂心、防風、萆薢、仙靈脾各六十克；牛膝一百五十克、丹參九十克、天蓼木十五克、川椒三十克

制法：諸藥打細，用布袋盛，入清酒八斤，浸泡七日后開取。

功效：活血祛風。治婦人風痹，手足不隨，肢節急强。

用法：每日三次，各飲一杯，帶令有酒氣。

肥松節酒

配方：肥松節、大麻仁各五百克；生干地黄、牛膝、牛蒡根各九十克、桂心三十克、丹參、萆薢各六十克

制法：諸藥打細，用布袋盛入，入清酒八斤，于瓷瓶中，密封浸泡五日后開取。

功效：祛風濕，利關節。治風濕痹攣疼痛。

用法：每于食前，温飲一中杯。

獨附酒

配方：炮附子、獨活各八十克

制法：諸藥打細，用布袋盛，入酒四斤浸密封三日后開取。

功效：祛風散寒。治脚氣虛脉沉細緩弱。

用法：初服一小杯，漸加量，常令有酒氣。

桑枝浸酒

配方：桑枝、柳枝、槐枝各二百五十克；羌活、牛膝、炮附子、桂心、熟地黄各九十克；黑豆一百五十克

制法：諸藥打細，用布袋盛，入清酒十斤，浸泡七日后開取。

功效：祛風通絡，利關節。治風濕關節痛。

用法：每日食前飲兩小杯。

百靈藤酒

配方：百靈藤五斤、曲二百克、糯米十斤

制法：煮米飯者，再煮取藥汁，冷如人體温時，入于瓮中，加入曲，發酵三日取清。

功效：通經絡，利關節。治風濕痹

痛。

用法：每日早、晚各温飲一杯，服后覺渾身汗出爲效。

養腎益精酒

配方：熟地黄、生地黄、何首烏各一百二十克；牛膝、官桂、枸杞子、肉蓯蓉、菟絲子、人參、天門冬、茯苓、巨勝子、川烏、覆盆子、山藥、枳實、川斷、柏子仁、酸棗仁、破故紙、巴戟天、五味子、廣木香、韮子、鷄頭實、蓮子各三十克

制法：先用酒浸牛膝、肉蓯蓉、菟絲子、天門冬等三日，酒十斤浸，再將藥取出焙干，并與其他藥相合，打成細末，春夏入煉蜜制成梧桐子大藥丸，秋冬入棗肉爲丸。

功效：補腎精，益先天，安魂定魄，改易容顏，通神仙，延壽命，補髓駐精，益氣治虚弱，展筋骨，潤肌膚，頭白再黑，齒落更生，目視有光，心力無倦，行疾如飛，百病不侵。

用法：每日二次，各以前浸藥酒，調服二十至三十丸，空腹飲用。

留容酒

配方：枸杞根五百克、桃仁一百五十克、大麻仁九十克、烏麻仁一百二十克、甘菊花九十克、生地黄二百五十克

制法：諸藥打細，用布袋盛，入清酒八斤，于瓷瓮中浸，七日后開取。

功效：長筋骨，留容顏方。

用法：每日不拘時候隨意飲用。

地黄酒（二）

配方：生地黄一點五千克、糯米二點五千克、細曲一百八十克

制法：先將生地黄略蒸后在盆中搗碎備用；細曲研成細末，備用。然后將糯米洗净蒸煮，瀝半干，納入净壇中。待糯米冷后，加入地黄和細曲末，攪拌均匀，加蓋密封，置保温處，二十一日后開啓，用白布絞去糟渣，再把酒用細紗布過濾一遍，即可裝瓶備用。

功效：補肝腎，滋陰養血，烏須發，延年益壽。

用法：每日三次，隨量温飲，以不醉爲度。

耐老酒

配方：生地黄二十五克；枸杞子、滁菊花各二百五十克；糯米二點五千克、細曲二百克

制法：先將生地黄、枸杞子，滁菊花搗成碎末，置于藥鍋中，加水五升，煎取一半，倒入净器中，等冷備用。次將細曲搗成細末。糯米洗净蒸煮。瀝半干，待冷后加入細曲末，然后倒入净器中，與藥汁攪拌均匀，加蓋密封，置保温處發酵，二十一日后，壓濾去糟渣，裝瓶備用。

功效：滋肝腎，補精髓。

用法：每日三次，每次二十毫升，早、晚空腹温飲。

黄芪杜仲酒

配方：黄氏、制附子、山萸肉、石楠、白茯苓、桂心各三十克；萆薢、防風、杜仲各四十五克；牛膝、石斛、肉蓯蓉(去皮炙干)各六十克；酒一點七五升

制法：上十二味，共搗爲粗末，用白紗布袋盛之，置净器中，入酒浸泡，密封。三日后開啓，去掉藥袋，過濾后裝瓶備用。

功效：温補腎陽，强腰膝。

用法：每日三次，每次十~二十毫升，食前温飲。

萆薢附子酒

配方：萆薢、制附子、牛膝各五十克；狗脊、杜仲(微炒令黄)、羌活、肉桂各三十克；桑寄生四十克、酒一點五升

制法：將藥共搗碎，用白紗布袋盛之，置于净器中，入好酒浸泡，密封，七日后開啓，去掉藥袋，過濾裝瓶備用。

功效：温陽益腎，壯腰膝。

用法：每日三次，每次于飯前温飲十毫升。

大生地酒

配方：生地、牛蒡根各一百二十克；杉木節、牛膝各五十克；丹參、獨活、地骨皮各三十克；大麻仁六十克、防風二十克、白酒一點五升

制法：以上九味，共搗爲粗末，用白紗布袋盛之，置于净器中，入白酒浸泡，密封口；七日后開啓，去掉藥袋，過濾去渣，收瓶貯之。

功效：清虚熱，祛風，活血，消腫。

用法：每頓飯前，隨量温飲。

川烏杜仲酒

配方：杜仲(微炒令黄)、萆薢、五加皮、續斷、羌活、防風、制附子各四十克；炮姜、炙甘草、瓜蒌根各二十克；地骨皮、肉桂、川芎、秦艽、石斛、制烏頭、桔梗各三十克；川椒(微炒出汗)十五克、細辛二十五克、酒二升

制法：將藥共搗碎，用白紗布袋寬松盛之，置于净器中，入酒浸泡，蜜封，五日后開啓，去掉藥袋，過濾裝瓶備用。

功效：補腎壯陽，强腰止痛，祛風散寒除濕。

用法：每日三次，每次温飲十五毫升，飯前服。

浸酒方

配方：虎脛骨六十克、當歸三十五克、制附子十五克、白酒一升

制法：先將虎脛骨炙酥黄，然后將上三味藥共搗爲細末，用白布袋盛之，置于净器中，倒入白酒，封口，春夏三日，秋冬七日后開啓，即可飲用。

功效：壯骨，温中，養血。

用法：每日二次，每次十~二十毫升，空心温飲。不耐酒力者，可隨意飲之。

酸棗仁酒

配方：酸棗仁、黃芪、赤茯苓、五加皮各三十克；干葡萄、牛膝各五十克；天門冬、防風、獨活、肉桂各二十克；火麻仁一百克、羚羊角屑六克、白酒一點五升

制法：上藥洗淨，共研粗末，入紗布袋中，封口，置白酒中，浸泡七日，去渣取液，裝瓶備用。

功效：養五髒，澤肌膚，療脚氣。

用法：每日二次，每時十~三十毫升，食前飲用。

牛蒡酒

配方：牛蒡子(炒)、枸杞子、牛膝各三十克；杜仲二十克、石斛(微炒)、制附子、炮姜、川椒(炒出汗)各二十克；大豆(炒熟)、大麻子(炒香)各一百二十克；茵芋十五克、雲苓三十克、好酒一點五升

制法：將藥共搗碎，用白紗布袋盛之，置于淨器中，入酒浸泡，密封，七日后開啓，去掉藥袋，過濾后裝瓶備用。

功效：祛風除濕，散寒止痛。

用法：每日三次，每次飯前溫飲十毫升。

牛膝復方酒

配方：石斛、杜仲、丹參、生地各六十克；牛膝一百二十克、酒一點五升

制法：以上五味，共搗碎，用白紗布袋盛之，置于淨器中，入酒浸泡，密封，七日后開啓，去掉藥袋，過濾裝瓶備用。

功效：補肝腎，强筋骨，活血通絡，滋陰益精。

用法：每日三次，每次飯前溫飲十毫升。

牛膝羌活酒

配方：川牛膝、鮮草薢、羌活、虎脛骨(塗酥炙微黃)各三十克；肉桂、制附子、當歸、防風各二十克；酒一升

制法：將藥搗碎，用白紗布袋盛之，置淨器中，用酒浸泡，密封七日后開啓，去掉藥袋，過濾后裝瓶備用。

功效：祛風利濕，强筋壯骨。

用法：每日三次，每次(飯前)溫服十毫升。

生地加皮酒

配方：五加皮、防風、獨活各三十克；牛蒡根、生地、炒黑豆、大麻仁各六十克；牛膝、薏苡仁各五十克；海桐皮、羚羊角屑各二十克；肉桂十克、醇酒二升

制法：以上十二味，共搗粗末，用白紗布袋盛之，置于淨器中，入醇酒浸泡，封口，七日后開取，去掉藥袋，過濾裝瓶備用。

功效：祛風濕，清熱，止痛，舒筋。

用法：每于飯前，空心隨量飲之。

防風松葉酒

配方：松葉(十月初采)一百六十克；麻黃、防風、制附子、獨活、牛膝、

生地各三十克；秦艽、肉桂各二十克；白酒一點五升

制法：以上九味，共搗爲粗末，用白紗布袋盛之，置于净器中，入白酒浸泡，封口；春秋七日，冬十日，夏五日后開取，去掉藥袋，過濾備用。

功效：祛風除濕。

用法：每日三次，每次十~十五毫升，空腹温飲。

松節牛蒡酒

配方：肥松節、大麻仁各一百二十克；生地、牛蒡根、丹參、牛膝各三十克；肉桂十克、萆 二十克、白酒二升

制法：將大麻仁炒熟，與它藥共搗成粗末，用白布袋盛之，置于净器中，入白酒浸泡，密封；五日后開啓，去掉藥袋，過濾后備用。

功效：清熱利濕。

用法：每次飯前温飲十~二十毫升。

獨活牛膝酒

配方：獨活、肉桂、防風、制附子、牛膝各三十克；大麻仁(炒香)、川椒(去目及閉口者炒出汗)各五十克；酒一點五升

制法：將藥搗細，用白紗布袋盛之，置于净器中，入酒浸泡，密封，三日后開啓，去掉藥袋，過濾后裝瓶備用。

功效：温經和血，除濕止痛。

用法：每日飯前及臨睡時，温飲十五毫升，以藥力盡爲度，不過二~三劑則愈。

獨活石斛酒

配方：獨活、薏苡仁、生地各四十克；炮姜、肉桂、白術、川芎、防風、當歸、人參、甘菊花各二十克；石斛、牛膝、丹參、萆薢、制附子、赤茯苓、山茱萸、秦艽各三十克；酒二點五升

制法：將藥搗細，用白紗布袋盛之，置于净器中，入酒浸泡，密封，七日后開啓，過濾(去掉藥袋)后裝瓶備用。

功效：祛風除濕，補虚，活血。

用法：每日三次，每次飯前隨量温飲。

薏仁防風酒

配方：薏苡仁九十克；防風、牛膝、獨活、生地、桂心各六十克；炒黑豆一百五十克；當歸、酸棗仁、川芎、丹參、制附子各三十克；白酒二升

制法：以上十二味，共搗爲粗末，用白紗布袋盛之，置于净器中，入白酒浸泡，封口；七日后開封，去掉藥袋，澄清備用。

功效：益肝腎，除濕痹，療風痙。

用法：每于飯前温飲十~二十毫升。

枳殼丹參酒

配方：炒枳殼、丹參、陸英各十八克；秦艽、獨活、肉蓯蓉各十五克；松葉五十克、白酒一升

制法：以上七味，只搗成粗末用白夏布盛之，浸入酒中，七日后開啓，去

掉藥袋去渣備用。

功效：疏風止痛。

用法：不拘時候，隨量温飲。

火麻仁酒

配方：火麻仁一百六十克、白酒○點五升

制法：將火麻仁炒香后搗碎，置于净瓶中，入好酒浸泡，封口；三日后開啓，過濾后備用。

功效：潤腸通便，兼補中虚。

用法：每次飯前，隨量温飲。

竹茹酒

配方：青竹茹六十克、阿膠二十克、黄酒○點四升

制法：將青竹茹切碎，與阿膠一同入黄酒中，上火煮數十沸，待阿膠烊化，去渣候冷備用。

功效：解痛，舒經，止血，安胎。

用法：分爲三服，早、午、晚各飲一服，即安。

神聖酒

配方：全蟲（半炒，半生）、藿香、麻黄、細辛各十八克；薄荷五十克、酒一點五升

制法：以上五味，共搗爲粗末，用白紗布袋盛之，置于净器中，入酒浸泡，封口；七~十日后開啓，去掉藥袋，澄清后即可飲用。

功效：通絡止痛。

用法：每日三次，每次五~十毫升，空腹温飲。

地黄酒（二）

配方：生地黄、糯米各五百克

制法：將生地黄細切，糯米淘净，同入酒中。

功效：大補益，令人不衰，烏須黑發。

用法：日飲三杯。

紫蘇子酒

配方：紫蘇子五十克、黄酒五百克

制法：將上藥搗碎，納入酒中，浸三天。

功效：順氣，利膈。

用法：少少飲之。

獨活附子酒

配方：附子、獨活各五十克

制法：將附子炮裂去皮臍。上二味，共搗碎細，置于净瓶中，用醇酒一斤浸之，經五日開瓶取飲。

功效：散寒止痛，祛濕除痹。

用法：每飯前温飲一小杯，每日三次。

牛膝加皮酒

配方：炮姜二十克；五加皮、枳殼、獨活、制草烏、石楠、防風、川芎、枸杞子、虎脛骨各三十克；丹參、白術、地骨皮各五十克；熟地、牛膝、秦艽各四十克

制法：將制草烏炮裂去皮臍，上十六味，共細碎，置于净器中，用醇酒四斤浸之，密封口，經八日開取，去渣備用。

功效：强筋壯骨，補腎壯陽。

用法：每日三次，每次飯前温飲一～二杯。

薏仁石斛酒

配方：石斛、附子、川芎、炮姜、獨活、牛膝、杜仲、秦艽、陳皮、黄芪、白前、當歸、蜀椒各二十克；丹參、五加皮、山茱萸、茵芋各二十五克；肉桂十五克、薏苡仁一百克、鐘乳粉四十克、

制法：將附子炮裂去皮臍，杜仲去皺微炙令黄，蜀椒去目及閉口者微炒出汗后，上二十味共搗細，置于净瓶中，用酒三斤浸之，封口，經四宿開取。

功效：補虚除風，活血通絡。

用法：每次飯前温飲一小盅。

地黄楊皮酒

配方：生地一百五十克、生姜二十克；白楊樹皮、大豆各八十克

制法：上藥搗碎細，置于瓶中，用酒三斤浸之，密封，經七日后開取，去渣備用。

功效：清熱利濕。

用法：每次飯前，温飲一～二杯，漸加之，不醉爲度。

茯苓菊花酒

配方：白茯苓四十克；甘菊花、肉蓯蓉、瓜蔞根、克防風、熟地黄、丹皮、山萸肉、菖蒲、黄芪、杜仲、遠志、制附子、干姜、赤芍、牛膝、萆、狗脊、蒼耳子、羌活、牛蒡根、續斷各十五克；菟絲子、晚蠶砂各二十二克；人參、白術、牡蠣、紫菀、石解、蛇床子、虎脛骨、炒牛子、桔梗、枸杞子各十克；柏子仁一百二十克

制法：上藥共搗爲粗末，和匀，用白布袋盛，置净器中，用酒四斤浸泡，密封口，經十五日后開取，去渣備用。

功效：祛風氣，利關節，壯筋骨，益肝腎。

用法：每日早、午、晚各温飲一小杯。

天麻石斛酒

配方：石斛二克；天麻、川芎、仙靈脾、五加皮、牛膝、萆、桂心、當歸、牛蒡子、杜仲、制附子、烏蛇肉、茵芋、狗脊、丹參各二十克；虎脛骨三十二克、川椒二十五克

制法：將虎脛骨塗酥炙黄，烏蛇肉微炒，川椒去目閉口者微炒出汗，十八味共搗細碎，用好酒三斤浸于瓮中密封，經七宿后開取。

功效：舒筋活血，强筋壯骨，祛風除濕。

用法：每日一小杯，不計時候温飲，常令有酒力相續。其酒，飲一杯加一杯，以藥味薄即止。

天座靈脾酒

配方：仙靈脾、明天麻、獨活、制附子、牛膝、桂心、當歸、五加皮、川芎、石斛、茵芋、萆薢、狗脊、海桐皮、牛蒡子、蒼耳子、川椒各三十克；虎脛骨六十克

制法：將川椒炒汗出，上藥共爲粗末，以生白布袋盛，用好酒四斤浸之，密封，經七日后開取。

功效：補腎壯陽，祛風和血。

用法：每日不計時候，温服一～二杯，常令酒氣相續。酒盡再添，以藥味薄即止。

丹參酒

配方：丹參二百克、米酒(五十度)一千毫升

制法：將上藥碎爲粗粉，加入米酒，密閉浸漬十四天，過濾壓榨藥渣合并酒液，再濾至澄清。

功效：活血化瘀，解郁安神。

用法：每次飲二十毫升，日二次。

茵芋薏仁酒

配方：茵芋二十克；白芨、薏苡仁、赤芍、桂心、牛膝、酸棗仁、制附子各三十克；炮姜、炙甘草各十五克

制法：將酸棗仁炒后，上藥共搗碎細，和匀，置于净瓶中，以酒二斤浸之，封口，經七宿開取，去渣備用。

功效：散寒，祛風，除濕。

用法：不計時候，隨量温飲。

薏仁牛膝酒

配方：薏苡仁一百二十克、牛膝七十克；赤芍四十五克、酸棗仁、干姜、制附子、柏子仁、石斛各四十五克；炙甘草三十克

制法：將酸棗仁炒過，干姜炮后，上九味，細搗和匀，用生白布袋盛，以酒三斤浸于洗器中，經七宿開取。

功效：祛濕除痹，利關節，益肝腎。

用法：不拘時，每次温飲一～二杯。

松節地黄酒

配方：松節、牛蒡子、大麻仁各一百克；生地、秦艽、牛膝各五十克；肉桂、防風各二十克；丹參、萆薢、蒼耳子、獨活各三十克

制法：將大麻仁炒香，上藥共搗細，置于净器中，用酒四斤浸這之，經七日后開取，去渣備用。

功效：祛風，利濕，温中。

用法：每于食前，隨量温飲。

獨活參附酒

配方：獨活、制附子各三十五克；黨參二十克

制法：將三味同碎細盛于净瓷瓶中，用酒一斤浸之，密封瓶口，秋冬七日，春夏五日。

功效：散寒逐濕，温中止痛。

用法：不拘時，隨量飲之，常令有酒氣相續。

截瘧二甲酒

配方：穿山甲、常山、鱉魚各十八克；烏賊骨一克、烏梅◯點三克、桃仁、葱白各十克；竹葉、豉各三十克

制法：鱉甲以醋炙，穿山甲炙，烏梅酒炙。上九味，共搗碎如麻豆，布包，置于净器中，以酒一斤浸一宿，去渣。

功效：截。

用法：每日空腹温服十五毫升，良久取吐，至午時，再服二~三次，如不愈，隨日依前法服之。

茱萸根酒

配方：吴茱萸根半尺、大麻仁五十克、陳皮二十五克

制法：上藥搗碎，置于瓶中，用黄酒二斤浸之，經一宿，微火熱之，絞去渣，備用。

功效：驅蟲。

用法：每日早晨空腹飲一~小杯，晚食前再服，下盡蟲爲度。

極熟豉酒

配方：香豉五百克

制法：上藥置于瓶中，以米酒四斤浸之，三日后取飲。

功效：祛瘴氣。

用法：每日不拘時，隨量飲之。

北京同仁堂藥酒廠

第四章

中國白酒的酒標與酒瓶

作爲文化藝術創作中造型藝術的産物，酒標與酒瓶，廣泛吸收與融匯着書畫文化、雕塑文化、民俗文化與廣告文化；而作爲一種實物載體，酒標與酒瓶在中國酒文化的形成與發展過程中，又起着無可替代的重要作用。因此，正確認識酒標與酒瓶的價值，是我們研究中國酒文化的重要内容之一。

酒標與酒瓶的價值主要表現在：

其一，具有科學與研究價值。

因爲，每一張酒標，每一個酒瓶，都從不同的側面，生動地記録與證明着歷史的發展和進程。從一定意義上説，作爲實物，酒標與酒瓶比任何文獻資料都更具體、更生動、更真實地『記録』着人類社會發展的過程。加之酒標與酒瓶又有着高文化附加與高技術含量，因此它們具有較高的科學與研究價值。

其二，具有歷史和文物價值。

嚴格地説，酒標與酒瓶不僅僅是酒文化的載體，它更是人類歷史長河中直觀而具體的歷史見證與實物記載。是各個時期歷史一個方面的凝聚與再現，人們可以由此推斷出一個時期經濟繁榮、科技發達與文化昌盛的程度。因此，它們有着較高的歷史與文物價值。

其三，具有藝術與欣賞價值。

酒標與酒瓶，雖然只是酒類産品的包裝物，但經過設計、制作者的匠心獨運，多數都充分體現了中國傳統書法、繪畫、篆刻、雕塑等藝術門類，并將其完美統一的結合。人們常常能從一張酒標、一個酒瓶上欣賞到中國龍飛鳳舞的書法、意境深遠的國畫、斑駁古樸的篆刻、形象傳神的雕塑，領略到獨特的美的享受和高雅的藝術氣息。因此，它們有着極高的藝術與欣賞價值。

爲饗讀者，筆者以如是我聞，選載八十年代前部分中國白酒酒標與酒瓶的圖版，以展中國酒文化園圃中，那風景獨特的一角。

最高指示
世界上怕就怕
"认真"二字，共产
党就最讲"认真"。
洋河大曲
YANGHEDAQU

向阳花
62度白干酒
XIANG YANG HUA
BAI GAN JIU
山东省
兖州酿酒厂出品

注册 商标
改 装
高沟大曲
GAOGOUDAQU
60 度
江苏省矿业烟酒公司改装

中国历史名酒
WOLONG DAQU

历史 名酒
卧龍大曲
WOLONG DAQU

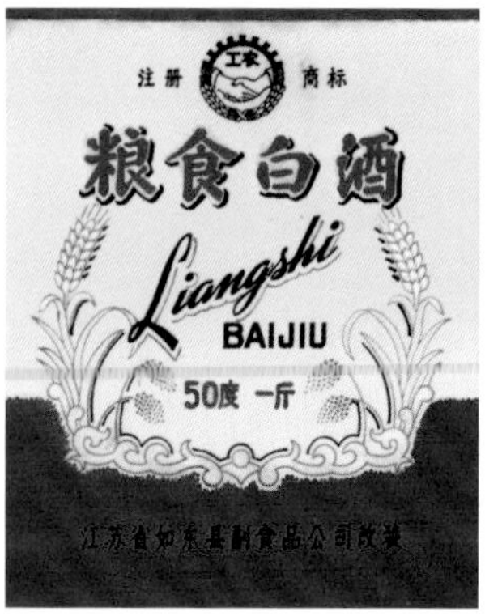
注册 商标
粮食白酒
Liangshi
BAIJIU
50度 一斤

注册商标
甘泉酿造
滴滴原質
香味獨一
高粱大麯
比众不同

60度
九两装
湘白酒
XIANG BAI JIU
长沙市副食品公司专销
CHANG SHA SHI
FU SHI PIN GONG SI

Wo Long

卧龍
发

粮食白酒
50度

註册 商标
山西特产
竹葉青酒
ZHU YE QING JIU
山 西
杏花村汾酒厂出品
SHAN XI
XING HUA CUN FEN JIU CHANG CHU PIN

珠山白酒
Zhushanbaijiu
62°

注册商标
高粱大麯
甘泉釀造
滴滴醇質
香味獨一
比衆不同
安徽合肥长丰酒厂
ANHUI HEFEI CHANG FENG JIU CHANG

注册 商标
60度
白酒
内蒙古自治区集宁市制酒厂制

50 度
市两
粮食白酒
Liangshibaijiu

注册 商标
优质白酒
60°
YOUZHIBAIJIU
南京江浦酒厂

春風
CHUNFENG
江西景德镇市酒厂出品

注册商标
汾 酒
FEN JIU
山西杏花村汾酒厂出品
SHANXI XINGHUA CUN FENJIU CHANG
CHU PIN

酒標與酒瓶

貴州茅台

五粮液
WULIANGYE
珍藏品
一帆风顺
中国·四川省宜宾五粮液酒厂
WULIANGYE DISTILLERY YIBIN
SICHUAN CHINA

高粱大曲
GAOLIANGDAQU

HANGZHOUQUJIU
60°
杭州曲酒
杭州酒厂

注册 商标
清华白酒
Qinghua Baijiu
江西共大鄣公山分校酒厂出品
婺源 清华

独玉

卧龍玉液
国家大型一档企业
河南省卧龙酒厂

注册 商标
改60°装
洋河大麯
Yanghe Daqu

注册 商标
南陽白酒
Nanyang Baijiu

高粱白酒
GAOLIANGBAIJIU
河南省内乡县酒厂

果花 商标
麯酒

大元帥

注册 商标
GAOLIANGXIANG
湖南洪江市酒厂出品

南洲大曲

各大食品商店均有代售
京西

DIDUBAIJIU
低度白酒

金谷
五加皮酒
杭州酒厂出品
厂址：杭州大井路3号

优
地方名酒
DEFANG MINGJIU
JIAFENJIU
佳汾酒

34°
西子白酒
杭州酒厂

古井貢酒

古井貢酒
GU JING GONG JIU
古井貢酒
GU JING GONG JIU

古井贡酒
曹操
古井貢酒
GU JING GONG JIU

40°±1
金谷
杭州白酒
HANGZHOU BAIJIU
杭州酒厂出品
HANGZHOUJIUCHANGCHUPIN

注册 商标
LIANGSHI
QUJIU
曲酒

GUZHEN XIAOMAOTE
古镇小茅特
中国 杭州
国营余杭酒厂

注册 商标
HONGJIANG
高粱烧酒
GAOLIANGSHAOJIU
60°

金谷
注册 商标
JINGU
糟烧
Zao Shao
60度
杭州酒厂出品
HANG ZHOU JIU CHANG CHU PIN

注册 商标
兰溪白酒
浙江兰溪酒厂

金谷
60度
香麹烧
XIANGQUSHAO
杭州酒厂
HANGZHOUJIUCHANG

HUANGSHANBAIJIU
三洋冠
黄山白酒
湖北省荆门市第一酿酒厂
HUBEISHENGJINMENSHIDIYINIANGJIUCHANG

省優質 部银杯
254578
五加白
WUJIABAI
500ml 39% alc./vol.
哈爾濱中國釀酒廠
HARBINZHONGGUOBREWERY
HARBIN·CHINA
中國 哈爾濱

MIXIANGJIU 注册 商标 MIXIANGJIU
米香酒
湖南洪江市酒厂出品

特制
老窖酒
金县粮食局酒厂

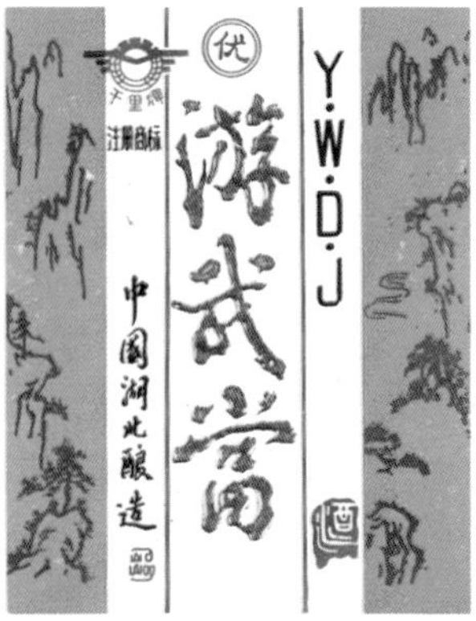
优
注册商标
游武當
Y·W·D·J
中國湖北釀造

注册 商标
沔陽小麯
MIANYANG XIAOQU
50°
湖北仙桃市酒厂

千里牌
注册商标
二曲
CHECHENG ERQU
車城
湖北省十堰市酒厂
HUBEISHENG SHIYANSHI JIUCHANG

注册商标
夜郎村
YELANGCUN
GUIZHOUSHENG ANSHUNSHI JIUCHANG

特制
注册 商标
TRADE MARK
浙竹青

酒標與酒瓶

TOUQU
頭曲
54°
海阳县曲酒厂
HAIYANGXIANQUJIUCHANG
好運來
huoyunlai
TRADE MARK
GaoLiang
Jianiang
祝阿 54°
高粱佳釀
山东省齐河县酿酒厂
注册 商标
迎春酒
YINGCHUNJIU
历史名酒
注册商标
红粮老烧
国营山东齐河酒厂
注册 商标
49°
500ml
佳釀
高粱
NIANG
国营
山东省齐河酿酒厂
注册商标
晏嬰
玉液
国营山东齐河酒厂
HUANGHELOU
注册 TRADE
商标 MARK
瓢泉牌
商标
PIAOQUANPAI
瓢泉酒
PIAOQUAN
Jiu
商标
黎阳白酒
LIYANGBAIJIU
河南省浚县付食品公司监制
姚花春
粮液
国营河南鄢陵姚花春酒厂
CHUNLIANG
纯粮
酒
60°
七台河市中心河制酒厂
伏牛山
注册 商标
ZHUCE SHANGBIAO
三河液
河南省内乡酒厂出品
GaoLiang
DAQU
精製
49° 500ml
高粮大曲
国营
山東临邑酿酒厂
GJ
古井
佳酿
注册 商标
祝阿特窖
Tejiao
国营齐河酒厂

對酒當歌

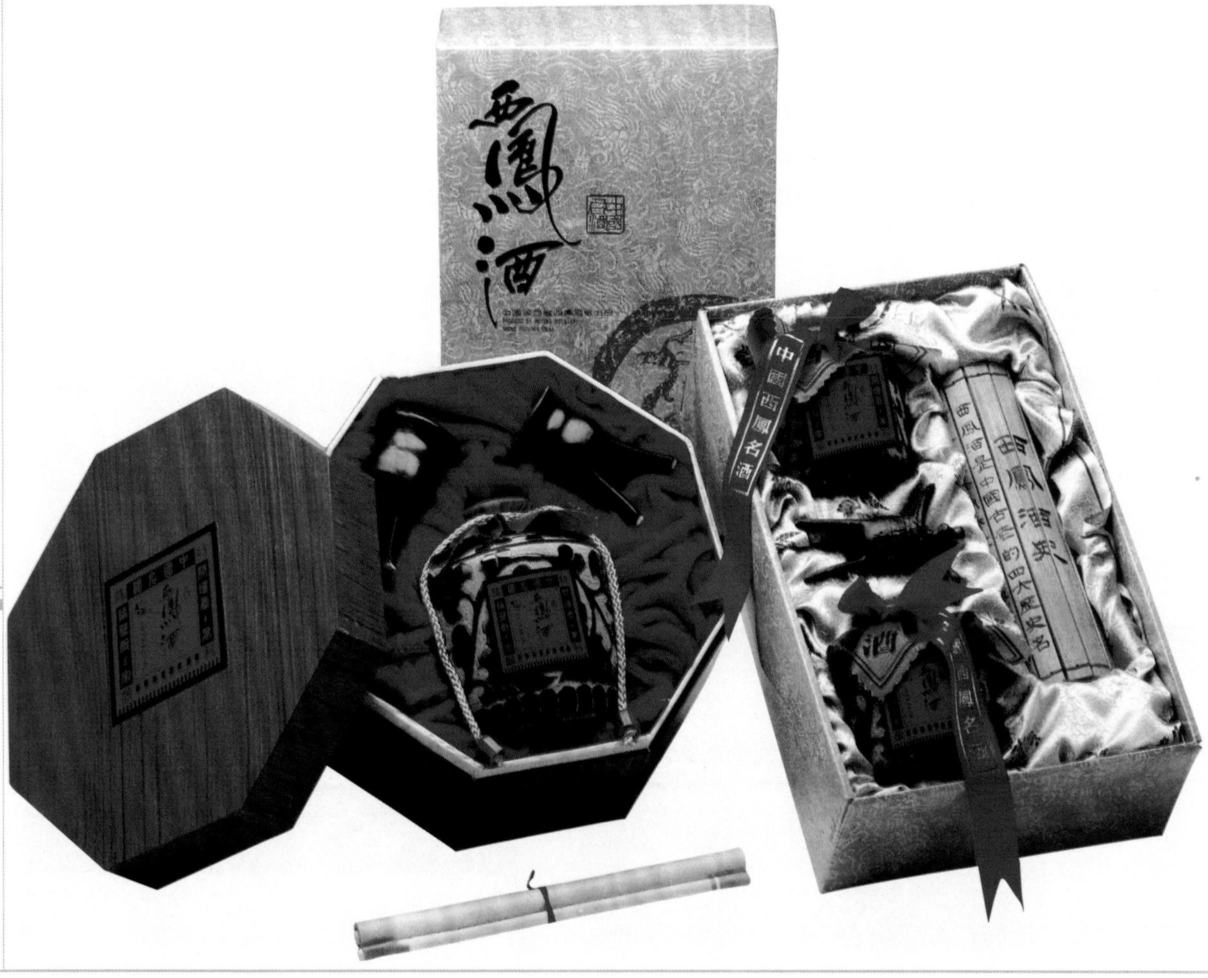

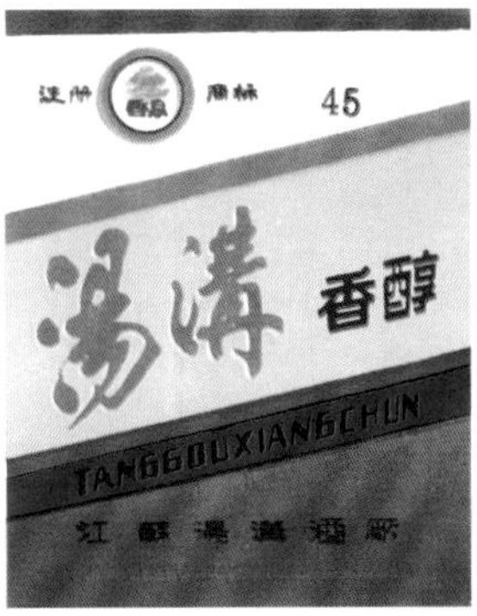
注册 商标 45
湯溝 香醇
TANGGOUXIANGCHUN
江苏汤沟酒厂

南山白酒
NANSHAN
Baijiu
60°
安徽省蚌埠葡萄糖厂出品

注册 商标
双沟
特酿
SHUANGGOU
TENIANG
125g 53°
中国 江苏
双沟酒厂双沟分厂出品

EMPEROR QIANLONG OF THE QING EMPIRE
清宫酒

注册 商标
精制特酿
怀川小茅酒
中国
怀川酒厂出品

高粱液
GAOLIANGYE
曲酒
湖北省十堰市酒厂

注册商标
太白春
TAIBAICHUN

ZHU CE SHANG BIAO
注册 商标
优质
张弓大曲
ZHANGGONG
DAQU
YOU ZHI
中国河南张弓酒厂
ZHONG GUO
HE NAN ZHANG GONG JIU CHANG

梅里玉液
嘉兴市王店酿造厂
JIAXINGSHIWANGDIANNIANGZAOCHANG

传统名酒
宫灯牌
GONGDENGPAI
60°
二锅头
ERGUOTOU

特制
老窖

南湖
注册 商标
南湖烧
NANHUSHAO
浙江嘉兴酒厂出品

贵州省军区酒厂
38°
醉春
一九八六年十二月
ZHUCHUN

历史名酒
特制精酿
浓香型54°
500ML
祝阿特曲

莲花白酒

老白干

伏牛山注册商标
莲花白酒
LIANHUABAIJIU
中国内乡
NEIXIANGCHINA

LAOBAIGANJIU
老白干

纯粮
白干
容量:500毫升
黑龙江省
讷河县拉哈制酒厂

長安老窖

53

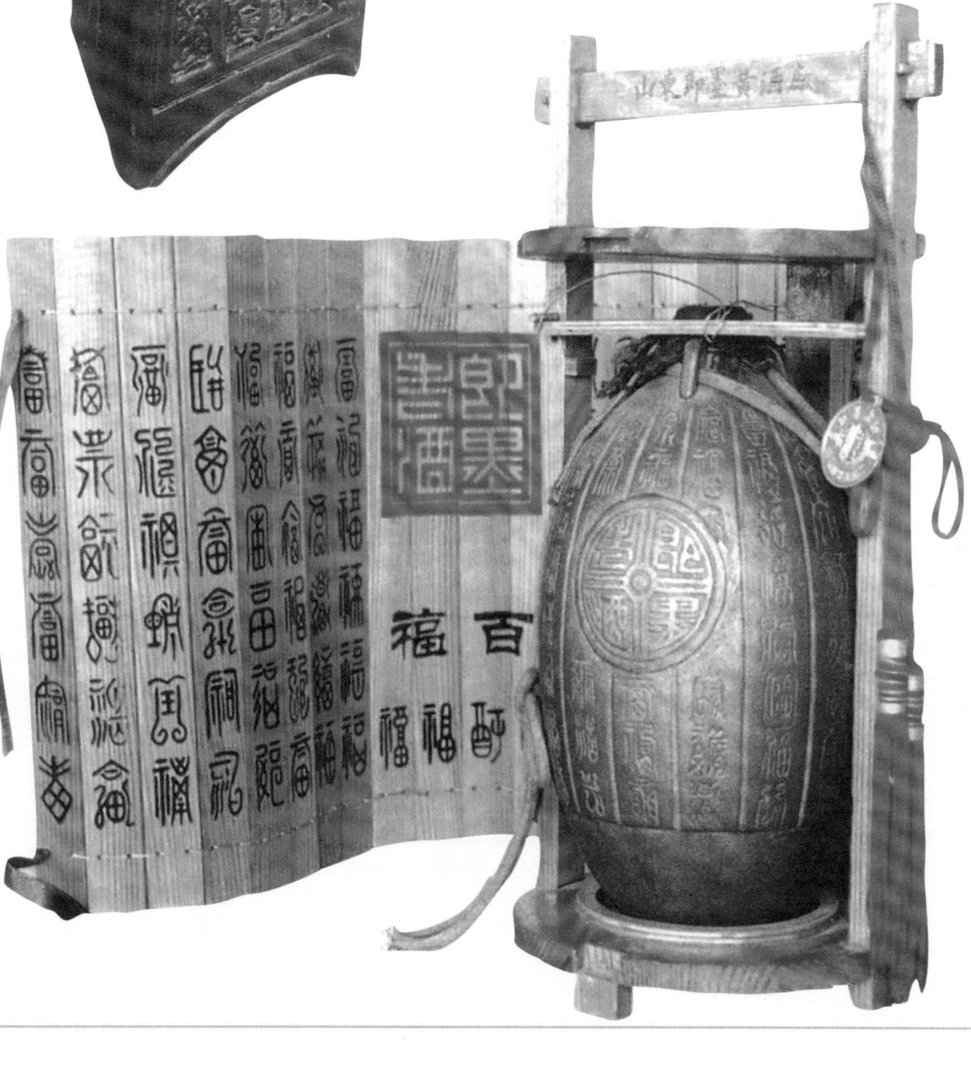

酒標與酒瓶

粮曲酒
LIANGQUJIU

纯粮酒
CHUNLIANGJIU

优
睢州粮液
SUIZHOULIANGYE
河南睢州酒厂

CHECHENG
50°
车城大曲
DAQU

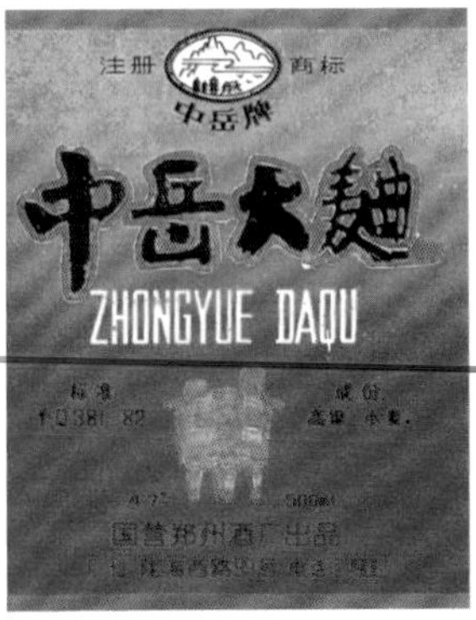
注册
商标
中岳牌
中岳大麯
ZHONGYUE DAQU
国营郑州酒厂出品

中岳酩
中国郑州酒厂

白干

优
吉祥美酒
JIXIANGMEIJIU
河南省

富贵

佳木斯汾酒厂

高粱
大麯
中国大连酒厂
DALIANJIUCHANG

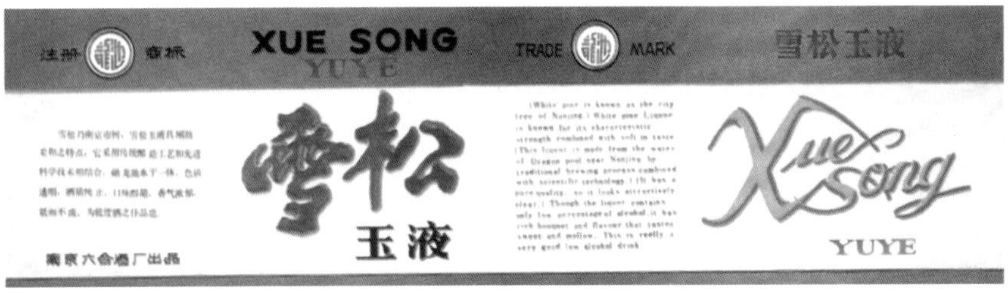
注册 商标
XUE SONG
YUYE
TRADE MARK
雪松玉液
雪松
玉液
Xue Song
YUYE
南京六合酒厂出品

注册 商标
邙山白酒
MANGSHANBAIJIU
中国郑州酒厂出品

纯粮酒
CHUNLIANGJIU

南湖 商标
禾城
甲酒
中国嘉兴市酒厂
60°

注册商标
国营开封酒厂

西鳳酒
西鳳酒

長安老窖

湖南湘西吉首湘福釀酒厂出品
HU NAN XIANG XI JI SHOU XIANG FU NIANG JIU CHANG CHU PIN

注册 商标
三花酒
筵席佳品
中国老窖
哈尔滨白酒厂
邙山酒
MANGSHANJIU
信江清
XINJIANG QING
XING SHI JIU
醒狮酒
国营重庆青木关果酒厂
高粱
佳木斯白酒厂
GAOLIANGJIU
边疆
白酒
BIANJIANGBAIJIU
牡丹江国营农场管理局制酒厂
華濟
老窖酒
50° 540ml
LAOJIAO
中国 河南
南阳酿酒厂出品
青龙老窖
ZAILAI
黑龙江省宝清制酒厂
玉泉牌
注册 商标
玉露烧
YULUSHAO
酒
黑龙江省玉泉酒厂
宝清老窖
清泉牌
林海麯酒
LINHAIQU JIU
黑龙江省横道河子果酒厂
Jingzhi
FENGCHENG DAQU
精制
丰城大曲
TRADE MARK
中国江西
国营丰城老酒厂
ZHONGGUO JIANGXI GUOYINGFENGCHENG LAOJIUCHANG
黄龍泉
Huanglongquan

酒
醉仙酒

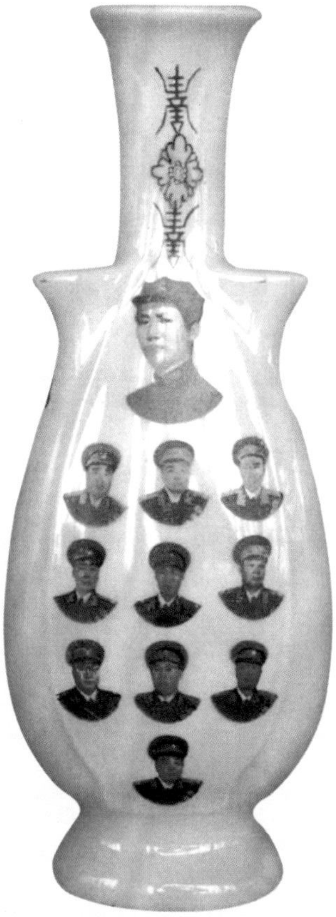

玉武
酒
注册 商标
龙洋
45°
500ml
YUWU
LONGYANGJIU
厂址：淮南市田家庵

注册 商标
贡酒
GONG JIU

特制 精酿
新安大曲
XINANDAQU
配料：玉米、小麦、高粱、
标准代号：GB10781.1—89（一级）

注册 商标
瑞应白酒
RUIYING
BAIJIU
阜新蒙古族自治县民族制酒二厂

竹葉青
ZHU YEQING
安徽休宁县酒厂

CHINA
GIFTWINE

精制

湘江 商标
湘白酒
XIANGBAIJIU

NANLING
BAIJIU
南岭白酒
NANLINGBAIJIU
60°

君凤酒

春酒

陈西牌
注册 商标
CHENXIPAI
陈西酒
陕西省凤翔县水沟酒厂

45°
囍
XIJIU

注册 商标
鳳酒
60°
净重500克
清香型大曲
FENG JIU
陕西省凤翔县水沟酒厂
厂址：陈村镇

容量 500 ml
度数：53% VOl
禹聖特酿
YUSHENGTENIANG
配料：小麦、大麦、豌豆、高粱、
GB 10781—89 安徽省怀远酒厂
ANHUISHENGHUAIYUANJIUCHANG
电话：71952 厂址：怀远县城关南大街 电挂：6794

guilong
KOU

酒標與酒瓶

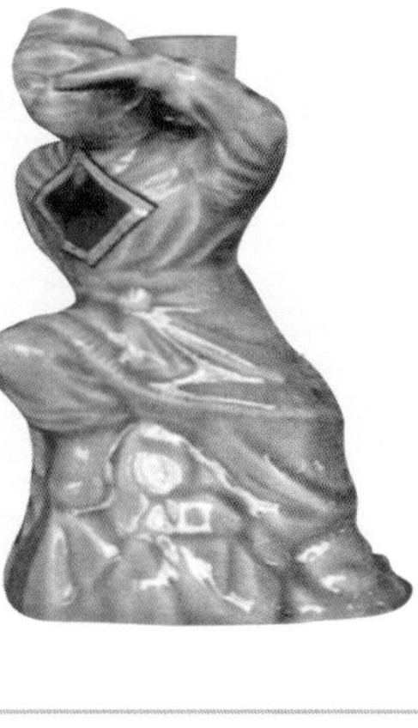

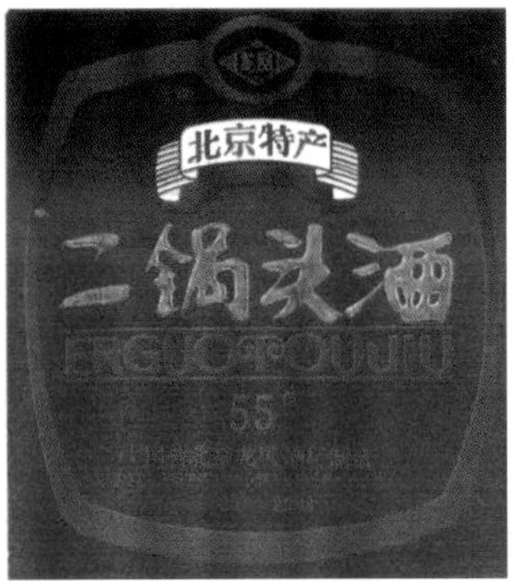
北京特产
二锅头酒
55°

注册 商标
老窖
历史名酒
LISHIMINGJIU

中国思春白

注册 商标
封缸酒
FENGGANGJIU
江苏
丹阳酒厂出品

LONG FENG
大曲
DAQU

特制
佳酿
三潭特曲

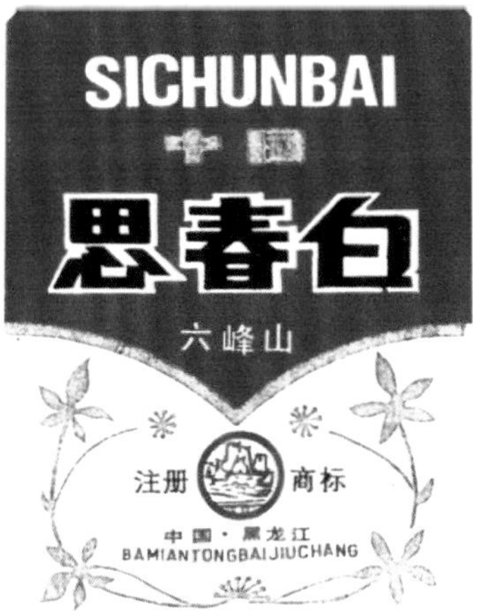
SICHUNBAI
思春白
六峰山
注册 商标
中国·黑龙江
BAMIANTONGBAIJIUCHANG

注册 商标
贵州金沙窖酒厂出品
JINSHAJIAOJIU

LAOSHAO
jiu
中岳牌
酒
老烧酒
国营郑州酒厂

DAQU DAQU
大麹
XINDAQU

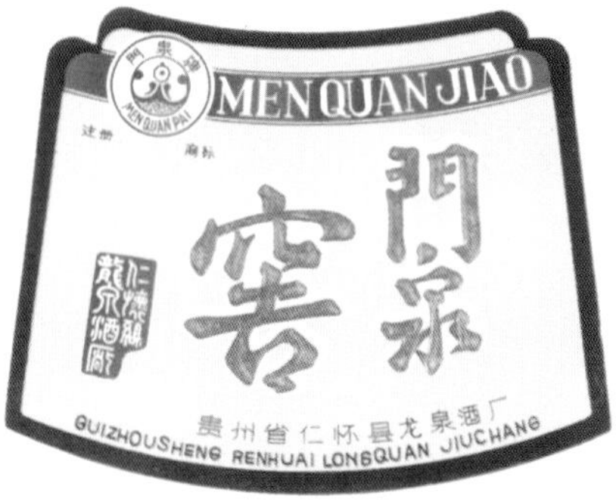
MENQUANJIAO
注册 商标
門泉
窖
贵州省仁怀县龙泉酒厂
GUIZHOUSHENG RENHUAI LONGQUAN JIUCHANG

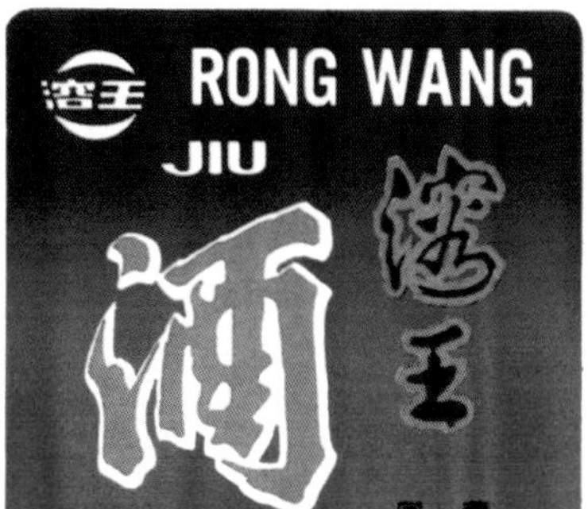
窖王
RONG WANG
JIU
酒
窖王
国营
贵州省织金县以那酒厂

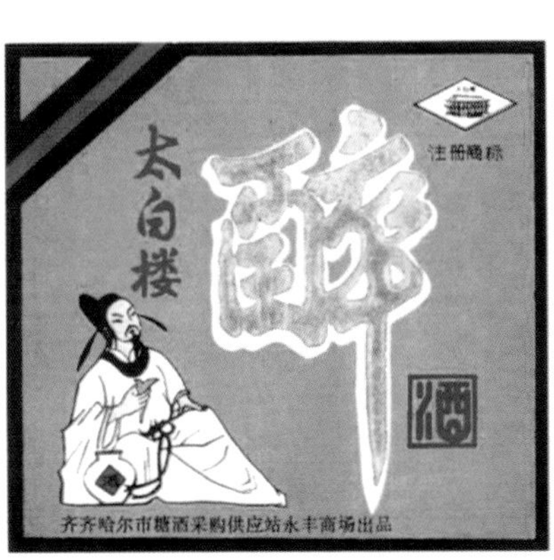
太白楼
注册商标
醉
酒
齐齐哈尔市糖酒采购供应站永丰商场出品

注册 商标
封缸酒
FENG GANG JIU
国营江苏三河酒厂出品

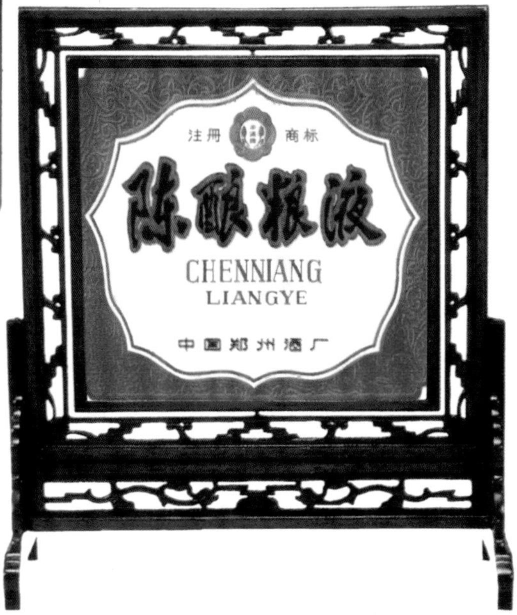
注册 商标
陈酿粮液
CHENNIANG
LIANGYE
中国郑州酒厂

酒標與酒瓶

酒標與酒瓶

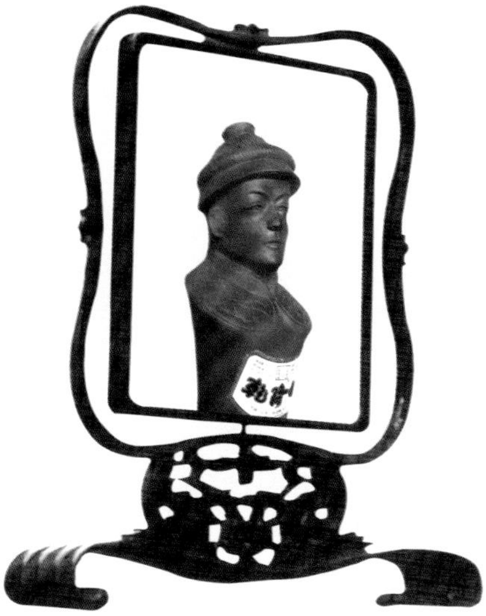

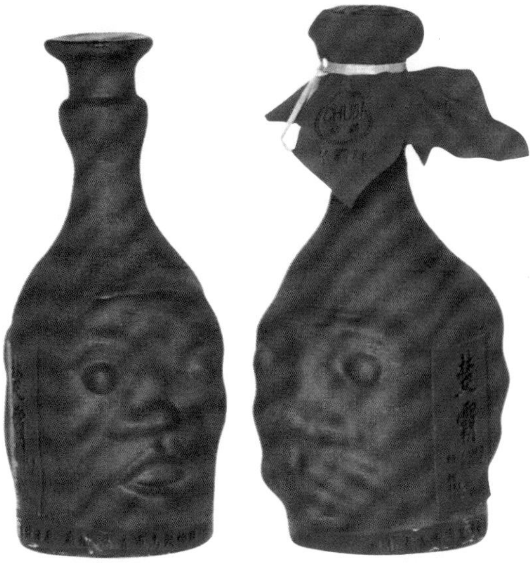

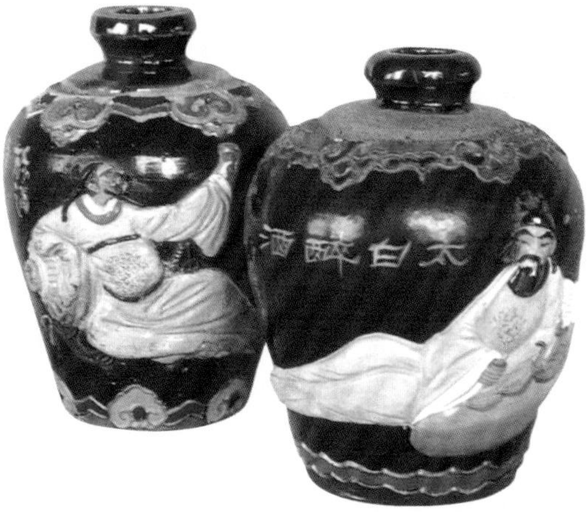

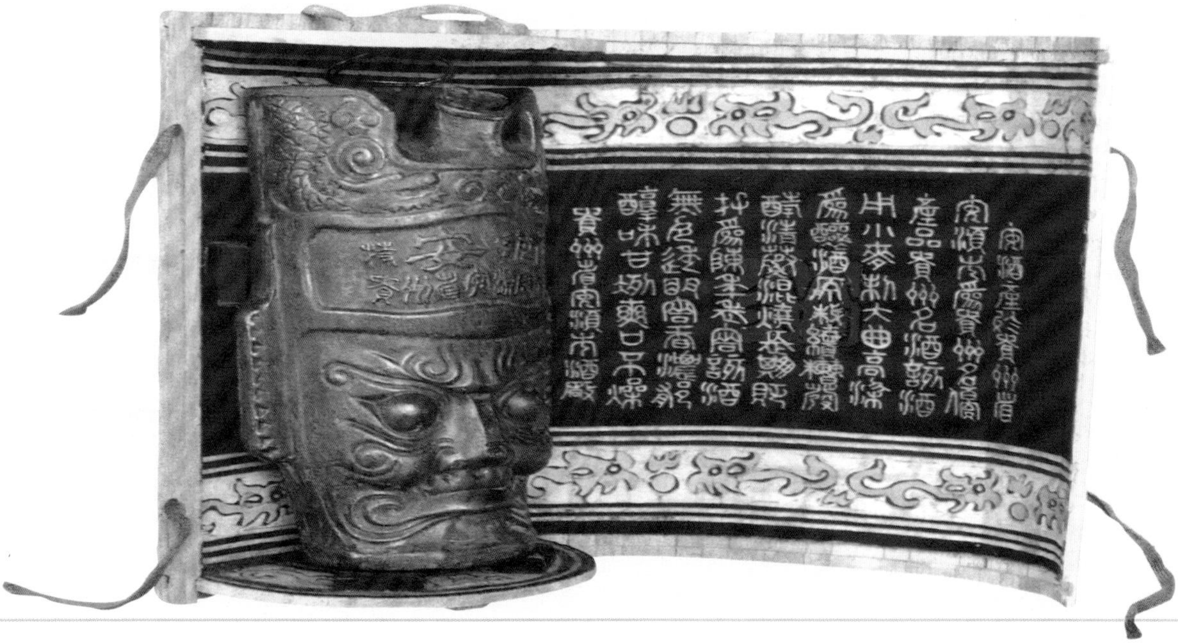

酒標與酒瓶

注册
商标
50°
白酒
BAIJIU

高粱白酒
GAOLIANGBAIJIU

注册
商标
JINSHABAIJIU
金沙白酒

注册
商标
囍
酒
长沙酒厂出品

GUIQING JIU
GUI QING JIU

注册
商标
桂青酒
广西全州湘山酒厂出品

ZHUCE SHANGBIAO
CHUNNIANG QUJIU
醇酿
曲酒
国营北京市永乐店酿酒厂出品
BEIJINGSHI YONGLEDIAN NIANGJIUCHANG

BAISHAQUJIU
商标
白沙
BAISHA
qu jiu
曲酒

JIAOJIU
GUIWU
貴鳥
窖
酒
贵州省遵义县乌江酒厂
GUIZHOUSHENGZUNYIXIANWUJIANG JIUCHANG

优
育康
老窖
焦作市育康酒厂

貢酒

CHENXIPAI
注册
商标
大麯酒
DIDUTE NIANG
DAQUJIU
陕西凤翔水沟酒厂

TRADE MARK
北京曲酒
精选优质传统酿造
经年陈放味厚醇正

邵陽
注册商标
邵陽大麯
6 903622 798888

湘白酒
Xiangbaijiu
60度
湘潭市副食品公司

注册
商标
如意白酒
RUYIBAIJIU
500ml
湖南岳阳市酿酒总厂出品

酒標與酒瓶

敬八仙
敬八仙酒具有茅型酒酱香，酒质醇厚，绵甜，饮其酒其乐回味无穷而得名。
国营山东省蓬莱县酿酒厂
生产批号
生产日期

沛公酒

酒標與酒瓶

囍
XI 酒 JIU

灵山白酒
LINGSHAN BAIJIU

凤溪酒
FENGXIJIU
本溪市酿酒厂

注册 商标
酒
益寿
黑龙江省讷河县拉哈制酒厂

致富
白酒
ZHIFUBAIJIU
沈阳市酿酒厂

凤岗
米酒
FENGGANGMIJIU

长沙粮酒
60°
Changsha
LIANG JIU
长沙酒厂出品
CHANGSHA JIUCHANG CHUPIN

注册 商标
白酒
60°
BAI JIU
庄河酿造厂

滨河曲酒
辽宁省庄河县滨河酒厂

注册 商标
原浆酒
YUAN JIANG JIU

ZENHUAHENGLIANG
注册 商标
振華
红粮酒
JIU

贵州 名酒

注册商标
酒
ANJIU
贵州省安顺市酒厂
GUIZHOUSHENG ANSHUNSHI JIUCHANG

注册 商标
老泉米酒
Laoquanmijiu
江西省
都昌县酿酒厂

注册 商标
黄龍白酒
HUANGLONGBAIJIU

苕 溪
注册 商标
执行标准 GB2757—81
湖州糟香
净含量 500mL
酒 度 42±0.5°
HuzhouzaoXiang
国营湖州市酒厂出品

糟
燒
酒
ZAOSHAO
JIU 50°

KANGWANGTENIANG

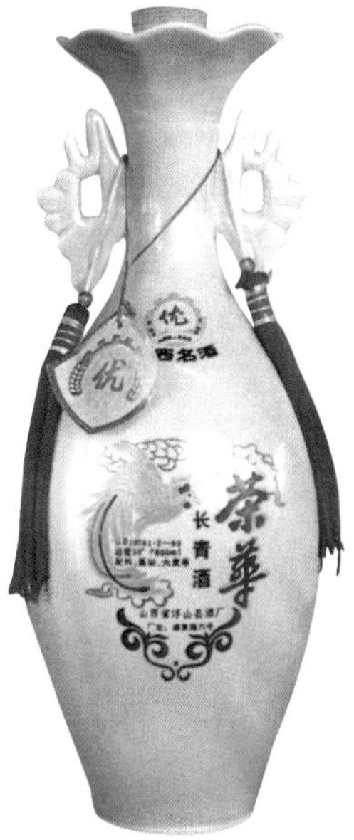

山西名酒
山西
天坛特麯

莱州特酿
STATE-OPERATED WINERY YE COUNTY
SHAN DONG CHINA

沙城白酒
红湖牌
河北省沙城制酒厂出品

金波酒
JIN BO WINE

优质低度
注册 商标
御河春
38°
yuhe
CHUN
YOUZHIDIDU
净含量500 ml

注册 商标
三花酒
SANHUA
JIU
国营南昌酒厂

注册 商标
金川
大曲
JINCHUAN
daqu
JIANGXI XINGANNIANGJIUCHANG

兖酒
YAN JIU

传统名酒
LUGONGJIU
鲁公酒

注册 商标
特酿香
TENIANGXIANG

54%(V/V)
450ml
古莲河
康平酿酒厂

老龙潭牌 注册商标
龙潭大曲
张家口地区长城酿酒公司
河北沙城镇 电话：2520
RK

注册 商标
YLSP
麓山青酒
LuShan Qing Jiu
长沙市湘江食品厂

晋香春
JIN XIANG CHUN
山西省隰县午城镇酒厂

注册商标
特曲
山西省太原酒厂出品

注册 商标
吕梁山
高粱白酒
GAOLIANGBAIJIU
山西省方山县大武酒厂出品

注册 吕梁山 商标
吕梁香

口子酒

肥桃牌
康王特釀
KANGWANGTENIANG
山东肥城酒厂

献寿酒

CHANG DE
常德
常德特麴
CHANGDE TEQU
湖南 常德
国营湘奥饮料厂
湖南常德
注册 商标
玉液糯米酒
YUYENUOMIJIU
jinghiang
湖南 常德
全城玉液饮料厂
老窖酒
注册 商标
海洲老窖
Haizhoulaojiao
阜新市制酒一厂
30° 注册商标 500mL
糯米大麴
nuomidaqu
LMDL
湖南国营西洞庭三酒厂
NAOJIAO
常德老窖
酒
纯正米酒
江西 CHUNZHENG
南安白酒
XUESONGPAI
醇 米酒
江西
纯正米酒
CHUNZHENGMIJIU
中国江西大余酒厂
梅岭牌
南安白酒
NAN AN BAI JIU
江西大余食品厂出品
白干
BAI GAN
白酒
辽宁省庄河县湍湖河酒厂
注册 梅岭牌 商标
梅山麴酒
Meishanqujiu
江西大余酒厂
稳箱酒
临川特产
注册商标
李渡高粱
LiDuGaoLiang
江西省临川县李渡酒厂出品
JIANGXISHENG LINCHUANXIAN LIDU JIUCHANG CHUPIN
魏公
500ml
魏公佳酿
WEIGONGJIANIANG
亳州市古乡酒厂
注册 商标
南安伏酒
Nananfujiu
杏村
杏花村
特麴
Xinghuacun Tequ
安徽省貴池縣杏花村酒廠

酒標與酒瓶

黃河龍
山东黄河龙酒业股份有限公司

皇宮御酒

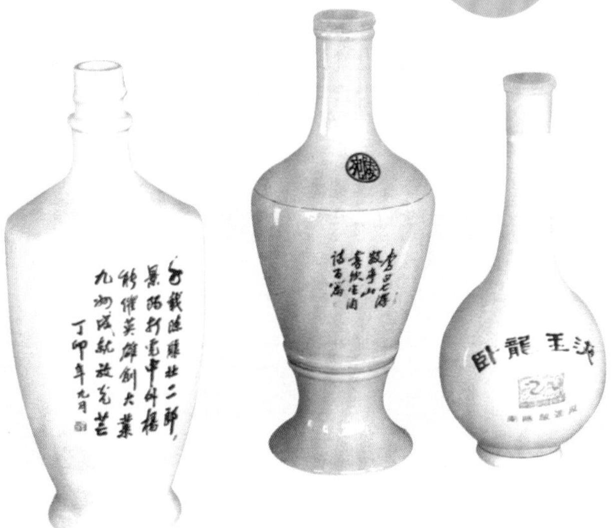
臥龍王酒

红粱液
红粱液
HONGLIANGYE
安徽省亳县古井酒厂出品
中国名酒
古井酒
GUJINGJIU
中国名酒
注册 商标
古井酒
安徽亳县古井酒厂
亚泉白酒
国营
湖南郴县酒厂出品
梅岭牌
注册 商标
梅岭泉酒
MEILINGQUANJIU
江西大余食品厂出品
注册 商标
高沟
香醇
GAOGOUXIANGCHUN
江苏高沟酒厂制造
古井贡酒
安徽亳县古井酒厂出品
古井贡酒
古井贡酒
注册 商标
古井贡酒
GUJINGGONGJIU
安徽亳县古井酒厂
玉液酒
注册 商标
玉液酒
YUYEJIU
安徽亳县古井酒厂
玉泉春酒
优
两次评为省优质酒
注册 商标
古井
玉泉春酒
安徽亳县古井酒厂
注册 商标
古井牌
古井粮液
GUJINGLIANGYE
安徽亳州古井酒厂
GUJING
古井
佳酿
特制
500ml
安徽亳州古井酒厂
部优产品
古井特曲
安徽亳州古井酒厂
文昌阁
商 标
糯米酒
nuomijiu
国营冷水滩市文昌阁酒厂
簡易商标
古井玉液
安徽亳县古井酒厂出品

中國歷史名酒
杜康酒
CHINESE HISTORIC WINE
DUKANG WINE

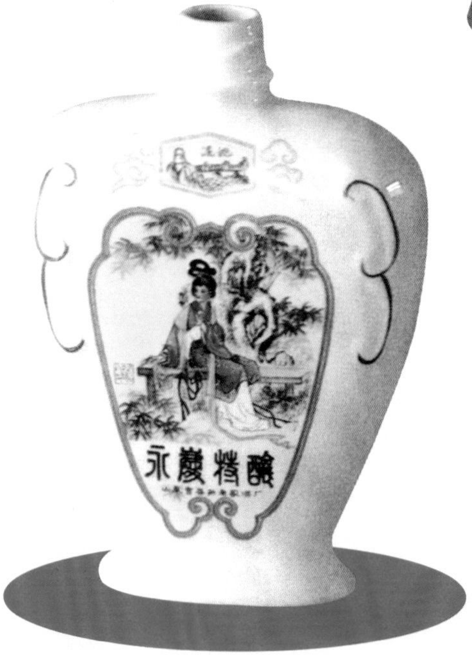
永慶精釀

明月幾時有把酒問青天……但願人長久千里共嬋娟
山東

酒
酒

周公大曲
ZHOUGONGDAQU
湖南常德周公酒厂

注册 商标
太康香曲
TAIKANG
Xiangqu

注册 商标
二锅头酒
ERGUOTOUJIU

玉香液
YUXIANGYE
贵州省遵义董酒厂出品

双鸭
清 泉
白酒
60°
BAI JIU
双鸭山粮食局青年制酒厂

注册 商标
TRADE MARK
济公
JI
GONG
jui
酒
国营河南镇平酒厂

注册 商标
十泉香
Shiquan
XIANG
湖北省十堰市酒厂

HB
HUAYUANBAIJIU
花园白酒
黑龙江省双城县酿酒厂

特 制
高粱白
GAOLIANGBAI
尚志县隆泉酿酒厂

注册 商标
注册 商标
二锅头
大连酒厂出品

注册 商标
二锅头酒
ER GUO TOU JIU
地方国营辉县酒厂出品

文昌阁
五加皮酒
WUJIAPIJIU
国营冷水滩市文昌阁酒厂

樂 山
樂山粮酒
LESHAN
LIANG Jiu
河南省
確山县酒厂

SHENCIBAIJIU
神彫白酒

西陵曲酒
湖北省宜昌市酒厂

GUIJIU
贵酒
中国
贵州茅台镇酒厂
HUAIYNG CHIAN
淮阳联营酒厂

LIANGJIU
临江粮酒

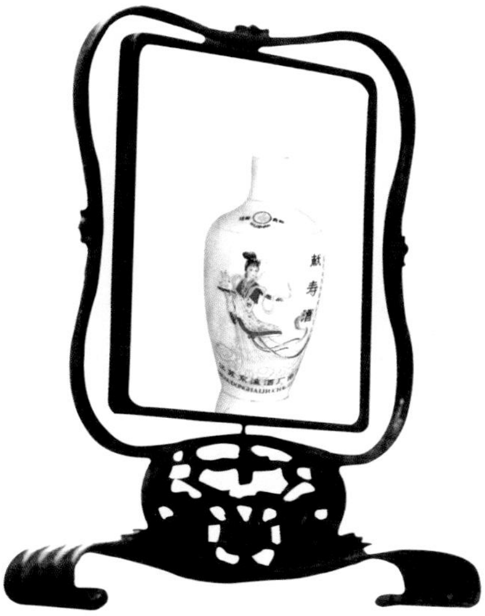

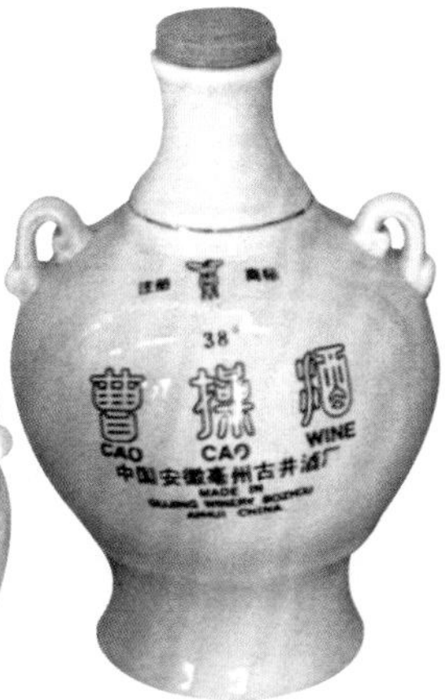

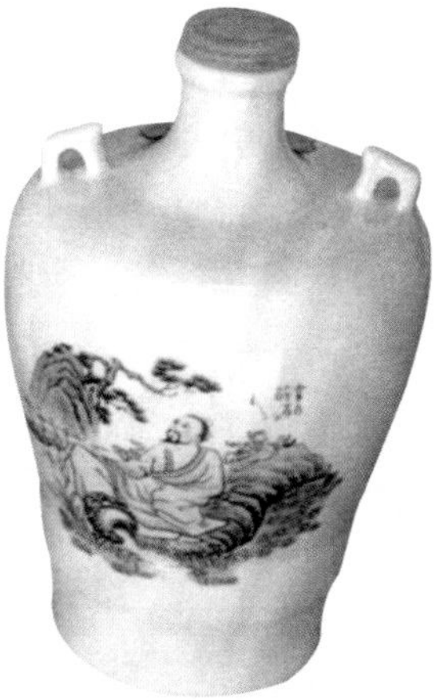

酒標與酒瓶

WANGQUANPAI
注册 商标
汪泉牌
山泉春酒
46°
正宗纯酿
吉林省汪清县啤酒厂

注册 商标
双粮酒
中国 湖南
国营郴县酒厂出品

注册 商标
莲花白酒
LIANHUABAIJIU
国营江西八一酿酒厂
GUOYINGBAYINING JIUCHANG

注册 商标
MUIENGHE
白酒
BAI 60° JIU
粮食

注册 商标
米粮液
国营江西省新余市酿酒厂
GUOYINGJIANGXI
XINYUNIANGJIUCHANG

优
白龍井
40°
500mL
BAILONGJING
湖北省宜昌市酒厂

500ml
注册 商标
莲花泉
白酒
LIANHUAQUANBAIJIU
特制
徐州酿酒总厂

涟江白酒
55
贵州省惠水县酒厂

38°
注册 商标
优
江西名酒
DUIHUATEQU
国营江西吉安市酿酒厂

雄狮酒
安徽省国营蚌埠酒厂

陳
罈

注册 商标
五加皮
WU JIA PI JIU
国营郴县酒厂出品

清泉白酒
QINGQUANBAIJIU
安徽省石台县酒厂

LAOJIAO
TEQU
500克
老
窖
特曲

注册 商标
特制
吕梁山酒
LÜLIANGSHANJIU
山西省方山县大武酒厂出品

长青
老冬酒
LAODONGJIU

后稷
茅香酒
Houji
MAOXIANGJIU
中国 陕西
武功酒厂出品

天龙液
中国
江西全南酒厂

一寸芳心思萬端

沈醉西風
精品高粱酒
中華民國金門酒廠榮譽出品

东嶽酒
献寿酒

注册 商标
红卫河
白酒

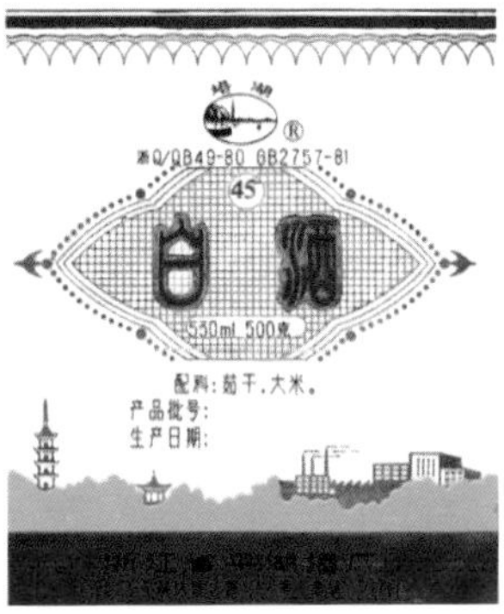
45°
白酒
配料：麸子、大米。
产品批号：
生产日期：

鴻運禮酒
HONGYUNLIJIU

中国江西名酒
樂平谷酒
LEPINGGUJIU

东北
二鍋頭
ERGUOTOU
黑龙江省七台河矿务局新立酒厂

福
福泉酒

中國
注册 商标
禮酒
ZHONGGUO
LIJIU
750ml
国营杭州市塘栖酒厂

JINXIN
忻州
高粱白酒
GAOLIANGBAIJIU

注册 商标
糟香酒
净重 500克
50°
浙江平湖酿造厂
城关镇建国南路124号
电话：2866 3139

洞庭白酒
DONGTING

注册 商标
拜子酒
BAIZIJIU
安徽省贵池县杏花村酒厂

東方禮酒
杭州市塘栖酒厂

xiyanbin
JIU·JIU
喜宴宾
长春市糖业烟酒公司监制

蚌埠
颈趣
55°
安徽省国营蚌埠酒厂

注册 商标
红井
曲酒
Hong Jing
QUJIU
江苏省睢宁县墩尚酒厂

FUJIU
富酒
60°
优质白酒

YUEGUIPAI
注册 商标
月桂牌
竹葉青
ZHUYEQING
国营浙江泽国酒厂

宝酒特贡

玉屏酒

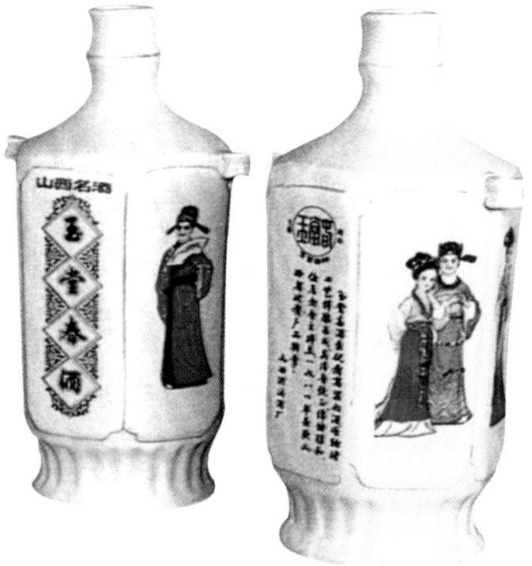
山西名酒

贵妃醉
粮香酒

杜康酒
对酒当歌，人生几何。
譬如朝露，去日苦多。
慨当以慷，忧思难忘。
何以解忧，惟有杜康。

注册 商标
林河大曲
Linhe Daqu
河南省商丘林河酒厂出品
厂址：林河村

五粮二曲
WULIANGERQU

斗牌
斗酒
李白斗酒诗百篇

花溪窖酒
贵阳市花溪酒厂
GUIYANGSHI HUAXIJIUCHANG

注册 商标
ZHUCE SHANGBIAO
宝丰大曲
BAOFENG DAQU

55
南湖曲香
NANHUQUXIANG
浙江嘉兴酒厂

不 二

禧
酒

银川
YINCHUANBAIJIU
银川白酒

粬香酒
QUXIANGJIU
福建福安酒厂出品

大高粱
DA GAO LIANG
四平市酿酒厂
SIPING SHI NIANGJIUCHANG

张家界
高粱
注册商标
小曲
Gao Liang
XIAO QU
湖南国营大庸酒厂
HUNANGUOYING DAYONGJIUCHANG

迎江楼
寿
酒
YingJiangLouShouJiu

中華禮酒
中華禮酒

注册 罗锅桥 商标
GB10781.2—89 44±2V/V
配料：高粱 500ml
罗锅桥
高粱酒
黑龙江省七台河市豆制品酒厂
电话：331378 地址：新兴区新建街

金龙大曲
Jin Long
DAQU
地方国营新野酒厂

注册 商标
粮食白干
LIANGSHIBAIGAN
60°
辽宁省本溪县造酒厂

刘伶醉

山西名酒

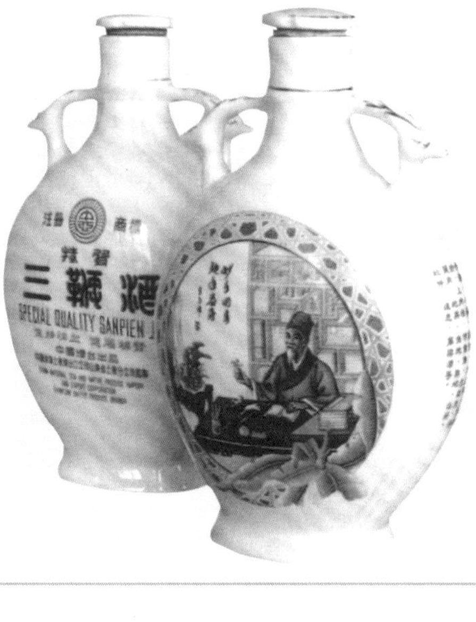
三鞭酒
SPECIAL QUALITY SANPIEN

仙霞 商标
JINGANG DACI
浙江省江山酒厂

注册商标
高粱
佳木斯白酒厂
GAOLIANGJIU

固本酒
特製
KU PIEN CHIEW
中國廈門酒廠出品
廠址：廈禾路823号
电话：23131

注册 商标
SANHUA
JIU
国营
江西新干县酿酒厂

高粱白酒
GAOLIANG BAIJIU

注册 商标
乙级大曲
52°
500克
YIJIDAQU
上海张堰酿酒厂出品

三沟
延寿春
38°
阜新蒙古族自治县民族酒厂

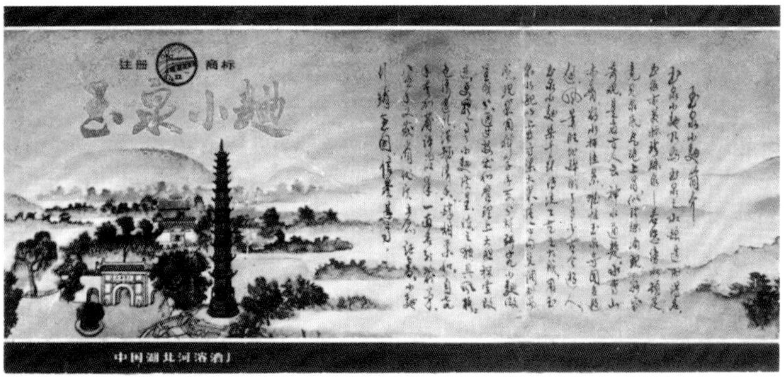
注册 商标
中国湖北河溶酒厂

武夷优质米烧
原 料：优质大米
福建省建阳酒厂

BAILONG
Xiaoqu
湖北天门大桥酒厂

果花 商标
麯酒
QUJIU
辽宁省
瓦房店酿酒厂

WANGMUGE
TEQU
注册 商标
国营济宁市第一酒厂

王母阁
特麯

注册 商标
YIJIDAQU
乙级大曲
上 海
新建酒厂出品

注册商标
寿酒
辽宁省

酒標與酒瓶

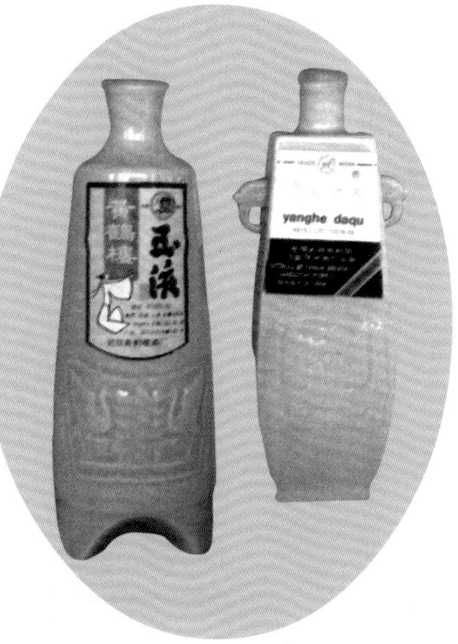

酒標與酒瓶

伯乐
醇绵酒
CHUN MIAN JIU
酒
鞍山市麯酒厂
50度
100毫升
湖北黄酒厂出品
39°±1 500ml
国营郓县酿酒厂
GUOYINGZOUXIANNIANGJIUCHANG
生产日期
CHUNLIANGJIU
注册 商标
45°±1
500ml
纯粮
酒
配料：玉米、高粱
Q/TJ10202-91
黑龙江省铁力市酿酒厂
HEILONGJIANGTIELINIANGJIUCHANG
地址：铁力镇西城街
刘伶
醉
张弓 商标
革新泥池
张弓大曲
ZHANGGONG
河南省地方国营宁陵县张弓酒厂
ZHUA
MEIJIU
祝阿
美酒
BANQUAN
甘泉酒
注册 商标
大连白酒
DALIANBAIJIU
大连酒厂出品
DALIANJIUCHANGCUPIN
特酿
JIANGSHAN
CHUNXIANGJIU
江山
醇香酒
haerbin
雙寶酒
CHANGSHOUSHUANGBAOJIU
杭州西湖酿酒厂
粮食白酒
60°
酿翁
一级白酒
Yijibaijiu
安徽省滁州市酿酒总厂
盘锦白酒
60
地方国营盘山县酿酒厂
注册商标
38°
辽宁省
阜新蒙古族自治县民族酒厂

酒標與酒瓶

酒標與酒瓶

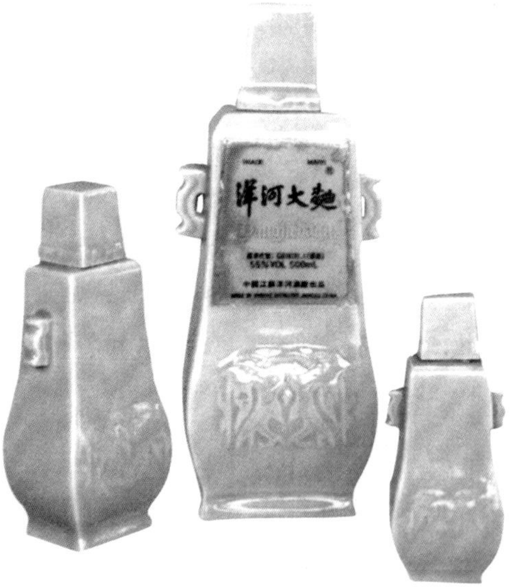

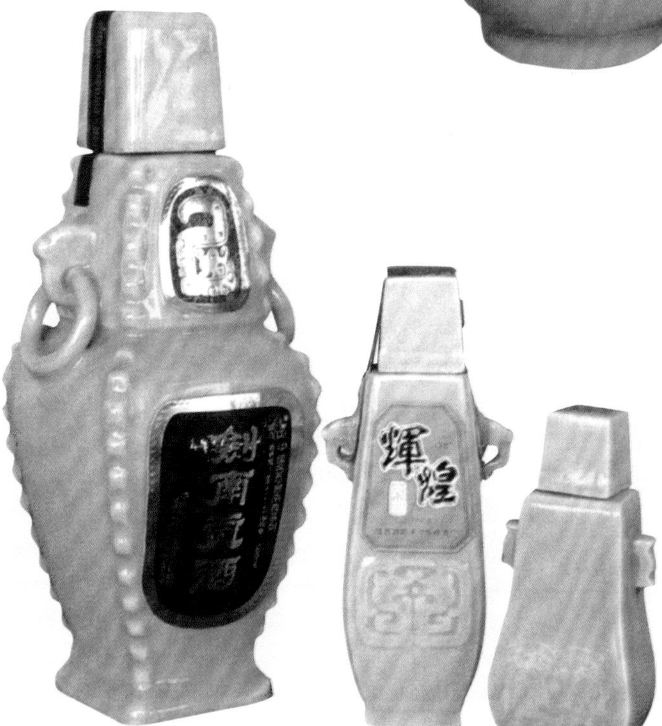

嶺南春
酒
注册 商标
ZHUCE SHANGBIAO
LINGNANCHUN
陕西省城固酒厂
SHANXISHENGCHENGGUJIUCHANG

注册 商标
醇香酒
CHUNXIANG JIU
山东聊城酒厂
SHANDONG LIAOCHENG JIUCHANG

黄山
60°
粮酒
Huangshanliangjiu
安徽省国营芜湖县酒厂

注册 商标
四五大曲
SIWUDAQU
河南省
周口市酿酒总厂

特酿
TENIANG
龍泉
南阳酿酒厂
NANYANG
NIANGJIUCHANG

XIANGHUA
杜康香花酒
河南伊川杜康酒厂
HENANYICHUANDUKANGJIUCHANG

荆山白酒

中國
三杯笑
省优
特麯

城固
陕西名酒
特麯
容量：500ml
配料：纯高粱
陕西省城固酒厂

注册 商标
川鹤
頭
曲
250克
CHUANHETOUQU
四 川
大竹九宅曲酒厂

HUANGYAN
Jiuhan
浙江黄岩果酒厂

注册 商标
蓮花白酒
LIANHUABAIJIU
国营
江西八一酿酒厂

注册商标 丰乐榜牌
城固大曲
DaQu
陕西城固酒厂出品

注 册 商 标
ZHUCESHANGBIAO
500ml
38°±1
泰波酒
Tai Bo Jiu

注册商标
丰乐榜牌
陕西名酒
城固特曲
CHENGGUTEQU
陕西省城固酒厂
为中南海特制

龙头泉
注册
商标
LTQ
龍頭泉
老窖香
酒
宜賓市玉泉曲酒廠
宜賓地區酒類聯合公司監製

杜康特曲
DUKANG
TOUQU
GUOYINGNEIXIANGNIANGJIUCHANG

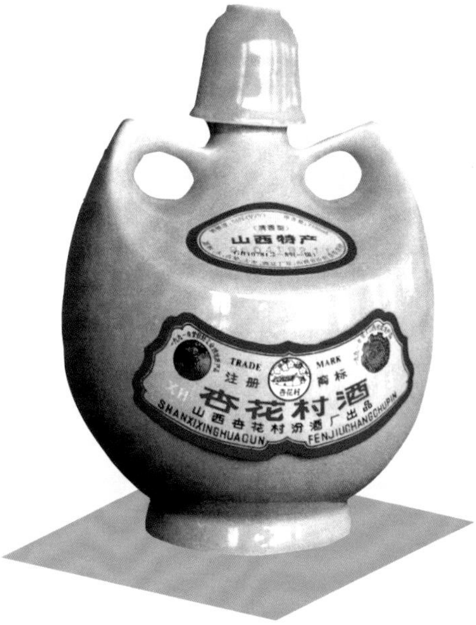
山西特产
TRADE MARK
注册商标
杏花村酒
山西杏花村汾酒厂出品
SHANXIXINGHUACUN FENJIUCHANGCHUPIN

祥

高祖

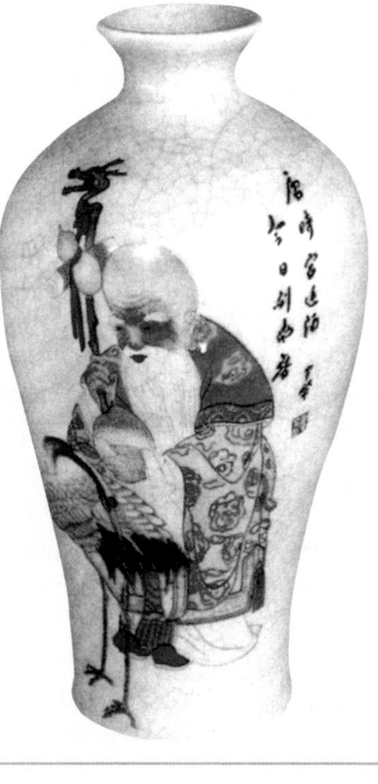

LEGEXIANG
乐阁酒
乐阁香
四川成都乐阁酒厂
CHENGDUI EGEJIUCHANG

注册 商标
泾川
柏子酒
Baizijiu
安徽泾县桃花潭酒厂
ANHUI JINGXIAN TAOHUATAN JIU CHANG

鹿邑二曲
LUYIERQU
河南省
HENANSHENG

注册 商标
QUANJIAFU
全家福
香纯悠雅

滴牌
注册 商标
YIDIPAI
52%VOL
500m L
一滴香
酒
标准代号：GB10781.1-89
配 料：高粱 糯米 大米 小麦 玉米
四川省宜賓五糧液酒廠服務公司

文川
注册商标
60°
大曲酒
（高粱）
Daqujiu
福延
连城酒厂出品

注册 商标
SIQUANJIU
四泉酒
GUOYIAN
JIANGXIXINBANXIAN
国营
江西新干县酿酒厂

厦门
高粱酒
GAO LIANG JIU
厦门酿酒厂出品

注册商标
金州白酒
JINZHOUBAIJIU
辽宁省金州酒厂

長沙大曲
Changsha Daqu
长沙酒厂出品

乾隆

红粮大麯
HONGLIANG DAQU
北京市麯酒厂出品
地址 北京市牛栏山

注册 商标
吉星
吉星白酒
JIXINGBAIJIU

中国部名酒
三溪大麯

注册 商标
为全国糖酒会特制
纯粮酒
CHUNLIANGJIU
山西省国营万荣酒厂
SHANXISHENG GUOYING WANRONGJIUCHANG

FENGLEOLAO PAI
SHANG BIAO
豐樂
酒
FENGLE JIU
陕西省城固酒厰

注册 商标
泉酒
国营四川资中酒厂出品

注册 商标
泰山特曲
TAISHAN TEQU
山东泰安酒厂出品

YI CHUN
易春酒

長壽酒

閣老贡酒
中国
山东省平阴酒厂

太極神酒

注册 商标
春酒
高粱
CHUN
辽宁省阜新民族酒厂
囍
喜酒
龍鳳大麯
民生
粮食白酒
Liangshibaijiu
50°
江苏吴县民生酒厂
沅陵白酒
YUANLINGBAIJIU
湖南省沅陵县酒厂
陳酝
曲酒
Chenniang
国营浙江海盐酒厂
GUOYINGZHEJIANGHAIYANJIUCHANG
Ya Quan
BAI JIU
注册 商标
亚泉白酒
国营湖南东江酒厂出品
HUNANDONGJIANGJIUCHANG
ChunXiangBaiJiu
醇香白酒
浙江省国营乌镇酒厂出品
注册 商标
ZHUCE SHANGBIAO
中國玉酒
ZHONGGUO
YUJIU
国营湖南石门县酒厂
GUOYINGSHIMENJIUCHANG
TEQU
北京市
特麯
39
北京市麯酒厂
衡州
白酒
白酒
BAI JIU
哈尔滨原粮制酒厂
HAERBIN YUANLIANG ZHIJIU CHANG
注册 商标
飞云楼
秋风貢酒
山西省万荣县国营酒厂出品
厂址：县城东大街452号 电话：22775 电挂：6840
注册 商标
祝福
酒
哈尔滨国营制酒厂
注册 商标
佳酿
JIANIANG
阜新蒙古族自治县民族制酒二厂
注册 商标
醇酒

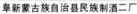

JINGZHITENIANG

举杯邀明月

举杯邀明月

FUSHOUBAIJIU
福寿白酒
FUSHOUBAIJIU
烟台市
郭城酿酒厂

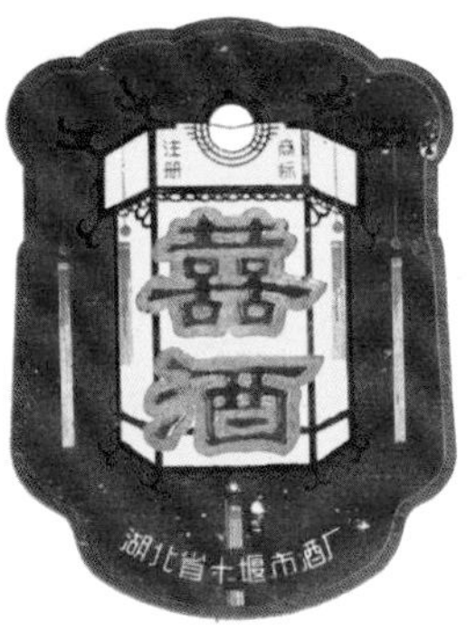
注册
商标
囍
酒
湖北省十堰市酒厂

注册
商标
浙标酒0101
500 ml
糟香白酒
ZAO XIANG
Bai Jiu
38°

桂花酒
GUIHUAJIU
南京中山陵园饮厂出品

麓山
商标
麓山小麯
Lushanxiaoqu
长沙酒厂出品

注册
商标
纯粮
烧酒
CHUNLIANG SHAOJIU

天門佳釀
Tianmen Jiarang

SANWUDAQU
河南省周口酒厂

宾州牌
注册
商标
宾州大麯
Binzhou Daqu
黑龙江省宾州酿酒总厂

LONGQUAN
龙泉酒
JIU
辽宁省

MUSHIPAI★YUYE
国营济宁市良酒厂

Sanbaobai
三宝白
SAN
BAO
黑龙江省中医研究院监制
黑龙江省建三江天然补品饮料厂出品

65度
粮白酒
LIANG BAI JIU
山西省榆次市酒厂

LONGTAN
注册
商标
囍
龍潭白酒
河北张家口地区长城酿酒公司沙城 电话2520 RK

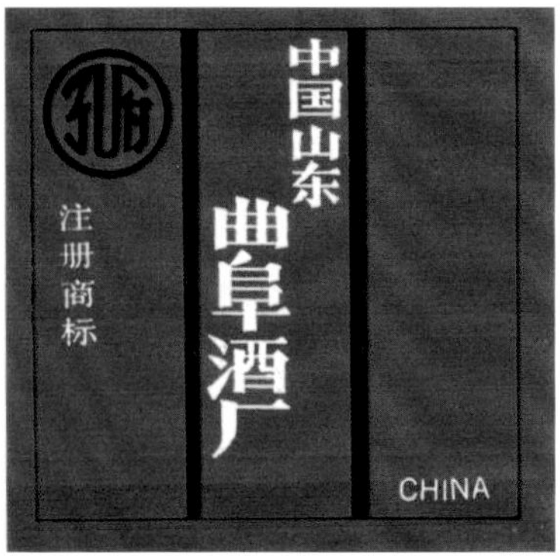
中国山东
曲阜酒厂
注册商标
CHINA

huilongdaqu
迴龙大曲

注册 商标
历史名酒
太白酒

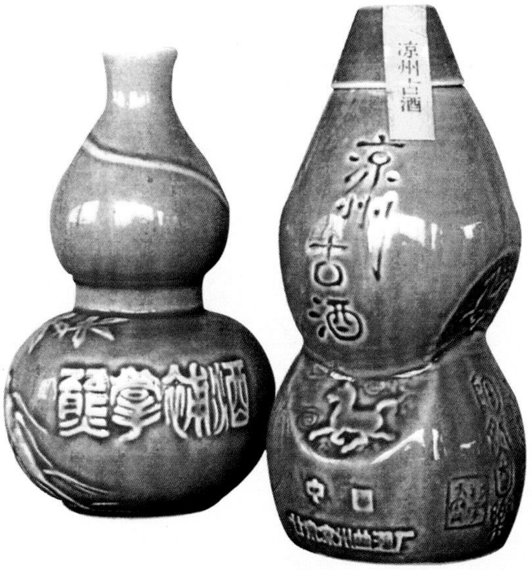
凉州古酒

国营山东掖县酿酒厂
STATE-OPERATED WINERY YE COUNTY

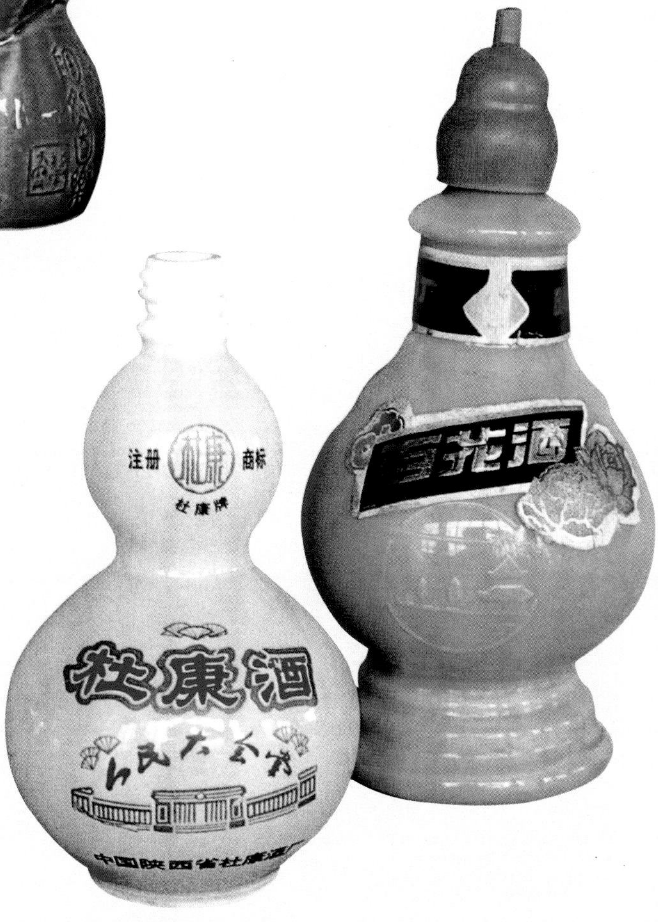
注册 商标
杜康牌
杜康酒
中国陕西省杜康酒厂

大中華特麯
DAZHONGHUATEQU
注册 商标
湖南常德
国营西洞庭五酒厂

注册 商标
优质白酒
60°
YOUZHIBAIJIU

二泉 商标
梁溪曲香
LiangXi QuXiang
55度

鳳凰牌
FENG HUANG PAI

注册 商標
XI FENG JIU

二泉酒
ERQUANJIU

注册 商标
ZHUCE SHANGBIAO
惠泉酒
HUIQUANJIU

注册 商标
通光白酒
一九七九年省评为优质酒
Tongguangbaijiu
江苏省南通酒厂出品

杜康酒

历史名酒
杜康酒
53°
DUKANG WINE

50°
龍池白酒
LONGCHIBAIJIU
南京六合酒厂

庐山特麯
老窖陈酿
LUSHANTEQU
江西省九江封缸酒厂

注册 商标
常青酒
CHANGQINGJIU
国营湖南益阳县酒厂

锦江酒
JINJIANGJIU

DONG WU
注册 商标
粮食白酒
50°
净重500g
Liangshi
BAIJIU

容量 500ml
太白醇
酒
国营:山东省沾化县酿酒厂
厂址:山东省沾化县沿河路15号

心酒
忠心
酒品和人品一樣重要
SHANDONGJING

50°
杜康大麯
历史名酒
500 mL
DUKANG DAQU
陕西省杜康酒厂

酒標與酒瓶

酒標與酒瓶

貢酒
优

JIAOLING
TEQU

注册　商标
鳳酒
陕西省凤翔县水沟酒厂出品
地址：凤翔县陈村镇

LING FENG JIU
灵鳳酒
中国陕西
凤翔水沟酒厂

注册　商标
Dongquanbaijiu
东泉白酒
天然矿泉
广西南宁市
南方饮料厂东泉分厂

注册　商标
竹叶青酒
Zhuyeqing
JIU
天然矿泉
中国　广西
南宁市南方饮料厂东泉分厂

特麯
江西九江麯酒廠
JIANGXIJIUJIANGQUJIUCHANG

凤翔
特麯
FENGXIANG
TEQU
中国陕西凤翔水沟酒厂

陈酿佳品
五龙液
WULONGYE
辽宁凤城老窖酒厂

YUAN JIANG
原漿
YUAN 酒 JIANG
辽宁省营口县酿酒厂

囍

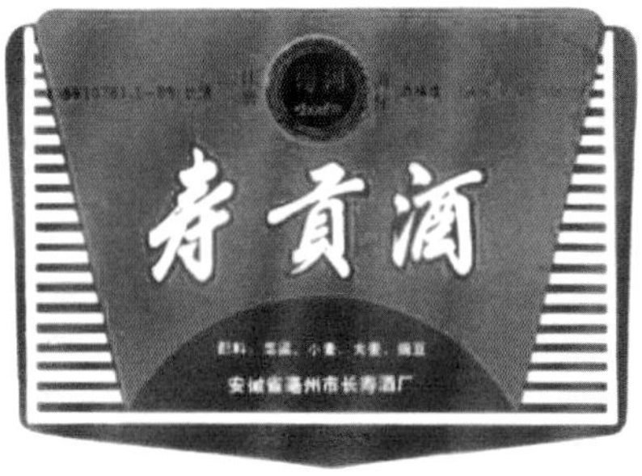
寿貢酒
安徽省亳州市长寿酒厂

注册商标
純粮白酒
Chunliangbaijiu
60
辽宁省营口县酿酒厂

红粱液
容量500毫升
HONGLIANGYE
安徽亳州市长寿酒厂

注册商标
明光特曲
MINGGUANG
TE QU
浓郁芳香　醇和味长
安徽省明光酒厂
ANHUISHENG MINGGUANG JIUCHANG

注册　商标
高粱酒
500ml
电话：71952 安徽省怀远酒厂　电挂：6794
厂址：怀远县城关镇南大街

酒標與酒瓶

注册
ZHU CE
商标
SHANGBIAO
MEIXIANGTENIANG
梅鄉
特酿
MEIXIANGTENIANG
梅鄉
特酿
国营江苏泰州酒厂出品
60°
FENGJIU
CHENXI
漳河白酒
ZHANGHEBAIJIU
安徽省黟县酒厂
注册
商标
二锅头
内蒙古奈曼旗酒厂
纯高粱
酒
50°
500mL
CHUNGAOLIANG
个旧市罐头饮料酒厂
吊桥牌
注册
商标
白酒
60°
地方国营扎兰屯制酒厂
HAILINGBAIJIU
海陵白酒
50°
国营泰州酒厂
千杯山
大连酒厂出品
小曲
DANZHOUXIAOQU
江西名酒
九江特酿
J.J.T.N.
注册
商标
玉液香
高粱
GAOLIANG
SHOUHEJIU
寿河酒
安徽亳州長春酒廠
注册
商标
陈西大曲
陕西省凤翔县水沟酒厂
注册
商标
海浪汾
HAILANGFEN
内蒙古海拉尔市制酒厂

天書

傣竹酒
傣王酒

酒

DAN QUAN JIU
丹泉窖酒
地方国营南丹酒厂
优

注册 商标
十里香
SHI LI XIANG

注册 商标
白酒
阜新蒙古族自治县民族酒厂

注册 商标
红丰
原浆陳酒
YUANJIANGCHENJIU
辽宁省海城县酒厂

陸羽故里
西寺酒
注册 商标
XISI
国营
湖北天门市酒厂

注册 商标
红高粱
Hong gao Liang
优
中国亳州市济康老酒厂

注册 商标
囍
庆丰酒
QING FENG JIU
国营山东沾化酿酒厂

优
酒
双阳
SHUANGYANG

注册 商标
全
囍
家
出品

注册 商标
玉兰特酿
50°
534ML
中国 南通酒厂 江苏
YULAN TENIANGJIU

曲香酒
JIU
QUXIANG
广西

陽酒
YANGJIU

注册 玉堂 商标
Gutang
CHUNNIANG
玉堂醇酿
山东省济宁市
玉堂酿造总厂

注册 商标
太白酒
TAIBAIJIU
江西九江封缸酒厂出品

QL强力
注册 商标
米燒
MISHAO
浙 江
湖州第二酒厂

MEI GUAN CHUN
醇
梅関
30%VOL
500ML
中国 江西
国营大余县酒厂
JIANGXI DA YU XIAN
JIU CHANG CHINA

大泳美

孟府宴酒
孟府宴酒

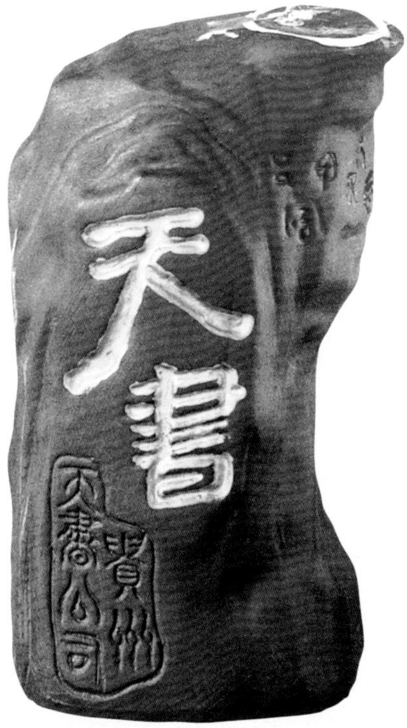
天書
貴州天書公司

历史名酒
妙真
特液

山蘭玉液
SHAN LAN YU YE

湘常特麯
XIANGCHANGTEQU
商标

注册 商标
GAOLIANBAIJIU
高粱白酒
湖南 常德

五茄皮
WU JIA PI

玉堂佳酿
注册 商标
Yutang
JIANIANG
山东济宁市
玉堂酿造总厂

汾州
FENZHOU
粮白酒
LIANGBAIJIU
61°

注册 商标
珠山特酿
ZHUSHANTERANG
山东胶南酒厂

ZHUCE SHANGBIAO
玉珠酒
yuzhujiu
YUZHUQUANPAI
黑龙江省
佳木斯市友谊饮料厂
HEILONGJIANGJIAMUSIYOUYIYINLIAOCHANG

枫林白酒
FENGLINBAIJIU

蔷薇大曲
liquor
ROSE
江苏国营青伊湖酒厂
JIANGSU STATE-RUN QINGYIHU DISTILLERY

常州白酒
60°
CHANGZHOUBAIJIU
江苏常州酿酒总厂出品

LAOBAIGAN
45°
净含量500ml
注册 商标
老白干
Laobaigan

QIAN FENG JIAO
JIU
黔峰窖酒

FengRong
枫榕窖
酒
国营贵州省
遵义枫香窖酒厂

乌河
山东省优质产品

陈酿老窖
注册商标
CHENNIANG
LAOJIAO
济宁义河酒厂

1斤装
沉香酒
CHENXIANGJIU
吴县民生酒厂

KOUKOUFU
口口
福

酒標與酒瓶

羲之酒

羲之酒
羲之酒

China Club
夏王龍酒
500ml

西鳳酒

注册 商标
囍
特制
陈西大麯
CHENXIDAQU
陕西省 凤翔县
陈村水沟酒厂
50°
广西横县食品厂出品
西府酒
XI FU JIU
曲香型
陕西凤翔陈村水沟酒厂
百家乐
酒
注册 商标
白酒
Baijiu
60°
高邮酿酒厂
米燒酒
MISHAOJIU
福州酒厂出品
FUZHOU JIUCHANG CHUPIN
50°
粮食白酒
LIANGSHIBAIJIU
江苏省武进县糖业烟酒公司
石泉
GAO LIANG JIU
XIAMEN NIANGJIU CHANG CHUPIN
注册商标
海春軒
优曲
HAICHUNXUAN
gong jiu
YUKANGJIUCHANGCHUPIN
注册 商标
貢酒
育康酒厂出品
百花液
湖南 常德
湘德饮料厂出品
SHEDIAN
BAIJIU
注册 商标
白酒
SHEDIAN
长桥牌
雙龍
SHUANGLONG
懷川液
HUAI
CHUAN
YE
名 酒
沁河液
QINHEYE 500克
国营武陟县沁河液酒厂
注册 商标
优质
古楼春酒
GULOUCHUNJIU
武陟县东滑封酒厂
WUZHIXIANDONGHUAFENGJIUCHANG
注册 商标
LTD
中國龍
ZHONGGUOLONGJIU
四川省宜宾市玉泉曲酒厂
四川省宜宾地区酒类联合公司监制

酒
酒
酒

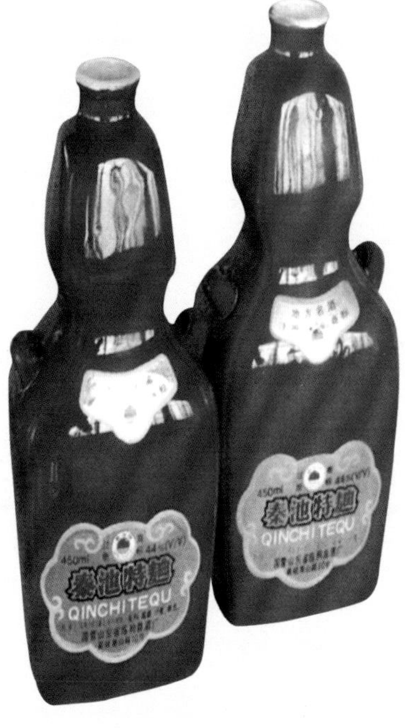
秦池特麴
QINCHITEQU
秦池特麴
QINCHITEQU

BEIFANGJIU
北方白
BEIFANGBAI
黑龙江省佳木斯汾酒厂
HEILONGJIANGSHENG JIAMUSIFEN JIUCHANG
洋河
中国江苏洋河酒厂出品
Made in Yonghe Distillery Jiangsu, China
KUITUN JIANIANG
奎屯
佳酿
54°—56°
新疆奎屯酿酒厂
黄华山
米烧
MISHAO
特制
45%V
500ml
中国福建
兴庄
曲酒
XINGZHUANGQUJIU
XIJIU
习
酒
SHANGHAI
VODKA
上海
伏特加
40°
HWA KWANG BREWERY
50CL
华光啤酒厂
SHANGHAIVODKA
珠山酒
ZHUSHANJIU
纯粮特制
五粮特酒
WELL FROM GRAIN
高寺
酒
GAOSIJIU
四川省高寺曲酒厂
厂址：内江市椑木镇
槽烧
浙江省湖州第二酒厂
酒度 40°
老龍口
原浆酒
沈阳市老龍口酒厂
南京酿酒总厂
五粮大曲
60°
WULIANGDAQU
国营
南京汤泉酒厂出品
注册
商标
川曲
Chuanqu
四川省安县罗浮山酒厂
盛京大曲
注册商标
DAZHENGDIAN
SHENGJINGDAQU

水滸宴酒

顔魯公

JINGZHIBAIGAN
景芝

注冊 商标
丛台酒
中国 河北
邯鄲市酒厂

注册 商标
熊猫牌
熊猫二麯
酒精度 50 %(v/v)
净容量 540mL
XIONGMAOERQU
中國釀酒厂出品

XIFENG JIAOJIU
息烽窖
贵州省息烽县酒厂酿制
GUIZHOU SHENG XIFENG XIAN JIUCHANG NIANGZHI

註册商標
ZuYeQing
竹葉青
ZHILI WINERY HUZHOU CHINA
湖州市織里酒廠
中國·浙江

优
获87年省优质奖
古泉大曲
GUQUAN DAQU
配料:高粱、小麦、玉米等
500G
安徽亳州市古井路第一酒厂

SHUANGYANG
jiu 38°
雙洋
酒
江苏省国营双洋酒厂出品

注册 商标
老泉米酒
Laoquanmijiu
江西省
都昌县酿酒厂

注册 商标
55° 丰乐桥牌 500ml
城固二曲
chengguerqu
陕西省城固酒厂出品

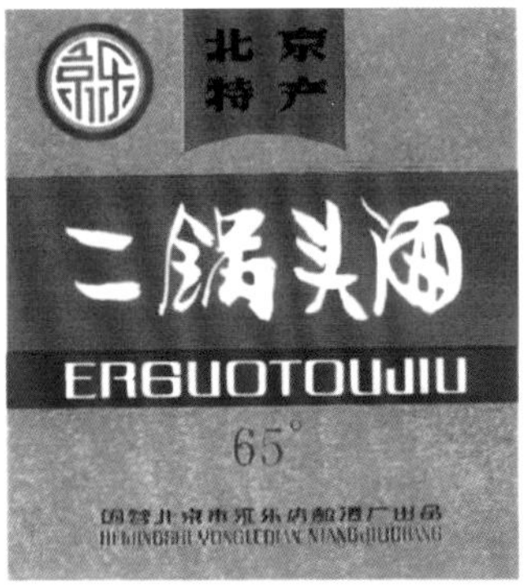
北京
特产
二鍋头酒
ERGUOTOUJIU
65°

华灯
北京
大麯

曲香酒
曲香酒
浙江湖州酒厂

GUIZHOUSHENG
ZUNYI FENG
XIANGJIAO JIUCHANG
DAQU
大曲
FENGRONG
贵州省遵义枫香窖酒厂

LONGCHUN
DAQU
龍春
大曲
息烽向阳酒厂

注册 商标
習水酒
XISHUIJIU
贵州省习水酒厂

HUA DENG SHANG BIAO
注册 商标
华灯
華燈
特麯
51°
490ml
北京市牛栏山酒厂
顺义·牛栏山
HUADENG TEQU

江西省優質產品
LIANTANGGAOLIANG
莲塘高粱
LIANTANGGAOLIANG
GUOYINGNANCHANGLIANTANG
JIUCHANG
國營南昌蓮塘酒廠

景芝

地主家酒

崇聖酒
崇聖酒

注册 商标
二锅头
六十五度
国营北京市东乐店酿酒厂出品

碧
敦煌
高级

60°
500ml
历史 名酒
杜康酒
DUKANG CHIEW
CHINA NATIONAL CEREALS OILS & FOODSTUFFS
IMPORT & EXPORT CORPORATION, SHAANXI BRANCH

老虎滩
白酒
Baijiu

注册 商标
白酒
BAI JIU
60°
沈阳市烧酒厂

珍珠白酒
ZHENZHUBAIJIU
江西 鄱阳

优
地方优质
金泉
特曲
JINQUAN
TEQU
江西新干酒厂

注册 商标
玉壶清
Yuhuqing
江西彭泽国营芙蓉农场
JIANG XI PENG ZE GUO YING FU RONG NONG CHANG

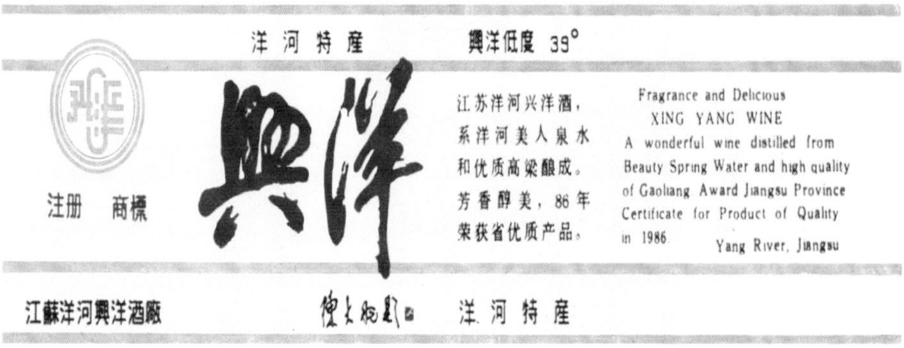
洋 河 特 產
興洋低度 39°
注册 商標
興洋
江苏洋河兴洋酒，
系洋河美人泉水
和优质高粱酿成。
芳香醇美，86 年
荣获省优质产品。
Fragrance and Delicious
XING YANG WINE
A wonderful wine distilled from
Beauty Spring Water and high quality
of Gaoliang. Award Jiangsu Province
Certificate for Product of Quality
in 1986
Yang River, Jiangsu
江蘇洋河興洋酒廠
洋 河 特 產

39度
燕岭春
YANLINGCHUN
北京市昌平酒厂

注册 锦江 商标
锦江酒
Jin Jiang Jiu
国营江西省万载县酿酒厂出品

注册 商标
荣获一九八〇年全国农工商展销优质奖
青泉大曲
中国 江西

注册 商标
双曲酒
SHUANGQU
62°
Baijiu

LINGZHUPAI
高粱酒
GAOLIANG JIU

龙凤
花下醉
huaxiazui
BEI JING LONG FENG JIU CHANG
北京龙凤酒厂
BEI JING
TE CHAN

注册 商标
珍珠液酒
ZHENZHUYEJIU

酒標與酒瓶

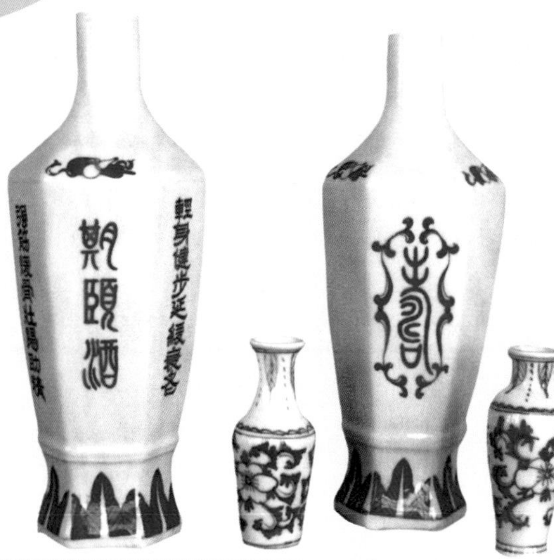

酒標與酒瓶

特麯
中國四川

大曲
国营弋阳旭光酒厂

頤年春
YINIANCHUN

ZHUHUA
JIAOJIU
贵州
筑花

雲中酒
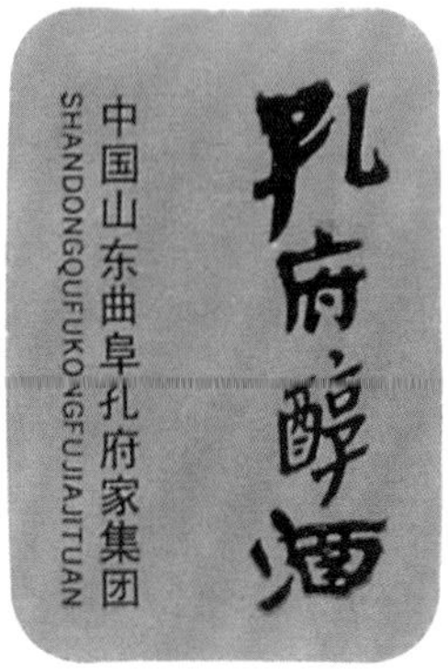
孔府醇酒
中国山东曲阜孔府家集团
SHANDONGQUFUKONGFUJIAJITUAN

CAISHAN
Laojiao

饶州酒
RAOZHOUJIU

注册 商标
石家庄大麯

迎宾酒

LANGYATAI
瑯琊台

灵璧
特曲
LINGBITEQU

杏村
38度
香泉
注册 商标
XINGCUNXIANGQUAN

醉翁
特曲
ZUIWENG TEQU
中国滁州酒厂

特曲
500ml
RENBEITEQU

始皇陈酿
SHIHUANGCHENNIANG
青岛第一酿酒厂
QINGDAODIYINIANGJIUCHANG

注册 商标
沽河
55°
老烧
GUHELAOSHAO
中国青岛莱西酿酒厂
ZHONGGUO QINGDAO LAIXI NIANGJIU CHANG

酒標與酒瓶

QIBAO
YIQU
注册 商标
古桥牌
七宝乙曲
上海七宝酒厂

古桥牌
注册 商标
上海白酒
shanghai
Baijiu
上海七宝酒厂

注册 商标
白酒
60°
BAIJIU
庄河酿造厂

喜相逢
XI XIANG FENG
62°
青岛酿酒厂出品

亳州市经济开发特区
寿河
大曲
中国 安徽
亳州市長寿酒厂

GUIJIU
贵酒
中国
贵州茅台镇酒厂
HUAIYNG CHIAN

注册商标
高梁酒
GAO LIANG JIU
黑龙江省通河县酿酒厂
HEILONGJIANGSHENGTONGHEXIANNIANGJIUCHANG

白酒
贵岛
•贵州省遵义县乌江酒厂•

JINSHA
JIAOJIU
500ml JINGZHUANG JIAOJIU
金沙
窖酒
贵州名酒
贵州省金沙窖酒厂

JIANGSHAN
CHUNXIANGJIU
江山
醇香酒
haerbin
哈尔滨市新安酿酒厂

QINGDAOERGUOTOU
容量:500mL
青岛二锅头
配料:水、高粱、薯类、小麦
标准代号:鲁Q78-86

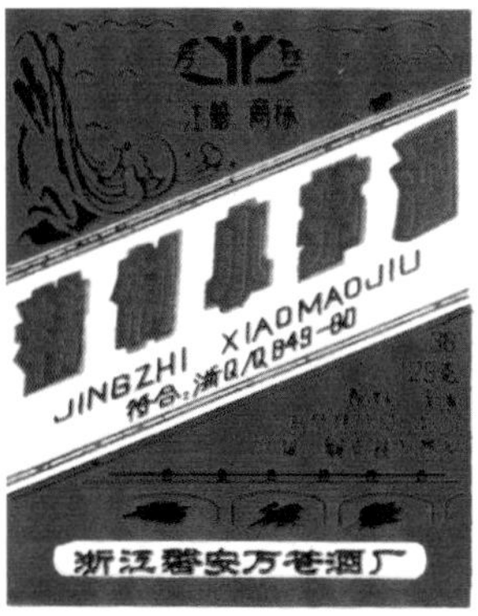
注册 商标
JINGZHI XIAOMAOJIU
浙江瑞安万花酒厂

50°
白酒
BAIJIU
海宁县新业烟酒公司

BEIGUOCHUN
北国春
注册 商标
黑龙江省五常酿酒厂

特制
衡水老白干
Hengshui Laobaigan
河北省衡水制酒厂出品

津沽大曲
JINGUDAQU
天津市津沽酿酒厂

酒標與酒瓶

酒標與酒瓶

馈赠佳品
福
寿
酒
Fu Shou

注册 商标
恭喜發財
Gongxifacai

CONGTAIBAIJIU
丛台白酒

优
YOU ZHI
睢州特曲
SUIZHOU
Tequ
河南睢州酒厂

注册 商标
高粱酒
GAOLIANGJIU

荣获八○八九年四川省优秀
优
纯高粱酒
容量：500 ml ±20 酒度：±50°
标准：DB / 5100×61001.2—86
杨柳
四川省隆昌县工农曲酒厂

YUQUAN
Chunjiu
玉泉春
古井玉泉 优质美酒
安徽亳州古井路第一酒厂

注册 商标
君酒樂
JUNLEJIU
地方国营方城县酒厂

ZUH CE SHANGBIAO
注册商标
53°
500克
特酿
中国安徽全椒酒厂
QUAN JIAO LIQUOR FACTORY ANHUI OF CHINA
RU LING TE NIANG

太白仙酒

囍
平泉 佳酿
国营承德·平泉酿酒厂
GUOYINGCHENGDE PINGQUANNIANGJIUCHANG

流杯酒
JIU
四川省国营万县太白酒厂

BENGBUPAI
SHANGBIAO
ANHUIMINGJIU
安徽名酒
皖
酒
注册商标
WANJIU

商业部优质酒
注册商标
睢酒
SUIJIU
中國河南睢縣酒廠

酒標與酒瓶

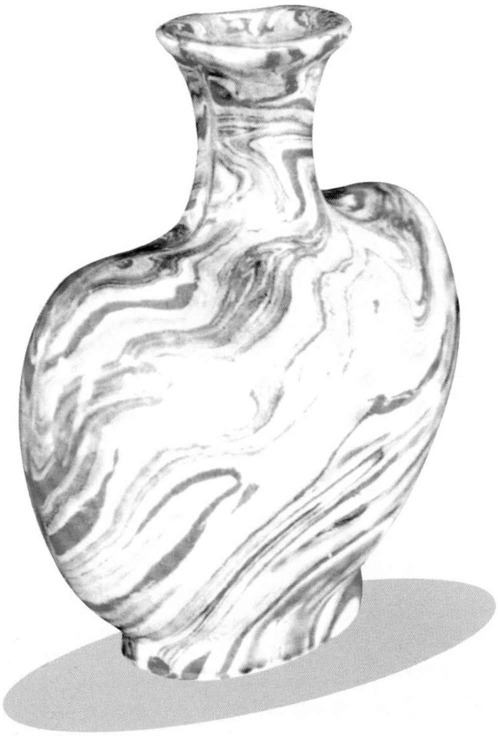

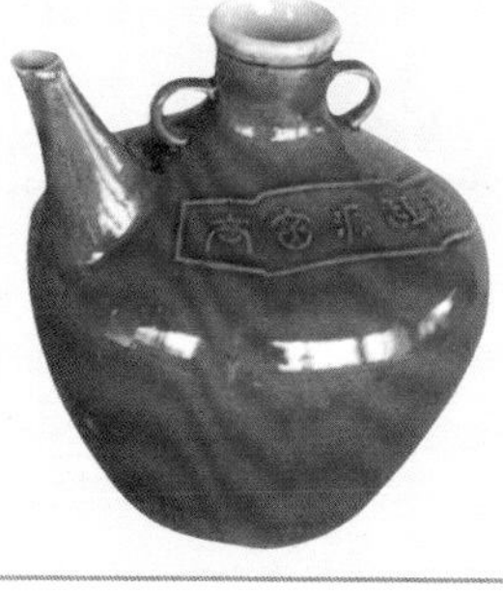

LAOJIAO
WULIANG
五粮
老窖
四川省名山县糖酒公司
馨泉水
TAIHE
Jiu
台河酒
贵州省仁怀县台河酒厂
九曲液
Jiu
四川国营资阳九曲酒厂
满台香
ManbaiLiang
SHI XIAO
酒仙
粮曲
国营济宁市郊区良酒厂
GENGUQUAN
五粮窖
SHANDONG
JUANCHENG
JIUCHANG
山东鄄城酒厂
TUSBAIJIU
白酒
白酒
BAIJIU
長春市食品饮料厂
七宝山
高粱酒
Gaoliang jiu
注册
商标
双麴酒
SHUANGQUJIU
江西上饶地区酒厂
注册商标
太白特曲
TAIBAITEQU
国营济宁市酿酒厂出品
涝河麯香
LAOHEQUXIANG
泓
源
注册
商标
泓源喜酒
囍
御膳佳釀
菊花白酒
JUHUA
Baijiu
地方国营河南内乡酿酒厂
四川省优质酒
丰谷酒
国营四川省绵阳市酒厂
注册
商标

酒標與酒瓶

酒標與酒瓶

中華老窖
注册商标
ZhongHua laojiao
注册 商标
天馬湖老窖
秦皇岛市国营抚宁县制酒厂
北戴河
注册商标
古郎园
GULANGYUAN
四川古蔺县春曲酒厂
优
特制
睢州粮液
Suizhou
中国河南
睢县酒厂出品
會仙
高粱
注册 商标
焦作市育康酒厂
白干酒
BAIGANJIU
注册 商标
曲酒
国营济宁市第二酿酒厂
注册 商标
DAQU
FUNIU TEQU
伏牛特曲
GUOYINGHENANNEI XIANGGUOJIUCHANG CHUPIN
国营河南内乡果酒厂出品
商标 注册
喜梅烧
白酒
蒙城大曲
MENGCHENG
DAQU
安徽省蒙城酒厂
BaiJiu
HONGXINGPAI
注册 商标
白酒
北京酿酒总厂出品
华灯头曲
HUADENG
TOUQU
北京市酒厂出品
注册 商标
杜康酒
DUKANGJIU
52°
500ml
优
河南省汝阳县杜康酒厂
特制醇酿曲酒
TEZHI CHUNNIANG QUJIU
醇
TEZHI CHUNNIANG QUJIU
国营北京市
东坝店酿酒厂出品

酒標與酒瓶

xing jiu
邢酒
54°
750ml
XING TAI BREWERY
HEBEI PROVINCE CHINA

美
酒

鄉
醉

第五章 中國古人與中國白酒

第一節 歷代酒經選粹

作爲全人類的勝飲靈物，酒，特別是白酒一出現，便成了歷代文人著述、吟咏的對象，并爲后世留下了大量藝術作品及理論專著。其中，歷代數以百計的『酒經』，成了中國酒文化的重要組成部分。其中主要有：

（一）《儀禮·鄉飲酒禮》

《儀禮》一書是儒家經典之一，也是中國古代第一部關于飲酒禮儀的經書，相傳由孔子訂定。

鄉飲酒之禮：

原文

主人就先生而謀賓、介。主人戒賓，賓拜辱，主人答拜，乃請賓。賓禮辭，許。主人再拜，賓答拜。主人退，賓拜辱。介亦如之。乃席賓、主人、介。衆賓之席，皆不屬焉。尊兩壺于房户間，斯禁，有玄酒，在西。設篚于禁南，東肆，加二勺于兩壺。設洗于阼階東南，南北以堂深，東西當東榮；水在洗東，篚在洗西，南肆。

譯文

主人到先生處商議賓、介的人選。主人告知將請的賓客，賓拜謝主人的屈駕光臨。主人向賓答拜，致辭請賓赴席。賓依禮推辭一番，再許諾赴席。主人再次拜謝，賓再答拜。主人告辭退出，賓再拜謝主人的屈駕光臨。請介也是這樣。于是爲賓、主人、介設席。賓客的席各不相連。在房和户之間放置酒壺，酒壺擱在斯禁上。有玄酒、置西邊。在斯禁南邊設個篚，朝向東，兩個酒壺上各放一個勺子。在主階的東南設洗，南北的長度和堂的深度相等，東西的長度和屋的東翼相對。水盛放在洗的東面，篚置于洗的西邊，面向南。

原文

羹定。主人速賓，賓拜辱；主人答拜，還；賓拜辱。介亦如之。賓及衆賓皆從之。主人一相迎于門外，再拜賓，賓答拜；拜介，介答拜，揖衆賓。主人揖，先入。賓厭介，入門左；介厭衆賓，入；衆賓皆入門左；北上。主人與賓三揖，至于階，三讓。主人升，賓升。主人阼階上當楣北面再拜。賓西階上當楣北面再拜。

譯文

肉湯已煮好。主人前往召請賓，賓拜謝主人屈辱莅臨。主人答拜，告辭，賓再拜謝。請介時也是這樣。賓和其他陪賓一起過來，主人帶領一相在門外迎接，再拜謝賓，賓回拜。拜謝介，介回拜。主人向衆陪賓一揖，先進門。賓向介長揖，從左邊進門，介再向衆陪賓長揖，進門。衆陪賓都從左門進。以北面爲上。主人與賓相互三揖走到階前，再三相讓。主人上堂，賓也上堂。主人在臺階上方對着屋楣面朝北拜兩次，賓則在西階上對着屋楣面向北回拜。

原文

主人坐取爵于篚，降洗。賓降。主人坐奠爵于階前，辭。賓對。主人坐取爵，興，適洗；南面坐，奠爵于篚下；盥洗。賓進，東北面，辭洗。主人坐奠爵于篚，興時。賓復位，當西序，東面。主人坐取爵，沃洗者西北面。卒洗，主人壹揖，壹讓。升。賓拜洗。主人坐奠爵，遂拜，降盥。賓降，主人辭；賓對，復位，當西序。卒盥，揖讓升。賓西階上疑立。主人坐取爵，實之賓之席前，西北面獻賓。賓西階上拜，主人少退。賓進受爵，復位。主人阼階上拜送爵，賓少退。薦脯醢。賓升席，自西方。乃設折俎。主人阼階東立。賓坐，左執爵，祭脯醢；奠爵于薦西，興；右手取肺，却左手執本；坐，弗繚，右絕末以祭；尚左手，嚌之，興，加于俎；坐手，遂祭酒；興，席末坐，啐酒，降席，坐奠爵；拜，告旨；執爵興。主人阼階上答拜。賓西階上北面坐，卒爵，興；坐奠爵，遂拜，執爵興。主人阼階上答拜。

譯文

主人坐下，從篚裏拿出一只爵，下堂洗爵，賓也下堂。主人在階前坐下，把爵放在地上，致辭。賓致答辭。主人坐着拿爵，站起，走到洗跟前，面向南坐下，把爵放置到篚下，盥手洗爵。賓向前走，面向東北辭謝主人爲他洗爵。主人坐下，把爵放在篚下，站起來對賓作答。賓回到原位上，對着西序的地方面向東站立。主人坐下拿起爵，沃洗的僕役面向西北，洗完酒爵，主人一揖，一讓，然后上堂。賓拜謝主人替自己洗爵。主人坐下，把爵放在地上，對賓一拜，下堂洗手。賓也下堂，主人辭謝。賓答謝，回到原位，面對着西序。洗完手后，主賓相互揖讓着上堂。賓在西階上凝神端立，主人坐下取爵，斟滿酒。走到賓的座席前面朝西北獻給賓。賓從西階上堂拜謝，主人向后稍退，賓前行接過酒爵回到原位。主人在主階上拜送爵，賓向后稍退，僕役把脯醢上到席前。賓從西邊入席，僕役把折俎設于席上。主人在主階東邊端正凝立。賓坐下，左手執爵，祭脯醢。把酒爵放到脯醢的西邊，站起來，右手取肺，左手握住肺的根部，坐下，和『繚』的動作，右手斷取肺尖祭神。左手上舉，嘗肺，站起，把肺放到俎上。坐下，洗净手，祭酒，再站起。在席的末位坐下，嘗酒。下席，把爵放在地上，拜謝，并稱頌酒美，端爵站起。主人在主階上答謝。賓又到西階上北向坐，喝盡爵裏的酒，站起，坐下。把爵放地上，拜謝。端起爵，再拜謝。主人于主階上回拜。

原文

賓降洗，主人降。賓坐奠爵，興，辭；主人對。賓坐取爵，適洗南，北面。主人阼階東，南面辭洗。賓坐奠爵于篚，興對。主人復阼階東，西面。賓東北面盥，坐取爵，卒洗，揖讓如初，升。主人拜洗。賓答拜，興，降盥，如主人禮。賓實爵主人之席前，東南面酢主人。主人阼階上拜，賓少退。主人進受爵，復位；賓西階上拜送爵。薦脯醢。主人升席自北方。設折俎。祭如賓禮，不告旨。自席前適阼階上，北面坐卒爵，興；坐奠爵，遂拜，執爵興。賓西階上答拜。主人坐奠爵于序端，阼階上北面再拜崇酒，賓西階上答拜。

譯文

賓下堂洗爵，主人下堂。賓坐下把爵放在地上，站起致辭，主人對答。賓坐下取爵，走到洗的南邊，面朝北。主人在主階的東南面辭謝賓爲自己洗爵。賓坐下，把爵放置在篚上，站起來以辭答對。主人又回到主階東，面朝西。賓面朝東北洗手，坐下取爵，洗畢，和主人相互揖讓如開始那樣，上堂。主人答拜。賓答拜，站起，下堂洗手，完成客人應有的禮儀。賓向爵中斟滿酒，到主人的席前面朝東南酬謝主人，主人在主階上方拜謝，賓稍稍后退。主人向前接受酒爵，回到原位。賓在西階上拜送爵。獻肉干肉醬。主人從北方上堂，在俎上放入牲的腿肉，祭酒的儀式和賓相同，但不稱頌酒美。主人自席前上主階，面向朝北下喝完爵裏的酒，站起。又坐下將爵放地上，再拜，執爵站起。賓在西階答拜。主人在序端坐下，把爵放地上，再從北面沿主階上，再拜，斟滿酒。賓在西階上答拜。

原文

主人坐取觶于篚，降洗。賓降，主人辭降。賓不辭洗，立當西序，東面。卒洗，揖讓升。賓西階上立。主人實觶酬賓，阼階上北面坐奠觶，遂拜，執觶興。賓西階上答拜。坐祭，遂飲，卒觶，興；坐奠觶，遂拜，執觶興。賓西階上答拜。主人降洗；賓降辭，如獻禮，升，不拜洗。賓西階上立，主人實觶賓之席前，北西；賓西階上拜；主人少退，卒拜進，坐奠觶于薦西；賓辭，坐取觶，復位；主人阼階上拜送，賓北面坐奠觶于薦東，復位。

譯文

主人坐下從篚裏取只觶，下堂洗觶。賓也下堂，主人辭謝。賓不辭謝主人洗觶，立在西序前，西向東。洗畢，主人和賓相互揖讓着上堂。賓在西階凝立，主人向觶斟滿酒敬賓，沿主階上面向北坐下，放觶于地，一拜，端觶站起。賓在西階答拜。主 人坐下祭酒，飲完觶中的酒，站起，再坐下把觶放地上，一拜，端觶站起。賓在西階答拜。主人下堂洗觶，賓下堂致辭，和獻酒禮儀一樣，再上堂，但不拜謝主人的洗觶。賓站在西階上，馬上給觶斟滿酒，端到賓的席前北面，賓在西階上拜謝。主人稍向后退，拜畢，向前，坐下，把觶放置在菜肴的西邊。賓辭謝，坐下取觶在手，回到原位。在人在主階上拜送。賓面向北坐，把觶放置到菜肴東面，回到原位。

原文

主人揖降，賓降立于階西，當序，東面。主人以介揖讓升，拜如賓禮。主人坐取爵于東序端，降洗；介降，主人辭降；介辭洗，如賓禮，升，不拜洗。介西階上立。主人實爵介之席前，西南面獻介。介西階上北面拜，主人少退；介進，北面受爵，復位。主人介右北面拜送爵，介少退。衆人立于西階東，薦脯醢。介升席自北方，設折俎。祭如賓禮，不嚌肺，啐酒，不告旨。自南方降席，北面坐卒爵，興，坐奠爵，遂拜，執爵興。主人介右答拜。

譯文

主人一揖下堂。賓也下堂立于階西，對着序面向東，主人向介一揖，禮讓介入堂，拜揖如對賓那樣的禮儀。主人坐下，從東序端取爵，下堂洗爵。介下堂，主人辭謝，介辭謝主人爲已洗爵，同賓一樣的禮儀，介上堂，不拜謝主人洗爵。介從西階上，站住，主人向爵斟滿酒，走到介之席前面向西南把爵獻給介。介在西階上面朝北拜謝，主人稍稍退后。介向前，面朝北接受酒爵，回原位。主人在介右邊面朝北拜酒爵，介稍秒后退。主人立于西阼東，獻肉干肉醬。介從北方入席，席上説置折俎。祭拜如同賓的禮儀，但不嘗肺，不喝酒，也不稱酒美。介從南方走下席，坐到北面喝完爵中的酒，站起。坐下把爵放地上，一拜，端起爵站起。主人在介的右方向介答拜。

原文

介降洗，主人復阼階，降辭如初。卒洗，主人盥。介揖讓升，授主人爵于兩楹之間。介西階上立。主人實爵，酢于西階上，介右坐奠爵，遂拜，執爵興。介答拜。主人坐祭，遂飲，卒爵，興；坐奠爵，遂拜，執爵興。介答拜。主人坐奠爵于西楹南，介右再拜崇酒；介答拜。

譯文

介下堂洗爵，主人回到主階的位置，正常辭謝，禮儀和前一樣。洗畢，主人洗手。介揖讓着上堂，在兩楹之間把爵交給主人。介站于西階上，主上給爵斟滿酒，獻到西階上。主人在介右邊坐下，把爵放置地上，一拜，再執爵站起。介答拜。主人坐下拜祭，飲完爵中的酒，站起。再坐下把爵放置地上，一拜，執爵站起。介向主人答拜。主人坐在兩楹柱之南，把爵放置地上。在介右方再拜，給爵斟滿酒。介再答拜。

原文

主人復阼階，介降立于賓南。主人西南面三拜衆賓，衆賓皆答壹拜。主人揖升，從取爵于兩楹下；降洗，升實爵，于西階上獻衆賓。衆賓之長升拜受者三人，主人拜送。坐祭，立飲，不拜既爵；授主人爵，降復位。衆賓獻，則不拜受爵，坐祭，立飲。每人一獻，則薦諸其席。衆賓辨有脯醢。主人以爵降，奠于篚。

譯文

主人又回到主階，一揖，下堂。介也下堂立在賓的南方。主人面向西南對衆陪賓拜二次，衆陪賓一起答拜一次。主人一揖，上堂，坐下，從西楹下取爵，下堂洗爵。再上堂，給爵

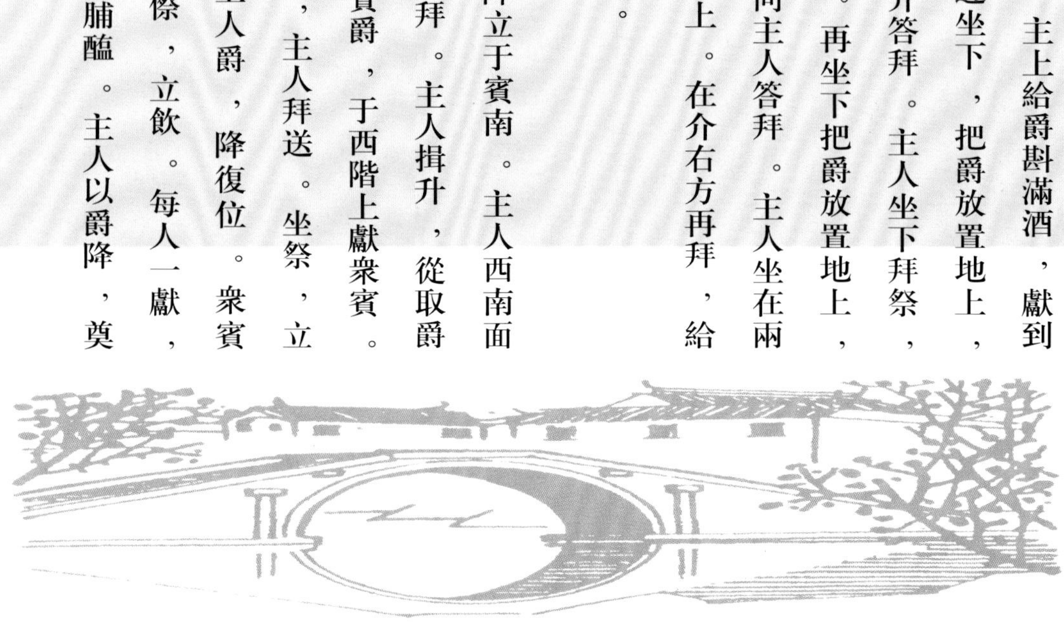

斟滿酒，站在西階上獻給衆陪賓。陪賓中的年長者三人上堂拜受酒爵，主人拜送酒爵。這三位衆賓中年長的人坐下祭祀，站起飲酒，飲完爵中 的酒不再拜，將空爵還給主人，下堂歸還原位。所有陪賓都不拜而接受酒爵，坐下祭祀，站起飲酒。三位長者每人都有一爵酒祭獻，席前都擺有干肉、肉醬等菜肴，衆陪賓席前也遍置脯醢。主人端起爵下堂，把爵放回篚中。

原文

揖讓升。賓厭介升，介厭衆賓升，衆賓序升，即席。一人洗，升，舉觶于賓；實觶，西階上坐奠觶，遂拜，執觶興；賓席末答拜。坐祭，遂飲，卒觶興；坐奠觶，遂拜，執觶興；賓答拜。降洗，升實觶，立于西階上；賓拜。進坐奠觶于薦西。賓辭，坐受以興。舉觶者西階上拜送，賓坐奠觶于其所。舉觶者降。

譯文

主人對賓揖讓后上堂。賓對介長揖后上堂。介對從陪賓長揖后上堂。衆陪賓依順序上堂，大家入席就座。主人指定一名侍者洗觶，上堂，舉起觶授賓。舉觶人給觶裏斟滿酒，在西階上坐下，把觶放置地上，一拜，端着觶站起來。賓在席的末端答拜。舉觶人坐下祭祀，飲酒，拿着空觶站起。又坐下，把觶放地上，拜禮，舉觶站起。賓再答拜。舉觶人下堂洗觶，上堂，給觶斟滿酒，站立在西階上。賓再拜。舉觶人上前把酒觶放到脯醢西面，賓辭謝后坐着接受酒觶后站起，舉觶人在西階上拜送。賓坐下，把觶放置在自己席前。舉觶人下堂。

原文

設席于堂廉，東上。工四人，二瑟，瑟先。相者二人，皆左何瑟，后首，挎越，內弦，右手相。樂正先升，立于西階東。工入，升自西階。北面坐。相者東面坐，遂授瑟，乃降。工歌《鹿鳴》、《四牡》、《皇皇者華》。卒歌，主人獻工。工左瑟，一人拜，不興，受爵。主人阼階上拜送爵。薦脯醢。使人相祭。工飲，不拜既爵，授主人爵。衆工則不拜，受爵，祭飲；辨有脯醢，不祭。大師，則爲洗。賓介降，主人辭降，工不辭洗。

譯文

在大堂的側面另設一席，以東爲上首。樂工四人，其中二人持瑟，走在前邊。摻扶樂工的有兩人，都是左手持瑟，瑟首向后，手指塞在瑟孔裏，瑟弦挨着身子，右手摻扶樂工。樂正先登堂，在西階的東面站立，樂工從西階上堂，面向北坐下。攙扶樂工的相者東面坐，把瑟交給樂工，下堂。樂工唱《鹿鳴》、《四牡》、《皇皇者華》。唱完，主人向樂工獻酒。樂工左手持瑟，爲首的東工做代表拜謝主人，不站起來，接受酒爵。主人在主階上拜送爵，獻上脯醢。主人派一相者幫助樂工祭酒。爲首的樂工飲酒、干杯后不拜，把空爵歸回主人。其他樂工也不拜而接受酒爵，祭酒后飲酒。樂工面前都擺設脯醢，但不再祭脯醢。樂工中如有地位高的樂官，主人 要爲他專門洗爵。這時，賓和介都要隨主人下堂，主人要辭謝賓和介下堂。樂工和樂官則不辭謝主人爲他們洗爵。

原文

笙人堂下，磬南，北面立，樂《南陔》、《白華》、《華黍》。主人獻之于西階上。一人拜，盡階，不升堂，受爵；主人拜送爵。階前坐祭立飲，不拜既爵，升授主人爵。衆笙則不拜，受爵。坐祭，立飲；辨有脯醢，不祭。

譯文

吹笙的樂工入內，站立在堂下懸馨的南邊，面向北。吹笙的樂工演奏《南陔》、《白華》、《華黍》。主人在西階上向他們獻酒。吹笙樂工中爲首的一位拜謝主人，上到最上的一級臺階，但不進入大堂，接受主人獻的酒爵。主人拜送酒爵。這名爲首的樂工就在階前會下祭酒，站起來飲干爵裏的酒，不拜，上臺階把空爵歸還主人。其他吹笙人都不拜而接受酒爵，坐下祭酒后站起飲酒。每人席前都遍設脯醢，但不需祭脯醢。

原文

乃間歌《魚麗》，笙《由庚》；歌《南有嘉魚》，笙《崇丘》；歌《南山有臺》，笙《由儀》。乃合樂：《周南·關雎》、《葛覃》、《卷耳》，《召南·鵲巢》、《采蘩》、《采蘋》。工告于樂正曰：『正歌備。』樂正告于賓，乃降。

譯文

于是，樂工們間隔着咏唱《魚麗》，瑟奏《由庚》；再咏唱《南有嘉魚》，笙奏《崇丘》；再唱《南山有臺》，笙再奏《由儀》。最后，大堂上歌、瑟、磬一起唱奏《周南·關雎》、《葛覃》、《卷耳》、《召南·鵲巢》、《采蘩》、《采蘋》。樂工向樂正報告說：『正歌已全部演奏完。』樂正向賓報告：『正歌已演奏完備』，然后下堂。

原文

主人降席自南方，側降；作相爲司正。司正禮辭，許諾。主人拜，司正答拜。主人升，復席。司正洗觶，升自西階；阼階上北面受命于主人。主人曰：『請安于賓。』司正告于賓，賓禮辭，許。司正告于主人。主人阼階上再拜，賓西階上答拜。司正立于楹間以相拜，皆揖，復席。

譯文

主人從南側離席，一個人下堂，指派一名相作筵席的司正。司正按禮推辭一番后許諾。主人拜謝，司正答拜。主人上堂，回到席中原位。司正洗觶，從西階上堂，在主階上面向北聽命于主人。主人說：『清留賓客安心坐席。』司正將主人的話轉告賓。賓按禮辭席一番，許諾。司正把賓答應下去席的話再報告主人。主人在主階上拜謝，賓在西階上答拜。司正站在堂前兩楹之間相助拜謝。大家都一揖，恢復筵席原狀。

原文

司正實觶，降自西階，陽間北面坐奠觶；退共，少立；坐取觶，不祭，遂飲，卒觶興，坐奠觶，遂拜；執觶興，洗；北面坐奠觶于其所，退立于觶前。賓北面坐取俎西之觶，阼階上北面酬主人。主人降席，立賓于東。賓坐奠觶，遂拜；執觶興，主 人答拜。不祭，立飲；不拜，卒觶，不洗；實觶，東南面授主人。主人阼階上拜，賓少退，主人受觶，賓拜送于主人之西。賓揖，復席。

譯文

司正給觶斟滿酒，從西階下堂，在兩階之間面向北坐，把酒觶放置地上，退后一點，拱手，站立片刻，坐下取起酒觶，不祭酒就飲完觶中的酒，站起，再坐下，投空觶 放地上，一拜，手執觶站起，洗觶。面向北坐下，把觶放到該放的處所，向后愛，站立在觶前。賓面向北坐下，取放在肉案旁邊的觶，在主階上面向北酬謝主人。主人離席，立在賓的東側。賓坐下，將觶放在地上，一拜。手持觶站起，主人答拜。賓不祭酒，立靖飲酒，也不拜。喝盡觶中的酒后，不洗觶。再向觶中斟滿酒，面向東南授給主人。主人在主階上拜謝。賓稍向后退，主人接受觶，賓在主人的西側拜 送主人，一揖。賓和主人都歸位，恢復筵席原狀。

原文

主人西階上酬介。介降席自南方，立于主人之西，如賓酬主人之禮。主人揖，復席。司正升相旅，曰：『某子受酬。』

受酬者降席。司正退立于序端，東面。受酬者自介右，衆受酬者受自左，拜、興、飲，皆如賓酬主人之禮。辨，卒受者以觶降，坐奠于篚。司正降，復位。

譯文

主人站在西階上酬謝介。介從南側出席，立在主人西側，一切都和賓酬主人之禮儀相同。主人一揖，歸席。司正上堂，主持旅酬儀式。說：『某某先生請受酬。』受酬的人出席，司正后退，立在序端，面向東。受酬者在介的右側接受介的酬酒，其他衆受酬者在左邊接受酬酒。其下拜、站起、飲酒都和賓酬主人的禮儀相同。全部酬酒完畢，最后一名接受酬酒者持空觶下堂，坐地，把空觶放回篚中。司正下堂，回歸原座。

原文

使二人舉觶于賓、介，洗，升實觶于西階上；畢坐奠觶，遂拜，執觶興；賓、介席末答拜。皆坐祭；遂飲，卒觶興；坐奠觶，遂拜，執觶興，賓、介席末答拜。逆降，洗；升，實觶，皆立于西階上；賓、介皆拜。皆進，薦西奠之，賓辭，坐取觶以興。介則薦南奠之；介坐受以興。退，皆拜送，降。賓、介奠于其所。

譯文

主人派家臣二人舉觶授于賓和介。洗觶，上堂，在西階上給觶斟滿酒。都坐下，放觶于地，隨即一拜，手執酒觶站起。賓與介在席尾答拜。都坐下祭酒，再飲酒，干杯后站起，再坐下，放空觶于地，一拜，手執空觶站起。賓與介在席尾再答拜。二人與上堂時相反的次序下堂，盥手洗觶。上堂，給觶中斟滿酒，都立在西階上，賓與介一齊答拜。舉觶的二人一起前行，把酒觶放到席上的脯醢西邊，賓辭謝，坐着取酒觶在手站起來。給介則在脯醢的南邊放置酒觶。介坐着受觶后站起。舉觶二人退后，賓介等都拜送，下堂。賓與介則把觶放置于原來的處所。

原文

司正升自西階，受命于主人。主人曰：『請坐于賓。』賓辭以俎。主人請撤俎，賓許。司正降介前，命弟子俟徹俎。司正升，立于序端。賓降席，北面。主人降席，阼階上北面。介降席，西階上北面。遵者降席，席東南面。賓取俎，還授司正；司正以降，賓從之。主人取俎，還授弟子；弟子以降自西階，主人降自阼階。介取俎，還授弟子；弟子以降，介從之。若有諸公、大夫，則使人受俎，如賓禮。衆賓皆降。說屨，揖讓如初，升，坐。乃羞。無莫爵，無莫樂。

譯文

司正從西階上堂，接受主人的命令。主人說：『請留賓客安心坐席。』賓用俎未撤爲由推辭，主人請求撤俎，賓許諾。司正下堂站在西階前，命令弟子准備撤俎。司正上堂，站在序端。賓下席，面向北。主人下席，在主階上面向北。介下席，在西階上面向北。遵者下席，立于席的東南面。賓取俎，交還司正。司正持俎下堂，賓跟隨下堂。主人取俎，旋即授與弟子，弟子持俎從西階下，主人從主階下。介取俎，旋即授給弟子，弟子持俎下堂，介跟隨着下堂。如果席中有諸公大夫，就使地位長貴的受俎，一如待賓的禮儀。最后，從陪賓一起正下堂，脱掉鞋子，像一開始那樣，賓主揖讓上堂，從定。侍者擺設菜肴。賓主歡飲。爵行無數，歌樂不陰，盡歡而止。

原文

賓出，奏《陔》。主人送于門外，再拜。賓若有遵者、諸公、大夫則既一人舉觶，乃入。席于賓東，公三重，大夫再重。公如大夫入，主人降，賓、介降，衆賓皆降，復初位。主人迎，揖讓升。公升如賓禮，辭一席，使一人去之。大夫則如介禮，有諸公，則辭加席，委于席端，主人不徹；無諸公，則大夫辭加席，主人對，不辭加席。

譯文

賓退席，樂工奏《陔夏》，主人送賓到門外，再拜。賓客裏面如果有遵者，在一人舉觶之后，諸公、大夫才人內。設席于賓的東面，公的席三層，大夫席兩層。公像大夫一樣入席，主人下堂，賓與介下堂，從陪賓也都下堂，回到原先的位置。主人迎接，與公互相揖讓着上堂。公上堂的禮儀和賓相同，自辭一層席，使人撤去。大夫上堂的禮儀和介相同，有諸公時，則辭去所加的席，放置于席的末端，主人不許撤席。若無諸公，則大夫辭去所加的席。主人對應，不讓撤加席。

原文

明日，賓服鄉服以拜賜，主人如賓服以拜辱。主人釋服，乃息司正。無介，不殺，薦脯醢，羞唯所有，征唯所欲，以告于先生，君子可也。賓、介不與。鄉樂唯欲。

譯文

第二天，賓穿着鄉飲酒時的朝服到主人處拜謝主人對自己的禮遇，主人也身着朝服拜謝賓的屈駕莅臨。主人卸却朝服，犒勞司正。無介參加，不殺牲，獻上脯醢。菜肴隨家裏所有的進獻，没有什么規定。請的賓客也隨意而定，只要告訴給行生和君子就可以了。賓、介不參與。席上所演奏、的咏唱的歌也隨意指定，没有什么預先的規定。

原文

[記：](即后記)

鄉，朝服而謀賓、介，皆使能，不宿戒。蒲筵，緇布純。尊冪，賓至撤之。其牲，狗也；亨于堂東北。獻用爵，其他用觶。薦脯，五挺，横祭于其上；出自左房。俎曲東壁，自西階升。賓俎；脊、脅、肩、肺。主人俎：脊、脅、臂、肺。介俎：脊、脅、肫、胳、肺。肺皆離。皆右體，進腠。

譯文

[記：](即后記)

鄉大夫身穿朝服去議定請賓、介的人選。因爲賓、介都是鄉裏有才德的堅者，所以不用先召來告戒禮儀。設筵用黑布鑲邊的蒲席，酒尊上蓋着粗葛布，賓客到后撤去。牲用狗，在大堂東北方烹煮。獻酒用爵，其余用觶。肉脯進獻五條，另有半條横置其上以供祭祀。這些肉脯先放在左邊厢房裏。俎從東邊房裏端出沿着西階獻上。賓的俎裏，放置狗脊、狗脅、狗肩、狗肺。主人的俎裏，放置狗脊、狗脅、狗臂、狗肺。介的俎裏，放置狗脊、狗脅、狗肫、狗胳、狗肺。肺要切成一條一條的，都用狗右半身的，肉皮朝上。

原文

以爵拜者不徒作。坐卒爵者拜既爵，立座爵者不拜爵。凡奠者于左，并舉，于右。衆賓之長，人一辭洗，如賓禮。立者東面北上；若有北面者，則東上。樂正與立者，皆薦以齒。凡舉爵，三作而不徒爵。樂作，大夫不人。獻工與瑟，取爵于上篚；既獻，奠于下篚。其笙，則獻諸西階上。磬，階間縮，北面鼓之。主人、介，凡升席自北方，降自南方。司正，既舉觶而薦諸其位。凡旅，不洗。不洗者，不祭。既旅，士不入。撤俎，賓、介、遵者不俎，受者以降，遂出授從者；主人之俎，以東。樂正令奏《陔》；賓出，至于階，《陔》作。若有諸公，則大夫于主人之北，西面。主人之贊者，西面北上，不與；無莫爵，然后五。

譯文

干杯后下拜的人不空起立，起立就要酢謝主人。坐着飲酒的人干杯后要拜，站着飲酒的人干杯后不拜。所有不用的爵都放置在左邊，將要『舉爵』時用的，則放在右方。衆賓長者三人中，只有尊者一人辭謝主人洗爵，一切和賓的禮儀相同。站立在東邊的以北爲上首，若站在北面的則以樂爲上首。樂正和站立的人，都有脯醢進獻。凡舉尊獻賓、獻大夫、獻樂工，都要同時上脯醢。只要舉爵，對賓、大夫、不工三類人都不能沒有甫醢。已開始奏樂，大夫就不再進入。給樂工和吹笙者獻酒，要從上篚中取爵；獻畢，將空爵放到下篚中。主人獻酒給吹笙人，在西階上拜送。磬，設在西階之間，東西向，擊磬人面向北擊磬。主人、介都從北側入席、從南側下席。司正舉爵依次向衆人酬酢，都有脯醢進獻到位。旅酬時，不洗觶，不祭酒。已開始 旅酬之儀式，士不得再入內。撤俎：賓、介、遵的俎，接俎的端下堂后，出門授與 他們的隨從人員；主人之俎，由弟子端到東壁收起來。樂正命令奏《陔夏》，賓告退，退到臺階時，《陔夏》樂作。如有諸公在場，那么士大夫的位置在主人北邊，面向西。主人的贊者面向西，以北爲上，不獻酒，不酬酢，到了不計算爵數盡情飲酒時，便參與進來。

（二）《齊民要求》

《齊民要求》一書，是北魏時期著名農學家賈思勰的專著，有『中國古代百科全書』之稱。該書共六十四篇《造神曲并酒》一節，詳盡地記錄了中國古代曲酒的釀造、保藏和飲用方法。肯定了用曲釀酒是中國人的獨創。

造神曲并酒第六十四

原文

作三斛曲法：蒸、炒、生，各一斛。炒麥：黄，莫令焦。生麥：擇治甚令精好。種各別磨。磨欲細。磨訖，合和之。

七月取中寅日，使童子著青衣，日未出時，面向殺地，汲水二十斛。勿令人潑水，水長亦可瀉却，莫令人用。其和曲之時，面向殺地和之，令使絶强。團曲之人，皆是童子小兒，亦面向殺地，有污穢者不使。不得令人室近。團曲，當日使旋，不得隔宿。屋用草屋，勿使瓦屋，地須净掃，不得穢惡；勿令濕。畫地爲阡陌，周成四巷。作『曲人』，各置巷中，假置『曲王』，王者五人。曲餅隨阡陌比肩相布。

布訖，使主人家一人爲主，莫令奴客爲主。與『王』酒脯之法：濕『曲王』手中爲碗，碗中盛酒、脯、湯餅。主人三遍讀文，各再拜。

其房欲得板户，密泥塗之，勿令風入。至七日開，當處翻之，還令泥户。至二七日，聚曲，還令塗户，莫使風人。至三七日，出之，盛著瓮中，塗頭。至四七日，穿孔，繩貫，日中暴，欲得使干，然后内之。其風餅，手團二寸半，厚九分。

祝曲文：東方青帝土公、青帝威神，南方赤帝土公、赤帝威神，西方白帝土公、白帝威神，北方黑帝土公、黑帝威神，中央黄帝土公、黄帝威神，某年、月，某日、辰，朝日，敬啓五方五土之神：

主人某甲，謹以七月上辰，造作麥曲數千百餅，阡陌縱横，以辨疆界，須建立五王，各布封境。酒、脯之薦，以相祈請，願垂神力，勤鑒所領：使蟲類絶踪，穴蟲潛影；衣色錦布，或蔚或炳。殺熱火焚，以烈以猛；芳越薰椒，味超和鼎。飲利君子，既醉既逞；惠彼小人，亦恭亦静。敬告再三，格言斯整。神之聽之，福應自冥。人願無違，希從畢永。急急如律令。

祝三遍，各再拜。

譯文

制作三斛麥曲的方法：取蒸熟、炒熟和生麥子各一斛。炒的麥子要求黄而不焦，生麥子要撿摘最精好的。三種麥分别磨，要磨得極細。磨好后，混合到一起。

選擇七月中的第一個『寅日』，讓一個小童穿上表衣，在太陽未出來前，面朝『殺地』汲二十斛水。不要讓人潑水，水多了可以倒出些，但不能讓人用。在和曲的時候也要面向『殺地』，一定要和得極硬。團曲的人，全部要用小孩子，也都面朝『殺地』。污穢不潔的小孩不能用，也不能接近人住的房室。團曲當天要完工，不得隔夜。曲房要用草房，不要用瓦房。地面要干净，不能有污穢，也不能潮濕。劃地面成横竪小道，周圍劃出四條巷道。制作『曲人』，分别放到巷道中。讓五個人假扮成『曲王』。曲餅一個挨一個地放到横竪劃綫内。放完曲餅，讓主人家的一個人作『祝文』，不要讓奴僕或客人作。給曲王送酒肉，方式是：先將曲王手中的碗弄濕，再給碗裏盛上酒、肉、湯餅，主人讀三遍祝文。每讀一遍都要拜兩次。曲房要用有一扇木門的，門上用泥密塗，不能有風吹入。到七天時，把門打開，將曲餅翻過來，再泥上門。到第二個七天，把曲餅推到一起，再用泥封門，不讓風吹入。到第三個七天，從曲房取出曲餅，放入瓮中，把瓮口用泥封好。到第四個七天，給曲餅穿孔、穿繩，放到太陽下曬，曬干后再收起來。這些曲餅用手團的時候要注意團成二寸半大、九分厚。

作曲餅的『祝文』爲：東方青帝土公、青帝威神，南方赤帝土公、赤帝威神，西方白帝土公、白帝威神，北方黑帝土公、黑帝威神，中央黄帝土公、黄帝威神，某年、月、某日、辰、朝日，敬啓五方五土之神：

主人某甲，謹以七月上辰，造作麥曲數千百餅；阡陌縱横，以辨疆界，須建立五王，各布封境。酒脯之薦，以相祈請，願垂神力，勤鑒所領。使蟲類絶踪，穴蟲清影。衣色錦布，或蔚或炳。殺熱火焚，以烈以猛。芳越薰椒，味超和鼎。飲利君子，既醉既逞，惠彼小人，亦恭亦静。警告再三，格言斯整。神之聽之，福應自冥。人願無違，希從畢永。急急如律令。

念『祝文』三遍。每念一遍，拜兩次。

原文

造酒法：全餅曲，曬經五日許，日三過以炊帚刷治之，絶令使净。若遇好日，可三日曬。然后細剉，布帕盛，高屋厨上曬經一日，莫使風土穢污。乃平量曲一斗，臼中擣令碎。若浸曲一斗，與五升水。浸曲三日，如魚眼湯沸，酘米。其米絶令精細。淘米可二十遍。酒飯，人狗不令啖。淘米及飲釜中水、爲酒之具有所洗浣者，悉用河水佳也。

若作秫、黍米酒，一斗曲，殺米二石一斗：第一酘，米三斗；停一宿，酘米五斗；又停再宿，酘米一石；又停三宿，酘米三斗。其酒飯，欲得弱炊，炊如食飯法，舒使極冷，然后納之。

若作糯米酒，一斗曲，殺米一石八斗。唯三過酘米畢。其炊飯法，直下饙，不須報蒸。其下饙法：出饙瓮中，取釜下沸湯澆之，僅没飯便止。此元僕射家法。

譯文

造酒的方法：整塊的曲餅，置太陽下曬五天，每天用鍋頭上用的條帚把曲塊掃刷三次，絕對要保持潔凈。如果太陽大，曬三天就行了。然后挫細，用布巾包起來，放置到高屋厨上曬一天，不要被風土污染。平平地量一斗曲，放入石臼裏搗得很細碎。如果泡曲一斗，加五升水，泡曲三天，待發酵冒像魚眼的小泡時，投入米。這米要絕對收拾精細，可用水淘米二十遍。作酒的米飯，人和狗都不能吃。淘米的水、飲具中的水、各種作酒器具涮洗的水，都用河水爲好。

如果造秫酒、黄米酒，一斗曲，投米二石一斗。第一次投米三斗；隔一夜，再投米五斗，再隔第二夜，投米一石；再隔第三夜，投米三斗。造酒用的米飯，要做得軟，和平常做飯一樣，鋪開凉冷，然后再放入酒瓮裏。

如果造糯米酒，一斗曲，用米一石八。分三次投入。做飯的方法是直接將蒸飯放到酒瓮中，不需要再蒸。下飯的方法：將飯先倒入瓮裏，然后把飯鍋裏的滾開的水澆上到剛剛淹沒住爲止。（這是元僕射家的造酒法）。

原文

又造神曲法：其麥蒸、炒、生三種齊等，與前同；但無復阡陌、酒脯、湯餅、祭曲王及童子手團之事矣。

預前事麥三種，合和細磨之。七月上寅日作曲。溲欲剛，

搗欲精細，作熟。餅用圓鐵範，令徑五寸，厚一寸五分，于平板上，令壯士熟踏之。以刺作孔。

淨掃東向開户屋，布曲餅于地，閉塞窗户，密泥縫隙，勿令通風。滿七日翻之，二七日聚之，皆還密泥。三七日出外，日中曝令燥，曲成矣。任意舉、閣，亦不用公瓮盛。瓮盛者則曲烏腸，烏腸者，繞孔黑爛。若欲多作者任人耳，但須三麥齊等，不以三石爲限。

此曲一斗，殺米三石；笨曲一斗，殺米六斗：省費懸絕如此。用七月七日焦麥曲及春酒曲，皆笨曲法。

譯文

又有造神曲法：用麥蒸、炒、生三種等量，制作同前，但不需要在地上劃阡陌、設酒肉、湯餅、祭曲王以及小童手團曲餅等事項。

先預備好前面說的三種麥，混合一起磨細。到七月的第一個『寅日』作曲。少加水和硬點，放入石臼搗碎，粉要搓得細密，做得很熟，然后用圓形鐵模壓成曲餅，每個曲餅直徑爲五寸，厚一寸五分，再將餅放在平板上，上强壯的男人用脚踏

實，然后用尖頭小木棒在中心穿一個孔。

把一間向東面開單扇門的房間掃净，把曲餅逐個擺到地面上，閉塞窗户，用泥密縫隙不要讓風吹進來。滿七日，把曲餅翻個，到第二個七日把曲餅堆成堆，門窗再用泥密封。到第三個七日取出房外，在太陽下暴曬到干燥，曲就制成了。任意放置高處，不必裝入瓮中。裝瓮的曲餅會『烏腸』。烏腸就是曲餅中心的孔會黑爛。想要作多少憑自己意願，但三種麥一定要等量，不必限制爲每種三石。

神曲一斗，耗米三石；苯曲一斗，耗米六斗。節省或耗費原料量這樣懸殊。七月初七造的焦麥曲與春酒曲和普通苯曲的作法一樣。

原文

造神曲黍米酒方：細銼曲，燥曝之。曲一斗，水九斗，米三石。須多作者，率以此加之。其瓮大小任人耳。桑欲落時作，可得周年停。初下用米一石，次五斗，又四斗，又三斗，以漸待米消即，無令勢不相及。味足沸定爲熟。氣味雖正，沸未息者，曲勢未盡，宜更之；不則酒味苦、薄矣。得所者，酒味輕香，實勝凡曲。初釀此酒者，率多傷薄，何者？猶以凡曲之意忖度之，蓋用米既少，曲勢未盡故也，所以傷薄耳。不得令鷄狗見。所以專取桑落時作得，黍必令極冷也。

譯文

造神曲黍米酒方：將神曲挫細，太陽下曬干，曲一斗，加水九升，米三石。需要多造的，按這比例遞加。用的瓮也大小由人選。在桑葉墜時作，貯存一年爲好。開始先下米一石，再投米五斗，再投四斗，再投三斗，以后，看米消耗完了，就投米，不要讓所投的米趕不上曲的消化。酒味已足，不再翻泡時，酒就釀熟了。酒的氣味已好，但仍在翻泡，是曲勢還没有盡，應該再投米，如不投米，酒的味道就發苦、酒質薄。真正釀好的酒，味道輕淳香美，遠勝于用普通曲釀的。初次釀神曲黍米酒的，大多酒質薄，什么原因呢？因爲他們多用普通曲的勢量估計投米多少。用米少了，曲勢未盡，所以酒質薄。作神曲酒時，不能讓鷄狗看見。之所以專門在桑葉落時制作，是因爲這時黍米才能凉透。

原文

又神曲法：以七月上寅日造。不得令鷄狗見及食。看麥多少，分爲三分：蒸、炒二分正等；其生者一分，一石上加一斗半。各細磨，和之。溲時微令剛，足手熟揉爲佳。使童男小兒餅之，廣三寸，厚二寸。須西厢東向開户屋中，净掃地，地上布曲：十字立巷，令通人行；四角各造『曲奴』一枚。訖，泥户勿令泄氣。七日開户翻曲，還塞户。二七日聚，又塞之。三七日出之。作酒時，治曲如常法，細銼爲佳。

造酒法：用黍米二斛，神曲一斗，水八斗。初下米五斗，米必令五六十遍淘之。第二酘七斗米。三酘八斗米。滿二石米以外，任意斟裁。然要須米微多，米少酒則不佳。冷暖之法，悉如常釀，要在精細也。

神曲粳米醪法：春月釀之。燥曲一斗，用水七斗，粳米兩石四斗。浸曲發如魚眼湯。净淘米八斗，炊作飯，舒令極冷。以毛袋漉去曲滓，又以絹濾曲汁于瓮中，即酘飯。候米消，又八斗；消盡，又酘八斗。凡三酘，畢。若猶苦者，更以二斗之。此酒合醅飲之可也。

譯文

另有一種造神曲法：在農歷七月的第一個『寅日』造。不能讓鷄狗看見或偷食。根據用麥多少，分爲三份，蒸、炒的兩份相等，生麥那一份，一石多加一斗半。分别磨細，混合在一起，加水時，稍微和得硬些，用足和手揉熟爲好。讓男小孩團餅，每個餅廣三寸、厚二寸。選用西厢房東面開門的房屋，掃净地，在地上布曲餅，中間留出十字形巷道，人可以通行。四角各造『曲奴』一個。布置完后，將門窗用泥封了不讓泄氣。到第七天開門翻曲餅，完后再關門塗泥。第二個七天開門將曲餅成堆，再用泥封門窗。到第三個七天開門出曲餅。造酒時，按照常規把曲准備好，銼得越細越好。

造酒的方法：取黍米二斛，神曲一斗，水八斗。開始下米五斗，米一定要淘洗五六十遍。第二次投米七斗，第三次投米八斗。投滿二石米以后，根據實際情况投米，但總體説，米要投入多一些，米少了酒質差。釀酒的温度和普通釀酒時一樣，但一切都要更精細些。

用神曲釀粳米醪酒的方法：春天釀造。用于燥神曲一斗，水七升，粳米兩石四斗。先浸曲發酵有魚眼水泡冒出，淘洗八斗净米，作成飯，攤開晾到極冷。用毛袋漉去曲渣，再用綢絹將曲汁濾到瓮裏，隨即投飯。等到米消了，再投八斗，消完，再投八斗。先后投三次，就完成，但如覺得釀出的酒味苦質薄，再投入二斗米。這種酒可以和未濾的醅酒摻合起來喝。

原文

又作神曲方：以七月中旬以前作曲爲上時，亦不必要寅日；二十日以后作者，曲漸弱。凡屋皆得作，亦不必要須東向開户草屋也。大率小麥生、炒、蒸三種等分，曝蒸者令干，三種合和，碓師。净簸擇，細磨。羅取麩，更重磨，唯細爲良，粗則不好。銼胡葉，煮三沸湯。待冷，接取清者，溲曲。以相著爲限，大都欲小剛，勿令太澤。擣令可團便止，亦不必滿千杵。以手團之，大小厚薄如蒸餅劑，令下微浥浥。刺作孔。丈夫婦人皆團之，不必須童男。

其屋，預前數日著猫，塞鼠窟，泥壁，令净掃地。布曲餅干地上，作行伍，勿令相逼，當中十字通阡陌，使容人行。作『曲王』五人，置之于四方及中央：中央者面南，四方者面皆向內。酒脯祭與不祭，亦相似，今從省。

布曲訖，閉户密泥之，勿使漏氣。一七日，開户翻曲，還著本處，泥閉如初。二七日聚之：若止三石麥曲者，但作一聚，多則分爲兩三聚；泥閉如初。三七日，以麻繩穿之，五十餅爲一貫，懸著户內，開户，勿令見日。五日后，出著外許懸之。晝日曬，夜受露霜，不須覆蓋。久停亦爾，但不用被雨。此曲得三年停，陳者彌好。

譯文

還有一種制神曲的方法：以農歷七月中旬以前制曲最好，不一定要是『寅日』。七月二十日以后制的曲功效就弱了。也不一定要門户向東開的房屋，一般房屋都可以來制曲。大致說，用生、炒、蒸三種小麥等量，蒸后太陽曬干，混合一起，用碓臼舂碎。簸擇干净，然后磨細。用羅把麩子篩去，再重新磨，總之愈細愈佳，粗則不好。把胡葉切碎，煮過三沸得湯，等冷后取上面清湛的和粉作曲，以能剛相粘着爲陰，都要稍硬些，不能太濕軟。再擣成團就停止，不必擣滿一千杵。用手團曲，大小厚薄如蒸餅，每團曲下面都有滴水，中間扎一個孔。男人女人都可以團曲，不必都須小男孩。

制曲的房屋，在前幾天就預先放只猫，然后塞鼠洞、泥墻、掃净地面。把曲餅一個個放置地上，一行行排列，不要挨得太近，當中劃出十字通道，讓人通行。作『曲王』五人，放置在四方和中央。放置中央的面向南，放置四方的面都向內。

酒肉祭品用不都行，現在一般從簡。

放置完曲餅，關上門用泥密封，不要漏氣。七天后，開門將曲餅翻個，仍置原處，再用泥封門。第二個七天，將曲餅收成堆。若只有三石曲，堆一個堆；多于三石。分成兩上堆。再用泥封門，第三個七天時，用麻繩把曲餅穿起來。五十個餅一串，挂在門內，開門時不要讓太陽曬上。五天后，再拿出挂在外面，讓它經受日曬霜露，用不覆蓋，但不能淋雨。這神曲，放置時日長，要以放至三年或更久，而且愈陳愈好。

原文

神曲酒方：净掃刷曲令净，有土處，刀削去，必使極净。反斧背椎破，令大小如棗、栗；斧刃則殺小。用故紙糊席，曝之。夜乃勿收，令受霜露。風、陰則收之，恐土污及雨潤故也。若急須者，曲干則得；從容者，經二十日許受霜露，彌令酒香。曲必須干，潤濕則酒惡。

春秋二釀者，皆得過夏；然桑落時作者，乃勝于春。桑落時稍冷，初浸曲，與春同；及下釀，則茹瓮——止取微暖，勿太厚，太厚則傷熱。春則不須，置瓮于磚上。

秋以九月九日或十九日收水，春以正月十五日，或以晦日，及二月二日收水，當日即浸曲。此四日爲上時，余舊非不，恐不耐久。收水法，河水第一好；遠河者取極甘井水，不感則不佳。

譯文

另一種制神曲的方法：先把曲餅掃刷干净，曲餅上有土的地方，用刀削掉，一定收拾得極潔净。把斧子翻轉，用斧背砸碎，大小如棗；如用斧刃砍則碎塊過小。然后用舊紙糊席，把碎曲塊放置席上讓太陽曬。晚上不要收，讓曲塊受霜露。但有風或天陰就收了，怕刮上土或被雨下濕。如果急用，曲塊曬干就可以了。如不急用，經過二十天左右飽受箱露，制出的酒會更香。曲塊必須干燥，濕的曲釀的酒質量很差。

春、秋兩季釀的酒，都得過夏，但桑葉墜落時釀的酒，酒質勝過春釀。桑葉落時氣候較冷，開始浸曲時，方法和春釀一樣，等到下釀則要用茅草覆蓋瓮——只要保持一些溫度，不要蓋草太厚，太厚就嫌熱了。春天就不需蓋草，把瓮放在磚地上就可以了。

秋天，在農歷九月九日或十九日收汲取浸曲的水：春天，在正月十五日，或月底，或二月二日汲水，當天就浸曲。以上

這幾日爲汲水的最好時候，其他日子汲水也可以，只是怕放不久。汲的水，河水第一好，離河遠的汲甜水井的水，水如有咸味，釀的酒味道差。

原文

漬曲法：春十日或十五日，秋十五或二十日。所以爾者，寒暖有早晚故也。但候曲香沫起，便下釀。過久曲生衣，則爲失候；失候則酒重鈍，不復輕香。

米必細師，净淘三十許遍；若淘米不净，則酒色重濁。大率曲一斗，春用水八斗，秋用水七斗；秋殺米三石，春殺米四石。初下釀，用黍米四斗，再餾弱炊，必令均熟，勻使堅剛、生減也。于席上攤黍飯令極冷，貯出曲汁，于盆中調和，以手搦破之，無塊然后内瓮中。春以兩重布覆，秋于布上加

氈，若值天寒，亦可加草。一宿、再宿，候米消，更酘六斗。第三酘用米或七八斗。第四、第五、第六酘，用米多少，皆候曲勢强弱加减之，亦無定法。或再宿一，三宿一酘，無定准，惟須消化乃酘之。每酘皆挹取瓮中汁調和之，僅得和黍破塊而已，不盡貯出。每酘即以酒把遍攪令均調，然后蓋瓮。

雖言春秋二時殺米三石、四石，然要須善候曲勢，曲勢未窮，米猶消化者，便加米，唯多爲良。世人雲：『米過酒甜。』此乃不解法候。酒冷沸止，米有不消者，便是曲勢盡。酒若熟矣，押出，清澄。竟夏直以單布覆瓮口，暫席蓋布上，慎勿瓮泥；瓮泥封交即酢壞。

冬亦得釀，但不及春秋耳。冬釀者，必須厚茹瓮、覆蓋。初下釀，則黍小暖下之。一發這后，重時，還攤黍使冷——酒發極暖，重釀暖黍，亦酢矣。

其大瓮多釀者，依法倍加之。其糖、沈雜用，一切無忌。

譯文

釀造清酒的方法：春季，浸曲十天或十五天；秋季則十五天或二十天。只所以漬曲天數不同因有天氣的寒暖與早晚氣候的不同。只要等曲有了香味并起沫，便下米釀酒。時間長了，曲會長白膜，就錯過時機。錯過時機釀出的酒酒質重鈍，不清不香。

用來釀酒的米必須舂得極細，要淘洗三十多遍到非常潔净。米淘不净，釀出的顏色 重濁不清。大致說，曲一斗，春用水八斗，秋用水七斗。秋季消耗三石米，春季消耗四石米。開始

米用黍米四斗，要蒸得軟并餾兩次，要受熱均勻。把這種熟黍飯在席上攤開晾到極冷，再和瓮裏取出的曲汁一起放到盆裏調和，用手捍碎、不要有塊，再倒回瓮中。春天在瓮上瀝兩層布，秋天布上再加蓋升，如果天氣寒冷，再加蓋草席。經過一夜，兩夜，候米消融后，再投入六斗黍米飯。第三次，再投七斗或八斗。到第四、第五、第六次投多少，要根據瓮裏曲勢的强弱而定，没有定規。或隔兩夜一投，或隔三夜一投，也没有定規，只要見瓮中的米消完了就投入。每次下黍米，都要和從瓮中舀出的曲汁和在一起。但曲汁只要能把黍米飯調勻就行了，不需要把瓮中所有曲汁都妥出來。每次下黍米飯時，都要用酒把在瓮中全部攪一遍，一定要攪拌均勻，然后將瓮蓋好。

雖然説春秋兩季各需耗米三石、四石，但也要仔細審看曲勢后定奪：曲的酵力未盡，米還在消融，便加米，米多了酒質好。一般人説：『米過量了酒發甜』，這是不了解酒的釀法。瓮中的酒液凉了不再起泡，米有未消完的，就是曲的力量用盡了。

酒釀熟后，榨出清液就是清酒。夏在只需用單層布蓋住瓮口，再截一片席子蓋在布上。不能泥封口，如果泥封瓮口，酒會發酵變壞。

冬季也可釀酒，但不如春秋好。冬天釀酒，必須用厚厚的草覆蓋瓮。開始下黍米飯時，要加温。待發酵后再投黍飯，還得將黍飯晾冷。酒發酵時很熱，再投入熱黍飯，酒就變酸了。

如果用大瓮釀得多，按比例增加曲米就行了。釀酒剩的湯和糖可以任意使用，没有什么忌諱。

原文

河東神曲方：七月初治麥，七日作曲。作日未得作者，七月二十日前亦得。麥一石者，六門炒，三半蒸，一門生，細磨之。桑葉五分，蒼耳一分，艾一分，茱萸一分——若無茱萸，野蓼亦得用——合煮取汁，令如酒色。漉去滓，待冷，以和曲，勿令在澤。搗千杵。餅如凡餅，方範作之。

譯文

制河東神曲的方法：七月初開始整治麥子，初七開始造曲。初七没來得及造曲的，七月二十日前都可以制。麥子一石，六斗炒，三斗蒸，一斗生的，和在一起磨細。桑葉五分，蒼耳一分，艾一分，茱萸一分——如果没有茱萸，用野萸也行——合在一起煮汁、使汁的顏色和酒色相同。濾去滓，

冷后用來和曲，不要使曲太濕。曲和好后，搗一千下，作成曲餅。曲餅與普通餅一樣用方模壓成。

原文

卧曲法，先以麥䴷布地，然后著曲訖，又以麥䴷覆之。多作得，可以用箔、槌、如養蠶法。覆訖。閉户。七日，翻曲，還以䴷覆之。二七日，聚曲，亦還覆之。三七日，瓮盛。后經七日，然后出暴之。

造酒法：用黍米。曲一斗，殺米一石。秫米令酒薄，不任事。治曲必使表裏、四畔、孔内，悉皆净削，然后細銼，令如棗、栗。曝使極干。一斗曲，用水二斗五升。

十月桑落初凍則收水釀者爲上時。春酒正月晦日收水爲中時。春酒，河南地暖，二月作；河北地寒，三月作；大率在清明節前后耳。初凍后，盡年暮，水脉既定，收取則用；其春酒及余月，皆須煮水爲五沸湯，待冷浸曲，不然則動。十月初凍尚暖，未須茹瓮；十一月、十二月，須黍穰茹之。

譯文

制卧曲的方法：先把麥杆鋪在地上，然后放曲，再用麥杆蓋上。作得多的，可以用竹箔、木架，像養蠶那樣。蓋好后，關房門。到第七天，翻曲，還用麥杆覆蓋。第二個七天，把曲聚成堆，還用麥杆覆蓋。到第三個七天，將曲裝瓮。再經過七天，從瓮裏取出太陽下曬干。

釀酒的方法：用黍米。曲一斗，耗米一石。秫米不能用，釀的酒味淡，不頂事。整治曲餅時，一定要把表裏、四壁、孔内全洗削干净，然后挫碎，大小如棗和栗子。太陽下曬到極干。一斗曲，加水二斗五升。

農歷十月桑葉墜落水剛開始結冰時汲水釀酒爲最佳時節。春天釀酒正月底汲水爲中等時機。春酒，黄河以南地氣暖，二月釀造；黄河以北地氣寒，三月釀造，一般都在清明前后釀酒。從初次結冰到年底，河水不再漲落，汲來的水立即就可以釀酒。春天釀酒和其他時月，汲來的水得先煮沸五次成『五沸湯』后，放凉后再浸曲，不然酒就會變酸。十月份初次結冰尚有暖氣，不必用草覆瓮，到十一、十二月，瓮就用黍穰蓋嚴。

原文

浸曲，冬十月，春七日，候曲發，氣香沫起，便釀。隆冬寒厲，雖日茹瓮，曲汁猶凍，臨下釀時，宜漉出凍凌，于釜中融之——取液而已，不得令熱。凌液盡，還瀉著瓮中，然后下黍，不爾則傷冷。假令瓮受五石米者，初下釀，止用米一石。淘米須極净，水清乃止。炊爲饙，下著空瓮中，以釜中炊湯，及熱沃之，令上水深一寸余便止。以盆合頭。良久水盡，極熟軟，便于席上攤之使冷。貯汁于盆中，搦黍令破，瀉著瓮中，復以酒把攪之。每酘皆然。唯十一月、十二月天寒水凍，黍須人體暖下之；桑落、春酒，番皆冷下，初冷下者，酘亦冷；初暖下者，酘亦暖；不得回易冷熱相雜。次酘八斗，次酘七斗，皆須候曲蘖强弱增減耳，亦無定數。

大率中分米：半前作沃饙，半后作再餾黍。純作沃饙，酒便鈍；再餾黍，酒便輕香：是以須中半耳。

冬釀六七酘，春作八九酘。冬欲温暖，春欲清凉。酘米太多則傷熱，不能久。春以單布覆瓮，冬用薦蓋之。冬，初下釀時，以炭火擲著瓮中，拔刀横于瓮上。酒熟乃去之。冬釀十五日熟，春釀十日熟。

至五月中，瓮別碗盛，于日中炙之，好者不動，惡者色變。色變者宜先飲，好者留過夏。但合醅停須臾便押出，還得與桑落時相接。地窖著酒，令酒土氣，唯連檐草屋中居這爲佳。瓦屋亦熱。作曲、浸曲、炊、釀，一切悉用河水。無手力之家，乃用甘井水耳。

《淮南萬畢術》曰：『酒薄復厚，漬以莞蒲。』（斷蒲漬酒中，有頃出之，酒則厚矣。）

凡冬月釀酒，中冷不發者，以瓦瓶盛熱湯，堅塞口，又于釜湯中煮瓶，令極熱，引出，著酒瓮中，須臾即發。

譯文

制曲酒：冬季浸曲十天，春季七天。等到曲發酵，有香味和氣泡出現，便下米釀酒。隆冬天氣特别寒冷時，雖然每天用草覆瓮，曲汁仍結冰，臨下釀的時候，應該先濾出冰凌，放到鍋裏加温融化——只是融化了取曲液，不得讓曲液變熱。冰凌融化完的曲液，還倒回瓮裏，然后下黍米，下然就嫌太冷了。如果瓮能容納五石米，初次只下一石。米一定要淘洗極净，直到淘的水清了才行。然后把米蒸成飯，放進空瓮裏，用鍋裏蒸飯剩下的沸水，趁熱澆下，水淹過飯一寸就可以了。用盆蓋上瓮，很長時間后水被吸完，飯也變得熟軟時，就在席上攤開放凉，把曲汁舀到盆裏，再把飯倒入，用手將飯塊捏碎，與曲汁混合，再一起倒進瓮，用酒杷攪勻。每投都要這樣。只有在十一月和十二月天寒水冰時，才將黍米飯加温到和人體温一樣，然后投入。桑葉墜落時和春天釀的酒，都需用冷飯。初次入瓮用冷飯，以后每投都用冷飯；初次入瓮用熱飯，以后每投都用熱飯，不能交錯使冷熱混雜。第二次投入七鬥或八斗，必須根據瓮中曲的力勢决定，没有定規。

一般説，黍米須分爲均等的兩份，前一半用沸水澆米，作爲半熟的飯；后一半用鍋蒸成熟飯。純用半熟的黍米飯，釀的酒重濁；再中上以蒸熟的黍米飯，釀出酒才能輕香，所以黍米要分爲兩份。

冬季釀酒，先后要投飯六七次，春季須八九次。冬天要温暖，春天要清涼。投米太多則曲瓮過熱，不能久放。春天用單層布蓋瓮，冬天用草席蓋。冬季，初次下投時，把炭火丢入瓮中，攏刀横放在瓮上。酒釀成后才去掉。冬季釀酒十五天可成，春季十天酒熟。

至五月中旬，從每一只瓮裏分別盛出一碗酒，在太陽下曬，好酒無變化，壞酒變顔色。變色的酒不能存要先飲，好酒可以存放過夏。貯存時，和酒糟拌合在一起，飲用時再將酒汁壓出，這樣可以存到與秋天桑葉落時釀的酒相接。在地窖存酒，酒會沾上土氣，只有存在草掩住屋檐的草房爲好，瓦房過熱。作曲、浸曲、炊飯、釀酒，一律用河水。家中勢力缺乏的，也要用甜水井中不發苦的水。

《淮南萬畢術》説，『酒質想變厚，可以用蒲葦浸泡。』（摘取蒲草浸到酒裏，過一會取出蒲草，淡酒就變濃了。）

凡在冬天釀酒，因天冷曲不發酵，就用瓦瓶盛熱湯，瓶口塞緊，放在湯鍋裏煮到極熱，取出來放到酒瓮裏，一會兒曲就發酵了。

（三）《醉鄉日月》

《醉鄉日月》，是中國第一部系統介紹飲酒藝術的專著，但原著已散失，現僅有殘本十四卷傳世，今選飲論等十余節載之。

飲論

原文

醉花宜晝，襲其光也；醉雪宜夜，樂其潔也；醉得意宜艶唱，宣其和也；醉將離宜擊鉢，壯其神也；醉文人宜謹節奏、慎章程，畏其侮也；醉俊人宜益觥盂、加旗幟，助其烈也；醉樓宜暑，資其清也；醉水宜秋，泛其爽也。此皆以審其宜、收其景，以與憂戰也。反此道者，失飲之大地。

譯文

對花酣飲，適宜在白晝，白天光綫明，賞花得時；對雪酣飲，適宜在夜晚，月光映雪更顯其皎潔；爲得意事酣飲，適宜高唱艷歌，更與心情和諧；爲離別而痛飲，適宜于手擊鉢器，可以壯人神色；和文人對飲，應當注意節奏、慎依章程，以免失禮招來羞辱；和才智出衆的豪杰暢飲，應當增加酒杯，添插旗幟，可以顯示壯烈。在樓上痛飲最宜在夏天，高樓有清風降暑；在水邊痛飲最好在秋天，秋水依依，更加爽人。這些都是審時度勢、選擇景點，用來增加飲酒的興致、抵消内心的悲憂。啊，如果違反了這個原則，就喪失了飲酒的根本意味了。

謀飲

原文

凡酒，以色清味重而飴者爲聖，色如金而味醇且苦者爲賢；色黑而酸醨者愚人；以家醪糯觴醉人者君子，以家醪黍觴醉人者爲中人，以巷醪灰觴醉人者爲小人。

夫不歡之候有九：主人吝，一也；賓輕主，二也；鋪陳雜而不叙，三也；樂生而妓嬌，四也；數易令，五也；聘牛飲，六也；迭詼諧，七也；手相屬，八也；惟歡骰子，九也。

歡之征有十三：得其時，一也；賓主久間，二也；酒醇而飲嚴，三也；非觥盂不謳，雖觥而罍不謳者，四也；不能令有耻，五也；方飲不重膳，六也；不動筵，七也；録事貌毅而法峻，八也；明府不受請，九也；廢賣律，十也；廢替律，十一也；不恃酒，十二也；使勿歡勿暴，十三也。

審此九候、十三征以爲術者，飲之王道也；惟歡樂者，飲之霸道也。

譯文

酒，以色清味重而且帶甜味的最好，稱『聖人』；色澤金黃而酒味醇美并略苦的爲其次，稱『賢人』；色澤發黑味酸酒質薄的爲最差，稱『愚人』。用自家釀造的糯米酒請客人痛飲的是『君子』；用自家釀造的高粱酒請客人酣飲的是『中人』，用里巷賣的灰酒使客人喝醉的是『小人』。

飲酒不痛快的情況有九種：主人吝嗇，這是一；賓客不尊重主人，這是二；桌上杯盤雜亂無序列，這是三；樂工技生而歌妓撒嬌，這是四；多次變換酒令，這是五；無節制地像牛喝水一樣狂飲，這是六；互相開趣味不高的玩笑，這是七；相互用手拉扯，這是八；只是愛擲骰子爲酒令，這是九。

飲酒痛快歡樂的狀況有十三種：時機選得好，這是一；主客間長期未相會，這是二；酒味醇美、喝得端莊，這是三；不用觥、盂等正規酒具飲酒就唱歌，用了觥、盂但亂動酒壇的也不唱歌，這是四；不會酒令就感到羞恥，這是五；飲酒時不偏重膳食，這是六；不搬動筵席，這是七；監酒的人形貌堅毅執法嚴明，這是八；令官不徇情，這是九；廢除賣酒令，這時十；廢除替律，這是十一；不恃酒鬧事，這是十二；飲酒人不狂歡不粗暴，這是十三。

審查這『九候』、『十三征』，作爲飲酒的原則，這是飲酒的『王道』；只圖狂歡而飲酒，就是飲酒的『霸道』。

爲賓

原文

愚同柴也，僻若子張。當宣令乃塞耳不聽，及行令則瞋目重問，此陪主人耳。

譯文

來賓如果像高柴一樣愚笨，像子張一樣乖僻。正宣布布酒令時充耳不聞，執行酒令時又張大眼睛再問，這只能算是伴主人喝酒的陪客。

爲主

原文

主前定則不繁，賓前定則不亂，樂前定則必暢，酒前定則必嚴。時然后歡，人乃不厭。

譯文

主人事前定好則不煩擾，賓客事前定好則不忙亂，樂曲事前定好則演唱必舒暢，酒品事前定好則會嚴整，選准好時機然后再歡飲，人們才不會厭煩。

明府

原文

明府之職，前輩極爲重難。蓋二十人爲飲，立一人爲明府，所以規其斟酌之道。每明府管骰子一雙，酒杓一只，此皆律録事人入配之承命者，法不得拒。凡主人之右主酒者，申明府，得以糾諸座之罪。夫酒，懦爲曠官，猛爲苛政。若明府貪務承命，猛酌席人，遂使請告公喧。黷擾録事，明府之孤，暴于四座矣。

譯文

明府一職，前賢們極爲看重。二十人飲酒，立一人爲明府，就是爲了規範大家飲酒的標規。每一位明府管骰子一雙，酒杓一個，這都是録事配給他行使職責的。他的話就是法，在座的人都不得拒絶。

凡是地位比主人尊貴的人就可以主持酒筵，做明府，有權力糾正在座所有人的過失。

飲酒間，明府爲人懦弱執法怯懦就是曠官，但若執法過嚴督酒過猛又會變爲苛政。如果明府一貪戀使命，督促在座人猛飲，就會使請告免飲的呼聲響遍席位，反而干擾録事的職責，明府的孤立也就暴露于四座了。

律録事

原文

夫律録事者，須有飲材。飲材有三，謂善令、知音、大户也。

凡籠臺以白金爲之，中實以籌十二枚，旗一、一纛。旗所以指巡也；纛所以指犯也。賓主就坐，録事取一籌，以旗與偕立于筵中。余置器在手。執爵者告請骰子，命受之，復告之曰：『某忝骰子令。』，乃陳其說于録事。録事告于四席曰：『某官忝骰子令。』然縷宣之。録事之于令也，必合其詞，异于席人所謂巧宣也。席人有犯，既下籌，犯者執爵請罪，輒曰：『一爵，法未當言。』犯才不退，請并下三籌，然告其狀讞，不當理則反其籌以飲焉。席人剌録事，亦如之。

譯文

律録事必需有飲酒的才能，包括三方面，就是擅長酒令、精通音樂，酒量大。

酒席上的籠臺是用白金制成，裏面裝有十枚酒籌，一面旗，一面纛。旗用來指巡全席，纛用來指明犯令者。賓主上席就坐后，録事照例取出一枚酒籌和旗、纛一起立于延席中間。其余的人把酒杯拿在手裏。手持酒爵的人請求發骰子。明府下令録事授給他，并告訴録事説：『某人做擲骰子的令主』，把理由陳説給他。録事再向四座所有人宣布：『某人擔當擲骰子的令主。』然后一條條説明酒令。録事陳説酒令，必須和令主的言司相同，而和席間一些人對酒令取巧的解釋不一樣。座席中有人犯了令，律事已經下了該罰的籌碼，犯令的人就端起酒杯清罪，常常會説：『一杯，法未法言。』犯令的人不願受罰，于是再擲下三籌，把他的過錯告訴他；如果不得 理就交回酒籌而飲酒。席上的人彈劾録事時，也照這個規程辦。

觥録事

原文

凡烏合之徒，以言笑動衆，暴慢無節，或纍纍起坐，或附耳囁語，律録事以本户繩之。奸不衰止者，宜觥録事糾之(以剛毅、木訥之士爲之)。有犯者，輒投其旗于前曰：『某犯觥令。』犯者諾而收執之，拱曰：『知罪。』明府餉其觥而斟焉。犯者右引觥，左執旗附于胸。律録事顧令曰：『命曲破送之。』飲訖，無墜酒，稽首，以旗觥歸于觥主曰：『不敢滴瀝』，復觥于位。后犯者投以纛。纍犯者旗纛俱舞。觥籌盡，有犯者不問。

譯文

凡是不懂酒儀而臨時湊聚在一起群飲的烏合之衆，有的高聲談論以大言聳人聽聞，動作粗暴傲慢沒有節制，有的多次起來、坐下，或交頭接耳說悄悄話，席間的律録事就應以他們本人的酒量予以處罰。如果他們依然犯令，就請觥録事對他們糾劾(觥録事由性格剛毅、不苟言笑的人承當)。有犯令的，就把小旗投擲在他面前，說：『某某犯了觥令』，犯令的人答應一聲，拾起小旗，拱手說：『知罪』。明府就給他酒觥裏斟滿酒。犯令的人右手持酒觥，左手持旗貼左胸前。律録事回頭對令工說：『奏「曲破」給他送酒。』犯令者把酒飲干，不能有酒滴下來。然后向令官稽首，把小旗、酒觥歸還令官說：『不敢有一滴酒滴在地上』，把酒觥放回原處。若后來再犯令，就把纛投在他面前。多次犯令的人就在他面前同時舞動旗和纛。觥籌都罰盡后，再犯令就不問了。

選徒

原文

大凡寡于言而敏于令者，酒徒也；怯猛飲而惜終飲者，酒徒也，不動摇而貌愈毅者，酒徒也；聞其令而不重問者，酒徒也；不停觴而言不雜亂者，酒徒也；改令及時而不涉重者，酒徒也；持屈尊而不分訴者，酒徒也；知内樂而惡囂者，酒徒也。故告飲之法，選徒爲根干，選酒爲枝葉，選令爲樹萼，則可以慎難者，斷可知矣。

譯文

大致說，言語少而對酒令反應快的人，是酒徒；怕喝酒過猛而珍惜最后一點酒的人，是酒徒；喝了酒身不晃動而相貌威嚴的人，是酒徒；聽一遍酒令便不再詢問的人，是酒徒；飲不停杯而說話不亂的人，是酒徒；改令及時而不與前面重復的人，是酒徒；被錯誤地罰酒而不申辯的人，是酒徒；知道飲酒的內在的快樂而討厭外在熱鬧的人，是酒徒。所以真會飲酒的方法，是把選擇酒徒看做根干，把選擇酒品看做枝葉，而選擇酒令只能視爲花萼。達到這地步，就可以謹慎不出錯，這是斷然可知的。

骰子令

原文

大凡初筵皆先用骰子，蓋欲微酣然迤邐入令。

譯文

大凡初宴都先選用骰子爲令，這是爲了讓飲者在微有酒意中逐漸地轉入行令。

手勢

原文

大凡放令，欲端其頸如一枝之孤柏，澄其神如萬裏之長江，揚其晴如猛虎蹲踞，運用目如烈日飛動，差其指如鸞欲飛翔，柔其腕如龍欲蜿蜒，旋其盞如羊角高風，飛其袂如魚躍大浪，然后可以畋漁風月、繒繳笙竽。

譯文

一般說，在擲令的時候，要端直脖頸像一段孤挺的松柏，澄靜精神有如長江萬裏，張大眼睛像猛虎蹲踞，運轉眼珠如烈日飛動，開手指如青鳥飛翔，柔活手腕如蒼龍蜿蜒，旋動酒杯如旋風急轉，飛動依袖如魚躍大浪，這以后才可以飽覽景色、欣賞音樂。

拒潑

原文

孟子曰：『殺人以梃與刃，有以异呼？』然則酗酒以拒與潑，有异乎？同時酗酒也。蓋有聞飲必來，見杯即拒，或酒糾不容，明府責飲，則必固爲翻灩，椎作周章，始持杯而喏呈，背明燭而傾潑。如此則俱爲害樂，并是蠹飲，自當揖之別室，延以清風，展薤葉而開襟，極茗芽以從事。

譯文

孟子說：『殺人用棍和刀，有什么不同嗎？』那么，用拒飲和潑酒的方式酗酒，又有什么不同？同樣都是酗酒。有的人聽見飲宴就跑來參加，來后見酒杯又拒飲。有時宴席上監酒的人不容，酒令官責罰他飲酒，他就把懷裏的酒故意翻潑，反來復去地推辭，才端酒杯勉强答應，背着燭光又偷偷潑掉。這都是損人歡樂的害蟲，應當把他請到別的房間，只用清風招待他，讓他爵薤葉、喝清茶。

（四）《北山酒經》

《北山酒經》是宋代酒文獻的力作，全書分上、中、下三卷。上卷爲總論，論酒的發展歷史；中卷論制曲；下卷記造酒，是中國古代較早全面、完整地論述有關酒的著述，現摘上卷内容注釋、刊録。

原文

酒之作尚矣。儀狄作酒醪，杜康秫酒，豈以善釀得名，蓋抑始于此耶！

酒味甘辛，大熱有毒，雖可忘憂，然能作疾，所謂腐腸、爛胃、潰髓、蒸筋。而劉訓《養生論》：酒所以醉人者，曲糵氣之故爾。曲糵氣消，皆化爲水。昔先王誥庶士無彝酒，又曰祀兹酒言天之命，民作酒惟祀而已。六彝有舟，所以戒其覆；六尊有罍，所以戒其淫。陶侃劇飲，亦自制其限。后世以酒爲漿，不醉反耻。豈知百藥之長，黄帝所以治疾耶。大率晋人嗜酒，孔群作書族人，今年秫得七百斛，不了曲糵事；王忱三日不飲酒，覺形神不復相親。至于劉、殷、嵇、阮之徒，尤不可一日無此，要之酣放自肆，托于曲糵以逃世網，未必真得酒中趣爾。古之所謂得全于酒者，正不如此。是知狂藥自有妙理，豈特澆其胸中之磊塊者耶！五斗先生弃官而歸，耕于東皋之野，浪身醉鄉，没身不返，以謂結繩之政已薄矣。雖黄帝華胥之游，殆謂有之過之。由此觀之，酒之境界豈餔啜者所能與知哉！儒學之士如韓愈者，猶不足以知此，反悲醉鄉之徒爲不遇。大哉，酒之于世也！禮天地，事鬼神，射鄉之飲，鹿鳴之歌，賓主拜，左右秩秩，上至縉紳，下逮閭里，詩人墨客，漁夫樵婦，無一可以缺此。投閑自放，攘襟露腹，便然酣睡于江湖之上；扶頭解醒，忽然而醒，雖道術之士煉陽消陰，饑腸如筋，而熟之液亦不能去，惟胡人禪律以此爲戒。嗜者至于濡首敗興，失理傷生，往往屏爵弃卮，焚折，終身不復知其味者。酒復何過耶？平居無事，污樽鬥酒，發狂蕩之思，助江山之興，亦未足以知曲糵之力、稻米之功。至于流離放逐，秋聲暮雨，朝登糟丘，暮游曲封，禦魑魅于烟嵐，轉炎荒爲净土，酒之功力其近于道耶。與酒游者，死生驚懼交于前，而不知其視，窮泰違順，特戲事爾！彼饑餓其身，焦勞其思，牛衣發兒女之悲，澤畔有可憐之色，又烏足以議此哉！鴟夷大人，以酒爲名，含垢受侮，與世浮沉。而彼騷人，高自標持，分别黑白，且不足于全身遠害，猶以爲惟我獨醒。善乎，酒之移人也！

譯文

酒的發明很久遠了。夏禹時的儀狄造酒醪，少康始作秫酒，他們都因善釀酒聞名于世，酒大概就是其時開始釀造的。

酒味甘辛、大熱、有毒。雖然它可以使人忘憂，但也能致病，像人常説的腐腸、爛胃、潰髓、蒸筋。劉訓的《養生論》説，酒能醉人的原因，在于它的曲蘖之氣，曲蘖之氣消，就變成水。從前周文王發布誥令，不許臣民經常飲酒。又命令説，只有祭祀才能用酒。上天降下福運，開創我們大衆生活，我們只有祀天時才用酒。古時青銅禮器中有作舟形的，就是警告人們防止因飲酒而覆舟；六種酒器中有，就是用來告誡人們飲酒不要過度。晋代陶侃喜歡酣飲，但也自我限量。后世人把酒當水湯，不喝醉反而感到羞耻。他們哪裏知道酒爲百藥之首，黄帝是用它來治病的。大體説，晋代人喜歡縱酒。孔群寫信給族人：『今年收獲秫米七百斛，還不够釀酒用。』王忱自説三天不喝酒，便身體和精神兩相分離。至于劉伶、殷浩、嵇康、阮籍等人，尤其不要以一日不飲酒。要而言之，他們放縱飲酒，是借醉酒逃避時世法網，未必真正得到了飲酒的趣味。古時所謂識得酒的全部興味的，就不是這樣。可知酒這『狂藥』本身的妙理，并不在于它能澆人胸中塊磊。陶淵明不爲五斗米折腰辭官歸去，親自耕作于東皋之野，浪游醉鄉，身死不歸。認爲堯舜的結繩之治已經澆薄，就是黄帝夢游華胥國，也比不上他徹底。由此可知，酒的境界不是那些只知喝酒的酒徒所能認識的。至于儒學之士韓愈之類，更不識酒的真趣，反而悲嘆醉鄉之民爲不得志的表現。偉大呵，酒之對于人世。禮天地，祀鬼神，鄉飲射飲，宴請嘉賓，賓主互敬，大臣群會，都要以酒行禮。上至高官貴人，下及普通百姓，詩人墨客，漁夫樵婦，沒有一人可以缺少酒。追求閑情，放松自我，撩起衣襟，坦露肚皮，酣睡在江湖之上，扶頭痛飲，忽然清醒。就是學道之人，不食五穀，餓得腸子細得像個筷子，但都離不開用穀釀成的液體——酒。只有外國傳入的佛教徒方制律戒酒，只

怕人飲酒過度喪失本性，失去理智，傷害身體，所以往往摒弃酒器，毀壞酒具，終生不知酒的滋味。但酒本身有什么過失呢？平日生活没有事故，酒可以增加游覽河山的興味，但這并不能完全顯示酒的功力。等到生活有了變故，比如被逐流放，在蒼涼的秋聲暮雨裏，這時，早晚都有酒酣飲，便有心力抵禦瘴癘之地的鬼怪，把荒蠻之地轉化成聖潔的净土，這時酒的功力，豈不是接近于道了嗎？與酒爲友的人，死生驚懼出現在眼前而不知，他看待窮困、發達、逆時、順達只是一場戲罷了。那種爲發達忍饑挨餓、勞神焦慮，對着牛衣發出兒女之悲，行吟澤畔露出可憐神色的人，又怎能和他們談論酒的趣味呢？範蠡以酒爲命，含垢受辱，與世沉浮。而那些騷人高士，明辨黑白，但不會保全自身、遠避禍害，還算什么唯我獨醒呢。

原文

慘舒陰陽，平治險阻。剛愎者，薰然而慈仁；懦弱者，感慨而激烈。陵轢王公，給玩妻妾，稽滑不窮，斟酌自如，識量之高，風味之微，足以還澆薄而發猥瑣，豈特此哉？『夙夜在公』（有駜）『豈樂飲酒』（魚藻），『酌以大斗』（行葦），『不醉無功』（湛露）。君臣相遇播于聲詩，亦未足以語太平之盛。至于黎民休息，日用飲食，祝史無求，神具醉止，斯可謂至德之世矣！然則伯倫之頌德，樂天之論功，蓋未必有以形容之夫！其道深遠，非冥搜不足以發其義；其術精微，非三味不足以善其事。昔唐逸人追述焦革酒法，立祠配享；又采自古以來善酒者以爲譜，雖其書脱略卑陋，聞者垂涎；酣適之士，口誦而心醉，非酒之董狐，其孰能爲之哉？

譯文

酒可以改變人的情性心境，就像陽天使人心舒、陰天使人凄慘那樣，酒也能幫人蔑視、踏平險阻。剛愎强悍的人飲了酒會變得溫和仁慈，懦弱的人飲了酒會變得慷慨激昂。喝足了酒，敢于斯壓王公，更會逗玩妻妾，滑稽不窮，斟酌自如。這種高超的見識、微妙的風味，足以使人擺脱俗見、丢掉卑微猥瑣。豈止如此，還能如《詩經》所說：『夙夜在公』，『愷樂飲酒』，『酌以大斗』，『不醉無歸』，君臣際會的融洽歡樂，都因飲酒而傳播在音樂、詩賦裏，但這些還不足以表現太平盛世。至于到百姓黎民人人休養生息，日用飲食常不匱乏，史官們無事可記，人人都醉酒到神態悠然，這才算是至德之世。酒有這么大的功力，那么劉伶頌酒之德，白居易歌酒之功，也未必能形容得完全。酒的道理太深遠了，不深入追求是發掘不出它的意義的；酒的技術太精微了，若不懂酒的三昧真諦，就不能把酒釀好。從前唐代隱逸王績追記焦革的釀酒法，并立祠配享，又摘録自古以來善釀酒的人的經驗爲酒譜，雖然書脱略簡陋，但聽到人都垂涎欲得。飲酒酣樂的酒徒們，口裏念着酒經，心裏就悠然而醉。但如不是酒中的良史，又有誰能寫得出來呢？

原文

昔人有齊中酒、廳事酒、猥酒，雖均以曲櫱爲之，而以聖有賢，清濁不同。《周禮·天官·酒正》以式法授酒材，辨五齊之名、三酒之物。歲中以酒式誅賞。《月令》乃命大酋（音緧。大酋，酒之官長也），秫稻必齊，曲櫱必時，湛熾必潔，水泉必香，陶器必良，火齊必得，六者盡善，更得醯漿，則酒人之事過半矣！《周禮·天官·漿人》：『掌供王之六飲：水、漿、醴、涼、醫、酏入于酒府，而漿最爲先。古語有雲：空桑穢飯，醖以稷麥，以成醇醪，酒之始也。《說文》：『酒白謂之餿，餿者壞飯也。餿者老也，飯老即壞，飯不壞則酒不甜。又曰烏梅女麲，甜醹九骰，澄清百品，酒之終也。曲之于黍，猶鉛之于汞，陰陽相制，變化自然。《春秋緯》曰：『麥陰也，黍陽也。先漬曲而投黍，是陽得陰而沸。』后世曲有用櫱者，所以治疾也。曲用豆亦佳。神農氏赤小豆飲汁愈酒病。酒有熱，得豆爲良，但硬薄少蘊藉耳。古者，醴酒在室，醍酒在堂，澄酒在下。而酒以醇厚爲上。飲家需察黍性陳新、天氣冷暖。春夏黍性新軟，則先湯而后米，酒人謂之倒湯。秋冬時黍性陳硬，則先米而后湯，酒人謂之正湯。醖釀須酴米偷酸（《說文》：酴，音途，謂酒母也）。酘醹偷甜，浙人不善偷酸，所以酒熟入灰；北人不善偷甜，所以飲多令人膈上懊憹。桓公所謂「青州從事」、「平原督郵」者，此也，酒甘易釀，味辛難醖。《釋名》：酒者酉也。酉者陰中也。酉用事而爲收，收者，甘也。卯用事而爲散，散者，辛也。酒之名以甘辛爲義。金木間隔，以土爲媒，自酸之甘，自甘之辛，而酒成焉（酴米所以要酸，酘醹所以要甜）。所謂以土之甘合水作酸，以木之酸合土作辛，然后知　者所以作辛也。《說文》：酘者，再釀也。張華有九醖酒。《齊民要術》：桑落酒有六七酘者。酒以酘多爲善，要在曲力相反；釀酒所以有韵者，亦以其再酘故也。過度亦多術，尤忌見日。若太陽出，即酒多不中。后魏賈思勰亦以夜半蒸炊，昧旦不釀，所謂以陰制陽，其義如此。著水無多少，攔和黍麥以勻爲度。張籍詩：「釀酒愛干和」。即今人不入定酒也。晋人謂之干榨酒，大抵用水隨其湯(去聲)，黍之大小斟酌之，若多，水寬亦不妨。要之米力勝于曲，曲力勝于水即善矣。北人不用酵，只用刷案水，謂這『信水』。然信水非酵也。酒人以此體候冷暖爾！凡醞不用酵，即酒難發；醅來遲則脚不正。只用正發，酒醅最良。不然則掉取醅面，絞令稍干，和以曲蘖，挂于衡茅，謂之干酵。用酵四時不同，寒即多用，温即减之。酒人冬月用酵緊，用曲少；夏月用曲多，用酵緩。天氣極熱，置瓮于深屋；冬月温室多用氈毯圍繞之。《語林》雲：「抱瓮冬醪」，言冬月釀酒，令人抱瓮速成而味好。大體冬月蓋覆，即陽氣在内而酒不凍；夏月閉藏，即陰氣在内而酒不動。非深得卯酉出入之義，孰能知此哉？

于戲，酒之梗概曲盡于此。若夫心手之用不傳文字，固有父子一法，而氣味不同；一手自釀，而色澤殊絶。此雖酒入亦不能自知也。

譯文

過去有齊中酒、廳事酒、猥酒之分，雖然都是用曲蘖釀成的，但有聖品、賢品、清濁不同。《周禮·天官·酒正》規定，掌酒的官員應依據『式法』授酒材，分辨『五齊』之名，『三酒』之物。每年還要依據『式法』懲差獎優。《禮記·月令》說：是月命令大酋開始釀酒。要求：『秫稻必齊，曲蘖必時，湛熾必潔，水泉必香，陶器必良，火齊必得』，六者全部達標，再得到醓漿，負責造酒的人事情就大半完成了。《周禮·天官·漿人》說：『漿人，掌管王室的六種飲料：水、漿、醴、凉、醫、酏，入于酒府。』其中以漿最重要。

古人有語：『空桑樹裏倒有剩飯，稷米麥飯混合到一起發了酵，就成了酒，這就是酒的開始。』《説文解字》說：『酒白叫餿。』餿就是壞了的飯。餿，即是老，飯老了就壞了。飯若不壞，酒就不甜。又說：烏梅麥曲，混合上甜 釀制九次，再多次澄制，酒就造成了。酒曲和黍米的關系，好比鉛和汞：陰陽克制，自然變化。《春秋緯》說：『麥，屬陰性，黍，屬陽性。先浸曲再投入黍米，陽得到陰就沸熱了。』后世有用藥物作曲的，這是爲了治病。酒曲用豆子制也不錯。神農赤小豆飲汁可治百病。酒性熱，加入豆子就好一些，但酒味也變得硬薄，没有回味。古時醴酒在室，醍酒在堂，澄酒在下。可見酒味以醇厚爲上。制酒的人家須要觀察黍米是新米還是陳米。還得看天氣的冷暖。春夏之際，黍米新軟，要先放曲汁而后投米，造酒的人稱之爲倒湯。秋冬之季，黍米陳硬，就要先放米而加曲汁，造酒的人稱之爲正湯。醞釀須用酴米取酸（《說文》：酴，酒母也。酴音途。）投醹取甜，南方人不善取酸，所以酒熟后加灰，北方人不善取甜，所以造的酒喝多了使上腹膈悶脹。桓温說的青州從事、平原督郵，就是指這酒。酒的甜味容易釀出，酒的辛味難以釀得。《釋名》說：『酒者，酉也。』酉，爲陰。酉能使物性收斂。收斂就甜。卯能使物性散發，散發就辛。酒的起名就是取甘辛的意思。金木上間隔，土居中爲媒介。從酸到甘，從甘到辛，酒就釀成了。（這就是酴米取酸、投醹取甜的原理）用土的甘加水作酸，用木的酸加上作辛，由此可知醞釀就是爲了作辛。《說文解字》說：『酘，再釀也。』張華有種『秘醞酒』。《齊民要求》說：『桑落酒有六七酘者。』釀酒，酘的次數多酒就好，主要因爲多釀酒曲的功力發揚得充分。有種酘酒，喝起來有味，就因它是重釀酒。但酘得過度也有缺點，尤其不能見陽光。若被太陽曬了，酒多半就釀不成。后魏賈思勰也主張半夜蒸炊，早晨天將明時下酵。這就是取以陰制陽的意思。釀酒時加水多少没有定制，只要摻和黍麥均勻就行。張藉有詩：『釀酒愛干和』，就是現在人們說的『不入定酒』，晋代人稱爲『干榨酒』。一般說釀酒用水，要根據湯黍的多少斟酌而定。得多，加水寬些不妨。總之，要米力大過曲力，曲力大過水，就會釀出好酒。

北方人釀酒有時不用酵，只有刷案水，叫它『信水』。但『信水』并不等于酵，釀酒的人只不過用它來探測温度冷暖。釀酒不用酵就發不起來，酵發得尺了釀酒的根基就不正。只用正發，酒醅最好。不然，取出醅面，絞去水份，和上曲蘖，挂到茅屋沿下，叫做『干酵』。釀酒用酵量四季不同。寒冷時用量多，温暖時量減少。釀酒到冬天時用酵急，用曲少，夏季用曲多，用酵慢。天氣最熱時，要把酒瓮放置到深屋涼處。冬季，放在温室并用氈毯圍上。《語林》說：『抱瓮冬醪』，就是說冬季釀酒，用人抱住瓮，酒釀得快而且酒味好。大致說冬季覆蓋瓮，陽氣在瓮裏不泄出，酒就不受凍。夏季閉藏在深屋内，陰氣在瓮裏不泄出，酒不變味。不是深深領會到卯酉相生的意義，誰能知道這么些道理呢？

酒的大概狀况，我全寫在這裏了。至于釀酒時心手相應的技巧，無法用文字表達。就是父子相傳釀出的酒也難同味，一人自釀也往往酒色不同。這些，就是釀酒的行家，也未必能完全了解其中的奧妙。

(五)《酒譜》

《酒譜》共十余篇目，包括酒的起源，酒的名稱，酒的歷史，酒的功過、性味、飲器、禮儀及名人酒事等，內容豐富，論述生動，是對北宋以前中國酒文化的匯集，有極高的史料價值。

內篇上

源之源

原文

世言酒之所自者，其說有三：其一曰儀狄始作酒，與禹同時。又曰堯酒千鐘，則酒始作于堯，非禹之世也。其二曰神農本草》著酒之性味，《黃帝內經》亦言酒之致病，則非始于儀狄也。其三曰天有酒星，酒之作也，其與天地并矣。

予以謂是三者皆不足以考據而多其贅說也。夫儀狄之名不見于經，而獨出于《世本》。《世本》非信書也，其言曰：『昔儀狄始作酒醪以變五味，少康始作秫酒。』其后趙邠卿之徒遂曰：『儀狄作酒，禹飲而甘之，遂絕旨酒而疏儀狄，曰：「后世其有以酒敗國者呼？」』夫禹之勤儉，固嘗惡旨酒而樂讜言，附之以前所雲，則贅矣。或者又曰：『非儀狄也，乃杜康也。』魏武帝樂府亦曰：『何以消憂，惟有杜康。』予謂杜氏系出于劉累，在商爲豕韋氏，武王封之于杜，傳國至杜伯，爲宣王所誅，子孫奔晋，遂以杜爲氏者，士會亦其后也。或者康以善釀酒得名于世乎？是未可知也。謂酒始于康，果非也。『堯酒千鐘』，其言本出于《孔叢子》，蓋委巷之說，孔文舉遂征之以責曹公，固已不取矣。《本草》雖傳自炎帝氏，亦有近世之物始附見者。不觀其辨藥所生出，皆以二漢郡國名其地？則如不必皆炎帝之書也。《內經》言天地生育，五行休旺，人之壽夭系焉，信在墳之書也。然考其文章，知卒成是書者，六國秦漢之際也。故言酒，不可據以爲炎帝之始造也。酒三星，在女禦之側，后世爲天宮者或考焉。予謂星麗乎天，雖自混元之判則有之，然事作乎下而應乎上，推其驗于某星，此隨世之變而著之者也，如宦者、墳墓、弧矢、河鼓，皆太古所無而天有是星。推之，可以知其類。

然則酒果誰始乎？予謂知者作之，天下后世循之，而莫能廢。聖人不絕人之所同好，用于郊廟享燕，以爲禮之常，亦安知其始于誰乎？古者食飲必祭先酒，亦未嘗言所祭者爲誰，茲可見矣。《夏書》述大禹之戒，歌辭曰：『酣酒嗜味。』《孟子》曰：『禹惡旨酒而好善言。』《夏書》所記，當時之事；《孟子》所言，追道在昔之事。聖賢之書可信者，無先于此。雖然，酒未必于此始造也。若斷以必然之論，則誕謾而無以取信于世矣。

譯文

世人所談酒的起源，一共有三種說法：第一種說儀狄開始制作酒，和大禹同一時代。又有堯酒千鐘的說法，那么酒開始作于堯，而不是禹的時代。第二種說《神農本草》寫了酒的性味，《黃帝內經》也談到酒可以致病，那么酒并不始于儀狄。第三種說天上有酒星，酒的制作大概與天地一樣長久。

我認爲這三種說法都不足爲據，而有很多附會的成分。儀狄這個名字在經書上看不到，而唯獨出現于《世本》。《世本》不是本真實可信的書。它上面的話說：『從前儀狄開始制作酒醪以改變五味，少康開始制作秫酒。』這以后趙邠卿等人就說：『儀狄制作了酒，大禹飲后認爲甘美，就戒絕美酒而疏遠儀狄，說：「后世大概有因酒而敗國的吧？』大禹爲人勤儉，固然曾厭惡美酒而喜歡直言，如果以上面的話附會上去，就附會了。有人又說：『不是儀狄，而是杜康。』魏武帝的樂府詩也說：『何以消憂，惟有杜康。』我認爲杜氏出自于劉纍，在商朝時原爲豕韋氏，武王把他封在杜，傳國到杜伯，（杜伯）被宣王誅殺，子孫逃奔到晉，就以杜爲氏，士會也是他們的后代。也許，杜康是因善于釀酒而聞名于世吧？這是無法知道的。說酒始于杜康，絕對是錯的。『堯酒千鐘』，這話原出于《孔叢子》，大概是一種街談巷語，孔融就引證它來責備曹操，這本已不足取。《本草》雖傳自炎帝神農氏，也有近世的東西附見其中。難道不見它分辨藥物出產的地方，都用兩漢郡國來稱名嗎？可見并不都是炎帝寫的。《內經》說天地生育，五行盛衰，人的生命長短與此相聯，確實是三墳時代的書。然而考察其文章，即可以知道最終寫成此書，已是六國秦漢之際。所以談酒，不可據此認爲是炎帝發明的。酒星三顆，在女籞星的旁

邊，后世研究天宮的人有時考察它。我認爲星附麗在天上，雖然從天地開闢時就有了，然而事物發明于地上才會反應于天上，從某一顆星推斷它的特點，這是隨着世界的變化而明確下來的，例如宦者、墳墓、弧矢、河鼓，都是太古之世所没有的事物而天上却有這些星。

由此推行，可知其類。既然這樣，那么酒究竟是誰發明的呢？我認爲智者發明了它，天下后世的人遵循其法，而不能廢除。聖人不戒絶人們共同的愛好，把酒用之于祭祀天地祖先，宴享賓客，以此作爲禮中的常物，又怎能知道它始于哪個人呢？古時人們在食飲時必須祭祀『先酒』，也未嘗説過所祭的是誰，由此可見(我説的道理)了。《夏書》記述大禹的告戒，歌辭説：『酣酒嗜味』。《孟子》説：『大禹厭惡美酒而喜歡善言。』《夏書》所載，是當時的事；《孟子》所説，是追述從前的事。聖賢之書可信的，没有比這更早的了。即使這樣，酒也未必于此時才開始制作。如果要斷定一個絶對的説法，那么就會誇誕而無以取信于世了。

酒之名二

原文

《春秋鬥運樞》曰：『酒之言乳也，所以柔身扶老也。』許慎《説文》雲：『酒，就也。所以就人性之善惡也。一曰造也，吉凶所造起。』《釋名》曰：『酒，酉也。釀之米曲，酉繹而成也。其味美，亦言踧踖也，能否皆强相躄持也。』予謂古之包以名是物，以聲相命，取别而已，猶今方言在在各殊，形之于文，則其字日滋，未必皆有意味也。舉吴楚之音而語于齊人，不能知者十有八九。妄者欲探古名物造聲之意，以示博聞，則予笑之矣。

《説文》曰：『酴，酒母也。醴，一宿成也。酎，三重酒也。醨，薄酒也。醑，旨酒也。』(酴，音途。醑，私呂切)

昔人謂酒爲歡伯，其義見《易林》。蓋其可愛，無貴賤、賢不肖、華夏戎夷，共甘而樂之，故其稱謂亦廣。

造作謂之釀，亦曰醞。賣曰沽。當肆者曰鈩。釀之再者曰酘。漉酒曰釃。酒之清者曰醹，白酒曰醝，厚酒曰醹，甚白曰醙。相飲曰配，相强曰浮，飲盡曰釂，使酒曰酗，甚亂曰醟，飲而面赤曰酡，病酒曰酲，主人進酒于客曰酬，客酌主人曰酢，酌而無酬酢曰醮，合錢共飲曰醵，賜民共飲曰酺，不醉而怒曰奰，羨酒曰醁，其言廣博，不可殫舉。

《周官》：『酒人掌酒之政令，辨五齊三酒之名，一曰泛齊，二曰醴齊，三曰盎齊，四曰醍齊，五曰沉齊。一曰事酒，二曰昔酒，三曰清酒。』此蓋當時厚薄之差，而經無其說。傳注悉度而解之，未必得其真，故曰酒之言也略。《西京雜記》有漂玉酒而不著其說。枚乘賦雲：『尊盈漂玉之酒，爵獻金漿之醪。』雲『梁人作薯蔗酒，名金漿，』不釋漂玉之義。然此賦亦非乘之辭，后人假附之耳。《輿地志》雲：『村人取若下水，以釀而極美，故世傳若下酒。』張協作《七命》雲：『荊州烏程，豫章竹葉。』烏程于九州屬揚州，而言荊州，未詳。西漢尤重上尊酒，以賜近臣。注雲：『糯米爲上尊，稷爲中尊，粟爲下尊。』顔籀曰：『此說非是。酒以醇醴，乃分上中下之名，非因米也。稷粟同物而分爲二，大繆矣。』《抱樸子》所雲玄鬯者，醇酒也。

皮日休詩雲：『明朝有物充君信，擂酒三瓶寄夜航。』酒，江外酒名，亦見《沈約文集》。

張藉詩雲『釀酒愛干和』，即令人不入水也。并、汾間以爲貴品，名之曰干酢酒。

宋之問詩雲：『尊溢宜城酒，笙裁曲沃匏。』宜城在襄陽，古之羅國也。

酒之名最古，于今不廢。唐人言酒之美者，有鄂之富水，滎陽土窟春、石凍春，劍南燒春，河東干和，蒲東桃博，嶺南靈溪、博羅，宜城九醞，當陽湓水，京城西市空、蝦蟆陵。其事見《國史補》。又有浮蟻、榴花諸美酒，雜見于傳記者甚衆。

譯文

《春秋鬥運樞》說：『酒說的即是乳，是用來柔潤身體，延緩衰老的。』許慎《說文解字》說：『酒，即「就」，是用來造就人性之善惡的。又說即造，是造成吉凶的原因。』《釋名》說：『酒，即酉。用米曲醞釀，浸釀久而味美。也說的是甕，不管能不能飲，都被強迫催甕共飲。』我認爲古時命名這事物的方法，都是用聲音來命名，取其分別而已，猶如現在的方言處處不同，用文字記錄下來，那么字就日益增多，未必都有意味。拿吳楚的方音和齊人交談，不能聽懂的人十有八九。妄人想探求古時名物造聲的意圖，以顯示博聞，那么我將笑話他。

《說文解字》說：『酴，是酒母。醴，一宿釀成的酒。酎，經三次釀制而成的酒。醨，薄酒。醑，美酒。』(酴，音途。醑，私呂切)

從前的人稱酒爲歡伯，其義見于《易林》。大概因酒可愛，無論貴賤、賢不肖、華夏戎夷，共同認爲甘美而喜歡，所以酒的稱謂也很多。

造酒叫作釀，也叫醞。賣酒叫作酤，當市賣酒叫壚。釀兩次叫酘。濾酒叫作釃。清的酒叫作醥，白酒叫醝，厚酒叫醹，過白的叫醙。相對而飲叫配，相强而飲叫浮，飲盡叫釂，飲酒使性叫酗。飲酒十分亂性叫醟(音用)，飲酒臉紅叫酡，飲酒如病叫酲，主人向客進酒叫酬，客向主人斟酒叫酢，酌酒而不講酬酢叫醮，合錢共飲叫醵，朝廷賜給百姓共飲叫酺，不醉而發怒叫奰(音貝)，羨余的酒叫醁。這方面的說法十分廣博，無法盡舉。

《周官》：『酒人掌管與酒有關的政令，辨別五齊三酒之名。第一叫泛齊，第二叫醴齊，第三叫盎齊，第四叫醍齊，第五叫沉齊(這爲五齊)。第一叫事酒，第二叫昔酒，第三叫清酒(這爲三酒)。』這大概說的是當時酒的厚薄不同，而經書上并没有具體解說。注釋《周官》的人全憑臆廢而予以解釋，未必一定得到真實答案，所以說關于酒的言談只好從略。《西京雜記》提到漂玉酒而不記載解說。枚乘寫的賦說：『尊中盈滿漂玉酒，爵中獻上金漿醪。』解釋說：『梁人作薯蔗酒，叫金漿。』而不解釋漂玉的含義。然而這個賦也并非枚乘所作，而是后人附會的。《輿地志》說：『村人取若下水，用來釀酒而味道極美，所以世人傳有若下酒。』張協所作的《七命》說：『荆州烏程，豫章竹葉。』烏程在九州中屬于揚州，而說荆州，未詳其義。西漢時尤爲看重上尊酒，皇上用之賞賜近臣。《漢書》的注釋說：『用糯米制造的酒爲上尊，用稷米造的酒爲中尊，用粟米造的酒爲下尊。』顏籀說：『這種說法不對。酒因厚薄不同，才分上中下各種名目，并不是因爲所用的米不同。稷和粟屬于同一物而分爲兩種，大錯了。』《抱樸子》所說的玄鬯，是醇酒。

皮日休詩說：『明朝有物充君信，播酒三瓶寄夜航。』播酒，是江南一種酒名，也見于《沈約文集》。

張籍詩說：『釀酒愛干和』，即令人釀酒不入水。并州、汾州之間以之爲貴品，稱之爲干酢酒。

宋之問詩說：『尊中溢滿宜城酒，笙用曲沃匏裁成。』宜城在襄陽，即古代的羅國。

酒的名目最古，到今天不廢。唐人所説的美酒，有鄂州的『富水』，滎陽的『土窟春』、『石凍春』，劍南的『燒春』，河東的『干和』，蒲東的『桃博』，嶺南的『靈溪』、『博羅』，宜城的『九醖』，當陽的『湓水』，京城的『西市空』、『蝦蟆陵』。這些見于《國史補》。又有『浮蟻』、『榴花』各種美酒，雜見于傳記的很多。

酒之事三

原文

《詩》雲：『有酒湑我，無酒沽我。』而孔子不食沽酒者，蓋孔子當亂世，惡奸僞之害已，故疑而飲也。

《韓非子》雲：『宋人沽酒，懸幟甚高。』酒市有旗，始見于此。或謂之簾。近世文士有賦之者，中有警策之辭雲：『無小無大，一尺之布可縫；或素或青，十室之邑必有。』

古之善飲者，多至石余。由唐以來，遂無其人。蓋自隋室更制度量，而斗石倍大爾。

紂爲長夜之飲而失其甲子，問于百官，皆莫知。問于箕子。箕子曰：『國君而失其日，其國危矣；國人不知而我獨知之，我其危矣。』辭以醉而不知。

魏正始中，鄭公慤避暑歷城之北林。取大蓮葉置硯格上，貯酒三升，以簪通其柄，屈莖如象鼻，傳吸之，名爲碧筒杯。事見《酉陽雜俎》。

晋阮籍常以百錢挂杖頭，遇店即酣暢。

山簡有荆襄，每飲于習家池。人歌曰：『日暮竟醉歸，倒着白接䍦。』接䍦，巾也。

揚雄嗜酒而貧，好事者或載酒飲之。

陶潛貧而嗜酒，人亦多就飲之。既醉而去，曾不悋情。嘗以九日無酒，獨于菊花中徘徊。俄見白衣人至，乃王弘遣人送酒也。遂盡醉而返。

《魏氏春秋》雲：阮籍以步兵營人善釀，厨多美酒，求爲步兵校尉。

唐王無功以美酒之故，求爲大樂丞。丞最爲冗職，自無功居之后，遂爲清流。

北齊李元中大率常醉，家事大小了不關心，每言『寧無食，不可無酒。』

令人元日飲屠蘇酒，雲可以闢瘟氣。亦曰藍尾酒，或以年高最后飲之，故有尾之義耳。王莽以臘日獻椒酒于平帝，其屠蘇之漸乎?

元魏太武賜崔浩漂醪十斛。

唐憲宗賜李絳酴醾、桑落，唐之上尊也，良醞令掌供之。

漢高祖爲布衣時，常從王媼、武負貰酒。貰酒之稱，始見于此。

西漢以來，臘日飲椒酒闢惡。其詳見《四民月令》。

天漢三年，初榷酒酤。元始五年，官賣酒，每升四錢，酒價始此。

任昉嘗謂劉杳曰：『酒有千日醉，當是虛名。』杳曰：『桂陽程卿有千里醉，飲之，至家而醉，亦其例也。』昉大驚。乃雲：『出楊元鳳所撰《置郡事》』。檢之而信。又嘗有人遺昉梧酒，劉杳爲辨其梧字之誤。音陣，木名，其汁可以爲酒。

《春秋說題辭》曰『爲酒據陰』，乃動麥陰也，先漬曲而投黍，是酒得陰而沸乃成。

《淮南子》雲：『酒感東方木水風之氣而成。』其言荒忽，不足深信，故不悉載。

《楚辭》雲『奠桂酒兮椒漿』，然則古之造酒皆以椒桂。

《呂氏春秋》雲：『孟冬命有司：秫稻必齊，曲櫱必時，湛熾必潔，水泉必香，陶器必良，火齊必得，厲用六物，無或差忒，大酋監之。』

唐薄白公以户小，飲薄酒。

五代時有張白，放逸，嘗題崔氏酒壚雲：『武陵城裏崔家酒，地上應無天上有。雲游道士飲一斗，醉卧白雲深洞口。』自是酤者愈衆。

卞彬喜歡，以瓠壺、瓠勺、杬皮爲肴。

陶潛爲彭澤令，公田皆令種黍。酒熟，以頭上葛巾漉之。

唐陽城爲諫議，每俸入，度其經用之余，盡送酒家。

《西京雜記》：漢人采菊花并莖葉，釀之以黍米，至來年九月九日熟而就飲，謂之菊花酒。

譯文

《詩經》說：『自己家裏有酒，便把酒濾清了，請我的客人吃；自己家裏没有酒，便去買酒來，請我的客人吃。』然而孔子不飲買來的酒，這大概是因爲孔子生當亂世，厭惡奸僞之人謀害自己，所以疑慮而不飲酒。

《韓非子》說：『宋人賣酒，懸挂的旗子很高。』酒市上有旗，始見于此。有的叫做簾，近世的文士有爲之作賦的，其中有警策的辭句說：『無小無大，一尺之布可縫；或青或素，十室之邑必有。』

古時善于飲酒的，多到石余。由唐朝以來，就沒有這樣的人了。大概自從隋朝改制度量，斗石比以前增大了一倍。

紂王爲長夜之飲而忘記了甲子，向百姓詢問，而沒有人知道問到箕子。箕子說：『國君忘記了甲子，國家已經危險了。國中人不知道而只有我知道，我就危險了。』就推辭說醉了不知道。

魏代正始年間，鄭公慤在歷城的北林避暑，取大蓮葉放在硯格上，貯酒三升在其中，用簪刺通葉柄，把莖酒曲得如象鼻，傳換吸之，稱之爲碧筒杯。這事見于《酉陽雜俎》。

晉朝阮籍經常拿一百錢挂在杖頭，遇到酒店就酣飲。

山簡在荆襄爲刺史，每飲于習家池。人們歌道：『日暮竟醉歸，倒着白接䍦。』接䍦，是一種頭巾。

揚雄嗜酒而家貧，好事的人有時載酒給他飲。

陶潛家貧而喜歡飲酒，別人也多到他哪裏去飲。來的人醉后離去，他也并不挽留。他曾因重九日沒酒喝，獨自在菊花叢中徘徊，俄而看見一個白衣人來到，却夫來是王弘派人送酒來。于是盡醉而回。

《魏氏春秋》說：阮籍因步兵營的人善于釀造，厨中多存美酒，就請求作步兵校尉。

唐朝王績因爲美酒的原故，請求做大樂丞。丞官最爲冗濫之職，自王績居此官之后，就成爲清流。

北齊李元中大抵常常喝醉，家事無論大小了不關心，每說：『寧願無食，不可無酒。』

今人在元日飲屠蘇酒，說可以避瘟氣。也稱藍尾酒，或者因年高的人最后飲之，所以有尾的意思。

王莽在臘日把椒酒獻給平帝，大概是屠蘇酒的起源吧？

元魏太武帝賜給崔浩漂醪十斛。

唐憲宗賜給李絳酴醾酒、桑落酒，這是唐朝的上品酒。良醞令負責供奉。

漢高祖做布衣的時候，常從王媪、武負貰酒。貰酒之稱，始見于此。

西漢以來，人們在臘日飲椒酒避惡。詳細記載見《四民月令》。

天漢三年，初次征酒稅。元始五年，官方公開賣酒，每升四錢，酒價始于此時。

任昉曾對劉杳說：『酒中有千日醉，應當是虛名。』劉杳說：『桂陽程卿有千裏醉，飲了以后，到家就醉了，也是同樣例子。』任大驚。劉杳就說：『出自楊元鳳所寫的《置郡事》。』任昉翻檢書看，果然如此，又曾經有人送給任酒（寫作酒）劉杳爲他辨别梧字的正誤。音陣，木名，它的汁可以造酒。

《春秋説題辭》説：『造酒據陰』，説的是動麥陰，先浸漬酒曲而投入黍，這是酒得陰而沸就成了。

《淮南子》説：『酒被東方木、水、風之氣所感而釀成。』這話荒唐恍惚，不值得深信，所以不全載録。

《楚辭》説：『進奠桂酒和椒漿』，如此説來，那么古時造酒都用椒和桂。

《吕氏春秋》説：『孟冬之月命令有關官員：秫稻必須齊備，曲必須適時，洗滌必須清潔，泉水必須芳香，陶器必須精良，火候必須得當，嚴格掌握這六者，不可有差錯。大酋監察它。』

唐朝薄白公因爲家户小，飲用薄酒。

五代時有個叫張白的人，爲人放逸，他曾給崔氏酒壚題詩説：『武陵城裏崔家酒，地上應無天上有。雲游道士飲一斗，醉卧白雲深洞口。』從此飲酒的人越多。

卞彬喜歡飲酒，用瓠壺、瓠勺、杬皮作下酒肴。

陶潛作彭澤令，所有公田都叫種上釀酒的黍。酒熟以后，用頭上的葛巾濾酒。

唐朝陽城作諫議大夫，每次領來官俸，估算日常費用所剩，全部送給酒家買酒喝。

《西京雜記》：漢朝人采集菊花及其莖葉，用黍米一起釀造，到第二年九月日酒熟后開飲，叫作菊花酒。

酒之功四

原文

勾踐思雪會稽之耻，欲士之致死力，得酒而流之于江，與之同醉。

秦穆公伐晋，及河，將勞師而醪惟一鐘，蹇叔勸之曰：『雖一米，可投之于河而釀也。』乃投之于河，三軍皆醉。孔文舉雲：『趙之走卒，東迎其主，非卮酒無以辦。』卮之事，《史記》及《后漢書》皆不載，惟見于《楚漢春秋》。

王莽時，琅芽海曲有吕母者，子爲小吏，犯微法，令枉殺之。母家素豐財，乃多釀酒，少年來沽，必倍售之。終歲多不取其直。久之，家稍乏，諸少年議償之，母泣曰：『所以辱諸君，以令不道，枉殺吾子，托君復仇耳。豈望報乎？』少年義之，相與聚誅令，后其衆入赤眉。

晉時，荊州公厨有齋中酒、廳事酒、猥酒優劣三品。劉弘作牧，始命合一，不必分別。人伏其平。

河東人劉白墮善釀，六月以罌盛酒，曝于日中，經旬味不動而愈香美，使人久醉。朝士千裏相饋，號曰鶴觴，亦名騎驢酒。永熙中，南青州刺史毛鴻賓賫酒之藩，路逢盜劫之。皆醉，因執之，乃名擒奸酒。時人語曰：『不畏張弓撥刀，惟畏白墮春醪。』見《洛陽伽藍記》。

譯文

勾踐謀劃雪會稽之恥，希望士卒能致死力，得于是到酒而流在長江中，與士卒同醉。

秦穆公伐晋，到黄河邊，將犒勞部隊而只有一鐘酒，蹇叔勸諫他說：『即使一粒米，可以投到河中釀酒。』于是投酒于河，三軍都醉了。

孔融說：『趙國的步卒往東迎接他們的國主，若非卮酒則無以辨到。』這件事，《史記》及《后漢書》都没有記載，只見于《楚漢春秋》。

王莽時，琅玡海邊有個吕母，她兒子做小吏，犯點小法，縣令把他冤殺了。吕母家一向多財物，就釀了很多酒，有少年來買酒，吕母就加倍賣給他們，年終多不收取酒錢。久后，她家中稍稍貧乏了，各少年商議償還她，吕母哭着說：『我所以麻煩諸位，是因爲縣令無道，冤殺了我兒子，我要拜托你們爲我報仇。豈是望你們報答財物呢？』少年們認爲她仗義，就相互結聚，殺死了縣令，后來少年們都加入赤眉軍。

晋朝時，荊州的公厨中有齋中酒、廳事酒、猥酒等優劣三品。劉弘作州牧后，才下命令合爲一種，不必分別。人們都推服他的公平。

河東人劉白墮善于釀酒，在六月天用罌盛酒，在日中曝曬，經過十來天味道不變，反而更加香美。朝廷之士千里外以之相贈，號稱鶴觴，又叫騎驢酒。永熙年中，南青州刺史毛鴻賓帶着酒至郡，路上碰到强盗把酒劫去，結果教醉了，毛鴻就抓他們，因而又稱擒奸酒。當時人說道：『不畏張弓拔刀，只畏白墮春醪。』事見《洛陽伽藍記》。

温克五

原文

《禮》雲：君子之飲酒也，一爵而色温如也，二爵而言言斯，三爵而油油以退。

揚子雲曰：侍坐于君子，有酒則觀禮。

于定國飲酒一石，治獄益精明。歷代有蕭寵(出《世記》)、盧植、馬融、傅玄(出《世記》)、馮政、劉京(學道，年九十二)、魏舒、劉藻，皆飲酒一石而不亂。

晋何充善飲而温克。

魏邴原別傳曰：原舊能飲酒，自行役八九年間，酒不向口。至陳留則師韓子助，穎川則親陳仲弓，涿郡則親盧子干。臨歸，友以原不飲酒，會米肉送原。原曰：『早能飲酒，但以荒思廢業，故斷之耳。今當遠別，因見貺餞，可一飲乎？』于是飲酒終日不醉。

《鄭玄別傳》：馬季長以英儒著名，玄往從參考异同，時與盧子干相善。在門下七年，以母老歸養。玄餞之，會三百余人皆離席奉觴。度玄所飲三百余杯，而温克之容，終日無怠。

孔融好飲能文，嘗雲：『座上客常滿，尊中酒不空，吾無患矣。』

裴均在襄陽合燕，有裴弘泰后至，責之。謝曰：『願赦罪。』而取在席之器，滿酌而納其器。合座壯之。又有一銀海，受酒一斗余，亦釂而抱海去。均以爲必腐脅而死，使覘之，見紗帽箕踞。秤銀海，計重二百兩。

李白每大醉爲文，未嘗差誤，與醒者語，無不屈服。人目爲醉聖。

樂天在河南，自樂爲醉尹。

皮日休自稱醉士。

開元中，天下康樂，自昭應縣至都門，官道之左右，當路市酒，錢量數飲之。亦有施者，爲行人解乏，故路人號爲『歇馬杯』，亦古人衢尊之義也。

唐王元寶富而好施，每大雪，自坊口掃雪，立于坊前，迎賓就家，具酒暖寒。

梁謝譓不妄交，有時獨醉，曰：『入吾室者，但有清風，對吾飲者，惟當明月。』

宋沈文季，字惟賢，爲吳興太守，飲酒五斗，妻王亦飲酒一斗，竟日對飲，視事不廢。

五代之亂，干戈日尋，而鄭雲叟隱于華山，與羅隱終日怡然對飲，有《酒詩》二十章，好事綴爲圖，以相貺遺。

譯文

《禮記》説：君子飲酒，飲一爵就顔色温和，飲二爵就言談娓娓，飲三爵就油然而退。

揚雄説：在君子身邊待坐，如果飲酒，就可以觀禮。

于定國飲酒一石，審案越發精明。歷代有蕭寵、盧植、馬融、傅玄、馮政、劉京、魏舒、劉藻，都能飲酒一石而糊塗。

晋朝何充善于飲酒，而蘊藉自持。

魏國邴原的別傳説：邴原原來很能飲酒，自從出游求學，八九年間，酒不沾口。到陳留，則師事韓子助；到潁川，則親近陳仲弓；到涿郡則親近盧子干。臨別回家，他的學友因邴原不飲酒，聚集米肉送邴原。邴原説：『我早先很能飲酒，但因爲酒后荒思廢業，所以戒斷了。現在將要遠別，承蒙相贈餞別，何不飲一次呢？』于是飲酒整天不醉。

《鄭玄別傳》：馬融以英儒聞名，鄭玄去師從參研經學异同，經常與盧子干交好。在馬融門下七年，因母老回家歸養。餞別鄭玄的宴會上，三百余人都離開席位奉觴進酒。估量鄭玄所飲的酒，有三百余懷。而他蘊藉自持之容，終日都不懈怠。

孔融喜歡飲酒，善于作文，曾説：『席上客常滿，尊中酒不空，我就無憂了。』

裴均在襄陽舉行宴會，有個裴弘泰后至，裴均責備他。裴弘泰謝罪説：『希望免罪。』就取席上的所有酒器，斟滿飲盡，并把酒器納于懷中。滿座的人都稱他壯勇。席上又有一個銀海，可以盛酒一斗余，裴弘泰也喝光而把銀海抱去。裴均認爲他必定腐脅而死，派人去察看，只見他正載着紗帽，箕踞而坐。秤銀海，計重二百兩。

李白常大醉作文，未嘗有差錯。與清醒的人談話，別人無不屈服。人們把他看作醉聖。

白居易在河南，自稱爲醉尹。

皮日休自稱爲醉士。

唐朝開元年間，天下豐樂，從昭應縣到都門，官道左右兩邊，當路賣酒，按錢數多少供飲。也有施舍的，給行人解乏，所以路人稱之爲『歇馬杯』，這也是人設『罰尊』的意。

唐朝王元寶富有而好施舍，每逢大雪，從坊口起掃雪，站在坊前，把客人迎至家中，具酒暖寒。

梁代謝 不亂交結，有時獨自醉飲，說：『進入我室中的，只有清風；和我對飲的，只有明月。』

南朝宋時濃文季，字惟賢，官任吳興太守，飲酒五斗，他妻子王氏也飲酒一斗，一人整日對飲，而處理政事沒有荒廢。

五代天下大亂，兵戈日起，鄭雲叟在華山隱居，和羅隱整天怡然對飲，寫有《酒詩》二十首，好事的人把它繪為圖，用以相贈。

亂德六

原文

小說：紂為糟丘酒池，一鼓而年飲者三千人，池可運船。

《衝虛經》雲：子產之兄曰穆，其室聚酒千鐘，積曲成封，糟漿之氣，逆于人鼻，方荒于酒，不知世道之安危也。

《史記》紂及齊咸王，《晉書》王道子，秦苻堅、王悅，皆為長夜飲。

楚恭王與晉師戰于鄢陵而敗，方將復戰，召大司馬子反謀之。子反飲酒醉，不能見。王嘆曰：『天敗我也。』乃班師而戮子反。

鄭良霄為窟室而晝夜飲，鄭人殺之。

《三輔決録》：漢武帝自以為功大，更廣泰之酒池、肉林、以賜羌胡，而酒可浮舟。

《魏志》：徐邈字景山，為尚書郎。時禁酒，邈私飲沉醉，趙達問以曹事，邈曰：『中聖人。』達白太祖，太祖怒。渡遼將軍鮮于輔進曰：『醉客謂酒清者為聖人，濁者為賢人，此醉言耳。』

《三十國春秋》曰：阮孚為散騎常侍，終日酣縱。嘗以金貂換酒，為有司所彈。

《裴楷別傳》曰：石崇與裴楷、孫綽宴酣，而綽慢節過度。崇欲表之，楷曰：『季舒酒狂，四海所知。足下飲人狂藥而責人正禮乎？』

宋孔顗使酒仗氣，彌日不醒，僚類之間，多為凌忽。

漢末政在奄宦。有獻西涼州葡萄酒十斛于張讓者，立拜涼州刺史。

元魏時，汝南王悅兄懌為元乂所枉殺，悅略無復仇之意，反以桑落酒遺之，遂拜侍中。

《韓非子》雲：齊桓公醉而遺其冠，恥之，三日不朝。管仲自請發倉廪賑窮三日，民歌曰：『公何不更遺冠乎？』

晉阮咸每與宗人共集，以大盆盛酒，不用杯杓，圍坐，相向大酌。更飲時，有群豕來飲其酒，咸接去其上，便共飲之。

晋文王欲爲武帝求婚于阮籍，醉不得言者六十日，乃止。

胡母輔之等方散發裸袒，閉室酣飲已累日，阮逸將排户入，守者不聽，逸乃脱衣露頂，于狗竇中叫輔之，遽呼入與飲，不舍晝夜。

唐進士劉遇、劉參、郭保衡、王仲、張道隱，每春選妓三五人，乘犢小車，裸袒園中，叫笑自若，曰顛飲。

元魏時，崔儦每一次八日。

三國時，鄭泉願得美酒滿一百斛船，甘脆置兩頭，反覆没飲之，憊即住而啖肴膳。酒有斗升減，即益之。將終，謂同志曰：『必葬我陶家之側，庶百年之后化而爲土，或見取爲酒壺，實獲我心。』

晋人周顗過江，積年恒日飲酒，惟三日醒。時人謂之三日僕射。

畢卓爲吏郎，比舍郎釀酒熟，卓夜盗飲。

劉伶嘗乘鹿車，携一壺酒，使人荷鍤隨之，曰：『死便埋我。』

譯文

小説書上説：殷紂王做了糟丘、酒池。鼓聲一響，像牛一樣叭着飲酒的有三千人。酒池中可以運船。

《衡虚經》説：子産的哥哥叫(公孫)穆，他家中聚了千鐘之多的酒，積下的酒曲成了堆，酒糟和酒漿的氣味，上衝鼻子。公孫穆只荒縱于酒，不知道世道的安危。

《史記》中的殷紂王和齊威王，《晋書》上的王道子，后秦的苻堅、王悦，都曾舉行長夜飲。

楚恭王與晋國軍隊在鄢陵交戰失敗，正准備再戰，就召請大司馬子反來謀劃。子反飲酒醉了，不能來見面。楚恭王嘆道：『這是上天讓我失敗。』于是班師回國，處死了子反。

鄭國的(貴族)良霄挖了一間地下室，白天黑夜都在内飲酒。鄭國人就殺了他。

《三輔决録》上記載：漢武帝認爲自己的功績大，進一步擴大秦時的酒池、肉林，用來賜給羌胡民族，酒池中可以浮船。

《魏志》上記載：徐邈字景山，任官尚書郎。當時朝廷禁酒，徐邈偷着喝醉了酒，趙達向他請示部曹中的事情，徐邈説：『中聖人。』趙達報告了魏太祖(曹操)，太祖大怒。渡遼將軍鮮于輔進奏説：『醉人把清的酒叫作聖人，濁的酒叫作賢人。

徐邈說的是醉話。』

《三十國春秋》說：阮孚任官散騎常待，整日縱酒酣飲。他曾經用金貂去換酒，被有關官員彈劾。

《裴楷別傳》說：石崇和裴楷、孫綽開宴酣飲，孫綽禮節簡慢過度。石崇要上表報告皇帝，裴楷說：『季舒(孫綽的字)是一個酒狂，這是天下都知道的。足下拿狂藥(指酒)給他飲，怎能用正禮爲標准來責備他呢？』

南朝劉宋時孔顗酒醉發怒，整日不能清醒，僚屬之中的人，多被他欺凌。

東漢末年宦掌握朝政。有人拿十斛西涼州的葡萄酒獻給張讓，立即被拜官爲涼州刺史。

北朝元氏魏國時，汝南人王悅的哥哥被元乂枉加殺害。王悅毫無復仇之意，反而拿桑落酒送給他，于是被任爲侍中。

《韓非子》上說：齊桓公醉后掉了帽子，感到耻辱，三日没有上朝。管仲就自作主張打開倉庫賑濟窮人三天，老百姓爲之唱道：『國君爲什么不再次丢掉帽子呢？』

晋朝阮咸每次與宗人共聚，都用大盆盛酒，不用杯、勺。大家圍盆坐着，相對酌飲。再飲的時候，有一群猪來盆中飲酒，阮咸上前迎接，便一塊兒飲酒。

晋文王(司馬昭)想爲兒子武帝(司馬炎)向阮籍求婚。阮籍喝醉了酒，有六十余日不能說話。這才作罷。

胡母輔之等正散發裸身，閉門酣飲了多日，阮逸想推門進去，守門的人不准。阮逸就脱去衣服，露出腦袋，在狗洞中叫輔之。輔之等趕快叫他進來參加飲酒，晝夜不止。

唐朝進士劉遇、劉參、郭保衡、王仲、張道隱，每年春天都要選三五個妓女，乘小牛車，在園中裸着身體，叫笑自如，稱爲顛飲。

北朝元魏時，崔儦飲酒，一醉就是八日。

三國時人鄭泉希望得到裝滿百斛美酒的船，兩頭放着又甜又脆的食品。他在船中反覆沉下去飲酒，累了就停下來吃美食。如果酒減少了一斗一升，就加滿。他臨終時，對志趣相同的人說：『一定把我葬在制陶人家旁邊，可望我百年之后變爲泥土，或許被取作酒壺，這實在遂了我的心願。』

晋朝人周 (在西晋末年大亂時)渡過長江(來到南方)，多年來總是天天飲酒，只有三天清醒，當時人把他叫作『三日僕朝』。

畢卓擔任吏部郎，鄰居家釀熟了酒，畢卓晚上去盜飲。劉伶曾乘坐鹿車，携帶一壺酒，叫人找着鍤跟着自己，說：『死了就（隨地）埋了我。』

誡失七

原文

《周書·酒誥》曰：『文王誥教小子，有正有事，無彝酒。』

《管輅別傳》曰：諸葛景與輅別，誡以三事，言『卿性樂酒，量雖溫克，然不可保，寧當節之。』格曰：『酒不可盡吾欲。持才以愚，何患之有也？』

晋祖臺之與王荆州書：『古人以酒爲戒，願君屏爵弃巵，焚罍毁，殛儀狄于羽山，放杜康于三危。古人系重，離必有贈言。僕之與君，其能已乎？』

《宋書》雲：王悦，卷從弟也，詔爲天門太守。悦嗜酒輒醉，及醒，則儼然端肅。卷謂悦曰：『酒雖悦性，亦所以傷生。』

蕭子顯《齊書》：臧榮緒，東莞人也，以酒亂言，常爲誡。

《世說》：晋元帝過江，猶飲酒。王茂弘與帝友舊，流涕諫。帝許之，即酌一杯，從是遂斷。

《梁典》曰：劉韶，平原人也，年二十，便斷酒肉。

梁王魏嬰觴諸候于範臺，酒酣，請魯君舉觴。魯君曰：『昔者，帝令儀狄作酒而美之，進于禹。禹飲而甘之，遂疏儀狄而絶旨酒，曰：「后世必有以酒亡國者。」』

《周官》：萍氏掌幾酒，請之。萍古無其說，按《本草》述水萍之功雲：『能勝酒』。名萍之意，其取于此乎？

陶侃飲酒，必自制其量，性歡而量已滿。人或以爲言，侃曰：『少時常有酒失，亡親見約，故不敢盡量耳。』桓公與管仲飲，掘新井而柴焉，十日齋戒，召管仲。管仲至，公執尊觴三行，管仲趨出。公怒曰：『寡人齋戒以飲仲父，以爲脱于罪矣。』對曰：『吾聞湛于樂者洽于憂，厚于味者薄于行，是以走出。』公拜送之。

又雲：桓公飲大夫酒，管仲復至。公舉觴以飲之，管仲弃半酒，公曰：『禮乎？』『臣聞酒入舌出而言失者弃身。臣計弃身不如弃酒。』公大笑曰：『仲父就座。』

《北夢瑣言》：陸扆爲夷陵，有士子入謁，因命之飲，曰：『天性不飲。』曰：『已減半矣。』言當寡過也。

蕭齊劉玄明政事爲天下最。或問政術，答曰：『作縣令但食一升飯，而不飲酒，此第一策也。』

長孫登好賓客，雖不飲酒而好觀人酣飲，談論古今，或繼以火，常恐客去，畜异饌以留之。

趙襄子飲酒，五日五夜不醉，而自矜。優真曰：『昔紂飲七日七夜不醉，君勉之，則及矣。』襄子曰：『吾幾亡乎？』對曰：『紂遇周武，所以亡。今天下盡紂，何遽亡？然變危矣。』

釋氏之教，尤以酒爲戒。故四分律雲：飲酒有十過失，一顔色惡，二少力，三眼不明，四見嗔相，五壞田業資生，六增疾病，七益鬥訟，八惡名流布，九知慧減少，十身壞終墮諸惡道。

《朝詩外傳》：飲之禮，跣而上坐，之宴；能飲者飲之，不能飲者已，謂之　；齊顔色，均衆寡，謂之沉；閨門不出，謂之湎。君子可以宴，可以酡，不可以沉，不可以湎。

《魏略》曰：太祖禁酒，人或私飲，故更其辭，以白爲賢人，清酒爲聖人。

《典論》雲：漢靈帝末，有司榷酒，斗直千錢。

《西京雜記》雲：司馬相如還成都，以鷫鸘裘就里人揚昌換酒，與文君爲歡。

寧明帝《文章志》雲：王忱每醉，連日不醒，自號上頓。時人以爲大飲爲上頓，自忱始也。

《益部傳》曰：楊子拒妻劉泰瑾貞懿達禮。子元宗醉歸舍，劉十日不見。諸弟謝過，乃責之曰：『汝沉荒不敢，自倡敗者，何以帥先諸弟？』

譯文

《周書·酒誥》説：『文王告誡子弟，有官守有職業者，不要常常飲酒。』

《管輅別傳》曰：諸葛景與管輅分別，告誡他三件事，説『你性好飲酒，你的酒量雖然能勝酒不醉，但不可常保無虞，還不如節制。』管輅説：『飲酒不可盡我所欲。我以「愚」法保住自己，有什么禍患呢？』

晋朝祖臺之給王荆州（忱）寫信：『古人以酒爲戒，希望你屏絶酒爵，弃置酒卮，焚掉酒，毁壞酒，把儀狄處死于羽山，把杜康放逐于三危。古人把聯系看得重，離別時必有贈言。我和你(作爲朋友)，豈能不說呢？』

《宋書》說：王悦，爲王卷的堂弟，受詔爲天門太守。王悦喜歡酒，往往飲醉，等醒來后，則來儼然莊重嚴肅。王卷對王悦說：『酒雖然能悦性，但也是傷生的東西。』

蕭子顯《齊書》上載：臧榮緒，是東莞人，因飲酒亂言，常以之爲戒。

《世說新語》上載：晋元帝(在西晋末年的動亂中)渡過長江(逃到南方)，仍然飲酒。王茂弘和元帝有交情，流泪進諫。元帝答他只酌一杯，從此就戒絶了。

《梁典》上載：劉韶是平原人，二十歲就戒絶酒肉。

梁王魏嬰在範臺請諸侯飲酒。酒酣，他請魯君舉觴進酒。魯君說：『從前，天帝的女兒命儀狄制造酒，喝了覺得很美，進獻給禹王。禹王飲了覺得甘美，就疏遠儀狄 而戒絶美酒，說：『后世必然有因縱酒而亡國的人。』

《周禮》：萍氏掌管幾酒、謹酒之事。『萍』字古代没有這種說法。按：《本草》記述水萍的功用說：『能克制酒。』萍氏命名之意，大概取于此吧！

陶侃飲酒，必定自己限制酒量，情緒高興后酒量就滿足了。有人說起這事，陶侃說：『我小時候飲酒犯有過失，我死去的母親曾對我定有約束，所以不敢盡量。』

桓公要和管仲飲酒，挖了的井燒柴祭天，齋戒了十天，才召來管仲。管仲到后，桓公拿酒尊、酒觴行三次禮，管仲跑了出去。桓公發怒說：『我齋戒后才和仲父飲酒，自認爲没有絲毫罪過了。』管仲回答說：『我聽說喜歡樂的人必然合于憂愁。看重美味的人必然薄于操行，因此跑了出去。』桓公施拜禮送走他。

又有記載說：桓公叫大夫飲酒，管仲又到了。桓公舉觴叫他飲酒。管仲倒掉一半的酒，桓公說：『這合于禮嗎？』(管仲說：)『我聽說酒喝下去，就調動舌頭說話而有漏失的，處以殺身這罪。我考慮丢掉性命不如倒掉酒。』桓公大笑說：『仲父請就座。』

《北夢瑣言》載：陸扆做夷陵令，有個士子進來謁見，陸就請他喝酒，(士子)說：『天生不飲酒。』陸扆說：『已減了一半了。』說的是應當減少自己的過失。

南朝蕭氏齊國的劉玄明治理政事的成績爲天下第一。有人問他治理政事的方法，他回答說：『作縣令只吃一件米的飯，而不飲酒，這是最上策。』

長孫登喜歡賓客，雖然自己不飲酒却喜歡看別人酣飲，談論古今，有時夜以繼日。他常常耽心客人離開，總以异味留客。

趙襄子飲酒，五天五夜不醉，而自我吹噓。一個名叫『其』的優人說：『從前紂飲 酒七天七夜不醉，您努力一下就比得上他了。』襄子說：『我差不多滅亡了嗎？』優人其回答說：『紂碰上周武王，所以滅亡了。現在天下盡是紂王，怎么會馬上滅亡？然而也危險了。』

佛家這門宗教，尤其主張戒酒。所以四分律說：飲酒有十過，一是顔色丑惡，二是少力氣，三是眼睛不明，四是現出嗔相，五是損壞田業生財，六是增加疾病，七是增加鬥訟，八是惡名流播，九是智慧減少，十是身壞終將墮入惡道。

《韓詩外傳》說：飲酒之禮，脱了鞋上坐，叫作宴；能飲的人飲，不能飲的止，叫作醧；使顔色整齊，使衆寡均平，叫作沉；不出閨門，叫作湎。君子可以宴，可以醧，不可以沉，不可以湎。

《魏略》說：魏太祖禁止飲酒，有的人私下飲酒，改變說法，把白酒叫作賢人，把清酒叫作聖人。

《典論》說：漢靈帝末年，官府專利賣酒，每斗值一千錢。

《西京雜記》說：司馬相如回到成都，用鷫鸘裘找里人楊昌換酒，和卓文君歡樂。

宋明帝《文章志》說：王忱每次喝醉，連日不醒，自號上頓。當時人把大量飲酒叫作上頓，自王忱開始。

《益部傳》說：楊子拒的妻子劉泰瑛貞静美善，通達禮義。她兒子元宗酒醉回家，劉泰瑛十天不和他見面。元宗的弟弟們爲他謝過，劉泰瑛這才責備元宗說：『你沉面荒唐，爲人不敬，自倡敗亂，怎么作弟弟們的表率呢？』

外篇下

神异八

原文

張華有九醞酒，每醉，必令人傳止之。嘗有故人來，與共飲，忘飭左右。至明，華寤，視之，腹已穿，酒流床下。事出《世說》。

王子年《拾遺記》：張華爲酒，煮三薇以漬曲糵。糵出西羌，曲出北胡，以釀酒，清美醇鬯，久含令人齒動。若大醉不摇蕩，使人肝消爛，俗謂消腸酒。或雲：淳酒可爲長宵之樂。兩説聲同而事异也。

崔豹《古今注》雲：漢魏弘爲閿鄉嗇夫，夜宿一律，逢故人。四顧荒郊，無酒可沽，因以錢投入水中，盡夕酣暢，因名沉釀川。

義寧初，有一縣丞甚俊而文，晚乃嗜酒，日必數升。病甚，酒臭數里，旬日卒。

張茂先《博物志》雲：昔劉玄石從中山酒家沽酒。酒家與之千日酒，而忘語其節度。歸至家，常醉。而家人不知，以爲死也，棺斂葬之。酒家經千日，忽悟而往告之。發冢，適醒。齊人因乃能爲千日酒，飲過一升醉卧。有故人趙英飲之逾量而去，其家以爲死，埋之。計千日當醒，往至其家，破冢出之，尚有酒氣。事出《鬼神玄怪録》。

《戸子》曰：赤縣洲者，是爲昆侖之墟，其鹵而浮火蓬芽，上生紅草，食其一實，醉三百年。

王充《論衡》雲：須曼都好道，去家三年而返，曰：『仙人將我上天，飲我流霞一杯，數月不饑。』

道書謂露爲天酒，見東方朔《神异經》。

劉向《列女傳》曰：安丘先生與神女會于圜丘，酣玄碧之酒。石虎于大武殿起樓，高四十丈，上有銅龍，腹空，着數百斛酒，使胡人于樓下漱酒。風至，望之如霧，名曰粘酒臺，使以酒塵。事見《拾遺記》。

魏賈鏘有奴，善別水，嘗乘舟于黄河中流，以匏瓠接河源水，一日不過七八升。經宿，色如絳，以釀酒，名昆侖觴，香味奇妙，曾以三十斛上魏帝。

李肇雲：鄭人以滎水釀酒，近邑之水重于遠郊之水數倍。事見《出世記》。堯登山，山涌水一泉，味如九醞，色如玉漿，號曰醴泉。

《南岳夫人傳》曰；夫人貺王子喬 蘇緑酒。

《十洲記》曰：瀛洲有玉膏如酒，名曰玉酒，飲數升，令人長生。

《東方朔别傳》雲：武帝幸甘泉，見平坂道中有蟲，赤如肝，頭目口齒悉具。朔曰：『此怪氣，必秦獄處積憂者，得酒而解。』乃取蟲置酒中，立消。后以酒置屬車，爲此也。

譯文

張華有九醖酒，每次飲醉，必定命人來阻止自己。他曾經來了一個朋友，和他對飲，忘了交待身邊的人。至天明，張華醒悟過來，一看，肚子已穿，酒流到床下。這事出自《世説新語》。

王子年《拾遺書》載：張華造酒，煮三薇水來浸發曲蘗。蘗出自西羌，曲出自北胡，用以釀酒，清美醇香，含久了使人齒牙摇動。如果大醉后不摇的話。就會使人肝腸消爛，俗稱消腸酒。又有人説：淳酒可以助長宵之樂，（所以稱消長酒）。兩種説法聲同而事异。

崔豹《古今注》説：漢代魏弘任閿鄉嗇夫，晚上宿于一個渡口，遇到故人。他四顧荒郊，無酒可買，因而把錢投到水中，盡夕酣暢，因而名爲沉釀川。

義寧初年，有一個縣丞，很俊美而文雅，晚年却嗜酒，每日必飲數升。后來他病重，酒味飄出數日，十來天就死了。

張華《博物志》説：從前劉玄石從中山一個酒家買酒。酒家給了他千日酒，却忘了告訴他節制。他回家后，長醉不醒。他家中人不知道，認爲他死了，用棺材所他斂埋了。酒家過了千日，忽然醒悟過來，前往告訴劉玄石。掘開劉玄石的墳，他正好醒來。齊人因乃能做千日酒，飲過了一升就會醉卧。他有個友人趙英飲酒過量而千日醉，趙家認爲已死，埋了。估計千日該醒，因乃能到了他家，挖開墳墓讓他出來，他還有酒氣。事出《鬼神玄怪録》。

《尸子》説：赤縣州是昆侖墟所在，它的鹵水浮爲蓮芽，上面生着紅草，吃一顆，可以醉三百年。

王充《論衡》説：須曼都喜歡道術，離家三年回來，説：『仙人請我上天，讓我飲了一杯流霞，數月不饑。』

道書把露叫作天酒，見于東方朔的《神异經》。

劉向《列女傳》説：安丘先生和神女在員丘相會，酣飲玄碧酒。

石虎在大武殿起樓，高四十大，上面有一銅龍，龍腹是空的，置酒數百斛，使胡人在樓下漱酒。風一來，望去就像霧，稱爲粘酒臺，使之灑塵。事見《拾遺記》。

魏賈鏘有個奴僕，善于分別水。他曾乘舟在黄河中接取黄河源頭來的水，一天不過七八升。過一夜，水色如絳，用來釀酒，叫作昆侖觴，香味奇妙。賈鏘曾用三十斛上獻給魏帝。

李肇說：鄭人用滎水釀酒，近于邑城的水比遠郊的水重數倍。事見《出世記》。

堯帝登山，山頭涌出一泉水，味道像九醞酒，顏色像玉漿，號稱醴泉。

《南岳夫人傳》說：夫人贈給王子喬蘇緑酒。

《十洲記》說：瀛洲有玉膏，像酒，名叫玉酒，飲數升，使人長生不老。

《東方塑別傳》說：漢武帝巡幸甘泉，看見平阪道上有蟲，像肝紅色，頭眼口齒都具備。東方朔說：『這是怪氣，必定是泰朝監獄處積憂而得的，用酒可解。』于是取蟲放在酒中，馬上消失了。后來把酒放在皇帝的隨從車中，就是爲此。

异域酒九

原文

天竺國謂酒爲酥。今北僧多雲般若湯。蓋瘦辭以避法禁爾，非釋典所出。

《古今注》雲：烏孫國有青田核，莫知其樹與花。其實大如五六升匏，空之，盛水而成酒。劉章曾得二焉，集賓，設之可供二十人。一核才盡，一核復成，久置則味苦矣。

波斯國有三勒漿，類酒，謂庵摩勒、毗梨勒也。

訶陵國人以柳花椰子爲酒，飲之亦醉。

大宛國多以葡萄釀酒，我者藏至萬石，數十年不壞。

《扶南傳》曰：頓孫國有安石榴，取汁停盆中數日，成美酒。

真臘國人不飲酒，比之淫。惟與妻飲房中，避尊長見。

房千里《投荒録》雲：南方有女數歲，即大釀酒。候陂水竭，置壺其中，密固其上。候女將嫁，决水取之供客，謂之女酒，味絶美。居常不可發也。

扶南有椰漿，又有蔗及土瓜根酒，色微赤爾。

又有昆侖酒，名事見盛魯望詩。

譯文

天竺國把酒叫作酥。現在北方和尚多稱酒爲般若湯。這大概是用隱語來逃避法禁，并不是出自佛典的說法。

《古今注》說：烏孫國有種青田核，沒有人知道它的樹和花。它的果實大的像五六升的匏瓜，挖空它，盛上水就變成了酒。劉章曾得到兩顆，宴集賓客，擺上來可供二十人飲酒，一核中的酒才盡，另一核中的酒又成了，放久了味就會變苦。

波斯國有種三勒漿，類似于酒叫庵摩勒、毗梨勒。

訶陵國人用柳花椰子酒，飲了也會醉。

大宛國多用葡萄釀酒，多的可以藏到萬石，數十年不會壞。

《扶南傳》說：頓孫國有一種安石榴，取汁放在盆中停數日，就變成了美酒。

真臘人不飲酒，把它比作淫。只和妻子在房中飲，避免尊長看見。

房千里《投荒録》說：南方人家的女兒到了一定的歲數，就大舉釀酒。等到塘水干后，把酒壺放在其中，在上面嚴密封固。等女兒將嫁時，打開取出供客，叫作女酒，味道絕美。平時是不可發取的。

扶南有椰漿，又有蔗和土瓜根酒，顏色微紅。

又有昆侖酒，見于盛魯望的詩。

性味十

原文

《本草》雲：『酒味苦，甘，辛，大熱，有毒，主行藥勢，殺百蟲惡氣。』《注》：『陶隱居雲：大寒凝海，惟酒不冰。』明其性熱獨冠群物，飲之令人神昏體弊，是其毒也。昔有三人晨犯霧露而行，空腹者死，食粥者病，飲酒者疾，明酒禦寒邪過于穀氣矣。酒雖能勝寒邪，通和諸氣，苟過則成大疾。《傳》曰：『惟酒可以忘憂，無如病何？』《內經》十八卷，其首論后世人多夭促，不及上古之壽，則由今之人『以酒爲漿，以妄爲常，醉以入房』，其爲害如此。凡酒氣獨勝而穀氣劣，脾不能化，則發于四肢而爲熱厥，甚則爲酒醉，而風入之，則爲漏風，無所不至。凡人醉而臥黍穰中，必成癩；醉而飲茶必發膀胱氣；食酸多則成消中。

皇甫松《醉鄉日月》記雲：松脂斸百病。每糯米一斗，松脂十四兩。別以糯米二升和煮如粥，冷着小麥曲一斤半，每片重二三兩，火爆干搗爲末，搗作酵。五日以來候起人炊飯米，須薄之，更以曲二十片火焙干作末，用水六斗五升、酵及曲末飯等一時攪和入瓮。瓮暖和如常，春科四日、秋夏五日成。

又雲：酒之酸者可變使甘。酒半斗，黑錫一斤半令極熱，投中，半日可去之矣。

《南史》記虞有悰鯖鮓，雲可以醒酒，而不著其造作之法。

魏文帝詔曰：且說蒲萄，解酒宿醒，淹露汁多，除煩解熱，善醉易醒。

《禮樂志》雲：『柘漿析朝醒』，言甘蔗汁治酒病也。

《開元遺事》雲：興慶池南有草數叢，葉紫而莖赤，有人大醉過之，酒應自醒。后有醉者摘而嗅之，立醒，故謂之醒醉草。

《五代史》雲：李德裕平泉有醒酒石，尤爲珍物，醉則踞之。

譯文

《本草經》說：『酒味苦，甘，辛，大熱，有毒，主行藥勢，殺死百蟲惡氣』。注釋說：『陶弘景說：大寒之時，海都凝了冰，只有酒不結冰。』說明酒的性熱超過各種事物，飲了使人神昏體倦，是因爲酒有毒。從前有三個人早晨冒着霧露行走，空着肚子的人死了，吃粥的人得了重病，唱酒的人得了輕病，說明酒抵禦寒邪超過穀氣。酒雖然戰勝寒邪，通和各氣，一旦過了就成了大病。《傳》上說：『只有酒可以使人忘記憂愁，但容易生病怎么辦呢？』《内經》十八卷，篇首論后世人多夭折，不如上古人長壽，這是由于現在的人『把酒當水漿，以虛妄爲常事，喝醉了，行房事』，酒的爲害竟如此之大。凡是酒氣偏勝而穀氣處于劣勢，脾不能運化，就發到四肢而生熱厥病，太甚就成酒醉，而風一侵入，就成漏風病，無所不至。凡人醉了，躺到玉米秆中，必定成癩疾；醉了飲茶，必定發動膀胱氣；(醉后)食酸過多，必犯消渴。

皇甫松《醉鄉日月》記載說：松脂可除百病。每糯米一斗，合用松脂十四兩。分別用糯米二升和松脂煮成粥樣，冷后放入小麥曲一斤半，每片重二三兩，用火爆干后搗爲末，搗作酵。五日以后，等發起了就辦作炊米飯，再用二十片曲用火焙干搗作末，用水六斗五升、酵以及曲末飯等一起攪和置入瓮中。瓮中暖和如常，春冬二季四日可以釀成，秋夏二季五日可以釀成。

《醉鄉日月》又說：酒酸了的可以讓它變甜。酒半斗，用黑餳一斤半加熱至極，投入酒，半天就可去掉酸味。

《南史》記載虞悰有鯖鮓，說可以醒酒，而沒有寫制造的方法。

魏文帝下詔說：且說蒲萄，可以解酒醒醒，浸露多汁，除煩解熱，既容易使人醉又容易使人醒。

《禮樂志》：『蔗漿可以醒宿醉』，說得是甘蔗汁可以治酒病。

《開元遺事》說：興慶池南面數叢草，葉紫色而莖赤色，有人大醉后經過，酒就自動醒了。后來有個醉漢摘下它嗅聞，酒立即就醒了，所以叫作醒醉草。

《五代史》說：李德裕在平泉有醒酒石，尤其是珍貴之物，醉了就蹲在上面。

飲器十一

原文

上古污尊而壞飲，未有杯壺制也。

《漢書》雲『舜祀宗廟，用玉斝』，其飲器與？然事非經見，且不必以貯酒，故予不達其事。

《周詩》雲：『兕觥其觩』。

周王制：一升曰爵，二升曰斛，三升曰觶，四升曰角，五升曰散，一斗曰壺。別名有盞、斝、尊、杯，不一其號。

或曰：小玉杯謂之盞。

或曰：酒微濁曰醆，俗書曰盞耳。由六國以來，多雲制卮，形制未詳也。

劉向《說苑》雲：魏文侯與大夫飲，曰：『不盡者，浮以大白。』

《漢書》或舉盞以白醑，非也。

豐干、杜舉，皆因器以爲戒者，見《禮》。

漢世多以鴟夷貯酒。揚雄爲之贊曰：『鴟夷滑稽，腹大如壺，盡日盛酒，人復借活。常爲國器，托于屬車。』

《南史》有蝦頭杯。蓋海中巨蝦，其頭甲爲杯也。

《十洲記》雲：周穆王時，有杯名曰常滿。

自晋以來，酒器又多雲(力耕切)。故《南史》有銀酒鎗。或作鐺。陳宣好飲，自雲：『何水曹眼不識杯鎗，吾口不離瓢杓。』李白雲：『舒州杓，力士鐺。』《北史》雲：『孟信與老人飲，以鐵鐺温酒。』然則鎗者本温酒器也，今遂通以爲蒸飪之具雲。

宋何點隱于武丘山，竟陵王子陵遺以嵇叔夜之杯，徐景山之酒鎗。

松陵唱和，又有《癭木杯》詩，蓋用木節爲之。

老杜詩雲『醉倒終同卧竹根』，蓋以竹根爲飲杯也。見《江淹集》是也。

唐人尤尚蓮子杯，白公詩中屢稱之。

樂天又雲：『榼木來方瀉，蒙茶到始煎。』

李太白有《山尊》詩雲：『尊成山岳勢，材是棟梁余。』

今世豪飲，多以蕉葉、梨花相强，未知出于誰氏。

訶陵國以鱟魚殼爲酒尊，事見《松陵唱和詩》，雲：『用合對江螺。』

唐韓文公《寄崔斯立詩》：『我有雙飲盞，其銀得朱提。黄金塗物象，雕琢妙工。乃令千鐘鯨，么麽征螽斯。猶能爭明月，擺掉出渺。野草花葉細，不辨螢萰蒬。綿綿相糾結，狀似環城陴。四隅芙蓉樹，擢艷皆猗猗。』雲雲。皆以興喻，故歷言其狀如此。今好事者多按其文作之，名爲韓杯(朱提，音殊時)。

西蜀有酒杯藤，大如臂，葉似葛花，實如梧桐。實成，花堅可酌。實大如杯，味如豆蔻，香美。土人持酒來藤下，摘花酌酒，乃實消酒。國人寶之，不傳中土。事見張騫《出關志》。

譯文

上古時代鑿地以代酒器，用手掬酒而飲，還沒有杯壺等器物。

《漢書》說『舜帝祭祀宗廟，用了玉斝』，(玉斝)大概是一種飲器吧？然而這事在經書上没有記載，而且它了不一定用來貯酒，所以我不以爲然。

《周詩》說：『兕觥彎彎』。

周代王朝制度：盛一升的叫爵，二升的叫斛，三升的叫觶，四升的叫角，五升的叫散，一斗的叫壺。

其他名稱還有盞、斝、尊、杯，名稱不一。

有人說：小玉杯叫做盞。有人說：酒微微發濁叫醆，俗寫作盞，從六國以來，書上多提到制卮，形制不清楚。

劉向《說苑》說：魏文侯和大夫飲酒，說：『不飲盡的，罰一大杯。』《漢書》說『有人舉酒用了白醽』，這是不對的。

豐干、杜舉，都是用飲器來作戒的，見于《禮記》。

漢代多用鴟夷來貯酒。揚雄爲它作贊辭說：『鴟夷很滑稽，肚子大得像壺，整日盞着酒，還有人來借買。它曾經作爲國器，載在天子的從車。』

《南史》記有蝦頭杯。大概海中有巨蝦，用他的頭甲做杯。

《十洲記》說：周穆王的時候，有種杯叫做常滿。

自晉朝以來，酒器中又多提到鎗。所以《南史》記有銀酒鎗。或寫作鐺。陳宣喜歡飲酒鎗，自稱：『何遜的眼睛不識得酒杯、酒鎗，我的口離不開酒瓢、酒杓。』李白說：『舒州杓、力士鐺。』《北史》說：『孟信和老人飲酒，用鐵鐺溫酒。』既然如此，那么铊本來是一種溫酒器，現在就通用來指一種蒸飯器具。

南朝宋時，何點在武丘山隱居，竟陵王子陵送給他嵇康用過的酒杯，徐景山用過的酒铊。

《松陵唱和》集中，又有《癭木杯》詩，大概用木節做成。

杜甫詩說『醉倒終同卧竹根』，大概是用竹根做飲杯。見于《江淹集》，(可爲證)。

唐朝人尤爲崇尚蓮子杯，白居易詩中屢次稱贊它。白居易又說：『榼木杯來了就開始瀉酒，蒙山茶到了就煎茶。』

李白有《山尊》詩說：『尊做成山岳之形，所用材料是楝梁剩下的。』

現在世間豪飲，多用蕉葉杯、梨花杯相强，不知起源于誰。

訶陵國用鱟魚殼作酒尊，這事見于《松陵唱和詩》，說：『用合對江螺。』

唐朝韓愈《寄崔斯立詩》：『我有雙飲盛，其銀得朱提。黃金塗物象，雕琢妙工倕。乃令千鐘鯨，么么征螽斯。猶能争明月，擺掉出渺瀰。野草花葉細，不辨薋菉葹。綿棉相糾結，狀似環城陴。四隅芙蓉樹，擢艷皆猗猗。』雲雲。這都是用以比喻，所以如此一一説明其形狀。現在好事的人多按照這段描寫做杯。名爲韓杯。

西蜀有酒杯藤，大如手臂，葉似葛花，果實像梧桐子。果實成熟后，花硬得可以酌酒。果實大的像杯子，味道像豆蔻，很香美。當地土人拿酒來藤下，摘下花酌酒，用其果實下酒。當地人把它看作寶貝，不傳給中國。這事見于張騫的《出關志》。

酒令十二

原文

《詩·雅》雲：『人之齊聖，飲酒溫克。』又雲：『既立之監，或佐這史。』然則酒之立監史也，所以已亂而備酒禍也。后世因之有酒令焉。

魏文侯飲酒，使公乘不仁爲觴政，其酒令之漸乎？

漢初，始聞朱虛候以軍法行酒。

《逸詩》雲：『羽觴隨波流』，后世浮波疏泉之始也。

唐柳子厚有《序飲》一篇，始見其以洄溯遲駛爲罰爵之差，皆酒令之變也。又有藏鈎之戲，或雲起于鈎弋夫人，有國色而手拳，武帝自披之，乃伸。后人慕之而爲此戲。白公詩雲：『徐動碧芽籌』，又雲：『轉花移酒海』。今之世，酒令其類尤多：有捕醉仙者(爲禺人，轉之以指席者)，有流杯者，有總數者，有密書一字使誦詩句以抵之者，不可殫名。昔五代王章、史肇之燕，有手勢令。此皆富貴逸居之所宜。若幽人賢士，既無金石絲竹之玩，惟嘯咏文史，可以助歡，故曰『閑征雅令窮經史，醉聽新吟勝管弦。』又公亦雲：『令征前事爲觴咏，新詩送』。今略志其美而近者于左：

孟嘗門下三千客，大有同人；湟水渡頭十萬羊，未濟小畜。

馬援以馬革裹尸，死而后已；李耳指李樹爲姓，生而知之。

江革隔江，見魯班板櫓；李員園裏，喚蔡澤擇菜。

拆字爲反切者：矢引矧、欠金欽。

名字相反切者：干謹字巨引、尹珍字道真、孫程字雅卿。

古人名姓點畫絶省者：宇文士及、爾朱天光、子州友父、公父文伯、王子比干、王士平、吕太一、王子中、王太丘、江子一、于方、卜巳、方干、王元、江乙、文丘、丁乂、卜式、王丘。

字畫之繁者：蘇繼顏、謝靈運、韓麒麟、李繼鸞、邊歸讜、欒黶、鱗罐、蕭鸞。

聲音同者：高敖曹、田延年、劉幽求。

字畫類者：田甲、李季、臺(臺)字去吉增點成室；居字去古增點成户、火炎昆岡；山出器車；土圭封國、百全之士十萬；五刑之屬三千、蕩蕩乎民無能名；欣欣焉人、樂其性、公子牟身在江湖，必游魏闕；鄭子真耕于穀口，名動京師、前徒倒戈以北；長者扶義而東、運天德以明世；散皇明而燭幽。今人多以文句首末二字相聯，謂之粘頭續尾。堂有客雲：『維其時矣』，自謂文句必無『矣』居首者，欲以見窘。予答『矣焉也者』。矣焉也者，决辭也，出柳子厚文。遂浮以大白。

白公《東南行》雲：『鞍馬呼教住，骰盤喝遣輸。長驅波卷白，連擲采成盧。』注雲：『頭盤、卷白波、莫走鞍馬，皆當時酒令。』法未詳，蓋元白一時之事爾。

《國史補》稱鄭弘慶始創『平素精看』四字令，未詳其法。

譯文

《詩經．小雅》說：『人智慮敏達，飲酒應當蘊藉自持。』又說：『既立了酒監，又或輔以酒史。』既然如此，那么飲酒立下監史，是用以制止混亂和防備酒禍的。后代因之而有了酒令。

魏文侯飲酒，派一個叫公乘不仁的人行使觴政，這大概是酒令的起始吧！

漢朝初年，才開始有劉章用軍法行酒之事。《逸詩》說：『羽觴隨波流』，這是后世飲酒浮波疏泉的開始。

唐朝柳宗元寫了一篇《序飲》，最早出現以(酒標在水上)洄溯遲駛作爲罰爵之差的方法，這都是酒令的流變。又有一種藏鈎游戲，有人說起于鈎弋夫人。鈎弋夫人生爲國色而手掌握拳不展，漢武帝親自爲她掰開，她的手才伸展了。后代人羨慕這個故事而發明這個游戲。白居易的詩說：『徐動碧芽籌』，又說：『轉花移酒海』。當今之世，酒令的類別尤其多；有捕醉仙(做偶人，轉動它指向席上的人)，有在水上流杯的，有總數的，有暗寫一字人吟誦詩句以相抵的，名目不可盡舉。從前五代的王章、史弘肇舉行宴會，有手勢令。這些都是富貴之人閑居生活所宜的。至于隱逸賢人，既然沒有金石絲竹等賞玩之物，只有嘯咏文史，可以增加歡樂，所以說『閑征雅令窮經史，醉聽新吟勝管弦。』現在我略將美妙而距今不遠的記載如下：

孟嘗門下三千客，『大有』『同人』；湟水渡頭十萬羊，『未濟』『小畜』。

馬援以馬革裹尸，死而后已；李耳指李樹爲姓，生而知之。

江革隔江，見魯班板櫓；李員園裏，喚蔡澤擇菜。有拆字爲反切的，如『矢引矧，欠金欽』。有以名字互爲反切的，如『于謹字巨引，尹珍字道真，孫程字雅卿』。古人姓名有筆畫極爲簡省的，如『宇文士及，爾朱天光，子州友父，公父文伯，王子比干，王士平，吕太一，王子中，王太丘，江子一，于方，卜巳，方干，王元，江乙，文丘，丁乂，卜式，王丘』；有筆劃極爲繁多的，如『蘇繼顔，謝靈運，韓麒麟，李繼鸞，邊歸讜，欒黶，鱗罐，蕭鸞』，有姓名各字聲音相同的，如『高敖曹，田延年，劉幽求』；有姓和名筆畫相似的，如『田甲，李季』。(另外有意 思的對句還有：)

臺字去吉增點成室；居字去古增點成户。

火炎昆岡；山出器車；土圭封國。

百金之士十萬；五刑之屬三千。

蕩蕩乎民無能名；欣欣焉人樂其性。

公子牟身在江湖，心游魏闕；鄭子真耕于穀口，名動京師。

前徒倒戈以北；長者扶義而東。

運天德以明世；散皇明而燭幽。

現在的人多用文句的首末二字相聯(爲令)，叫作粘頭續尾。曾有一客出令說：『維其時矣』，自以爲文句必無『矣』字開頭。想以此爲難我。我回答說：『矣焉也者』。矣焉也者是判斷詞，出自柳宗元的文章。客人于是罰飲一大杯。

白居易詩《東南行》說：『鞍馬呼教住，骰盤喝遺輸。長驅波卷白，連擲采成盧。』注解說：『骰盤、卷白波、莫走鞍馬，都是當時酒令。』具體做法不詳，大概是元稹、白居易當時之事。

《國史補》稱鄭弘慶首創『平素精看』四字令，不詳其做法。

酒之文十三

原文

《清和先生傳》曰：清和先生者，姓甘名液，字子美。其先本出于后稷氏，有粒食之功。其后播弃，或居于野，遂爲田氏。田爲大族，布于天下。至夏末工衰，有神農氏之后利其資，率其徒往俘于田而歸。其倔强不降者與降而不釋甲者，皆爲城旦舂。賴公孫杵臼仁愛，審其輕重，不盡碎其族，徙之陳倉，與麥氏、穀氏鄰居。其輕其猶爲白粲與鬼薪，忤已而逃于河内，又移于曲沃，曲沃之民悉化焉。

曲沃之地近于甘，古甘公之邑也。故先生之生，以甘爲氏。始居于曹，受封于鄭。及長，器度汪汪，澄之不清，撓之不濁，有醞藉，涵泳經籍。百家諸子之言，無不濫觴。孟子稱『伯夷清』，『柳下惠和』，先生自謂不夷不惠，居二者之間而兼有其德，因自號曰清和先生雲。

士大夫善與之游，詩歌曲引，往往稱道之，至于牛童馬卒、閭巷倡優之口，莫不羨之。以是名漸徹于天子。一旦召見，與語竟日。上熟味其旨，受其醇正，可以鎮澆薄之徒，不覺膝之前席。自是屢見于上，雖郊廟燕享之禮，先生無不首預其選。素與金城賈氏友、玉卮子善，上皆禮

之。每召見先生，有司不請而以二子俱見，上不以爲疑。或爲之作樂，盛饌以待之。歡甚，至于頭没杯案。

先生既見寵遇，子孫支庶出爲郡國二千石者，往往而是。皆矜伐過實，多自旌其門以致過客，甚喜其自標致如此。其最著而實不其名者，知中山、宜城、若下、溢浦。諸甘皆良子弟也。惟一族居魯者不肖，薄于外行而無醞藉，卒致齊、秦稱怨而圍趙邯鄲。其余十室之邑、百人之聚，皆有先生之族，悉善賓客。所居冠蓋如織，呈呶出入，晝夜無節。交易之利，所在委職。由是上疑其濁。小人乘其間，徑以賄入，欲以逢上意。一日，上問先生曰：『君門如市何也？』對曰：『臣門如市，臣心如水。』嘆曰：『清和先生，今信爲清和矣！』益厚遇之。

由是士大夫復從先生游。鄉黨賓友之會，咸曰：『無甘公而不樂。』既至，則一座盡傾，莫不洲挹。然遇事多不能自持，必待人斟酌而后行。常自稱曰：『沽之哉！沽之哉！我待價者也。』人或召之，不擇貴賤，至于挈瓶之智、斗筲之量，或虛己來求者，從之如流。布衣寒士，一與之遇，温于挾纊。袁紹總兵干河朔，使人召先生，與鄭康成俱至。是時盛夏，康成與先生高論竟日。坐客悚然，不覺盛暑之攻肌。

先生與人游，多隨其性，能解人憂憤，發其膽氣。所謂『能令公喜，能令化怪』者耶？王公卿士如灌夫、季布、祖彬、李景儉之徒，與先生游而得罪者，不可勝數。性喜釋氏，而僧之徒愛慕其道，往往竊于先生處。至于學道隱居之士，多托先生以自晦。而與先生相得甚歡者，至于破家敗産而不悔。以是禮法之士疾之如分，如丞相朱子元、執金吾劉文叔、郭解、長孫登，皆不悦，未嘗與先生交。又以其行既久，多中道而變，不承于初，咸毁之曰：『甘氏孽子，始以詐得，終以詐敗矣。』久之，諫大夫穀永上言先進性不自持，無大臣輔政之體，久置左右，虛以虛文廢事。由是以疏斥之。會徐邈稱先生爲聖人，上大怒，遂斥邈，而命有司以光禄大夫稱使先生就封于荆。非宗廟償祀，未嘗召見矣。先生遂終于封而仕于郡國。其后皆盛族。

先生有四子，曰醉、曰醝、曰酘、曰醹，皆淳厚過于其父。其諸孫以十數，稍薄德父風矣。

初，先生既失寵，其交游多謝絶。惟吏部尚書畢卓、北海相孔融、彭城劉伯倫篤好如舊。融嘗上書極言先生之無罪，上益怒。融由此亦得罪。而伯倫又爲之頌。頌與書世多有，故不著。今掇其事之要者著于篇。

太史公曰：先生之名見于諸書亦衆矣，而未有至公之論也。譽之者，美過其情；毁之者，惡溢其真。若先生之激發壯氣，解釋憂憤，使布衣寒士樂而忘其貧，不亦薰然慈仁君子之致歟？孔子稱『有始有卒，其惟聖人』，至于久而多變，此中之庇，獨何致譏于先生？予幸得以郎從上祀汾陰，還過于甘，慨然想先生之風聲，而恨不及見也。反，爲傳以俟后之君之，得以覽觀，使不獨蒙惡聲。

譯文

《清和先生傳》說：

清和先生，姓甘名液，字子美。他的祖先原本出于后稷氏，有供人食物用的功勞。后來被抛弃，有時住在野外，就成爲田氏。田氏是大族，遍布天下。到夏朝末年世道衰敗，有神農氏的后代貪其資財，率領他的徒衆到田中把他們俘歸。田氏中那些倔强不投降與投降而不解甲的，都被罰爲城旦舂。幸賴公孫杵臼仁愛，審察他們罪行輕重，没有把他們全都敲碎，而將他們遷往陳倉，與麥氏、穀氏比鄰而居。田氏中罪行輕的還被罰爲白粲和鬼薪，因觸怒主管而逃到河内，又移居曲沃。曲沃的民衆都感化了。

曲沃這個地方近于甘，是古時甘公的采邑。所以清和先生生下來，就以甘爲姓。他開始在曹，后來受封于鄭。等長大后，器度恢郭，澄漉了也不使之更清，撓動了也不使之更濁。生性蘊藉自持，涵咏經籍。百家諸子之言，無不起源于此。孟子稱『伯夷清』『柳下惠和』，先生認自己既不同于伯夷，也不同于柳下惠，居于他們二者之間，具有他們二人的特點，因此自號爲清和先生。

士大夫喜歡和他交游。他們寫的詩歌曲引各體他作中，往往對他予以稱道，以至牧童馬夫、小民倡優之口，也對不對他進行稱羡。因此，他的名聲漸漸傳到天子那裏。有一天召見了他，和他交談終日。皇上對他仔細品味，喜歡他醇正，認爲可用來威服澆薄之徒，于是入了迷，以至不覺膝蓋伸到了前席。從此他屢屢被皇上召見，即使祭祀天地祖先、宴享賓客等禮節，他也無不作爲首要人員而參加。他一向與金城賈氏爲友、王卮子相善，皇上對二人也都予以禮遇。皇上每次召見清和先生，有關官員不用請示就帶二人一塊兒進見，皇上也絲毫不以爲怪。有時爲他奏樂，擺上豐盛的飯菜招待他。他非常高興，以至頭都没到杯案裏了。

先生既被皇帝寵遇，他的各支子孫出京擔任郡國太守的，到處都有。但他們都過分標榜自己，大多自己旌表門户以招來過客。他們是如此地喜歡自我標謗。他們中最有名而且名副其實的，只知有中山、宜城、若下、溢浦。這各支甘氏都是優秀子弟。只有住在魯國的一族最不肖，外行浮簿而不講蘊藉，終于招致齊、秦構怨而圍困了趙國的邯鄲。其余只要是有十户人家的村邑、百人以上的市集，都有先生這一族，都善于交結賓客。他們住的地方冠蓋相望，出入大叫，晝夜無節。交易所得之利，到處堆積。于是皇上懷疑他有濁行。有的小人乘間行賄，希望以此迎合皇上意旨。有一天，皇上問先生說：『你家門庭如市，這是爲什么呢？』清和先生回答說：『我家門首雖像集市，但我的心却像水一樣清白。』皇上嘆道：『清和先生，現在我相信你確實是清和的！』待他更加恩寵。

于是士大夫又開始和先生交游。凡鄉親、賓朋聚會，都說：『没有甘公，就不歡樂。』他到后，一就座全都傾倒，無不揭注。然而他遇事多不能自持，必須依靠别人斟酌才能行事。他常常自稱說：『賣了吧！賣了吧！我等着好價錢呢？』有人召請他，他也不擇來人貴賤，甚至僅有汲水的知識、斗筲的器量，只要有人虚心來求，他都從之如流。貧寒的布衣之士，只要和他一相遇，就感到比披上棉衣還温暖。袁紹統軍于河朔之間，派人來召先生，先生與鄭玄同至。當時正是盛夏，鄭玄與先生高談終日。坐客聽得悚然起敬，以至不覺得熱了。

先生與人交游，多隨其情性，能化解人的憂憤，激發人的膽氣。這就是所謂『能使你高興，能使你怪誕』吧？王公卿士如灌夫、季布、祖彬、李景儉等因與先生交往而得罪的人，不可勝數。先生性喜佛教，僧人們愛慕先生之道，往往偷偷到先生這裏(學道)。至于學道隱居之士，也多托迹先生以韜晦自己。而那些和先生相得甚歡的人，至于破家敗産也不后悔。因爲這個緣故，禮法之士對先生疾之如仇，如丞相朱子元、執金吾劉文叔、郭解、長孫登，都不喜歡先生，從不和先生交往。又因爲先生一族行世既久，多有半道變節，不能保持當初本色的，于是大家都讒毁他們說：『甘氏孽子，當初以奸詐得逞，終將以奸詐敗滅子。』過了很久，諫議大夫上書說先生本性不能自持，不具備大臣輔政應有的風範，長期安置在皇帝左右，恐怕會因虛文發言廢弃實事。從此皇上開始疏遠斥逐他。碰上徐邈稱先生爲聖人。皇上大怒，就貶斥了徐邈，并命令有關官員以光禄大夫的職分派先生到荆地受封。除非宗廟祭祀，他就從不被召見了，先生于是在封地度過一生而只任職于郡國了。他的后人都是盛族。

先生有四個兒子，名叫醉、醝、醮、醽，都比父親還要醇厚。他的孫子們數以十計，他們的德行就比父親稍爲澆薄了。

當初先生失寵以后，與他交游的人多謝絶來往了。只有吏部尚書畢卓、北海相孔融、彭城人劉伶仍和他友好如昔。孔融曾向皇上上書極力辯説行生無罪，皇上更爲憤怒。孔融由此也得罪于皇上了。而劉伶也爲先生作了一篇頌。頌和書世上多有，所以我不記載。現在我只是把清和先生一些重要的事情采集起來，寫在這篇文章裏。

太史公説：先生的名字見于各種書中已經多了，但却没有至爲公正的評論。贊譽先生的，稱美過于實情；攻擊先生的，指惡超過實際。例如先生激發壯氣，消解憂憤，使布衣寒士高興得忘了貧窮，這不也是『薰然慈仁』的君子所做的嗎？孔子稱『有始有終的只有聖人』。至于先生的久而多變，這是普通人生存的方式，爲何唯獨要對先生進行批評呢？我有幸以郎官身分隨從皇上到汾陰祭祀天地，回來路過甘，慨然想起先生的風範和聲譽，遺憾趕不上見到先生。回來后，作了這篇傳以留待后世的君子，讓他們得以觀覽(先生的風範)，以使先生不獨蒙惡名。

(六)《酒誡》

《酒誡》是中國歷史典籍中較爲全面的論述飲酒危害的論文。收在《抱樸子》卷二十四。

原文

抱樸子曰：

目之所好，不可從也；耳之所示，不可順也；鼻之所喜，不可任也；口之所嗜，不可隨也；心之所欲，不可恣也。故惑目者，必逸容鮮藻也；惑耳者，必研音淫聲也；惑鼻者，必茝(原注：昌紿切)蕙芬馥也；惑口者，必珍羞嘉旨也；惑心者，必勢利功名也。五者畢惑，則或承之禍，爲身患者。不亦信哉！

是以智者嚴隄括于性理，不肆神以逐物，檢之以恬愉，增

之以長算。其抑情也，劇乎提防之備決；其禦性也。過乎腐轡之乘奔。故能內保永年，外免釁亹也。

蓋饑寒難堪者也，而清節者不納不義之穀帛焉；困賤難居者也，而高尚者不當危亂之榮貴焉。蓋計得則能忍之心全矣，道勝則害性之事弃矣。

夫酒醴之近味，生病之毒物，無毫分之細益，有丘山之巨損。君子以之敗德，小人以之速罪。耽之惑之，鮮(原注：秘淺切)不及禍。世之士人，亦知其然，既莫能絶，又不肯節。縱心口之近欲，輕召灾之根源。似熱渴之恣冷，雖適己而身危也。

小大亂喪，亦罔非酒。然而俗人，是酣是湎(原注：音沔)。其初筵也，抑抑濟濟，言希容整，咏《湛露》之『厭厭』，歌在鎬之愷樂，舉萬壽之觴，誦溫克之義。日未移晷，體輕耳熱。夫琉璃海螺之器，并用滿酌，罰余之令遂急，醉而不止，拔轄投井，于是口涌鼻溢，濡首及亂，『屢舞躚躚，舍其坐遷』，『載號載呶(原注：女交切，喧也)』，『如沸如羹』，或爭辭尚勝，或啞啞(原注：烏格切，笑聲)獨笑，或無對而談，或嘔吐幾筵，或蹶良倡，或冠脫帶解。貞良者，流華督之顧眄；怯懦者，效慶忌之蕃捷；遲重者，蓬轉而波擾；整肅者，鹿踴而魚躍；口訥于寒暑者，綿揺常而譜聲；謙卑而不競者，悉褌瞻以高交。廉耻之儀毁，而荒錯之疾發；茸之性露，而敖佷之態出。精濁神亂，臧否顛倒。或奔走馬赴坑(原注：客庚切)穀，而不憚以九折之阪爲蟻封；或登危蹋頹，雖墮墜而不覺以呂梁之淵爲牛迹也。或肆忿于器物，或酗(原注：爲命切，酗酒)于妻妾，加枉酷于臣僕，用剡鋒乎六畜，熾火烈于室廬，掊寶玩于淵流，遷威怒于路人，加暴虐于士友。褻嚴主以夷戮者有矣，犯凶人受困者有矣。言雖尚辭，煩而叛理；拜狀徒多，勞而非敬。臣子失禮于君親之前，幼賤悖慢于耆宿之坐。謂請談爲詆詈，以忠告爲侵己，于是白刃抽而忘思難之慮，棒杖奮而罔顧乎前后，構澠血之仇，招大鬪之禍。以少凌長，則鄉黨加重責矣；辱人父兄，則子弟將推刃矣；發人所諱，則壯士不能堪矣；計數深克，則醒者不能恕矣。起衆患于須臾，結百痾于膏肓(原注：呼光切)，奔駟不能追既往之悔；思改而無自反之蹊。蓋智者所深防，而愚人所不免也。

其爲禍敗，不可勝載。然而歡集，莫之或釋。舉白盈耳，不論于能否，計瀝溜于小余，以稽遲爲輕己。傾匡注于所敬，殷勤變而成薄。勸之不持，督之不盡，怨色丑音，所由面發也。

夫風節府藏，使人惚恍，及其劇者，自傷自虞。或遇斯疾，莫不憂懼。吞苦忍痛，欲其速愈。至于醉之病性，何异于兹？而獨居密以逃風，不能割情以節酒。若畏酒如畏風，憎醉如憎病，則荒沉之咎塞，而流連之失止矣。夫風之爲疾，猶展攻治。酒之爲變，在乎呼吸，及其悶亂，若存若亡，視泰山如彈丸，見滄海如盤盂，仰嗅于墮，俯呼地隱，卧待虎狼，投井赴火，而不謂惡也。夫用身之如此，亦安能惜恭敬之禮，護喜怒之失哉！

昔儀狄既疏，大禹以興；糟丘酒池，辛癸以亡。豐侯得罪，以戴尊銜杯，景升荒壞，以三雅之爵；劉松爛腸，以逃暑之飲；郭珍發狂，以無日不醉。信陵之凶短，襄子之亂政，趙武之失衆，子反之誅戮，漢惠之伐命，灌夫之滅族，陳遵之遇害，季布之疏斥，子建之免退，徐邈之禁言，皆是物也。也人好樂之者甚多，而戒之畏之者至少。彼衆我寡，良箴安施。且願君子，節之而已。

曩者既年荒穀貴，人有醉者擁殺。牧伯因此，輒有酒禁。嚴令重申，官司搜索。收執榜(原注：薄行切，擊也)徇者相辱(當作屬)，制鞭而死者太半。防之彌峻，犯者至多。至乃穴地而釀，油囊懷酒。民之好此，可謂篤矣。余以匹夫之賤，托此空言之書，未如之可矣。又臨民者，雖設其法而不能自斷斯物，緩己急人，雖令不從。『弗躬弗親，庶民弗信』。以此而教，教安得行；以此而禁，禁安得止哉？沽賣之家，廢業則困，遂修飾賂遺，依憑權右所屬，吏不敢問。無力者獨止，而有勢者擅市，張壚專利，乃更倍售。從其酤買，公行靡憚。法輕利重，安能免乎哉？

或人難曰：

夫夏桀殷紂之亡，信陵漢惠之殘，聲色之過，豈唯酒乎？以其生患于古而斷之于今，所謂以褒姒喪周而欲人君廢六官，以阿房之危春而使王者結草庵也。蓋聞昊天表酒旗之宿，坤靈挺空桑之化，燎紫員丘，瘞埋圻澤，裸鬯儀彝，實降神祇酒爲禮也。千鐘百觚，堯舜之飲也；唯酒無量，仲尼之能也。姬理酒肴不徹，故能制禮作樂；漢高婆娑巨醉，故能斬蛇鞠旅。于公引滿一斛，而斷獄益明；管略傾仰三斗，而清辯綺粲；揚雄酒不離口，而《太玄》乃就；子圉(疑有誤)

醉無所識，而霸功以舉。一瓶之醪傾，而三軍之衆悅；解毒之觴行，而盜馬之屬感。消憂成禮，策勛飲至，降神合人，非此莫以也。內速諸父，外將嘉賓。『如淮』『如澠』，《春秋》所貴。由斯言之，安可識(當作誠)乎？

抱樸子答曰：

酒旗之宿，則有之矣。譬猶懸象著明，莫大乎日月，水火之原，于是正焉。然節而宣之，則以養生立功；且之失適，則焚溺而死。豈可恃懸象之在天，而謂水火不殺人哉？宜生之具，莫先于食；食之過多，實結症瘕，況于酒醴之毒物乎！

夫使夏桀殷紂，信陵漢惠，荒流于亡國之淫聲，沉溺于傾城之亂色，皆由乎酒熏其性，醉成其勢，所以致極情之失，忘修飾之術者也。我論其本，子識其末。謂非酒禍，禍其安出？是獨知猛雨之沾衣，而不知雲氣之所作，唯患飛埃之慘目，而不覺飆風之所爲也。千鍾百觚，不經之言，不然之事，明者不信矣。大聖人之异自才智，至于形骸，非能兼人，有七尺(當有誤)三丈之長、萬倍之大也。一日之飲，安能至是？仲尼則畏性之變，不敢及亂；周公則終日百拜，肴干酒澄，上聖戰戰，猶且若斯，況乎庸人，能無悔乎？漢高應天承運革命，向雖不醉，猶當斬蛇。于公聰達，明于所斷，小大以情，不失枉直，是以刑不濫加，世無怨民，但其健飲，不即廢事，若論太醉，亦俱無知。決疑之才，何賴于酒？未聞皋陶、甫侯、子產、釋之，醉乃折獄也。管輅年少，希當劇談，故假酒勢以助膽氣，若過其量，亦必迷錯，及其刺毫厘于爻卦，索鬼神之變化，占氣色以決盛衰，聆鳴鳥以知方來，候風雲而克吉凶，觀碑柏而識禍福，豈復須酒，然后審之？揚雲通人，才高思遠，英贍之氣，稟之自天，豈藉外物，以助著述？及其數飲，由于偶好，亦或有疾，以宣藥勢耳。子圉肆志，蓋已素定，雖復不醉，亦于終果。瓶醪悅衆，寓言之喻，誠能賞罰允當，威恩得所，長算縱橫，應機無方，則士思果毅，人樂奮命。其不然也，雖流酒淵，何補勝負？繆公飲盜，造次之權，舍法長惡，何足多稱哉？豈如慎之邪？

譯文

抱樸子說：

眼睛喜歡看的東西，不可聽從；耳朵樂于聽的東西，不可順從；鼻子歡喜嗅的東西，不可放任；口中喜歡吃的東西，不可隨從；心中所想要的東西，不可放縱。惑于視覺的人，必定追求治容華彩；惑于聽覺的人，必定追求妍音淫聲；惑于嗅覺的人，必定追求苣蕙芬芳；惑于味覺的人，必定追求佳肴美食；惑于欲望的人，必定追求 功名勢利。如果五方面都迷惑的話，就會遭受灾禍，陷身患難。這豈不可信呢！所以智者嚴格用性理來矯正自己，不隨心意追求物欲，用恬淡的愉悅來檢點自己，從長遠考慮着眼。他抑制感情，比堤防防備決水還要嚴格；他駕馭心性，比駕馬套壞了繮繩還要用力。所以能内保長生，外免爲禍釁所釁。

大概饑寒是最難忍受的，而節操清廉的人不接受不義的穀帛：窮賤是很難經受的，而品德高尚的人不接受亂世的尊榮。考慮對了，就會全守忍耐之心；道德勝了，就會抛弃害性之事。從酒醴的性味而言，它是一種生病的毒物，没有分毫的小益，却有大如山陵般的禍害。君子因爲它而敗德，小人因爲它而犯罪。耽溺迷惑于酒，很少不陷于禍亂。世上的士人，也知道這個道理，却既不能戒絶，又不肯節制。放縱心上和口中的一時欲望，輕視召來灾禍的根源。這就像熱渴之時放肆冷飲，雖一時適意，而身體却受到危害。

大大小小的動亂喪滅，也無非酒的緣故。然而世俗之人，却酣飲沉湎于它。在宴會開始時，他們還謙謹而富有威儀，言語不多，容貌整飾，咏着《湛露》篇的『厭厭夜飲』，唱着《魚藻》篇的『王在在鎬，豈樂飲酒』，舉起稱壽的酒觴，告誡自己要蘊藉自持。日影尚未移動，他們就開始覺得體輕耳熱。琉璃、海螺等做的酒器都酌滿了，剩酒被罰的令也就急了，大醉不止，不讓賓客離開，于是酒從口中涌出，從鼻中流出，喪失本性，陷于昏亂。『屢屢翩翩起舞，離開規定的座位』，『又號又叫』，『像煮沸了的開水一樣嘈雜』。有的争辯尚勝，有的啞啞獨笑，有的没聽伴而高談，有的嘔吐幾筵，有的傾倒踉蹌，有的脱冠解帶。禀性貞良的人，像華督一樣流露出好色的眼光；禀性怯懦的人，像慶忌一樣勇武迅捷；禀性遲重的人，像轉動飛蓬和翻滚的波濤一樣不安静；禀性嚴肅的人，像奔踴的鹿和跳躍的魚一樣躁動；連寒暄都不會的人，也拍着手唱歌；謙卑不争的人，也壯大膽子吹噓自己。廉耻之節被毁，荒錯之病發生；卑賤之性暴露，傲慢之態現出。精神濁亂，是非顛倒。有奔馳快馬赴身坑穀，而不怕危險，把九折的險阪看作蟻堆；有時登危巔、踏崩地，即使墜落下去，也不覺呂梁之淵的危險，只把它看作一個牛脚印。或者打砸器物泄憤，或者對妻妾撒酒瘋，或者對臣僕枉施酷刑，或者用利刃殺死六畜，或者用烈火焚燒居室，或者把寶玩投入水淵，或者對路人遷怒發威，或者對士友施加暴虐。褻瀆了尊貴的主人而招來殺戮的人有之，觸犯了凶人而遭受困辱的人也有之。(酒后)雖然能說會道，却煩瑣而悖理；雖然作出很多拜請之狀，却徒勞而不具敬意。臣下和子女在君主和父母跟前失禮；年幼身賤之人在中年老名宿身邊違逆傲慢。(醉人)把別人的清談當作謾罵，把別人的忠告當作侵害自己，于是白刃一抽而忘記考慮患難，棍棒一舉而不知思前想后，(結果)結下灑血之仇，招來殺頭之禍。(醉后)以少凌長，那么鄉黨就會加以重責；侮辱他人父兄，那么人家的子弟就會拿刀報復；揭露他人的隱私，那么壯士就不能容忍；計數酒籌過于嚴格，那么清醒的人就不能寬恕。在轉眼之間掀起各種禍患，使各種病患深結難改，即使奔馬也無法追回已往的悔恨，考慮改正而沒有自新之路。這是智者所深入防犯，而愚人無法避免的。

(酒)造成的禍敗，不可勝載。然而到歡聚的時候，却沒有人能放弃它。舉杯之聲盈耳，不管對方是否能飲酒，都計較點滴的殘留，認爲飲酒稍有遲緩就是輕視自己。盡出所有斟給所敬的人，結果殷勤之意反而變薄了。如果勸人飲而對方不持酒杯，督促人飲而對方不能飲盡，那么怨怒之色、丑罵之聲就由之產生了。

風邪侵入人的腑髒，使人精神恍惚。等到嚴重之時，患者自感傷心和憂慮。一旦遇到這種病，人們無不擔心害怕，吞下苦藥、忍受針灸之痛，希望早點治愈。至于酒的病性，與此有何差別呢？而人們只知身居密室以逃風邪，却不能割弃嗜欲節制飲酒。如果畏酒就像畏風，憎醉就像憎病，那私荒唐沉溺的毛病就會堵絶，樂而忘返的過失也會停止。風邪帶來疾病，人們還知道施展攻治。而酒對人造成的變故，在于呼吸之間，等到悶亂之時，覺得自己若存若亡，看着泰山如彈丸，看見滄海如盤盂，仰首大咸天墮，俯首高呼地陷，躺着等虎狼來吃，以至投井赴火，而人們却不以爲惡。人這樣對待自己，又怎能受惜恭敬之禮，回護喜怒之失呢！

從前儀狄一被疏遠，大禹就興起了；(而桀紂縱飲，造成)糟丘和酒池，桀紂就因之滅亡了。豐侯得罪，是因爲他放肆縱飲；劉表荒壞，是因爲他有『三雅』之爵；劉松爛腸，是因爲他有避署之飲；郭珍發狂，是因爲他無日不醉。信陵君的短壽，趙襄子的亂政，趙武子失去民衆，楚令尹子反被誅，漢惠帝喪命，灌夫滅族，陳遵遇害，季布被疏免，曹植被貶退，徐邈禁言語，都是因爲酒。世上人好酒樂酒的很多而戒酒的至少。彼衆我寡，我的良箴又有什么用呢？只願君子，能够節制。

往昔因年荒穀貴，人有醉了相互攻殺的。郡府官守們因這個原故，往往施行酒禁。嚴令重申，官府搜查。被收捕杖殺的人相連，被鞭撻而死的人占有大半。防範得越嚴，犯法的越多。以至于挖地洞釀酒，用油囊把酒揣在懷裏。人們喜歡酒，可以説够嚴重的了。我以一個匹夫的輕賤身分，依靠這種不起作用的文章，實則對此没有辦法。再説，統治民衆的人，雖然設下了法禁而自己却不能戒斷此物，對自己寬容而對别人嚴厲，那么即使他下了令，别人也不會服從。『你不親自實行，百姓們就不會相信你。』以這種(放縱自己的)態度進行教化，教化怎能施行？以這種態度施行禁令，怎能令行禁止呢？賣酒之家，廢了業就會陷于困境，于是裝飾財禮，依憑權貴親戚，執法之吏就不敢問罪。没有勢力的人就禁止住了，而有勢力的人壟斷市場，設置酒壚專利，更加倍價出售。官吏任他酤賣，公行不懼。法禁輕而獲利重，怎能免除呢？

有人詰難説：

夏桀殷紂的亡國，信陵君、漢惠帝的短命，是由于聲色之過，豈只是因爲酒呢？因爲古時造成了禍患而要求今天戒絶，這即是所謂由于褒姒使西周滅亡而要國君廢掉后宮，由于修阿房宮給原朝造成危害而要國君結草庵居住。我聽説天上標有酒旗星，紳靈明載空桑化酒之説。古時王者在圜丘燒柴祭天，在圻澤瘞繒埋牲祭地，用禮彝盛着郁鬯酒行裸禮，確實可以招降神祇，這都是酒作爲禮祭之物的意義。千鐘百觚，是堯舜的酒量；飲酒無量，是孔子的本事。周公旦酒肴不撤，所以能制禮作樂；漢高祖婆娑大醉，所以能斬蛇聚衆起義。于定國飲酒滿一斛，而斷案更加精明；管輅傾飲三斗，而清辯綺麗；揚雄酒不離口，而寫就《太玄經》；晉文公醉后無知，因此得成霸業。秦穆公將一鐘酒傾入黄河，而三軍士衆歡悦；解毒的酒一行，盗馬的人即受到感動。消除憂愁、完成禮節、策封功勞、降神合人，都離不開酒。對內招請父輩，對外迎請嘉賓，『有酒如淮』『有酒如

潿』的祝辭被《春秋》所貴重稱頌。由此看來，酒怎么能戒呢？

抱樸子回答說：

酒旗星，確實是有的。譬如天上懸象昭明，没有比日月更大的，水火的根源，即在于這裏。然而有節制地利用，就可以用他養生立功；若之失度，就會焚死和溺死。怎么可以倚恃懸象在天上，而說水火不殺人呢？宜于生活的東西，没有比食物更重要的了；如果吃得過了，腹中就會結塊。何况酒醴這樣的毒物呢？

使夏桀、殷紂、信陵君、漢惠帝荒唐流連于亡國的淫聲，沉溺于傾城的淫亂美色，都是由于酒熏壞了他們的本性，醉成其勢，所以招致極情的過失，忘了修飾的方法。我論的是根本，你認識的是表面。若說不是酒造成的禍害，那么禍害又是從哪裏出來呢？這就如只知道雨可以沾濕衣服，而不知雨是由雲氣所產生的；只擔心飛塵撒進眼中，而不知飛塵是由飆風所造成的。『千鐘百觚』，這是經書上没有記載的話，没有這樣的事，明白的人不會相信。聖人异于常人之處在于他的才智，至于形骸并不能超過常人，有三丈之長、萬倍之大。一天所飲，怎會有這么多？孔子擔心本性變化，不敢及于亂；周公整天百拜，(無暇飲食，以至)肴都干了，酒都澄了。最上的聖人持身謹慎，猶且到這樣地步，何况庸人，能没有悔悟嗎？『漢高帝應天承運，革秦興漢，那回即使不醉，也會斬蛇。于定國聰明睿達，明于聽訟斷案，小大之案都據實審理，不失于寃枉，所以刑不濫施，世上没有怨民。只因他天生健飲，不會耽誤治事，如果太醉，也會同樣無知。判决疑案的才能，有何依賴于酒呢？没有聽說過皋陶、甫侯、子產、張釋之，醉后才能審案。管輅年少，很少遇上暢談，所以借酒壯膽，如果超過飲量，也必然會迷亂。至于他從爻卦中探詢毫厘之异，求索鬼神變化之迹，占候氣色斷定一個人的命運盛衰，聽見鳥鳴而知將來，占候風雲而改變吉凶，觀看碑柏而預知禍福，這些難道也須酒才能審定嗎？揚雄是一個學識淵博的人，才高思遠。他才能突出豐美，這是天生具備的，豈要憑借外物來幫助著述呢？至于他經常飲酒，這是由于偶然的嗜好，也許他有病，有酒來疏散藥勢罷了。晉文公得志于天下，大概已命中注定，即使他不醉，最終也會成功。(穆公)用一瓶酒(倒在河中)感悅士衆，這是寓言家的比喻。如果國君確實能做到賞罰恰當，恩威合適，大膽進行長遠謀劃，隨機應變而不死守陳規，那么士卒就會果敢堅毅，人民就樂于奮力效命。如果不是這樣，即使把酒流成淵潭，對勝負又有何補？穆公讓盗賊飲酒，這是倉促之時的權宜之計，違背法度，助長邪惡，有什么值得稱贊的呢？還是謹慎一些吧！

第二節　歷代酒政輯要

(一)禁酒政策

隨着夏商時代農業生産的發展和剩余糧食數量的增加，酒的釀造和消費量也不斷擴大。除了主要用于祭祖敬神外，貴族飲酒的風氣日盛。《資治通鑒》在論述夏朝最后一個國王桀時，說他『作瑶臺、罷民力、殫民財，爲酒池糟堤，縱靡之樂，一鼓而飲者三千人。』由于他沉湎酗酒，不理朝政，被商湯放逐，因而酗酒成了桀亡國的罪狀之一。無獨有偶，六百年之后，商紂王比夏桀有過之而無不及，一無忌憚，朝綱不整，結果商朝被西周取而代之。

雖說一個王朝的興衰，原因是多方面的，但是像末代君主酗酒而不思振作的現象則更容易引起人們的注意。所以，鑒于以往歷史的教訓，西周統治者一上臺就 特別强調酗酒之害，竭立推行一條限制酒類生産與消費的政策，這就是中國歷史上最早把酒類政策形之于法令的開端——后人將其稱之爲『禁酒政策』。

西周時期的禁酒政策見于《尚書·酒誥》，其文曰：

『商受酗酒，天下化之。妹土商之都邑，其染惡尤甚，武王以騏地封康叔，故作書 誥教之雲：

王若曰：明大命于妹邦。乃穆考文王，肇國在西土。厥誥毖遮邦遮士。越少正禦事，朝夕曰：「祀茲酒」。惟天降命，肇我民，惟元祀。天降威，我民大亂喪德，亦罔非酒惟行，越小大邦用喪，亦罔非酒惟辜。文王誥教小子，有正有事、無彝酒。越遮國：飲惟祀，德將無醉。惟曰我民迪小子惟土物愛，厥小臧。聰聽祖考之遺訓，越小大德，小子惟一。妹土嗣爾股肱純，其藝黍稷，奔走事厥考厥長。肇牽車牛，遠服賈用，孝養厥父母。厥父母慶，自洗腆致用酒。遮士有正，越遮伯君子，其爾典聽朕教。爾大克羞者惟君，爾乃飲食醉飽。丕惟曰爾克永觀省，作稽中德爾尚克羞饋祀，爾乃自介用

逸。茲乃允惟王正事之臣。茲亦惟天若元德，永不忘在王家。王曰：封，我西土棐徂，邦君御事小子，尚克用文王教，不腆于酒，故我至于今，克受殷之命；王曰：封，我聞惟曰：在昔殷先哲王，迪畏天顯小民，經德秉哲。自成湯咸至于帝乙。成王畏相惟御事，厥有恭，不敢自暇自逸。矧曰：其敢崇飲，越在外服，侯甸男衛邦伯；越在內服，百僚遮尹，惟亞惟服宗工，越百姓里居，罔敢湎于酒，不惟不敢，亦不暇。惟助成王德顯，越尹人祇闢。我聞亦惟曰：在今后嗣王酣身厥命，罔顯于民祇，保越怨不易。誕惟厥縱淫于非彝。用燕喪威儀，民罔不衋傷心，惟荒腆于酒，不惟自息乃逸，厥心疾很，不克畏死，辜惟民怨，越殷國滅無罹，弗惟德專馨香祀，登聞于天，誕惟民怨，遮群自酒，腥聞在上，故天降喪于殷，罔愛于殷，惟逸。天非虐，惟民自速辜。王曰：封，予不惟若茲多誥。古人有言，曰：人無于水監，當于民監，今推殷墜厥命，我其可不大監撫于時。予惟曰：汝毖殷獻臣，侯甸男衛，矧太史友，內史友，越獻臣百宗工，矧惟爾事，服休服采，矧惟若疇圻父，薄違、農夫，若保宏父，定闢。矧汝剛制于酒，厥或誥曰，群飲，汝勿佚。盡執拘以歸于周，予其殺。又惟殷之迪諸臣，惟工乃湎于酒，勿庸殺之，姑惟教之。有斯明享，乃不用我教辭，惟我一人弗恤、弗乃事，時同于殺。王曰：封，汝典聽朕毖，勿辯乃司民湎于酒。

這篇長達六百七十二個字的誥文，對今天的人來說自然顯得古奧而難懂。誥中提到的妹土，原是商朝的舊都，酗酒之惡習尤甚。康叔受封于妹土，始有《酒誥》之作。誥中周公以成王之命反復告誡康叔：酒只能在祭祀時用之，不能常飲。官員們到所治衆國飲酒 也不要至醉。酗酒會喪德亂行，邦國因此而覆亡，周之代商就是因爲不厚于酒。要禁止民衆群飲，不聽命令的收捕之、勿令佚失，盡拘送京師，將擇其罪重者殺之。商族諸臣衆官蹈惡習日久，沉湎于酒，可姑先給以教育，勿用法殺之。要常聽從教誡，慎而行之，勿使主民之吏沉湎于酒，叫他們正身，以爲民表率。很顯然，周王朝實行禁酒政策的目的在于防(酗酒)患于未然，制于酒和湎于酒被提到邦國興亡的高度來認識，可見西周統治者對禁酒一事之重視。

在這一政策的指導下，周王朝頒行了一系列具體措施。《周禮·秋官·萍氏》說『萍氏掌國之水禁幾酒、謹酒。』所謂幾酒

『苟察治買過及非時者，』所謂謹酒『使民節用酒也。』《周禮·地官》又説：司虣『掌憲市之禁令，禁其鬥嚚者，與其虣亂者、入者、相陵犯者，以屬游飲食于市者；若不可禁，則搏而戮之。』這段話的意思是，管理市場的官吏有義務負責稽察飲食，凡是聚衆而群飲者必須予以禁限，禁令不聽者格殺勿論。周王朝爲了力行禁酒政策，在中央亦設酒正、酒人等職具體負責酒的生産和使用，嚴格控制酒的消費。周朝的禁酒政策對后世影響頗大，被賢儒聖哲們稱頌爲處理酒政策的典範。并常以此來反對后世實行旨在攫取高額酒利的榷酒政策。

如果説周代的禁酒政策的着眼點在于規勸社會風氣的話，那么周代以降的禁酒政策，除了繼承這一傳統外，又與糧食生産緊密地結合起來，這就有着更爲深刻的社會經濟方面的意義。

秦律規定『百姓居田舍者，毋取(沽)酉(酒)，田墻夫、部佐謹禁禦之，有不從令者有罪。』(《睡虎地秦墓竹簡》)這裏明確規定住在鄉村中的農户，不得用剩余糧食釀酒。

漢文帝時爲了節約糧食曾下詔禁止釀酒：『間者數年比不登，又有水旱疾疫之灾，朕甚憂之……夫度田非益寡而計民未加益，以口量地其于古猶有余而食之，甚不足得，其咎安在？無乃百姓之從事于末以害農者，蕃爲酒醪以靡穀者，多六畜之食焉者……戒爲酒醪以靡穀。』(《漢書·文帝本紀》)

北魏文成帝太安四年始設酒禁，『是年穀屢登，士民多因酒致酗訟，或議主政，帝惡其若此，故一切禁之。釀、沽、飲皆斬之，吉凶賓朋則開禁』。(《魏書·刑法志》)從這條記載可以看出，北魏文成帝設酒禁的原因與西周文王禁酒的原因相彷，但采取的禁酒措施却比西周嚴厲得多。

唐朝高祖武德年間亦因糧食欠收而下詔禁止釀酒。其詔曰：『酒醪之用，表節制于歡娱，芻豢之滋，至肥苦予豐衍。然而沈湎之輩，絶業亡資，惰窳之民聘嗜奔欲，方今烽遂尚警，兵革未寧，年數不登，方肆踴貫，趨末者衆，浮冗尚多，肴羞曲蘗，重增其費，救弊之術，要在權宜關諸州官民，其斷屠酤。』(《册府元龜》)

至元朝，特别是世祖忽必烈之后，農業生産凋弊，灾荒時有發生，故爾爲節約糧食而頒布的禁酒詔令，其次數之多，居于各朝之冠。元十四年三月『以冬無雨雪，春澤未繼，遣使問便民之事。』大臣對曰：『足食之道，唯節浮費靡穀之多，無醪醴曲蘗，況自周漢以來，嘗有明禁，祈賽神社費亦不貲，宜一切禁止，從之。五月癸已申嚴大都酒禁，犯者籍其家貲，散之貧民。』（《元史·世祖本紀》）元二十八年三月己亥，『太原饑，嚴酒禁』（同上）『大德五年，冬十月丙戌，以歲饑禁釀酒』（《元史·成宗本紀》）延 元年春正月，興元、鳳翔、徑州、州歲荒，禁酒。十二月壬午汴梁、南陽、歸德、汝寧、淮水敕禁釀酒。（《元史·仁宗本紀》）

明朝的酒政是比較寬松的，對酒的釀銷采取放任自流的稅酒政策。但明太祖朱元璋在建立明王朝以前，因糧食不足，曾經禁過酒，至正二十六年（一三六〇年）二月，朱元璋在所統治的地區發布詔令：『余自創業江左十有二年。軍國之費，科征于民。效順輸賦，固爲可喜，然竭立田畝，所出有限，而取之過多，心甚憫焉，曩因民間造酒，靡費米麥，故行禁酒之令。今春麥價銷平，頗有益于民，然非塞其源而欲遏其流，不可也。今歲農民毋種糯米以塞造酒之源。欲使五穀豐積而價平，吾民得所養，以樂其生，遮幾養民之實也。』（《續文獻通考·征榷四》）

清朝禁酒與前代不同，禁酒主要是禁燒酒，『黄酒本無禁令』，不似前代禁限所有酒類的生産，方苞說：『自聖祖仁皇帝以來，無歲不詔禁燒鍋。』清朝禁燒酒的原因，主要是避免浪費糧食『以裨民食』；康熙朝，國家剛步入社會安定，經濟好轉之時，各地土豪富室即宴飲不斷，用大量糧食釀酒，不少貧民本屬食難裹腹，却也受嗜酒釀酒之風的影響設鍋造酒。所以康熙皇帝諭令：『蒸造燒酒，多費米穀』，必須『嚴行禁止』。康熙三十七年（一六九八），糧米素豐的湖廣、江西的米價也騰貴起來，經過調查才發現是『靡費于無益之事……酒乃無益之物，耗米甚多』，康熙皇帝不得不再次頒諭：『著令嚴禁，以裨民食』，從釀酒用糧比例看，生蒸制一斤燒酒，用糧約二斤，每蒸制一斤曲酒，用糧約三斤半，其耗糧量確實很大。在清初全國糧食尚不豐裕之時，耗費大量糧食釀酒，不得不使清朝皇帝首先從滿足民食，保證社會安定這一大局出來考慮禁酒問題。直到乾隆二年（一七三七），國家已富裕，乾隆皇帝仍然感到有禁酒的必要。他說『養民之政策多端，而莫先于儲備。所以使粟有余，以應緩急之用也。夫欲使粟米有余，必先去耗穀之事，而耗穀之尤甚者，則莫爲燒酒……今即一州，一邑而計之，歲耗穀米，少者萬余石，多者數萬石不等』。

總的說來，禁酒政策自問世以后到清末，隋、兩宋而外，其它朝代都不同程度地實行過。但是實行的時間都不長，長者數年，少者數月，并且範圍也多限于局部地區，很少在全國通行。

(二)榷酒政策

榷酒政策始于漢武帝天漢三年(前九十八年)二月。有關榷酒的『榷』字，《漢書·武帝紀》『初榷酒酤』的注是這樣說的『如淳曰：榷音較，應助曰：縣官自酤榷賣酒，小民不復得酤也。韋昭曰：以木渡水曰榷，謂禁民酤釀，獨官開置，如道路設木爲榷，獨取利也。師古曰：榷者步渡橋，《爾雅》謂之石杠，今之略彴是也，禁閉其事，總利入官，而下無由以得，有若渡水之榷，因立名焉，韋說如音是也。酤，音工護反，音酌』。《說文解字》卷六木部說『榷，水上橫木，所以渡者也，以木聲』。從諸家的注釋看，榷字的本意爲獨木橋，具有獨占的含義，日本學者加藤繁博士據此作了進一步考證之后說『榷就是獨木橋，只可以渡一個人，兩個人不能并排渡過去。這和禁止人民制造販賣酒，由官獨賣恰巧相似。因此，就借用了這個字，用作酒的專賣的意思……榷，就是一手承辦買賣，不使別人參與，壟斷它的利益的意思。』(《中國經濟史考證·關于榷的意義》)。可見，榷酒即是酒類專賣的古代術語，其實質說穿了就是只許州官放火，不許百姓點燈，由封建國家控制或壟斷酒的生產和流通領域，禁止一切非官府允許之外的釀酤行爲，以便國家獨享榷酒之利。

榷酒和禁酒是兩種完全不同的政策。在私釀酒的條件下，灾年節約糧食消耗，只能靠行政命令來禁酒。實行榷酒，就是由官府根據糧食生產的豐歉來調節酒的生產和消費。而禁酒則是要官私皆禁，取締一切釀銷行爲，甚至連釀造工具都不准保存。《三國志·簡雍傳》記述了一個滑稽的故事，就很能說明問題：『時天旱禁酒，釀者有刑。吏于人家索得釀具，論者欲令與作酒者同罰，(簡)雍與先主(劉備)游觀，見一男女行道，謂先主曰：「彼人欲行淫，何以不縛，」先主曰「卿何以知之」，雍對曰「彼有其具，與欲釀者同」，先主大笑而原欲釀者』。

當然，禁酒與榷酒也有相同點，當榷酒的宗旨不在于爲了增加財政稅收，而是爲了節約糧食和減輕酒害，政府有意控制酒的釀銷，采取高價政策，這時榷酒的主導思想與禁酒是一致的。

榷酒政策在漢代實行的時間并不長，到昭帝時只實行了十七年便在文學賢良的反對下停止。王莽時期曾一度恢復，也不過十四年的光景。雖然在漢代實行榷酒政策前后只有三十余年，但對后世的酒業政策產生了深刻的影響。從唐朝德宗建中三年『初榷酒』(《舊唐書·食貨志》)開始，直到宋、遼、金、元都繼承了這一政策，故清朝人有『歷代榷酤無如宋元之重者』(《陔余叢書》)之説。明代基本上没有實行榷酒政策，清代亦然。民國時期實行官督商銷的『公賣制』，實質上它是一種專賣的變通形式，民國歷屆政府大都發布有與烟一道『公賣』的法律條款。新中國成立后，爲了穩定社會主義統一市場，把原先曾在各解放區實行的酒類專賣制度推向全國。一九五一年五月十三日中共中央批准中央財委提出的酒專賣方針，并由中央人民政府財政部制定《專賣事業暫行條例草案》。一九七八年國務院批轉商業部、國家計委、財政部關于加强酒類專賣管理工作的報告，重申『加强酒類專賣管理對于鞏固社會主義統一市場陣地，節約糧食，保證國家財政收入關系極大，并要求各地『切實加强管理，堅决取締一切非法活動，進一步把酒類專賣管理工作做好。』

榷酒制度初創于漢代，在先后實行榷酒三十余年中，其制度的發展，武帝時期與王莽時期所不同。武帝時期，没有專職掌管榷酒的官員，酒榷之事由負責財政的官員兼任，對于商品酒生產的管理采取兩種形式，一是由官府經營的作坊和宮廷作坊直接生產、并開店銷售，這種由國家完全控制酒的生產領域和銷售領域的榷酒形式，稱作完全專賣(或稱直接專賣)。二是國家不控制生產領域，只對銷售領域進行嚴格的管理，生產領域交由私營工商業經營，但酒生產出來之后，私營酒作坊不得上市出賣，而是交由官府屬吏，在官府開設的酒店裏出賣，即所謂『吏坐市列，販物求利』。(《漢書·食貨志》)這種國家只壟斷銷售，而不壟斷生產的榷酒方式，是不完全專賣(或稱局部專賣)。

王莽時間，酒榷政策重新復活，榷酒制度也有新的發展。王莽在實行酒類專賣的過程中，設置了專職榷官——酒士。具體督責全國各郡縣的酒榷事宜，『郡一人，乘傳轉督酒利』。比武帝時的交郡縣代辦，控制的更爲嚴密。榷酒的方法是：

『令官作酒以二千五百石爲一均，率開一壚以賣，五十釀爲准，一釀用粗米二斛、曲一斛，得成酒六斛六斗，各以其市月朔米曲三斛，并計其賈而叁分之，以其一爲酒斛之平。除米曲本賈，計其利而什分之，以其七入官，其二及醋截灰炭給二器薪樵之費』。

這段引文的大意是：每月以二千五百石爲一均，作爲一個規定地區出售的標准量，酒店分銷每家(墟)每月以五十釀爲准。粗米二斛、曲一斛的價格總和，除以三，即爲一斛酒的平價，由是一釀酒的原料價格于三斛酒的價格，釀酒成本的比例是七比三。這種榷酒形式用《文獻通考》的作者馬端臨的話來説，就是『官自釀酒賣之』，屬于直接專賣。

唐宋時期，榷酒制度獲得了極大發展，特别是到了宋代，其制度之細致完備，是中國古代史上所僅見的。唐朝在建中三年開始正式榷酒，直到唐朝滅亡，連續未斷。唐朝的榷酒形式有以下四種：

一是繼承漢代的作法，『官自釀賣之』，建中三年的詔令説，『天下悉令官釀，斛收直三千，米雖賤，不得減二千委州縣綜領，灕薄私釀，罪有差』。(《舊唐書·食貨志》)由這道詔令可知官府設店出賣官酒，官訂的專賣價格爲每斛三千文，即使原料再便宜亦不得低于二千文，專賣業務的經營由各州縣政府具體負責，民間有私釀薄酒以謀利者，須量罪懲處。

二是特許酒户專賣。酒户是從事釀造、銷售酒類的專業人家。在榷酒政策之下只有得到官府認可，并按照政府規定的數額交納酒課，才可以釀造賣酒，否則將被視作非法，這與税酒政策下的酒户不同。税酒時，不論誰爲酒户只要按章納税即獲得釀賣權，至于如何生産，銷售多少，官府是不限制的，而榷酒時的酒户除了官府特許『定户店等第，令其納榷』外，賣酒還需在官府規定的銷售區内進行。唐代酒户可以免除負擔雜徭，但交納的酒課額却很重，大致按每出售一斗酒繳納一百五十文的比率征收。爲了保障政府酒課收入，有時政府還向酒户提供部分生産資料，幫助其進行正常生産和銷售。

三是榷酒錢。榷酒錢是指將榷酒時期官營酒店和特許酒户賣酒上交政府的酒課數額均入賦税之中，由所有納税者均攤的一種榷酒方式。征納榷酒錢的辦法是『許令百姓自取酤，登舊額，仍許人兩税，隨貫均出，依舊例折納，輕貨送上都』。(《册府元龜》卷五百零四)，據此可知，榷酒錢的征收對象是全體普通人户，各户在繳納榷酒錢的同時被允許私釀私酤，一個地區所應繳納的榷酒錢數額，視該地區官酤舊額而定，然后將其舊額攤配于衆民户。總之，榷酒錢的形式雖表現爲賦稅，但就其內容而言，仍然代表專賣收入，所以稱之爲『專賣稅』。據日本學者日野開三郎的研究，榷酒錢的征收機構是和州縣兩稅征收機構相一致的。

四是榷曲。榷曲顧名思義是政府對酒曲的銷售實行獨立經營。百姓從官府買得酒曲之后，即可自行釀酒沽賣。他們按照官府所定的價格支付曲值，便等于繳納了酒稅，因此，榷曲乃是寓稅于價的酒類專賣法，所不同的是榷曲以對酒的部分原料實行專賣代替對酒本身實行的專賣。榷曲的範圍一般位于交通要道之處，或商品集散地。

對于上述四種榷曲形式，唐政府設有榷曲務進行統一管理，已故唐史專家鞠清遠先生認爲，『擔負榷酒或榷曲任務的官吏，大概都有衙門，稱之爲榷酒務。』(《唐史財政史》)

宋代是中國歷史上唯一自始至終實行榷酒制度的封建王朝。因此，它的榷酒制度在繼承唐代的基礎上趨于細致完備。宋代榷酒形式在全國通行的有三種，即官監酒務(酒庫)、特許酒户和買撲坊場，在局部地區還曾實行榷曲、四川隔釀法和萬户酒制等形式。在這六種形式中，特許酒户制和榷曲制在制度上與唐代實行的相類似，但實行的範圍明顯縮小，萬户酒制在宋代雖說習俗各异，較爲復雜，但主要內容與唐代的榷酒錢相近。不同的是官監酒務和買撲坊場自有特點。

官監酒務，宋代官府在州、郡一級設置釀賣酒曲、征收酒課的機關稱作都酒務，縣一級謂之酒務，這顯然是繼承唐代的作法。據史載，北宋中期全國有酒務一千八百六十一個。馬端臨所謂『諸州城內皆置務釀之』，但酒務的分布不僅限于大中城市，甚至在很偏遠的鄉村也設有酒務，如記述現今寧波的方志《寶慶四明志》所載『林村酒務，桃源鄉，去縣三十里』，『小溪酒務，勾章鄉，去縣四十里。』即爲佐證。

酒務設有二種性質的監官，一種是專掌酒榷的行政管理人員，監管釀酒生產過程，另一種是專督酒課的官吏，由他們負責征收酒稅。宋代官府賣酒的主要形式與漢唐相同，由地方官府自己設立酒樓、酒店(肆)出售。

宋代由于商品經濟發達，因而以官府酒店(樓)爲軸心，在各地形成了批發零售的商業網點，即允許私商小販或特許的酒户在官府設立的酒庫、酒樓取酒分銷，借以擴大酒的銷售，這些私商小販或特許的酒户，當時被稱爲『脚店』、『拍户』或『泊户』。張端義《貴耳集》有這樣一段記載：

袁彦純尹京師，專留意酒政，煮酒賣盡，取常州宜興縣酒，衢州龍游縣酒，在都下賣。御前雜劇三個官人，一曰京師，二曰常州太守，三曰衢州太守，三人争座位，常守讓京尹，曰：豈宜在我兩之下，衢守争曰：京尹合在我兩州之下，常守問何雲有此説，守雲，他是我兩州拍户，寧廟亦大笑。

這詼諧的喜劇小品反映出取酒分銷的拍户，在宋代是極爲普遍的事情。北宋首都東京(開封)城内的白礬樓每日批發三千户零售。其批發零售的數量和規模是可以想見的。

南宋初期由于對金作戰，軍費開支劇增，于是各種以贍軍爲名目的酒庫如雨后春笋般地建立了起來，其名目爲贍軍酒庫、贍軍激賞酒庫、贍軍犒賞酒庫、回易酒庫、公使酒庫等。酒庫一般直隸户部或官府諸司。軍隊直接經營酒庫是南宋榷酒制度中的一大特點，像抗金名將岳飛、韓世忠所部就分别經營着十數個酒庫。

酒庫是一個釀造、批發的機構，有不少的拍店和脚店從這裏批發酒來零賣。一個酒庫一年使用數百萬乃至上千萬個酒瓶，因而在酒庫附近設有瓷窖，專門燒造供酒庫使用的酒瓶。

南宋的酒庫與現代酒廠在形式上已頗相似，酒庫通常有倉庫區、生産區、貯酒區、官吏、酒工酒匠宿舍區，還有專門的辦公區。如《景定建康志》所載開慶元年重建公使酒庫的内部構造是：『若外若内，一撤而新，大門、公廳皆北向。廳之后，則酒官便室也。門之前，則神宇、吏舍也。周遭于其左，則曲米物之，七榷三色棧之庫也，又附以碓米之屋，綿亘于其右，則列竈、攤饋之場，醅酒供筵棧之庫也。而又加以滌器、浸米之所，若井亭、若糟池，規創具備，惟聯屬于后，名醅者，因舊而葺爾，爲屋凡七十間』。據此可知宋代酒庫的規模已相當可觀。

買撲坊場買撲，是宋代經濟生活中的新生事物。在宋代因其社會生産的發展，廣泛地存在于經濟領域。買撲也稱撲買，有關撲字的含義，前人釋爲『争到日撲』或『手相搏曰撲』。《辭源》據孟元老《東京夢華録》記載的『關撲』之意釋爲下注以搏的賭。可見『撲』具有競争、搏鬥、下注以角勝負之意，那么據此稱買撲，不外乎是承買者相互出價顯于賣主之前，似力士相撲、角逐勝負之意。

買撲坊場的性質實則是一種包税制，這裏的坊場指的是酒坊酒場。其方法是先由有資産作抵押能力的包税人，與官府簽定一個契約。承包通常以三年爲一期(當時稱作界)承世期間包稅人即獲得釀賣權，其他人不得插足，不過包稅人要按契約規定的酒課額，按期向官府交納酒稅，若不能如期交納，將受到罰款處置，包稅人經營坊場，因管理不善出現虧本或破産，則將其抵押的資産沒收充公。后來買撲坊場法又有新的發展，出現類似于現今投標法的實封投狀法。

這種方法規定，買撲人先在密封的投狀中，標出自己承包的價格，官府在衆多的投狀中選擇標價最高的一家與之簽約。北宋時期經營酒坊的撲户，以豪民大户爲主，南宋時期，軍隊和官府亦以買撲者的身份承包買撲坊場，這是宋代出現的一種新的經濟現象。

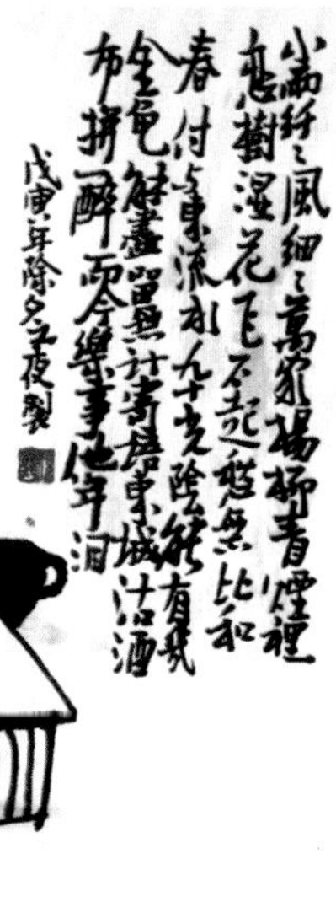

在宋代，政府爲了保障官酒課的收入，以立法的形式，嚴格地劃分官酒禁地，即有京師、諸道州府所在城和鄉村酒場所在地(範圍一般在周圍數十裏及十數裏地不等)等規定的銷售區。相互不得過界超越，同時禁地之內，一般不允許民户私釀沽賣，形成別無分店，只此官府一家的局面，這是宋代榷酒的一大特征。

遼朝和金朝也實行榷酒政策，其制度多仿照宋朝舊制。(《金史·食貨志》)元代前期曾嚴格實行榷酒制度，據《元史·食貨志》載：『元之有酒醋課，自太宗始，其后皆著定額，爲國賦之一焉，利之所人亦厚矣。初，太宗辛卯年立酒醋務坊場官，榷沽辦課仍以備州府司縣長官充提點官，隸征收課稅所，其課額驗民户多寡定之』。其方法也多沿襲宋朝的作法，無新的建樹。

民國初期，北洋軍閥政府實行官督商銷的酒類公賣制，其作法是由公賣分棧或支棧監督商人買賣酒類的活動。酒的銷售由公賣局核計其成本利潤及酒稅厘捐、體察産銷情況，酌定公賣價格，每月公布，通告各棧執行。商店出售酒類時，均須于包裝和盛儲器具上分別貼用公賣局印照，方准出售。民國時期的酒類政策，雖名稱公賣，但其實質與宋代買撲坊場法相近，是一種商專賣。

既然榷酒的宗旨在于政府獨占酒利，因而爲了保障政府獨占酒利，國家制定法律禁止私釀私販就成爲榷酒制度的重要組成部分。禁限私酒通常包括兩個内容，一是以立法的形式禁止政府特許之外的釀沽行爲，二是緝察打擊業已出現的私酒活動。有關禁限私酒的法律條文，漢唐時代留下的文獻記載較少，已很難窺其全貌，不過從元稹爲薛戎作的碑文中的一段話：『所部郡皆禁酒

（這裏指禁私釀），官自爲壚，以酒禁生死者，每歲不知數』，足見唐代禁榷立法之嚴厲。唐宣宗會昌六年九月詔中規定：『宜從今以后，如有私釀酒及置私制曲者，但許罪止一身，并所由容縱，任據罪處分，……其所犯之人，任用重典，兼不得没入家産。』（《舊唐書·食貨志》）私酤酒，私置曲者，仍用嚴刑，惟連帶抄家之法廢除，這就已經算是新君登基時的寬大之政了。

五代繼承了這個傳統，如后漢規定，凡犯鹽曲者不計斤兩多少，并處極刑。后周廣順二年雖詔改鹽曲法，但鹽曲犯五斤以上也都重杖一頓而處以死刑。宋朝不僅立法嚴格，而且條款細致。建隆二年（九六一）頒『貨造酒曲律』規定『犯私曲至十五斤，以甜酒入城至三鬥者，始處極刑，余論罪有差，私市酒曲者，減造人罪之半』，翌年『再下酒曲之禁，凡私造差定其罪——城廓二十斤，鄉閭三十斤，弃市，民持私酒入京城五十裏，西京及諸州城二十裏者，到五鬥者死，所定裏數外，有官署沽酒而私酒入其地，一石弃市。』宋太祖乾道四年（九六六年）再下詔『減輕刑罰：凡至城廓，（曲）五十斤以上，鄉閭百斤以上，私酒人禁地二石、三石以上，至有官署處四石、五石以上者，乃死。』（《宋史·食貨志》）就上述立法量刑變化而言，顯然有遞減的趨勢，但是實際上仍然是很嚴酷的，一條人命還抵不上五十至一百斤曲，或三至五石酒的價值。有的官吏如王嗣宗在榷酤門量上，上疏建言給人超生，已算是不傷深峻的寬政而被載入史册了。他上言：『（潼州）榷酤門量較以省門不及三升。法，釀者三石以上坐死，有傷深峻，臣恐諸道率如此，望詔自今并准省門定罪。』（《宋 史·王嗣宗傳》）

金朝因襲宋朝舊制，也有嚴酷的禁私酒法，金世宗大定三年詔嚴禁私釀：『宗室私釀者以轉運司鞫治，省奏中都酒户多逃，以故課額愈虧，上曰：此官不嚴禁私釀所致也，命設軍人隸兵馬司，同酒使副合千人巡察，雖權要家亦許搜索。奴婢犯禁，杖其主百，且令大興少尹招復酒户』。（《金史·食貨志》）

元朝在太宗六年『頒酒曲貨條禁』『私造者依條治罪』。（《元史·食貨志》）

爲了貫徹執行禁私酒法，還采取相應的緝私措施，宋代官酒務就設有『酒巡』『酒務脚子』等專門緝私酒的組織，此外，各地州縣尉、巡檢、監押等也兼有緝查私酒的義務。宋代人説官府緝私酒比防範『盜賊』還殘暴，這話説得一點不錯。南宋大理學家朱熹在彈劾唐仲友的奏狀中提到一件事，説臨海縣長樂鄉富户沈三四因天旱雇人工車水，用家釀白酒招待雇工，這件事被臨海縣酒務脚子楊榮等人知曉后，遂派出三條船來到沈三四家捉酒，盡管沈三四一再分辯自己没有違法賣酒，但楊榮等人不由分辯，捉押沈三四并『將各家衣物搬去拷打，抑令供認，罰錢三百八十貫』，最后以在州界禁地内賣酒的罪名，『徒罪斷遣』(《晦庵集》卷九)雖然這件事的真正緣由是酒務吏完不成規定的酒課額而尋找『補趁課利』，但也反映出宋代緝私酒的嚴厲。

另外宋代還頒行與禁私酒法相輔的告賞法，即唆使民衆互相監督，不論是准向政府檢舉告發私自釀賣酒曲之事，只要屬實，官府便按已公布的賞格給以優厚的獎勵，同時把被告者的家財籍投入官。

(三)稅酒政策

稅酒是指對酒類設專稅。酒從殷商時代起已成爲一種商品，《詩經》：『有酒我，無酒沽我』，孔子《論語》中亦有『酤酒市脯不食』的記載，春秋時期商品酒的銷量大增，市肆屠沽已很普遍，這可從『宋人有酤酒者，升概甚平，遇客期謹，爲酒甚美，懸幟甚高』的情況略見一斑。因而其它商品稅一樣酒稅屬于『市租』中之一種，也就是說這時酒稅還未從市租中分離出來。戰國時期商鞅在秦國推行重農抑商政策，向酒商征收重稅『令十倍其樸』。這種作法可看作是稅酒政策的濫觴。因爲稅酒政策是指地酒類産銷設專稅，它不同于榷酒之前私營酒坊酒壚也向官府交納的和其它商品一樣同屬于市租(商稅)範疇的酒稅，而是從市租中分離出來，成爲取得與市租相同地位的專稅。這種向酒征收專税的政策，亦始于漢代。

《漢書·昭帝紀》卷七載道，『昭帝始元六年(前八十一年)二月議罷鹽鐵、榷酤。秋七月罷榷酤官，令民以律占租賣酒升四錢』，劉頒注曰：『以律占租者，謂令民賣酒以得利，占而輸其租矣，占不以實，則論如律也。租，即賣酒之稅。』再說的清楚一點，即民户釀酒酤賣不受限制，但必須按國家規定的數額交納酒租(酒稅)，否則將以刑律處置。

稅酒和榷酒的區別在于，榷酒一般利歸官府，釀酤受限制，并由官府掌辦，即便是采取征收酒稅的方法，也只是向特許的酒户征課，還是不自由。稅酒則不同。稅酒時私營者按稅額比例與官府分成酒利，只要按章納稅，營業不受限制，亦即如果稅額不重，酒户有經營自由，開業不必經過特許，官府也無緝私章程，那就是典型的税酒。而非榷酒。兩者不能混同。把税酒錢稱爲榷酒錢是不對的。當然，税酒也可以逐步向專賣過渡。如果不斷加重税額，只讓特許的商户經營，取締非特許商的經營，并且有嚴厲緝私禁私的法令，則雖未宣布專賣，事實上已在向專賣轉化，或很接近于榷酒了。

自西漢以降，東漢、兩晋南北朝、隋唐兩代前期、明朝和清朝前期的大部分時間都執行的是税酒政策。

西漢實行榷酒雖然只有十七年，但巨額的酒類專賣收入，與官營的鹽鐵，爲扭轉西漢中期的財政危機起到了决定性的作用。對此大史學家司馬遷曾充分肯定推行酒、鹽、鐵三業專賣的財政成績『民不益賦，而天下用饒』。

唐代中期由于均田制的破壞，使得國家財政依靠建立在均田制基礎上的租庸調來獲取正常賦税，已是越來越少，以致國家財政難以維繼。于是地主政權通過國家權力壟斷市場，對一切重大的人民生活必須品或奢好品實行專賣禁權，寓税于市場價格和商業利潤，來轉嫁財政負擔，這正是唐代實行税酒政策一百五十年后，改行榷酒的重 要原因之一。

金代酒課收入，據《金史·食貨志》載，大定年間中都『歲獲三十六萬一千五百貨，承安元 年歲獲四十萬五千一百三十三貫，西安大定間歲獲錢五萬三千四百六十七貫五百八 十八文，承安年歲獲錢十萬七千八百九十三貫。』可見是當時國家財政收入中一個不小的數字。

元代前期酒類專賣收入也是其財政收入的大宗項目，據《元史·食貨志》所載全國每歲酒課收入數額如下：

腹里(今北京、河北、山東等地)：五萬六千二百四十三錠六十七兩

遼陽行省：二千二百五十錠一十一兩

河南行省：七萬五千〇七十七錠一十一兩

陝西行省：一萬一千七百七十四錠三十四兩

四川行省：七千五百九十錠二十兩

甘肃行省：二千〇七十八錠三十五兩

雲南行省：二百九十萬一千一百七十索(約合二十五萬貫)

江西行省：五萬八千六百四十錠四十九兩

江浙行省：一十九萬六千六百五十四錠二十一兩

元代一錠銀五十兩，一兩一貫錢；經折算元前期酒課數爲二千四百四十五萬貫，這個數字超過了宋代見于史載的最高統計數一千七百一十余萬貫。元代經濟遠不如宋代發達，但酒課却超過

七百多萬貫，酒課之重是可以想見的。

明代由于『不設務不定額，……未嘗如前代借爲經費如唐宋然也』『其取于民可謂寬矣』(《邱浚《大學衍義補》)因而酒稅很輕微。但后來也有加稅之勢。崇禎十一年(一六三八年)十一月，『江南征酒稅，官爲給粟，每酒一斤，納錢一文，改槽坊爲官店，違者依私鹽律治罪。從總兵官社宏域請也。』(謝國禎《明代社會經濟史料選編》)爲鎮壓農民起義，在差不多開征『剿餉』的同時，于江南地區又增酒稅，而且控制很嚴，違者如販私鹽處分，酒稅政策到此一變。

清朝在經歷了康、雍、乾盛世之后，到嘉慶、道光之時財政狀況已日益不佳，道光二十年發生了鴉片戰爭，自此財政日益見絀，只能增加賦稅，在這種情況下，清后期的酒稅也就出現不斷加重的趨勢。清后期開征的新稅以厘金爲最著，咸豐初爲了與太平天國作戰遂有厘金之設，對通過關卡的貨物征收厘金稅，原則上稅率爲值百抽一，對酒亦以百分之一爲率進行征課，即爲『酒厘』。甲午戰爭和八國聯軍入侵后，賠款既多，户部設計籌款，在百貨厘中提出烟酒糖茶四項單獨加成，自光緒二十二年(一八九六)起，十年之間照原有厘率，四次纍進遞加其厘率。這就是光緒二十二年二成，二十六年二成，二十七年三成，三十五年五成。北洋政府的酒的厘率高達百分之三十

清中葉有些地區對制燒酒的酒户征收燒鍋稅，『燒鍋』在清代系指釀造燒酒的作坊，清后期燒鍋稅陸續擴大及北方大部分州縣，燒鍋稅的收入到清末已是『籌款一大來源』，僅直隸一省歲收即達六十萬兩。

除了『酒厘』、『燒鍋稅』而外，還有『落地稅』、『門銷坐賈稅』、『印花稅』和『出鍋統稅』等。

酒的落地稅始于直隸總督袁世凱，責成燒鍋代收，每户售酒百斤抽捐制錢一千六百文，并准于常價之外，每斤增錢十六文發售。

門銷坐賈稅是江蘇省在清末增設的，不分酒的名色，每斤各征制錢八文，坐賈稅附于厘局，門銷捐委派專人征收。

印花稅爲浙江巡撫任道容所創：『以缸計壇，給以印花執照，每年釀至五十缸者，繳納照費洋十元。于售銷時分別本莊、路莊兩項，粘貼印花。本莊每百斤繳捐洋二角，路莊運往外路加繳二角。』

出鍋税行于黑龍江、直隸、吉林、向燒酒商征收：黑龍江每酒一斤收銀一分一厘，一年可收十五萬七千兩，直隸一斤收銀一分四厘，吉林仿直隸辦法。

第三節 歷代酒俗拾趣

（一）祭神奠酒

現藏于英吉利博物館的一幅名叫『司湯達德』(《Stanard》)的粘土板畫，其内容描述的就是一次古代奠酒活動。這幅板畫是在兩河流域文化遺址上發現的。制作年代距今約四千五百年左右。有的考古學家甚至推測人類祭酒活動，可以追溯到距今一二萬年前的舊石器時代晚期。中國上古時代亦有『飲必祭』、『祭必酒』之説，而且祭神奠酒活動是先民日常生活中的頭等大事。著名史學家張亮采先生的《中國風俗史》一書稱『太古國家，無君之名稱，只有酋長，酋本繹酒(《説文》)，弓仲之則以酒官爲大酋(《禮·月令》乃命大酋)，酒尊之尊，上從酋，《爾雅》釋文引《説文》訓酒官法度，而引伸之則爲高、爲貴，齊之稷下猶稱長者爲祭酒，后人稱天子爲至尊，是也。』由此，不難推斷出祭酒在上古時代社會生活有着中有多么重要的地位。

中國歷史上夏商時期祭祀活動的内容，現已難考證，但可知道殷商時代的祭祀對象繁多，主要是對風雨、星辰、河岳、土神……等的祭祀，其中最重要的還是對祖先。殷代祖先皆以死日爲神主廟號，祭日必與神主忌日相應。

《詩經》曾留下一些周人祭神奠酒活動的片斷的文字描述，其中《小雅·楚茨》是一首周王祭祀祖先的樂歌。歌中唱道：

『我倉既盈，我庾維意。以爲酒食，以亨以祀，以妥以侑，以介景神。』『苾芬孝祀，神嗜飲食。卜爾百福。』『衛祝致告，「神具醉止」。』『既醉既飽，小大稽首，神嗜飲食，使看壽考。』

而《大雅·既醉》則是周王祭祀祖先，祝官代表神主對主祭王的祝詞：

『既醉以酒，既飽以德，君子萬年，介爾景福。』『既醉以酒，爾殽即將。君子萬年，介爾昭明。』

另一首樂歌《周頌·豐年》是秋收以后祭禮祖先時所唱的：

『豐年多黍多稌，亦有高稟。萬億及秭，爲酒爲醴。烝畀祖妣，以洽百禮，降福孔皆。』

《周頌·載芟》是周王在春天藉田的時候祭祀土神、穀神的舞歌：

『厭厭其苗，綿綿其麃。載穫濟濟，有實其積。萬億及秭，爲酒爲醴，烝畀祖妣，以洽百禮。有飶其香，邦家之光，有椒其馨，胡考之寧。匪且有且，匪今斯今，振古如兹。』

《周頌·絲衣》是周王祭神的歌舞詩：

『兕觥其觩，旨酒思柔。不吳不敖，胡考之休。』

隨着人類進步與宗教的發展，那些被人格化的神具有了超世界的形象，在宗教成爲一種思想觀念之后，奠酒祭神的活動作爲一種形式便失去了初始的含義。史書也對歷代歷朝祭祀大典的情况也用了不盡相同的記述。如：

《新唐書·禮樂一》：

『凡祭祀之節有六』其中『三日陳設』：又設酒尊之位。上帝、太尊、犧尊、山罍各二，在壇上東南隅，向北；象尊、壺尊、山罍各二，在壇下南陛之樂，向北，俱西上。配旁、著尊、犧尊、象尊、山罍各二，在壇上，于上帝酒尊之東，北向西上。五帝、日、月各太尊二，在第一等。內官每陛間各象尊二，在第二等。中官每陛間各壺尊二，在第三等。外官每道間各概尊二，于下壇下。衆星每道間各散尊二，于內 之外。凡尊，設于神座之左而右向……』

《明史·禮二》『郊祀儀注』記述了明代皇帝在郊祀時的奠酒活動。

……(皇帝)詣酒尊所，圭，執爵，受泛齊，以爵授執事者，出圭。……皇帝詣神位前跪，搢圭，上香，祭酒，奠爵，出圭。讀祝官捧祝中跪讀訖，皇帝俯伏，興，再拜，復位。亞獻，酌醴齊，……贊禮唱飲福受胙，皇帝升壇，至飲福位；再拜，跪，搢圭。奉爵官酌福酒跪進，太常卿贊曰：『惟此酒，神之所興，賜以福慶，億兆同。』皇帝受爵，祭酒，飲福酒，以爵置于壇。……

爲了表示對神靈和先祖的敬意，用于禮天祭地的酒，都是由皇室所轄的專門酒坊生産，并且是特供酒。如周代宮廷有所謂『三酒』：事酒、昔酒和清酒，其中清酒就是專供祭祀用的。又如宋代內酒坊和法酒所釀酒稱作三法酒和法糯酒，也都是用于當時的『奉祠祭』的專用品。

(二) 投壺之禮酒

投壺，是商周時宴會上一種助酒興的娛樂方式。當時，宴飲有大射，鄉飲酒有鄉射，若條件不備，射禮不能舉行，則投壺代之。

投壺所用的壺，最初是舉席間盛酒之壺，置室中，后來演化成爲一種習慣，則有特制之壺，不必用真的盛酒之壺。這種特制壺廣口大腹，頸部細長，壺的腹内裝滿小而圓滑的豆子，很有彈性，如投矢時用力過猛，已投進的矢也會被彈出去。所用的矢是用叢生灌木或棘的莖制成，因爲木和棘木重而且直，用以投擲才不飄浮。制作這種矢是不剥樹皮的，目的是使它更重一些。矢形是一頭齊，一頭尖，尖頭如刺，故又稱這種矢爲『棘』。

投壺前要指定一個『司射』，其職責與現今各項比賽中的裁判相似。他手中捧一個用木頭雕刻成的名叫『中』的獸形(或鹿或虎等)盛器，裏面放着『算』，以計算投中的數目。每次投壺取多少『算』，是以參加者的多少來定的，規定每人只准拿四根矢，相應地每人也得備四算，兩人投壺備八算，三人投壺備十二算，四人……以此類推。

投壺正式開始前，先由『司射』上前確定壺的位置，稱作『度壺』。其后，司射宣布：『勝飲不勝者。』意思是優勝者讓輸的一方喝。酒并命令奏樂。一般要反復奏五遍，第一遍爲投壺前的序曲，待第二遍樂曲終了，鼓聲起時，投擲正式開始，賓主更替各投一矢，直到第五遍樂曲和鼓聲都停了，四矢也全部投完。

每投進一矢，由『司射』給投中者一邊放上一『算』，稱爲『釋算』。倘若投中者高興得忘乎所以，不等對方投擲就搶先又投一矢，即便投中了，『司射』也不給『釋算』，『不算』這個詞大概即由此而來。四矢投完只是第一局結束，『司射』爲勝者計『算』，這叫『立一馬』，古人把投壺游戲比爲騎馬射箭，故用『馬』這個名稱。三局后才能定勝負，三局都勝了，立三馬，即所謂『至三馬而成勝。』假如只勝了二局，立二馬，對方贏了一局，立一馬，這一馬就要歸入那二馬的擁有者名下以湊成三馬，表示慶祝得勝的一方。

投壺之禮在春秋時代已比較盛行。《左傳》昭公十二年(前五百三十年)就曾記述晋昭公宴請齊景公時行投壺禮的有趣場面：『晋侯(昭公)以齊侯(景公)宴。中行穆子相。投壺，晋侯先，穆子曰：「有酒如澠，有肉如陵，寡人中此，與君代興」亦中之。』雖說這場游戲象一場政治游戲，但這是史乘所載最早的投壺事例。到了戰國，投壺游戲已在民間游行。據《史記·滑稽列傳》所載，當時男女可同坐在一起，邊喝酒邊投壺。漢代的投壺情形，漢代石刻畫給我們留下了清晰的圖畫。現在河南省南陽市卧龍崗的漢畫館内，就陳列着一幅投壺石刻畫。畫面的中間立着一壺，壺裏插着已投進去的兩根『矢』。壺的左側是一個三只足的酒樽，樽上擱置一把勺，供人舀酒用，畫上共有五人。壺的左右各有一人跪坐着，每人一手懷抱三根矢，另一手執一根矢，面向着壺准備投擲。畫的左右兩端還有兩人，可能是旁觀者或是主人。那位似醉漢模樣的人，顯然是投壺場上的敗將，已多次被罰。整個畫面形象生動，頗耐人尋味。

投壺禮在古代不僅僅是一種助酒興的游戲活動，而且是通過投壺禮進行封建禮節教育的一種手段。有的書中專門記有投壺的禮節。如《禮記》中的《投壺》、《少儀》篇，司馬光《投壺新格》就曾寫道：

聖人制禮以爲之節，因以合朋友之和，飾賓主之飲，且寓其教焉。夫投壺細事，游紅之類，而聖人取之以爲禮，用諸鄉黨，用諸邦國，其故何哉？鄭康成曰：投壺射之細也，古者君子射以觀德，爲其心平體正，端壺審固，然后能中故也。蓋投壺猶是矣，未審度于此，而取中于彼，仁道存焉。疑畏則惰慢則失，義方向焉。左右前却，過分則差，中庸著焉。行十失二，成功盡弃，誡慎明焉。是故投壺可以治心，可以修身，可以爲國，可以觀人。何又方之，失投壺者，不使之過，亦不使之不及，所以爲中也。不使之偏頗流散，所以爲正也，道之根祇也。聖人作禮樂，修刑政之教化，垂典謨，凡所施爲，不啻萬端，要在納民心于中正而已。

漢后諸朝，歷經魏晋、隋唐、宋元，直到明代投壺之禮受到人們的喜愛。入清以后，有關投壺的記載就越來越少了。到了一九二六年，盤踞東南五省的大軍閥孫傳芳，在南京舉行過一次投壺禮、原定由章太炎主持儀式，屆時章太炎先生没有參加。魯迅先生《關于章太炎先生二三事》還曾專門提及過這件事。

（三）大酺聚會酒

酺，意爲聚會飲酒，《說文解字》段注曰：『酺，王者布德，大飲酒也，出錢爲醵，出食爲酺』，宋朝人王禹稱亦説，『古者禁諸群飲，所以節用而豐財；賜以大酺，所以布德而施惠。』（《小畜集》卷二十七）在宋朝以前，歷代統治者都曾多次頒詔，賜天下大酺，作爲歌舞升平，與民同樂的盛世象征。一般認爲賜酺始自漢文帝初即位赦天下，賜民酺。實際上秦始皇時已曾令天下之民大酺，《史記·秦始皇本紀》：『五月，天下大酺。』據不完全統計，從秦至宋，歷代皇帝『賜酺』總計達一百一十三次，其中秦朝一次，西漢一十一次，東漢二次，西晋一十次，南北朝六次，唐朝六十次，五代一次，北宋二十二次。賜酺時間最長達一個月，一般多是三五天，賜酺範圍以各朝都城爲主，兼及全國。賜酺時由各地所在官府供給酒食。賜酺的規模相當大，舊唐書·嚴挺之傳》載唐睿宗登安福門觀百司酺宴，『以夜繼晝，經月余日』。《宋會要輯稿》載宋真宗景德四年駐酺西京（洛陽），召洛陽父老五百人座樓下賜飲十八日。賜酺的緣由與朝廷大政密切相關。這種活動常見的有：

皇帝初即位賜酺

《史記·漢孝文帝本紀》詔曰：『朕初即位，其赦天下，賜民爵一級，女子百户牛酒酺五日。』

立皇后、納妃賜酺

《晋書·惠帝本紀》：『永康元年（三〇〇年）十一月甲子，立皇后洋氏，大赦，大酺三日。』《唐書·高帝本紀》咸亨四年（六七三年）十月乙未，以皇太子納妃，赦陵州，賜酺三日。

立皇太子賜酺

《晋書·孝武帝本紀》太元二十年（三八七年）秋八月辛巳，立皇子，德宗爲皇太子，太赦，大酺五日。《唐書·高宗本紀》顯慶元年（六五〇年）正月辛未，廢皇太子爲梁王，立代王弘爲皇太子，壬申，大赦改元，賜民酺三日。

改年號賜酺

《唐書·武后本紀》神功元年（六九七年）九月壬寅，大赦改元，賜酺七日。

封禪、祭祀賜酺

《唐書·中宗本紀》景龍元年（七〇七年）九月壬午，祀天地于明堂，太赦，賜酺三日。景龍三年十一月乙丑，有事于南郊，大赦，賜酺三日。

《宋史·真宗本紀》大中樣符元年（一〇〇八年）十二月，東封泰山，禮成，賜酺五日。

籍田賜酺

《唐書·元宗本紀》開元二十三年(七三五)年正月己亥，耕籍田，大赦，賜民酺三日。

上尊號賜酺

《唐書·元宗本紀》天寶十三年(七五四年)二月甲戌，群臣上尊號，曰：開元天地大寶聖文神武證道孝德皇帝，大赦，賜民酺三日。《唐書·武后本紀》長壽二年(六九三年)九月乙未，加號：金輪聖神皇帝，大赦，賜酺七日。

巡幸賜酺

《漢書·武帝紀》太初二年(前一〇三年)三月，行幸河東祠后土，今天下大酺五日。太始四年，幸建章宮，大置酒，赦天下。

加元服賜酺

《漢書·昭旁紀》元鳳四年(前七七年)春正月丁辛，帝加元服，今天下酺五日。《宋書·后廢帝本紀》：元徽二年(四七三年)十一月丙戌，欒加元服，大赦天下，賜民酺五日。

追謚賜酺

《唐書·高宗本紀》上元元年(六七四)八月壬辰，皇帝稱天皇，皇后稱天后，追尊六代祖宣簡公爲宣皇帝，妣張氏曰宣莊皇后……增高祖太宗及后謚，大赦，改元，賜民酺三日。

歲獲豐收賜酺

《唐書·太宗本紀》貞觀二年(六二八年)九月壬子以有年，賜酺三日。《遼史·食貨志》聖宗太平初(一〇二一年)幸燕，燕民以年豐進土產珍异，上禮高年、惠鰥寡，賜酺連日。《宋會要》真宗天禧五年(一〇二一年)九月二十三日，秋豐稔及上聖號寶册，東京賜酺五日。

嫁公主賜酺

《舊唐書·元宗本紀》開元五年(七一七年)三月，從辛景初女封爲固安縣主，妻于奚首領饒樂郡主，大酺。

皇子滿月賜酺

《唐書·高宗本紀》龍朔二年(六六二)七月戊子，以子旭輪生滿月，大赦，賜酺三日。永淳元年(六八二)二月癸未，以孫重照生滿月，大赦，改元，賜酺三日。

行飲至禮賜酺

《舊唐書·太宗本紀》貞觀十四年(六四〇年)十二月交河道旋師，吏部尚書陳國公侯集，執高昌王智盛獻捷于觀德殿，行飲

事

至之禮，賜酺三日。

少數民族歸附賜酺

《舊唐書·鐵勒傳》貞觀十二年(六三八年)以鐵勒諸部并皆内屬，詔賜京城百姓大酺三日。《舊唐書·高宗本紀》顯慶五年(六六〇年)八月，蘇定方等討平百濟，面縛其王扶余義慈，國分爲五部，郡三十七，城二百，户七十六萬，以其地分置熊津等五都督府，曲赦神丘昆夷道總管己下，賜天下大酺三日。

得寶物賜酺

《漢書·文帝本紀》十六年(前一六四年)秋九月，得玉杯刻曰人主延壽，令天下大。《魏書·靈征志》北魏文成帝和平三年(四六二年)四月，河内人張超于壞樓所城北故佛國處，獲玉印以獻。印，方二寸，其文曰：『富樂日昌，永保無疆，福禄日臻，長享萬年。』玉色光潤，模制精巧，百察咸曰，神明所授，非人爲也，詔天下大酺三日。

大酺活動的具體情形，在宋朝人劉筠的《大酺賦》中有較爲詳盡的描寫。

（四）歲時節日酒

在漫長的歷史歲月裏，或因時令季節變遷與農作物生長有關，或因社會生活習俗相沿，或因紀念人民心中的英雄等等因素，在農歷中形成了許多的特殊日子，俗稱節日。節日是社會風俗、文化生活的一面鏡子，節日飲酒即是自古流傳下來的一種風俗習慣。下面依照時序略述一二。

一月慶酒

一月，古稱元月或正月。由于一月爲一年之首，萬象更新，同時無論南北又正值農閑時節，所以在古代元月是一年中飲酒最多的月份：元旦，人日，上人日，晦日，人們都要飲酒慶祝的。正月初一，又稱春節，是中國漢族和許多少數民族共同的佳節。中國民間過春節的習慣，據説是從原始社會時代的『臘祭』演變而來的。古代先民在一年勞作之后，在歲尾年初之際，便用他們的農、獵收獲物來祭祀衆神和祖先，以感謝大自然的恩典，這就是『臘祭』。臘祭期間人們不干活，飲酒聯歡，歌舞戲耍。《詩經·幽風·七月》記載每到農歷新年，以喝『春酒』祝『改歲』，盡情歡樂，慶祝一年的豐收。《禮記》稱周天子元日祈穀于上帝，親載豐，親蹈于田而耕，這種舉動被稱作『藉田』，藉田之后，則舉行『勞酒小會』。《嘉泰會稽志》

載：南宋時紹興一帶『元日男女，與家主設酒果以尊，男女序拜，竣乃盛服，詣親屬賀，設酒食相款。曰歲假，凡五日』。

元旦飲屠酥酒、椒柏酒(亦稱椒花酒)是東漢以來民間流傳最爲廣泛的一種習俗。《荆楚歲時記》說飲屠蘇酒『次弟從小起』即先幼后長。宋人洪邁亦説『今人元日飲 屠酥酒小者起，相傳已久』，爲什么元旦飲酒先從小起呢，晋朝董勛説『俗以小者得歲，故先酒賀之，老者失時，故后飲酒』(《時鏡新書》)。

屠蘇酒據清朝人梁章鉅《歸田鎖記》考訂：屠蘇本古庵名，當從廣字頭，《廣雅》庵作 一字，孫思邈特書此二字于已庵。《集韵》雲：酒𢈔𢉽酒，元日飲之，可除瘟氣，亦作屠酥。其方爲：太黄、桔梗、白術、肉桂各一兩八錢，烏頭六錢、菝葜一兩二錢，各爲末，用袋盛，從十二月晦日日中懸沉井中，令至泥。正月朔旦，出藥置酒中，煎數沸，于東向户中飲之，先從少起，多少任意。

由此可知，至清朝時人們不但還飲這種屠蘇酒，而且仍遵循着先少后長的次序。

『椒花酒』或稱『胡椒酒』、『椒酒』、『椒柏酒』，是用椒花、椒樹根浸制的酒。『柏花芬香，故采花以貢酒。』(《荆楚歲時記》)在戰國時是敬神祭祖的珍品。《萝辭·九歌·東皇太一》『奠佳酒兮椒漿。』至遲在東漢時也成了人們元旦歡度新年的佳釀，崔實《四民月令》稱元旦『祀祖稱畢，子孫各上椒花酒于家長，稱觴舉壽。』《博物志》亦雲：『胡椒酒，古人于歲朝飲之。』《萬歷嘉興府志》稱『元旦整衣冠焚香，拜天地，祀宗祖，男女聚拜，飲椒柏酒，親朋相投刺曰：賀節。』可見明代仍保留着這一習俗。

上元日(正月十五日)又叫元霄節，燈節。據説最初始于漢代而盛于隋唐。唐時，荆楚一帶，門上插柳，并按柳枝所指方向祭奠酒肉，而都下士女每至正月半后，各乘車跨馬供帳于園圃或郊野中，爲探春之宴。(《歲時廣記》)宋朝人袁文《瓮閑評》卷三説：『西域正月一日燃燈，中國正月十五日亦燃燈，本是供佛而中國燃燈，特宴飲而已。』莊綽《鷄肋編》記述南宋成都上元日的飲酒風俗更是別有情趣，『以大艦載公庫酒，應游人之家計口給酒，人支一升……又于五門下設大尊，容數十斛，置杯杓，凡名道人者，皆瓷飲，如是者五日。』

元月的最后一天，古人稱作晦日，又被人們稱作『送窮日』，據韓愈《送窮文》注雲：『予嘗見《文宗備問》雲：顓項高辛時，宮中生一子，不着完衣，宮中號爲窮子，其后于正月晦死，宮中葬之，相謂曰：「今日送却窮子」，自爾相承送之』。(此傳說亦見于唐《四時寶鑒》)。于是這一天人們便于街頭巷尾『瀝酒』而拜，以送窮祈富。唐代詩人姚合在《晦日送窮》三首中，就反映了當時這種『瀝酒』的風俗。其中第一首是：

年年到此日，瀝酒拜街中。
萬户千門看，無人不送窮。

春秋祭社酒

在農業生産爲主的中國古代，掌管土地的社神，地位是很尊崇的。大致從西周開始民間就有了祭社活動。起初春秋各祭一次。祭社之日(即社日)多不固定。周期是立春、立秋后的甲日，漢朝以后各代，社日的具體時間各不相同，直到唐代才將春社日定爲立春后第五個戊日，而立秋后第五個戊日爲秋社日。

每逢春社日，四鄰的村民一二十人爲社『屠牲釃酒，焚香張樂，以祀土穀之神，謂之春福。』以社酒祝神祈福無疑是祭神的原始目的，南宋詩人方岳《社酒》一詩就用生動的語言描繪了這種祝神祈福的願望：

春風潑醅瓮，夜雨鳴糟床。
相呼薦蠲潔，洗盞方敢嘗。
不關酩酊紅，所願擺稏黄。
家家飯牛肥，歲歲浮蛆香。

不過，除了祝神祈福外，春秋社日還是農民相聚暢飲的重要節日。唐朝詩人王駕《社日》詩曰：

鵝湖山下稻粱肥，豚栅鷄塒半掩扉。
桑柘影斜春社散，家家扶得醉人歸。

顯然，這是一幅描繪農民祭祀完畢，暢飲歡慶的春社日飲酒圖。《東京夢華録》說北宋都城開封『八月秋社，各以杜糕、社酒相賚送。』可見在秋社日農民們不僅聚飲，還以社酒送親戚朋友。清朝的鄭燮的詩句：『輸罷官租不入城，秋風社酒各言情』也反映了秋社日聚飲的情景。

另外，社日飲酒，相傳還可以『治聾』。宋初李昉有詩曰：

社翁今日没心情，乞爲治聾酒一瓶。
惱亂玉堂將欲遍，依稀巡到第三廳。

宋人筆記中甚至有用社酒治愈十數年耳聾的例子，但未詳其法。

五月五日端午節

農歷初五是我國民間古老的傳統節日端午節。端午節本名端五節，又叫端陽節、重午節、重五節、天中節、天長節。據近代學者研究，端午節本是祭祀龍的節日，時間大致上可以上溯到原始社會后期。但是在民間大都接受端午節是爲了紀念我國古代偉大愛國主義詩人屈原的傳說。數千年來人們爲了慶祝這個節日，形成了諸多風俗習慣，其中的飲雄黃酒和菖蒲酒是端午節活動中的重要內容。

《福州府志》稱福建一帶『端陽自五月一日始，門懸蒲艾，婦女小兒系續命絲，符簪艾虎，作粽，午日書符作門帖，浴百草湯，以蒲合雄黃入酒飲之。』江西蒲鄉一帶也是『早膳時、將粽子、包子、蛋、大蒜各物置于桌上，合家大嚼，飲雄黃酒以解毒。』清人梁矩章亦言：『吾鄉每過端午節，家家必飲雄黃酒。』（《浪迹叢談》卷八）

雄黃，又名鷄冠，是一種礦物質、也是一種中草藥。『雄黃味苦平寒，主寒熱。』雄黃的成分爲硫化砷、有毒、對于各種皮膚真菌和金色葡萄球菌、變形杆菌等、有抑制作用。那么爲什么古人在端午節飲雄黃酒呢、據說、端午節這天有決定人們血肉盛衰、壽命長短、陰氣盈縮的作用。因此、每逢端午節人們就飲雄黃酒解毒避惡。《白蛇傳》所講的許仙娶了白蛇娘子白素貞，法海和尚認爲許仙中了邪，就讓許仙在端午節時勸白素貞雄黃酒，使她終于現出了蛇的原形……的故事，大致就是取飲雄黃酒解毒避惡的意思。

另外，端午節飲雄黃酒與傳說中屈原投江的故事有一定聯系。相傳屈原當聽到楚國都城郢都(湖北江陵)被秦國攻破，痛不欲生，懷抱石塊縱身跳入汨羅江，屈原投江后，江中漁夫紛紛趕來打撈，一直不見屈原的尸體，一個老醫生拿來一壇雄黃酒倒進江裏，說是要藥暈蛟龍水獸，以免傷害屈原。這時水面上空然浮起一條昏暈的蛟龍，龍須上還沾着一片衣襟，人們就把這條龍拉到岸上，剥皮抽筋，以解心頭之恨，然后把龍筋纏在孩子們的腕和脖上，并用雄黃酒抹七竅，以防蛇蟲傷害。當然，這些都是傳說，并無信史可證，姑且存之，以爲寄托。

端午節除了飲雄黃酒以外，有的地方還飲菖蒲酒。菖蒲，是天南星科的多年生草本，含有揮發性芳香油，有提神通竅和殺菌的作用。用它泡了酒，據說喝了可以延年益壽。端午節飲菖蒲酒，大致也是取却瘟避邪之意。

中秋節

八月十五日，月亮又明又圓，自古便是象征着合家團聚的重要節日，按照我國古代歷法的解釋，農歷八月十五被稱爲中秋節。中秋節時，我國人民有祭月、賞月、吃月餅等習俗，而祭月和賞月都少不了飲酒。

祭月，據史書記載，在秦漢以前的古代帝王中就有春天祭日，秋天祭月的禮制。秦漢以降歷代都很重視祭月，到明清，北京的月壇便是皇帝祭月的地方。在民間同樣也有祭月的活動。按照祭必飲的古制，祭月自然是要飲祭月酒的。當月亮初升的時候，人們于院裏門外寬敞的地方，充立供桌，擺上月餅、瓜果、鷄冠花、蘿卜和酒等祭品。祭月完了之后，一家人便要一塊吃『團圓酒』『賞月飯』。

賞月，比祭月活動的興起要晚的多，大致到魏晋時賞月才成爲一種較流行的文化生活。不過，這一風俗傳播很快，到宋代時，中秋賞月便十分盛行起來。《東京夢華録》記述北宋東京城內，每逢中秋夜前，七十二家酒店都裝飾一新，出售新啓封的好酒，市人又紛紛争先恐后地登上酒樓，以先睹月色爲快，直到通曉。

賞月之際，面對皓月，手把美酒，騷人墨客往往觸景生情，慨嘆人生，寫下許多優美的詩詞篇章。蘇軾著名的《水調歌頭》就是在八月十五日夜『歡飲達旦，大醉，作此篇，兼懷子由』，其詞曰：

明月幾何有，把酒問青天。不知天上宫闕，今夕是何年。我欲乘飛歸去，又恐瓊樓玉宇，高處不勝寒。起舞弄清影，何似在人間。轉朱閣，低綺户，照無眠。不應有恨，何事常向別時圓。人有悲歡離合，月有陰晴圓缺，此事古難全。但願人長久，千裏共嬋娟。

重陽節飲菊花酒

農歷九月九日，是中國傳統的重陽節。古人稱『九』爲陽數，農歷九月九正是日月并應，兩陽相重，故名『重陽』又稱重九。

重陽節早在戰國時代就已形成，到漢代便逐漸盛行起來，其后唐朝則把重陽節正式定爲節日。這一天由皇帝下詔百官休沐。重陽節的活動內容，以登高飲菊花酒爲特色。相傳東漢時，有一名叫費長房的人，能預知未來福禍，同鄉桓景很崇拜他，常隨其出游。有一天，費長房告訴桓：『九月九日，汝家當有大灾厄急，令家人縫囊盛茱萸，系臂上，登山飲菊酒，此禍可消。』桓景聽了之后，就按費長房的囑咐去做，九月九日

舉家登山飲菊酒。傍晚安然歸來，則見家中鷄、犬暴死。這個傳説故事盡管含有迷信色彩，但是后世的人却認爲重陽登高飲菊酒，是可以消灾避禍的。因此，重陽登高飲菊酒便成爲一種風俗習慣流傳下來。

《藝文類聚》《續晉陽秋》講述了大詩人陶淵明九月九日飲菊酒的軼事：『世人每至九日，登山飲菊花酒，陶淵明辭官在家，有一年遇重陽日無酒，摘菊盈把，坐其側，久望，見白衣至，乃王弘送酒也，既便就酌，醉而后歸。』

唐代大詩人杜甫也常在九月九日飲酒賦詩『伊昔黄花酒，如今白發翁』（《九月登梓州城》），『重陽獨酌杯中酒，抱病起登江上臺』，『舊日重陽日，傳杯不放杯，即今蓬鬢改，但愧菊花開。』『舊與蘇司業，兼隨鄭廣文，采花香泛泛，坐客醉紛紛。』（《九月五首》）

明朝詩人汪時元《九日舟中》寫道：『秋風葉正飛，江山逢重九，人世幾登高，寂寞黄花酒。』

總之，登高和飲菊酒是歷代重陽節慶祝活動中不可分割的兩項重要内容。重陽節飲的菊花酒相傳是頭年重陽節時專爲第二年重陽節釀的。九月九日這天，采下初開的菊花和一點青翠的枝葉，摻和在准備釀酒的糧食中，然后一齊用來釀酒，放至第二年九月九日飲用。《北山酒經》、《遵生八》、《本草綱目》都載有菊花酒的具體釀制方法。據説喝了這種酒，可以延年益壽。《歲時廣記》説唐朝天子饗會游像，唯帝相及學士得以登慈恩浮圖，獻菊花酒稱壽。從醫學的角度看，菊花酒可以明目、治頭昏、降血壓、并有减肥、補肝氣、安腸胃等功效。

插茱萸是重陽節的又一習俗習慣，唐朝詩人王維《九月九日憶山東兄弟》詩曰：

獨在异鄉爲异客，每逢佳節倍思親。

遥知兄弟登高處，遍插茱萸少一人。

這首詩的后兩句就寫了重陽插茱萸的風俗。茱萸，又名『越椒』或『艾子』，是一種常緑小喬木，性味酸，微温，可入藥。用茱萸浸酒，有温中、止痛、理氣等功效，可治遺精、便秘、消化不良等症。《齊人月令》説：『重陽之日，必以糕、酒、登高、遠眺，爲時宴之游賞，以暢秋志，酒必采茱萸、甘菊以泛之，既醉而元。』陝西《臨潼縣志》稱『重陽上驪山，飲茱萸酒。』可見重陽節又有喝茱萸酒習俗。

（五）婚禮合巹酒

結婚是人生的重大事件。無論是古人還是現代人對婚嫁都十分重視。在隆重的婚禮中，象征吉祥喜慶的酒自然是必不可少的。

在婚禮上，新郎新娘喝交杯酒，在中國流傳甚久，至遲可追溯到兩千多年前。據《禮記·昏義》記載，結婚之日新郎到女家迎娶新娘，新娘進家門后，要設酒宴讓新婚夫婦『共牢而食，合巹而酳』，就是一瓠分爲兩個瓢，新郎新娘各拿一個飲酒漱口，以表示從此以后二人合二爲一，永結同心。后來逐漸演化爲飲『合歡酒』、『交杯酒』。

最初的合巹多用兩半兒瓢，稱爲巹，后來也用普通的酒杯替代，爲表示『合巹』的意思，常以彩色絲帶將兩個酒杯連續。宋王得臣《麈史·風俗》說：『古者婚禮合巹，今也以雙杯彩絲連足，夫婦傳飲，謂之交杯』。交杯又稱爲合歡杯，故宋之問《壽陽五花燭圖詩》說：『莫令銀箭曉，爲盡合歡杯』。

除了用以瓠剖開的瓢和以絲帶連結的酒杯合巹，婚禮合巹還有專用的酒杯——合巹杯。合巹杯是什么樣子的呢？明代陳繼儒《妮古録》記録了一件漢代雙聯玉杯，杯『下穴一酒眼過酒，有鴛及熊蟠其上，乃合巹杯也，而精巧非常』。又說，宋代哥窑燒制有瓷雙桃合巹杯，杯形爲雙桃狀，一開一合，其下承以瓷盤托。明代胡應麟《甲乙剩言》也記録了一件合巹杯：『都下有高郵守楊君家藏合巹玉杯一器，此杯形制奇怪，以兩杯對峙，中通一道，使酒相過。兩杯之間承以威鳳，鳳立于蹲獸之上』。

古代合巹杯，在考古發掘中也多次出土，在湖北省荆門市包山第二號戰國禁墓中，出土一件彩繪漆合巹杯。此杯爲竹木圓筒形，竹壁木檔，近杯底處用一根竹管連通二杯，可使酒在雙杯之間串流。兩杯之間嵌一木雕鳳鳥，鳳鳥昂首插胸，口銜寶珠，雙杯后方間隙中嵌一鳳尾，鳳尾舒展平出，看上去整件器物如同一只鳳鳥馱負兩個大酒杯，杯下各狀一只雛鳳，呈展翅欲飛狀，與大鳳鳥的雙腿共同構成全器的四足，整件器物用漆彩繪結合堆漆法繪制，極富立體感。全器通體長十七點六厘米，高九點二厘米，杯體直徑七厘米。

在河北省滿城縣中山靖王劉勝之妻竇綰墓中，出土一件青銅合巹杯。它是由二件高足杯聯成，杯皆爲圓口，淺腹，杯足上部爲竹節狀，下部呈喇叭口形。兩杯之間有圓雕朱雀、白虎各一，朱雀立于白虎背上，口銜玉環，雙翼舒展，長尾上翹，其腹部左右各連一杯。白虎四肢斜撑于杯足之上，做昂首長嘯狀。杯身及杯足共鑲嵌圓形、心形緑松石二十六顆，朱雀身上有錯金短羽長翎，頸胸部共嵌圓形及心形 緑松石四顆，器高一十一點二厘米。

以上兩件出土文物造型奇异，制作精美，與《甲乙剩言》所記合巹的形制十分相近，當是古代合巹杯無疑。

此外，在北京故宮還珍藏着一件明代著名玉匠陸子剛制作的玉質合巹杯。該杯用一整塊青玉雕制而成兩個相連的直筒形杯，杯體一面雕一鳳鳥杯把，另一面則雕一對蟠龍。杯上一面刻有祝允明的詩句：『濕濕楚璞，既雕既琢，玉液瓊漿，釣其廣樂』，并鎸『合巹杯』三字；另一面鎸刻：『九陌祥烟合，千

香端日明，願君萬年壽，其醉鳳凰城』的吉語。并署『子剛制』三字。婚禮合巹，在古代婚禮中一直傳承不衰。宋詞中就有：『傾合巹，醉淋灕，同心結了倍相宜，從今把做嫦娥看，好把仙郎結桂枝』的詞句。

出土文物及傳世文物中可以歸入合巹杯者還有許多，其中包括陶、瓷、石、青銅、竹木等多種質料的制品，其分布地域之廣，流行時間之久，都説明了喝交杯酒的禮俗在中國古代不僅盛行，而且源遠流長。

（六）碧筒尚雅酒

文人飲酒尚雅，碧筒飲則是雅中之雅。所謂碧筒飲，就是采摘卷攏如盞的剛剛冒出水面的新鮮荷葉盛酒，將葉心捅破使之與葉莖相通，然后從莖管中吸酒。用來盛酒的荷葉，稱爲『荷杯』、『荷盞』、『碧筒杯』，因其莖管彎曲狀若象鼻，故又有『象鼻杯』之稱。

『碧筒飲』是三國時期魏國人鄭公首創的。據《酉陽雜俎》記載：『歷城北有使君林，魏正始中，鄭公慤三伏之際，每率賓僚避暑于此，取大蓮葉置硯格上，盛酒三升，以簪刺葉令與柄通，屈莖上輪 如象鼻。傳吸之，名爲碧筒杯。歷下之，言酒味雜蓮氣，香冷勝于水』。后人效法，留傳甚久，至唐宋之際，則倍受文人雅士之推崇。據北宋王讜《唐語林》說：唐代宰相『李宗閔暑月以荷爲杯』。唐詩宋詞中也屢見吟及荷葉杯與碧筒飲者，如：『茶烹松火紅，酒吸荷杯緑』、『乘興挈一

壺，折荷以爲盞』、『疏亭柳花碗，寂寥荷葉杯』、『酒盞旋將荷葉當，蓮舟蕩，時時盞裏生紅浪，花氣酒香清厮釀……』等等。元代張羽的《碧筒飲》一詩則把碧筒飲之緣起、韵味、情趣和歡樂都作了細致的描述：『采綠誰持作羽觴？使君亭上晚樽涼，玉莖沁露心微苦，翠蓋擎雲手亦香。飲水龜藏蓮葉小，吸川鯨恨藕絲長，傾壺誤展淋郎袖，笑絶耶溪窈窕娘。』此外，明代張岱《夜航集》、清代郎廷極《勝飲編》也都記述了碧筒飲、荷葉杯，且各具特色。

由于碧筒杯的影響，達官貴族獵奇尋樂的心理和行爲引出了古代工匠的巧思，用金、銀或玉模仿荷葉杯，制造出了種種雅致有趣的酒杯精品。在出土文物中，已見有銀荷葉杯和玉質荷葉杯。如在陝西省西安市，出土了一件唐代雙魚紋銀質荷葉杯。杯身呈卷攏的荷葉狀，杯口四曲，侈口，呈長圓形，有矮圈足。杯内鏨刻荷葉莖脉爲紋飾，造型巧妙而逼真。南朝梁簡文帝《咏芙蓉》詩雲：『圓花一蒂卷，交葉半心開』，唐代詩人劉寬亦有『冒水新荷卷復披』的詩句。細心觀察荷葉，會發現荷葉確有平張着的，也有卷攏着的。上述之銀杯正是巧妙地借用『冒水新荷』卷攏之形狀制作酒杯。有趣的是，此杯底部還鏨刻了兩尾胖頭花尾的魚兒，首尾相對，似在追逐嬉戲，魚游荷塘之情趣躍然杯底。杯長十三點六厘米，高三點二厘米。

還有在浙江衢州南宋學者史繩祖墓中出土的一件玉荷葉杯，此杯長十一點五厘米。杯體雕成周緣卷攏的荷葉狀，脉絡清晰，玉杯之外表雕有花姿各异的蓮花，有的含苞待放，有的飽含蓮子，荷葉莖杯平伸而出，然后彎曲成杯把，杯把之上覆有一張小荷葉，生機勃勃，情趣盎然，似有『碧綠清圓舉風荷』的詩意，令人遐思無限。

此外，上海博物館也珍藏着一件荷葉瓷杯，此杯形如一片荷葉，兩邊卷攏，葉脉清晰，釉色晶瑩，比上述銀質及玉質荷葉杯更逼真傳神，活像天然的荷葉。

碧筒飲是一種雅飲，歷代風流雅士樂此不疲。除上述銀質、玉質及瓷質荷葉杯外，還有金質荷葉杯，至今未見到實物，只見于古人的詩詞中。宋黄庭堅《念奴嬌》：『共倒金荷，家萬裏，難得尊前相屬。』辛弃疾《鷓天·鵝湖歸病起作》詞之四：『明畫燭，洗金荷，主人起舞客高歌』等，說的都是金質的荷葉杯。可見金質荷葉杯在當時已被有條件者日常使用。

荷葉杯與碧筒飲，是中國古代清醇典雅酒文化中的一枝奇葩。碧筒飲不僅令人賞心悅目，還可食療健身。這也許是古人當初未曾想到的。因荷葉具有清熱涼血、健脾胃之功效，以略帶苦味的荷葉汁液和酒入口，不僅清涼敗火，荷香怡人，還是夏日消暑健身的佳品。荷葉杯體現了中國古代美學與數千年連綿不斷的酒文化的豐富內涵，當是中國人對世界人類文明的一大貢獻。

（七）曲水流觴酒

曲水流觴，亦是中國古代較爲流行的一種飲酒習俗。每逢農歷三月二日上巳節，人們常集于水濱洗濯祓除飲禊酒，后由文人雅士發展爲引水環曲成渠；將盛酒的杯子浮于水面，從上游放出，使之順流漂浮而下，借助水流之力傳杯送盞，當杯子緩緩經過賓客面前時，即可取過一飲而盡，然后吟詩作賦，以爲娛樂，此即所謂的曲水流觴。

《荊楚歲時記》載：『三月三日，士民并出江渚池沼間，爲流杯曲水之飲。』曲水流觴之俗始于何時，自古說法不同。據清人吳均《續齋諧記》載：『晉武帝問尚書郎摯虞仲治：「三月三日，曲水流觴，其義何旨?」答曰：「漢章帝時，平原徐肇以三月初生三女，至三日俱亡，一村以爲怪，乃相與至水濱盥洗，因流似濫觴，曲水之義，蓋自此矣。」帝曰：「若如所談，便非嘉事也」。尚書郎皙進曰：「仲治小生，不足以知此。臣請說其始。若周公成洛邑，因流水泛酒，故逸詩雲：「羽觴隨波流」，又秦昭王三月上巳，置酒河曲，見金人自河而出，奉水心劍曰：「令君制有西夏。」及秦霸諸侯，乃因此處立爲曲水，二漢相緣，皆爲成事」』。后人認爲此說可信。

早在晉代，中國就有曲水流觴之飲酒說。東晉大書法家王羲之撰寫的著名的《蘭亭集序》就是記載的三月三日在會稽山之蘭亭修禊飲酒的情景：『永和九年，歲在癸丑，暮春之初，會于會稽山陰之蘭亭，修禊事也。群賢畢至，少長咸集。此地有重山峻嶺，茂林修竹，又有清流激湍，映帶左右，引以爲流觴曲水，列坐其次。雖無絲竹管弦之盛，一觴一詠，亦以暢敘幽情。』后來曲水流觴就成爲文人春日詩酒聚會的形式，留下了許多膾炙人口的詩句：南朝梁簡文帝《三月曲水詩序》雲：『分階樹羽，疏泉泛爵，蘭觴沿沂，蕙肴往來。』北周庚信《春賦》雲：『三日曲水向河津，日晚河邊多解神。樹下流杯客，沙頭渡水人。』唐代杜牧《和嚴惲秀才落花詩》：『共惜流年留不得，且環流水醉流杯。』張籍《流杯渠》：『淥酒白螺杯，隨流去復回，似知人把處，各向面前來。』宋蘇軾《次韻劉景文登介亭》：『流觴聚兒童，一笑爲捧腹。』陸游《山行幽居看晚》：『未開內只流觴地，又近龐公上冢時。』清魏源《岱麓諸穀詩·岱穀陪尾山源》：『人間曲水觴，竟忘仙鬼宅』。除上述外，唐人陸瑰《曲水杯賦》對曲水流觴也作過更爲詳盡的描述。

據《大業拾遺記》說，隋煬帝時曾制造有行酒船，船上置二尺高木人五個，一人舉酒杯，一人捧酒鉢，一人撑酒船，二人蕩槳。飲客環池水而坐，酒船沿池岸而行，賓主從行至面前的船上取杯飲酒，飲罷還杯，木人接杯即自行酌酒，然后船繼續行駛，周而復始，極具妙趣，很顯然，這也是曲水流觴的一種變革形式。

曲水流觴至唐宋時期更爲文人雅士所推崇。也許正因爲曲水流觴的盛行，唐宋之時流行一種船形酒杯，時人喚之爲『酒船』。流行的酒船有金質、銀質，也有玉質和瓷質的多種。北周庾信《北園新齋成應趙王教》詩云：『玉節調笙管，金船代酒卮』。唐張《貴家郎》詩：『醉把金船擲，閑敲玉鐙碎』；白居易《早春西湖閑游……》：『畫舫牽徐轉，銀船酌慢巡』；宋陸游《即席》之二：『要知吾輩不凡處，一吸已干雙玉船』；蘇軾《次韻趙景貺督兩歐陽破陣酒戒》：『歸當罰二子，已洗雙玉舟。』上述詩中所謂金質和玉船形酒杯，至今尚未見到實物。在浙江省龍泉縣出土了一件宋代青瓷酒船，該器屬龍泉青瓷。胎質細膩純净，釉色淺緑，晶瑩濕潤，猶似碧玉。呈船形，倉棚、護欄畢具，以船倉爲腹，平緩的船尾爲飲酒口，形象逼真，器長十三點七厘米。

曲水流觴作爲一種飲酒習俗，千百年來，在中國相沿不絶。唐宋以后許多風流雅士常在庭院之中人工營造曲水渠。浙江省紹興市西南蘭渚山下蘭亭王右軍祠旁修有曲水小溪及流觴亭。就連皇宮内院亦設流觴處，以供皇帝禊日飲酒曲水流觴之用，北京故宮寧壽花園禊賞亭内設有流杯渠，曲折蜿蜒，情趣盎然。這些至今猶存古迹，自然令人想起當年的盛况。

（八）禮射娛樂酒

禮射，是中國古代一種帶有娛樂性的禮儀活動。漢代大經學家鄭玄曾著文說：『禮射，謂之禮樂射也，大射、賓射、燕射是矣』。實際上，所謂禮射，就是在一定的禮節要求下，依循樂聲競賽射箭。《詩·小雅·賓之初筵》雲：『發彼有的，以祈爾爵。』意思即是說比賽射箭時，勝者要罰負者喝酒。

在禮射活動中，主持禮射活動的叫『司射』，現場裁判稱爲『唱獲者』，射中目標便高喊一聲『獲！』記録比賽成績的叫『釋獲』，競射的耙子叫『侯』或『豊侯』，《三禮圖》說：『豊作人形。』豊，國名，其君以酒亡，因戴盂以戒酒，故崔駰《酒箴》雲：『豊侯沈酒，荷罌負缶，自于世，圖形戒后。』侯有多種不同規格。《周禮》說：『若王大射，則以步張三侯』，鄭玄說，三侯即用熊、虎、豹之形。侯分五彩，從中心到最外圍依次爲紅、白、蒼、黃、玄五色。《儀禮》說，天子用熊(皮)侯，諸侯用麋(皮)侯，大夫用布侯，其上畫虎

豹，士用布侯，畫鹿家。《孔叢子》說，侯用布制作，侯之中心叫槷，槷六寸，其外圍叫正，正二尺見方，正外爲鵠。從以上這些文獻記載來看，侯上畫有大小相套的方框，并塗上不同的顏色，與今天箭靶上環環相套的圓圈大同小异。

禮射是中國歷史上兩周貴族所行的禮俗之一。它既是一種射箭比賽，又是依據射箭時的德行、禮法來選撥人才，同時還起到宣揚、鞏固禮制和增添宴飲氣氛的作用。

先秦時期的禮射活動，不僅見于文獻記載，考古發現也爲后人提供了許多直觀的圖像資料。目前出土帶有禮射圖像的戰國時代的青銅器共二件，其中，一件爲河南輝縣出土，另一件是四川成都百花潭中學出土。其皆爲銅壺，小口，鼓腹，圈足，壺上用金屬嵌錯出多組圖案，兩壺圖案相同，均包括禮射、宴樂、射獵、采桑、水陸攻戰等。其中水陸攻戰圖最爲生動，上嵌長戟短劍，弓箭盾牌，旌旗戰鼓，雲梯戰舟，攻者奮勇，守者頑强，刹得難解難分，天昏地暗；采桑圖上，窈窕淑女，人低樹高，羅裙桑筐，一派喜悅祥和的景况；射獵圖上，鵠翔高天，弓響箭飛煞是緊張壯觀；宴樂圖上，樓閣聳立，場面熱烈。樓下建鼓頻敲，笙簫合奏，鐘磬齊鳴，人喧鼎沸，樓上樽大觚小，獻酬殷勤，好不熱鬧。禮射圖共有兩幅，其一在壺頸部，圖中序爲平頂廣厦，周圍有低低的護欄。『唱獲者』雙手舉旌，立于序前。『釋獲者』坐在序之前檐下，手拿算籌，序內三人，二人居前拉弓欲射，『司射』在后，雙手齊舞，正在指揮。序外五人成行。扶弓扶箭，正待人序參賽，其帝有三

人料理酒食器具。另一幅禮射圖在壺腹中部，序内競射者四人，最前一人立序下，正引弓而射，后面三人依次站定，准備搭箭，司射立于序之后檐下，唱獲者序前摇旌而立，侯設于序對面，侯旁有一人炊鼎。

上述兩件銅壺上的禮射圖，非常形象而詳實地向我們展示了戰國時期禮射之場景，是研究古代禮制與酒文化不可多得的珍貴資料。

(九) 探花及弟酒

科舉制度原是中國歷代封建王朝選拔人才的主要方法。在唐代，考中的新科進士放榜之后要宴飲聚會于長安曲江池畔，稱爲『曲江會』。并由朝廷賜宴于杏花園，常選同榜中俊秀年少的新科進士二人爲探花使(也稱探花郎)游園賦詩，采折名花。若席中有先於二位探花使折到花，探花使均要被罰飲酒。故又有『探花宴』之説。金代元好問《探花詞》中寫道：『六十人中數少年，風流誰占探花宴。』便是這一活動的佐證。

近年來在福建邵武出土了一件宋代鎏金八角銀杯，杯上不僅有一組表現新科狀元及弟的連環畫面，且刻有一首表現畫面内容的《踏莎行》詞，曰：『足躡雲梯，手攀仙桂，姓名高桂登科記，金鞍玉勒成行隊。宴罷瓊林，醉游花市，此時方顯平生至，修書速報鳳樓人，這回好個鳳流婿。』此杯通體鎏金，腹壁采用夾層技法，口沿部以銀片包鑲，杯外壁爲八角形，八個棱面上有與詞相配的畫面：頭帶烏紗，身着朝服，騎着駿馬的新科狀元，前呼后擁，離開瓊林苑奔向花市。真可謂詞佳畫美，堪爲酒器之珍品。

詞中提到的瓊林，即爲北宋汴京(開封)城新鄭門外瓊林苑。從太平興國九年至政和二年，朝廷在瓊林苑賜宴新科進士，稱爲瓊林宴，與唐之探花宴同。《宋史·選舉志一》載：『太平興國九年，進士始分三甲，自是賜宴就瓊林苑』，后來泛指賜宴新進士之所。宋辛弃疾《波羅門引用韵别郭逢道》詞雲：『見君何日？瓊林宴罷醉歸時』。

(十) 降誕禮賀酒

降誕禮是人生的開端之禮，其儀式多在誕生后的第三天舉行，俗稱『三朝』、『洗三』等。『洗三』是用艾葉、花椒等中草藥煎湯給嬰兒洗澡。這一天生男孩的家裏要舉行用弓箭射天地四方的儀式，并設宴款待親友。而生女孩則大多不設酒宴。

比較隆重的是滿月、百歲(出生一百天)和周歲慶賀儀式。主人要備辦酒食，邀請親朋好友、鄰裏鄉親飲『滿月酒』、『百歲酒』、『周歲酒』。此后，每逢誕辰日也有簡單的紀念儀式，即俗稱的『過生日』。不過普通人家不設酒宴。到了四十歲以后，才開始祝壽過生日。一般以十爲整數慶賀，如五十、六十、七十、八十等。賀壽，有壽幛、壽燭、壽桃、壽面等。隆重者設壽堂，擺壽燭，張燈結彩，壽翁坐在正位，接受親友、晚輩祝賀、叩拜。儀式完畢，大家共吃壽宴，飲壽酒。

(十一)成年冠禮酒

成年，是人生的一個重大轉折，因此古人多于此時舉行『成年禮』。男子戴帽，曰『冠』、『加冠』，女子束發，曰『笄』、『上頭』。冠。笄的年齡、因時代不同而各异，但成年禮飲酒却是通行的。如《周禮》規定，『男子二十而冠，女子十五而笄』。其程序是筮日、加冠、易禮服、飲醴酒、受新名和以成人資格見長輩。女子的『及笄』禮也大體相同。剛成年的人要飲用象征成人的酒，親友們也要飲酒歡聚，以示祝賀。后來此穀漸漸衰落，只在漢族的部分地區和南方的傣、佤、彝、基諾、獨龍、德昂、壯、黎、瑤、高山等少數民族中還較爲流行。如基諾族的成年禮，特別是男青年的成年禮是非常隆重的。在他們的觀念中，未舉行成年禮的人是沒有正式靈魂的，死后不能歸葬到祖先的墳地裏。只有經過成年禮的洗禮后，男女青年才有了真正的靈魂、取得村社正式成員的資格，才有權承擔和享受村社成員的義務和權利。在舉行成行禮時，通常對受禮的男青年采取奇襲式的捕捉，然后將其劫持到本寨正在上新房的人家中舉行儀式，衆人要紛紛向他敬酒，主人還要送給他用芭蕉葉包成四方形的三塊牛肉。此后，他方可談情說愛，參加各種社交活動。

(十二)喪葬禮酒

喪葬儀式標志着人生旅途的終結，表示生者對死者的悲哀悼念之情，仍屬于禮俗的範疇，所以也離不開酒。中國古代喪禮中用酒，主要包括祭奠用酒，和出殯下葬時宴請參與治喪人員用酒。

中國古代的喪禮很復雜。喪葬儀式中有一項是小殮，即給死者穿壽衣，接着舉行小殮奠，以酒食爲死者祭奠。小殮完畢，把死者裝入棺材，然后舉行大殮奠，將酒菜等奠饌及棺材陳列于堂上。小殮奠和大殮奠的酒是生者爲對死者靈魂表示敬意和祝福之情而奉獻的。但居喪主人和前來吊唁之人都不能隨意飲酒。《禮記·間傳》說：『父母之喪，不食菜果；既殯食粥，朝一溢米，暮一溢米。齊衰之喪，疏食水飲。大功之喪，不食醯醬。小功思麻，不飲醴酒，此哀之發于飲食者也。』古代的喪服制度共有五個差等，即斬衰、齊衰、大功、小功、思麻，統稱『五服』。斬衰是五服中最重的一種，如子爲父母，諸侯爲天子守喪，均爲斬衰，服期二年，二年內只能早晚喝粥，不能飲酒。齊衰、大功亦然。就連最輕的喪服小功、思麻，同樣不能飲酒。所以《禮記·檀弓》說：『行吊之日，不飲酒食肉。』即便服喪期滿，每遇父母死亡的忌日仍然禁止飲酒作樂。古代有不少人居喪期間，拒食酒內，能長期堅持素食，以孝名聞天下。《后漢書·中居蟠傳》載，中居蟠『九歲喪父，服除，不進酒肉十余年』，爲鄉人稱頌。

隨着時代的變遷，民間逐漸把婚禮和喪禮并稱爲紅白喜事。反映了人們對于生老病死這一客觀規律已有了樸素的唯物主義認識。直到清末、甚至現在，漢族的不少地區和一些少數民族還有喪禮飲酒的習俗。如『合畝制』地區的黎族，過去有飲孝酒的習俗。即把死者埋葬以后，全村成年男女和挑酒前來吊喪的親友，要集中在死者家裏喝孝酒、唱悼歌，表示對死者的哀悼。按俗規，死者家裏要設孝席，守『酒孝』，忌食米飯。飲孝酒的日期是：死去父母，子女從喪日起守十二天『酒孝』；死去兄弟、七天『酒孝』；死去兒子，五天『酒孝』；村裏人死，三天『酒孝』。以『酒孝』表示對死者的哀悼和敬重。守『酒孝』期間，每日三餐都要飲酒，每次進餐，衆人集中在孝席間唱悼歌，然后才飲酒吃菜。

（十三）迎賓宴客酒

在中國古人將飲食不僅僅看作日常生活行爲，而且視之爲學禮、施禮，從而達到『成人』、『合天』的一種重要手段。酒更是『成禮』的飲料，所以只要有客來訪，但凡有條件的，必以酒相待。

《詩經》雲：『我有旨酒，以燕樂嘉賓之心。』『朋酒斯饗，曰殺羔羊。』《禮記·鄉飲酒義》說：『鄉飲酒之義，主人拜迎，賓于庠門之外入，三揖而后至階，三讓而后升，所以至尊讓也。』周朝時如此熱情迎賓待客，周以后，周樣盛情以酒客。《漢樂府·隴西行》對漢人接待賓客的情況，曾作過生動具體的描述：

好婦出迎客，顏色正敷愉。
伸腰再跪拜，問客平安不？
請客北堂上，坐客氈氍毹。
清白各异樽，酒上正華疏。
酌酒持與客，客言主人持。
却略再跪拜，然后持一杯。
談笑未及竟，左顧敕中厨。
促令辦粗飯，慎莫使稽留。

廢禮送客出，盈盈府中趨。
送客亦不遠，足不過門樞。

《藝文類聚》中也引有一首古詩，描寫了漢代『舞樂宴食』、投壺侑酒宴客的熱鬧場面，詩雲：

玉樽延貴客，入門黃金堂。
東厨具肴膳，椎牛烹猪羊。
主人前進酒，琴瑟爲清商。
投壺對彈棋，博弈并復行。

唐宋以來，人們繼承了古人熱情好客的優良傳統，對此詩中多有描述，如，『十載相逢酒一卮，故人才見便開眉』（歐陽修），『嘉賓至，一酌散千憂』（李綱）。』『但使主人能醉客，不知何處是他鄉』（李白），『主稱會面難，一舉纍十觴。十觴亦不醉，感子故意長』（杜甫）。清朝詩人吳鏘的妻子龐畹，在以酒饗客這一點上，更淋漓盡致地體現了古人熱情好客的精神。她在《瑣窗雜事》事一詩中寫道：

夫婿長貧老歲華，生憎名字滿天涯。
席門却有閑車馬，自拔金釵付酒家。

由于家境貧寒，丈夫特別害怕朋友光臨，可客人却偏偏來到了，怎么辦呢？龐畹既沒有怒目相視，或神情冷漠，也沒有手足無錯，而是不動聲色地主動拔下頭上的金釵，換來美酒款待客人。既保全了丈夫的面子，也使客人高興而來，滿意而歸。

（十四）餞行接風酒

餞行，古代又稱祖席、祖筵等。是人們爲某人送別時而特設的酒宴。據漢代應劭《風俗通義》說，祖席、祖筵本是古代人祭祀祖神修的儀式。由于祖修喜歡旅游，對水路旱路非常熟悉。所以人們出遠門時總要設酒宴祭祀他，以祈求一路，平安。后來，此習逐漸演變發展，形成了餞行飲酒的習俗。

關于餞行之俗，古文獻上有很多記載。《詩經·大雅·韓奕》雲：『韓候出祖，出宿于屠。顯父餞之，清酒百壺。』這是周朝人們用酒餞行的例證；戰國時期，荆軻到秦國行刺時，燕太子丹也在易水之上爲他餞行，荆軻在酒宴上飲酒豪歌，唱出了『風蕭蕭兮易水寒，壯士一去兮不復還』的千古絶句；漢書·疏廣傳》載，西漢的疏廣、疏受告老還鄉時，公卿故舊數百人設酒宴爲他們餞行；《鄭玄別傳》載，鄭玄跟隨馬融學習七年，當他辭別馬融，准備歸家養母時，三百余人爲他餞行，且『皆離席奉觴』，向他敬酒，無奈，他只好連飲三百余杯。

在中國，古人是十分重感情、重友誼的，他們從不妄交朋友，而一旦相知、相交，建立了友情，則倍加珍惜，不會輕易舍弃。這種真摯的情誼平日往往深藏心底，不是顯露，而在離別餞行之時却因酒而得到了充分的體現。美好的回憶、未來的憧憬、綿綿的離愁、真誠的祝願……統統在餞行的飲酒中得到了加深，得到了寄托，得到了解脱，得到了慰藉。臨別餞酒，實際上意不在酒，而在于這種浩渺無際、深沉無底的情意的交流與貯存。這便是古人把酒餞行的真諦。這種以酒餞別，在唐代達到了高潮，許多詩人都曾吟誦、甚至親身體驗過這一令人感懷的主題：『尋陽江頭夜送客，楓葉荻花秋瑟瑟。主人下馬客在船，舉酒欲飲無管弦。醉不成歡慘將別，別時茫茫江浸月。』（白居易《琵琶行》）『晴烟漠漠柳毵毵，不那離愁酒半酣。』（韋莊《古離別》）『多情却似總無情，唯覺樽前笑不成。』（杜牧《贈別》）綿綿的離愁，反映了友情的深厚；『風吹柳花滿店香，吴姬壓酒勸客嘗。金陵子弟來相送，欲行不行各盡觴。請君試問東流水，別意與之誰短長？』（李白《金陵酒肆留別》）『斗酒渭城邊，壚頭醉不眠。梨花千樹雪，楊葉萬條烟。惜別傾壺醑，臨分贈馬鞭。看君潁上去，新月到應圓。』（李白《送別》）離別的愁酒固然難飲，然而它却表達了送行者的深厚情意，遠行者將永遠將其珍藏；『謂城朝雨浥輕塵，客舍青青柳色新。勸君更盡一杯酒，西出陽關無故人。』王維這首《送元二使安西》可謂最全面、最深刻地反映了古人送別摯友時的情感。

接風，又稱洗塵、洗泥，是設酒宴招待遠方來客的習俗。此俗古代早已有之，只不過當時不叫『接風』、『洗塵』罷了。如唐代李白初到長安，賀知章知道了就跑到旅館去看他，并用自己身上佩戴的金龜『換酒與傾，盡醉。』從此，李、賀成爲摯友。『洗塵』、『接風』之詞的出現，大概是宋代以后的事。如《宣和遺事》說：『多年不相見，來幾日，也不曾爲洗塵；今日辦了幾杯淡酒，與洗泥則箇。』再如《水滸》二十六回：『小人們都不會與都頭洗泥接風，如今倒來反擾。』可見，當時洗塵接風已成爲一種禮儀時尚了。

（十五）出師祝捷酒

古人認爲：酒能使怯者勇、疲者振，是鼓舞士氣的良藥。歷代統治者都深明此理，因此，他們常常在出征時賜酒，以壯軍威，作戰時賞酒激勵士氣，班師后頒酒以酬戰功。酒，成爲他們鼓舞征人、犒賞將士的行之有效的重要物質手段。

《王孫子新書》說，春秋時楚莊王率軍攻宋，廚有敗肉，樽有敗酒，而將士們却餐難保。將軍子重進諫道：『君王酒肉都在腐爛，而三軍之士皆有饑色，要克敵致勝，不亦難乎？』楚莊王聞聽此言，覺得很有道理，于是就立即將酒肉犒賞三軍，以慰其心，激其志。

《呂氏春秋》載：『越王之栖于會稽也，有酒投江，民飲其流而戰氣百倍。』說的是越王勾踐在出兵討伐吳國的誓師大會上，因酒少不能遍飲三軍，便把所有的酒都傾倒在河裏，然后他與衆將士一起迎流痛飲，從而大大激發了士氣，果然打了一場大勝仗。所以，至今在浙江紹興還有一條叫『投醪』的小河，據說就是當年勾踐傾酒之處；三國演義》裏『甘寧百騎劫魏營』的故事也與此類似：甘寧精選壯士百人，分給他們每人一瓶酒，他們喝了以后，個個精神飽滿，鬥志昂揚，夜襲魏營，敵人望而生畏，百人盡皆生還。

《明史紀事本末》載：明崇禎十七年（公元一六四四年），『上命大學生李建泰出師，行遣將禮，命附馬都尉萬煒以特牲告太廟，上臨軒亭，授建泰節劍，備法駕警蹕，禦正陽門，賜宴餞之……設宴作樂，上親賜卮酒。』崇禎帝『親賜卮酒』遣將，大大振奮了出征將士的戰鬥精神。

祝捷慶功的勝利之飲，較之出師之飲似乎更受重視。相傳西漢元狩二年（公元前一二一年），驃騎將軍霍去病率騎兵數萬，兩次從隴西出擊，攻打匈奴，獲得重大勝利時，漢武帝曾賜酒犒勞。但酒少兵多，霍去病乃下令將酒倒入一眼泉中，與士卒共飲，同慶勝利，共享帝恩；《南史》載：曹景宗在淮水大敗北魏大將楊大眼凱旋歸來時，齊武帝肖頤便在華光殿擺宴賀捷，并命群臣賦詩以助興；《唐書》也載：張寶擒突厥頡利以獻，太宗李世民非常高興，登順天樓引見『上皇』李淵，李淵嘆曰：『吾付托得人，復何憂哉！』于是置酒犒賞。酒酣之際，李淵還親自彈琵琶，李世民也離席起舞，喜慶氣氛達到了極點。

把酒慶捷的規模之大，還得說清朝乾隆之時。乾隆二十二年（公元一七五七年），博羅尼都和霍集占在新疆發動叛亂。二十三年（公元一七五八年），清政府派兵遣將，前往鎮壓。二十四年（公元一七五九年）叛亂被戡平。捷報傳來，乾隆帝异常興奮，以空前的規模在承德暑山莊設宴，與入貢祝捷的哈薩克、布魯特諸部的頭目、蒙古各旗的王公貴族和許多滿漢官員一起飲酒聚歡，共慶平叛的勝利。

第四節　歷代酒令雅集

飲酒行令，是中國人傳統的飲酒方式。它既是一種烘托、融洽飲酒氣氛的娛樂方式，又是一種文化存在。中國的酒令內容包羅了詩歌、謎語、對聯、投壺、舞蹈、下棋、游戲、猜拳、成語、典故、人名、書名、花名、藥名等方面的知識。在某種意義說，酒令是一種小型的趣味文化的百科全書。

酒令起源于何時，現已無法考證。據宋朝人竇革《酒譜·譜令十二》說：『《詩·雅》雲：人之齊聖，飲酒溫恭。又去既立監之，或佐之史。然則飲之立監史也，所以已亂而備酒禍也，后世因之有酒令。』竇革的意思是說，酒令在周代是監督飲酒者不得悖越酒禮的『仲裁人』。對此，清朝人郎廷極在《勝飲編》中說『監史之設，本以在席之人，恐有懈倦失禮者，立司正以監之也，后人樂飲，遂以爲主令之明府，則失禮意，多矣。』顯然，后世的酒令官是在周代監史的基礎上演變而來的。

雖說酒令的緣起很早，但作爲一種通行的飲酒習俗是至唐朝才蔚成風氣。當時的酒令官稱作『明府』。唐皇甫松編寫的《醉鄉日月》中就提到『明府之職，前輩極爲重難，蓋二十人爲飲而一人爲明府，所以觀其斟酌之道，每一明府管骰子一雙，酒杓一只』。明府之外還需設『律録事』和『觥録事』。由于『律録事』是直接行酒令的，因而對他的要求頗高。凡充光律録事的人需具備善令、知音、大户三個條件。善令，是指于詞令，能及時編制酒令；知音，是指懂得音律知識；大户，是指酒量大。『觥録事』的職責與律録事又有所不同，他主要是維護酒席秩序糾察違犯酒律的行爲，由于觥録事秉公執法，故以選『剛毅木訥之士爲之』。至于作爲娛樂活動形式的酒令，其內容豐富多彩，多爲后世所仿效。經宋元明的發展及至清朝酒令形式趨于完備。

自唐至清，有關酒令的著述，大約有《醉鄉日月》中的小酒令(已佚)，宋朝李廌《罰爵典故》、竇革《酒譜》中的《酒令十二》、元朝人曹繼善《安雅堂酒令》、明朝人袁宏道《觴政》酒令十六則、袁福征《觴陣譜》、巢玉《嘉賓心令》、田藝衡《醉鄉律令》、《小酒令》等，清人俞敦培的《酒令叢鈔》可謂是集唐朝以來酒令著述之成。該書依據酒令的內容、性質及其適應範圍，把酒令分爲古令、雅令、通令、籌令四大類。實際上，古令可分別劃入其它三令，因爲它并無特定的含義，僅是就漢唐迄明，針對清朝而言的『古』。

雅令

所謂雅令，系指行令時『引經據典，分韵聯吟，當筵構思者』。白居易有詩嘆曰：『閑征雅令窮經史，醉聽新吟勝管弦。』因而對行令對象的文化素養要求頗高。雖說上不要博古通今，至少也要熟讀儒家經典和古今文藝名篇。雅令的形式包括作詩、聯句、道名、拆字、改字等。

《紅樓夢》第四十回：『金鴛鴦三宣牙牌令』中寫道：

……大家坐定，賈母先笑道：『咱們先吃兩杯，今日也行一令才有意思。』薛姨媽等笑道：『老太太自然有好酒令，我們如何會呢？安心要我們醉了，我們都多吃兩杯就是了……』鳳姐姐忙走到當地，笑道『既行令，還叫鴛鴦姐姐來行更好。』衆人都知賈母所行之令必得鴛鴦提，故聽了這話，都說『很是』……鴛鴦也就半推半就，謝了坐，便坐下，也吃了一鐘酒，笑道：『酒令大如軍令，不論尊卑，惟我是主。違了我的話，是要受罰的。』……鴛鴦道：『如今我說骨牌副兒，從老太太起，順領說下去，到劉姥姥止。比如我說一副兒，將這張牌拆開，先說頭一張，次說第二張，再說第三張，說完了，合成這一副兒的名字，無論詩詞歌賦成語俗語，比上一句都要押韵。錯了的罰一杯。』衆人笑道：『這個令好，就說出來。』鴛鴦道：『有了一副了，左邊是張「天」』。賈母道：『頭上有青天。』衆人道『好』。鴛鴦道：『當中是個「五與六」』，賈母道：『六橋梅花香徹骨。』鴛鴦道：「剩得一張「六與幺」』，賈母道：『一輪紅日出雲霄』，鴛鴦道：『湊成便是「蓬頭鬼」』，賈母道：『這鬼抱住鐘馗腿』，說完，大家笑說：『極妙』。賈母飲了一杯。……鴛鴦道：『左邊「四五」成花九』，迎春道：『桃花帶雨濃』衆人道：『該罰，錯了韵，而且又不象。』迎春笑着飲了一口。原是鳳姐兒鴛鴦都要聽劉姥姥的笑話，故意將令說錯，都罰了。到王夫人，鴛鴦代說了個，下便該劉姥姥。劉姥姥道：『我們莊稼人閑了，也常令幾個人弄到這個，但不如說的這么好聽，少不得我也試一試。』衆人都笑道：『容易說的，你只管說，不相干。』鴛鴦笑道：『左邊「四四」是個人』，劉姥姥聽了，想了半日，說道：『是個莊稼人罷』，衆人哄堂笑了。賈母笑道：『說的好，就是這樣說』。劉姥姥也笑道：『我們莊稼人，不過是現成的本色，衆位別笑』。鴛鴦道：『中間「三四」綠配紅』，劉姥姥道：『大火燒了毛毛蟲』。衆人笑道：『這是有的，還說你的本色。』鴛鴦道：『左邊「幺四」真好看。』劉姥姥道：『一個蘿卜一頭蒜』，衆人又笑了。鴛鴦笑道：『湊成便是一枝花』。劉姥姥兩只手比着，說道『花兒落了結個大倭瓜』衆人大笑起來……

這裏的牙牌令只是雅令中的一種，其它還有很多，如：

拆字貫成句令：明朝永樂年間，大學士陳詢因得罪權貴，被黜謫地方。同僚陳循、高穀爲他餞行時，令官規定：『各用三家分合，以韵相協，以成句終之』，三人分別對爲：

轟字三個車，余斗字成斜，車車車，遠上寒山石徑斜。（陳循）

品字三個口，水酉字成酒，口口口，勸君更進一杯酒。（高穀）

矗字三個直，黑出字成黜，直直直，焉往而不三黜。（陳詢）

這個酒令巧妙地運用詩典了表達了飲酒人的心情，難度頗高，非常人所能爲。

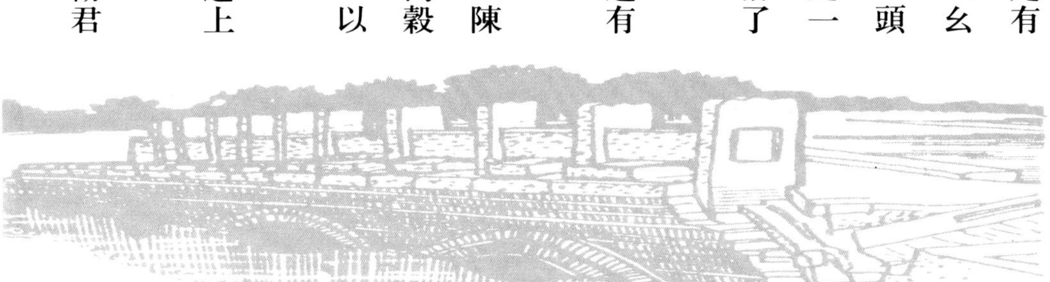

國名叠塔令：要求只用戰國策一書中的典故成語。從一個字開始，然后順序纍增到十字，且每增一字的最后一字，與開頭第一字相同。如：

秦，韓秦，韓與秦，韓甚疏秦，韓謁争于秦，韓心入臣于秦，韓出鋭師以佐秦，韓令冷向借救于秦，韓相公仲使韓侈之秦，韓爲中軍以與諸侯攻秦。

以此類推，凡不成者，罰飲酒。

改字詩令：將古詩讀錯一字，另引一句詩解釋讀錯的緣由，不工者罰一杯，不成者罰雙杯。如：劉禹錫詩：『少小離家老大回』，可錯讀爲：『少小離家老二回』，然后用一句詩説明爲何改『老大』爲『老二』，『只因老大嫁作商人婦』。此句答合令旨。白居易詩：『舊時王榭堂前燕』，錯讀爲『舊時王榭堂前花』，然后作詩解釋：

『只因紅燕自歸花自開』

等等，以此類推。

集美人名令：酒席在座者各寫一古代美人的名字鬮，然后依次抓取，并用唐詩兩句，將美人名分嵌名内，前后照應，若作得好，各敬賀一杯，若作得不好罰一杯，作不出者則罰兩杯。如：拈得『緑珠』，詩爲『爲我樽前横緑綺，偶然樓上卷珠廉』。拈得『玉蕭』，詩爲『丁當玉佩三更雨，贏女銀蕭空自憐。』

飲中八仙歌令：將杜甫《飲中八仙歌》順數，一人一字，遇口字一杯，遇酒字一大杯，遇水酉旁杯觴飲斗等字半杯，遇鈎剔所向爲左右轉，遇轉不轉者，罰一杯。如第一句：『知章騎馬似乘船，眼花落井水中眠』知，有口飲一杯。騎，有口飲一杯。有鈎向左轉，船，有口飲一杯，有剔向右轉。落，有口飲一杯，有水字旁再飲半杯。水，飲半杯，有鈎向左轉。眠，有剔向右轉，其余以此類推。

女兒令：凡與少女性情、言動、舉止、執事相關的都可入令。對句最好用成句或詩句。對不工，或詞不達意罰酒。如《紅樓夢》第二十八回，寶玉與薛蟠、蔣玉菡、雲兒等飲酒，就曾行此『女兒令』。

……寶玉説道：『……我先喝一大海，發一新令，有不遵者，連罰十大海，逐出席外與人斟酒……如今要説悲、愁、喜、樂四字，却要説出女兒來，還要注明這四字原故。説完了飲門杯。酒面要唱一個新鮮時様曲子。酒底要席上生風一様東西，或古詩、舊對、《四書》、《五經》、成語。』聽寶玉說道：『女兒悲，青春已大守空閨。女兒愁，悔教夫婿覓封侯。女兒喜，對鏡晨妝顏色美。女兒樂，秋千架上春衫薄。』從人聽了，都道：『說得有理』……于是，(雲兒)拿琵琶聽寶玉唱道：『滴不盡相思血泪抛紅豆，開不完春柳春花滿畫樓，睡不穩紗窗風雨黄昏后，忘不了新愁與舊愁，咽不下玉粒金蓴噎滿喉，照不見菱花鏡裏形容瘦。展不開的眉頭，捱不明的更漏。呀！恰便似遮不住的青山隱隱，流不斷的緑水悠悠。』唱完，大家齊聲唱彩，獨薛蟠說無板，寶玉飲了門杯，便拈起一片梨來，說道：『雨打梨花深閉門』，完了令。……

通令

所謂通令『其俗不傷雅，不費思索，可以通行者。』這種酒令運用範圍甚廣，凡筵席上不拘何種人均可行此令。其主要形式表現爲：骰子令和猜拳

骰子令

骰子令的形式很多，如《金瓶梅》第二十一回有一段描寫骰字令的，即是其中之一種。吴月娘道：『既要我行令，照依牌譜上飲酒，一個牌兒名，兩個骨牌含《西厢》一句。』先擲說：『擲六個娘子，醉楊妃，落了八珠環，游絲兒抓住荼蘼架。』不犯，該西門慶擲，說：『我虞美人，是楚漢争鋒，傷了正馬軍，吃了一杯……』金蓮說：『鮑老兒，臨考入花叢，壞了三綱五常，問他個非奸做賊拿。』果然是三綱五常，吃了一杯酒。

六順令：一骰摇六次，挨座遞摇。始摇雲：一摇自飲幺，無幺兩鄰排，(左右兩坐飲)。二摇自飲兩，無兩敬席長(首坐或年長者)。三摇自飲川，無川對面端(對坐飲)。四摇自飲紅，無紅奉主翁(主人飲)。五摇自飲梅，無梅任我爲(隨意奉大量)。六摇自飲全，非全飲少年(年最少者飲)。六摇摇完之后，送次座再從頭開始摇。

猜點令：令官摇一骰，合席人依次猜點數，猜不中者自飲。猜中，則令官飲巨杯。

現今酒席上通常所行的拍七令，也是通令中的一種，即所有飲酒者依次數數到四十九，每明七須拍桌上一下，每暗七(如一十四、二十一、二十八等)則須拍桌下一次，誤拍者罰飲酒。

猜拳令

通令中的猜拳，又稱豁掌或劃拳，或拇戰。《清稗類鈔》有較爲詳細的說明：猜拳爲酒令游戲之法，唐人詩有『城頭擊鼓傳花枝，席上搏拳握松子』句，乃知酒席猜拳爲戲，由來久

矣。通俗所行之酒令，兩人相對出手，各猜其所伸手指之數，而合計之以分勝負，五代時史宏肇與蘇逢吉飲酒，酒令作手勢，即今拳之所也。拳之口語，一爲一定，二爲二喜，三爲連升三級，四爲四季平安，五爲五經魁首，六爲六順風，七爲七巧，八爲八匹馬，九爲九蓮燈，十爲十全如意。又有所謂加帽者，則于每句之上，皆加『全福壽』或惟以『全字』帽。

猜拳有不賭空之說，(元)姚文焕詩『剥將蓮子猜拳子，玉手雙開不賭空』是也。今人謂之猜單雙。其法任取席上果粒，可枚計掌握中，奇其數，异其色，雙屋而出其一，先奇偶，次數目，凡三射而決勝負。

酒令中有打擂臺者，勝家高坐于炕，欲奪其席者，預飲一巨觥，立者與坐者拇戰，勝則奪其席而據之，敗則退位，惟進一觥而已。

猜拳的形式多種多樣，有滿蒙漢拳、內拳、空拳、走馬拳、連環拳、贏通關拳、輸通關拳等等。

籌令

所謂籌令，是把酒令寫在酒籌之上，抽到酒籌的人依照籌上酒令的規定飲酒。此令最能活躍酒席氣氛，人人參與，命運攸關。現舉例如下：名士美人令：在三十六只酒籌上，寫上美人西施、神女、卓文君、隋清娱、洛神、桃葉、桃根、綠珠、絳桃、柳枝、寵姐、薛姐、薛濤、紫雲、樊素、小蠻、秦若蘭、賈愛卿、小鬟、朝雲、琴操等二十名，再寫名士範蠡、寶玉、司馬相如、司馬遷、曹植、王獻之、石崇、韓文公、李白、元稹、杜牧、白居易、陶穀、韓琦、範仲淹、蘇軾等十六位。然后分抽酒籌，抽到範蠡者與抽到西施者交杯，而后猜拳，以此類推：宋玉與神女，司馬相如與卓文君，司馬遷與隋清娱，曹植與洛神，王獻之與桃葉、桃根，石崇與綠珠，韓愈與柳枝、絳桃、李白與寵姐，元稹與薛濤，杜牧與紫雲，白居易與樊素、小蠻、陶穀與秦若蘭，韓琦與賈愛卿，範仲淹與小鬟，蘇軾與朝雲、琴操等交杯、猜拳。

觥籌交錯令：制籌四十八枝，凸凹其首，凸者塗紅色，凹者塗綠色，各二十四枝。紅籌分寫清酒席間某人飲酒：酌首座一杯、酌位尊一杯、酌年長一杯、酌年少一杯、酌肥者一杯、酌瘦者一杯、酌身長一杯、酌身短一杯、酌先到一杯、酌后到一杯、酌后二杯、酌后到三杯、酌左一杯、酌左第二杯、酌左第三杯、酌右一杯、酌右第二杯、酌右第三杯、酌對坐一杯、酌量大三杯、酌默坐者一杯、酌主人一杯、自酌一杯、回酌一杯。

緑籌上分寫飲酒的方式：左代飲、左分飲、右代飲、右分飲、對坐代飲、對坐分飲、后到代飲、后到分飲、量大代飲、量大分飲、多子諸代飲。多妾者代飲、兄弟代飲(年世姻盟鄉誼皆可)、兄弟分飲、酌者代飲(自酌另抽)、酌者分飲、飲全、飲半、飲一杯、飲兩杯、飲少許、緩飲、免飲。

酒令官舉筒向客，抽酒籌的人先抽紅籌，紅籌上若寫着：自酌一杯，則本人再抽一支緑籌，緑籌上若寫：飲兩杯，抽籌者就得飲兩杯酒。若緑籌上寫着：免飲，抽籌者即不飲酒。如果抽酒籌的人抽到的紅籌寫着：酌肥一杯，則酒席最胖的人須抽緑籌，緑籌上若寫：右分飲，則與身邊右邊的人分飲一杯酒；緑籌上若寫：對坐代飲，則對坐的人飲一杯，其它以此類推。

捉曹操令： 制籌十二枝，分填上諸葛亮、曹操、蜀五虎將(關羽、張飛、趙雲、馬超、黃忠)，魏將五人(許褚、典韋、張遼、夏侯、夏侯淵)。由十二人分抽，抽以酒籌的人不得聲張，要保密。然后由抽到諸葛亮的人開始猜點曹操。若第一次就猜點到持曹操酒籌的人，此人便飲五杯，若是第二次猜着，飲四杯，第三次猜着飲三杯，持諸葛亮酒籌的人也得自飲一杯。如果猜點到蜀漢五虎將，可令其代爲猜點曹操。如果猜點到魏將，則發一小令，讓蜀漢五虎將之一與魏將猜拳，然后以此類推，繼續進行。

《紅樓夢》第六十三回『壽怡紅群芳開夜宴』所描寫行酒令場面用的也是典型的籌令。

……襲人籌一一的斟了酒來……寶玉因說：『咱們也該行個令才好。』……說着晴雯拿了一個竹雕的簽筒來，裏面裝着象牙花名簽子，搖了一搖，放在當中。又取過骰子來，盛在盒內，搖了一搖，揭開一看，裏面是五點，數至寶釵。寶釵便笑道：『我先抓，不知抓出個什么來』，說着將筒搖了一搖，伸手掣出一根，大家一看，只見簽上畫着一支牡丹，題着『艷冠群芳』四字，下面又鐫的小字，一句唐詩，道是『任是無情也動人。』又注着『在席共賀一杯，此爲群芳之冠，隨意命人，不拘詩詞雅謔，道一則以侑酒。』衆人看了，都笑說：『巧得很，你也原配牡丹花。』說着大家共賀了一杯。……該着黛玉，黛玉默默的想道：『不知還有什么好的被我掣着方好』，一面伸手取了一根，只見上面畫着一枝芙蓉，題着『風露清愁』四字，那面一句舊詩，道是『莫怨東風當月嗟』

注雲『自飲一杯，牡丹陪飲一杯……』該着襲人。襲人便伸手取了一支出來，却是一枝桃花，題着『武陵別景』四字，那一面舊詩寫着，道是：『桃紅又是一年春』注雲：『杏花陪一盞，坐中同庚者陪一盞，同辰者陪一盞，同姓者陪一盞。』

有人將中國古代酒令進行了收集整理，約計三百余種，其中較爲常見的有：

猜子令、猜花令、打擂令、揭彩令、五毒拳、通關拳、啞拳、内拳、空拳、走馬拳、添減正拳、抬轎令、過橋令、霸王拳令、喜相逢令、鋸子拳、烏龍令、擲烏令、福禄壽令、趕羊令、并頭蓮令、猜點令、點將令、探花令、一色令、占風令、賞月令、賞雪令、六順令、催花令、飛花令、三骰令、詞令、揭牌令、八卦令、摸海令、拆字令、拆字對令、毛詩酒令、干支令、花名酒令、數目詩令、玉人詩令、屬對令、花非花令、織錦令、顛倒令、鬥草令、四聲令、餐花令、解語花令、作人令、加倍令、度曲令、說笑話令、急口令、過年令、摇船令、回環令、拍七令、數梅花令、數錢令、數元寶令、女兒令、一品令、詞牌令、花風令、散花令、尋花令、占花名令、金帶圍令、拿妖令、訪西施令、訪黛玉令、合歡令籌、卷白波、訪鶯鶯令、捉曹操令、唐詩酒籌、啞樂令、無雙酒籌、農諺酒籌、迷藏令、規矩令、釣魚令、九射格、貫月楂、泥塑令、擊鼓傳花令、戴裝翅令、獨行令、點戲令等。

酒令中的籌令，運用較爲便利，但制作要費許多功夫，要做好籌簽，刻寫上令辭和酒約。籌簽多少不等，有十幾簽的，也有幾十簽的，這裏列舉幾套比較宏大的籌令，由此可見其內涵豐富之一斑。

（二）名賢故事令（三十二籌）

趙宣子假寐待旦　閉目者一杯

莊周生詼諧誕妄　說笑話一則

淳于越赤首纓冠　禿頭者一杯

關尹喜望見紫雲　吸烟者一杯

廉將軍一飯三遺　告便者一杯

平原君珠履三千　穿美勝者一杯

張子房借箸籌國　正舉筷者飲一杯

朱翁子擔上書聲　講文學者飲一杯

鄧仲華仗策從軍　出席者飲一杯
黃初平叱石成羊　屬羊者飲一杯
馬伏波披甲上馬　年高者飲一杯
孫北海尊酒不空　酒未干者飲一杯
吕奉先轅門射戟　争論者飲一杯
曹孟德割須弃袍　無須脱及者飲一杯
曹子建七步成詩　善詩者飲一杯
孟參軍龍山落帽　升官者飲一杯
王羲之坦腹東床　未婚者飲一杯
王司徒舉扇蔽塵　持扇者飲一杯
畢吏部醉倒瓮邊　近壺者飲一杯
江文通夢筆生花　教師飲一杯
潘安仁乘車擲果　食水果者飲一杯
祖士雅聞鷄起舞　手舞者飲一杯
陶淵明白衣送酒　白衣者飲一杯
薛仁貴箭定天山　習武者飲一杯
李青蓮脱靴殿上　穿靴者飲一杯
宋學士掃雪烹茶　吃茶者飲一杯
曹武惠周歲取印　生子者飲一杯
周茂叔夏月觀蓮　愛花者飲一杯
王欽若閉户修齋　吃素者飲一杯
歐陽公坐見朱衣　穿顔色服者飲一杯
蘇長公正襟危坐　端坐者飲一杯
陳季常怕聞獅吼　懼内者飲一杯

(二)唐詩酒籌(八十籌，選録四十籌)

玉顔不及寒鴉色　面黑者飲
人面不知何處去　須多者飲
焉能辨我是雄雌　無須者飲
獨看松上雪紛紛　須白者飲
相逢應覺聲音近　短視者飲
願爲明鏡分嬌面　戴眼鏡者飲
此時相望不相聞　耳聾者飲
可能無礙是團圓　大腹者飲
鴛鴦可羡頭俱白　年高者對飲
仙人掌上雨初晴　净手者飲
馬思邊草拳毛動　脂須者飲
人面桃花相映紅　面紅者飲
尚留一半給人看　戴眼鏡者飲
粗沙大石相磨治　麻面者飲
無因得見玉纖纖　袖不卷者飲

莫竊香來帶纍人　灑香水者與左右鄰飲
與君便是鴛鴦侶　并坐者飲
養在深閨人未識　初會者飲
誰得其皮與其骨　吃菜者飲
仿佛還是露指尖　隨意猜拳
情多最恨花無語　不言者飲
不許流鶯聲亂啼　問者即飲
無心之物尚如此　掏耳剔牙者飲
千呼萬喚始出來　后至者三杯
年來老干都成菌　有小兒者飲
世間怪事哪有此　不懼内者飲
世上而今半是君　懼内者飲
莫道人間總不知　懼内不認者飲
若問傍人哪得知　妻賢者飲
未知肝膽向誰是　有妾者飲
令人悔作依冠客　端坐者飲
西樓望月幾時圓　新婚者飲
座間恐有斷腸人　貌美者飲
枝頭樹底覓殘紅　新婚者飲
顛狂柳絮隨風舞　起坐不常者飲
何人種向情田裏　生子者飲
二水中分白鷺洲　茶酒并列者飲
平頭奴子搖大扇　搖扇者飲
亂殺平人不怕天　醫生飲
無人不道看花面　妻美者飲

(三)唐詩牙牌籌令(三十二籌)

坐列金釵十二行　天牌　女友多者三杯
十二街中春色遍　天牌　普席各一杯
雙懸日月照乾坤　地牌　戴眼睛者一杯
金杯有喜輕輕點　地牌　新婚者三杯
并蒂芙蓉本自雙　人牌　孿生姊妹一杯
東風小飲人皆醉　人牌　各飲門杯
月監秋水雁橫空　和牌　快具一杯，不認三杯
曾經庚亮三秋月　和牌　后至者三杯
三山半落青天外　三六　出席者三杯
九重春色醉仙姚　四五　值生日三杯

五雲深處是三臺　三五　好道者一杯
天上雙星夜夜縣　二六　同仕各一杯
北斗七星三四點　三四　左三右四各一杯
兩人對酌山花開　二五　大笑者一杯
一片朝霞迎曉日　么四　艷服者一杯
南枝才放兩三花　二三　年少者一杯
須向桃源問主人　二四　主人一大杯
舉杯邀月爲三友　么二　好友各三杯
江城五月落梅花　長五　久爲客者一杯
十月先開嶺上梅　長五　年長者一杯
三月正當三十日　長三　老健者一杯
雙雙瓦崔行書案　長三　善文者一杯
寒梅四月始如春　長二　默坐者一杯
二月二日江上行　長二　遠來者一杯
六行燈火伴梅花　五六　未婚者各一杯
五色雲中駕六龍　五六　新貴一杯
花園四座錦屏開　四六　執扇者一杯
天上人間一片雲　四六　吸烟者一杯
此日六軍同住馬　么六　善武者一杯
錦江春色來天地　么六　量大者三杯
梅花枝上月初明　么五　初會者一杯
偏使有花兼有月　么五　自飲一杯

(四)棋子酒令(十四籌)

帥　中原將帥乙廉頗　年老者飲
將　聞道名城得真將　穿制服者飲
仕　仕女班頭名屬君　座中女人飲
士　定似香山老居士　教師飲
相　兒童相見不相識　生客飲
象　詩家氣象歸雄渾　能詩者飲
車　停車坐愛楓林晚　面紅者飲
車　虢國金車十里香　酒香水者飲
馬　洗眼上林看躍馬　戴眼鏡者飲
馬　馬踏雲中落葉聲　唱歌者飲
炮　炮車雲起風欲作　起座者飲
砲　小池鷗鷺戲荷包　帶皮包者飲
兵　静洗甲兵常不用　脫衣者飲
卒　殘卒自隨新將去　帶小孩者飲

古代的酒令傳至今日，降劃拳還在延用外，其他都不見流行了。令人奇怪的是，酒的生產量越來越多，酒民隊伍也越來越大，可是酒令卻走上末路。

第五節 歷代酒器觀攬

隨着酒的生產和發展，專門用以盛酒、飲酒的酒具便隨之應運而生。從新石器時代到商周時期，再到兩千多年的整個封建社會，伴隨着社會生產力的不斷發展進步而日益精致、繁多。

考古資料表明，我們目前見到的最早的酒具是陶質酒器，大約在距今六千年前的大汶口文化時期就已有了用途明顯爲酒具的陶器，到了五千年前的時候，我們的祖先已在制造和使用一些較爲精美的酒器了。酒器不僅種類繁多，功用各异，質料也多種多樣。就其用途而言大體可分爲飲酒器、濕酒器、斟灌器、盛儲器、冰鎮器以及娛酒器、造酒器等等。飲酒器主要包括：流行于商周時期的爵、觥、角、觚、觶，流行于西周至春秋時期的羽觴，以及流行于戰國秦漢時期的卮，此外還有杯、鉀、碗、盞等；温酒器主要有盉、罍、樽、斝、鐺(铛)、爵、爐、注子、注盌等；斟灌器主要有盉、罍、斝、觥、注子、執壺等；盛儲器主要有缸、瓮、尊、罍、瓿、缶、彝、壺、卣、罐、鈁、鐘、榼、瓶、鐺等；冰鎮器主要有：鑒、缶、尊、盤、壺、卣等；娛酒器主要有：骰子、令籌等。其中有不少器物是一物多用，如爵既是飲酒之具，也可用于酒温，盉、斝、罍、注子等，不僅可温酒，也可以作斟灌器使用。

如果按照質料來分類，則主要包括：陶器、瓷器、漆器、玉器、青銅器、金銀器、玻璃器、象牙器、獸角器、蚌貝及天然植物制成的竹木器等。

這些精美絶倫、質地不同而用途各异的酒器，呈現出异彩紛呈的局面，在中國酒文化史上占有極其重要的地位。

人們目前所能見到的，歷史上遺留下來最早的人工制造的酒器是陶質酒具。隨着社會生產力的發展，人們文明程度的提高和生活經驗的不斷積纍，到了新石器時代，中國人的祖先就已經掌握了以粘土燒制各種生活器具的技藝，專用的酒器逐漸從飲食器具中分離出來。浙江余姚河姆渡文化遺址、山東大汶口文化遺址、龍山文化遺址中均發現了尊、罍、杯、等陶質酒具，其中龍山文化的『蛋殼陶』高柄杯的制陶工藝已達到爐火純青、登峰造極的水平。

夏商時期，是酒器大變革時期，也是陶器與青銅酒器的交替階段。由于生産力的不斷提高，酒器的品類也日益豐富，陶器雖然仍占有重要的地位，但青銅酒器的出現，爲酒器制造業帶來了新的内容。特别是商周兩代，青銅鑄造技術大大提高，青銅酒器的品種數量之多，紋飾之精美，工藝水平之高超，達到了驚人的程度。近年來考古發現，商代大型墓葬中出土的青銅酒器數量較多，作爲青銅酒禮器多成組出土，約占出土青銅器的一半以上。其主要種類有：爵、斝、觚、盉、壺、尊、罍、瓿、彝等。這一時期還相繼出現了原始瓷尊、和漆觚以及象牙杯等。

春秋至秦漢，是酒器的又一個變革時期。青銅酒器逐漸衰微，代之而起的是花紋古樸、色彩明快的漆器。主要形制有杯、樽、卮、扁壺等，其中以耳杯最爲盛行。耳杯又稱『羽觴』，漆耳杯爲木胎斫制，橢圓形，兩旁有耳，多以朱、黑兩采裝飾紋樣。長沙馬王堆一號漢墓中出土漆耳杯竟達九十件之多！

這一時期，青銅酒器也占一定數量。種類主要有：鑒、缶、尊、壺、鐳、鐘、鈁等。另外還有少量的金、銀、玉、瓷、玻璃、象牙等質料的酒器，器類多屬杯、卮、盞；陶器較少，主要有瓮、缸、樽、壺等，多作盛貯器使用。河南洛陽燒溝漢墓出土了大批貯酒陶瓮，均寫有酒名及貯酒石數。河北省滿城縣西漢中山王劉勝墓中出土了十六件貯酒陶缸，陶缸寫有朱書文字：『黍上尊酒十五石』、『甘醪十五石』、『甘醪十石』、『稻酒十一石』等。此時實用的陶質飲酒器已極爲少見。

魏晋以后，瓷器制造業日益發達，特别是到了隋唐，瓷器逐步取代其他酒器占據了主導地位，成爲當時最普遍、最常用的飲酒器具。形制有鷄首壺、尊、杯盅等。唐代的南方越窑如冰似玉的青瓷及北方如霜似雪的邢窑白瓷，都達到了很高的水平。唐陸龜蒙詩：『九秋風露越窑開，奪得千峰翠色來』，正是對越窑青釉瓷的贊譽。唐代中期，瓷質酒器造型上增添了新的器型，即集盛酒、温酒于一體的酒注子。它酷似今天的酒壺，這類酒注子多出土于唐墓。除了精美的瓷器外，造型别致、玲瓏剔透的玉質酒器日益繁榮，工藝精湛的金銀酒器也争奇半艷，均在唐代酒器中占有一席之地。

宋元時期，制瓷業空前繁榮，名窑幾乎遍布中原，瓷酒器色彩斑斕奪目。器形豐富，品種完備，在歷史上是絶無僅有的。人們常以『青如天，明如鏡，薄如紙，聲如磬』來譽之。這一時期的金銀器、玉器制造也相當發達。

明清時期，隨着制瓷工藝的進一步提高，瓷酒具的質量已日臻完美，尤其是景德鎮生産的青花玲瓏瓷、成化鬥彩、琺琅彩、素三彩等酒器極爲精美，堪稱酒具佳品。精美的玻璃酒具也開始崛起，爲酒器家庭中增添了新的『成員』。

酒器與漫長的中國古代歷史相伴隨，經歷了數千年的演化，呈現出五彩繽紛的景况，成爲中國酒文化的又一大奇觀。

（二）陶制酒器

陶器的出現，具有劃時代的意義。它使人類的物質文化生活向前大大推進了一步。陶器是用陶土即單一或多種混合的無機鹽作原料，利用陶土的可塑性，塑造成適合生活的容器，經高温焙燒而成的各種器皿。根據陶器的顏色來分，泥制陶可以分成灰陶、紅陶、黑陶或褐陶。以裝飾來分，陶器又有素面陶、彩陶、彩繪陶和釉陶等品種。

陶器的使用在新石器早期已比較普遍。到母系氏族公社繁榮時期，陶器的品種已相當發達。現在日常生活中所習用的一些器皿，在當時多已出現。器物大致可分爲飲食器、水器、炊器和儲藏器等不同類别。其中飲食和貯藏器就是最早的酒器。如距今五千至七千一百五十年的仰韶文化出土陶器中的杯、壺、瓶、瓮等，距今四千至七千三百年的大汶口文化中的觚形器、壺、盉、尊、鬶、高柄杯、斝、單耳杯、高脚杯。

大致到父權制確立的時代，農業生産有了提高，已能提供較多的剩余糧食釀酒，而人們的宗教觀念業已形成，祭先祖、敬鬼神都少不了酒，因而這一時期陶制酒器已成爲陶器中的重要産品，且大多數器型種類是爲后來青銅酒器的先河。青銅酒器中的爵、等器型無不以對應的陶酒器爲原型，一般認爲龍山文化是父權制的代表文化之一。龍山文化出土的斛，高柄杯、雙耳杯、單耳杯、瓮、罍、盉、斝、瓶等專用酒器的數額有明顯增加。

夏商時代中國社會已進入奴隸制時代。奴隸主酗酒作樂。酒器大量盛行，陶制酒器器型已相當豐富。飲器有觚、盉、斝、爵、杯、卣、盛器有壺、尊、罍等。不過，陶制酒器在商代除了精美的白陶酒器外，一般是中小奴隸主貴族及民間使用，當時帝王和大奴隸主貴族使用的酒器主要是青銅酒器。

西周時代陶制酒器因統治者嚴禁酗酒，出土數量明顯減少，春秋戰國繼續了這一態勢，不僅酒器器型種類顯著減少，而且造型也粗糙簡陋，質量日漸下降。不過，陶制酒器一直沒有退出歷史舞臺，它仍然是歷代廣大貧困勞動者階層者使用的主要酒器。

（二）青銅酒器

青銅是紅銅與錫的合金。青銅器的制作是將冶熔的紅銅和錫液體灌注在雕有花紋陶範中鑄成的。這種技術可以上溯到公元前三千年。青銅器在早期多是工具兵器和飾物，青銅容器比較少見，而比較少見的容器正是酒器爵和角，如河南偃師二里頭文化遺址出土的乳針紋爵，鏤孔素爵，和素爵即是明證。二里頭文化代表的時代，一般認爲相當于夏朝時期。

進入商朝以后，青銅器的器種顯著增加，尤其是酒器占了相當大的比重。有人統計説，目前出土的青銅飲食器，至少有一半是酒器。如商朝前期出土的青銅容器中，烹炊器有鼎、鬲、罍食器有簋，水器有盤，酒器則有觚、爵、斝、角、尊、壺、卣、罍、盉等。商朝后期奴隸主貴族酗酒成風，青銅器更是蔚然大觀。

周人代商以后，厲行禁酗酒，因而西周的青銅酒器比商代少得多，商代最多見的觚、爵、角、斝、卣、尊、方彝等，西周早期的還有出土，中后期的竟趨向消失。

春秋戰國及秦漢，青銅酒器比較流行，但已無復商朝的盛況，并且隨着中國古代青銅器發展到東漢進入尾聲，青銅酒器也退出了歷史舞臺。但是青銅酒器的造型一直因爲是東漢以來歷代工藝美術仿古的重要範例，而被延續了下來。

（三）瓷制酒器

瓷器的發明，目前學術界認爲最早出現于商周時期。當時生產的瓷器是一種青瓷，由于制作比較原始、粗糙，質量遠不如后代成熟的名窑瓷器，故稱爲原始青瓷。有趣的是現今出土年代最早的原始青瓷是兩件酒器，即鄭州出土的商代青褐釉原始瓷尊和安徽屯溪出土的西周原始瓷尊。這種現象不難理解，因爲商朝人喜歡飲酒，對酒器的需求量較大，用青銅器做酒器，數量畢竟有限，瓷器成本低，燒制比較容易，能够滿足大量的需要。但是瓷酒器的器型多仿青銅酒器，這種狀況直到漢代才擺脫了青銅酒器的影響而獲得獨立發展。特別是東漢時期，浙江地區創造性地燒成了青瓷，表明中國瓷器的正式誕生。它不僅是對人類物質文明所作的巨大貢獻，而且也把酒器制作推進到一個新階段。

若單就酒器使用的廣泛程度而言，東漢以前是陶制酒器和青銅酒器稱盛的時代，以后瓷酒器則以新的姿態躍居主導地位，瓷酒器造型美觀，釉層光潤，裝飾華美，堅固耐用，深受歷代人民的喜愛，所以歷代一千八白多年而不衰。

(四)漆器酒器

青銅酒器在商周時代，爲奴隸主貴族所鐘愛，曾風靡一時，但到后來則逐漸走向衰亡。有人認爲這與青銅酒器本身的弱點分不開，古名醫陳藏器說『銅器上汗有毒，令人發惡瘡內疽』。李時珍也說『銅器盛飲食茶酒，經夜有毒』。明人高濂、周履靖等人亦說過銅器不能盛酒過夜。這些說法現已得到科學的驗證。另外，漢唐以來貨幣經濟日益發展，銅成爲鑄造貨幣的主要原料，歷代都曾禁止用銅鑄造生活用品。故以青銅酒器的輕重多寡來顯示統治者身份地位的禮制及至戰國已趨没落瓦解之時，而在貴族的酒席筵上一度代之興起的是漆器酒器。

早在新石器時代，髹黑塗朱的漆器就已出現。商、周、戰國、秦、漢、彩繪、鑲嵌、戧金、夾紵、嵌螺鈿、貼金銀箔等髹工藝形成，漆器品種增多，就其漆工藝的發展而言，歷史上第一次的突飛猛進興盛繁榮，出現在戰國時期，且經久不衰，一直延續到西漢。目前出土的漆器酒器，可能以建國后在湖北江陵發掘出土的戰國時代的漆耳杯爲最早。這種耳杯，呈橢圓形，兩側各有一短翼似的幾何圖案，花邊色澤光亮，令人喜愛。據考古發掘的情況來看，兩漢是貴族使用漆器酒器最興盛時期。這可從長沙馬王堆漢墓出土文物，揚州西郊漢墓出土文物中的飲食器具全是漆器得到佐證。同時也與歷史文獻記載『雕文彤漆、野王 器』(《鹽鐵論》)相一致。其后，隨着漆器工藝的普及與社會的發展，漆器酒器逐漸從權貴的酒席筵上消失，而成爲普通人的用具。明洪武二十六就曾明文規定：公侯一品二品酒注、酒器用金，余用銀，三品至五品酒注用金，六品至九品酒注、酒盞用銀，余皆用瓷、漆、木器，并不許用珠 紅及抹金、描金、雕琢龍鳳文，庶民酒注用錫，酒盞用銀，余瓷、漆。

(《大明會典》)

(五) 金銀酒器

金銀器是以貴金屬黃金和白銀爲基本原料加工制成的器皿、飾件等。中國金銀器工藝起源于商代。但以金銀作爲酒器制作的材料，大約是從漢代開始的。不過，流傳下來的極少見。唐宋時代的金銀酒器出土甚豐，一九七〇年十月西安南郊河家村出土的唐代金銀器二百七十件，這是建國以來一次重大發現，其中有杯、觴、壺等酒器。陝西耀縣出土唐代窖藏銀器十九件，有『宣徽酒坊』銀碗和銀羽觴等，另一批重要發現是浙江長興發現的一百余件晚唐銀器，有銀杯羽觴等酒器。

宋王朝的建立，結束了唐末以來中原的分裂局面，生產得以發展，城市經濟逐步繁榮，據《東京夢華録》記述這時的皇親貴戚、王公大臣、富商巨賈都使用大量的金銀酒器，甚至連酒樓、妓館的飲具也是銀制的，南宋紹興二十年一次贈予金朝人的銀酒器就達兩萬件。

在物理性能上，金不怕氧化，不易生銹，不溶于酸碱，延伸性能較强，而銀在這些方面都不及金，加之銀的儲藏量較金爲多，所以它遠不如金珍貴。

(六) 玉制酒器

古玉器在中國流傳悠久，自新石器時代以來，已有七千余年的歷史，新石器時代玉器多爲裝飾品，也有較少的禮儀器。據傳，舜帝祀宗廟時，就使用了玉器，這大概是中國最早的玉酒器。商周時期開始出現了以新疆和闐玉材制的玉器，從此和闐玉逐步成爲中國玉器的主體。《周禮》中提到的玉酒器有『玉』、『玉瓚』等。魏晋南北朝時期出土的玉酒器有玉盞和玉耳杯。隋唐出土的玉酒器有玉酒杯、玉羽觴。唐代詩人王翰的著名詩句：『葡萄美酒夜光杯』所提到的夜光杯，即是用祁連山老玉琢成的酒杯。直到今天祁連山下的甘肅酒泉仍然生産夜光杯，并成爲參觀游覽酒泉境內敦煌莫窟的海內外游客所珍愛的紀念品。宋代制玉技術精湛，明人高濂説『宋人制玉，發古之巧，形后之拙，無奈宋人焉』。(《燕閑清賞箋》)因而玉酒器也相當精美。南宋紹興二十一年清河郡王張浚向高宗進奉的四十二件玉器中就有玉素鐘子、玉花高足鐘子、玉枝梗瓜杯、玉瓜杯等。元明清三代玉器工藝步入鼎盛時期，用玉之廣遍及日常生活的許多方面。現今存放北京北海公園團城的『瀆山大玉海』，是一大玉酒瓮。據說是元世祖忽必烈時期的遺物，它用整塊雜色墨玉琢成，周長五米，四周雕有出没于波濤之中的海龍、海獸，形象栩栩如生，很有氣勢，重達三千五百公斤，可貯酒三十石。這樣巨大的玉酒器想必是絕無僅有的。

有人把元明清三代的玉器功能分爲九類，其中分屬祭法器皿、陳設等類的爵、尊、觥、瓶、壺、盅、盞、執壺等都是酒器和仿青銅酒器造型的陳設品。

（七）玻璃酒器

中國古代稱玻璃爲琉璃或頗黎，早期的中國玻璃爲鉛鋇玻璃。

中國用玻璃制作酒器的歷史也可稱久遠。晉人陸機《飲酒樂》一詩中就有『葡萄四時芳醇，琉璃千鐘舊賓』的咏嘆。唐宋八大家之一的歐陽修也在《豐樂亭小飲》中留下了『人生行樂在勉强，有酒莫負琉璃鐘』的詩句。但在中國的酒器家族中，玻璃酒器真正占有一席之地，却是近現代以來，西方玻璃的燒造技術輸入后的事。

陶制酒器

人頭器口彩陶瓶，距今已有五千至六千年，甘肅泰安出土，現藏甘肅省博物館。

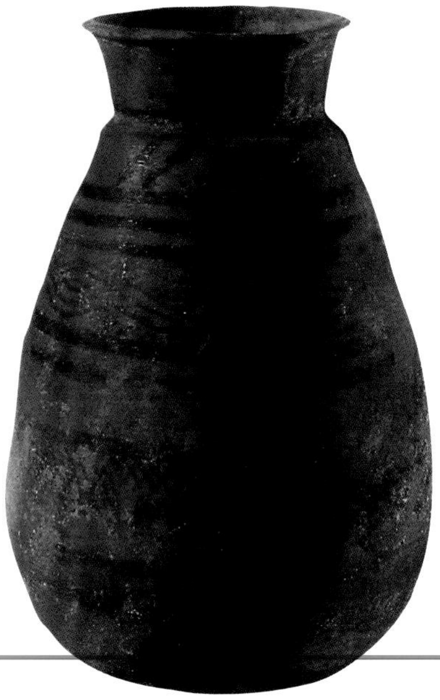

彩陶瓶，屬大溪文化晚期器物，湖南安鄉出土，現藏湖南省博物館。

瓷制酒器

白釉雙腹龍柄瓶，隋代墓葬出土，現藏天津藝術博物館。

對飲杯，爲清雍正朝器物。

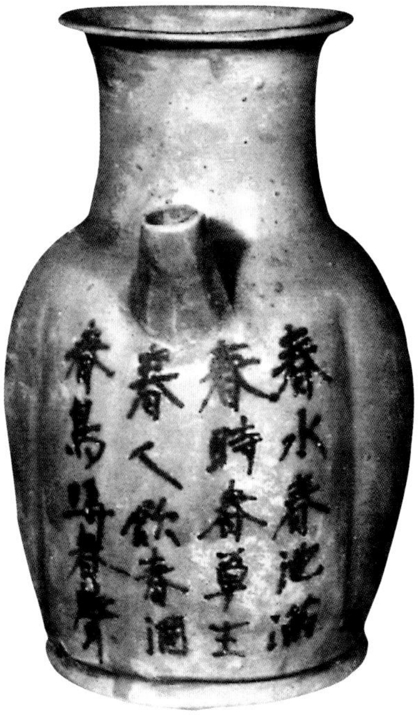

詩文瓷執壺，湖南長沙出土，現藏湖南省博物館。

金、銀、玉制酒器

金鏨雲脂執壺及酒盅托盤，爲清皇宮用品，現藏故宮博物院。

八仙執壺，明代傳世文物。

舞馬銜銀壺，陝西西安出土，爲唐代宮廷用品，現藏西安博物館。

紫砂酒器

桃形杯，明代器物，現藏南京博物院。

漆器酒器

君幸漆耳杯，湖南長沙出土，西漢器物，現藏湖南省博物館。

獸角酒器

透雕荷葉螳螂犀角杯，爲明代器物，現藏上海博物館。

除上述質材的酒器外，在中國的酒器家族中，最具民族特色和藝術價值的當數青銅酒器。人們從青銅酒器產生、發展乃至演變的過程與規律中，可以了解到那個時代的政治、思想、經濟及文化等諸方面的情況，早在中國的盛唐時期，美術史學家張彥遠就對古代的青銅酒器的繪畫作品價值有過極高的評價。他說：『祥辨古今之物，商較土風之宜，指事繪形，可驗時代。』現將歷代青銅酒器繪圖列后，供君鑒賞。

商代

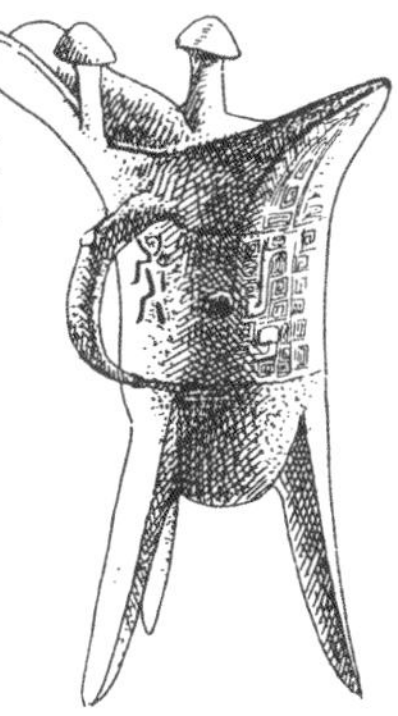
大爵

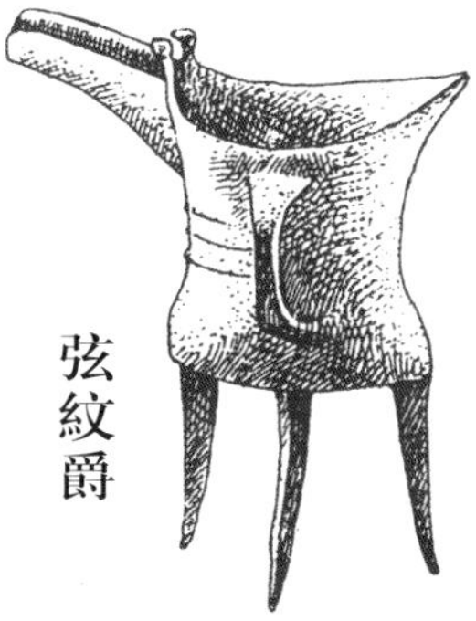
弦紋爵

獸面紋爵

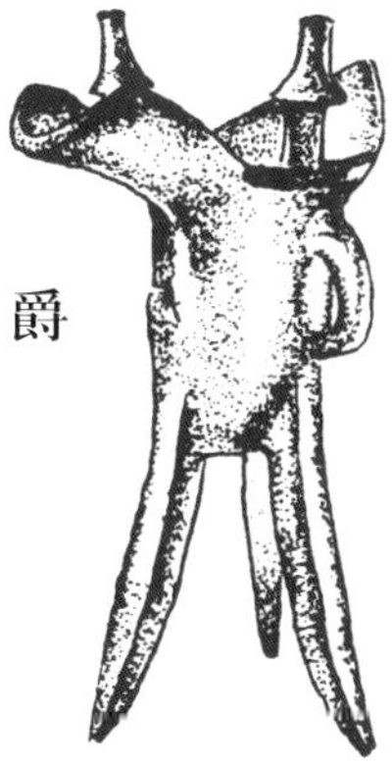
爵

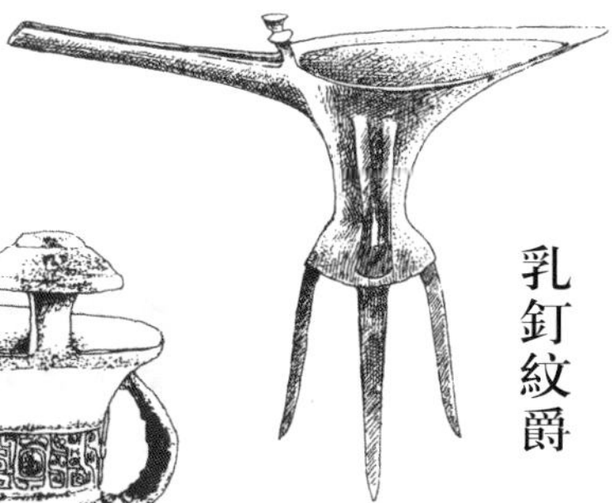
乳釘紋爵

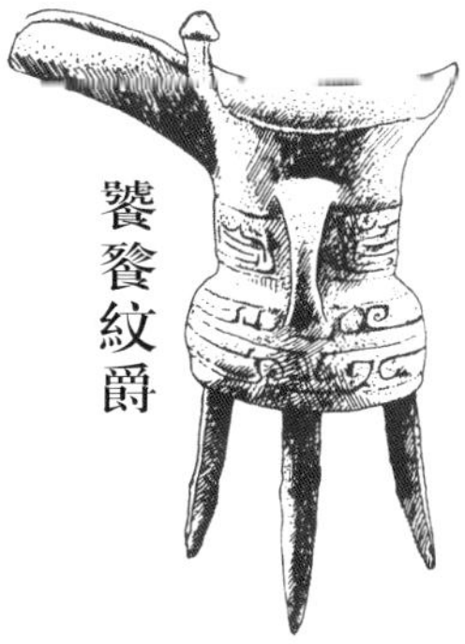
饕餮紋爵

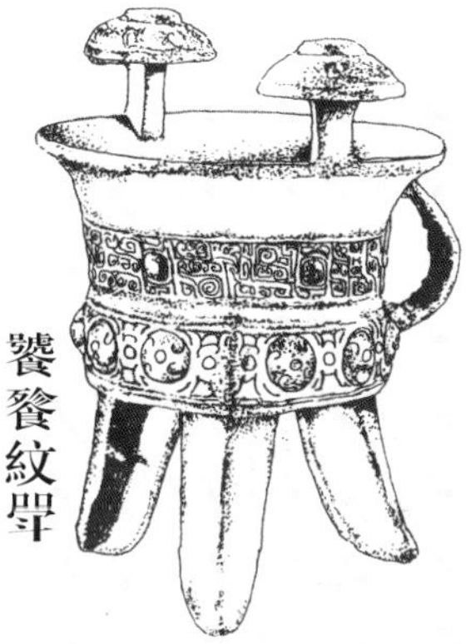
饕餮紋斝

珥斐婐角

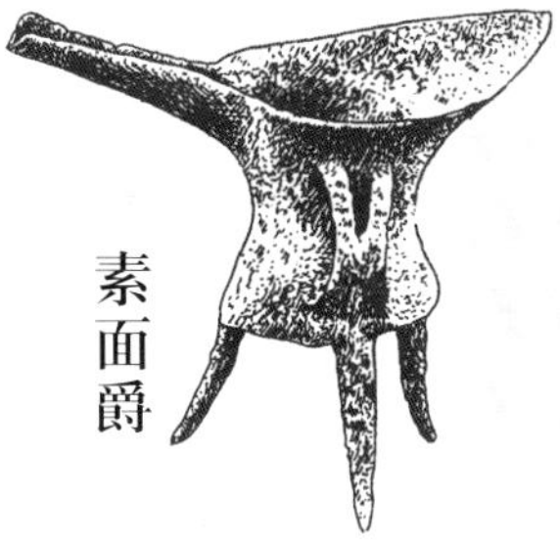
素面爵

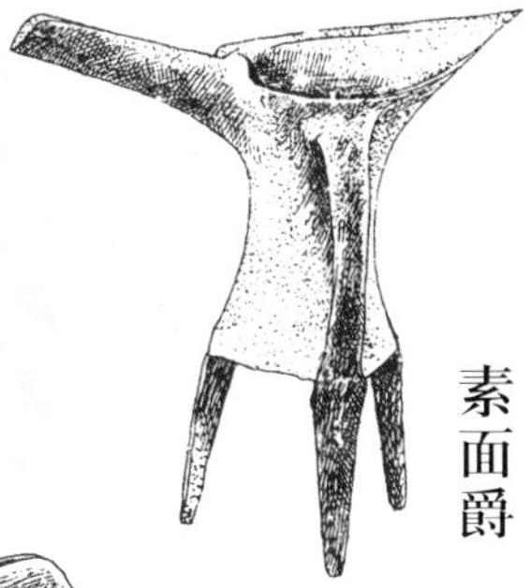
素面爵

獸面紋斝

饕餮紋爵

飛禽蓋饕餮紋角

饕餮紋單柱爵

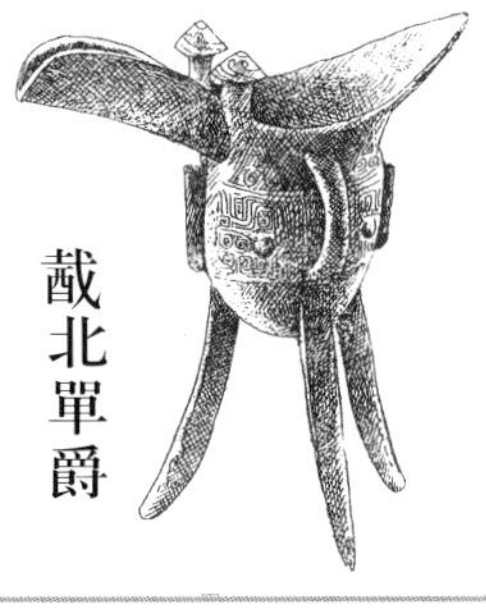
戠北單爵

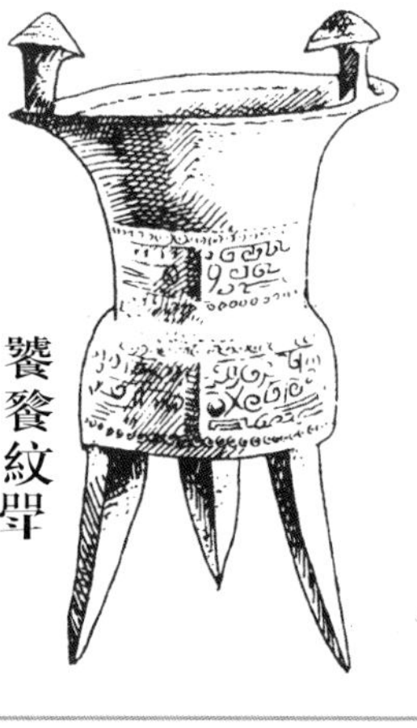
饕餮紋斝

獸面紋斝

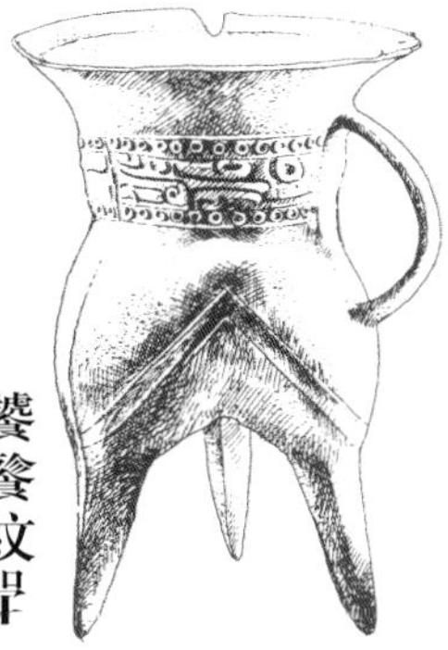
饕餮紋斝

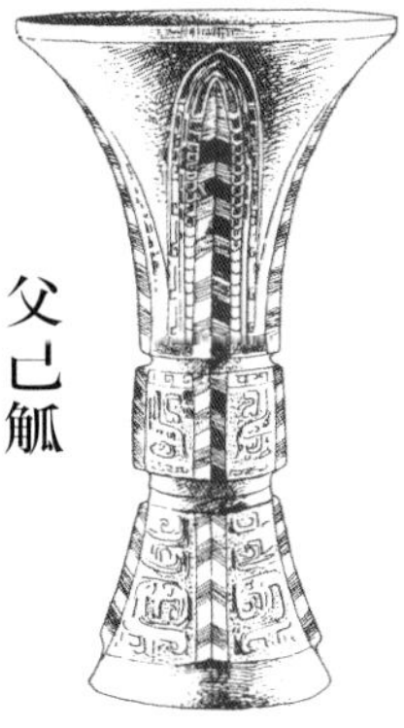
父己觚

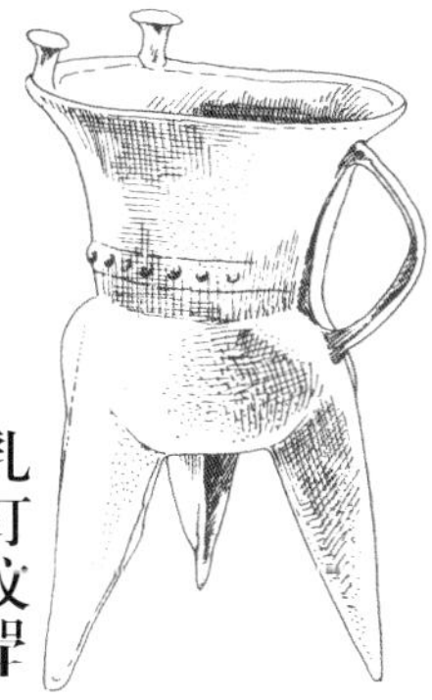
乳釘紋斝

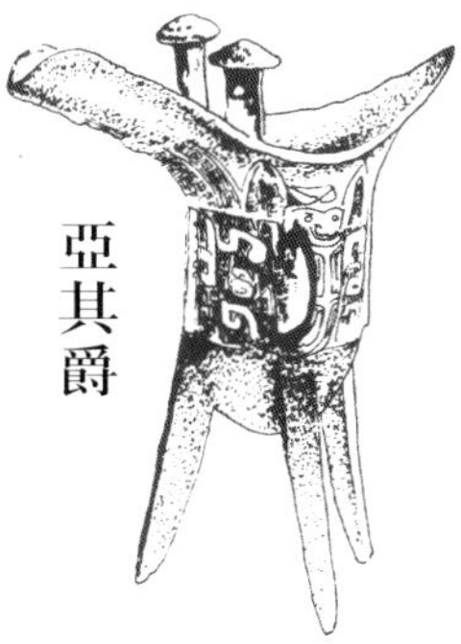
亞其爵

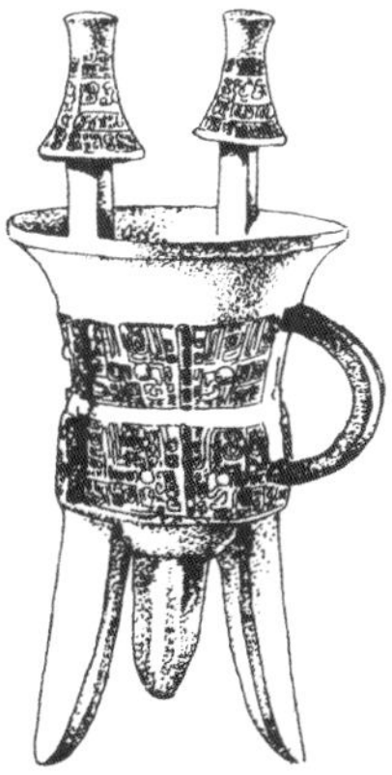
獸面紋斝

饕餮紋斝

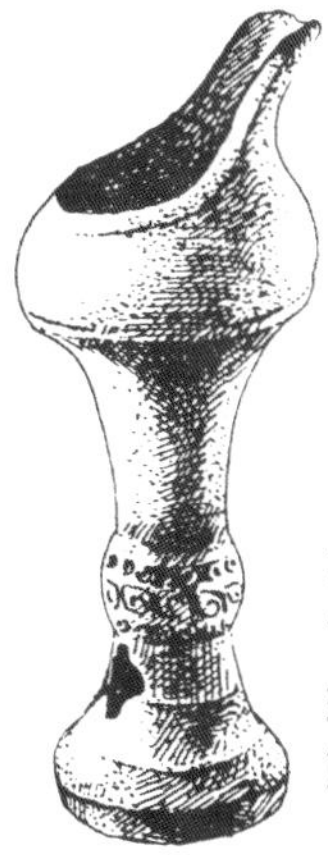
雲雷紋觚

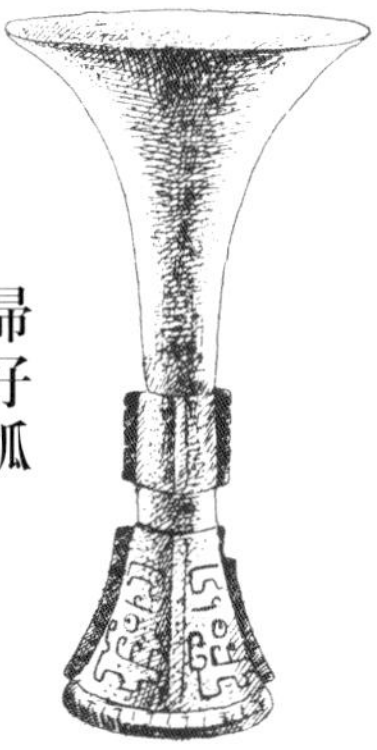
婦好觚

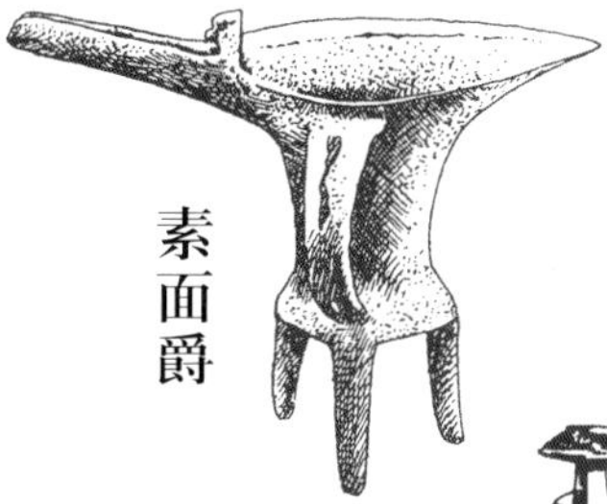
素面爵

饕餮紋方斝

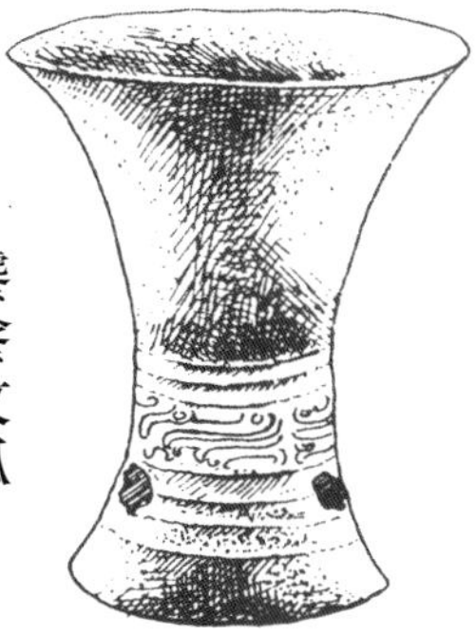
饕餮紋觚

獸面紋斝

乳釘紋斝

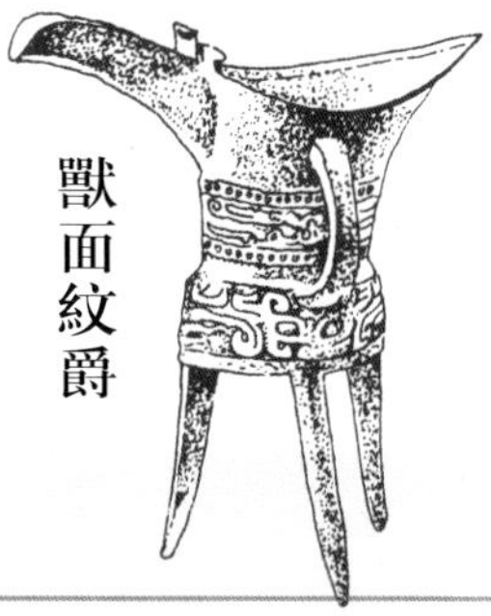
獸面紋爵

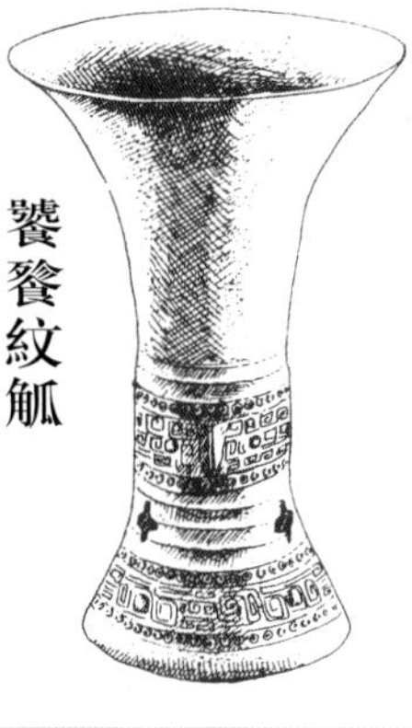
饕餮紋觚

耴觚

商代

猪尊

司㚸母方壺

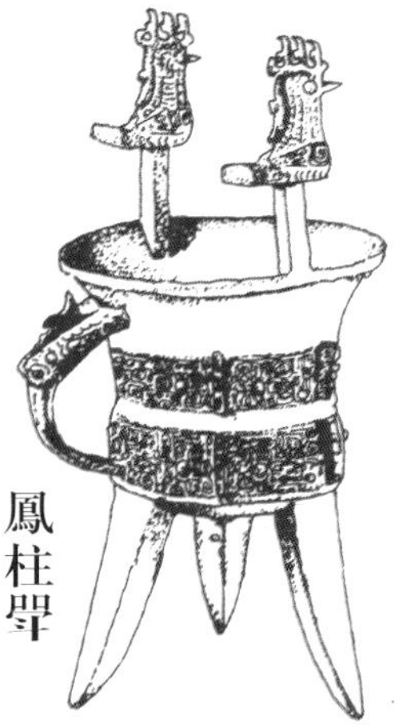

鳳柱斝

臤父癸觶

弦紋斝

饕餮紋尊

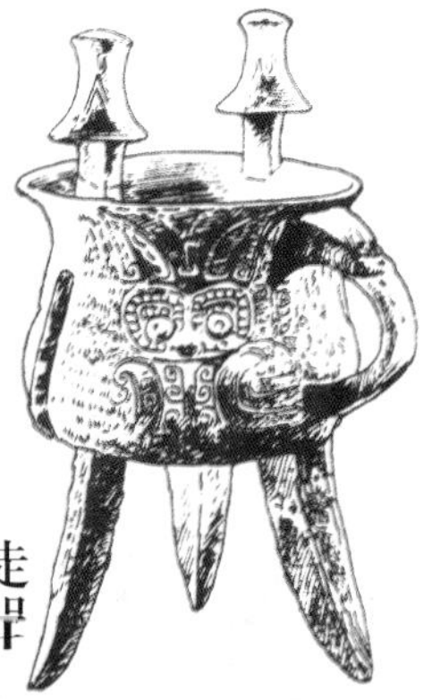

徒斝

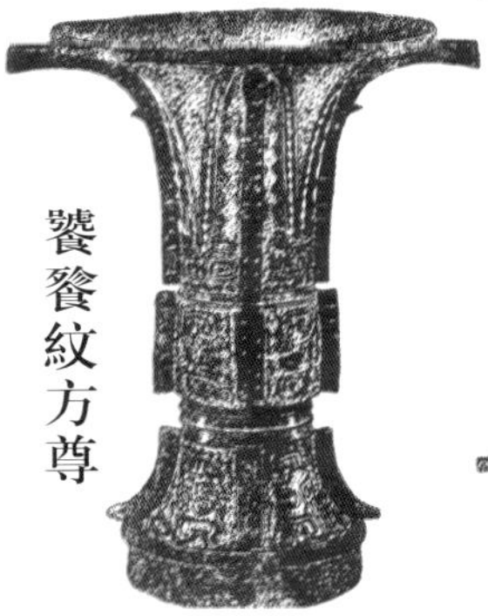

饕餮紋方尊

衛父己觶

饕餮紋高足杯

獸面紋觶

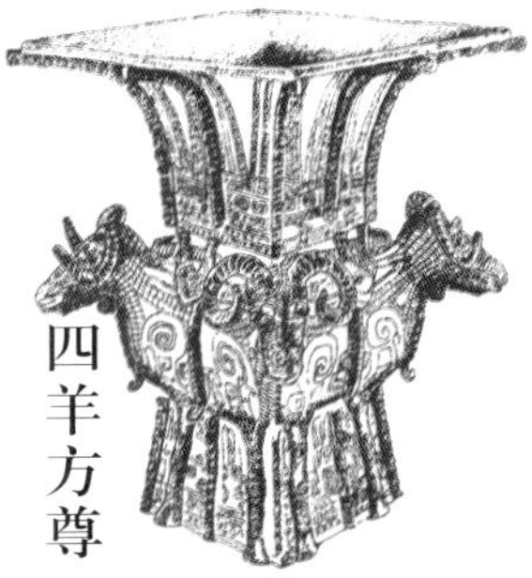

四羊方尊

饕襲紋尊

鴞尊

佳父癸尊

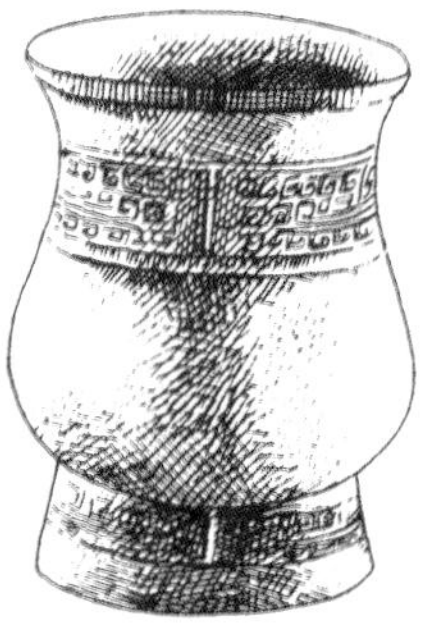

瓦紋觶

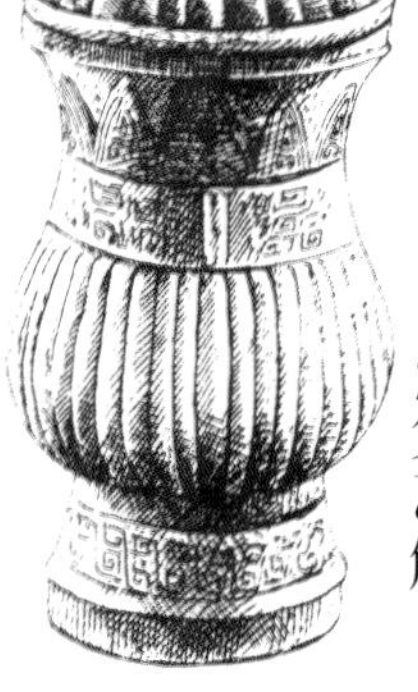

[illegible]父乙觶

古父己卣

虎食人卣

戈卣

戊箙卣

人面蛇身卣

饕餮垂葉紋壺

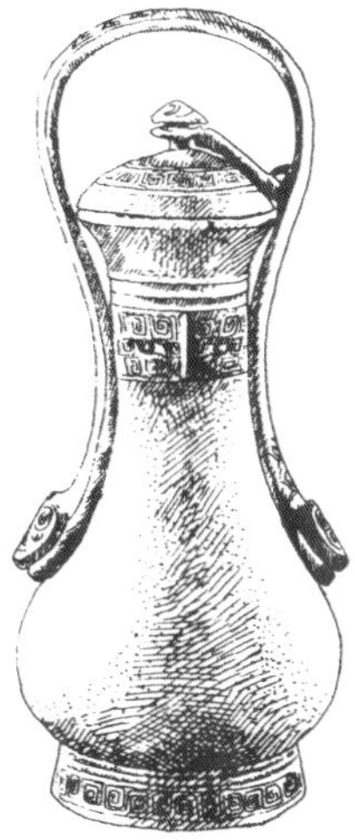
北單卣

饕餮虺龍紋方卣

鴞卣

饕餮紋壺

禦尊

獸面紋壺

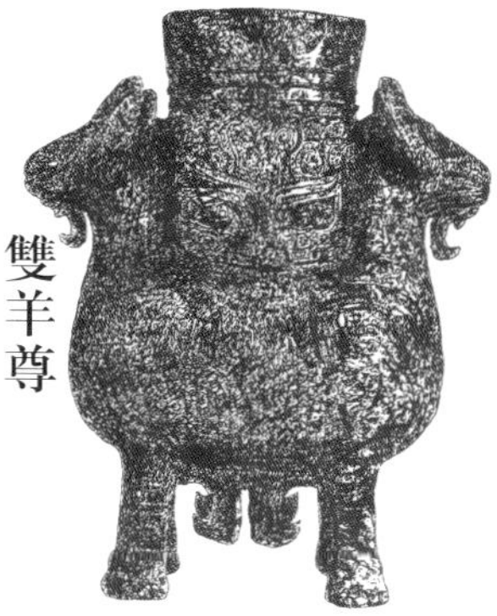
雙羊尊

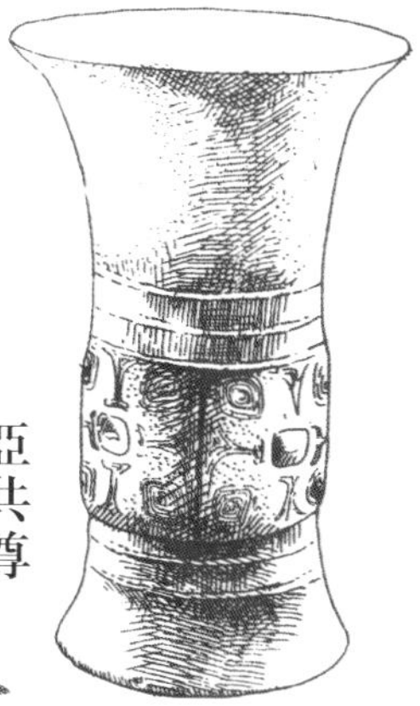
亞共尊

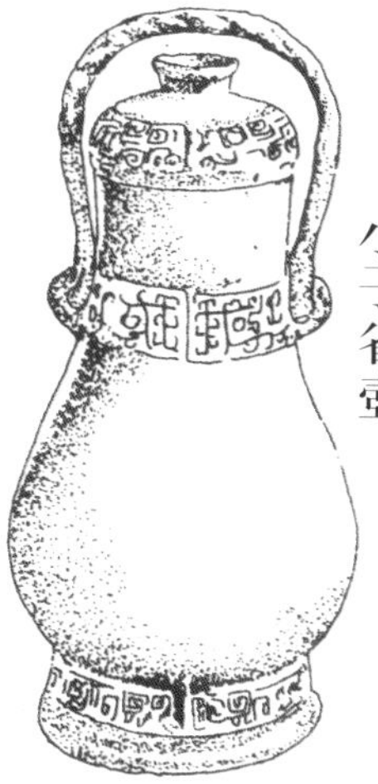
小子省壺

饕餮紋三足壺

商代

饕餮紋罍

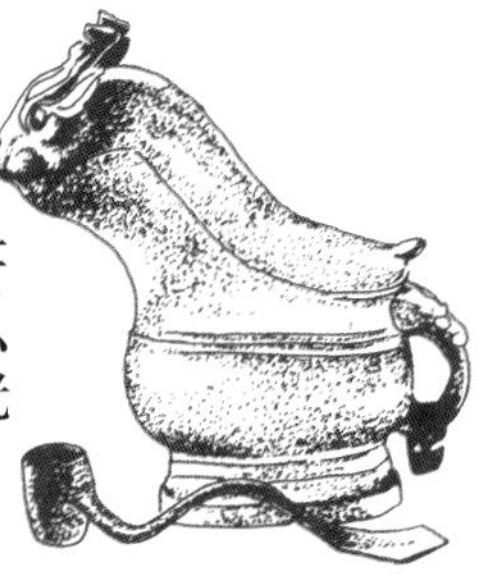

𦘫弘觥

婦好觥

鼎方彝

饕餮紋罍

偶方彝

夔紋卣

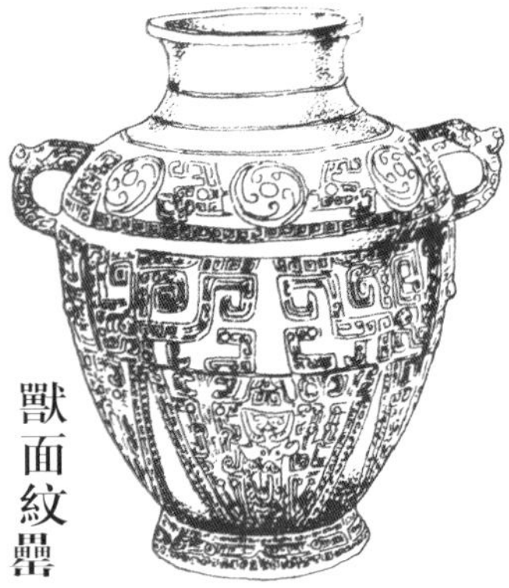

獸面紋罍

夔紋觥

天父乙觥

饕餮紋罍

動物飾兕觥

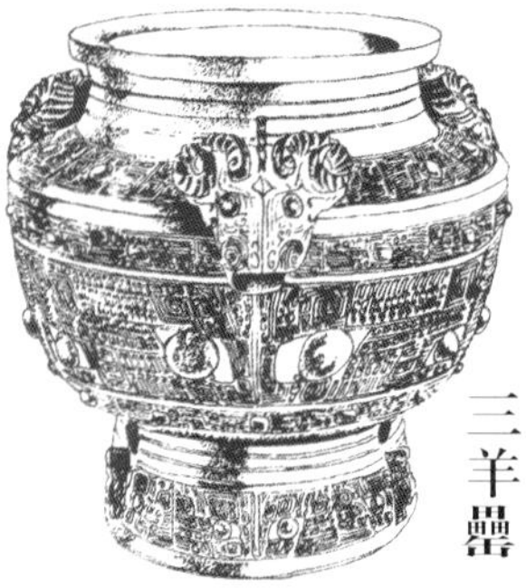

三羊罍

饕餮紋卣

龍紋觥

馬永盉

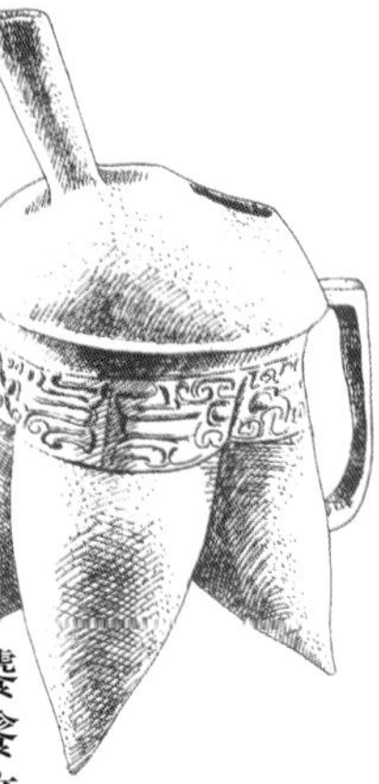
饕餮紋盉

羊首百乳雷紋罍

饕餮紋罍

虎面紋缶

左方盉

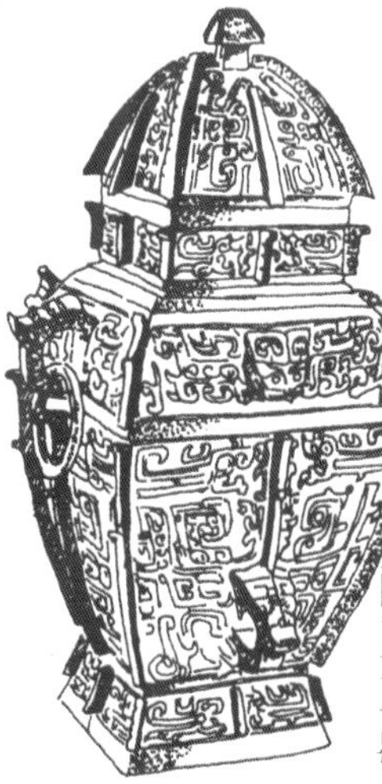
酗亞方罍

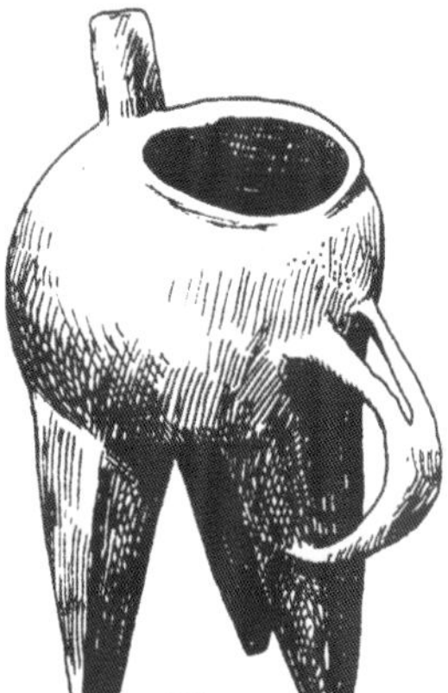
盉

饕餮紋瓿

提梁盉

夔紋罍

婦好瓿

弦紋盉

蛙首饕餮紋勺

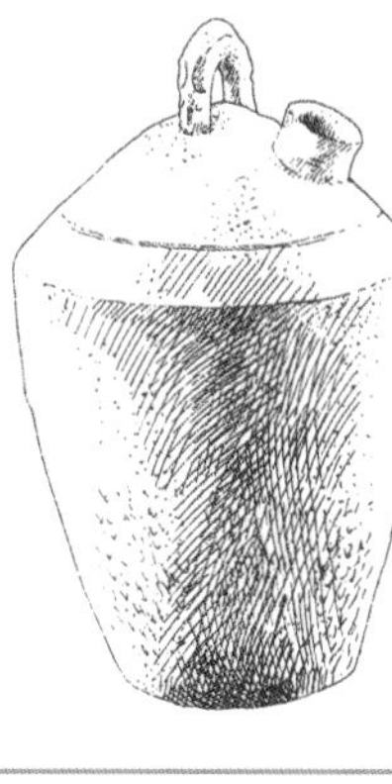
婦好盉

渦紋罍

西周

伯𢦔飲壺

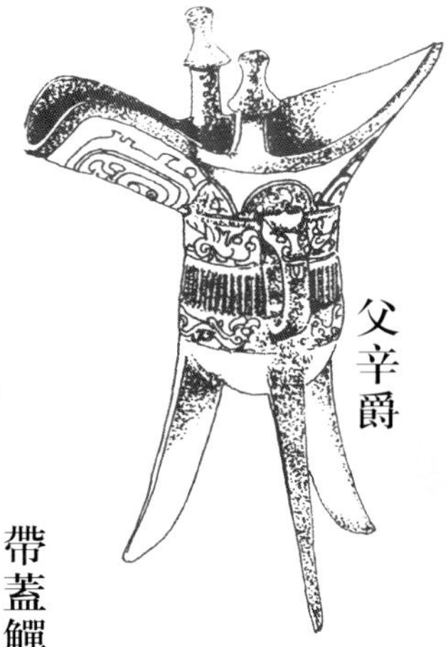

父辛爵

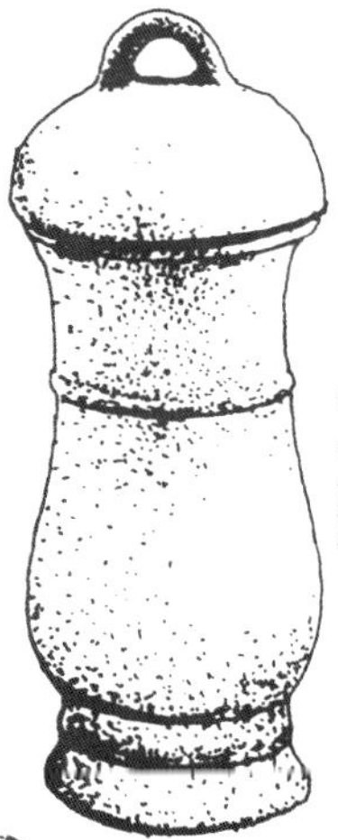

帶蓋觶

作寶彝尊

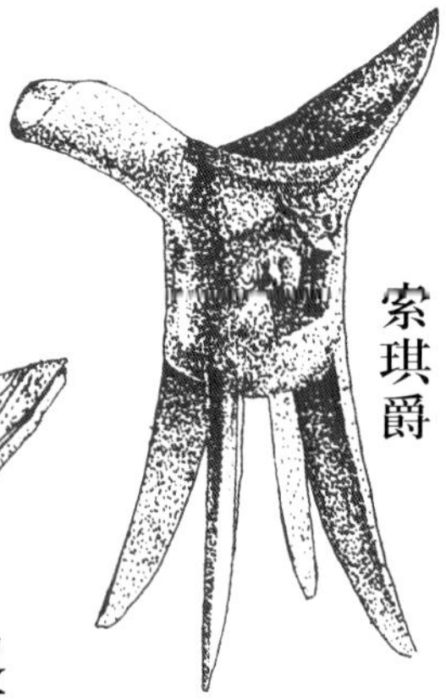

索琪爵

伯𢦔飲壺

史迹角

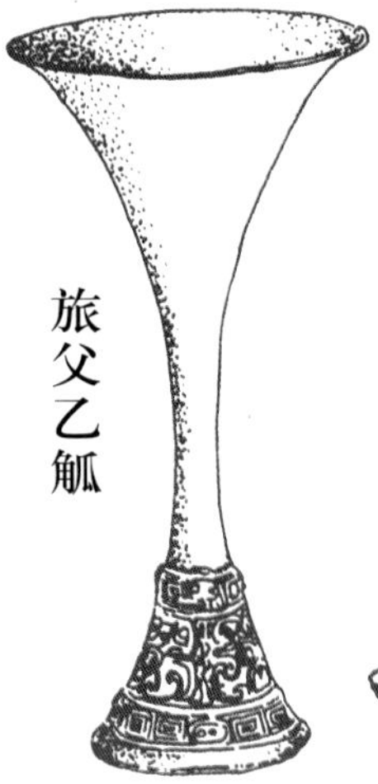

旅父乙觚

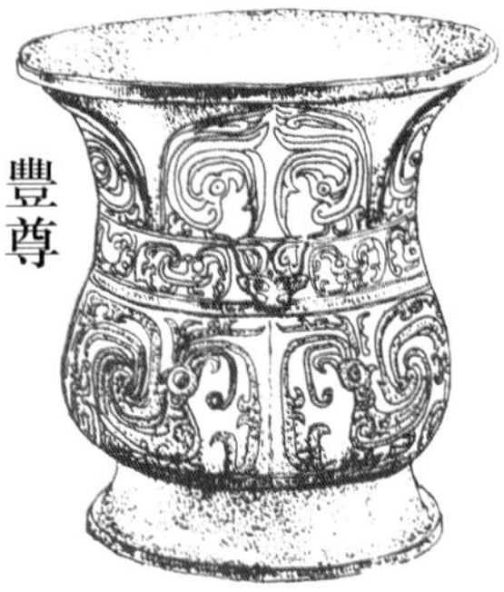

豐尊

折罍

召尊

父庚觶

𣪘古方尊

鴛鴦尊

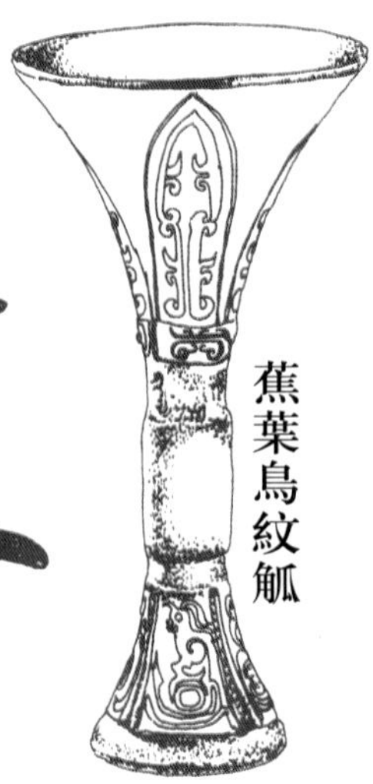

蕉葉鳥紋觚

焦葉鳥紋觶

虎形尊

鴞尊

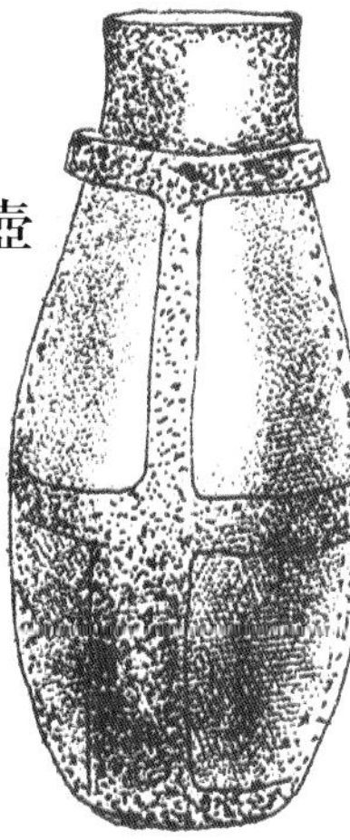
壺

如意雲紋壺

鳥紋象尊

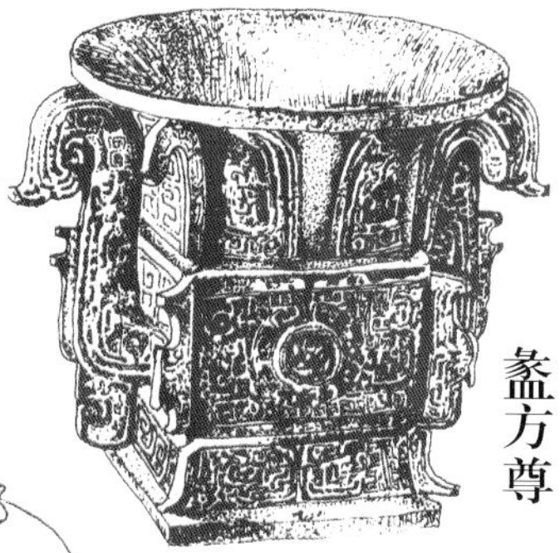
盠方尊

散車父壺

羊尊

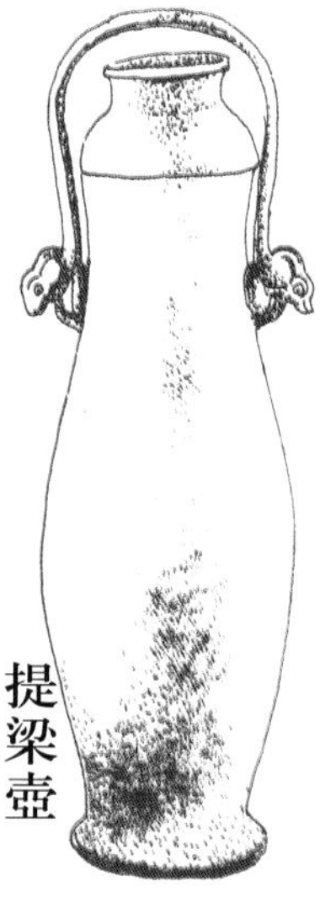
提梁壺

日己尊

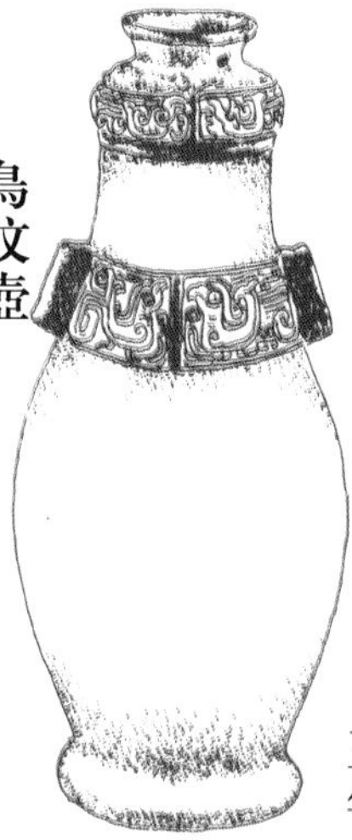
鳥紋壺

鳥尊

三年瘐壺

鴨形尊

盠駒尊

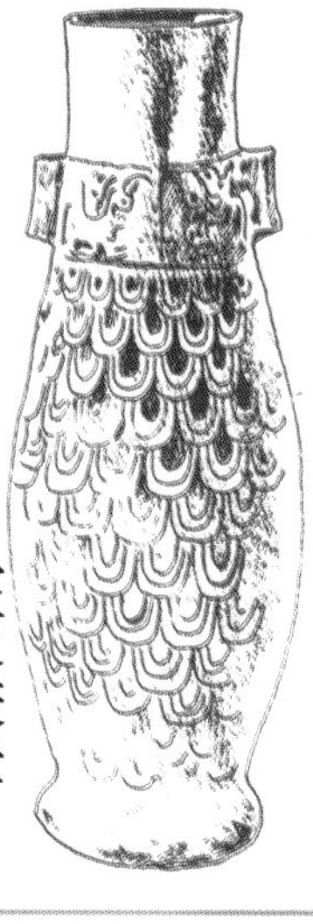
疋父庚壺

壺

西周

作寶彝卣

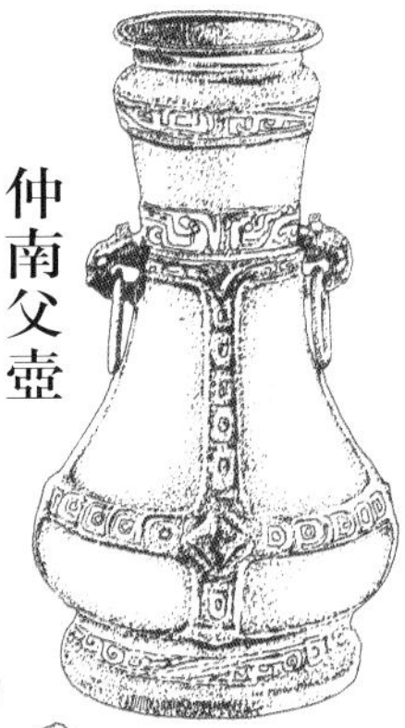
仲南父壺

饕餮紋卣

鳥紋卣

長鳥紋壺

壺

夆莫卣

太保鳥卣

豐卣

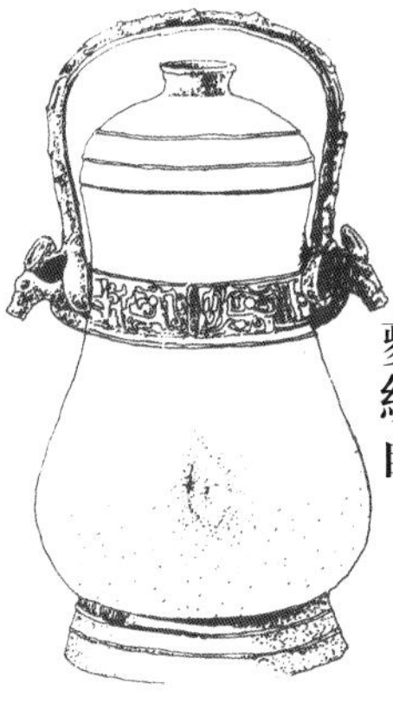
夔紋卣

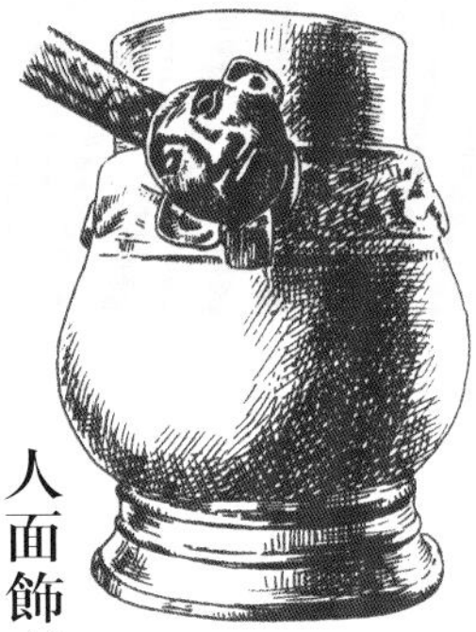
人面飾卣

曲折雷紋卣

保卣

犧觥

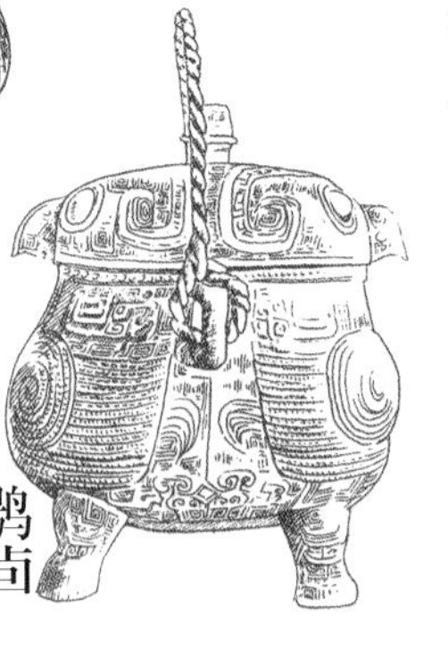
鴞卣

日己觥

召卣

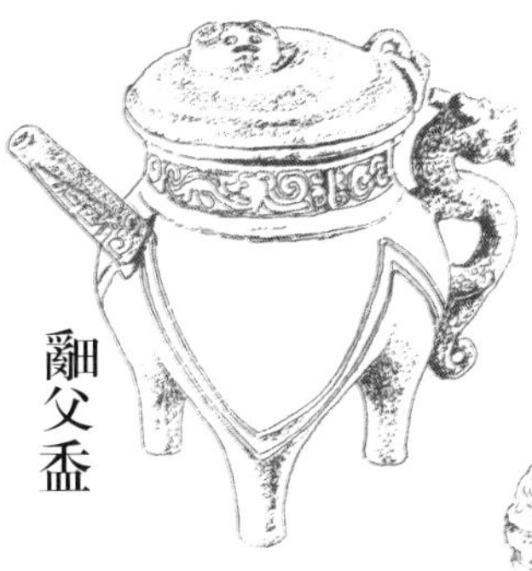
[illegible]父盉

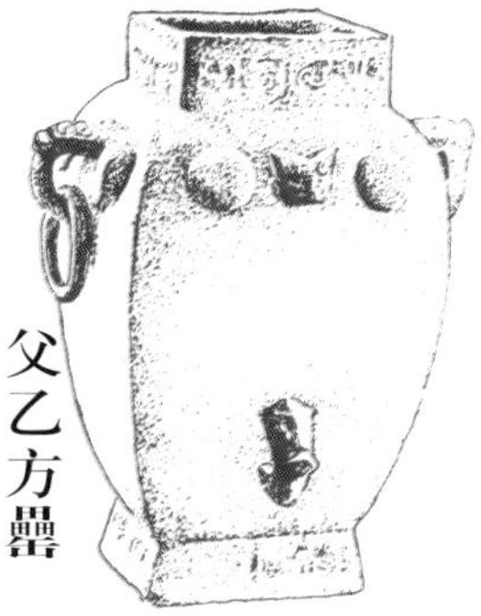
父乙方罍

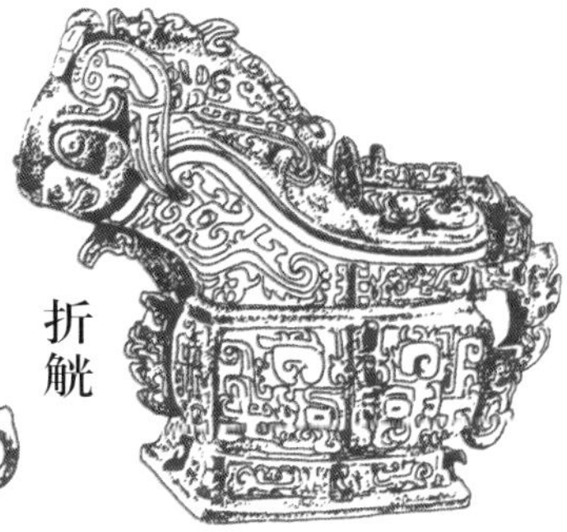
折觥

夔冏紋小罍

罍

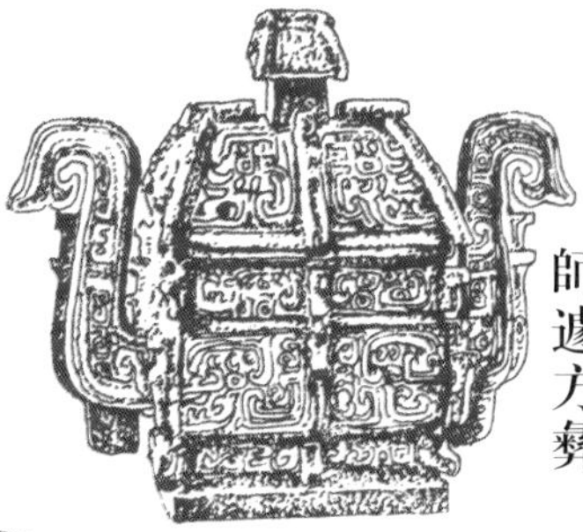
師遽方彝

盉

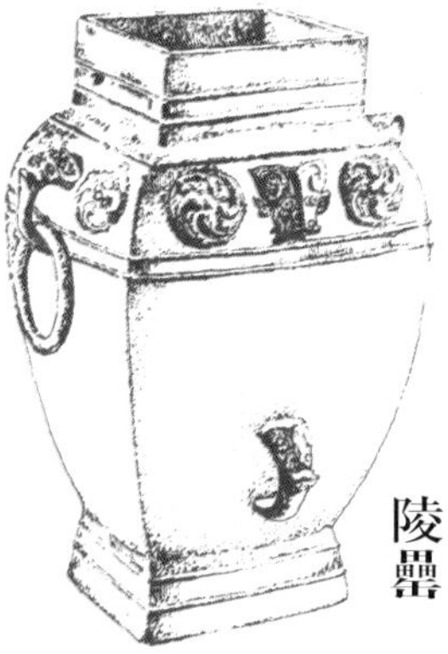
陵罍

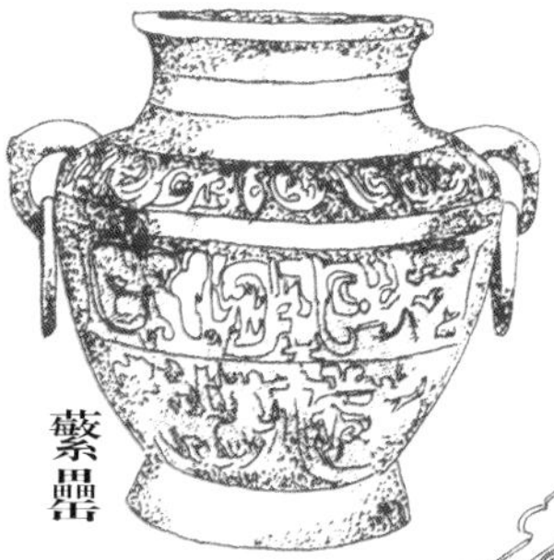
蘩罍

日己方彝

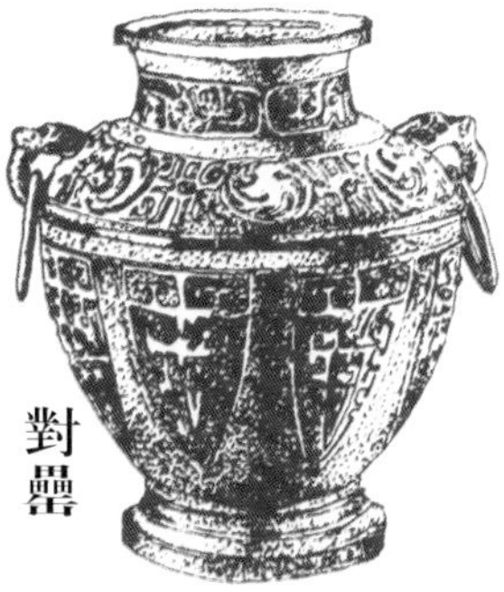
對罍

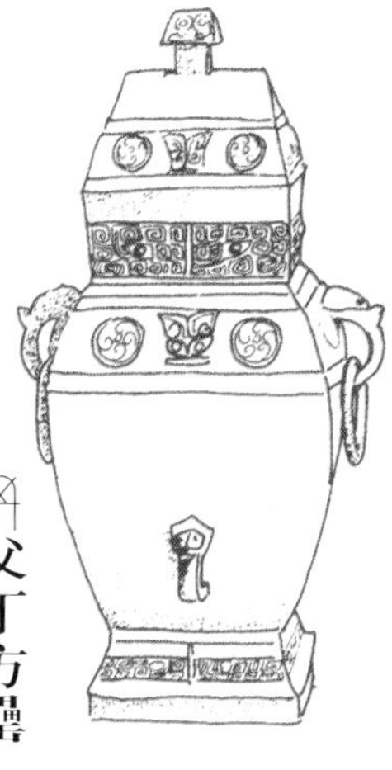
[illegible]父丁方罍

卷體夔紋罍

獸鋬盉

饕餮紋罍

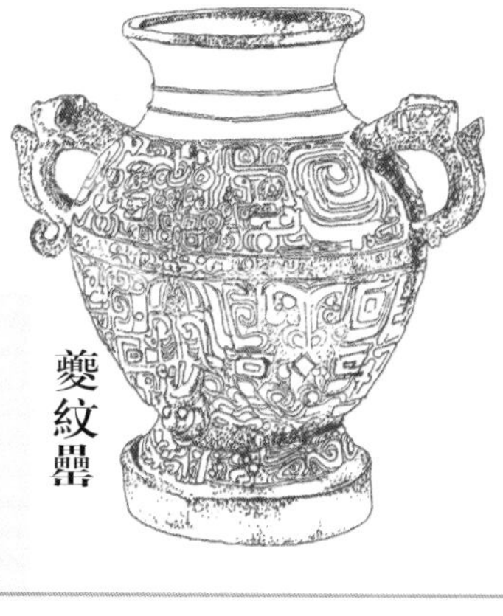
夔紋罍

西周

瓦紋鎣

仲義父鑐

鳥紋四足盉

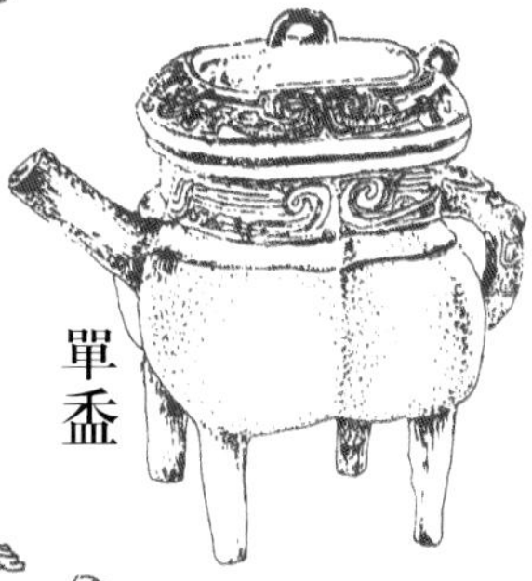
單盉

它盉

饕餮紋勺

伯公父勺

春秋

龍耳尊

犧尊

錯金銀鳥首獸身尊

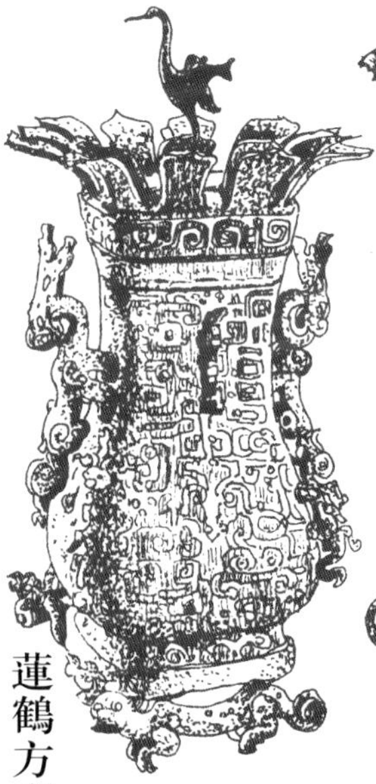
蓮鶴方壺

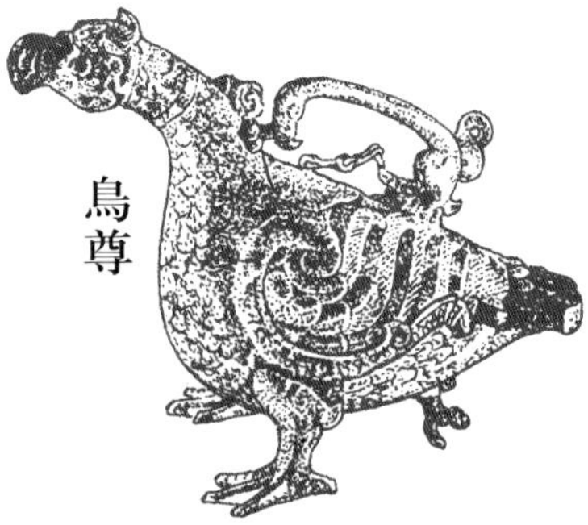
鳥尊

高柄小方壺

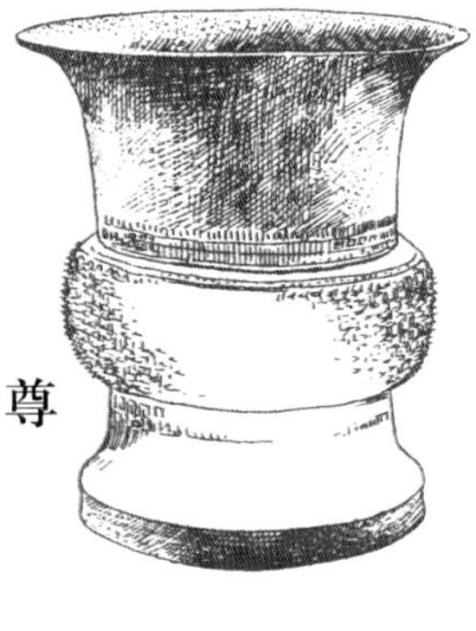
尊

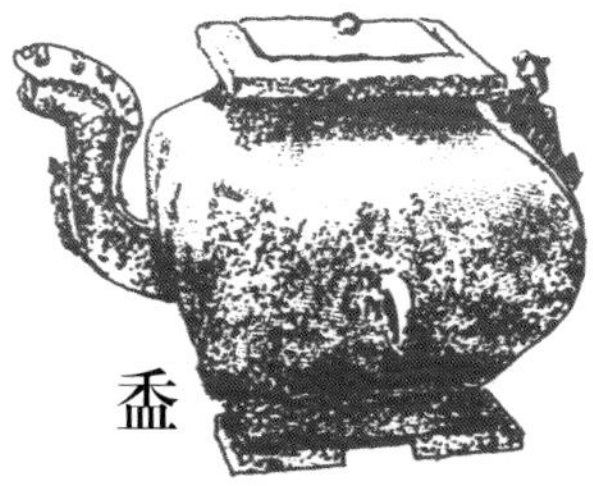
盉

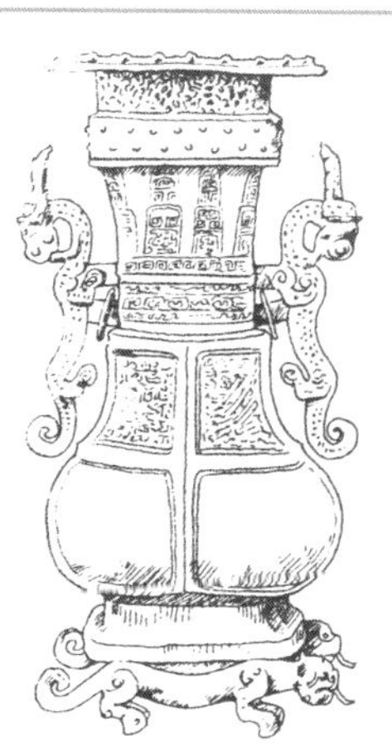
龍螭飾方壺

瓿

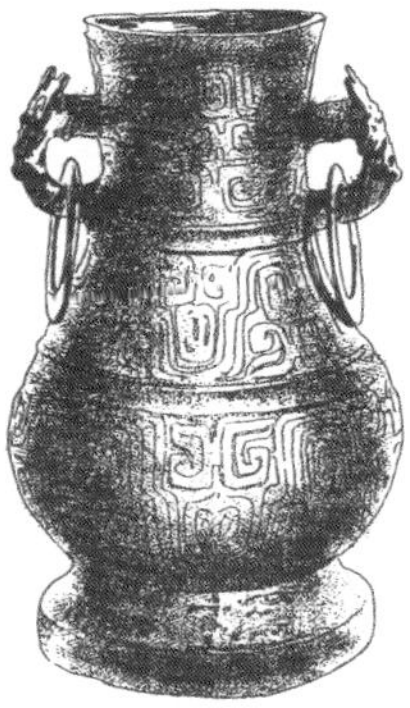
洹子孟姜壺

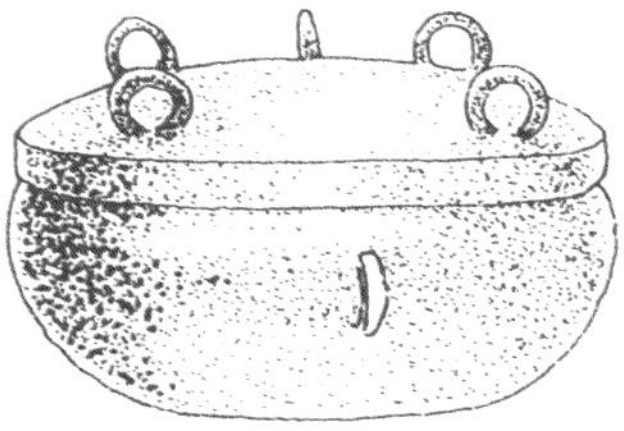
鉌

罍

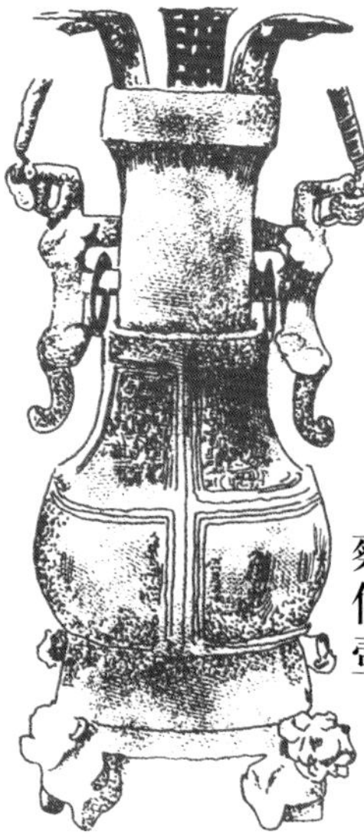
蔡侯壺

蔡侯缶

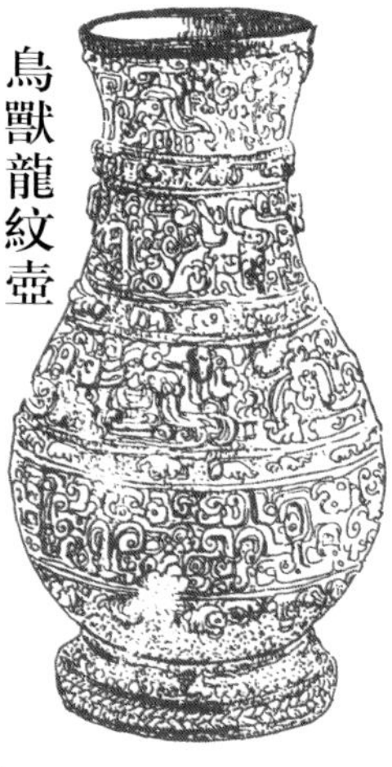
鳥獸龍紋壺

龍紋壺

尊缶

嵌赤銅獸紋罍

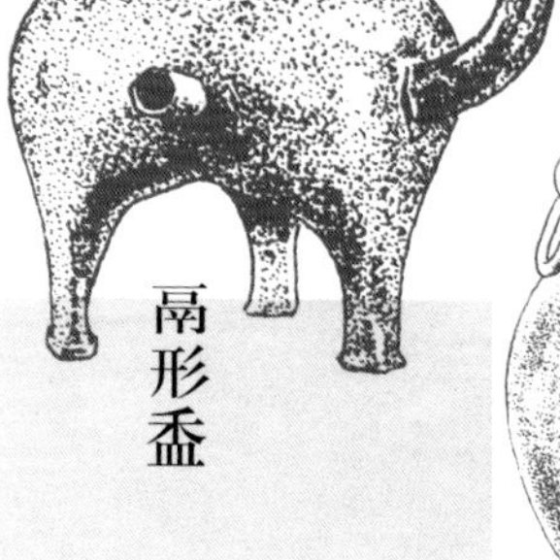
鬲形盉

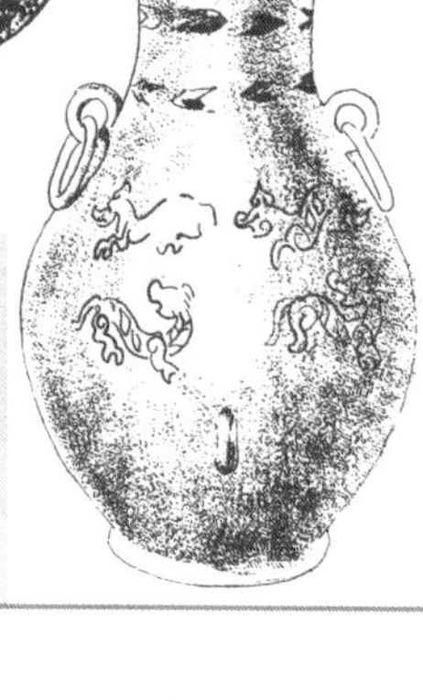
鑲嵌鳥獸紋壺

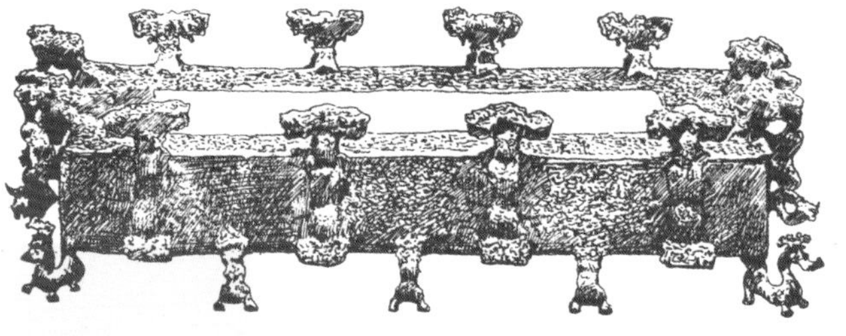
禁

戰國

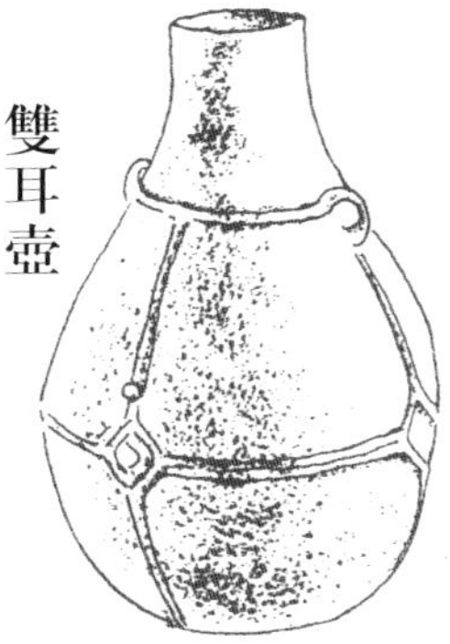
雙耳壺

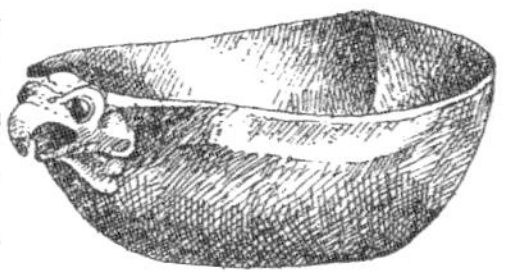
鳥頭飾桃形杯

壺

尊、盤

八環杯

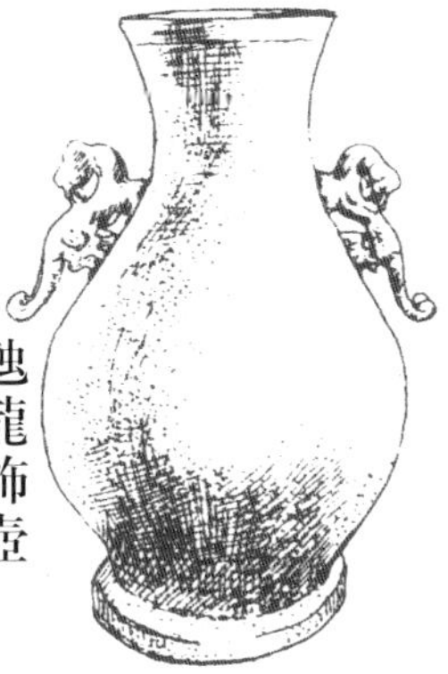
虺龍飾壺

鵝形尊

鑲嵌龍紋扁壺

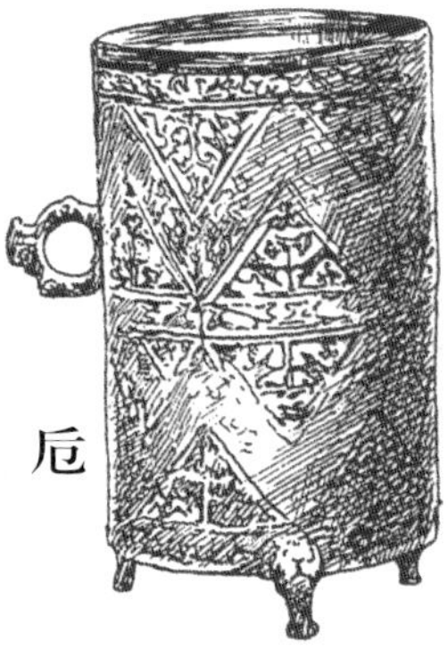
卮

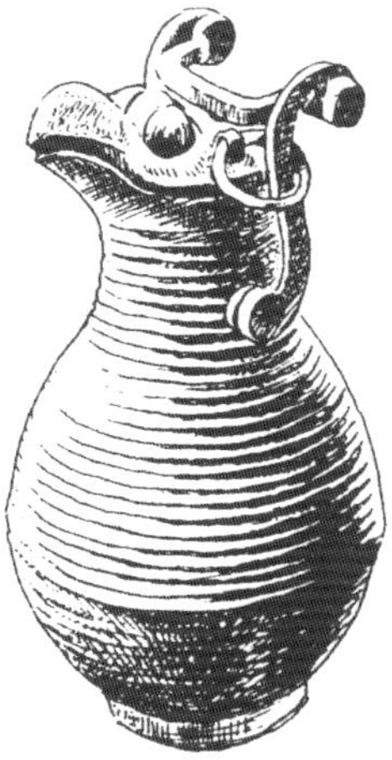
鷹首飾提梁壺

錯金犀牛尊

聯座壺

象尊

燕射畫像橢杯

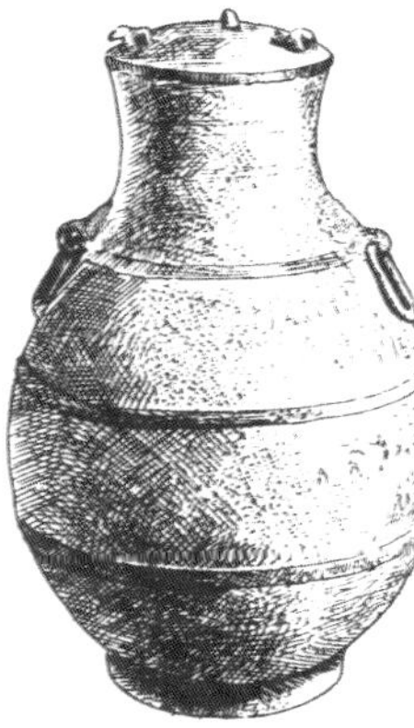
鑲嵌宴樂水陸攻戰紋壺

杯形壺

鏈子壺

鳧形尊

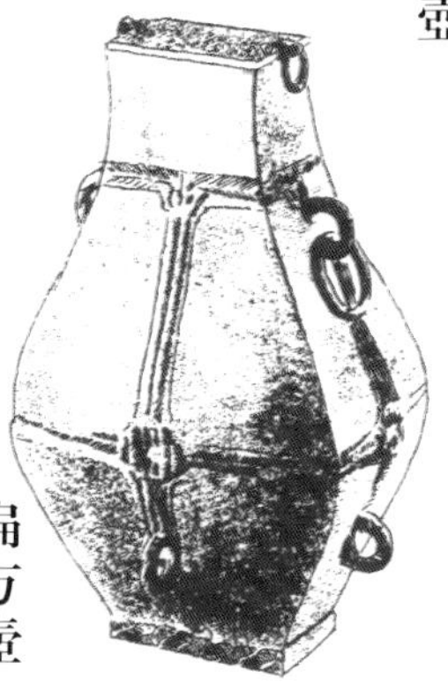
扁方壺

畫像紋壺

勺

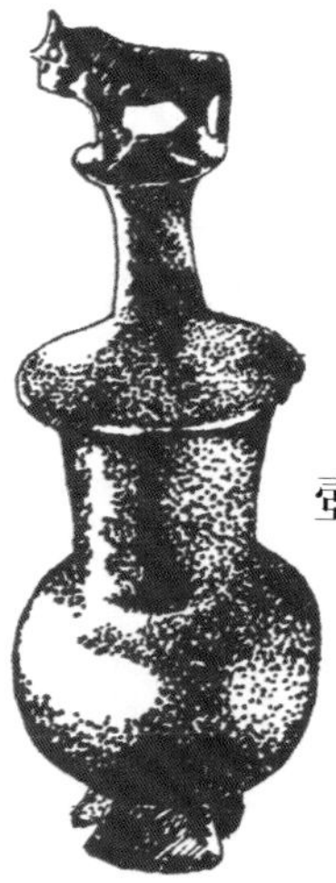
壺

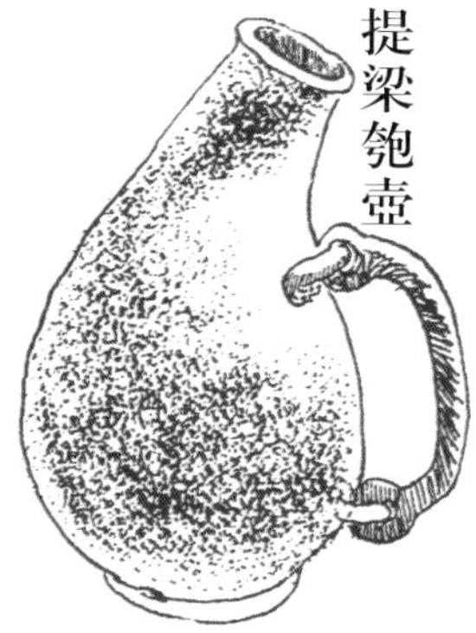
提梁匏壺

銅絲網套錯金銀壺

鑲嵌羽紋扁壺

禽獸飾

令狐群嗣子壺

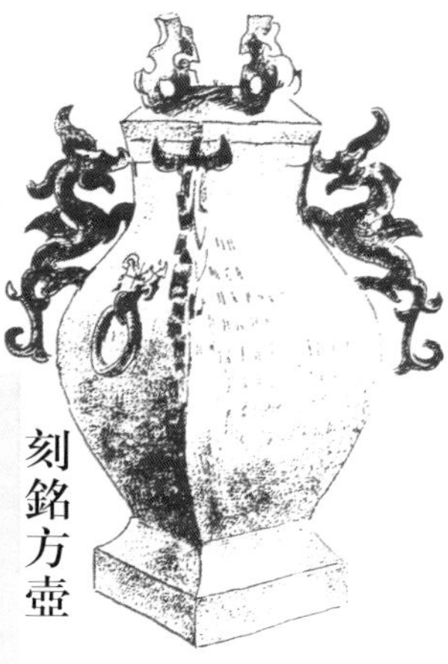
刻銘方壺

戰國

曾侯提鏈壺

立鳥鑲嵌幾何紋壺

提梁螭盉

龍鳥飾盉

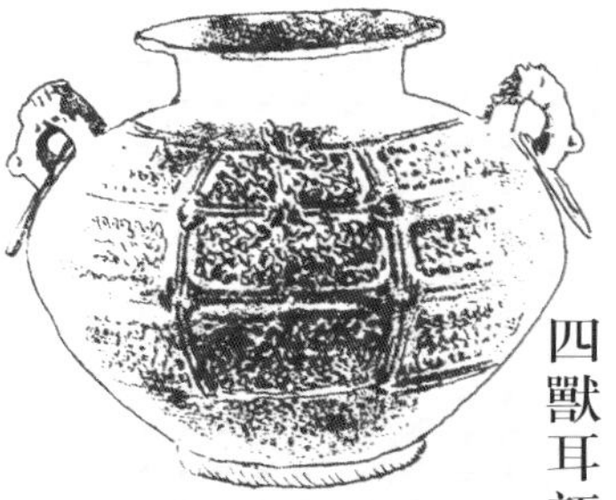

四獸耳瓿

水禽形盉

鑲嵌蟠螭紋方罍

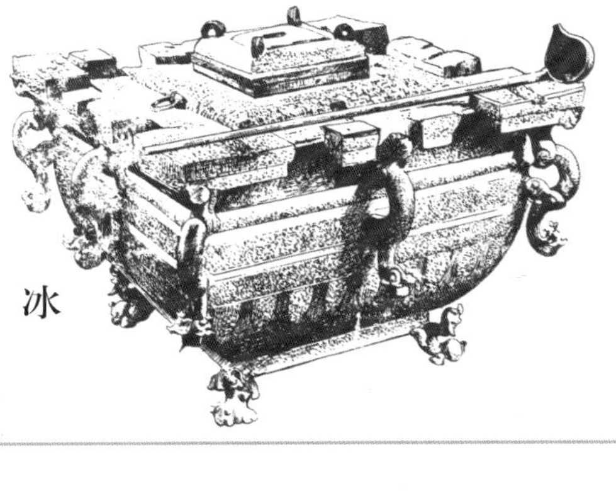

冰

西漢

楚大官糟鐘

天鷄尊

犧尊

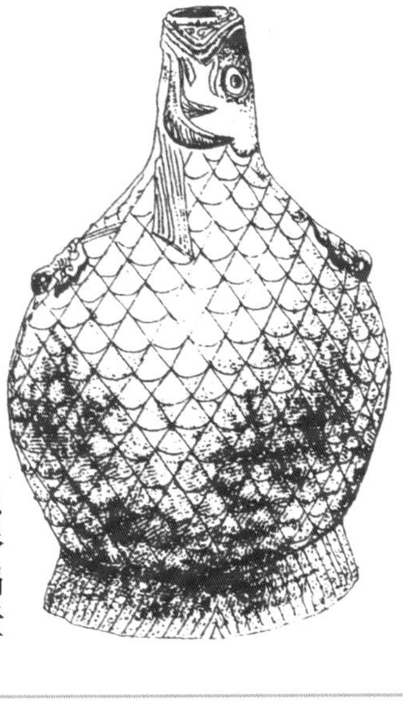

魚形扁壺

東漢

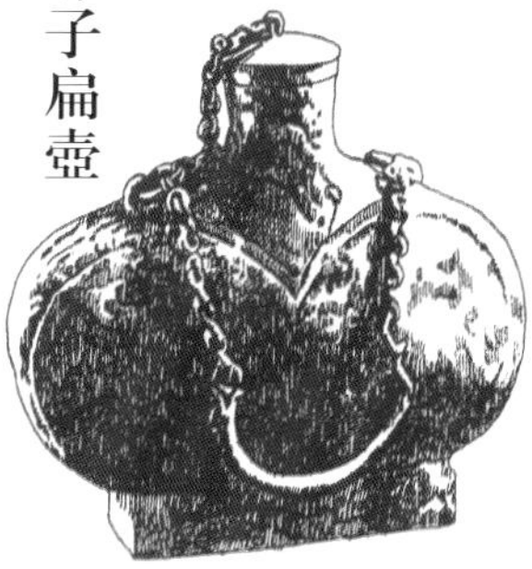

練子扁壺

浮雕紋樽

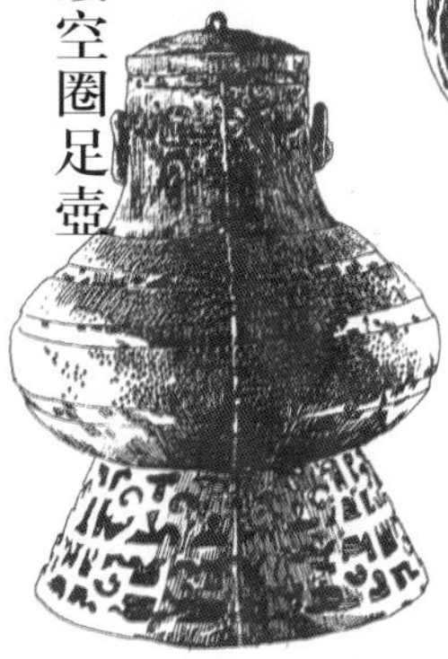

鏤空圈足壺

鳥獸飾盉

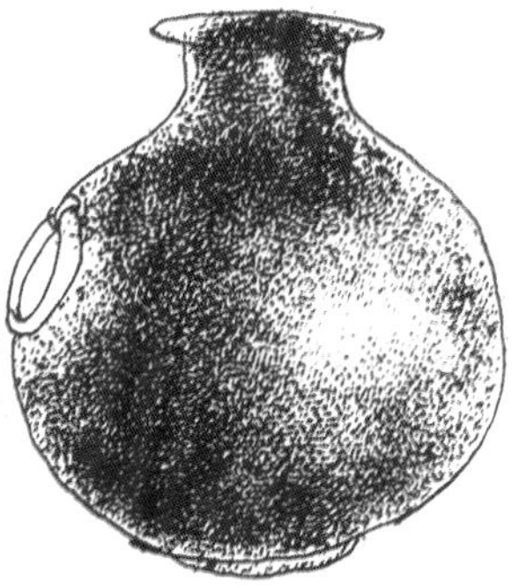

中山內府鈁

錯金銀鳥篆文鐘

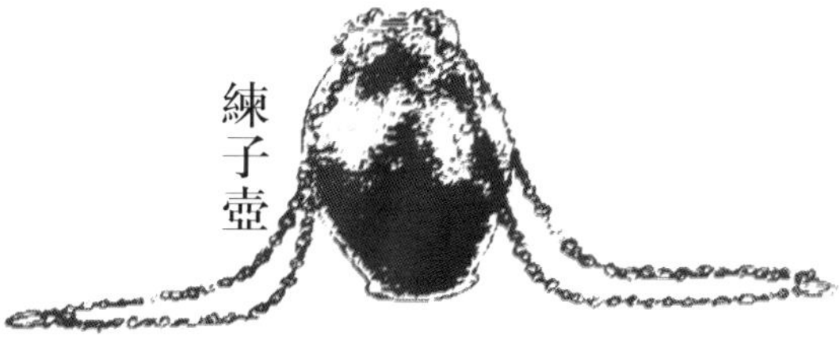

練子壺

罍

鎏金樽

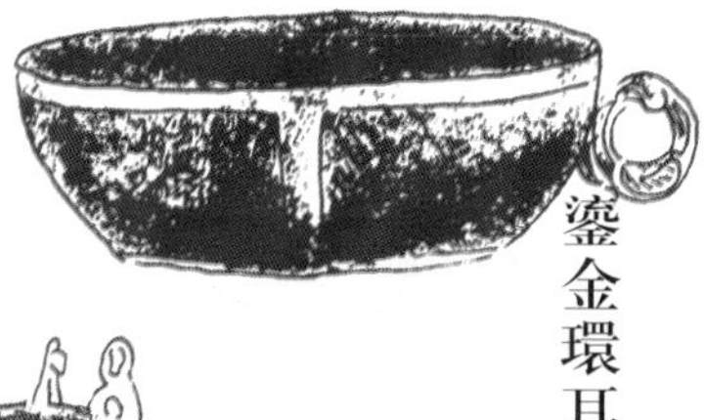

鎏金環耳杯

長樂宮鐘

常山食官鐘

第六節 歷代名人皆愛酒

(一)古來『飲宗』是孔丘

孔子不但被中國歷代統治者尊奉爲『聖人』，而且其飲酒之論也對后世產生了很大的影響。他在《論語·鄉黨》中說：『惟酒無量，不及亂。沽酒而脯不食。』這些話表達了孔子自己對飲酒的看法，就是飲酒不要限制酒量，能者多喝，只要不達到昏亂的程度就可以，但是決不亂買市面上的酒肉。遺憾的是，后世飲酒者對孔子所說的：『惟酒無量』的理解多有偏誤。據《孔叢子·儒服》記載：『平原君與子高飲，强子高酒，曰：「有諺雲：堯舜千鍾，孔子百觴，子路嗑嗑尚飲百嗑，古之賢聖，無不能飲，子何辭焉？」』。看來平原君是把孔子的『惟酒無量』，理解成孔子飲酒量大 無比了，以致使子高不得不勉爲其難。更有甚者，明代袁宏道曾因此稱孔子爲『飲宗』，即飲酒者之宗師。他在《觴政·八之祭》說：『凡飲必祭所始，禮也。今祀宜父曰酒聖。夫無量不及亂，觴之祖也，是爲飲宗。』

對于孔子飲酒之事，自古以來就有不同的看法。有人對此大加贊賞，如袁宏道就稱其爲『飲宗』。孔融對此也有高論。《后漢書·孔融傳》說，曹操曾經發布禁酒令，孔融上奏《難魏武帝禁酒書》說：『天垂酒星之耀，地列酒泉之郡，人有旨酒之德。堯不千鍾，無以建太平；孔非百觴，無以堪上聖』。看來孔融不僅把他的先人孔子與堯舜齊名，而且還把堯之建太平、孔之堪上聖皆歸之于超乎尋常的酒量，實爲過之，但他贊賞孔子飲酒的態度是明確的。清人梁紹壬對此有不同的看法，他在《兩般秋雨庵隨筆》中寫道：『以仲尼爲飲宗，終覺侮聖，不若推靖節先生(陶淵明)爲尊，而諸子中再另選一人祀之，較爲允協。』梁氏不同意以孔子爲飲宗，原因中不過是 怕侮聖名，而對孔子酒量過人并不否認。

其實，如果說『古之賢聖，無不能飲』略有不實的話，那么說其罕有不能飲者實不爲過，并且其酒量之大亦非常人可比。如堯、舜飲酒千鍾，桀飲七日，文王飲千鍾，孔子百觴等記載雖非實數，但已反映出古人飲量之巨。到春秋戰國以后，飽酒嗜酒之風更盛。據《新序》：『趙襄子飲酒，五日五夜不廢酒』，并且他還對侍者說：『我誠邦氏也。夫飲酒五日五夜矣，而殊不病。』另據《五雜俎》記載：『古人嗜酒，以斗爲節。十斗一石，量之極也。……獨漢于定國，飲至數石不亂，此是古今第一高陽也。』再據《后漢書》曰：『更始韓夫人尤嗜酒，每侍飲，見常侍奏事，輒怒曰：「帝方對我飲，正用此時持事來乎？」起，抵破書案。』《續鷄肋》曰：『南齊沈文季飲至五斗，妻王錫女，飲酒亦至三斗，對飲竟日，而視事不廢。』由此看來，飲酒嗜酒之風愈晚愈盛，不但男人嗜酒，女人亦然，此乃古今禁酒者之悲哀。細細品味，原因爲何？是瓊漿之誘惑，或是孔聖人之影響？實在令人莫衷一是。

（二）五柳先生陶淵明

『靖節高風不可攀，此巾猶墜涷醪間。偏宜雪夜山中戴，認取時情與醉顏。』唐代陸龜蒙的這首《漉酒巾》詩，把陶淵明『不爲五斗米折腰』的高風亮節和不拘小節、急酒嗜飲的性格特點活生生地刻畫了出來。明代丁雲鵬以此爲創意作有著名《漉酒圖》，圖中的陶淵明雙頰豐滿，滿頤髭須，披頭散發，蹲在地上，手持葛巾，由一童一婦幫忙，正在傾醅濾糟，那份凝神、那份專注、那份急不可耐怎能不感動酒神？旁邊案幾之上，列置酒壺食盤，古琴圖籍。身后黃菊盛開，柳干粗茁，間以湖石，濃陰繁密，清氣宜人，滿卷飄溢着柔順自如的曲綫韵味。這幅圖畫把陶淵明急于飲酒、以葛布頭巾漉酒和嗜酒成性的人物性格刻畫得淋漓盡致，入木三分。

陶淵明『性嗜酒』，在《五柳先生傳》中曾自況曰：『性嗜酒，而家貧不能恒得。親舊知其如此，或置酒招之，造飲必盡，其在必醉，既醉而退，曾不吝情。』這是他對自己嗜酒成性的最好總結。他的好友顏延之也曾說：陶淵明『性樂酒德，簡弃煩足，就成省曠。』歐陽修對陶淵明也有『愛酒又愛閑』的嘖譽。因陶淵明家境貧拮，好酒而又無余資，親舊知己多置酒招飲，或送酒上門，以至留下了『白衣送酒』的佳話。南朝宋人檀道鸞《續晋陽秋》：『陶潛嘗九月九日無酒，宅邊菊叢生，摘菊盈把，坐其側久，望見白衣至，乃王弘送酒也。即便就酌，醉而后歸。』蕭統《陶淵明傳》也有類似記載：『(淵明)嘗九月九日出宅邊菊叢中坐，久之，滿手把菊，忽值(王)弘送酒至，即便就酌，醉而歸。』蘇軾《章質夫送酒六壺書至而酒不達戲作問之》：『白衣送酒侮淵明，急掃風軒洗破觥。』亦是頌咏此事。

陶淵明家境貧弱，但仍舍得萬錢于酒家。《宋書·陶潛傳》記載：『顔延之爲劉柳后軍功曹，在尋(潯)陽，與潛情款。后爲始安郡，經過，日日造潛，每往必酣飲至醉。臨去，留二萬錢與興，潛悉送酒家，稍就取酒』，即是其證。

『性樂酒德』乃是對陶淵明最好的頌揚。陶淵明不但嗜酒，而且頗重視酒德，《宋書·陶潛傳》：『貴賤造之者，有酒輒設。潛若先醉，便語客：「我醉欲眠，卿可去。」其率真如此。』后代詩文中常以『我醉欲眠』或『我醉欲眠卿且去』來表達豪爽率真之情。李白《山中與幽人對酌》：『我醉欲眠卿且去，明朝有意抱琴來。』蘇軾《九日次韵王鞏》：『我醉欲眠君罷休，已教從事到青州』等詩可能都是受此啓發而得句。

陶淵明一生嗜酒，且酒量較大，每飲必醉，給后人留下極深的印象，故歷代畫家爲其作畫多以其飲酒形象或醉態爲主題。

張鵬作有《淵明醉歸圖》，陶淵明兩眼惺忪，醉意濃濃而又若有所思，似乎天下唯他獨醒。旁邊有一小童攙扶，手舉一帶葉樹枝，似在爲其驅趕蚊繩。此畫把陶淵明的悠悠醉態刻畫得文雅、悠閑而可親。

清代黄慎所作的《陶令重陽飲酒圖》則意出『白衣送酒』，把陶淵明畫在兩個大酒壇旁邊，由白衣人遞酒，捧碗立飲，表現了陶淵明嗜酒急飲的性格特點。

元代錢選曾取材『我醉欲眠君且去』創作了《撫醉圖》，此畫最能表現其醉態。錢選爲宋末元初浙江湖州人，流連詩酒，隱于書畫終其身，爲『吴興八俊』之一。據説他酒不醉不畫，絶醉時也不畫，只有在醉意將醺時落筆，畫趣最好。《撫醉圖》大概也寓有夫子自道的潛意在内。此圖卷畫寫陶淵明酒醉辭客意。淵明頭綰雙丫，五綹須髯，袒胸露腹，醉容瀟洒，一手已據着背后竹榻，一手揚起，作送客狀；一客頭扎發巾，胡髯，嘴微張，雙手拱揖，似正在欲言什么，一侍者回道返顧；地上酒瓮杯盤傾倒，正現出醉意已十分。旁邊有作者自題款字：『貴賤造之者，有酒輒設，若先醉，便語客，「我醉欲眠君且去」』。

除此之外，鄭虔也曾作有《陶潛像》(著録于《宣和畫譜》)。鄭虔爲唐代著名畫家，以詩、書、畫『三絶』而著稱，尤喜作畫，并引以自豪。他與陶潛一樣，亦無心名利，唯寄情于酒，醉后揮毫，別有神韵。他一生最崇拜陶潛，精心爲之作畫。真可謂醉仙畫醉仙，畫中的醉仙就更具醉意，觀畫之人也就不免陶醉其中了。

陶淵明身處亂世，家境不濟，無心名利，隱居度日，『偶有名酒，無夕不飲』，『酣飲賦詩』成爲他后半生的主要生活內容，爲后人留下了大量的詩賦佳句，是中國文學史上一顆璀璨的明珠。『采菊東籬下，悠然見南山』的優美詩篇，描繪出一幅悠閑自然的田園風光，可與后世之『桃花源』相媲美，爲歷代文人雅士所向往。在陶淵明的大量詩作中，咏酒詩也頗不尋常。梁武帝長子蕭統編的《陶淵明集序》裏說：『淵明之詩，篇篇有酒』，而唐代大詩人杜甫則說陶淵明『篇篇勸我飲，此外無所雲』。盡管他們的評價略有誇張，但已道出了詩人愛酒嗜酒的特性。據有關學者統計，《陶淵明集》現存的一百四十二篇詩文中，說到飲酒的就有五十六篇，約占全部作品的百分之四十；以酒爲題的有《飲酒二十首》、《止酒》、《述酒》、《連雨獨飲》等名篇。其中以《飲酒二十首》最爲有名。宋代蘇軾和元代徐舫皆有和陶《飲酒二十首》之作。由于陶淵明一生坎坷，多次起伏，故而他的咏酒詩所反映的思想內容也頗爲復雜。有描述田園生活的，如『白日掩荊扉，對酒絕塵想』、『漉我新熟酒，支鷄招近局』、『歡然酌春酒，摘我園中蔬』；有哀傷自食其力之艱辛的，如『代耕本非望，所以在田桑，躬親未曾替，寒餒常糟糠。豈期過滿腹，但願飽粳糧，禦冬足大布，粗以絺應陽，正爾不能得，哀哉亦可傷！人皆盡獲宜，拙生失其方。理也可奈何，且爲陶一觴。』此外，還有抒發自己决心擺脫仕途，不肯與權貴同流合污的心聲與借酒澆愁、大發牢騷的詞語。

酒，伴隨了詩人一生，給他帶來了歡愉和作詩的欲望，也帶來了苦澀和身體的摧殘。他在《自祭文》中曾表達過詩人的哀傷：『陶子將辭逆旅之館，永歸于本宅。故人凄其相悲，同祖行于今夕，羞以嘉蔬，薦以清酌』。由于陶淵明長期嗜酒成性，其數子皆爲痴呆，使詩人飽受生活之苦，故此曾多次戒酒，并作《止酒》詩一首。所謂『止酒』就是戒酒的意思。清人郎廷極曾贊曰：陶淵明『能飲能止，真可謂游行自在。』其實并非如此，陶淵明『徒知止不樂，未知止利己』，由于長期飲酒，已是慢性酒精中毒，用現代的詞來說就是患有酒精依賴症，離開酒，則無以催發其詩興；戒酒，則無疑釜底抽薪，詩泉將會因之而枯竭，愛酒而深受其害，這是陶公的人生悲劇之一。

(三) 詩仙原來是酒仙

李白(公元七〇一~七六二年)，字太白，號青蓮居士。曾被杜甫稱爲『酒中仙』，幼時隨其父遷居錦州昌隆(今四川江油)青蓮鄉。少年隱居讀書，二十五歲時離開蜀地，『仗劍去國，辭親遠游，南窮蒼梧，東涉溟海。』長期在各地漫游。他曾客居任城，與孔巢父、韓准、裴政、張叔明、陶沔居徂徠山，日沉飲，號『竹溪六逸』。天寶初年，南入會稽，與吴筠友好。后吴筠被召官，故白亦至長安，曾被賀知章驚呼爲『謫仙人』。后被唐玄宗賞識，召奉翰林。旋因受權貴讒毀，流放夜郎。中途獲赦而樂返。晚年飄泊困苦，最終死于安徽當塗。

李白是盛唐時期極負盛名的著名詩人之一。其詩風雄奇豪放，想象豐富，語言流轉自然，涌瀉而出，絶無牽强之感，極富浪漫主義色彩。像『君不見黄河之水天上來，奔流到海不復回；君不見高堂明鏡悲白發，朝如青絲暮成雪』，『天生我才必有用，千金散盡還復來』這樣優秀的詩句，傳唱千年而不衰，堪爲詩歌之極品。

李白一生創作了大量優美的詩句，其中咏酒詩尤爲突出。如『莫惜連船沽美酒，千金一擲買春芳』、『爲君下箸一餐飽，醉著金鞍上馬歸』、『人生飄忽百年内，且須酣暢萬古情』等詩句皆表現了李白的豪邁、任性和無奈。『天若不愛酒，酒星不在天；地若不愛酒，地應無酒泉。天地既愛酒，愛酒不愧天。已聞清比聖，復道濁如賢。聖賢既已飲，何必求神仙？三杯通大道，一斗合自然。但得醉中趣，勿爲醒者傳』，表現了李白世人皆醉我獨醒的傲慢性格。另外，李白的《將進酒》、《把酒問月》、《月下獨酌》、《金陵鳳凰臺置酒》、《對酒》、《襄陽歌》、《悲歌行》、《對酒憶賀監》等皆爲千古盛傳不衰的咏酒名篇。明人周履靖曾輯李白咏酒 詩爲《青蓮觴咏》一書。

李白詩盛，其酒亦盛，可以説飲酒與其詩句齊名。美酒伴隨着他坎坷而又帶有傳奇色彩的一生。飲酒，催發其詩欲，啓迪其靈感，在酣暢仙飄之時，創作了大量優美詩句。相傳天寶年間，唐玄宗與楊貴妃在興慶宮沉香亭畔賞牡丹，著名樂師李龜年秦樂唱歌助興。歌聲剛起，玄宗即令停止，謂今日對名花，應速召李學士進宫填新詞。李龜年至翰林院，未見李白踪影。尋至長安街上，忽聽一酒樓上有人飲酒高歌：『三杯通大道，一斗合自然。但得酒中趣，莫爲醒者傳。』李龜年上樓一看，正是酒仙李白，此時已

酩酊大醉，伏案而卧。李龜年宣旨，李白不理，口中念唱着陶淵明的詩句：『我醉欲眠卿且去。』李龜年讓人用馬將其馱進宮去見駕。玄宗令人用水噴其面，酒方醒。又令人送來醒酒湯，并親自調温使李白飲下，請他作新詞助興。李白請玄宗先賜酒，玄宗不解，李白説：『臣是斗酒詩百篇，醉后詩興如泉。』玄宗只得命楊貴妃手執七寶杯，親自斟酒賜之。李白連飲數杯，飄飄欲仙，立即揮筆賦《清平調》三首。由此可以看出李白確是『醉后詩興如泉』。唐代皮日休在《七愛詩·李翰林白》寫道：『吾愛李太白，身是酒星魄。口吐天上文，迹作人間客。』杜甫《飲中八仙歌》：『李白斗酒詩百篇，長安市上酒家眠。』看來稱李白爲『酒仙』，贊其『口吐天上文』、『斗酒詩百篇』實不爲過。五代王仁裕《開元天寶遺事》：『李白嗜酒，不拘小節，然沉湎中所撰文章，未嘗錯誤，而與不醉之人相對議事，皆不出太平所見，時人號爲「醉聖」』。可見五代時人已對李白酒后作文給以很高的評價。

飲酒不僅是李白詩歌創作的催化劑，亦是其澆愁解悶的麻醉劑，更是其得以笑傲王侯權貴、而又能避禍全身的良方妙法。『天子呼來不上船，自稱臣是酒中仙』，道出了李白當年生活的真實情景。《舊唐書·文苑列傳》記載：『白既嗜酒，日與欲徒醉于酒肆……嘗沉醉殿上，引足令高力士脱靴，由是斥去。』宋代謝維新《合璧事類》中也有一段記載：『李白游華陰，縣令開門方决事，白乘醉跨驢過門。宰怒，引至庭下：「汝何人？輒敢無禮！」白乞供狀，曰：『無姓名，曾用龍巾拭吐，禦手調羹，力士脱靴，貴妃捧硯，天子殿前尚容走馬，華陰縣裏不得騎驢？』這段文字把李白醉笑權貴的錚錚傲骨描寫得淋灕盡致。

李白一生漫游，結識了許多名人酒友，也留下了許多飲酒軼事。李白的酒友中有高官權貴，如賀季真、吳筠等；有名人雅士，如杜甫、高適等；也有酒店老板，如宣城紀叟就是他的莫逆之交。他在《哭宣城善釀紀叟》中曾寫道：『紀叟黄泉裏，還應釀老春。夜臺無李白，沽酒與誰人？』表達了他對這位酒店老板仙逝的哀慟和惋惜之情。此外，當時的許多社會名流都非常傾慕李白的爲人，皆想與他結識，因此就以酒作爲誘餌，李白常常欣然前往。相傳當時涇川豪士汪倫，傾慕李白已久，忽聞李白將要游歷入皖，就修書一封，寫道：先生喜歡旅游嗎？這裏有十里桃花的美景；先生喜歡喝酒嗎？這裏有萬家酒店供您痛飲。李白讀后，欣喜若狂，遂去涇川與汪倫相會，但是他并没有見到什么十里桃花和萬家酒店。這時汪倫才告訴他：十里桃花是潭水名，并無十里桃花；萬家是一位酒店主人的姓名，并無萬家酒店。李白聽后大笑，遂與汪倫開懷暢飲，共抒情杯，成爲酒友至交。汪倫就是利用了李白嗜酒的性格，才將其約至涇川。李白《過汪氏别業二首》中寫道：『我來感意氣，搥炰列珍饈。……酒酣益爽氣，爲樂不知秋。』『恨不當此時，相過醉金罍。……酒酣欲起舞，四座歌相催。』描寫了他與汪倫相遇的歡快心情和相識恨晚之意。至於那首『李白乘舟將欲行，忽聞岸上踏歌聲，桃花潭水深千尺，不及倫汪倫送我情。』更是婦孺皆知了。

酒，伴隨着李白走過了輝煌的一生，也最終致其于死地。傳説李白酒醉，泛舟采石附近江面，見水中月影而捉之，遂溺死江中。北宋畫家喬仲常作有《李白中月圖》，畫中即以此爲題材，表現了李白瀟灑飄逸、嗜酒忘形的神態。《明一統志》：『世傳李白過采石，酒狂，水中捉月。』清代王琦注《李太白全集》卷三十六載蔡《太白捉月圖題詩》：『寒江覓得釣魚船，月影江心月在天。世上不能容此老，畫圖常看水中仙。』同卷還載王惲《李白捫月圖》：『詩中無敵飲中豪，四海飄蕭一錦袍。千丈醉魂無處著，青山磯上月輪高』，都記載了此事。

李白飲酒，多開懷必醉，至死不休，后世畫家亦爲他留下了不少醉態肖像。

元代以前曾有人作《太白酒船圖》，元代趙孟頫爲此畫題詩曰：『蕭(蕭)灑稽山道，風流賀季真。相思不相見，愁殺謫仙人。』季真就是賀知章，他曾稱李白爲『謫仙人』。此畫作詩，相互映襯，畫傳醉者態，詩映酒人心，二者輝映和諧，渾然一體，表現了李白瀟灑飄逸、豪放不羈的醉態和思念知己的心境。

清代名畫《太白醉酒》也頗爲有名，上題：『三月桃花放，緑柳真青凉，李白斗酒 量，衝開錦綉囊。』畫面上李白由兩個書童侍候着，手捋長髯，正開懷暢飲，人物生動形象，一副孩童模樣。表現了李白醉酒后，大智若愚，童心不泯的心態。

清代閔貞《太白醉酒圖》，則描寫了李白醉酒鼾卧的形象，以大筆揮灑，略染淡赭，顯出人物醉態；布局奇特，把人物均安排在左下方，酒瓮横陳，作爲倚枕，醉人倒卧其上，挺胸凸肚，盤腿曲脚，鼾聲大作；綫條粗放，衣紋轉折自如，眉眼一筆揮就，氣勢豪邁，形象瀟灑，在閔貞衆多

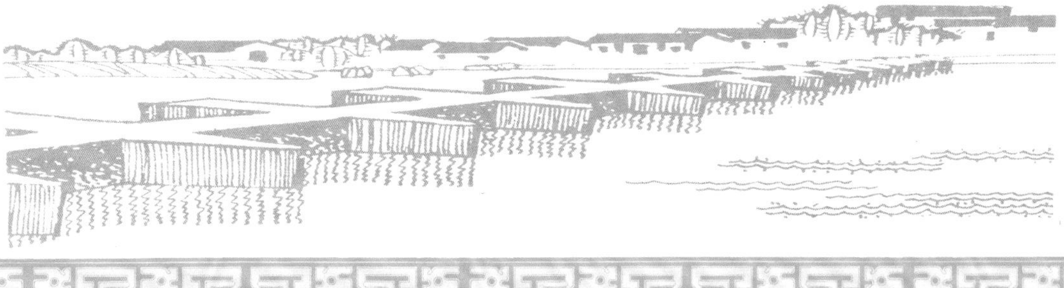

寫意人物畫中，這幅應是屬上乘之作。畫之右上角有款署『乾隆辛卯秋杪正齋閔貞畫』。

（四）詩聖杜甫亦善飲

杜甫（公元七一二～七七〇年），字子美，常自稱『少陵野老』。因曾在劍南節度使嚴武幕中任職檢校工部員外郎，故世稱『杜工部』。其原籍襄陽，后遷居河南鞏縣。開元后期，舉進士不弟，遂各處漫游，及至長安，留住近十年。公元七五五年，『安史之亂』爆發，安禄山軍攻陷長安，杜甫全家逃至鳳翔，甫謁見肅宗，曾拜官左拾遺，后爲華州司功參軍。不久弃官脱仕，舉家遷至成都，築草堂于浣花溪上，世稱『浣花草堂』，或『杜甫草堂』。至其晚年之時，又舉家出蜀東去，不久病故于湘江。

在與杜甫相關的遺迹中，以四川成都的杜甫草堂最爲有名，但此草堂經后世多次修繕補建，已非原來面目。此外，古人還曾作有《老杜浣花溪圖》和《老杜醉歸圖》。前者畫面通過杜甫從驢背上滑落下來，并不驚恐的醉態，成功地顯示了杜甫滯留成都期間的生活狀况和内心世界；宋代黄庭堅曾爲此畫題詩《老杜浣花溪圖引》，用藝術語言再現了杜甫居住成都期間『求醉』的心態，詩雲：『鄰家有酒邀皆去，得意魚鳥來相親。浣花酒船散車騎，野墻無主看桃李。宗文守家宗武扶，落日蹇驢馱醉起。願聞解鞍脱兜鍪，老儒不用千户侯。中原未得平安報，醉裏眉攢萬國愁。……兒呼不蘇驢失脚，猶恐醒來有新作。』怕『醒』，怕作詩，實際上是怕從『醉鄉』中醒來，怕重新回到戰禍連年、山河破碎的現實中來。另外，元代李俊民也曾爲《老杜醉歸圖》題畫詩二首，詩雲：『尋常行處酒債，每日江頭醉歸。薄暮斜風細雨，長安一片花飛』；『百錢街頭酒債，蹇爐醉裏風光。莫傍鄭公門去，恐猶恨在登床。』詩畫結合，把杜甫的醉態勾畫得惟妙惟肖。

由于杜甫一生處在唐朝由盛轉衰的歷史時期，伴隨着時事的變遷，他多次舉家遷徙，這此親歷使他詩作的内容豐富而真實，不但反映了各地的社會狀况，而且也道出了唐代的盛衰春秋。如肅宗乾元元年，杜甫曾被謫貶華州，冬季時回到洛陽。在由洛返華之時，正適『安禄叛軍』攻陷相州，途中就其所見所聞寫成《新安吏》、《石壕吏》、《潼關吏》和《新婚別》、《垂老別》、《無家別》等詩句，世稱爲『三吏』、『三別』，反映了當時戰地附近人民的生活苦况，爲研究唐代歷史留下了寶貴史料。故而其詩作又被稱爲『詩史』。

美酒對于杜甫來説，亦是親如兄弟，勝似青春，人稱其爲『酒聖』。他對酒的那種狂熱，那份執著，不亞于陶淵明和李白等人。據郭沫若先生統計，在杜甫現存的一千四百多首詩文中，説到飲酒的共有三百首，占總數的百分之二十一；而李白的現存詩文一千五百首中，提到飲酒的有一百七十首，爲總數的百分之一十六。雖不能以此斷定杜甫飲酒甚于李白，至少也是杜甫亦嗜酒的一個反映。

杜甫在其青少年時期就是一豪飲者，郭沫若先生曾稱其爲『酒豪』。『往昔十四五，出游翰墨場。……性豪業嗜酒，嫉惡懷剛腸。……飲酣視八極，俗物多茫茫，』就是他在《壯游》中心理的寫照。

杜甫一生結交了大批文人雅士，是『詩友』，也是『酒友』。到了壯年時期，他與李白、高適相携，同游梁、宋、齊、魯，更是飲酒無度。『余亦東蒙客，憐君如弟兄。醉眠秋共被，携手日同行』，就是詩人《與李十二白同尋範十隱居》詩中的幾句，正是杜甫與李白在山東一帶携手同游的真實寫照。杜甫曾有《賦李白》七絶一首：

秋來相顧尚飄蓬，未就丹砂愧葛洪。
痛飲狂歌空度日，飛揚跋扈爲准雄？

反映了杜甫與李白有着共同的性格，皆好仙好酒，同樣『痛飲狂歌』，同樣『飛揚跋扈』。當年李白、高適去世后，杜甫曾作《昔游》、《遺懷》二詩反復追懷，共情甚哀，愈令人想見當年杜甫與諸友浪游時的豪邁。

肅宗乾元元年，杜甫出任左拾遺，可他并没有因官居諫職而改變其嗜酒的性格……他在《曲江二首》之二中寫道：『朝回日日典春衣，每日江頭盡醉歸……酒債尋常行處有，人生七十古來稀。……』從這些詩句中就可以看出，當時的杜甫每天都要典當衣服來喝酒，而且每次都要喝到『盡醉』……没有衣服典當時就借錢，而且處處都有『酒債』……詩人爲何要如此呢？他爲自己找到了誰也無法言『否』的理由，那就是『人生七十古來稀』。杜甫所作的詩句中，反映其爲了飲酒而身外事全然不顧的還有多處，如：『縱飲久拚人共弃，懶朝真與世相違』(見《曲江對酒》)、『街頭酒價常苦貴，方外酒徒稀醉眠。徑須相就飲一斗，恰有三百青銅錢』(見《側行，贈畢曜》)、『數莖白發那抛得？百罰深杯亦不辭！……此身飲罷無歸處，獨立蒼茫自咏詩』（見《樂游園歌》）……這些詩句中所反映的大碗喝酒、尺破其財的杜甫，與舍萬錢悉送酒家的陶淵明、爲縱飲不惜傾家蕩産的李白，幾一模一樣。

杜甫如此拼命嗜酒的態度，從其少年時期到臨終之前，一直没有絲毫的變動。『淺把涓涓酒，深憑送此生』，『莫思身外無窮事，且盡生前有限杯』，『寇盗狂歌外，形骸痛飲中。……此身醒復醉，不擬哭途窮』，都是其晚年仍嗜酒不移的真實生活寫照。

然而，盡管歷代文人多爲豪飲者，但他們也每每感到飲多傷身的苦痛。陶淵明淫飲傷身而作《止酒》名篇；李太白奢飲中悟出真理，『抽刀斷水水更流，舉杯消愁愁更愁』。杜甫與他們一樣，也發過同樣的感慨。他的《與縣源大少府宴陂》詩曰：『無計回船下，空愁避酒難。』雖然他們都有相同的感悟，但仍是抵擋不住瓊漿玉液的誘惑。

至于杜甫的死因也是説法頗多，有的説他溺水湘江，也有人説他死于飲酒時。郭沫若先生曾對此進行過考證，認爲后説更爲可信。

（五）醉吟先生白居易

白居易（公元七七二～八六四年），唐代著名詩人，字樂天，貞元進士，歷官秘書省校書郎、左拾遺及左贊善大夫、江州司馬、杭州刺史、刑部尚書。晚年居洛陽時，與香山僧人如滿甚善，自號香山居士。在文學上，他積極倡導『新樂府』運動，主張『文章合爲時而著，歌詩合爲事而作。』白居易晚年（五十三歲）時被罷杭州刺史，之后回到洛陽，買故散騎常侍楊憑宅閑居。后又有短時外任。大和三年（公元八二九年），白居易五十八歲時罷刑部侍郎，以太子賓客分司東都，居住在洛陽履道里本宅，一直到其壽終。

白居易亦是嗜酒好飲者。晚唐時期，社會動蕩不安，世事復雜多變。作爲一個思維敏捷、目光敏鋭的詩人，白居易身處其中，亦是舉步維艱、郁愁滿腹。當『兼濟獨善難得并』時，他常常無奈地選擇『展眉開口笑，龍門醉卧香山行』（《秋日與張賓客舒著作同游龍門》）的沉醉灑脱態度，來玩傲世間不平事，并以此保持自己『獨醒』的人格特點，最終達到『以醉全神』。他認爲，飲酒，可以解愁，可以消憂。曾誇酒説：『俗號消憂藥，神速無以加』（《勸酒寄元九》）。因此，他時常『醉復醒，醒復吟，吟復飲，飲復醉，醉吟相仍，若循環然』，以此來追求『得以夢身世，雲富貴，幕席天地，瞬息百年。陶陶然，昏昏然，不知老之將至』的自由境界和夢幻生涯。從下面所録的幾首詩中，人們可以窺見詩人不惜一切以酒『開愁』的境況。《晚春沽酒》：『賣我所乘馬，典我舊朝衣。盡將沽酒飲，酩酊步行歸。』甚至樂意『醉臣黃公肆』。《勸酒》中亦有：『身后堆金到北斗，不如生前一樽酒』，又有：『歸去來兮頭已白，典錢將用沽酒吃。』《與夢得沽酒閑飲且約后期》：『少時猶不憂生計，老后誰能惜酒錢？共把十千沽一斗，相看七十欠三年。閑征雅令窮經史，醉聽清吟勝管弦。更待菊黃家醞熟，共君一醉一陶然。』

然而，飲酒并不能消除詩人的憂愁。反而愈飲愈愁。白居易在《答勸酒》中曰：『莫怪年來都不飲，幾回因醉却沾巾。誰料平生狂酒客，如今變作酒愁人。』這首詩與白居易的其它詩不同，它表達的是飲酒反而會引發愁苦的主題。這種感覺似乎是每個嗜酒者的共同感受。那么，既然飲酒亦不能完全擺脱愁苦，爲何還要狂飲不止呢？白居易《强酒》回答説：『若不坐禪消妄想，即須行醉放狂歌。不然秋月春風夜，爭那(奈)閑思往事何。』原來飲酒和『坐禪』的目的是一樣的，都是爲了『遁逃』于現實，以忘懷人世間的種種憂傷和苦痛。

白居易，一生筆耕不輟，著作甚豐。共中與酒有關的作品占有相當突出的地位，并對后世産生了巨大影響。從内容上看，有不少是宣傳『酒德』的詩文，如《酒功贊》、《對酒》、《燒藥不成命酒獨醉》等，均爲膾炙人口的名篇。《酒功贊》曰：『麥曲之英，米泉之精，作合爲酒，孕和産靈。孕和者何？濁醪一樽，霜天雪夜，變寒爲温。産靈者何？清醑一酌，離人遷客，轉憂爲樂。納諸喉舌之内，淳淳泄泄，醍醐沆瀣，沃諸心胸之中，熙熙融融，膏澤和風。百慮齊息，時乃之德，萬緣皆空，時乃之功。吾常終日不食，終夜不寢，以思無益，不如且飲。』他認爲酒乃麥米、甘泉之精作合而成，爲『産靈』之物，并把『百慮齊息』、『萬緣皆空』之功德皆歸于酒。

另外，白居易的『勸酒詩』也頗爲有名，如《勸酒》、《勸酒十四首》、《勸酒寄元九》和《問劉十九》等篇。所謂『勸酒』，就是古代宴飲時勸人喝酒。在他的勸酒詩中，《勸酒十四首》最爲有名。此爲咏酒組詩，共分爲兩題，一爲《何處難忘酒》，一爲《不如來飲酒》，每題各七首，主要表達求閑、求靜、求無思慮、求無作爲的老莊思想和佛家禪理。此外，他的《勸酒》和《勸酒寄元九》也頗不尋常。《勸酒》詩曰：『勸君一盞君莫辭，勸君兩盞君莫疑，勸君三盞君始知。面上今日老作日，心中醉時勝醒時。天地迢迢日長久，白兔赤馬相趨走。身后堆金到北斗，不如生前一樽酒。』《勸酒寄元九》曰：『俗號消愁藥，神速無以加。一杯驅世慮，兩杯反天和。三杯即酩酊，或笑任狂歌。陶陶復兀兀，吾孰知其他。況在名利途，平生有風波。深心藏陷阱，巧言織網羅。舉目非不見，不醉欲如何？』白居易勸意之誠、言語之周，實非他人所能。

與前幾位酒詩人相比，和白居易有關的傳世文物并不多見。梁楷《八高僧圖卷》中有一幅畫卷，繪出了白居易謁見鳥巢道林

禪師的情景，僅此而已。據說近年來，中國社科院考古研究所發掘出了一些文物資料，找到一些白氏生前嗜酒及勤於筆耕的綫索與依據。

白居易一生愛酒，『陶陶然，昏昏然』，本想在沉醉中忘却世間事，只去『醉』、『醒』、『吟』、『飲』，『醉吟相仍，若循環然』。但却『不知老之將至』，無奈『春去有來日，我老無少時』，恍惚間，『歸去來兮頭已白』，只好『典錢將用沽酒吃』。遺憾！美酒亦無法留住時光的流逝，一代名流白居易，于會昌六年八月十四日，在洛陽城履道坊白氏本家中仙逝。

(六) 醉翁亭記歐陽修

說到歐陽修，人們自然會想起盛傳已久的《醉翁亭記》，這篇散文是歐陽修任滁州太守時寄情山水的有感之作。文中描寫醉翁亭曰：『環滁皆山也。其西南諸峰，林壑尤美。望之蔚然而深秀者，琅琊也。山行六七里，漸聞水聲潺潺而出于兩峰之間者，釀泉也。峰回路轉，有亭翼然臨于泉上者，醉翁亭也。』據傳，醉翁亭乃宋代僧人智仙所創建，其名由歐陽修所命，今仍存于安微省滁州市西南琅琊山麓。自歐陽修《醉翁亭記》問世以后，此亭名聲大振，前往探幽訪古者紛至沓來。現亭西有六一亭，亭南有釀泉，亭后有二賢堂，還有意在亭、影香亭、古梅亭等分布泉水之上，亭泉相映，甚爲秀雅。

歐陽修(公元一〇〇七～一〇七二年)，字永叔，號醉翁，又六一居士。北宋廬陵(今江西)人。宋仁宗天聖八年進士。

歐陽修是北宋時期古文運動的領袖，對宋初以來靡麗、艱澀的文風進行了改革，建立了說理暢達、抒情婉曲的文章風格，因而被列爲『唐宋八大家』之一。他的詩風也與其散文近似，力矯西昆體的浮艷，專以氣格爲主，語言平易疏暢，在當時也有較大的影響。歐陽修不但是一位著名的散文作家和詩人，而且也是一位大詞人。他的詞作比詩文成就更高，影響更大，在中國古代詞作史上占有重要地位。

歐陽修因喜飲酒，故號曰『醉翁』。唐代鄭穀《倦客》詩曰：『閑烹蘆笋炊菰米，會向源鄉作醉翁。』歐陽修自況曰：『尊前信任醉醺醺』（《定風波》），『尊前莫惜醉如泥』（《浣溪沙》），『日日花前常病酒，不辭鏡裏朱顔瘦』。

歐陽修雖好飲却不勝酒力，《文忠集·醉翁亭記》記載，歐陽修和賓客們到醉翁亭飲酒，總是飲之不多便生醉意。在其被貶滁州、建醒心醉翁亭于琅琊幽穀之時，曾『令幕官謝希深雜植花草。謝以狀問名品，公批紙尾雲：「淺紅深白宜相間，先后仍須次弟栽。我欲四時携酒去，莫數一日不花開」。』他說每年四季都要帶酒來此，并且每次來時都要有鮮花盛開。未過多久，歐陽修又被貶揚州，徙遷之前，曾作《別滁》詩雲：『花光濃郁柳輕明，酌酒花前送我行。我亦宜如常日醉，莫教弦管作離聲。』表達了歐陽修對如此清新別致的醉飲之所的留戀之情。看來歐陽修的嗜酒與陶淵明、李白、杜甫、白居易等人不盡相同，陶、李、杜、白等人是以酒解憂消愁，以便沉醉其中，清心凝神，催發詩興，樂在酒與詩境中；而歐陽修則是寄酒于山水，把瓊漿玉液、詩詞文賦與良辰美景相結合，以達到三者相融的最高境界。『臨溪而漁，溪深而魚肥；釀泉爲酒，泉香而酒洌。山肴野蔌，雜然而前陳者，太守宴也。』何意于此？『醉翁之意不在酒，在乎山水之間也。山水之樂，得之心而寓之酒也。』

從歐陽修的詩詞中也可以看出，他大多都是在有花草和河湖的地方飲酒，把飲酒與享受自然風光結合起來，以達到回歸自然的目的。如其詩《別滁》、《豐樂亭游春》，其詞《浪淘沙·把酒祝東風》和《定風波》（『把酒花前欲問他』）等五題）等皆描寫山前開懷、花間暢飲的情景；而《采桑子·畫船載酒西湖好》、《浣溪沙·堤上游人逐畫船》、《浣溪沙·湖上朱橋響畫輪》、《浣溪沙·湖上朱橋響畫輪》、《浪淘沙·歡歡》二首和《浣溪沙·詠酒》（『對對鴛鴦近酒船』）則都是描寫寄身于湖光之中，飲酒觀景，別有情趣。歐陽修《答通判呂太博》詩夾注曰：『予嘗采蓮千朵，插以畫盆，圍繞坐席。』又曰：『又嘗命坐客傳花，人摘一葉，葉盡處飲，以爲酒令。』有人據此推測以『摘葉傳花』爲酒令者始自歐陽修，看來歐陽修飲酒之時，花草、景致似乎爲必備之物。歐陽修之飲確是別具一格，將『山水之樂』寓于酒中，運于心上。很顯然，歐陽修把飲酒藝術升華到了一個新的境界，遠非他人所能及。

與前幾位文人相比，歐陽修一生顯赫，雖多次遭貶，却仍官居要職，不但可以令幕官爲其『雜植花草』，而且美酒不斷，『我欲四時携酒去，莫數一日不花開。』不需要像白居易那樣，賣掉自己的大馬、典當過去的朝衣來換酒喝。然而他在品嘗美酒的同時，也深深地體會到了種田人的苦痛。他在《食糟民》詩中曰：『田家種糯官釀酒，榷利秋毫升與斗。酒沽得錢糟弃物，大屋經年堆欲朽。酒醅瀺灂如沸湯，東風吹來酒瓮香。纍纍罌與瓶，惟恐不得嘗。官酒味濃村酒薄，日飲官酒誠可樂。不見田中種糯人，釜無糜粥度冬春。還來就官買糟食，官吏散糟以爲德！……我飲酒，爾食糟，爾雖不我責，我責何由逃！』所謂『種糟人』，就是指種糧食的平民百姓。他的這首詩反映詩人一定的愛民思想，這又是也愛酒的歐陽修的獨到之處。

(七) 一醉釀王蘇東坡

蘇東坡(公元一〇三七～一一〇一年)，又名蘇軾。字子瞻，眉州眉山(今四川眉山縣)人。仁宗嘉祐二年進士。系北宋中期的文壇領袖，爲唐宋八大家之一。蘇東坡詩、文、書、畫俱佳，均爲當時之絕家，爲后人留下了大量的詩、詞和書法著作，對后代的文學發展產生了巨大而深遠的影響。

酒，對蘇東坡來說，亦是不可缺少的人生伴侶，尤其是到了晚年，嗜酒更甚。他一生愛酒、飲酒、頌酒，尤其喜歡釀酒。在他的諸多詩詞中無不滲透着美酒的誘惑、釃白的醇香。想必大家還記得『明月幾時有，把酒問青天。不知天上宮闕，今夕是何年』、『醉醒醒醉，憑君會取皆滋味，濃斟琥珀香浮蟻。一人愁腸，便有陽春意』、『酒酣胸膽尚開張』、『此歡能有幾人知？對酒逢花不飲待何時？』等優美詩詞。有人說，東坡幾乎所有的詩、詞、文、賦，皆是在共飲酒后創作而成的。美酒確實點燃了蘇東坡文學創作的欲望和靈感。黃庭堅曾經說：東坡飲酒不多即爛醉如泥，醒后『落筆如風雨，雖謔弄皆有意味，真神仙中人』。蘇軾自己也曾說：『吾酒后，乘興作數千字，覺酒氣拂拂從十指出也。』（見《侯鯖録》）。他的《洞庭春色》一詩雲：『要當立名字，未用問升斗。應呼釣詩鈎，亦號掃愁帚。』明代張岱《夜航船》曰：『東坡呼酒爲釣詩鈎，亦號掃愁帚。』，由此可以看出，酒在蘇東坡的文學創作中確實起着相當大的作用。膾炙人口的『欲把西湖比西子，淡妝濃抹總相宜』，就是蘇東坡與友人在西湖湖心亭飲酒時，半醉半醒時的乘興之作。

蘇軾對釀酒極有興趣，爲了釀酒，他曾到處搜尋釀酒之法，并寫下多篇酒賦、酒頌以饗后人，如《濁醪有妙理賦》、《酒子賦》、《中山松醪賦》、《洞庭春色賦》、《既醉備五福論》等。他所著的《酒經》最爲有名，具體地記録了制曲、和曲，用米、用曲、用水的比例，加曲、加水的時間、火候和釀造過程中出現的正常和不正常現象，以及應注意的事項等。

他最早釀制是用少量蜂蜜摻以蒸面，發酵，以米和米飯爲主料做成的米酒，時稱蜜酒。據東坡《蜜酒歌》載，此方非自創，乃訪尋而得。『西蜀道士楊世昌，善作蜜酒，絶醇釅。余既得其方，作此歌遺之。』文中還寫道：『真珠爲漿玉爲醴，六月田夫汗流泚。不如春瓮自生香，蜂爲耕耘花作米。一日小沸魚吐沫，二日眩轉清光活，三日開瓮香滿城，快瀉銀瓶不須撥，百錢一斗濃無聲，甘露微濁醍醐清。君不見南園采花蜂似雨，天教釀酒醉先生。先生年來窮到骨，問人乞來何曾得。世間萬事真悠悠，蜜蜂大勝鹽河侯。』

蘇東坡任職定州時，還做過松酒，即一種甜中帶苦的藥酒。他在《〈洞庭春色賦〉〈中山松醪賦〉卷》中題記曰：『始安定郡王以黄柑釀酒，名之曰「洞庭春色」。其猶子德麟得之以餉予，戲爲作賦。后予爲中山守，以松節釀酒，復爲賦之。以其事同而文類，故録爲一卷。』由此可知《中山松醪賦》就是蘇軾爲贊頌他自醇的松酒而作。

在蘇東坡被貶廣東惠州時，還曾做過桂酒，就是以生姜、肉桂作配料釀制而成的藥酒，此酒可以温中利肝，輕身健骨，養神潤色，常服可以延壽。他在《桂酒頌》中寫道：『……吾謫居海上，法當數飲酒以禦瘴，而嶺南無酒禁，有隱者以桂酒方授吾，釀成而玉色，香味超然，非人間物也。東坡先生曰：『酒，在禄也，其成壞美惡，世以兆主人之吉凶。吾得此，豈非天哉！故爲之頌，以遺后之有道而居夷者。其法蓋刻石置之羅浮鐵橋之下，非忘世求道者莫至焉。』看來蘇東坡對他釀制的桂酒相當滿意，稱之爲『非人間物』，是天賜的甘露。

『真一酒』是蘇東坡居海南時所釀。他給朋友們的書信中就曾介紹過此酒的釀制方法。蘇軾《寄建安徐得之真一酒法》：『嶺南不禁酒，近得一釀法，用白面、糯米、清水三知釀成，玉色，絶似王駙馬「碧玉香」。酒性温和，飲之可解渴而不可醉也。』蘇東坡爲釀此酒頗爲自豪，曾作《真一酒詩》、《真一酒歌》。《真一酒詩》曰：『撥雪披雲得乳泓，蜜蠢又欲醉先生。稻垂麥仰陰陽足，器潔泉新表裏清。曉日着顏紅有暈，春風入髓散無聲。人間真一東坡老，與作青州從事名。』并在《真一酒歌》前引中說：『鉛汞以爲藥，策易以侯火，不如天造之真也。是故神宅空樂，出虛躡者以氣升，孰能推是類以求天造之藥乎？于此有物，其名曰真一。遠游先生方治此道，不飲不食，而飲此酒，食此藥，居此堂。』反復强調物以『天造』爲最佳，

認爲真一酒就是『天造之真』、『天造之藥』，其特點是『湛然寂照非楚狂，終身不入無功鄉。』除此之外，蘇東坡還釀造過『天門冬酒』、『蜜柑酒』等。

蘇東坡雖好釀酒，又喜酒，但其酒量不大。他自己曾說：『予飲酒終日，不過五合。天下之不能飲，無在予下者』然而，『天子之好飲，亦無在予上者』。他自稱小時候一見到酒盅就有幾分醉意。他還喜歡看別人飲酒，看到別人舉杯徐酌醉意朦朧的樣子，比自己飲酒還高興，《東皋子傳后記》中有寫東坡：『喜人飲酒，見客舉杯徐飲。則予胸中，爲之浩浩焉，落落焉。酣適之味，乃過于客。』之句。蘇東坡并不羡慕酒量很大的飲者，他認爲豪飲者需要喝很多酒才能醉，而他自己只需小酌幾杯就能醉，其飄然欲仙的結果是一樣的。由此看來，蘇東坡所追求的僅僅是醉酒的感覺，而不是飲酒本身。其《濁醪有妙理賦》中說：『伊人之生，以酒爲命，常因即醉之適，方識此心之正。』他飲酒只是尋找適醉的感覺，而不要求過量飲酒，只有這樣才能達到神之凝、心之正。《桂酒頌》中雲：『誰其傳者疑方平，教我常作醉中醒』；《唯有醉時真》又雲：『人間本兒戲，顛倒略似茲。惟有醉時真，空洞了無疑。呼兒取紙筆，醉語輒録之』；《醉落魄·述杯》亦雲：『醉醒醒醉。憑君會取這滋味。濃斟琥珀香浮蟻。一到愁腸，別有陽春意。須將幕席

爲天地。歌前起舞花前睡，從他落魄陶陶裏。猶勝醒醒，惹得閑憔悴。』從上錄三詩中，可以看出蘇東坡并非真醉，而是醉中有醒，醒中有醉，飲酒只是爲了達到『醉時真』、『空洞了無疑』的境界，并且在這種欲仙之境中，隨心所欲，咏詩賦詞，妙詞佳句，自然流轉，涌瀉而出。然而，醉醒之中所言之醉語往往爲一語驚人之佳作。真可謂是『醉中往往得新句，夢裏時時見异書。』（宋代陸游詩句，見《野性篇》）。

總之，蘇東坡『善』釀『會』飲，且適時始，合時止，當爲古今飲酒之明智者也！

（八）自古神州出酒徒

翻閱中國古書，歷代不乏酒徒，他們沉于醉鄉的原因一般都比較復雜：有人生如夢及時行樂的概嘆；有對現實生活的逃避；有澹泊名利，不趨炎附勢的清高；更多的則是懷才不遇，壯志難酬的悲憤及對濁氣蒸騰的官場傾軋的厭倦等等。『滌蕩千古愁，留連百壺飲』，是對歷代酒徒心境的絶妙概括與描畫。

現藏于上海博物館的一件宋代登封窑酒經瓶上有一幅『酒徒醉歸』，以傳神的筆法刻畫了一位酩大醉的漢子，只見他頭微傾垂，醉眼迷離，袒胸露腹，背着一個碩大的酒葫蘆，步履蹣跚，一步三搖，醉態畢現，大有『深夜歸來長酩酊，扶入流蘇猶未醒』的神態。從人物的衣飾、體態來看，所畫决非窮苦民衆，而應是當時現實生活中一部分封建士大夫飲酒行樂的寫照。整個畫面以大綫條勾勒，以洗練流暢的筆法把人物的神態描繪得淋灕盡致，出神入化，有較强的藝術魅力。從古至今，這等的『酒徒』難以計數，流傳下來的趣事佚聞更是不勝枚舉。其中最有名的當首推『高陽酒徒』。

秦朝末年，陳留高陽有個叫酈食其的人，飽讀詩書，學富五車，素懷大志，然求仕無門，有志難伸，于是常縱酒自遣。適逢劉邦揭竿起義，領兵過陳留，便上門求見，劉邦聽説是一個儒生打扮的人求見，很不耐煩，對隨從説：『去告訴那書生，我正忙于天下大事，無暇會見讀書人。』酈食其聞言不由大怒，厲聲喝道：『去回禀劉邦，我乃高陽一酒徒！』正在洗脚的劉邦聽了，慌得顧不上穿鞋，光着脚迎出帳外。真是『可嘆無知己，高陽一酒徒！』自此以后，凡好飲或豪放不羈者，均稱之爲『高陽酒徒』。

繼之，南陽也出了一個自稱『酒徒』的人，即『陳故酒徒』

陳暄。

陳暄，放誕任性，嗜酒若狂，常喝得爛醉如泥，經久不醒，酒成了他生命的一部分。他的侄子陳秀寫信給陳暄的好友何胥，請他勸説陳暄節制飲酒，陳暄知道后頗爲不悦，他寫信給侄子，洋洋灑灑，歷數飲酒的好外，還說：『我有飲酒的嗜好已有五十余年了……你以飲酒爲過，在我則不然。酒好比水，可以濟舟，亦可以覆舟，故諮江議有言，酒猶兵，兵可以千日不用，但不可以一日不備；酒可以千日不飲，而不可飲而不醉』，他又告訴侄子『速營糟丘』，表示自己要老死那裏，并留遺囑，待他百年之后，務必在墓碑上銘刻『陳故酒徒陳暄之墓』。

三國時吴國還有一位『酒中奇人』，名叫鄭泉。據邯鄲淳《笑林》説，鄭泉『博學有奇志，性嗜酒，』他常向別人表白他平生的一大心願：『願得美酒五百斛船，以四時甘脆置兩頭，反覆没(沉)飲，酒有斗升減，隨即益之，不亦快乎！』即希望有一滿載五百斛美酒的船，使自己放懷暢飲，而酒不會减少，喝一斗補一斗，喝一升添一升，永遠保持五百斛。就是這位鄭泉先生臨死之前反復叮囑家人：『必葬我陶家(制陶作坊)之側，庶百年后化而爲土，幸見取爲酒壺，實獲我心矣。』活着的時候日日買醉還不算，期盼死后尸骨化成泥土，被制作成酒壺，永永遠遠地泡在酒裏，生生死死與酒不分離，他對酒的執著，可謂天下第一人了。

還有一位自詡爲高陽酒徒的出簡，此人系晋代名士，人稱『竹林七賢』之一的山濤之子。據傳他嗜酒如命，醉后常有一些癲狂、荒唐的舉止。西晋末年，山簡官拜征南將軍奉旨鎮守襄陽，但他常嬉游于漢侍中習郁所築的池苑，在岸邊置酒肆意酣飲，且每飲必醉，并以『高陽酒徒』自喻，聲稱：『此乃吾高陽酒池也，』飲酒至夕陽西下，醉意朦朧時，便倒戴頭巾，搖搖晃晃地騎馬而歸，一群兒童尾隨其后邊笑邊拍手唱道：『山公出何許，往至高陽池，日夕倒載歸，酩酊無所知，時時能騎馬，倒著白接䍦，舉鞭問葛强，何如并州兒？』接䍦是古時一種頭巾，葛强是山簡手下愛將，并州人。后人常以『倒載歸』來形容醉后的瀟灑形態，清人敦誠寄懷曹雪芹詩》即有詩句雲：『接䍦倒著容君傲，高談雄辯虱手捫』。

王績，是隋唐之際的詩人，也喜飲酒，被稱爲『斗酒學士』。因仕途失意而弃官歸隱。他在《過酒家》詩中道出了他苦悶的心情以及貪戀杯酌的緣由：『此日長昏飲，非關養性靈，眼看人盡醉，何忍獨爲醒。』他不光歸隱山林，同時又隱于酒鄉，是一個雙重的隱士。

王績撰有《醉鄉記》，描繪了一個『去中國不知其幾千里』的令人神往的醉鄉，那裏是一個『其土曠然』、『其氣和平』、『其俗大同』、『其寢于于』、『其行徐徐』的美好世界。這當然是他內心追求一種自然流露。

（九）竹林七賢皆好酒

晉代名士稽康、山濤、向秀、劉伶、阮籍、阮咸、王戎七人因常集于竹林之下肆意酣暢，故被世人稱之爲『竹林七賢』。

『竹林七賢』不僅在文學上頗負盛名，而且個個都是好酒者。有關他們的事迹在古文獻中多有記載，在傳世名畫和出土文物中也有多處反映。南京市西善橋東晉墓中，發現一幅刻磚壁畫《竹林七賢圖》，圖上人物廣袖長衫，衣領敞開，跣足袒胸坐于竹林中，嵇康撫琴，阮咸彈阮，劉伶捧杯，阮籍、山濤、王戎席地而坐，面前置酒杯，向秀似醉，頹然坐地。東晉畫家史道碩所繪的《七賢圖》，也是以竹林七賢爲題材的。唐常粲的《七賢像》，形象地描述了七賢各自獨特的風姿。

此外，上海博物館收藏一幅唐代畫家孫位的《竹林七賢圖》，也稱《高逸圖》，此圖織本設色，畫面已殘缺，僅剩下四個人物：上身赤裸，抱膝而坐的山濤，手持如意、赤足而坐的王戎，手握酒杯回首欲嘔的劉伶和執麈尾扇、面露譏笑的阮籍，均刻畫得入木三分，栩栩如生。

『竹林七賢』由于不滿于當朝的昏暗統治，常『飲酒昏酣』、『遺落世事』，頌揚老莊學說，縱酒清淡，正如杜甫所雲『沉飲聊自遣，放歌破愁絕』，除了借酒消愁，主要目的是隱于酒鄉，遁世避禍。宋人葉夢得說：『晉人多言飲酒，至于沉醉，未必真在乎酒。蓋時方艱難惟托于酒，可以疏遠世故而已。陳平、曹參以來，已用此策……傳至嵇、阮、劉伶之徒，遂欲全然用此，以爲保身之計，……飲者未必劇飲，醉者未必真醉耳！』『竹林七賢』以酒來躲避政治上的迫害和人事上的糾紛，自然要做出一些怪誕癲狂的舉動來。其中尤以劉伶、阮籍、阮咸、山濤爲最。

劉伶以其善飲、豪飲而聞名于世。其酒量之大，舉世無雙，可稱爲中國古代的『醉星』。『杜康造酒劉伶醉』的傳說在民間流傳極廣。

據記載，劉伶平日少言寡語，惟以飲酒爲樂事。常縱酒狂飲，數日不止，劉伶常帶着酒，乘鹿車出游，并命人拿着鐵鍬跟在后面，囑令說：『我如果醉死了，就地把我埋掉。』劉伶的妻子見他嗜酒如狂，苦苦勸說，劉伶對妻子說：『我要戒酒可以，但是我自己總下不了決心，只能向鬼神起誓，借助鬼神的力量才能戒掉，你快去置辦酒肉敬鬼神吧！』妻子聽了十分高興，馬上准備了酒肴，要劉伶對鬼神起誓，哪知劉伶在神前祝道：『天生劉伶，以酒爲名，一飲一斛，五斗解醒。婦人之言，慎不可聽！』說罷取過酒肉大吃狂喝，頃刻間，喝得爛醉

如泥。某日，妻子釀制了一大缸酒，劉伶見了又要酒喝，妻子說：『待酒熟之后，讓你喝個大醉。』酒熟了，妻子喚劉伶喝酒，劉伶興衝衝地揭開了酒缸蓋，酒香撲鼻，劉伶忍不住俯身就喝，妻子一把將他推進了酒缸，隨即壓上了蓋子，氣惱地對缸中寂然無聲，急忙打開缸蓋，發現缸中酒已見底，劉伶垂頭坐于酒槽上，妻以爲劉伶死了，急得大聲呼叫，誰知劉伶慢慢地抬起頭，笑着對妻子說：『你不是答應讓我喝個大醉嗎？如今怎么讓我閑坐在這裏？』其妻啼笑皆非，知道無法讓他把酒戒掉，只好任他日日長醉了。

劉伶性情曠達，不爲禮教所拘束，常常喝醉了酒，把身上衣服脫光，裸體在屋裏一邊喝一邊晃來晃去。一天，有人去訪劉伶，見他如此模樣，實在看不下去就譏諷他說：『你也是禮教中人，似這等行徑實在有失體統。』劉伶聽了，醉眼一翻說：『我以天地爲房屋，以房屋爲衣裳，你怎么跑到我褲子裏來了？』

劉令如此，阮籍更是以酒避禍。據說，晉文帝司馬昭爲其子司馬炎求婚于阮籍女，阮籍不敢直接加絕，只好一醉六十余天，天天酣睡，使司馬昭始終找不到開口的機會而作罷。

后來阮籍聽說步兵營厨人善釀酒，儲酒數百斛，阮籍竟主動找晉文帝要求補步校尉之缺，此舉頗爲劉伶所不喜，阮籍笑對劉伶說：『校尉府中有美酒三百石，够我們享用一番了。』從此二人躲在校尉府中日日酣次，直到把酒喝光。司馬昭的謀士鍾會，常想加害阮籍，但阮籍天天爛醉如泥，使鍾會無法羅織罪名。

阮籍靠酒的掩護，又躲過了一場大禍。

阮咸是阮籍的侄子，也極愛酒。『處世不交人士，惟其親知弦歌酣宴而已。』據《世説新語》説，阮咸常與族人一起聚衆飲酒，飲酒之具不用普通的杯、盞，而用大盆來盛酒，忽然一群猪跑過來，擠在盆邊喝酒，阮咸見了，并不哄趕，而是不在意地與猪同盆喝酒，共享快樂。

山濤喝酒更有一絶。據説，山濤飲酒八斗而止，多一點都不喝。一次皇帝請山濤喝酒，爲了證實山濤八斗之量，讓人拿出八斗酒讓山濤喝，趁山濤不注意時命人偷偷多加了一些酒進去，山濤喝够八斗，再也不喝了，皇帝也連連稱奇。

（十）簪花游街説楊慎

這是明代文學家楊慎的故事。楊慎，字用修，號升庵，正德六年進士，授翰林修撰。因議朝政觸怒嘉靖皇帝，謫戍雲南，終老於斯。他博學多才，數十年困居邊戍，心情十分苦悶，常借酒消愁，飲酒酣醉后常做出一些放浪形骸、不拘禮節之舉。據王世貞《藝苑卮言》説，楊慎在瀘州之時，酒醉后，曾面塗粉脂，頭綰雙髻，髻插鮮花，身着女裝，由門生抬着，衆持從捧盂隨之后，昭然游于街市，旁若無人。簪花游街之説，由此而出。

明末畫家陳洪授以此爲題繪了一幅《升庵簪花圖》，極爲傳神。其上有作者自題：『楊升庵先生放滇南時，雙髻簪花，數女持尊，踏歌行道中，偶爲小景識之。洪授』。畫面上主人公楊慎身着寬袖長衫，頭上插滿五色花枝，雙肩下垂，兩袖飄垂過膝，步履蹣跚，醉眼强睁，一副醉意朦朧似歌似吟的樣子。身后隨從二女侍，捧盂執扇，以驚异不解的目光注視着主人。背景爲一株干老枝殘的楓樹，樹上挂着幾片零落的紅葉，道旁山石邊一簇簇落寂的野花，似乎暗喻着楊慎仕途失意飽經憂患而又落魄無奈的命運，耐人尋味。

（十一）酒醋并飲石延年

石延年，字曼卿，其『氣貌偉岸，英才磊落』而『飲酒過人』、『以詩歌豪于一時』與文豪歐陽修、歌豪杜默并稱『三豪』。他鄙世傲物，蔑視塵俗，雖學富五車而屢舉進士不第。宋真宗時録用三舉進士不第者爲三班奉職，但他勉强就職后并没有得到重用，一直没有施展抱負的機會，于是常常『聊以醉中遺萬事』，留傳下來許多關于飲酒的趣聞。據傳説，石延年與他的酒中知己劉潛常在一起飲酒。一次二人到京城新開的王氏酒樓喝酒，對飲一日而不發一言，從早上一直喝到夜深更闌，月沉西天，二人面無酒色，一時京城嘩然，傳爲酒仙下凡。

石延年飲酒有許多名目，如：伸着頭喝酒，喝完將頭縮進草中的『鱉飲』；夜不燃燭，摸黑而飲的『鬼飲』；坐在樹上喝酒的『巢飲』；赤跳露頂捆綁雙手的『囚飲』，還有『鶴飲』、『了飲』等等，不一而足。被謫爲海州通判時，劉潛前去拜訪，石延年迎于石闥堰，置酒款待，酒逢對手，不免推杯換盞放量痛飲，不知不覺唱到夜半更深，眼見瓮中酒將要見底，而二人酒興正濃，一時又無處沽酒，翻騰了半天，才到船中找到一石多醋，不管三七二十一兑到了酒裏，繼續暢飲，直喝到次日，將酒醋又喝了個净光，才算作罷。真可謂是『平生嗜酒不爲味』了。

（十二）金龜換酒賀知章

李白初入長安時，曾任太子賓客的賀知章，慕名到客棧訪李白，二人一見如故，李白把剛寫的《蜀道難》拿給賀知章看，只見開篇寫道：『噫吁，危乎高哉！蜀道之難難于上青天！』隨着這震撼千古的一聲長嘆，李白用他那神奇莫測之筆，把實地景物與歷史神話熔爲一爐，揮酒一幅壯麗奇險的蜀道山水圖卷，『驚風雨，泣鬼神』，賀知章尚未讀完，便激動不已，連連贊嘆，稱李白爲『謫仙人』，拉着李白到酒樓喝酒暢叙。酒酣之際，賀知章竟解下身上所佩金龜（皇帝賜給他的信物）充酒資。李白對此十分感動，一直念念不忘，賀知章去世以后，李白寫下了《對酒憶賀監》哀悼他，回憶往事，潸然泪下：『四明有狂客，風流賀季真，長安一直見，呼我「謫仙人」。昔好杯中物，今爲松下土。金龜換酒處，却憶泪沾巾』。

第七節 華夏文明飄酒香

現存的史料及文物證明，酒在詩歌、文賦、丹青、書法、樂舞和雕塑等文藝創作中，都起過巨大的推動作用，在中國古代文明發展史上寫下了濃墨重彩的一筆。

在中國古代，尤其是魏晋、唐宋時期，以豪飲激發文思詩情嘗爲風尚。有人説，中國的『文明史一開始，就被與酒結緣』，可謂是一語中的。古人常贊譽美酒爲『詩媒人』、『釣詩鈎』。宋代詩人陸游説『閑愁正可資詩酒』，正揭示了『酒』與『詩』的關系，也道出了『閑愁』與『酒』的内在聯系。

正由于酒可以催發詩興，中國古代的文人雅士們就常常聚集在一起，一邊飲酒，一邊賦詩作文，故有『文字飲』之説。唐代韓愈就曾説：『不解文字飲，惟能醉紅裙』，意在諷刺當時的紈絝子弟，只會栖身紅粉樓，醉酒玩妓，而不懂詩文詞賦。李白在《春夜宴從弟桃李園序》中也曾説：『開瓊筵以坐花，飛羽觴而醉月。不有佳咏，何伸雅懷。如詩不成，罰依金穀酒數。』意思是説，在如此愜意的文飲之會上，如果没有好的作品，借什么來抒發此時豪邁的心情呢？如果寫不出好詩，就只好罰金穀酒數杯。據説西漢時梁孝王宴集文士于兔園，就曾讓枚乘賦柳，路僑如賦鶴，公孫詭賦鹿，鄒陽賦酒，公孫乘賦月，羊勝賦屏風。其中韓安國賦幾不成，罰酒。魏晋間的竹林七賢，常在竹林中游宴，飲酒談玄作文賦詩。西晋時期的石崇、潘岳等二十四友，朝夕在石崇的别業金穀園宴集，命題賦詩，如詩不成，罰酒三斗。除此之外，還有很多著名的文飲盛會。然而，在所有這些詩會中，最爲有名的恐怕要數東晋時期的蘭亭盛會和初唐時期的滕王閣宴會，膾炙人口的《蘭亭集序》、《滕王閣序》都是這些文飲盛會所留下的傳世之作。

據有關專家研究，酒能使大腦皮質興奮，使人的情緒思維進入高度活躍的狀態，調動起經驗的記憶和平明沉積在頭腦中而不大能意識到的大量信息，催化出靈感。大凡飲酒或多或少都會有所感知。而對文學創作者來説，飲酒則可以激發文學創作的靈感。在我國古代，不僅流傳着大量以酒催發詩文的佳話，而且與酒有關的賦、詩、詞、散文等也爲世人所傳頌，堪稱世界文明史上的奇觀。

酒賦　賦，是中國古代的主要文體之一，《詩經》的『六義』之一就是『賦』。《文選·兩都賦序》記載：『賦者，古詩之流也。』就是説『賦』是古詩的源頭，古詩由『賦』發展而來。戰國時期，大文學家荀况就曾以『賦』來命文章名，著有《禮賦》、《知賦》等五篇，這是最早以『賦』命篇名著。到漢代時發展成爲一種固定的文體，并普遍流傳，后人稱之爲『漢賦』。

在中國古代的賦文中，以酒爲載體咏物説理、抒發感情的論酒之作極爲常見。從其内容來看，大至可分爲以下幾種：一爲稱頌之意和勸戒之辭兼而有之的，比如以《酒賦》爲名的一組作品。最早以此爲名作文者是西漢時的鄒陽、楊雄和漢末的王粲，后來，三國時期的崔駰、曹植、魏晉期間的嵇康、張載，以及后來的袁山公、宋代的吴淑、明代周履靖等都作有《酒賦》，對飲酒之道論述得詳細而具體，對后世也產生過深遠的影響。二爲專論酒德者，如劉伶的《酒德頌》、皇甫的《醉賦》、白居易的《酒功贊》等，都詳細論述了酒的功德。三爲禁酒與倡酒之說，禁酒者多爲當時的政府行爲，而反對禁酒的多爲當時的嗜酒之說，禁酒者多爲當時的政府行爲，而反對禁酒的多爲當時的嗜酒之士，如孔融就曾作《與曹操論酒禁書》，論述了酒在歷代先王名士們開創天下時所起的巨大作用，他說：『夫酒之爲德久矣。古先哲王，類帝宗，和神定人，以齊萬國，非酒莫以也。』他還說，帝堯如果不能飲酒千鐘，就無法創建太平盛世；孔子若不能飲酒百觚，也不可能被稱爲聖人。因此，他在文章最后大呼：『由是觀之，酒何負于政哉？』由此看來他認爲酒對政治、政權有什么損害，也不應該禁酒。

酒詩　在中國古代，詩與酒的關系非常密切。唐代時，就有詩與酒的合稱，即『詩酒』。唐代李白《別中都明府兄》：『吾兄詩酒繼陶君，試宰中都天下聞。』詩酒，意爲飲酒賦詩。所以在中國古代，酒多，詩多，酒詩亦多。其中《賓之初筵》：爲《詩經·小雅》中的篇名，是目前所見最早的酒詩之一。據《毛傳》記載：『《賓之初筵》，衛武公刺時也。幽王荒廢，近小人，飲酒無度，天下化之。君臣上下，沈湎淫液。武公既入，而作是詩也。』看來衛武公作此詩的目的，是爲了譏諷幽王飲酒無度，荒廢朝政，以規后人。

《將進酒》：古爲詩之篇名。歷代以此爲題目作文者屢見不鮮，但以唐代大詩人李白、李賀之作最爲出類拔萃。李白詩曰：

君不見黃河之水天上來，奔流到海不復回。
君不見高堂明鏡悲白發，朝如青絲暮成雪。
人生得意須盡歡，莫使金樽空對月。
天生我材必有用，千金散盡還復來。
烹羊宰牛且爲樂，會須一飲三百杯。
岑夫子，丹丘生，將進酒，杯莫停。
與君歌一曲，請君爲我傾耳聽：
鐘鼓饌玉不足貴，但願長醉不復醒。

古來聖賢皆寂寞，惟有飲者留其名。
陳王昔時宴平樂，斗酒十千恣歡謔。
主人何爲言少錢，徑須沽取對君酌。
五花馬，千金裘，呼兒將出換美酒，
與爾同銷萬古愁。

李賀詩曰：

琉璃鐘，琥珀濃，小槽酒滴真珠紅。
烹龍炮鳳玉脂泣，回眸秀幕圍香鳳。
吹龍笛，擊鼉鼓，皓齒歌，細腰舞。
況是青春日將暮，桃花亂落如紅雨。
勸君終日酩酊醉，酒不到劉伶墳上土！

杜甫的《飲八中仙歌》：所謂的『八仙』，就是對當時八位豪飲者的美稱，他們是賀知章、李璡、李適之、崔宗之、蘇晉、李白、張旭、焦遂。《飲中八仙歌》就是對上述八位的頌揚之辭。該詩言簡意賅、簡括傳神，如描寫李適之曰：『左相日興廢萬錢，飲如長鯨吸百川，銜杯樂聖稱避賢』，描寫李白說：『李白斗酒詩百篇，長安市上酒家眠。天子呼來不上船，自稱臣是酒中仙。』通篇都以如此簡練的語言，描述了『八仙』主要的飲酒軼事和才氣風神，細膩又不失氣勢，簡練而不失意境深遠，一一勾畫出了『酒仙們』的性格特征和人物形象，是酒詩中的上乘之作。明代杜堇、清代吳友如俱以此爲題創作了《飲中八仙》圖，也成爲了罕世之名品。

唐代詩人皮日休和陸龜蒙相互唱和而作的《酒中十咏》、《奉和襲美酒中十咏》、《添酒中六咏》、《奉和添酒中六咏》，更是希有佳作。《酒中十咏》皮日休寫后，曾寄于好友陸龜蒙以期唱和。皮之『十咏』依次爲《酒星》、《酒泉》、《酒篘》、《酒壚》、《酒樓》、《酒旗》、《酒樽》、《酒城》和《酒鄉》等，均爲五言詩，表達了作者愛酒的情懷。陸接皮詩后，即作和詩一首，即《奉和襲美酒中十咏》，『襲美』爲皮日休的字。另外，還作組詩《添酒中六咏》寄于皮，詩題依次爲《酒池》、《酒龍》、《酒瓮》、《酒船》、《酒鐺》和《酒杯》。皮日休接到陸『六咏』后，又作組詩，表達了皮、陸二人愛酒的性格和生活的閑悠，借和詩來排遣心中的郁悶。

酒詞 是中國古代抒情文體——詞的一種，是以酒爲內容或借酒抒情遣興之作，最早是社會名流、文人學士、帝王官宦在樓臺舞榭飲酒吟詩，聆聽清歌妙曲之時，作爲自娛或娛賓遣興的文字游戲而出現的。酒詞在中國古代文學發展史上，也同樣占有重要地位。謹舉二則，以饗讀者：

《水調歌頭·丙辰中秋》：宋代大文學家蘇軾爲了懷念其弟弟蘇轍所作。詞曰：

明月幾時有，把酒問青天。不知天上宫闕，今夕是何年。我欲乘風歸去，又恐瓊樓玉宇，高處不勝寒。起舞弄清影，何似在人間。轉朱閣，低綺户，照無眠。不應有恨，何事長向別時圓。人有悲歡離合，月有陰晴圓缺，此事古難全。但願人長久，千里共嬋娟。

作此詞時，蘇軾正任密州知州。仰望團圓的明月，不禁懷念起弟弟蘇轍。作品中不僅包含手足分離的私情，而且還寄托一種超脱塵世特別是擺脱宦海的强烈欲望。

『江南酒，何處味偏濃？醉卧春風深巷裏，曉尋香旆小橋東。竹葉滿金鐘。擅板醉，人面粉生紅。青杏黄梅朱閣上，鰣魚苦笋玉盤中。酩酊任愁攻。』

這首《望江南·江南酒》，爲宋代文學家王琪所作。描寫了春天在江南飲酒的特有情趣。

酒聯 除詩詞之外，歷代文人還爲后人留下了許多因酒而發的對聯。如，南朝範雲的『春釀煎松葉，秋杯浸菊花』；唐朝杜甫的『敏捷詩千首，飄零酒一杯』；王績的『阮籍醒時少，陶潛醉日多』；鄭穀的『井放轆轤閑浸酒，籠開鸚鵡報煎茶』；白居易的『閑征雅令窮經史，醉聽清吟勝管弦』；宋朝歐陽修的『棋散不知人換世，酒闌無奈客思家』；劉克莊的『葉浮嫩緑酒初熟，橙白香黄蟹正肥』；金代完顏壽的『新詩淡似鵝黄酒，歸思濃如鴨緑江』及近代秋瑾女士的『秋城十文堅難破，清酒三杯醉不辭』；曾國藩的『釀五百斛酒，讀三十年書，于願足矣，制千丈大裘，營萬間廣厦，何時能之。』都是其中的妙對。

還有一些著名詩句被后人集句成聯，如『勸君更進一杯酒，與爾同銷萬古愁』；『舉杯邀明月，放眼看青山』；『閑開新酒嘗數盞，醉憶舊詩吟一篇』等。更有不少名勝古迹裏留有大量酒聯。如：

北京陶然亭的『客醉共陶然，四面凉風吹酒醒；人生行樂耳，百年幾日得身閑』；

香山寺院的『濟公捧壇喝，一曲酣眠卧佛寺；李白邀月飲，三杯醉倒酒仙橋』；上海豫園的『放鶴去尋三島客，約梅同醉一壺春』；南京莫愁湖的『登斯樓也，其喜洋洋，把酒臨風忘寵辱；望美人兮，予懷渺渺，挾仙抱月侶漁樵』；蘇州拙政園的『拙以補勤，問當年學士聯吟，月下風前，留得幾人詩酒；政余自暇，看此處名山雅集，遼東冀北，蔚成一代文章』；虎丘寺的『對酒且消愁，四面去山誰作主；感時花濺泪，萬方多難此登臨』；杭州西湖平湖秋月的『憑欄看雲影波光，最好是紅蓼花疏，白果秋至；把酒對瓊樓玉宇，莫辜負天心月到，水面風來』；南昌滕王閣的『白雲自向杯中落，小艇原從天上來』；湖南三閭大夫祠的『痛飲讀離騷，放開古今才子膽，狂歌吊湘水，照見江潭漁父心』；楊州平山堂的『曉起憑欄，萬里青山都到眼；晚來對酒，二分明月正當頭』；常熟草聖祠的『書道入神明，落紙雲烟，今古競傳八法；酒狂稱草聖；滿堂風雨，歲時宜奠三杯』；湖南岳陽樓的『呼來風月，招來神仙，詩酒重逢應識我；流盡興亡，淘盡豪想，江湖放浪此登樓』；湖北黃鶴樓的『何時黃鶴重來，且自把金尊，看洲渚十年芳草；今日白雲尚在，問誰吹玉笛，落江城五月梅花』；滁州醉翁亭的『翁去八百載，醉鄉猶在；山行六七里，亭影不孤』；貴池杏花村『酌來竹葉凝杯綠，飲罷杏花上臉紅』；貴州甲秀樓的『把酒當歌，趁萬頃波濤，大江東去；憑欄側望，正滿城風雨，秋色西來』；廣州鎮海樓的『如此江山對海碧天青，萬里烟雲歸咫尺；莫辭樽酒，值蕉黃荔紫，一樓風雨話平生』；香港之一園的『三不朽，曰立德立功立言，偶曾嘗試；一得閑，便醉花醉詩醉酒，聊共神游』等。都被世人廣爲傳頌，吟誦。

另外還有衆多的因酒而生的酒家專用聯，節日有聯，婚慶用聯，祝壽用聯等，更是不勝枚舉。

酒畫 在中國古代的畫家中，好酒嗜飲者不乏其人。蘇東坡

曾贊畫家郭忠恕說：『閒道神仙郭恕先，醉中狂筆勢瀾翻』。『恕先』是郭忠恕的字。郭忠恕爲宋朝著名的畫家，他酒后作畫，筆勢鋭利，猶如翻江倒海，勢如攻竹，揮毫潑墨，在酒酣之時，以全真之心游刃于畫境之中。

在中國古代畫壇上，像郭忠恕這樣『醉中狂筆』、揮毫作畫者還有很多。如杜甫曾贊鄭虔曰：『鄭公樗散鬢成絲，酒后常稱老畫師』。宋初畫家李成，酒后所作山水畫頗佳，論者給以極高的評價，說他能『掃千里于咫尺，寫萬越于指下』；北宋畫家崔白，擅畫花鳥，造型生動，酒后所作尤佳。王安石題詩曰：『大梁崔白亦善畫，曾見桃花净初吐。酒酣弄筆起春風，便恐飄零作紅雨』。五代南唐畫家陸晃，對畫愛『俗』不愛『雅』，其作品多取材於民間，或畫故事傳說，或畫村夫野老，大多充滿民間風情。他也是『酷嗜酒，醉后興酣，縱筆揮灑，不是上品，便入末流』。元代末年畫家馬琬，以畫山水見長，酒后揮灑，別有情越。古人曾有詩贊曰：『長憶青溪馬文璧，能詩能畫最風流。酒酣落筆皆天趣，剪斷巴江萬里秋』。明代畫家王翹，擅畫草蟲，酒酣作畫，醉墨淋灕，風姿獨具，人皆欲得，評者稱之爲『逸品』，王世貞也曾譽之爲『藝苑之一奇』；明代畫家唐寅，畫名滿天下，當時有『欲得伯虎畫一幅，須費蘭陵酒千鐘』之諺，可見他的嗜酒成癖。清代畫家張敔，亦是嗜酒成性，又喜酒后作畫，《清朝書畫家筆録》卷二中雲：『張敔……性嗜酒，酒酣興發，揮灑甚捷，不自覺其氣之豪縱，墨之淋灕也』；鄭板橋也是一位酒后揮毫的名家，他在《自遣》一詩中寫道：『看月不妨人去盡，對花只恨酒來遲。笑他縑素求書輩，又要先生爛醉時。』不少求他作畫的人，求不到時便以美酒爲餌，往往可得；另有一位清代畫家王爲翰，也是嗜酒之士，醉后作畫尤爲飄逸生動，竇鎮曾介紹他說：『喜吟咏，工畫墨竹，每酒酣興到，輒信手揮寫，濃淡疏密，各臻妙境』，嘗題詩曰：『静對幽篁暑氣消，數竿移植上生綃。醉來橫抹無章法，錯認揚州鄭板橋。』

由此可知，『醉后作畫』當是中國古代繪畫史上的一大特色。在歷代繪畫作品中，有許多是以酒或宴飲爲主題的，后人稱之爲酒畫，如釀酒圖、瀝酒圖、宴飲圖等。其中馬王堆一號漢墓帛畫就是其中一種。此帛畫一九七二年出土于湖南長沙馬王堆一號漢墓，整幅畫用三塊絹帛拼成，上寬下窄，呈『T』字形。縱二百〇五厘米，上橫九十二厘米，下橫四十七點七厘米。出土時畫面向下，履于内棺蓋上。此帛畫構圖精巧，内容豐富，集天上地下人間于一幅。其中最爲引人注意的是中部的人間飲宴圖，這不僅是帛畫的最主要部分，也是墓主的生活寫真。正中繪一貴族老婦，體胖微駝，步履蹣跚，拄杖而行；身后緊隨三侍女，前面有二侍捧着食案跪接。其下帷帳之下，有數人和鼎、壺等物，似爲典理墓主膳食宴飲的伺候者；上下兩層構成了整個中部畫面，把墓主生前的宴飲場景活生生地描繪出來。

此帛畫在繪畫技巧上，比戰國帛畫構圖更嚴密，布局更精巧，天地人間復雜的内容有機地結合在一起；綫條也極富變化，粗細疏密自然得當，設色也甚是相宜，平塗渲染并用，使畫面更輥富麗，兼有詭秘感。它的出土，填補了中國西漢時期獨幅繪畫的空白，在繪畫史上占有重要地位。還有新莽《六博宴飲圖》，該畫一九九一年七月，出土於河南偃師市辛村新莽墓葬。此墓出土壁畫共計八幅，以庖厨、樂舞、宴飲爲主，《六博宴飲圖》是其中最爲重要的一幅。此畫上部繪兩條緞帶束扎起來的飾有紫色卷雲紋的帷幔，帷幔下右邊二人對坐，着寬袖長袍，分別伸出左、右手，似在猜拳行令，身邊置一酒樽、一耳杯。左邊二人一前一后，前爲老者，着長袍，彎腰張口作酒醉欲嘔狀，顯然是酒量不勝或過度飲酒所致；后爲侍者，兩手挽老者。畫面下部繪兩老者六博的場面，右者着寬袖長袍，束腰帶，上身前傾，右手高舉；左者着寬袖紫袍，紅色領袖，雙目前視。其身后有一個抱樂器的侍者，跪坐。博弈二人旁邊放置托板和耳杯。畫面中央繪三足酒樽。整個畫面，既充滿了猜拳六博的激烈緊張，又蕩漾着宴飲歌樂的悠閑，與新莽時期社會的動蕩不安社會環境形成鮮明對比，既反映了當時貴族生活的腐化，也透露出人民對安定生活的向往。

遼代《童嬉圖》，一九九三年三月，出土于河北省宣化下八里村。此墓爲仿木結構的雙室墓，整個墓壁繪滿了壁畫，且基本保存完好。壁畫内容以反映墓主生 前生活的風俗畫爲主，如《散樂圖》以及待吏、奴婢等人物畫，《童嬉圖》爲其中最爲重要的一幅。此幅長一點七米，寬一點四五米，由八個人物、酒具和有關茶道的茶具 組成。八人分爲兩組：南面一組爲一女子和三個頑童，正在合謀偷吃吊籃中之鮮桃；另外一組的四個童子，蹲踞在桌子和食盒的后面，窺視着前邊的偷桃者。那緊張中透着頑皮，老練中又透着稚幼的藝術構思，使童嬉場面變得活靈活現，給畫面注入了活的生機。更爲引人注目的是，中部的桌子上除放着一套茶具外還有一套遼代的典型酒具，桌下共放有三個鷄腿瓶，或叫酒經瓶，瓶口加以密封，大概瓶中已盛滿美酒佳釀；瓶子旁邊有八個酒盅，似乎正好爲畫中八個人物所用；在盅的旁邊還放有一套注碗和酒注子，好像正在温酒，以供嬉戲之余飲用。這套酒具和茶具使得這幅圖畫更具生活情趣。

除考古發掘所得墓葬酒畫外，在傳世作品中，也有不少上乘酒畫。大多都以宴飲、樂舞、六博、文飲爲主題，其中不乏自斟自酌、醉態隆隆之作。如《宫樂圖》，絹本，設色。縱四百三十八點七厘米，横六十九點五厘米。全圖共繪十二位婦女。其中十人圍桌而坐，另有兩座虛設；旁有二女侍在吹笙、簫，座中有四人正在奏琵琶和古箏等古樂器。中間桌子上放有一個帶勺大盆和三只酒碗，另有二位貴婦正端着酒碗飲酒；左下角正飲酒者似乎已不勝酒力，略有醉意，她身后的女侍正用雙手托其腰，以免出現不雅之態；右邊飲酒者仿佛也已飲酒過量，醉意醺醺。

另有一婦人手持長柄酒勺，不依不饒，似乎還要爲飲者挹酒。整個畫面既活潑，而又略感壓抑。各人神情雖有不同，但都表現着宫嬪們長困宫中，日久無事的嬌情慵困心緒。畫面中的人物衣飾甚爲富麗華貴，唐代劉禹錫《贈李司空妓》詩：『梳頭宫樣妝，春風一曲杜韋娘。』此圖卷曾入藏清宫，其創作時代不詳，有人説爲元代作品，也有人説應屬宋墓晚唐人作品。此畫現藏臺北故宫博物館。

《韓熙載夜宴圖》爲南唐顧閎中所繪。長卷，絹本設色，縱二十八點七厘米，横三百三十三點五厘米。韓熙載爲南唐虞部員外郎、史館修撰；后因政治上失意而縱情聲色，『由是畜妓妾四十余人，多善音樂，不加防閑，恣其出入外齋，與賓客生徒雜處』。后主李煜聞之，命顧閎中夜至韓宅，目識心記，圖繪其實，此畫卷即由此而來。全卷可分爲五個部分：一開筵聽樂，二撾鼓助舞，三客散小林，四清賞簫笛，五調笑燕息。其中第一部分爲全卷主題，案上幾珍饈并列，酒盞雜陳，出現人物也最多，共有七男五女。末段的女妓調笑場面，更着重揭露了朝士們醉生夢死的放浪生活。畫家布局别具匠心，他親自在韓宅體察現場，能去繁就簡，抓住開筵聽樂、撾鼓助舞、調笑妓女等重點場面着力渲染，把『夜宴』生活暴露無遺。此畫爲研究我國酒具史、服飾史、音樂史和工藝美術史提供了寶貴的形象資料。此畫現藏北京故宮博物院。

《潑墨仙人圖》是南宋梁楷的傳世之作。梁楷師承賈師古，善畫人物、山水、道釋、鬼神，描寫飄逸自如，可謂青勝于藍。他的性格疏放不羈，常嗜酒自樂，是一位不宵富貴的人物。常常是一杯在手，全無顧忌，曾把皇帝賞賜的金帶挂于院內，逍遥而去。其傳世作品多以草草減筆畫最爲著名。這幅《潑墨仙人圖》就是他卓絶的潑墨寫意畫，經常醉酒之人無意中也給畫中之人添上了無窮的醉意，若説此畫中人是梁楷的自畫像倒也不算過分。此畫爲册頁，紙本，縱四十八點七厘米，横二十七點七厘米。畫面以雄放的大筆飽蘸墨汁，水墨相間，信手塗抹暈染而成，再以寥寥數筆，勾畫出人物的面目。這樣，一位敞胸袒腹、步履蹣跚、垂眉小目、虬須秃頂的仙人活現在觀者眼前，其醉容可掬，形象生動。此畫在當時，可以説是人物畫法的變格，這種漫畫式的人物畫，對后世畫壇産生了巨大的影響。畫面上有乾隆皇帝題詩一首：『地行不識名和姓，大似高陽一酒徒；應是瑶臺仙宴罷，淋灕襟袖尚模糊。』這詩也道出了梁楷的高傲品質。此畫此畫現藏臺北故宮博物院。

《蕉林酌酒》爲明代畫家陳洪綬所作。陳洪綬，字章侯，浙江諸暨人。早年師承高人，又能汲取歷代傳統技法，并加以改造創新，逐漸形成自己獨特風格。所作花鳥、山水、構圖新奇，色彩艷麗，極富裝飾情趣。其人物畫造型誇張，綫條細勁，着重思想感情的刻畫。這幅《蕉林酌酒》就是以高大的芭蕉樹和假山爲背景，以石桌上厚厚的書卷和巨大的酒瓮爲依托，來烘襯主人持杯細酌的閑情雅致；以人物形象的大小、衣着的不同來表現人物的地位級别。整個畫面設計合理，構圖嚴謹，甚至夫人身下所坐的芭蕉葉都刻意細繪，令人觀畫而念田園生活。

酒書 古人嘗云：喜氣畫蘭，怒氣畫竹，各有其宜。意思是説，當畫家心情舒暢、喜氣外溢時，適合于畫蘭花；而心情郁悶、怨氣欲發之時，則宜作瘦竹。這説明繪畫作品的優劣與畫家的心境好壞很有關系。而書法更是如此。書法是以極富抽象意味的點綫爲其主要載體，用一撇、一捺去體現個人情緒的喜怒哀樂。孫過庭在《書譜》中也曾講到，良好的心境對書法創作的影響，他認爲在五種合宜的情況下可以寫出好的作用，即神怡務閑、感惠徇知、進和氣潤、紙墨相發、偶然欲書等五合。『五合』之中，除『紙墨相發』外，其余均與書者的心境有關，這就要求進行書法創作時必須神怡意合。如黄庭堅書寫李白的《秋浦》十七首、顏真卿的行書《劉中使貼》(又叫《瀛州貼》)，都是在良辰美景之中、神怡感發之下完成的。

在中國古代，有許多書法家在『五合』之下寫出了驚人之作，也有不少被稱爲嗜酒者書法家在半醉狀態中，揮毫作書，寫出了許多駭世之品。美酒，激發着作者的創作靈感，加重了他們的感情濃度，而書法家自己潛在的意識和深厚的功底，仍在合乎邏輯地運行，醉中有醒，醒中有醉，在半醉半醒之中，把自己完全回歸于自然之中；正是在這種全真的渦漩之巔，進行着對美的意境的選擇，再運用神來之筆將其傾瀉于絹、紙之上，神品也就由此而產生。許瑶詩中所說的『志在新奇無定則，古瘦灕驪半無墨，醉來信手兩三行，醒后却書書不得』，正道出了醉后作書的個中奧妙。

醉中作書者，恐怕要數張旭爲最。張旭爲唐代諸名書法家和詩人，長于草書，常醉后下筆，時人稱之爲『張顛』。其書法與李白作詩、斐旻劍舞同爲『三絶』。平生與賀知章、李白、李璡爲酒友，爲著名的『飲中八仙』之一。據說他在酒酣之后，還要叫喊狂走一陣才去下筆，但凡下筆，則一氣呵成，決無停頓之意。杜甫曾贊張旭曰：『張旭三杯草聖傳，脱帽露頂王公前，揮毫落紙如雲烟。』《唐書·李白傳》也有記載：『旭，蘇州吳人，嗜酒，每大醉，呼叫狂走，乃下筆，或以頭濡墨而書。既醒，自視其墨，以爲神，不可復得也。』把張旭酒后揮毫作書的情景描寫得惟妙惟肖。

在中國書法史上，像張旭這樣醉后作書者，還有與他同代的僧人杯素。《書法苑》中曾記載：『(素)疏放不拘細行，飲酒以養性，草書以暢志。酒酣興發，遇寺壁裏墻，衣裳器皿，靡不書之；貧無紙，乃種芭蕉萬余株，以供揮灑。』說懷素酒醉之后，書興大發，把寺廟的內外墻壁和他的衣服上都寫上了字，甚至連日常使用的器具也不放過；由于他貧困無余資買紙，只好種下萬余珠大葉芭蕉，把芭蕉葉當作紙用來寫字。元代張可久《普天樂·別懷》曲：『滿目凄凉誰知道？賦情詞寫遍芭蕉』，把懷素醉后急于作書的心情表現得活靈活現，讀之如目親歷。南宋詩人陸游也曾作《草書歌》，講述了他醉后作書的親身體會：『傾家釀酒三千石，閑悠萬斛酒不敵，今朝醉眼爛岩電，提筆四顧天地窄。忽然揮歸不自如，風雲入懷天借力，神龍戰野昏霧腥，奇鬼摧山太陰黑。』說他借酒消愁，乘興提筆作草書，一時間，天地忽然變得狹小了許多，筆在紙上任情揮掃，猶如得到了自然界風和雲的力量。最后還寫道，在紙上狂草還不够快意，若能在三丈高墻上書寫，才能更痛快地抒發胸中的激情和作書的興致。又如明代張弼，亦是『酒酣興發，頃刻數十紙，疾如風雨，……世以爲張顛復世也。』像如此醉后作書者還有很多，如宋代的師伯渾、清代的王元鑄等，這些酒后作書的書壇怪杰，都爲后世留下了大量不朽之作。下舉數例，以供賞析：

王羲之行書《蘭亭序》：此貼共二十八行，三百二十四字，爲行書，書法高妙，有『天下第一書』之譽稱。王羲之一生作書頗豐，而傳之后世者則不多見。據傳唐太宗酷好書法，尤喜王羲之墨翰，多方搜求，購募備盡，『有大王真迹三千六百紙』，死后又『隨仙駕入玄宮』，作了隨葬品。這也許就是王羲之墨寶罕見的原因。唐太宗對《蘭亭序》更是倍愛有加，總是藏于身邊，不肯暫離，并命當時的書法家臨摹、勾填，分賜臣下。今所藏者皆爲摹本，時代最早的唐代摹本。摹本主要有兩個系統，一爲歐陽詢摹本，刻貼『定武本』，源自歐本，爲存世最佳的石刻本；一爲褚遂良摹本，存世的褚遂良、虞世南、馮承素摹本等，多屬此系統。

虞世南的《臨蘭亭序卷》，唐代白麻紙，縱二十四點八厘米，橫五十七點七厘米。字、行排列松勻，點畫較圓轉，少銳利筆鋒，與褚遂良摹本系統的用筆相近。一些字帶有明顯勾描痕迹，墨色清淡，氣息古穆。據專家考證，當爲唐代輾轉翻摹的古本。此書卷曾經多家收藏，有南宋高宗內府、元天歷內府、乾隆內府，以及其他個人等共十一家，并且收藏者多向卷上題跋和觀款，據統計，卷中共有宋、明、清諸家所題跋和觀款十七則，鈐印一百〇四方，另有半印五方等。此卷現藏北京故宮博物院。

何紹基的行書軸《蘭亭序》，爲紙本，縱一百三十九點八厘米，橫五十二點五厘米。此軸在行氣布白上皆運用恰當，沒有任何牽强刻意之處，這也正是其于平實處見靈動的奧妙之所。此軸現藏南京博物院。

王羲之《快雪時晴貼》：此貼爲紙本，唐人臨摹，縱二十三厘米，橫十四點八厘米。行書四行，共二十八字，全文爲：『羲之頓首快雪時晴佳想安善未果爲結力不次王羲之頓首』。最后『山陰張侯』四字，是外封署。此貼書法厚實生動，行筆流暢，古人譽之爲『天下書法第一』，是王羲之傳世墨迹中的精品，爲清代乾隆皇帝『三希堂』

三件稀世書法珍寶之一。此貼現藏臺北故宮博物院。

張旭狂草《古詩四貼》：此貼爲五色箋，草書四十行。內容爲庚信的《步虛詞》和謝靈運的《王子晋贊》、《岩下一老翁四五少年贊》。此書用筆，如盤沙剖玉，力透紙背，入木三分，運筆起止明顯，無往不收。其筆勢猶如『驚濤駭浪，驚雷激電，氣蒸烟合，悠忽萬裏，但迅急中默劃精絶，神情自如，猶寓寥寥廓無恨之意象』。此貼書法的狂草欲飛，猶如張旭本人醉后的顛狂欲仙，表現了狂草書法藝術的精髓之所在。此貼在北宋和清朝時期都曾被收入內府，現藏遼寧省博物館。

杯素《自敘貼》：爲一幅狂草長卷，內容是高僧懷素的自敘。縱二十八點三厘米，橫七百五十五厘米，共一百二十六行，合計七百〇二字。此書法絶作在筆法和字法上運用巧妙，恰到好處；給人印象最深的還是其書之章法，表現于字裏行間的上下就讓、顧盼、呼應、連接所成的整體結構，以及它疾風驟雨、變化多端而又首尾相貫、一氣呵成，如長江奔流，雄渾磅礴，一瀉萬里，又如輕烟飄動古松間，豁然天開群山外，充分表現出作者浪漫、豪邁的藝術風格，以及臨書時那種得之心而寓之酒的快感、對藝術造詣的自負和深得當時名流贊許的激動心境。此幅書貼是懷素最爲得意的代表作之一。

張弼《七言絶句詩軸》：草書軸，縱長一百二十一點八厘米，橫寬三十點七厘米，書七絶一首：『去年南郡賞元宵，歌吹聲中度畫橋，爛漫新詩誰記得，紅梅空落路迢遥。東海醉書』。整幅章法奇險怪偉，用筆酒脫，趣味無窮。《明史·文苑傳》中就說『弼工草書，怪偉跌宕，震撼一世』；《震澤集》中也說：張弼的草書是『疾風如雨，矯如龍蛇，欹如墜石，瘦如枯藤，狂書醉墨』。張弼的這幅草書軸就是其草書風格的最好展示，觀之猶如『傾聽驟風疾雨』，又如遠觀『蛟龍穿江騰浪』，氣勢磅礴，雄渾有力，給人一種陽剛、壯美的享受。此軸現藏南京博物院。

酒與其他藝術　在考古發掘中，也經常出現『飲酒』與『樂舞』同時登臺亮相的實物資料，但是其內容和形式不盡相同，其中以漢代畫像石磚資料最爲豐富，有酒席樂舞圖、飲酒樂舞雜技圖等；在一些酒具上也有雕繪樂舞圖案的，如舞馬銜杯銀壺、範粹胡騰舞扁壺、樂舞酒注子等，也都反映了酒與樂舞之間的密切關系。如，東漢時期畫像磚《酒席樂舞雜技圖》，畫面密百

事

不亂，構圖謹嚴。在空隙處刻置兩酒樽及二案幾，表示此圖爲杯盤盡撤、宴罷歌舞的場面。用粗獷而又古樸的浮雕，准確寫實地刻畫出表演跳丸及舞劍弄瓶者的形象。在畫的右下角，雕有一細腰女會，頭束雙高髻，腰裏纏繞着長長的飄帶，與此相對應的是一個手執鼗鼓的男伎，神態詼諧而富于誇張。畫面的左側雕有三人，正在吹奏樂器，似正在爲雜技和歌舞者伴奏，另有一男子舒展長袖，好像正欲起舞，整個畫面充滿着熱烈而又活潑的氣氛。此畫像磚現藏四川省博物館。

還有『舞馬銜杯銀酒壺』，此壺形仿皮囊，高十八點五厘米，扁圓腹，蓮瓣紋壺蓋，弓形提梁，一條細鏈連結着壺蓋與提梁。壺底與圈足相接處有同心結圖案一周，系模仿皮囊上的皮條結。圈足內墨書『十三兩半』，是壺的重量。壺腹兩側用模具衝壓舞馬圖，馬肥臀體健，長鬃披垂，頸系花結，綬帶飄逸。只見它口銜酒杯，前腿斜撑，后腿蹲曲，馬尾上擺，好像正合着音樂節拍，以優美的舞蹈爲唐玄宗獻壽，正是唐朝宰相張說《舞馬詞》中所說『屈膝銜杯赴節，傾心獻壽無疆』的真實寫照。該壺構思巧妙，工藝精細，匠心獨具，古今未見類同者，堪稱國寶。此畫現藏陝西省博物館。

範粹胡騰舞圖扁舞，爲一瓷扁酒壺，高二十點五厘米，一九七〇年出土于河南省安陽縣洪河屯北齊驃騎大將軍範粹墓中。此壺扁體，圓口，細頸，頸旁雙耳，造型別致。壺腹兩側模印相同的浮雕樂舞圖案。畫面中心爲一舞蹈者，着窄袖翻領長袍，右手上舉舞動，左手下擺后勾，甩頭扭腰，舞姿瀟灑有力，脚下踏蓮花座。在他的右側，一人擊掌合節，一人吹羌笛；其右側，一人拍鈸，一人彈琵琶。舞蹈及伴奏者均爲胡人胡服，表現的應是胡騰舞。胡騰舞在唐詩中也曾有描述，劉言史《王中丞宅夜觀舞胡騰》：『西國胡兒人見少，蹲舞樽前急如鳥。』李端《胡騰兒》中說：『醉却東傾又西倒，雙靴柔弱滿燈前，環行急蹴皆應節，反手叉腰如却月。』看來一邊觀看胡騰舞，一邊啓樽暢飲，確實別有情趣。

撫琴飲酒銅鏡，一九五五年出土于河南省洛陽澗西的唐代墓葬中，其上所制的圖案是一幅典雅的宴飲場面：在花樹芳草之間，兩位雅士彈奏着阮咸(我國古代的一種樂器)，用夜光杯斟酒暢飲，畫面上還有飛翔着的鶴禽，爲他們優美的歌聲伴舞。這件銅鏡上的圖案是用中唐時期的一種工藝制作而成，即用漆把貝雕粘在銅鏡之上，組成豐富細致的畫面。

在中國古代文獻中，還保存着大量描寫『燕樂』和『置酒設樂』的資料。《漢書·張禹傳》記載，戴崇每次等候張禹，總是責令師宜置酒設樂，與弟子相娛，優人管弦鏗鏘極樂，昏放乃罷。在我國古代，酒至酣暢之處，常常起而趨舞；有的興極之時，還以杯盤舞之以佐酒。《搜神記》雲：晉太康中，天下爲晉世寧舞，矜手以接杯盤而反復之，此則漢世唯有盤舞，而晉加之以杯反復也。《唐書·樂志》也有記載說：『漢有盤舞，晉世謂之杯盤舞。樂府詩雲：「妍袖陵七盤」，言舞用盤七枚也。』杯盤都是我國古代的酒食之具，在飲酒之時舞杯盤爲樂的習俗，我們推測最初應是酒酣之時即興之作，時間一久，也就沿而傳之，成爲一種規範化的舞蹈形式，即『杯盤舞』。在《樂府詩集》中有一舞曲歌詞《晉杯盤歌詩》，前面幾句是：

『晉世寧，四海平。普天安樂永大寧。四海安，天下歡，樂治興隆舞杯盤。舞杯盤，何翩翩，舉坐翻復壽萬年。』其大意是，天下太平，普天同慶，舉杯共飲，揮盤同舞，以示萬年永壽，反映了勞動人民對平安大同的美好生活的向往。

詩詞篇

短歌行

魏·曹操

對酒當歌，人生幾何？
譬如朝露，去日苦多。
慨當以慷，憂思難忘。
何以解憂，唯有杜康。
青青子衿，悠悠我心。
但爲君故，沉吟至今。
呦呦鹿鳴，食野之蘋。
我有嘉賓，鼓瑟吹笙。
明明如月，何時可掇？
憂從中來，不可斷絶。
越陌度阡，枉用相存。
契闊談宴，心念舊恩。
月明星稀，烏鵲南飛。
繞樹三匝，何枝可依？
山不厭高，海不厭深。
周公吐哺，天下歸心。

客中作

唐·李白

蘭陵美酒郁金香，玉碗盛來琥珀光。
但使主人能醉客，不知何處是他鄉。

寄黄幾復

宋·黄庭堅

我居北海君南海，寄雁傳書謝不能。
桃李春風一杯酒，江湖夜雨十年燈。
持家但有四立壁，治病不蘄三折肱。
想見讀書頭已白，隔溪猿哭瘴溪藤。

望江南·暮春

宋·蘇軾

春未老，風細柳斜斜。試上超然臺上望，半壕春水一城花。烟雨千家。寒食后，酒醒却咨嗟。休對故人思故國，且將新火試新茶。詩酒趁年華。

絶句二首

明·劉泰

步逐東風踏軟沙，背人掠鷺去斜斜。
兩株紅杏疏籬外，知是湖村賣酒家。
櫻桃花發向陽枝，便覺韶光暗有期。
明日重來應熳爛，雙柑門酒聽黄鸝。

箜篌引

魏·曹植

置酒高殿上，親友從我游。
中厨辦豐膳，烹羊宰肥牛。
秦箏何慷慨，齊瑟和且柔。
陽阿奏奇舞，京洛出名謳。
樂飲過三爵，緩帶傾庶羞。
主稱千金壽，賓奉萬年酬。
久要不可忘，薄終義所尤。
謙謙君子德，磬折欲何求？
驚風飄白日，光景馳西流。
盛時不可再，百年忽我道。
生存華屋裏，零落歸山丘。
先民誰不死，知命復何憂？

野老

清·鄭燮

輸罷官租不進城，秋風社酒各言情。
明年二月逢春閏，細雨長堤着耦耕。

飲酒樂

唐·聶夷中

日月似有事，一夜行一周。
草木猶須老，人生得無愁。
一飲解百結，再飲破百憂。
白發欺貧賤，不上醉人頭。
我願東海水，盡向杯中流。
安得阮步兵，同入醉鄉游。

凉州館中與諸判官夜集

唐·岑參

彎彎月出挂城頭，城頭月出照凉州。
凉州七裏十萬家，胡人半解彈琵琶。
琵琶一曲腸堪斷，風蕭蕭兮夜漫漫。
河西幕中多故人，故人別來三五春。
花門樓前見秋草，豈能貧賤相看老！
一生大笑能幾回，鬥酒相適須醉倒。

過故人莊

唐·勐浩然

故人具鷄黍，邀我至田家。
綠樹村邊合，青山郭外斜。
開筵面場圃，把酒話桑麻。
待到重陽日，還來就菊花。

西江月·遣興

宋·辛弃疾

醉裏且貪歡笑，要愁那得工夫。
近來始覺古人書，信著全無是處。
昨夜松邊醉倒，問松『我醉何如』？
只疑松動要來扶，以手推松曰『去』！

醉花陰

宋·李清照

薄霧濃雲愁永晝，瑞腦銷金獸。佳節又重陽，玉枕沙厨，半夜凉初透。東籬把酒黄昏后，有暗香盈袖。莫道不消魂，簾卷西風，人比黄花瘦。

醉着

唐·韓偓

萬裏晴空萬裏天，一村桑柘一村烟。
漁翁醉着無人唤，過午醒來雪滿船。

楊柳青

明·吴承恩

村旗誇酒蓮花白，津鼓開帆楊柳青。
壯歲驚心頻客路，故鄉回首幾長亭。
春深水漲嘉魚味，海近風多健鶴翎。
誰向高樓横玉笛。《落梅》愁絶醉中聽。

無題

唐·李商隱

昨夜星辰昨夜風，畫堂西畔桂堂東。
身無彩鳳雙飛翼，心有靈犀一點通。
隔座送鈎春酒暖，分曹射覆蠟燈紅。
嗟余聽鼓應官去，走馬蘭臺類轉蓬。

中秋覓酒

宋·宇文虚中

今夜家家月，臨筵照綺樓。
那知孤館客，獨抱故鄉愁。
感激時難遇，謳吟意未休。
應分千斛酒，來洗百年憂。

汴京紀事

宋·劉子

梁園歌舞足風流，美酒如刀解斷愁。
憶得少年多樂事，夜深燈火上樊樓。

飲中八仙歌

唐·杜甫

知章騎馬似乘船，眼花落井水底眠。
汝陽三鬥始朝天，道逢麯車口流涎，
恨不移封向酒泉。左相日興費萬錢，
飲如長鯨吸百川，銜杯樂聖稱避賢。
宗之瀟灑美少年，會觴白眼望青天，
皎如玉樹臨風前。蘇晋長齋綉佛前，
醉中往往愛逃禪。李白一鬥詩百篇，
長安市上酒家眠，天子呼來不上船，
自稱臣是酒中仙。張旭三杯草聖傳，
脱帽露頂王公前，揮毫落紙如雲烟。
焦遂五鬥方卓然，高談雄辯驚四筵。

送孫廣文先生景夏

清·蒲松齡

野店梅花緑酒濃，勸君莫惜飲千鐘。
明朝此際還相憶，知在雲山第幾重？

寒食寄京師諸弟

唐·韋應物

雨中禁火空齋冷，江上流鶯獨坐聽。
把酒看花想諸弟，杜陵寒食草青青。

問劉十九

唐·白居易

緑蟻新醅酒，紅泥小火爐。
晚來天欲雪，能飲一杯無？

涼州詞

唐·王翰

葡萄美酒夜光杯，欲飲琵琶馬上催。
醉卧沙場群莫笑，古今征戰幾人回。

醉贈張秘書

唐·韓愈

長安富家兒，盤饌羅膻葷。
不解文字飲，性能醉紅裙。

重九后二日登萬花川俗月下傳觴

宋·楊萬裏

酒入詩腸風火發，月人詩腸冰雪潑。
一杯未盡詩已成，育詩向天天亦驚。

和襲美春夕酒醒

唐·陸龜蒙

幾年無事傍江湖，醉倒黃公舊酒壚。
覺后不知明月上，滿身花影倩人扶。

一剪梅·舟過吳河

宋·蔣捷

一片春愁待酒澆，江上舟搖，樓上簾招，秋娘渡與泰娘橋。風又飄飄，雨又瀟瀟。何時婦家洗征袍？銀字笙調，心字香燒。流光容易把人拋，紅了櫻桃，緑了芭蕉。

桃花庵歌

明·唐寅

桃花塢裏桃花庵，
桃花庵裏桃花仙；
桃花仙人種桃樹，
又摘桃花換酒錢。
酒醒只在花前坐，
酒醉還來花下眠；
半醒半醉日復日，
花落花開年復年。
但願老死花酒間，
不願鞠躬車馬前；
車塵馬足貴者趣，
酒盞花枝貧者緣。
若將富貴比貧者，
一在平地一在天；
若將貧賤比車馬，
他得驅馳我得閑。
別人笑我忒風顛，
我笑世人看不穿；
不見五陵豪杰墓，
無花無酒鋤作田。

社日

唐·王駕

鵝湖山下稻粱肥，豚柵鷄栖半掩扉。
桑柘影斜春社散，家家扶得醉人歸。

夢中作

宋·歐陽修

夜涼吹笛千山月，路暗春迷百種花。
棋罷不知人換世，酒闌無奈客思家。

長歌行

宋·陸游

人生不作安期生，
醉人東海騎長鯨；
猶當出作李西平，
手梟逆賊清舊京。
金印煌煌未入手，
白發種種來無情。
成都古寺卧秋晚，
落日偏傍僧窗明。
豈其馬上破賊手，
哦詩長作寒螿鳴？
興來習盡市橋酒，
大車磊落堆長瓶。
哀絲豪竹助劇飲，
如鉅野受黄河傾。
平時一滴不入口，
意氣頓使千人驚。
國仇未報壯士老，
匣中寶劍夜有聲。
何當凱旋宴將士，
三更雪壓飛狐城！

浣溪沙

宋·晏殊

一曲新詞酒一杯。去年天氣舊亭臺。夕陽西下幾時回？無可奈何花落去，似曾相識燕歸來。小園香徑獨徘徊。

清明

唐·杜牧

清明時節雨紛紛，路上行人欲斷魂。
借問酒家何處有，牧童遥指杏花村。

六年春遣懷詩

唐·元稹

伴客銷愁長日飲，偶然乘興便醺醺。
怪來醒后旁人泣，醉裏時時錯問君。

晝居池上亭獨吟

唐·劉禹錫

日午樹陰正，獨吟池上亭。
静看蜂教誨，閑想鶴儀形。
法酒調神氣，清琴入性靈。
浩然機已息，幾杖復何銘？

送元二使安西

唐·王維

渭城朝雨浥輕塵，客舍青青柳色新。
勸君更盡一杯酒，西出陽關無故人。

自遣

唐·羅隱

得即高歌失即休，多愁多恨亦悠悠。
今朝有酒今朝醉，明日愁來明日愁。

飲酒二十首(其十四)

晉·陶淵明

故人賞我趣，挈壺相與至。
班荆坐松下，數斟已復醉。
父老雜亂言，觴酌失行次。
不覺知有我，安知物爲貴。
悠悠迷所留，酒中有深味。

江上别李秀才

唐·韋莊

前年相送灞陵春，今日天涯各避秦。
莫向尊前惜沉醉，與君俱是异鄉人。

繪畫篇

韓熙載夜宴圖

五代畫家顧閎中作。全圖可分五部分，分別足『聽樂』、『歡舞』、『歇宴』、『清吹』、『散宴』，細致地刻劃出了當時夜宴生活的場景。

西園雅集圖

清代畫家原濟(石濤)依北宋文人雅集西園的歷史故事創作。圖中執筆而書的是蘇東坡，其他如蔡天啓、蘇子由、秦少觀、米元章等連同女僕書僮共二十四人。中間方案上擺放着瑟酒器等，以備雅集消遣之用。

清明上河圖

宋代張澤端作，是北宋晚期一部反映當時人民生活和社會面貌的繪畫作品，該畫視野開闊，內容豐富。既描繪了促進當時社會經濟發展的勞動者，也描寫了或游春或宴飲的官紳、巨賈，富有深刻的社會意義。

三

四

五

一、太白醉酒圖　清·蘇六朋作

二、漢代帛畫　①原物②繪畫。湖南長沙出土。

三、投壺圖（漢代畫像石）河南南陽出土。

四、庖厨釀酒圖（漢畫）山東諸城出土。

五、竹林七賢（磚刻壁畫）江蘇南京出土。

一

②

二

①

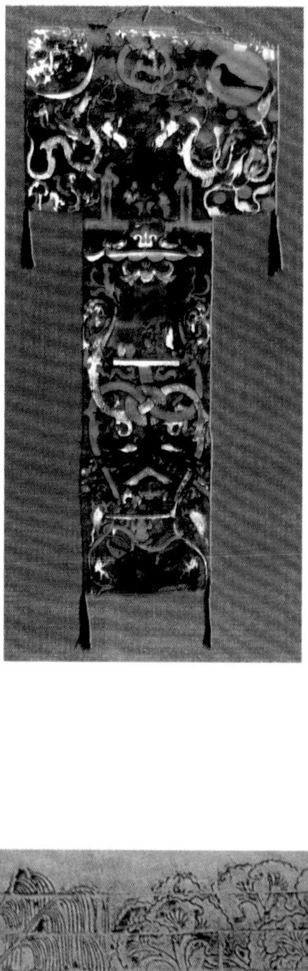

書法篇

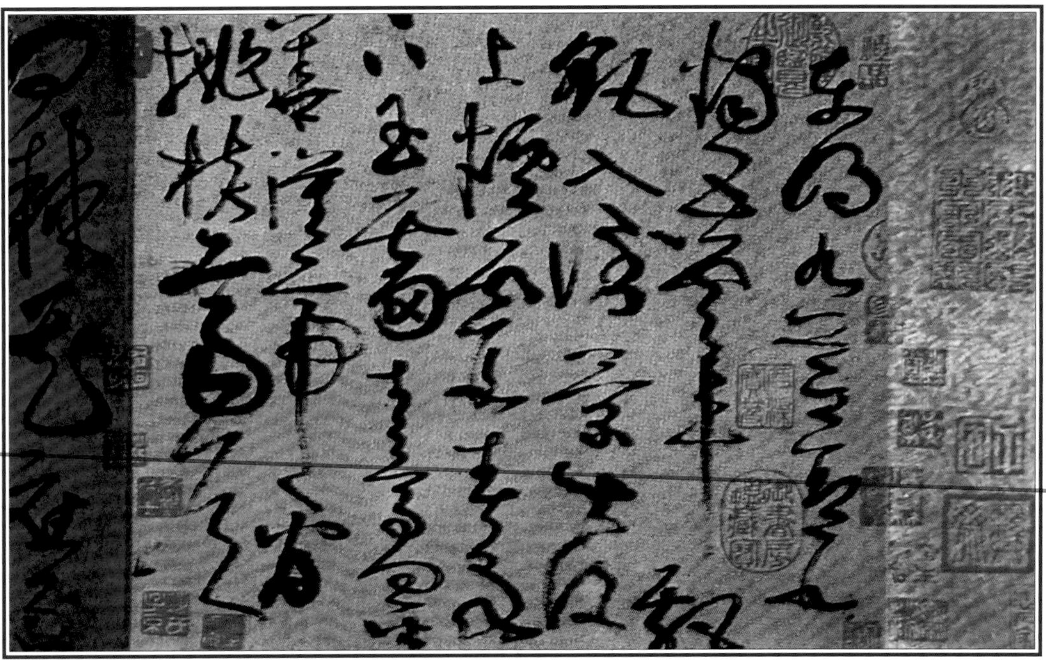

古詩四帖·唐代張旭書

永和九年歲在癸丑暮春之初會
于會稽山陰之蘭亭脩稧事
也羣賢畢至少長咸集此地
有崇山峻領茂林脩竹又有清流激
湍暎帶左右引以為流觴曲水
列坐其次雖無絲竹管弦之
盛一觴一詠亦足以暢敘幽情
是日也天朗氣清惠風和暢仰
觀宇宙之大俯察品類之盛
所以遊目騁懷足以極視聽之
娛信可樂也夫人之相與俯仰
一世或取諸懷抱悟言一室之內
或因寄所託放浪形骸之外雖

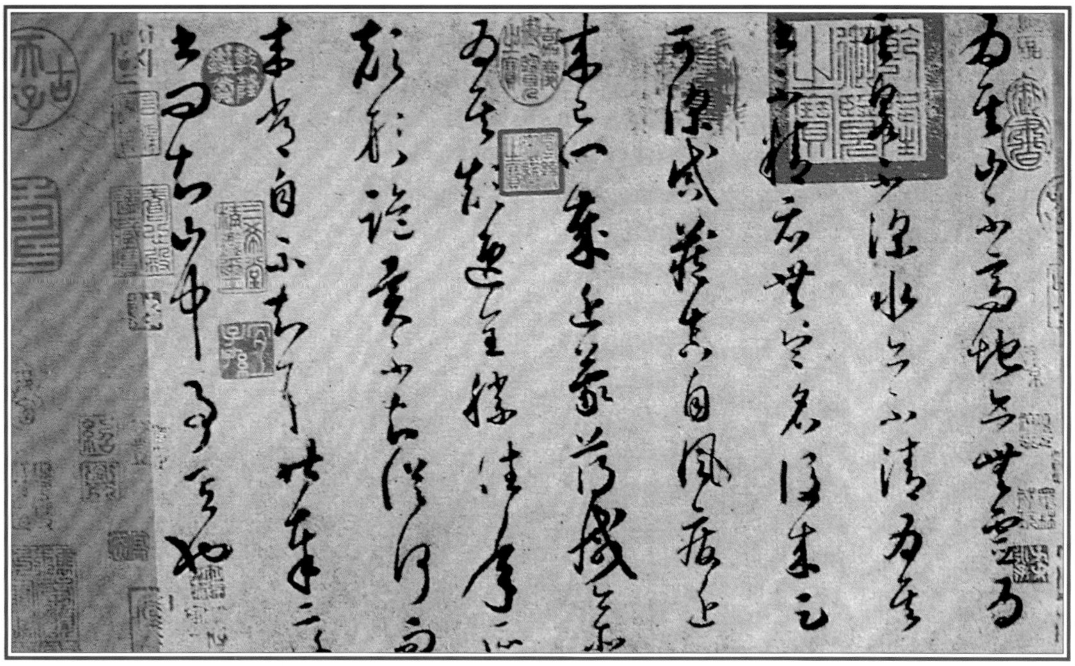

論書帖·唐代懷素書

蘭亭集叙·晉代王羲之書(后人摹本)

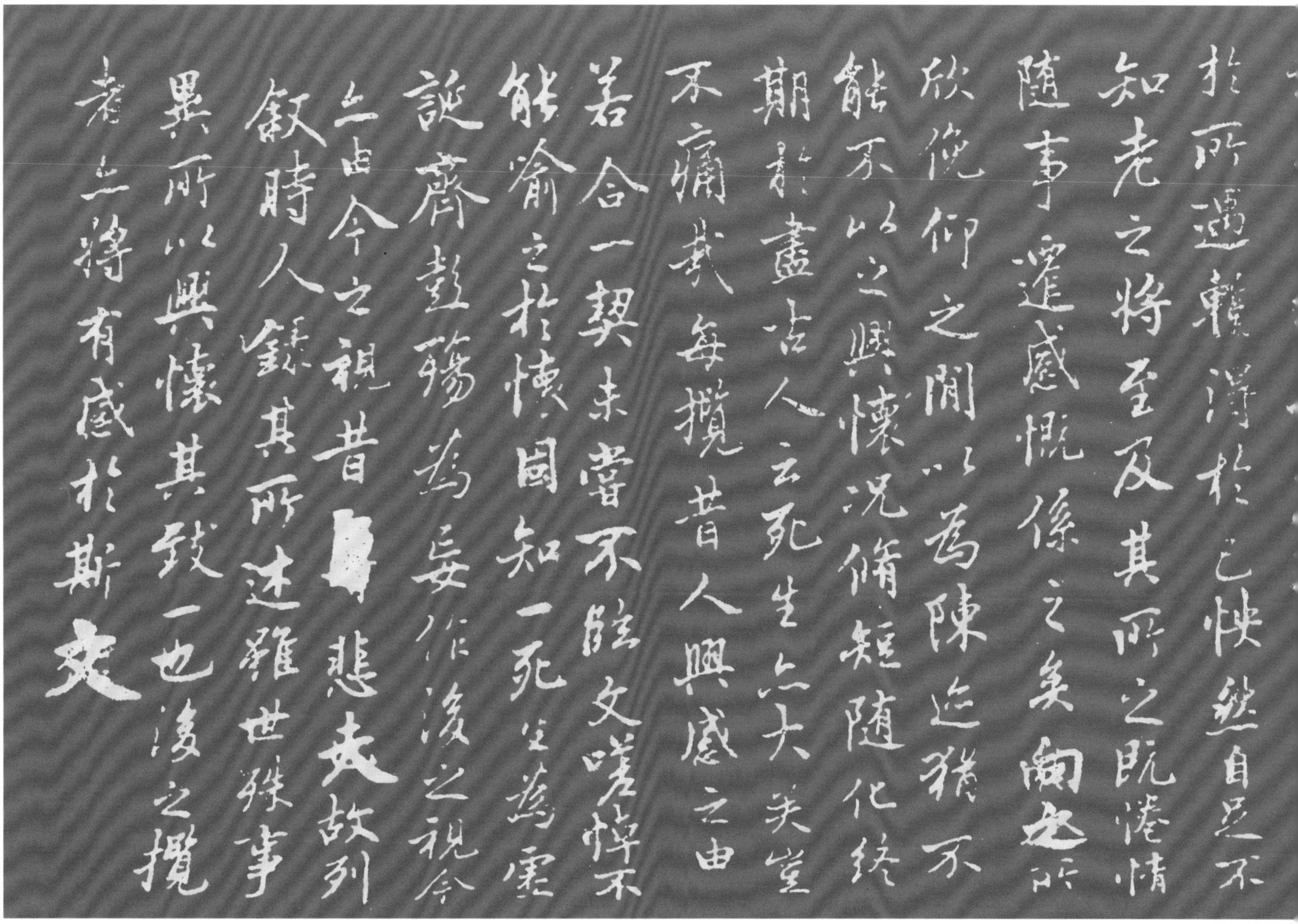

金石篇

①

②

③

④

⑤

⑥

⑦

⑧

①酒氣拂從十指出　清・嚴坤
②深得酒仙三味　明・蘇萱
③讀异書飲美酒賞名花對麗人　清・何紹基
④會稽佳山水　元・王冕

⑤詞人多膽氣　明・何通
⑥放情詩酒　明・何震
⑦痛飲讀離騷　清・俞廷槐
⑧多情懷酒伴余事作詩人　清・吳先聲

工藝篇

竹刻對聯 臺灣臺北『康廬竹緣』

漁樂筆筒（清代牙雕）

上刻乾隆酒詩：

網得魚兒是酒錢，
醒來蓑笠伴身眠。
漫言泛宅曾無定，
一曲漁歌傲萬天。

温酒瓷壺（宋代器物）

斟酒侍俑（唐代器物）

捧注侍俑（元代墓葬器物）

第八節 古代的酒肆與酒樓

古人剛剛開始飲酒的時候，還沒有酒肆、酒樓。古代酒肆、酒要的出現，是以商品交換的發展、城廓的建立、飲食業的興起爲前提的，也經歷了一個漫長的過程。

早在原始社會，中國人的祖先就在各個氏族部落間開始了商品的生產與交換。隨着奴隸制的建立，城市都邑開始出現，爲固定的商品交易場所——市、肆的形成創造了條件。而飲食服務業，特別是賣酒的酒肆則是在市、肆中較早出現的服務行業之一。《鶡冠子·世兵》說：『伊尹酒保，太公屠牛。』《廣雅》說：『保，使也，言爲人力，保任而使之。』意思是說伊尹曾經在酒肆中作過雇工，也就是說夏末商初就已有賣酒的酒肆了。到了周代，由于王都鎬京和東都洛邑以及數十個封國都邑的營建，使各種市、肆，包括酤酒之肆，已普遍地興盛起來。這時，由于釀酒業的發展，一般平民中也有釀酒飲酒的習慣了，而且頗喜歡聚衆群飲。聚飲最方便的地方，自然是市場上的酒肆了。

到了春秋戰國時期，酒肆得到了進一步發展。《論語·鄉黨》中記載孔子『酤酒、市脯不食。』說他不飲市上買來的酒，不吃買來的肉。《墨子》、《韓非子》中也都講到酤酒之事。可見當時賣酒、買酒已是普通之事了。由于當時飲食業的興盛，同行之間已産生了競争，因而有的酒肆爲了招引更多的顧客，還高高地挂起了酒旗。如《韓非子·外儲說右上》載：『宋人有酤酒者，鬥概甚平，遇客甚謹，爲酒甚美，懸幟甚高。』『幟』，就是『酒旗』。此時的『幟』形制如何，我們現在已難考證，也許如后世的酒旗一樣，用一塊布，上寫一個『酒』字，高高懸在店門口，使人遠遠就能看到。戰國時期酒肆得到發展的另一個標志是可供飲酒的店鋪的出現。《史記·刺客列傳》載：『荊軻嗜酒，日與狗屠及高漸離飲于燕市。酒酣以往，高漸離擊築，荊軻和而歌于市中相樂也。』這說明當時不僅有釀酒而賣的店家，而且還有了可供隨時入店飲酒的店鋪，已具有后世酒館飯店的雛形了。

漢代的酒肆已明顯地具有賣酒與供人飲酒的雙重職能了。《漢書》載：『欒布窮困賃傭于齊，爲酒家保。』《漢書·食貨志》注：『酒家開肆待客設酒壚，故以壚名肆。』（『壚』本是酒

店内放置酒瓮的土墩子，后來人們使用它作爲酒店的代稱。)《史記·司馬相如》中也記載了一個『文君當壚，相如滌器』的故事。

唐初無酒禁，所以釀酒業及其相關産業都得到了較大發展，大小酒肆遍及城鄉。唐代的史籍及文人墨客的詩詞中都留下了許多關于酒肆、酒樓的描寫。如李白《金陵酒肆留别》：『風吹柳花滿店香，吴姬壓酒勸客嘗。』李中《漁父》：『亦與樵翁約，同游酒家春。』杜牧：『夜泊秦淮近酒家』『千里鶯啼緑映紅，水村山廓酒旗風』，以及『倚溪侵嶺多高樹，誇酒畫旗有小樓』和『借問酒家何處有，牧童遥指杏花村』等。韋應物《酒肆行》更詳細地描寫了當時京城長安酒肆高大華麗的建築，迎風飄蕩的彩色酒旗，以及店裏妙齡女子彈弦奏樂爲豪門弟子送酒的情景：『豪家沽酒長安陌，一旦起樓高百尺。碧疏玲瓏含春風，銀題彩幟邀上客。回瞻丹鳳闕，直視樂游苑。四方稱賞名已高，五陵車馬無近遠。晴景悠揚三月天，桃花飄俎柳垂筵。繁絲急管一時合，他壚鄰肆何寂然？主人無厭且專利，百斛一釀斯須美。初醲后薄爲大偷，飲者知名不知味。深門潛醞客來稀，終歲醇味不移。長安酒徒空擾擾，路旁過者哪得知？』唐代的酒肆裏普遍以妙齡女子當壚賣酒和送酒，『錦裏多佳人，當壚自沽酒』，『壚邊人似月，皓腕凝霜雪』，以吸引酒客。白居易寫過一首《長安道》，就描繪了酒肆裏美人勸酒的情形：『花枝缺處青樓開，絶歌一曲酒一杯。美人勸我急行樂，自古朱顔不再來。君不見外州客，長安道，一回來，一回老。』

在唐代長安、洛陽、揚州等大城市還有許多胡人(古時中原對北方和西北少數民族的泛稱)開設的酒肆。金樽美酒、胡姬陪侍是其吸引客人的重要手段。楊巨源在《胡姬詞》中曾這樣描述：『妍艷照江頭，春風好留客。當壚知妾慣，送酒爲郎羞。』賀朝還寫了首《贈酒店胡姬》：『胡姬春酒店，弦管夜鏘鏘。紅毾鋪新月，貂裘坐薄霜。玉盤初鱠鯉，金鼎正烹羊。上客無勞散，聽歌樂世娘。』在這些頗有异域情調的酒肆裏，別具一格的胡樂、胡舞和含情脉脉的胡姬，使許多達官顯貴，風流才子流連忘返，樂不思歸。

到了宋代，由于社會經濟的發展，城鄉市場异常繁榮。當時京都汴梁環周已達五十里，人口愈百萬之衆，有四條水路和若干陸路與外相通，是北宋王朝政治、經濟、文化的中心。爲了適應統治階級的享樂生活，以及維持城市人口和流動人口的飲食需要。在京城的大街小巷，酒店、酒樓、飯館、相續出現，其中一些酒樓、酒店的建築、裝潢及内部陳設的豪華、講究已非昔日可比。《東京夢華録》載：『凡京師酒店，門首皆縛彩樓歡門，唯任店入其門，一直主廊約百余步，進北天井兩廊皆小閤子，向晚燈燭熒煌，上下相照，濃妝妓女數百聚於廊槺面上，以待酒客呼唤，望之宛若神仙。』當時比較有名的酒店有上面所説的任店和仁和店、姜店、宜城樓、藥張四店、斑樓、劉樓、鑾王家、乳酪張家、八仙樓、王家、李七家正店、張八家園宅正店、長慶樓等。『在京正店七十二户，此外不能遍數。』如『九橋門街市酒店，彩樓相對，綉旆相招，掩翳天日。』東京汴梁酒店繁華、熱鬧的景象由此可見一斑。

靖康之亂后，宋室南遷。南宋王朝偏安一隅，作爲京城的臨安(今杭州)也是酒樓林立，與汴梁相比，實在是有過之而無不及。《夢梁録》卷十六《酒肆》載：『中瓦子前武林園，……店門首彩畫歡門，設紅緑杈子，緋緑簾幕，貼金紅紗梔子燈，裝飾廳院廊廡，花木森茂，酒座瀟灑。但此店入其門，一直主廊，約一二十步，分南北兩廊，皆濟楚閣兒，穩便坐席，向晚燈燭熒煌。』當時著名的酒樓很多，如熙春樓、花月樓、賞新樓、嘉慶樓、聚景樓、風月樓、雙風樓、日新樓等。

宋代酒店分類已很細。據《古杭夢游録》所記就有『酒肆店，宅子酒店，花園酒店，直賣店，散酒店、庵酒店，羅酒店』等。除大一點的酒樓外，一般的小酒店都被稱爲『脚店』。南宋時期，酒店除了官辦民營的『官庫』，『子庫』，『脚店』外，其余的小店均被稱爲『拍户』。《都城紀勝》載：拍户分爲七類，第一類是茶飯店，主要賣飯食，也有酒菜供應；第二類是包子酒店，主要賣鵝鴨包子、四色兜子、腸血粉羹、魚子、魚白等；第三類是宅子酒店，這種酒店外面裝飾的如仕宦的宅舍，或是用舊仕宦宅子改建的；第四類是花園酒店，多在城外，城中也有效學園館裝飾而設立的此類酒店；第五類是直賣店，這種酒店專賣酒而不賣飯；第六類是散酒店，這種酒店最爲簡單，多在街旁路邊用竹栅布幕搭蓋而成，專供平民百姓零酤散打。可以喝一杯，也可來一碗，因此稱『打碗』；第七類是庵酒店，有娼妓在内，門懸紅梔子燈，以爲標志。

宋代酒肆的一大特點，是大些的酒樓裏都有妓女。無論白天黑夜，都有數十名甚至上百名妓女守候在酒樓的庭院長廊或閣子門口，隨時等待酒客的們的挑選、傳喚、陪笑甚至陪酒。當時酒樓的小閣子門上都垂挂門簾，酒客在裏面飲酒，妓女在閣子裏陪酒調笑，而各個閣子間都互不相擾，各得便利。這種酒店實際上是妓院和酒店的結合體。爲了便于酒客辨認，可以嫖妓的酒店外不論陰晴雨雪，一天到晚都挂着一盞紅梔子燈。

與宋朝同時并存的金國，也以豪飲爲尚，嗜酒之風頗爲盛行。所以無論是在城市，還是在鄉村，隨處可見酒肆、酒樓。在山西繁峙岩上寺有一幅繪于金代的壁畫，其中就繪有一座酒樓；樓內顧客盈門，有飲酒的，有品茶的，有説唱賣藝的。樓外有各種各樣的小販，還有算卦的先生，游方化緣的和尚等。其熱鬧的場面就如同《清明上河圖》和《東京夢華録》中所反映出的北宋汴梁的繁華景象。更引人矚目的是酒樓外還有一面高挑的酒旗，上寫『野火攢地出，村酒透瓶香。』金代還留下了不少漢族詩人描寫酒肆的詩句，如『別墅酒旗依古柳，點溪花片落新香。』『山花山雨相兼落，溪水溪雲一樣閑。野店無人問春事，酒旗風外鳥關關。』『青蕪平野四圍山，山郭依依紫翠間。村遠路長人去少，一竿斜日酒旗閑。』等

明朝建立之初，朱元璋原本是主張禁酒的，后來又改變了主張，説：『以海內太平，思與民皆樂』，于是『乃命工部作十樓于江東諸門之外，令民設酒肆其間，以接四方客旅。』這十座酒樓的名字是『鶴鳴』、『醉仙』、『謳歌』、『鼓腹』、『來賓』等。但他覺得十座還不够，于是又命工部增作五樓，洪武二十七年八月(公元一三九四年)新樓建成，他還『詔賜文武百鈔，命宴于醉仙樓。』由于朝廷的鼓勵支持，明朝的酒肆日益發展繁榮。而且大小酒肆間的等級也越來越明顯。許多高官顯貴宴請賓朋往往都選擇名聲大、條件好的高級酒樓。這些高級酒樓建築豪華，門外一般已不再懸挂酒幌子，而改挂有名人題字的匾額了，如豐樂樓、會仙樓、泰和樓等。這些酒樓門口設有專人迎送客人，樓內有美酒佳肴，歌妓舞女，還有專供文人墨客飲酒題詩的詩牌。明代一般的中小型酒肆仍以懸挂酒旗爲標志。這種酒肆雖沒有大酒樓那么豪華氣派，但也各具特色。有的以經濟實惠而聞名，有的以服務熱情周到而備受歡迎。因而深爲中下層人士及平民百姓所喜愛。

清代的酒肆有了更進一步的發展。吳敬梓在《儒林外史》第二十四回中曾這樣描繪乾隆年間南京城酒肆的繁榮景象：『大街小

巷，合共起來，大小酒樓有六七百座，茶社有一千余處。……到晚來，兩邊酒樓上明角燈，每條街上足有數千盞，照耀如同白日，走路人并不帶燈籠。』南京如此，京城北京更是繁榮無比，『九衢處處酒簾飄，來雪凝香貫九宵。』（趙駿烈《燕城燈市竹枝詞》）酒樓飯館簡直多的難以數計。不僅數量多，而且許多大酒樓還能擺設規模很大的酒宴。到了清末民初，許多西式餐館酒吧也在北京等大都市和沿海口岸建立起來了。

根據《清稗類鈔》等記載，清代京師北京除了比較大的酒樓外，一般的民間酒肆共分三種，第一種是南酒店，『所售者女貞、花雕、紹興及竹葉青，肴核則火腿、糟魚、蟹、松花蛋、蜜糕之屬。』女貞、花雕、紹興都是江南紹興一帶度數很低的發酵酒，即今之黃酒。佐酒的菜點也多爲南方之物，可見這類酒肆是專門經營南方風味酒肴的；第二種是京酒店，『所售之酒爲雪酒、冬酒、淶酒、木瓜、干榨，……其佐酒者，則煮咸栗肉、干落花生、核桃、榛仁、蜜棗、山查、鴨蛋、酥魚、兔脯。』這類酒店所賣的酒多爲度數較高的蒸餾酒，佐酒之食也多爲山野之物，可見是地地道道的北方風味；第三種是藥酒店，所售酒『則爲燒酒以花蒸成，其名極繁，如玫瑰露、茵陳露、蘋果露、山查露、葡萄露、五茄皮、蓮花白之屬。凡以花果所釀者，皆可名露。售此者無肴核，須自賣于市。』可見這類酒店是專門賣保健療疾的藥酒和各種果露酒的。與前兩類酒店不同的是，這類酒店只賣酒而没有佐酒的菜肴供應，想吃的人還得到別的店裏去買。

在古代酒肆、酒樓文化中，宋代最具代表性，故在本書中着重述其一二。

以宋代都城東京酒樓爲例，酒樓數量之多，超過前朝，僅九橋門街市一段，便是酒樓林立，綉旗相招，有的街道還因有酒樓而得名，如『楊樓街』等。其中最著名的酒樓有：

忻樂樓、和樂樓、遇仙樓、鐵屑樓、仁和樓、清風樓、會仙樓、時樓、班樓、潘樓、千春樓、明時樓、長慶樓、紅翠樓、玉樓、狀元樓、登雲樓、得勝樓、慶豐樓、玉川樓、宜城樓、集賢樓、晏賓樓、蓮花樓、和豐樓、中和樓、春風樓、太和樓、西樓、太平樓、熙春樓、三元樓、五閑樓、賞心樓、花月樓、日新樓、蜘蛛樓、看牛樓……

這些酒樓中的佼佼者，當屬白礬樓。白礬樓爲三層樓，但這種三層大建築，往往是建二層磚石臺基，再在上層臺基上立永定柱做平坐，平坐以上再建樓，所以雖是三層却非常之高。王安中曾有首《登豐樂樓》詩可作證：

日邊高擁瑞雲深，萬井喧闐正下臨。
金碧樓臺雖禁禦，烟霞岩洞却山林。
巍然適構千齡運，仰止常傾四海心。
此地去天真尺五，九霄歧路不容尋。

詩中所説的豐樂樓就是白礬樓，白礬樓是因商賈在這裏販礬而得名，后改爲豐樂樓，自此沿續下去。到了南宋臨安，人們還在西湖之畔又蓋起了一座新的，上可延風月，下可隔囂埃的豐樂樓，人們簡直把它當作南宋中興盛世的一個標示。至元代，畫家夏永還專畫了一幅《豐樂樓圖》。

連异邦金國也對豐樂樓傾羡不已。據宋話本《楊思温燕山逢故人》叙述：燕山建起了一座秦樓，『便似東京白礬樓一般：樓上有六十閣兒，下面散鋪七八十副桌凳』。酒保也是雇傭流落此地的『礬樓過賣』。市民社會、少數民族，之所以對豐樂樓寄予之么多的仰慕和呵護，就是因爲豐樂樓已不單單是一個城市飲食行業的縮影，而且它凝聚着這一時代的文明之光。它的文化内涵體現在酒樓的裝飾、環境、服務、釀造、烹調、器皿等各個方面。

宋代城市的酒樓，已部分采用了官室廟宇所專有的建築樣式，這可從門首排設的杈子看出。杈子是用朱黑木條互穿而成，用以攔擋人馬，晋魏以后官至貴品，才有資格用杈子。東京禦街、禦廊，各安黑漆杈子，禦街路心安兩行朱漆杈子，阻隔行人，宣德樓門下列相對的兩闕亭前，全用朱紅杈子……如潯陽酒樓門邊，就設有兩根朱紅華表柱。尤爲普遍的是酒樓門首扎縛的彩樓歡門，像供人觀賞的藝術品。從上海博物館藏五代——北宋(鬧口盤車圖)中酒店門首那全由木料扎成的高大觸目的彩樓歡門可知其樣式之大概。

又如《清明上河圖》左方臨近結尾處的孫家正店的兩層彩樓歡門最華麗——前面正中突出一個平面作梯形的檐子，每層的頂部都結扎出山形的花架，其上裝點有花形、鳥狀等各類飾物，檐下垂挂流蘇……

彩樓歡門使人未入酒樓前，就感覺到了一種華貴的氣魄，進入酒樓内，更可感到其壯美，因樓内裝飾上了只有皇家貴胄才可以用的藻井，即天花板上凸出爲覆井形飾以花紋圖案的那種木建

事

築。

這些酒樓不僅僅是內部裝飾雍容華貴，而且漸漸園林庭院化。從東京許多著名的酒樓來看，這種傾向十分突出，許多酒樓還常常冠以園子之名，如中山園子正店、蠻王園子店、邵宅園子正店、郭小齊園子正店、楊皇后園子正店……等等。

這種酒樓如《東京夢華録》所説：『必有廳院，廊廡掩映，排列小閣子，吊窗花竹，各垂簾幕。』使人一邁進就會感到心曠神怡。這種迥异于富麗堂皇的皇家園林，帶有簡、疏、雅、野特征的住家式宅園酒樓，是由宋代城市私家園林風格變化而來的。

如司馬光獨樂園，在竹林中兩處結竹杪爲廬爲廊，作釣魚休憩之所，富鄭公園則在竹林深處布置了一組被命名爲『叢玉』、『夾竹』、『報風』的亭子，錯列有致……這種環境，堪稱宅子型酒樓的範本。甚至黄家艮岳園林中，也建設了高陽酒樓，以使人更賞心悦目。

當時市民無不向往在這樣的酒樓中飲酒作樂，宋話本《金明池吴清逢愛愛》中幾位少年到酒樓飲酒就要尋個『花竹扶蔬』的去處，可見市民對酒樓的標准無不以『花竹』爲首要——修竹夾牖，芳林匝階，春鳥秋蟬，鳴聲相續；五步一室，十步一閣，野卉噴香，佳木秀陰……優美的園林環境，加之周到細膩的服務，無不使人流連忘返。不要説普通的市民了，即使那些居止第宅，匹于帝官的高級官員，也喜歡到市井中的酒樓去飲酒。大臣魯肅簡公就經常換上便服，不帶侍從，偷偷到南仁和酒樓飲酒，皇帝知道后，大加責怪：爲什么要私自入酒樓？他却振振有詞答道：酒肆百物具備，賓至如歸。

這話道出了當時酒樓無可挑剔的服務。如西湖邊上的豐樂樓，門前站着兩個伙計，他們『頭戴方頂樣頭巾，身穿紫衫，脚下絲鞋净襪』，對人彬彬有禮，往酒樓裏相讓。往往本人無意進去喝酒，可見他們拱手齊胸，俯首躬腰的殷勤模樣，也就欣然而入了。有書寫道：只要你一入座，凡是下酒的羹湯，盡可任意索唤，即使是十位客人，每人要一味也不妨，過賣、鐺頭，記憶數十乃至上百品菜肴，都傳喝如流，而且制造供應，不許少有違誤，酒未到，則先設數碟『看菜』，待舉杯又换細菜，如此屢易，愈出愈奇，極意奉承……

而且在顧客的身旁，還會有吹拉彈唱之音伴奏助興，以弛其心，以舒其神。這些吹簫、彈阮、歌唱、散耍的人叫作『趕趁』，經常有市民在生活無着的情況下，就選擇了去酒樓『趕趁』這條路。《計押番金鰻産禍》等宋話本和《水滸傳》，都有章節刻畫酒樓『趕趁』這一現象。這是酒樓爲了吸引人，還把雅俗共賞的文化娛樂引進酒樓的一種方式。有些酒樓之所以歌管歡笑之聲，每夕達旦，就是風雨暑雪也不減少，就是因爲酒樓經營者調動了娛樂的手段，終朝唱樂喧天，每日笙弦聒耳。

爲了進一步籠絡住光顧酒樓的客人，經營者還雇傭妓女在酒樓作招待，有的酒樓好似現代的夜總會，一到晚上竟集中數百名濃裝艷抹的妓女，聚坐約百余步之長的主廊上，以待酒客的呼喚……

這些妓女未必全是從事皮肉行當的，她們的作用主要是使酒樓的氣氛更加活躍。

文人以敏鋭的嗅覺捕捉到了這窈窕連亘、娛情生色的勝况，創作出酒樓體裁的話本《鬧樊樓多情周勝仙》，情節離奇，愛情灼熱，使人更進一步感受到宋代城市酒樓所特有的波瀾不驚、月白風清的優美意境。

爲了與優美環境相匹配，酒樓所有器皿均爲銀質。若倆人對飲，一般用一副箸碗，兩副盤盞，果菜碟各五片，水菜碗三五只，俱是銀光閃閃的器皿。明人編定宋話本《俞仲舉題詩遇上皇》中，俞良到豐樂樓假説在此等人，『酒保見説，便將酒缸、酒提、匙、筯、碟，放在面前，盡是銀器。』看來《夢粱録》所説臨安的康、沈等酒樓，使用全桌白銀器皿飲酒賣酒，并非虚言。一桌銀酒器值百余兩，官辦酒樓有供飲客用的價值千余兩的金銀酒器，已是司空見慣。

酒樓器皿的精妙，可從四川博物館現存的文物中見到它的縮影。如銀瓶、杯俱以小巧取勝，瓶高不過二十一厘米，口徑三厘米，杯高五厘米，口徑九點五厘米，足徑三點九厘米。爲最大限度地盛酒，瓶爲直口，圓肩，腹斜收而下，底小，蓋撇，曲身。爲美觀，蓋及口錘多層，飾以二方連續變形如意紋。杯身則錘成雙層菊花瓣形，内底突起珠狀花蕊，另一杯身則爲直斜下接外展圈足，通體光素無紋。

昔時，有人特意就這種貴重的銀酒器皿作過記述：『大酒樓見小酒店來打二三次酒，便敢借給它價值三五百兩的銀酒器皿，即使貧下市民、妓館來店呼酒，酒樓也用銀器供送，有的連夜飲酒，第二天去取回，也不見丟失。偶有酒樓丟失銀器，文人就當成新鮮事情記録下來……』

僅有美器是不够的，還須有美食相襯，各酒樓明白要想招攬到更多的客人，就須有高超的烹飪技術，推出自己的拿手好菜。有不少的酒樓紛紛以厨師姓氏爲名，如鄭厨、任厨、陳厨、周厨、沈厨、翁厨、嚴厨、白厨、郭厨、宋厨、黄胖家、孟四翁，等等……這種情况宋王朝南遷后更爲突出。

據筆者粗略統計，當時臨安的酒樓常備并得到市民公認的『市食』，就可達到五百余種！這尚不包括那些根據顧客自己口味命厨師做出來以不使一味有缺的那些食品，還有那沿街叫售，就門供賣的風味小吃等。這一數量遠遠超過今日某些特大城市飲食行業所流行的日常肴饌，即使那聞名遐邇的世界超級大都會的食物種類也難以與之匹敵。

值得一提的是，在當時衡量酒樓的標准，名酒是第一位的。宋代城市的酒樓不獨賣酒，而且制酒，酒樓均有風味獨特的美酒。宋天聖五年八月，朝廷下詔東京的三千脚店酒户，每日去樊樓即豐樂樓取酒沽賣，這是因爲中秋來臨，諸小酒店都需賣新酒。這就説明豐樂樓的酒質量是很高的。

酒樓産酒的量也很大。如南宋無名氏題臨安太和樓壁詩説：『太和酒樓三進間，大槽晝夜聲潺潺。千夫承槽萬夫瓮，有酒如海糟如山。』如此看來，東京豐樂樓自釀酒，一天可供三千小酒户沽便不足爲奇了。據載，豐樂樓常備的自釀酒名爲『眉壽』、『和旨』兩品。

東京其它酒樓也都有自己的代表之作，忻樂樓有仙醪，和樂樓有瓊漿，遇仙樓有玉液，王樓有玉，清風樓有玉髓，會仙樓有玉胥，時樓有碧光，班樓有瓊波，潘樓有瓊液，千春樓有仙醇，中山園子正店有千日春，鑾王園子正店有玉漿，朱宅園子正店有瑶光，邵宅園子正店有法清大桶，張宅園子正店有仙，方宅園子正店有瓊酥，姜宅園子正店有羊羔，梁宅園子正店有美禄，楊皇后園子正店有法清……東京的七十二座大酒樓，各有各的名酒，千姿百態，競芳吐艷，反轉影響了酒樓的興盛，有的酒樓每天可吸引客人千余，名酒則是一大誘因。

第九節　古代人的飲酒養生術

古人對飲酒與養生保健的關系早就有所認識。《詩經·豳風》中便載有『爲此春酒，以介眉壽』、『稱彼兕觥，萬事無疆』

的詩句。上句的意思是說用酒幫助長壽，下句的意思是說舉觥敬酒祝長壽，都把酒和長壽聯系到了一起。《漢書·食貨志》也說：『酒者，天之美祿，帝王所以頤養天下，享祀祈福，扶衰養疾。』把酒與帝王的享樂、養生聯系到了一起。李時珍在《本草綱目》中也說：『酒，天之美祿也。面曲之酒，少飲則和血行氣，壯神禦寒，消愁遣興。』正因爲如此，所以古人喝酒時總以祝壽爲最好的祝酒詞，而且向某人敬酒不叫敬酒，而叫爲某人壽。如《管子》記『齊桓公、管仲、鮑叔牙、寧戚四人飲，公曰「盍不爲寡人壽？」叔牙奉杯而起。』《史記·魏公子列傳》也載有信陵君向侯嬴敬酒：『酒酣，公子起，爲壽侯生前』。秦漢之際，在著名的『鴻門宴』上，劉邦向項羽『爲壽』，範增命項莊也向劉邦『爲壽』。而在中國的歷史上，確也有許多經常喝酒、甚至嗜酒的人進入了壽齡。春秋戰國時期，孔子活了七十三歲，荀子活了八十多歲。兩漢時，司馬相如、曹操、馬援、蔡邕都活了六十多歲，而楊雄則活了七十一歲，蘇武活了八十多歲。

兩晉時，山濤、王戎、郗鑒都活到了七十多歲。唐宋時期，王維、歐陽修、寇准等都活了六十多歲，劉禹錫、裴度、範純仁、趙普、黃干等活了七十多歲，而賀知章、陸游都活到了八十六歲高齡。現代科學告訴我們，酒有提神補氣、舒筋活血的功效。尤其是老年人筋力衰疲，適度飲酒能加速血液循環、促進新陳代謝、增强消化力和免疫力，確能起到延年益壽的作用。古人也正是基于這些認識，所以對酒倍加喜愛，經常飲用，有的還將藥物浸泡或釀入酒中，作爲保健延年的飲料。

古人飲酒養生的經驗，可以概括爲以下幾點：

常飲質量好、度數低的酒

古人對酒的品質十分講究。早在周代，酒便有了『五齊』、『三酒』之分。《周禮·天官冢宰》載：『辨五齊之名，一曰泛齊，二曰醴齊，三曰盎齊，四曰緹齊，五曰沈齊。』『辨三酒之物，一曰事酒，二曰昔酒，三曰清酒。』五齊是按酒的清濁及味的厚薄分爲五等，三酒是依據酒的釀造時間和長短而劃分的。《呂氏春秋》說：『聖人察陰陽之宜，辨萬物之利以便生，故精神安乎形，而年壽得長焉。長也者，非短而續之也，畢其數也。畢數之務，在乎去害。何謂去害？大甘、大酸、大苦、大辛、大咸五者充形，則生害矣；……凡養生，莫若知本，……凡食，無(勿)强厚味，無(勿)以烈味重酒。』認爲不應該飲用那些度數高而質量低的烈性酒，而應該適量飲用一點味談而質量較好的酒。這一觀點深爲后世注重養生的人所重視。那么究竟什么樣的酒算是好酒呢？清人顧仲在《養心録》中有過一段精闢的論述：

酒以陳者爲上，愈陳愈妙。暴酒(指倉促釀成的酒)切不可飲，飲必傷人。此爲第一。酒戒酸，戒濁，戒生，戒狠暴，戒冷；務清，務潔，務中和之氣。或謂余論酒太嚴矣。然則當以何者爲至？曰：不苦，不甜，不咸，不酸，不辣，是爲真正的好酒。又問何以不言戒談也？曰：談則非酒，不在戒例。又問何以不言戒甜也？曰：昔人有雲，清烈爲上，苦次之，酸次之，臭又次之，甜斯下矣。夫酸臭豈可飲哉？而甜又在下，不必列戒例。又曰：必取五味無一可名者(即苦、酸、辣、甜、咸五味中任何一種味道都不突出)飲，是酒之難也。……蓋苦、甜、咸、酸、辣者必不能陳也。如能陳即變而爲好酒矣。是故陳之一字，可以作酒之姓矣。

由于條件所限，古人雖然無法准確地測定出酒中所含的各種成分，但他們在長期的生活實踐中所得出的經驗却是非常具有科學性的。根據現代科學測定，酒液中酒精含量較高，有害成分也就越高。如蒸餾酒和發酵酒比較，有害成分主要存在于蒸餾酒中，而發酵酒中却相對較少。高度的蒸餾酒中除含有較高的乙醇外，還含有雜醇油(包括异戊醇、戊醇、异丁醇、丙醇等)、醛類(包括甲醛、乙醛、糖醛等)、甲醇、氫氧酸、鉛、黄曲霉毒素等多種有害成分。人長期或過量飲用了這種有害成分含量高的低質酒，就會中毒。輕者會出現頭暈、頭痛、胃痛、咳嗽、胸痛、惡心、嘔吐、視力模糊等症狀，嚴重的則會出現呼吸困難、昏迷、甚至死亡。而低度的發酵酒、配制酒、如黄酒、果露酒、藥酒、奶酒等，有害成分極少，却富含糖、有機酸、氨基酸、甘酒、糊精、維生素等多種營養成分。

開始的時候，古人認爲質量較高，有利于延年益壽的酒主要有黄酒、葡萄酒、桂花酒、菊花酒、椒酒等，后來才發展到白酒及以白酒爲原料的各種藥酒。

發酵而成的黄酒是中國最古老的酒之一。含有豐富的氨基酸、多種糖類、有機酸、維生素等，發熱量較高。自古至今一直被視爲養生健身的『仙酒』、『珍漿』，深受人們喜愛。

這也是紹興等黃酒從春秋戰國至今一直盛行不衰，甚至成爲宮廷和國宴用酒的重要原因。

葡萄酒含有較多的糖分和礦物質以及多種氨基酸、檸檬酸、維生素等營養成分，也是古人喜愛的一種養生酒。三國時的魏文帝曹丕曾經盛贊它『甘于曲糵，善醉而易醒。道之固以流涎咽唾，況親食之邪！』唐太宗李世民不僅十分喜愛飲用，而且還親見督造。大臣魏征擅長釀制葡萄酒，他曾親自寫詩稱贊他釀制的葡萄酒『千日醉不醒，十年味不敗。』《新修本草》已將葡萄列爲補酒，認爲它有『暖腰腎、駐顏色、耐寒』的功效。元人忽思慧在《飲膳正要》中稱它有『益氣調中，耐饑强志』的作用。李時珍也説葡萄酒有『駐顔色、耐寒』的作用。高濂在《遵生八箋》中也將它列爲『養生酒』。

桂花酒早在春秋戰國時就已爲古人所飲用。屈原在《九歌》中說：『蕙肴蒸兮蘭藉，奠桂酒兮椒漿。』這種祭祀儀式上所用的桂酒，就是用桂花釀制的桂花酒，古代也叫桂醑、桂花醑、桂漿等。

古人認爲桂爲百藥之長，所以用桂花釀制的酒能『飲之壽千歲』。《四民月令》載，漢代桂花酒是人們敬神祭祖的佳品，祭禮完畢，晚輩向長輩敬此酒，長輩們飲此酒后便會長壽。除此而外，桂花酒還是人們宴賓待客的上品。《漢書·禮樂志》說：『尊桂酒，賓八鄉。』不少封建帝王還將桂花酒作爲禮品賞賜給大臣。歷代文人士大夫對桂花酒也贊不絕口，白居易曾用『緑惠不香饒桂酒，紅櫻無色浪花細』的詩句來贊美桂花酒。宋代蘇軾更作有《桂酒頌》，可見古人對桂花酒的珍愛。

早在春秋戰國時期，古人已了解了菊花的藥用和食用價值。魏文帝曹丕認爲菊花『輔體延年，莫斯之貴。』蘇軾也認爲菊花的花、葉、根、實『皆長生藥也』。漢代，人們已用藥花釀酒。劉歆《西京雜記》載：『菊花舒時，并采莖葉，雜黍米釀之，至來年九月九日始熟，就飲焉，故謂之菊花酒。』古人認爲菊花是經霜不凋之花，所以菊花酒可以抗衰老。《本草綱目》等醫書說菊花有去風、明目、平肝、清熱等功效，對老年人的聽覺、視覺尤其有益，所以古代菊花酒倍受青睞，是重陽節的必備之物。

此外，椒柏酒、菖蒲酒、枸杞子酒、蓮花酒、人參酒、茯苓酒等等滋補酒，也均是養生益壽的好酒。

飲酒適量

節制飲酒，一向是古人極爲重視的養生之道。他們認爲飲酒的目的在于『借物以爲養』，而不能『身爲物所役』，飲酒必須量力而行，適可而止。酒再好，如果不加以節制，也會損害身體的健康。鑒于獨飲濫飲的害處，古人一直致力于用法律的手段來禁酒，用道德訓誡來勸人們自覺節飲和戒酒。《易經》、《詩經》等儒家的經典裏都有勸告人戒酒或節飲的箴規。戰國時期的名醫扁鵲說：『久飲酒者潰髓蒸筋，傷神損壽。』唐代以嗜酒知名、自稱『醉翁』的白居易，也說『佳肴與旨酒，信是腐腸膏。』宋代詩人蘇軾也十分强調節飲的重要性。元代忽思慧《飲膳正要》雲：『飲酒過多，喪身之源。』賈銘在《飲食須知》中詳細闡述了飲酒與養生的關系，他認爲，人要長壽，首先必須節制飲酒。他說：『酒類甚多，其味有甘苦酸淡辛澀不一，其性皆熱，有毒。多次助火生痰，昏神軟體，損筋骨，傷脾胃，耗肺氣，夭人壽。』《本草綱目》引邵堯夫詩雲：『美酒飲教微醉后。此得飲酒之妙，所謂醉中趣、壺中天者也。若夫沉湎無度，醉以爲常者，輕則致疾敗行，甚則喪邦亡家而隕軀命，其害可勝言哉？此大禹所以疏儀鍬，周公所以著酒誥，爲世範戒也。』清人梁同書在《說酒二百四十字》一書中羅列了縱酒的諸多害處，勸人們要節制飲酒。

現代科學已證實了古人的這些認識和說法是正確的。飲酒過量，不僅會使人的知覺、思維、情感、智能、行爲等方面失去控制，飄飄然忘乎所以。還會摧殘人的肌體，導致營養障礙、精神失常、胃腸不適、肝髒損傷，甚至引起心髒、癌症等多種病變和中毒身亡的嚴重后果。長期過量飲酒者的患病率極高，死亡率也大。如果一個人長期過量飲酒，他的壽命便會縮短十至十二年。

飲法得當

也許有人認爲，飲酒是一件非常簡單的事情，其實則不然。飲酒實際上是一種境界頗高的藝術享受，有許多學問。特別是在古代，人們不僅注重酒的質量和强調節制飲酒，而且還十分講究飲酒的環境和方法，如什么時候能飲、什么時候不宜飲、在什么地方飲酒、飲什么酒、如何飲酒等，都有許多規矩和講究。比如關于飲酒的理想環境，吳彬就曾做過如下概括：

飲人：高雅、豪俠、直率、忘機、知己、故交、玉人、可兒。

飲地：花下、竹林、高閣、畫舫、幽館、曲石間、平疇、荷亭。另，春飲宜庭，夏飲宜效，秋飲宜舟，冬飲宜室，夜飲宜月。

飲候：春效、花時、清秋、瓣綠、寸霧、積雪、新月、晚涼。

飲趣：清淡、妙令、聯吟、焚香、傳花、度曲、返棹、圍爐。

飲禁：華誕、連宵、苦勸、争執、避酒、惡謔、噴穢、佯醉。

飲闌：散步、欹枕、踞石、分韵、垂釣、岸岸、煮泉、投壺(《檀幾叢書全集》卷下吴彬《酒政三則》)。

具體而言，古人飲酒的經驗和方法主要表現在：

(一)飲時心境要好

古人認爲，酒不能亂飲，只有在身體和情緒正常的情況下才能飲用。身體不適、過分憂愁或盛怒之時都不能飲酒。否則會損害身體健康。清人徐珂在《清稗類鈔》中談到飲食衛生時說：『于飲食而講衛生，宜研究食時之方法，凡遇憤怒或憂郁時，皆不宜食，食之不能消化，易于成病，此人人所當切戒者也。』飲酒更應如此，按中醫的理論說，人在發怒時，肝氣上逆，面紅耳赤，頭痛頭暈，如再飲酒，加上乙醇的作用，勢如火上澆油，更宜失控，以致造成不堪設想的后果。

古人爲使飲酒時的情緒達到最佳狀態，也摸索出了至今看來仍可仿效的辦法：

選擇合適的時間：如凉月好風，快雨時雪；花開滿庭，新釀初熟；舊地故友，久別重逢時飲酒，可達到賓主盡歡的願望；而在日炙風燥，濃陰惡雨；近暮思歸，心情煩燥，不速客至，而有他期之時，則不宜飲酒。

選擇合適的場合：無論在花前月下，泛舟中流的露天場合，還是在宅舍酒樓，只要使人感到幽雅、舒暢，便是飲酒的最佳場合。

古人有『山飲』、『水飲』、『郊飲』、『野飲』之習，頗喜在游覽觀光中飲酒。因此，他們飲酒的處所，往往不在大雅之堂，不在鬧市之肆，而在山巒之巔、溪水之畔，或在郊野之中，翠微之內；周穆王暢飲于昆侖瑤池，無爲子獨酌于蓮花峰上，何點致醉于鐘山之阿，桓温置酒于龍山之頂，陸龜蒙宴客于舟中，李白『長歌吟松風』，杜牧『與客携酒上翠微』，等等。置身于這秀麗的山光水色之中，呼吸着新鮮空氣，會使人賞心悅目，心曠神怡，飲興自然倍增。襄陽的『好風日』、石魚湖的『大浪』，使得唐代詩人王維和元結浮想聯翩，發出了『留醉與山翁』、『持長瓢坐巴丘，酌飲四座以散愁』的歡聲；江上的清風，山間的明月，更使宋代文人蘇軾赤壁江中暢飲竟夕，寫下了千古流芳的《赤壁賦》；李白也用『船上齊橈樂，湖心泛月歸。白鷗閑不去，争拂酒筵飛』的詩句描述了在湖光山色、白鷗拂筵翻飛的令人陶醉的意境中飲酒的歡樂。其情趣，確實是在高堂明燭下所難以領略到的。

聚飲：明末清初人張潮在爲其友黄九烟的《酒社芻言》所作的小引中，就提到了友人聚飲的好處：『蓋知己會聚，形骸禮法，一切都忘。惟有縱横往復，大可暢叙情懷。』徐珂也認爲：『食時宜與家人或相契之友，同案而食，笑語温和，隨意談話，言者發舒其意旨，聽者舒暢其胸襟，心中喜悦，消化力自能增加，最合衛生之旨。試思人當談論快適時，飲食增加，有出于不自覺者。當憤怒或愁苦時，有饌當前，不食自飽。其中之理，可以深長思焉。』聚食、聚飲對一般人尚且有如此好處，對老年人來説就更爲重要了。老人最忌寂寞。我們現代的文化生活比較豐富，老人們可以參加各種文體活動以達到娱樂、養生的目的。古代就不同的，古人除了兒孫繞膝之外，大都喜歡與友人相聚飲酒以爲樂。其實他們聚飲的目的也并不在于吃喝，而主要在于活動筋骨、舒暢身心。

據史籍記載，西漢宣帝時（公元前七十三～前四十九年），太傅疏廣、少傅疏受告老離職后，便不惜金銀，經常『賣金買酒與故舊歡』；唐代大詩人白居易自號『香山居士』，極喜以酒會友，在他七十歲那年，他還邀約了胡杲、吉旼、鄭株、劉真、盧真（原侍禦史）、張渾、鍬兼暮、盧真（原河南尹）八位老人，宴集于洛陽，聚會歡飲，一時成爲美談。后人譽稱其爲『九老會』，并繪『九老圖』；北宋的補相李，退休后也仰學白居易，組織了新的『九老會』。太尉文彦博留守洛陽時，也召集洛陽城中年高望衆者十三人爲『耆英會』；南宋的史浩，八十大壽時，也曾『置酒高會』，與他八十四歲的姐姐和六、七十歲的弟弟們歡聚一堂，極了一時之盛。這種老齡聚飲之風一直延續到清代。康熙三十三年（公元一六九四年）三月三日，十二位老

人：錢陸燦、孫枬、盛符升、徐乾學、徐秉義、尤侗、何棨、黃與堅、王日澡、許贊縉、周金德、秦松齡又聚飲于遂園。十二人的年齡總共是八百四十二歲。爲紀此盛事，著名的宮廷畫家禹之鼎還特意繪制了一幅《遂園耆年禊飲圖》。

(二)溫酒而喝

古人飲酒多溫熱了喝。商周時期的溫酒器皿等，便是有力的證明。酒爲什么要溫了喝呢？元人賈銘說：『凡飲酒宜溫，不宜熱』但喝冷酒也不好，認爲『飲冷酒成手戰(即顫抖)。』明人陸容在《菽園雜記》中記載了自己的親身感受和經歷：『嘗聞一醫者雲：「酒不宜冷飲」頗忽之，謂其未知丹溪之論而雲然耳。數年后，秋間病痢，致此醫治之，雲：「公莫非多飲涼酒乎？」予實告以遵信丹溪之言，暑中常冷飲醇酒。醫雲：「丹溪知熱酒之爲害，而不知冷酒之害尤甚也！」予因其言而思之，熱酒固能傷肺，然行氣和血之功居多；冷酒于肺無傷，而胃性惡寒，多飲之，必致郁滯其氣。而爲亭飲，蓋不冷不熱，適其中和，斯無患害。』

此二人的說法是有道理的。因爲酒中除乙醇外，還含有甲醇、雜醇油、乙醛、鉛等有害物質。甲醇對視力有害，十毫升甲醇就會導致眼睛失明，攝入量再多會危及生命。但甲醇的沸點是六十四點七攝氏度，比乙醇的沸點七十八點三攝氏度低，用沸水或酒精火加熱，它就會變成氣體蒸發掉。乙醛是酒的辛辣氣味的主要構成因素，過量吸入會出現頭暈等醉酒現象，而它的沸點只有二十一攝氏度，用稍熱一點的水即可使之揮發。同時，在酒加熱的過程中，酒精也會隨之揮發一些，這樣，酒中的有害成分也就閏少了許多，對人體的損害也就少些。當然，酒的溫度也不能加得太高，酒過熱了飲用，一是傷身體，二是乙醇揮發的太多，再好的酒也沒味了。

(三)『飲必小咽』

我們現代的許多人飲酒常講究干杯，似乎一杯杯的干才覺得痛快，才顯得豪爽。其實這樣飲酒是不科學的。正確的飲法應該是輕酌慢飲。《呂氏春秋》說：『凡養生，……飲必小咽，端直無戾。』明龍遵敘在《飲食紳言》中說：『喝酒不宜太多太急，否則會損傷腸胃和肺。肺是心、肝、脾、腎、肺五髒中最重要的部分，好比帝王車子的車蓋，特別不能損傷。』清人朱彝尊在《食憲鴻秘》中也說：『飲酒不宜氣粗及速，粗速傷肺。肺爲五髒華蓋，尤不可傷。且粗速無品。』徐珂也認爲：『急食非所宜』，吃飯、飲酒都應慢慢地來，這樣才能品出味道，也有助于消化，不致于給脾胃造成過量的負擔。《調鼎集》中更明確地說：酒『忌速飲，亦忌流飲。』

(四)勿混飲

元人賈銘在《飲食須知》中說：『飲食藉以養生，而不知物性有相反相忌，叢然雜講，輕則五内不和，重則立興禍患，是養生者亦未嘗不害生也。』酒也是如此，各種不同的酒中除都含有乙醇外，還含有其他一些互不相同的成分，其中有些成分不宜混雜。多種酒混雜飲用會產生一些新的有害成分，會使人感覺胃不舒服、頭痛等。《清异録》曾行誡人們：『酒不可雜飲。飲之，雖善酒者亦醉，乃飲家所深忌。』并舉一例說：『宛葉書生胡適，冬至日延客，以諸家群遺之酒爲具。席半，客恐，私相告戒，適疑而問之，一人曰：「某懼君家百氏漿。」』

另外，藥酒也不宜用作飲宴用酒。藥酒中一般含有多種中草藥成分，如作飲宴用酒，某些藥物成分可能和食物中的一些成分發生矛盾，令人不適。

(五)空腹勿飲

中國有句古語叫『空腹盛怒，切勿飲酒』認爲飲酒必佐佳肴。唐孫思邈《千金食治》中也提醒人們忌空腹飲酒。因爲酒進入人體后，乙醇是靠肝髒分解的。肝髒在分解過程中又需要各種維生素來維持輔助，如果此時胃腸中空無食物，乙醇最易被迅速吸收，造成肌理失調、肝髒受損。因此，飲酒時應佐以營養價值比較高的菜肴、水果，這也是飲酒養生的一個竅門。當然，飲食后也不宜飲酒。

(六)勿强飲

飲酒時不能强逼硬勸别人，自己也不能賭氣争勝，不能喝硬要往肚裏灌。張潮在黄九烟《酒社芻言》小引中說：『飲酒之人，有三種，其善飲者不待勸，其絶飲者不能勸。惟有一種能飲而故不飲者宜用勸，然能飲而故不飲，彼先已自欺矣，吾亦何爲勸之哉。故愚謂不問作主作客，惟當率真稱量而飲，人我皆不須勸。』清人阮葵生在所撰《茶余客話》中引陳畿亭的話說：『飲宴苦勸人醉，苟非即是客人，不然，變蠹縠也。君子飲酒，率真量情。文人儒雅，概有斯致。大惟市井僕役，以逼爲恭敬，以謔爲慷慨，以大醉爲歡樂。』言語中雖然含有輕侮勞動群衆之意，但他說的不要勸人醉，却是極爲可取的。

（七）酒后少飲茶

自古以來，不少飲酒之人常常喜歡酒后喝茶，以爲喝茶可以解酒。其實則不然。酒后喝茶對身體極爲有害。李時珍說：『酒后飲茶，傷腎髒，腰脚重墜，膀胱冷痛，兼患痰飲水腫、消渴攣痛之疾。』朱彝尊也說：『酒后渴，不可飲水及多啜茶。茶性寒，隨酒引入腎髒，爲停毒之水。令腰脚重墜、膀胱冷痛，爲水腫、消渴、攣』現代科學已證實了他們所說的酒后飲茶對腎髒的損害。據古人的養生之道，酒后宜以水果解酒，或以甘蔗與白蘿卜熬湯解酒。

第十節 古代帝王與酒

在中國古代，帝王擁有特殊的地位與權勢，可以隨時享用各種美酒，因而他們大都養成了愛酒、好酒、甚至嗜酒的習慣。從傳說中的『聖德之君』唐堯和虞舜，到秦皇漢武、唐宗宋祖，無論是聖明天子，還是昏庸之君，幾乎無不與酒接緣。少數的君王飲酒有節，且能善用酒德，因而酒幫助他們成就了帝業、鞏固了江山；有的整日以酒爲樂，以酒爲友，不諳朝政，以致朝綱紊亂、傷身短命；還有的整日沉湎酒色、從酒無度、長期處于醉生夢死的境況，最終導致國破家亡、命喪黃泉。

古代帝王的飲酒生活，有以下幾種情況：

飲酒短命

翻開中國的歷史，從夏商到清末，在漫漫歷史長河中，臨朝的帝王數百名，而有史可查，年逾八旬者不過寥寥數人。清朝的乾隆皇帝活到八十八歲，算是歷代皇帝中的壽星了。其次是南北朝時期的梁武帝，活了八十五歲，唐朝的女皇武則天活了八十一歲。元世祖忽必烈活了八十歲。像漢武帝劉徹、唐玄宗李隆基這樣年逾七旬的也不算太多。在歷代帝王中，能够活過五十歲的，也就算是高壽了。不少的帝王年僅三、四十歲就命歸西天，有些甚至剛過二十歲便過早地夭折了。按理說，帝王天子錦衣玉食、生活條件無與倫比，可爲何壽命都不長？原因固然很多，但酒色過度，則是其中不容急視的重要的因素。

元太宗窩闊臺是成吉思汗的第三子，早年曾隨父南征北戰，屢立戰功。成吉思汗死后，被推舉爲大汗。他在位期間，對外進行滅金和遠征歐洲的戰爭，對内采納耻律焚材等人的建議，在政治、經濟、文化等方面進行了一系列改革，頗有建樹，深受朝野上下的尊重與愛戴。然而，他也有一個致命的弱點，就是嗜酒，而且常以君臣同飲爲樂，不醉不休。他所倚重的大臣耶律楚材等人曾多次苦苦勸諫，但毫無效果，他仍『日與大臣酣飲』。后來，耶律楚材心生一計，『乃持酒槽鐵口進曰：「曲蘖能腐物，鐵尚如此，况五髒呼？」帝悟，語近臣曰：「汝曹愛君憂國之心，豈有如吾圖撒合裏者耶！」賞以金帛，敕近臣日進酒三鐘而止。』這次窩闊臺接受了耶律楚材的忠告，表示以后要節制飲酒，『日進天三鐘而止』。不過時間不長，他又舊病復發，酣飲如故。后來他外出狩獵，白天追逐野獸、騎馬馳騁，夜晚則在帳中與隨從們縱情豪飲，直到黎明，結果醉癱于床上，一病不起，死于狩獵的行宫之中。

明武宗朱厚照更以荒淫無度而著稱。他在位十六年，長期不臨朝問政，一切唯宦官奸臣之言是聽，自己則整日床居后宫，與嬪妃近臣飲酒作樂。有時還微服出游，尋花問柳。由于長期嗜酒縱欲，他的身體日益虧虚，終于在一次主持祭祀大典時當場昏倒，不久便不治而亡，年僅三十歲。

清文宗咸豐皇帝也好酒，自號『且樂道人』，并『以酒、色自娱』（《清室外紀》）。由于體弱多病，加之八國聯軍的入侵，内外交困，三十而卒；咸豐死后，慈禧太后的兒子，年僅六歲的同治帝載淳即位，初爲童年、少年，不諳世事，由兩宫皇太后『重簾聽政』。稍大一些后，權力仍操縱于其母后之手。也許是由于無所事事，也許是由于心中不快，總之他漸漸醉心于酒色，常常『夜飲于外』，次晨回朝，仍然『醉中言語失次』，結果，年僅十九歲便駕崩西歸。

縱飲亡國

夏朝的末代國王桀，昏庸暴虐，好酒無度。帝王世系》載：『桀爲酒池，足以運舟，糟丘足以望十裏，一鼓而牛飲者三千人。』他終日飲酒作樂，國勢衰落仍置之不顧。大臣伊尹曾警告他：『大命之亡有日矣！』而他却説：『天之有日，猶吾之有民也。日有亡哉？日亡吾乃亡矣。』。結果被商湯所滅，落得個『走鳴條，遂放而死』。

商殷時期，中國的釀酒技術已有了重大發展。奴隸們辛勤勞動收獲來的穀物，積貯在倉庫裏，用以釀酒供國王及貴族們無休

止的飲宴享樂。商朝的最后一個統治者叫受辛，也叫紂王，是以荒淫貪暴出名的暴君。他不顧人民死活，一味搜刮，大興土木，『南距朝歌，北據邯鄲及沙丘，皆爲離宮別館』，而且他『好酒淫樂，嬖于婦人』，『大聚樂戲于沙丘，以酒爲池，縣肉爲林，使男女倮，相逐其間。爲長夜之飲』。對于他的荒淫無度，大臣們曾再三勸諫，甚至以死强諫，但他仍不知悔悟，母至被周武王秘敗，自焚而死。

周人代殷之后，鑒于殷人酗酒荒淫，諄諄告誡繼承的子孫們，要吸取殷人酗酒而喪國亡家的教訓，不許酗酒荒政。然而，統治階級所制定的一切法律、政策，本身就是爲維護他們的統治服務的。所以周代的《酒誥》實際上只是禁民而難以禁官，更不用說天子帝王，皇親國戚了。因而，從周穆王開始，及至后來的周宣王、周幽王，又嗜酒縱飲，重蹈商紂的覆轍。周幽王寵愛妃子褒姒，經常與她『日耽于酒』，后來還廢申后和太子宜臼，而立褒姒爲后，立其子伯服爲太子。結果申后的父親申侯聯合犬戎進攻鎬京，幽王被殺于驪山之下，西周滅亡了。

兩晋南北朝時期，是中國歷史上一個動蕩不安的時代，戰亂不已，政權更迭頻繁。此間，不少帝王也好爲長夜之飲，常常因酒廢政，致使國家敗亡。

西晋滅亡后，司馬睿在江南建康(今南京)建立東晋。北方出現了群雄割據、十六國鼎立的局面。其中氐族的苻健于公元三百五十一年建立了秦國，史稱前秦。苻健死后，其子苻生即位。苻生只做了兩年皇帝，便被苻堅殺死，年僅二十三歲。他的死，不僅因爲他沉溺酒色，而且常酒后凶悍暴虐、殘殺無辜所致。

后凉靈帝吕纂，也是個好酒愛色之徒。他經常『游田無度，、荒耽酒色。』其太常楊穎進諫說：『自陛下龍飛，疆宇未闢，崎嶇二嶺之內，綱維未振于九州。當兢兢惕惕，經略四方，成先帝之遺志，拯蒼生于荼蓼。而更飲酒過度，出入無恒，宴安游盤之樂，沈湎樽酒之間，不以寇仇爲慮，竊爲陛下危之。』，楊穎忠心耿耿，冒死相勸，吕纂表面上接受了勸告，但他惡習難改，『常與左右因醉馳獵于坑澗之間。』最可悲的是，他本與其堂弟吕超有恩怨，但却不加防範。有一次，吕超擅自攻打鮮卑人，吕纂怒，將其召入宮中，欲予責罰，可當吕超表面上一向他頓首認錯之后，便未再加追究，反而僅引吕超及其他諸臣飲宴于内殿。昏醉之時還陪呂超同游于内宫，結果給了呂超可乘之機，被呂超持劍刺死。

南北朝時期，自號『無愁天子』的陳后主陳叔寶，『荒于酒色，不恤政事』，終日以臣、艷婦、醇酒爲伴，『君臣酣飲，從夕達旦，以此爲常』。甚至當探馬來報，隋軍已臨江南渡，危在旦夕之時，仍然麻木不仁，還大言不慚地狂言：『王氣在此，齊兵三來，周人三至，皆被摧没。今虜雖衆，必應自敗』，然后繼續『縱酒賦詩不絶』。及至隋軍兵臨城下，才如夢初醒，方知王氣已失，只好携張貴妃、孔貴人藏于枯井之中，最后仍未逃脱被活捉的下場。

隋文帝楊堅一統天下，結束了南北對峙的局面。此后，他采取了一系列政治經濟措施，勤儉治國，至開皇末年出現了『庫藏皆滿』的繁榮景象。而他的兒子隋煬帝與他正好相反。他騙取其父的信任，登上帝位以后，即大興土木，營建東京，窮奢極欲，大肆揮霍。酒后荒唐，不堪入目。《隋書·煬帝紀》載他『唯與后宫流連耽湎，惟日不足，招迎姥媪，朝夕共肆丑言。以引少年，令與宫人穢亂，不軌不遜，以爲娱樂。』他曾游幸江南、西巡張掖等地，每次出游，都要率領諸王、百官、后妃、公主等同行，令所過州縣，五百里以内皆供獻食物，一路上浩浩蕩蕩、尋歡作樂、游宴不止。爲顯太平盛世，他還命人整修洛陽都市，并下令，凡胡人過酒食店，必須邀入店中，無償供給酒飯，醉飽而散。結果使商賈不堪重負，叫苦連天。待了后期，各地義軍蜂起，他便躲到江都，整日與蕭皇后一起飲酒度日，一醉解千愁。終被部將宇文化及兵變擒獲。

酒德成業

歷史上也有一些帝王，也很喜歡酒，但他們常常把酒作爲工具、甚至武器來使用，以達到自己預期的目的。如，以酒施恩，籠絡人心。春秋時期的楚莊王、越王勾踐，都是以酒施恩的典型。

據《説苑·復恩》載，楚莊王有個寵妾叫許姬姜，天姿國色，嬌艷動人，楚莊王的部將唐狡對其垂涎已久。在一次酒筵中，他乘蠟燭熄滅之機，拽了許姬姜的衣服，許姬姜受辱之時急中生智，順手扯下了唐狡帽子上的纓穗，并請莊王趕緊下令明燭查找帽上缺纓之人問罪。莊王思慮再三，覺得這樣做很不妥當，既無益于姬妾的名節，又有傷部將的自尊。于是他想出了一個補救的辦法，說：『從寡人飲者，纓不絕不歡』，讓席間所有的臣屬全部摘掉帽上的纓穗，然后才點燃蠟燭繼續宴飲。唐狡蒙恩被赦，心中自然感激萬分，后來在攻打鄭國的戰鬥中，唐狡不顧個人安危，一馬當先，直殺敵營，爲楚軍的勝利立了大功。當楚莊王要將賞他時，他辭而不受，并說：那次酒宴上拽美人衣服的就是我，所以舍命殺敵，以報大王不殺之恩。楚莊王酒宴施恩，換得了將士拼死相助。

越王勾踐，初因酒廢政，被吳王夫差所敗，國家危亡，只好卑職求和，『身親爲夫差馬前』。但他并未就此沉淪，而是認真反醒了自己因酒色失國辱身的痛苦經驗教訓，暗中任用範蠡文種，以圖東山再起，復仇雪耻。他回到越國后，卧薪嘗膽，勵精圖治。除『身自耕作，夫人自織，食不加肉，衣不重采，

折節下賢人，厚遇賓客，振貧吊死，與百姓同其勞』外，還采取了一系列興邦振國之策，其中有三條與酒密切相關：一是有酒與民同享，以爭取民心。《呂氏春秋．順民》載：『越王苦會稽之耻，欲深得民心，以致必死于吳……有酒，流之江，與民同之』；二是賜酒以鼓勵生育，發展經濟，壯大軍事實力。《國語．越語》載：『令壯者無娶老婦，令老者無娶壯妻。女子十七不嫁，其父母有罪。丈夫二十不娶，其父母有罪。將娩者以告，令公醫守之。生丈夫，二壺酒，一犬；生女子，二壺酒，一豚。』三是采納範蠡等謀臣的建議，在滅吳時機尚不成熟的情況下，表面上縱酒荒政，以麻痹吳王夫差。當時勾越報仇心切，本想及早滅吳，但範蠡等人覺得時機還不成熟，應繼續養精蓄鋭，以圖一舉成功。于是，勾踐便整日外出游獵，或在宮中與妃嬪把酒邀歡，有時又與近臣豪飲不止。夫差聞聽此報，果然中計，以爲勾踐胸無大志，所以未把他放在心上。哪知勾踐的實力正一天天悄然壯大，最后終于滅吳稱霸。

漢高祖劉邦是一個頗富傳奇色彩的酒天子。縱觀他的一生，從他的成長到出來闖天下、得天下、治天下、享樂于天下，始終都與酒有着密切的關系。他年輕的時候即『好酒及色，常從王媪、武負貰酒，時飲醉卧』，言行舉止與酒徒無异。但也正是他這種唯好酒而結交賢才的性格，才使得他擁有了一批賢才良將，幫助他成就了帝王偉業。劉邦曾問部下，自己爲什么能够得天下，而項羽却失却了天下，高起、王陵回答說：『因爲你能與人同甘共患難，而項羽却妒賢嫉能。』劉邦說：『公知其

一，未知其二。夫運籌帷幄之中，決勝千里之外，吾不如子房；鎮國家、撫百姓、給餉饋，不絕糧道，吾不如蕭何；敵百萬之衆，戰必勝，攻必取，吾不如韓信。三者皆人杰，吾能用之，此吾所以取天下者也。項羽有一範增而不能用此所以爲我擒也。』劉邦一語道破天機，他確實出身卑微，才能平平，如果沒有張良、蕭何、韓信的鼎力相助，他是萬難登上帝王寶座的。而三位『人杰』之所以心悅誠服地跟着他同闖天下，與他寬容豁達的性格不無關系。

唐太宗李世民、宋太祖趙匡胤、明太祖朱元璋、清聖祖玄燁（康熙）、清高宗弘歷（乾隆）都是歷史上較爲賢明的君主。他們都經常與群臣同飲，以示有福同享，有難同當，借此融洽君臣間的感情、籠絡人心。特別是康熙和乾隆時，還在乾清宮舉辦『千叟宴』，邀請滿漢文武官員及致仕者共同歡飲。乾隆五十年（公元一七八五年）舉辦的千叟宴，邀請的六十歲以上的官紳達三千多人，而且還特許他們的子孫陪護入宴。可謂開了歷史之先河。

東漢光武帝劉秀早年曾與其堂兄劉縯曾共事更始帝劉玄。兄弟二人智勇雙全，率軍取得昆陽大捷后，威信日益提高。但也引起了劉玄的警覺，他唯恐二人篡奪皇位，遂借故殺害了劉縯。劉秀自知生命危在旦夕，而依目前的實力又無法與劉玄抗衡，于是便強忍悲痛，假意向劉玄請罪。并以劉縯罪該誅殺爲名，不但不爲其服喪，反而像往常一樣談笑風生、飲酒作樂，好像沒有有任何怨恨和憂傷，以此麻痹更始帝劉玄。劉玄不知這是劉秀的計謀，反而信以爲真，不再懷疑劉秀，并拜劉秀爲破虜大將軍，封武信侯。劉秀巧妙用酒終于逢凶化吉，轉危爲安。后來才得以蕩平群雄，登上帝王寶座。

三國之初，劉備已漸顯與曹操角逐天下之勢。當徐州被呂布所奪后，劉備只好暫時投奔曹操。曹操的謀士們都勸曹操乘機殺掉劉備，以絕后患。曹操猶豫不決，于是便在許昌九曲河畔青梅亭煮酒與劉備對飲，想借酒窺探劉備的心智后，再做定奪。開始，二人開懷暢飲。酒至半酣，曹操乃將談話引入正題，讓劉備列舉當今英雄，劉備也似有察覺，推說：『備肉眼安識英雄？』但曹操仍步步緊逼，劉備無奈只好列了袁紹、劉表等人。曹操則說：『今天下英雄，唯使君與操耳。本初之徒，不足數也。』（《三國志·蜀書·先主傳》）劉備聞聽此言，一驚，筷子了也跌落地上。此后，他在許昌便故意做些種菜飲酒之事，表示胸無大志，以麻痹曹操。最后伺機

逃離許昌，開始了與曹操爭奪天下的角逐。在這段『曹操煮酒論英雄』的佳話中，曹操本想借酒探聽劉備的虛實，最后却反被劉備所麻痹，犯了一個放虎歸山的大錯。

將酒的作用運用得最巧妙、最透徹的是宋太祖趙匡胤。他用一杯酒解除了衆將的兵權，達到了大權獨攬的目的。

古代，兵權是帝王們立國的根本。而歷史上有許多武將擁兵自重，不服朝廷管轄。常常導致君臣矛盾，甚至王朝的覆滅、政權的更迭。特別是唐朝中葉以后，節度使割地擁兵，不服朝廷統轄的現象更爲普遍。唐亡以后，各地軍閥擁兵擅權，干戈不息，王朝更換頻繁。趙匡胤但是在此情況下被黃袍加身，當上皇帝的。皇帝夢雖已圓，但他仍憂心忡忡，生怕哪一天手下的武將也會像自己一樣故技重演。于是采納了宰相趙普的建議，決心收回兵權，以保長治久安。可如何處理好這件事呢？當時執掌重兵的石守信、王審琦等都是征戰殺場的老將，又是趙匡胤的老朋友，有功于北宋王朝。消除其兵權必須慎重行事，弄不好會激起兵變，或落得個忘恩負義的罪名，令將士寒心，天下人恥笑。他思前想后，忽然計上心來。一天，他邀石守信、王審琦等人飲酒。席間，屏退左右，君臣痛飲暢談。突然，趙匡胤裝出心事重重的樣子說：『吾資爾曹力多多矣！然爲天子，亦殊艱難，不若爲節度使之樂。吾今終夕，未嘗敢安卧而寢也！』（《聞見録》）衆人問其故，他說：『此豈難知！所謂天位者，衆亦欲居之。』石守信等人皆露驚恐之色，并說：今天下已定，誰還敢有二心呢？趙匡胤又說：不一定，你們雖忠心耿耿，但你們手下的將士都希望富貴，如果黃袍一旦加在你們身上，你們想不當也没辦法啊！石守信等人涕泣道：『臣等愚不及此，惟陛下哀憐，示以可生之道。』趙匡胤說：人生短暫，所謂富貴，也不過多積財物，終日飲酒享樂，子孫榮華罷了。你們何不交出兵權，多置田産妻妾，爲了孫后代多留些財富。這樣，咱們君臣間也相安無事，免得互相猜疑，豈不更好嗎？石守信等人皆頓首曰：『陛下念臣及此，幸甚！』第二天，一個個都稱病，要求解除兵權。趙匡胤也履行了諾言，對他們厚加賞賜。從此藩鎮割據、動亂不安的根源被鏟除了，中國歷史上出現了一段較長時間的穩定統一。這便是歷史上著名的『杯酒釋兵權』的故事。

第六章 酒事圖録

一、釀酒名泉

從釀酒開始的年代，中國人就知道酒的質量與水質的關係，所以，人們便千方百計的尋找釀酒理想水源，訖今在神州大地上仍留有不少勝迹與動人的傳説，驗證着水質與酒質的關係……

安徽亳州古井

河南汝陽杜康泉，相傳爲杜康汲水釀酒之處。

瀘州龍泉古井

甘肅酒泉市古泉，相傳西漢名將霍去病打敗匈奴，漢武帝賜禦酒，霍將酒傾於泉中，全軍將士共飲慶功，故名酒泉。

湖南長沙白沙井

安徽滁州琅琊山醉翁亭釀泉

四川邛崍市文君井，相傳爲漢代司馬相如與卓文君開設“臨邛酒肆”取水釀酒之處。

湖北荆山馬跑泉，相傳爲三國關羽赤兔馬刨石飲水所得，爲當地歷代釀酒名泉。

安徽貴池杏花村古井

楊柳灣古井

被稱爲“酒河”的貴州赤水河，
爲中國名酒茅臺酒的水源地。

浙江宋井

川酒水源地之一的錦江

二、酒鄉名勝

自古以來，中國人便把飲酒視爲樂事，也是一種寄托，人們通過飲酒的形式，表現廣泛的社會文化現象。正所謂『醉翁之意不在酒，在乎山水之間也。山水之樂，得之心而寓之酒也。』

河南汝陽杜康村酒祖殿

古井貢酒藏酒閣

河南汝陽杜康村醉仙石床

滁州醉翁亭

流觴亭及流觴盛會

『烟籠寒水霧籠沙，夜泊秦淮近酒家。』今南京秦淮河夜景。

空桑古樹　在河南汝陽縣，相傳爲杜康釀造『秫酒』之處。

古蘭亭文會處

山西杏花園

采石磯太白樓

四川宜賓鼓樓街長升發糟坊舊址

瀘州老窖窖池舊址

事

三、白酒文化博物館

隨着中國酒文化研究的深入開展，不少地方在廣泛收集酒文化文物，研究當地酒文化歷史整理，展示酒文化資料的基礎上，修建了各具特色的白酒文化博物館。

四川五糧夜酒文化博覽館

河南杜康仙莊酒史館

安徽古井貢酒博物館

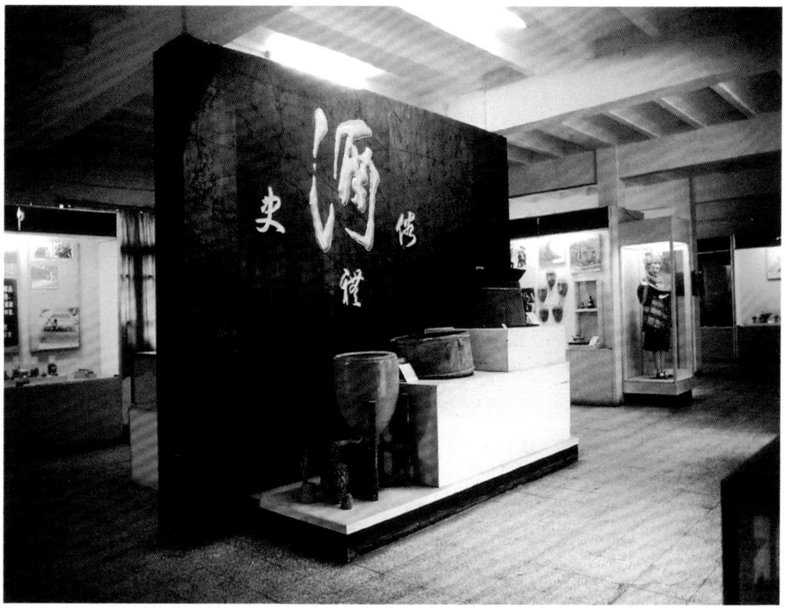

貴州酒文化博物館

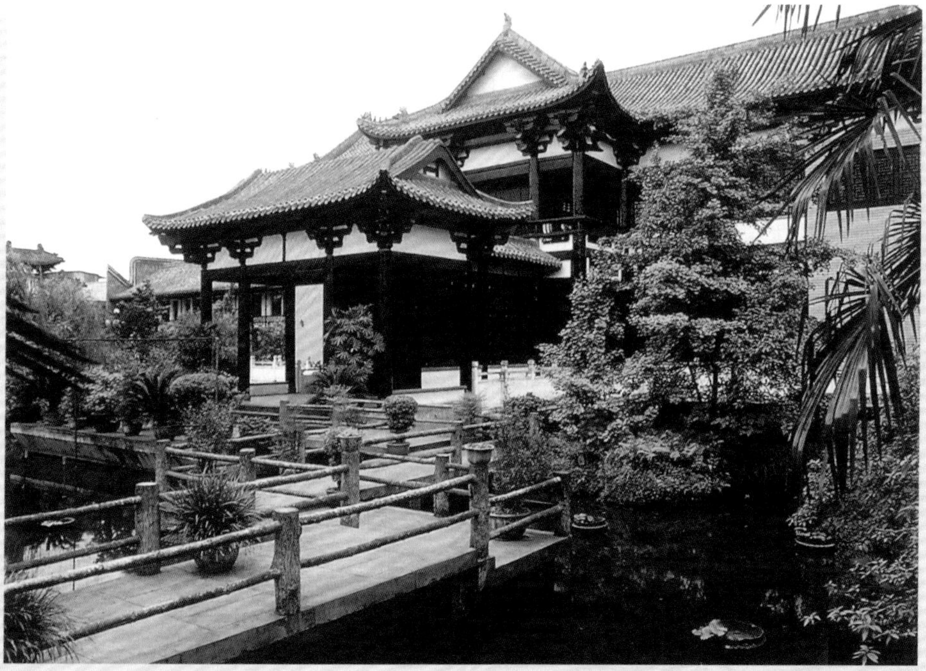

四川文君酒史陳列館

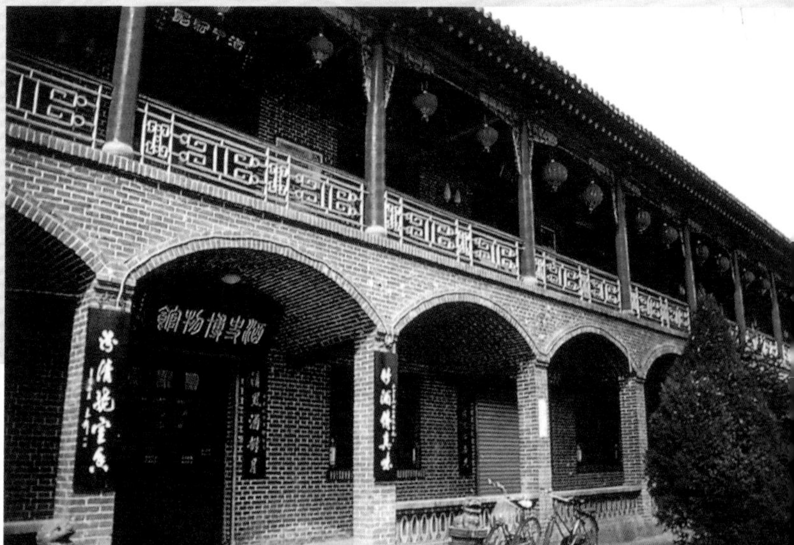

山西杏花村酒史館

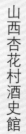

四、古今白酒釀造工藝圖選

中國白酒的釀造工藝源遠流長，已形成一套自具特色的科學技術。

醬香型白酒傳統制曲法

傳統天鍋釀酒

六十年代圓盤灌裝酒

下沙操作

濃香型白酒釀過程回酒生香與繼糟混蒸工藝

串香工藝蒸餾接酒

釀造濃香白酒使用的人工老窖

米香型白酒的前期固態發酵攤飯糟

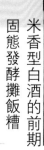

濃香型白酒釀造過程中嚴把原料質量關，堅持『低温流酒』和『掐頭去尾』新工藝，是保證名酒得率的重要方法。

不同香型的白酒貯存

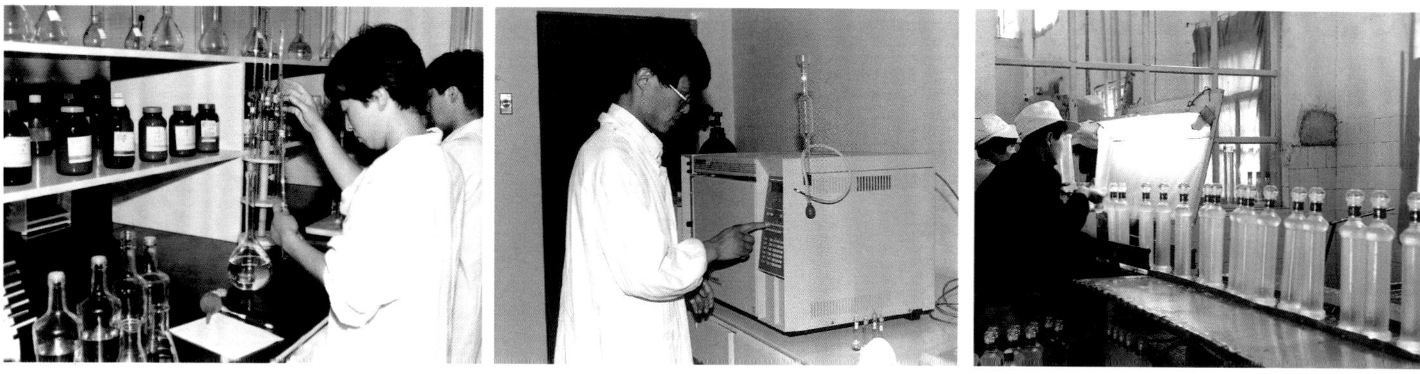

現代化測試和灌裝工藝

現代化的車間

傳統的上甑蒸餾工藝

專家品酒

五、中國酒文化分布圖

黑龙江
牙克石
哈尔滨
阿城
尚志
德惠
长春
新站
吉林
辽源
通化
内蒙
蒙古族马奶酒
赤峰
宁城
朝阳
锦州
辽宁
沈阳
呼和浩特
河北
北京
三河
廊坊
天津
大连
银川
宁夏
山西
太原
徐水
满城
石家庄
沧州
祁县
汾阳
邢台
邯郸
烟台
潍坊
即墨
龙山
济南
山东
青岛
大汶口
安阳
梁山
龟蒙顶
莒县
嘉祥
曲阜
太白楼
滕州
兰陵
陕西
凤翔
周原
眉县
西安
曲江池
洛阳
二里头
郑州
民权
宁陵
登封石淙会饮
河南
汝阳
宝丰
鹿邑
丰县
徐州
商丘
淮北
濉溪
连云港
泗阳
淮阴
泗洪
亳州
南阳
安徽
怀远白乳泉
阜阳
扬州
瘦西湖
滁州醉翁亭
江苏
丹阳
南京
无锡
苏州
上海
松江
醉白池
宜城
随州
安陆
马鞍山
合肥
太白楼
敬亭山
湖北
宜昌
万县
射洪
渠江
资阳
泸州
荆州
马刨泉
武汉
黄鹤楼
松滋
铜录山
赤壁
对酌亭
泾县
桃花潭
贵池
黄山醉石
太白楼
西湖
杭州
绍兴
河姆渡
临安
醉眠石
兰亭
浙江
金华
九江
浔阳楼
常德
岳阳楼
醉石馆
桃花源
长沙
白沙井
浏阳
滕王阁
南昌
樟树
湖南
江西
习水
仁怀
湄潭
遵义
贵州
贵阳
福建
南平
连江
福州
醉石
全州
桂林
龙岩
漳州
风采楼
台湾
广西
桂平
乳泉
广东
兴宁
广州
六如亭
佛山
香港
南宁
海口
儋县载酒堂
海南

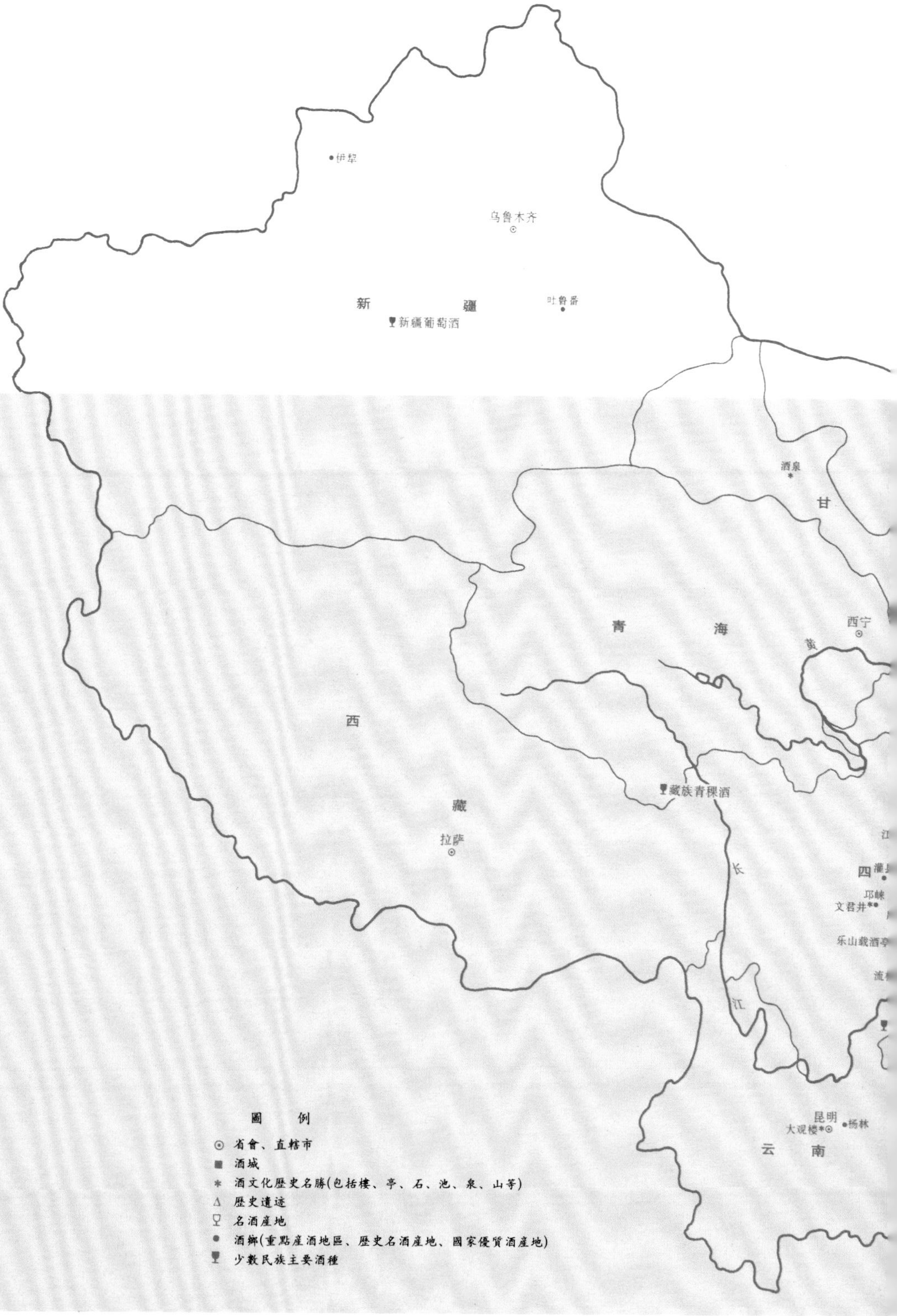
伊犁
乌鲁木齐
新 疆
吐鲁番
新疆葡萄酒
酒泉
甘
青 海
西宁
黄
西
藏
藏族青稞酒
拉萨
长
江
四
邛崃
文君井
乐山载酒亭
昆明
大观楼
杨林
云 南
圖 例
省會、直轄市
酒城
酒文化歷史名勝(包括樓、亭、石、池、泉、山等)
歷史遺迹
名酒產地
酒鄉(重點產酒地區、歷史名酒產地、國家優質酒產地)
少數民族主要酒種

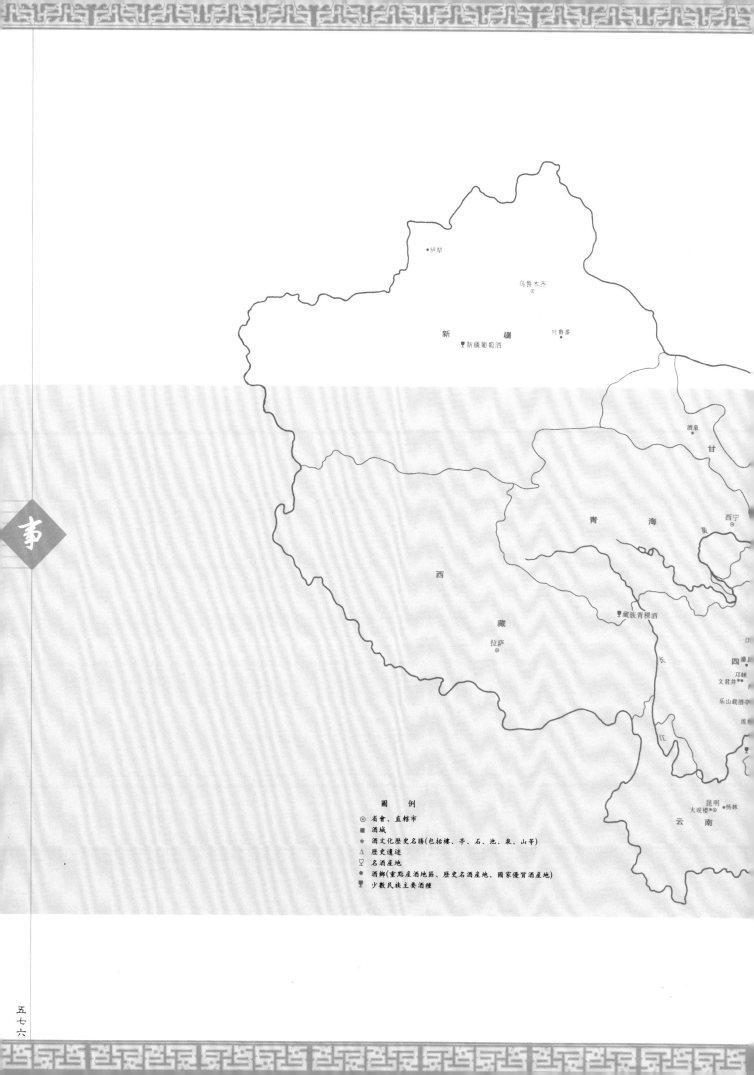

第七章 當代中國白酒主要論著書目及大事記摘編

當代中國白酒主要論著書目（一九九八年前、不包括譯本）

陳騊聲著：發酵工業（中華書局，一九三一）

陳騊聲著：農産制造（中華書局，一九三一）

孫穎川等著：酒花測驗燒酒濃度法（黄海化學工業研究社，一九三三）

方心芳著：汾酒釀造情况報告（黄海化學工業研究社，一九三四）

方心芳、金培松著：高粱酒之研究（黄海化學工業研究社，一九三五）

中央工業試驗所著：釀造研究（商務印書館，一九三七）

胡山源著：古今酒事（世界書局，一九三九）

陳騊聲著：釀造學總論（上下册）（商務印書館，一九四一）

陳騊聲著：釀造學分論（上下册）（商務印書館）

方乘著：農産釀造（中華書局，一九四八）

孫穎川等著：汾酒用水及其發酵秕之分析（黄海化學工業研究社，一九四九）

陳騊聲著：釀造學實驗（商務印書館，一九五一）

陳騊聲著：實用微生物學實驗（商務印書館，一九五一）

陳騊聲著：高等釀造學（商務印書館，一九五三）

陳騊聲著：實用微生物學（商務印書館，一九五一）

陳騊聲著：酶化學（商務印書館，一九五四）

朱梅編著：白酒釀造（輕工業出版社，一九五五）

朱洗著：巴斯德（中國青年出版社，一九五六）

地方工業部編：烟臺釀酒操作法（輕工業出版社，一九五六）

食品工業部制酒工業局編：酒糟的利用（食品工業出版社，一九五七）

萬良適、吴倫熙主編：汾酒釀造（食品工業出版社，一九五七）

石聲漢著：從齊民要術看中國古代的農業科學知識（科學出版社，一九五七）

中國科學院自然科學名詞編訂室編：拉漢微生物名稱（科學出版社，一九五八）

高士其編著：微生物漫談（科學普及出版社，一九五八）

張建軍等著：農村小酒廠（科學普及出版社，一九五八）

輕工業部食品二局編：新原料釀酒（輕工業出版社，一九五八）

陝西省工業廳編：西鳳酒釀造（輕工業出版社，一九五八）

輕工業部食品二局編：橡子制酒精和白酒（輕工業出版社，一九五八）

輕工業部食品二局編著：制酒工業生産技術經驗（輕工業出版社，一九五八）

周恒剛編著：麸曲白酒生產工人基本知識（輕工業出版社，一九五八）
彭華秀編：怎樣辦小型白酒精餾站（輕工業出版社，一九五八）
陳騊聲編著：液體曲研究（輕工業出版社，一九五八）
鄒志鵾編：稻草釀酒和酒糟造紙（輕工業出版社，一九五八）
輕工業部食品二局編：多快好省辦釀酒工業的經驗（輕工業出版社，一九五八）
食品工業部制酒管理局編：制酒工業科學研究報告選集（輕工業出版社，一九五八）
安徽省輕工業報編輯室編：制曲和釀酒（安徽人民出版社，一九五九）
河南輕工業食品處編著：釀酒技術（河南人民出版社，一九五九）
輕工業出版社編：酒精與白酒生產技術（輕工業出版社，一九五九）
周恒剛編著：白酒生產（輕工業出版社，一九五九）
秦含章編：老姆酒釀造法概要（輕工業出版社，一九五九）
彭華秀編著：小曲白酒生產工人基本知識（輕工業出版社，一九五九）
四川省商業廳等編：瀘州老窖大曲酒（輕工業出版社，一九五九）
中科院編譯出版委員名詞室編：英漢微生物名詞（科學出版社，一九五九）
沈陽市釀酒工業公司著：酒精的充分利用（輕工業出版社，一九六〇）
無錫輕工業學院編：生物化學（中國財政經濟出版社，一九六一）
石聲漢編：齊民要術選讀本（農業出版社，一九六一）
北京輕工業學院等編：微生物學（中國財政經濟出版社，一九六二）
無錫輕工業學院等編：釀酒工藝學（中國財政經濟出版社，一九六二）
北京輕工業學院等編：發酵工業分析（中國財政經濟出版社，一九六二）
方心芳著：應用微生物學實驗法（中國財政經濟出版社，一九六二）
無錫輕工業學院編：發酵生產設備（中國財政經濟出版社，一九六三）
中國糖業烟酒公司等編：糖烟酒商品養護知識（中國財政經濟出版社，一九六四）
周恒剛編著：糖化曲（輕工業出版社，一九六五）
輕工業部食品工業管理局編：烟臺釀制白酒操作法（輕工業出版社，一九六五）
魯寶重編著：酶學概論（科學出版社，一九六五）
俞大紱等著：微生物學（科學出版社，一九六五）
中國科學院微生物研究所編：微生物在工業上的應用（科學出版社，一九七〇）
天津酶制劑廠等編著：微生物酶制劑（天津人民出版社，一九七一）
中國科學院微生物研究所編：常見與常用真菌（科學出版社，一九七三）
中國科學院微生物研究所編：微生物誘變育種（輕工業出版社，一九七三）
周恒剛、沈震寰編著：麸曲白酒生產基本知識（輕工業出版社，一九七五）
科學出版社組織編寫：真菌名詞及名稱（科學出版社，一九七六）
河北省廊坊地區工業局編著：白酒生產微生物（輕工業出版社，一九七七）
王福榮編著：白酒生產分析檢驗（輕工業出版社，一九七八）
陳騊聲著：中國微生物工業發展史（輕工業出版社，一九七九）
錢存柔、董碧虹編：微生物學基礎知識及實驗指導（科學出版社，一九七九）
郭杰炎、蔡武城編著：微生物酶（科學出版社，一九八〇）
曾縱野編著：中國名酒志（中國旅游出版社，一九八〇）
黑龍江商學院等編：中國酒（中國財政經濟出版社，一九八〇）
無錫輕工業學院等編：微生物學（輕工業出版社，一九八〇）
天津輕工業學院等編：工業發酵分析（輕工業出版社，一九八〇）
華南工學院等編：酒精與白酒工藝學（輕工業出版社，一九八〇）
大連輕工業學院主編：生物化學（輕工業出版社，一九八〇）

中科院微生物研究所菌種保藏手册編著組：菌種保藏手册（科學出版社，一九八〇）
範秀容、沈萍編：微生物學實驗（高等教育出版社，一九八〇）
華南工學院等編著：發酵工程與設備（輕工業出版社，一九八一）
于文泉、劉虹彦編：酒類商品知識（中國商業出版社，一九八一）
晋久工編著：白酒生產問答（山西人民出版社，一九八一）
周恒剛編著：白酒生產工藝學（輕工業出版社，一九八二）
沈怡方編著：液體發酵法白酒生產（輕工業出版社，一九八三）
中國微生物菌種保藏委員會編著：中國菌種目録（輕工業出版社，一九八三）
劉榮志編著：糖化酶生產和釀酒工藝（湖南科學技術出版社，一九八三）
王金山編著：飲料酒釀造技術（黑龍江科學技術出版社，一九八三）
劉蔚起編著：酒·包裝·裝璜（湖南科學技術出版社，一九八三）
商業部教育司編：酒類商品知識（知識出版社，一九八四）
章名春編著：工業微生物誘變育種（科學出版社，一九八四）
輕工業部食品工業局、輕工業出版社編：中華美酒（輕工業出版社，一九八五）
袁慶輝、劉雁然編著：發酵生產設備（輕工業出版社，一九八五）
文景明主編：酒家杏花村（山西人民出版社，一九八五）
尉文樹編著：世界名酒知識（中國展望出版社，一九八五）
遼寧商業廳教材編審委員會等編：烟酒糖茶四百題（工人出版社，一九八五）
哈爾濱市第二商業局編著：副食品商品知識（黑龍江人民出版社，一九八五）
徐嘉生、馬静承編著：飲酒與健康（輕工業出版社，一九八五）
白毓謙、方善康編著：微生物學實驗技術（山東大學出版社，一九八六）
郭宗武、匯傳編著：白酒的嘗評勾兑與調味（河南科學技術出版社，一九八六）
吴衍康編著：濃香型曲酒微生物技術（四川科學技術出版社，一九八六）
沈堯坤、曾祖訓編著：白酒氣相色譜分析（輕工業出版社，一九八六）
萬國光編著：中國的酒（人民出版社，一九八六）
才燕、秋華編著：酒（科學技術文獻出版社重慶分社，一九八六）
周德慶主編：微生物學實驗手册（上海科學技術出版社，一九八六）
秦含章著：現代釀酒工業綜述（中國食品出版社，一九八七）
沈國坤、蒲青編著：低度酒制作技術（四川科學技術出版社，一九八七）
萬國光著：酒話（科學普及出版社，一九八七）
蔣榮榮：酒海大觀（山西人民出版社，一九八八）
夏家餕著：中國人與酒（中國商業出版社，一九八八）
蔡家域編著：釀酒工業分析手册（輕工業出版社，一九八八）
張樹政、王修垣主編：工業微生物學成就（科學出版社，一九八八）
張樹政主編：酶制劑工業（全二册）（科學出版社，一九八八）
《白酒生產工藝和設備》編寫組編：白酒生產工藝和設備（輕工業出版社，一九八八）
周于德等編著：酒的知識（輕工業出版社，一九八八）
景泉等編：酒曲生產實用技術（中國食品出版社，一九八八）
梁雅軒、廖鴻生編著：酒的勾兑與調味（輕工業出版社，一九八九）
趙元森編著：低度白酒工藝（中國商業出版社，一九八九）
萬吉善等編：白酒質量檢驗手册（中國計量出版社，一九八九）
高富良編：茶點酒水知識（高等教育出版社，一九八九）
李鐘慶編著：微生物菌種保藏技術（科學出版社，一九八九）
李友榮、馬輝文編著：發酵生理學（湖南科學技術出版社，一九八九）

陳惠英等編著：飲食與安全家庭飲食二〇〇禁（中國卓越出版社，一九九〇）

無錫輕工業學院編：微生物學（第二版）（輕工業出版社，一九九〇）

焦瑞身、周德慶主編：微生物生理代謝實驗技術（科學出版社，一九九〇）

康明官編著：白酒工業手冊（輕工業出版社，一九九一）

李大和、黃聖明編著：濃香型白酒生產技術（輕工業出版社，一九九一）

程麗等編著：茶酒治百病（上海科學技術文獻出版社，一九九一）

劉久年、劉仁驊編著：飲酒的科學（上海科學技術出版社，一九九一）

陳駒聲主編：發酵工業詞典（輕工業出版社，一九九一）

農業部鄉鎮企業局編：微生物發酵工業生產與污染防治（中國環境科學出版社，一九九一）

余世謙著：茶酒烟（上海科技教育出版社，一九九一）

中國預防醫學科學院標准處編：食品衛生國家標准匯編（二）（中國標准出版社，一九九二）

徐維恭、徐杰編著：飲酒知識趣談（金盾出版社，一九九二）

知識出版社編：酒醇茶香（知識出版社，一九九二）

杜連祥等編著：工業微生物學實驗技術（天津科學技術出版社，一九九二）

孫方勛編著：世界葡萄酒和蒸餾酒知識（中國輕工業出版社，一九九三）

黃長江編著：知識趣聞博覽（三）（北京經濟學院出版社，一九九三）

高景炎等編著：白酒精要（知識出版社，一九九三）

劉寶家等編：食品加工技術、工藝和配方大全續集一（下）（科學技術文獻出版社，一九九三）

秦含章著：新編酒經（人民日報出版社，一九九三）

陸壽鵬主編：白酒工藝學（中國輕工業出版社，一九九四）

康明官編著：中外名酒知識及生產工藝手冊（化學工業出版社，一九九四）

肖冬光等編著：釀酒活性干酵母的生產與應用技術（內蒙古人民出版社，一九九四）

熊子書編著：醬香型白酒釀造（中國輕工業出版社，一九九四）

諸葛健、王正祥編著：工業微生物實驗技術手冊（中國輕工業出版社，一九九四）

勞動部教材辦公室組織編寫：白酒生產工藝學（中國勞動出版社，一九九五）

章克昌主編：酒精與蒸餾酒工藝學（中國輕工業出版社，一九九五）

康明官編：白酒工業新技術（中國輕工業出版社，一九九五）

熊子書著：中國名優白酒釀造與研究（中國輕工業出版社，一九九五）

李大和編著：白酒勾兑技術問答（中國輕工業出版社，一九九五）

吳建平編著：小曲白酒釀造法（中國輕工業出版社，一九九五）

陳功、王福林編著：白酒氣相色譜分析疑難問答（中國輕工業出版社，一九九六）

沈怡方、李大和編著：低度白酒生產技術（中國輕工業出版社，一九九六）

錢松、薛惠茹編著：白酒風味化學（中國輕工業出版社，一九九七）

秦含章編著：白酒釀造的科學與技術（中國輕工業出版社，一九九七）

陶文沂主編：工業微生物生理與遺傳育種學（中國輕工業出版社，一九九七）

李大和主編：濃香型大曲酒生產技術（修訂版）（中國輕工業出版社，一九九七）

張克旭主編：代謝控制發酵（中國輕工業出版社，一九九八）

陳功編著：固態發酵法生產技術（中國輕工業出版社，一九九八）

沈怡方主編：白酒生產技術全書（中國輕工業出版社，一九九八）

——摘自《白酒生產技術全書》

重要會議

全國第一届釀酒會議於一九五五年十一月三日至十九日在唐山召開。會議由中央地方工業部主持，沙千里部長在會上作重要報告。會議着重學習討論烟臺釀酒『低温入窖，定温蒸燒，養擠楂回，黄曲加酵母』的操作法。同時交流了小曲酒和酒精制造的經驗；對白酒的質量標准第一次作了適當的規定；會議期間還舉辦了新酒源展覽。會上根據全國釀酒行業存在的問題，認真討論了貫徹國家第一個五年計劃中關于釀酒工業的規定；會議提出了全釀酒行業爲國家節約十二點五萬噸糧食的號召。會后全國釀酒企業掀起了增産節約糧食、推廣烟臺操作法的熱潮，收到了極大的經濟效益與社會效益。

輕工業部在七十年代，連續三次召開全國性會議，研究液態法白酒生産問題。首先是在通縣召開了由内蒙古輕工研究所和北京釀酒總廠主持的一步法科研與大試生産的初步成效會。會后這項成果在部分(省)進一步試驗應用。一九七四年，輕工業部又在安徽省當塗酒廠和馬鞍山酒廠召開了一步法液態白酒新工藝總結會議，會上充分交流了一步法白酒正、反兩方面的經驗，并指出仍須深化研究總結。一九七七年，原輕工業部主持，在江蘇省無錫市無錫縣玉祁酒廠召開了全國液態法白酒現場會，聽取了玉祁酒廠經驗，參觀了現場品評了各地帶來的一步法、二步法的液態白酒，會議肯定了『液態除雜、固態增香、固液勾兑』工藝技術路綫。一直沿用至今，也是今后發展的技術基礎。

一九七八年十二月，在湖南長沙召開了全國名優白酒提高産品質量工作會議。會議由輕工業部食品工業局主持，潘裕仁副局長根據會前的調查以及會議期間的討論，在總結中提出：白酒行業要認真學習推廣應用茅臺、汾酒、瀘州試點的各項經驗；糾正了部分酒廠在掌握質量上的編差，强調了酒體的香味協調完整性；提出了發展名酒要學創結合，繼承發揚與改進提高相結合，要不斷地開發創造新産品、新香型，適應不同類型消費者的需要；并決定進行國家第三届評酒。一九七九年在遼寧省大連市進行的第三届評酒就是本着這次會議精神，考核録取評酒委員，白酒劃分香型評比，打破名優質酒終生制的制度。湖南會議是文革后的一次白酒行業『撥亂反正』、具有歷史意義的重要會議。

八十年代初，由輕工業部主持，在山東省烟臺市召開了全國白酒、酒精行業節能工作專業會議。會上由山東省蓬莱酒廠介紹了沼氣發酵和烟道余熱利用、鍋爐改造等技術和管理的經驗，使噸酒耗煤達到〇點四噸的水平。會后在全國酒廠掀起了降低煤耗、節約能源的熱潮。

全國釀酒工業增産節約工作會議于一九八七年三月二十二日至二十六日在貴陽市召開，這是由國家經委、輕工業部、商業部、農牧漁業部聯合召開的一次重要會議。參加會議的有國家有關部、二十九個省、市、自治區的釀酒主管部門、高等院校、科研單位、生産企業和新聞等單位，共四百七十人。會上共收到典型經驗資料八十份。有提高産品質量、降低消耗、開展增産節約的經驗；有改變産品結構、降低酒度的經驗；有開展横向聯合的經驗；有依靠技術進步，采用新技術的經驗。專家們做了專題學術報告。輕工業部副部長康仲倫代表一委三部做了重要報告，分析了全國釀酒行業的形勢與任務后指出，我國釀酒行業必須堅持優質、低度、多品種的發展方向，逐步實現四個轉變，即『高度酒向低度酒轉變；蒸餾酒向釀造酒轉變；糧食酒向果類酒轉變；普通酒向優質酒轉變』的方針。會議要求白酒行業年産量控制在三百萬噸；白酒酒度要求降低十度，普通白酒要降到五十五度以下，大力研究四十度以下的低度白酒；通過價格、稅收政策，扶持低度白酒發展。對優質白酒要努力增產，在進一步提高質量風味的前提下，發展以食用酒精爲基酒，采用串、勾、調新技術的產品。在技術上要不斷總結探索優質白酒的生産規律，如優良菌種的分離、選育應用；發酵、蒸餾、陳化機理的深入剖析，對低度酒的混濁處理也要有所突破。成品酒的勾兑和檢測方法要求逐步采用新的技術、新裝備。

此外，輕工業部、商業部、農業部等有關部及各省、市、自治區，都針對行業和地方實際情况召開過專題、專項各種形式的會議。例如：大躍進中的商丘、建陽會議；節糧、節煤的烟臺會議；原料基地的沙城會議；酒類發展規劃的杏花村會議等。每次會議都把白酒行業的發展向前推進了一步。

生産技術革新試點

烟臺試點　一九五五年初，原中央地方工業部組織全國十一個省、市、自治區的先進工人、工程技術干部和管理人員共七十多人，在山東省烟臺市酒廠進行以薯類原料爲中心的『烟臺試點』。這次試點是在烟臺、威海兩個酒廠多年生産實踐基礎上，進行分析化驗，從實踐到理論，再從理論到實踐，科學地總結出『低温發酵，定温蒸燒，適當安排發酵期，做好曲子酵母』的經驗，達到提高出酒率的目的。此操作法經全國第一届釀酒工業會議審議肯定，并作爲一九五六年節約十二點五萬噸糧食的重要保證。烟臺釀酒操作法是當時釀制白酒技術的典型，不但是薯干原料釀酒操作的規範，也是其他原料釀酒工藝的重要參考依據。更重要的是培訓了一大批技術骨干，給后來白酒工藝的發展提供了寶貴的經驗，也是白酒科研以及生産管理上的重要起步。烟臺白酒操作法時至今日在白酒生産上仍有指導意義。

金陵試點　一九五六年九月至十一月，食品工業部組織十個省、市、自治區的五十三人，在南京市金陵酒廠進行了提高薯干酒質量的技術試點。實驗證明，生産薯干酒采取干蒸原料、混燒的方法，可以排除部分甘薯氣味，再增添生香菌種則效果更好。成品酒經適量的高錳酸鉀與活性炭處理，可以改善酒味。若進一步兑入少量(百分之八)發酵期較長的大曲酒，則更臻完善。對比試驗延長發酵期一個月，成品酒基本上無甘薯氣味，并具有大曲酒的醇香。

東北區試點　一九五三年至一九五四年，東北行政委員會地方工業局組織東北三省的曲師、酒師及工程技術管理干部，分兩次在遼陽、長春進行試驗。在白色曲霉菌中選育了優良菌株，制訂了東北制曲、制酒操作法，使出酒率提高到(含曲)百分之三十一點七一，接近百分之三十二的先進水平，爲國家積累資金、節約糧食作出了貢獻。

周口試點　一九五七年的周口橡子釀酒試點，對各地的橡子進行了分析，選出了適宜橡子原料的曲霉及酵母菌，制訂了橡子原料釀酒操作法，利用橡子酒糟養猪試驗，制曲配料對比試驗等，都取得了一定成績。橡仁三排平均澱出酒率百分之七十一點三一，帶皮橡子五排平均出酒率爲百分之六十九點三八。橡子與薯干混合發酵，比兩者單燒的出酒率都高，并提高了産品質量。選用黑曲霉代替黄曲霉制曲，使出酒率大幅度地提高。

涿縣試點　一九五七年，食品工業部總結了全年均衡生産、夏季不掉排的先進經驗，提出了白酒生産的『穩、准、細、净』的操作法。『穩』就是生産條件不輕易變動，『准』是嚴格配料、嚴格操作，澱粉濃度、水分、酸度和温度，都合乎規定要求；『細』就是原料細、操作細、管理細；『净』就是搞好衛生，文明生産。

試點還推廣了采取降温控酸的有效措施，保證了酒醅的內在質量，縮短了發酵期，減少了曲子，酒母用量，降低了入池淀粉濃度，控制了入池酸度，使夏季薯干原料出酒率達百分之五十九點十，并有效地防止了夏季掉排現象。

四川小曲酒試點 一九五七年五月食品工業部組織十二個省、市、自治區的一百五十八人參加了小曲酒試點。在勞模李友澄和冉啓才的指導下，結合各地經驗進行試驗，對全國小曲酒生產技術作了全面的總結。試點制訂了『四川糯高粱小曲酒操作法』。一九六四年，四川省又組織專業班子，先后審定了江津等八個酒廠的高粱、包穀(玉米)小曲酒現行操作法，然后在永川柏林酒廠兩次組織高粱小曲酒試點和綿竹包穀小曲酒試點，對原有操作法作了以下改進。

一是操作簡化，減少了『烟水』和『打造』兩項操作，并把高粱包穀原料的操作統一起來。二是關鍵明確，即：三減(減少初蒸時間、熟糧水分和用曲量)；一嫩(出箱嫩)；四配合(原糖、水分、團燒温度與配糟的配合)。經過四十四次定型操作，原料出酒率達到百分之六十五，平均爲百分之五十二點五一；淀粉利用率百分之八十五點六九，比一九五七年提高百分之二點八五。噸酒耗煤八百五十六點九千克，比一九五七年降低百分之三十六點六。操作時間縮短一點五～二小時，還降低了勞動强度。

瀘州老窖試點 一九五七至一九五八年，食品工業部與四川糖酒研究室，對瀘州老窖大曲酒進行了總結，通過傳統操作法與現行操作法的標定對比，摸清了影響白酒質量的因素和改進方法。即：熟糠拌料、窖池宜小、降低窖帽、回酒發酵、延長發酵期等技術措施，使濃香型白酒質量得到迅速提高。試點測定老窖窖底酒醅的產酒質量高于窖邊，窖邊又高于上面酒醅的酒，明確了濃香型酒醅接觸窖泥的關系，爲后來人工老窖提供了依據。參加試點的有五糧液、劍南春和全興大曲酒廠，各廠在吸收瀘州綜合操作法經驗后，產品質量都得到了很大的提高，這些經驗至今仍爲各廠所遵循。

修訂烟臺操作法試點 一九六三年三月輕工業部組織九個省、市、自治區的有關工作技術人員，對執行八年的烟臺操作法進行修訂試點。經過兩個多月的工作，將要點修改爲：『麩曲酵母，合理配料，降低入窖，定温蒸燒』。黃曲改爲黑曲，多種酵母改爲一種，操作更加具體，强調配料與低温入窖、定温蒸燒的關系，增添了安全度夏措施及生產計劃，推廣了通風晾楂操作。

操作法制定后，在各廠進行驗證，出酒率顯著上升。

茅臺試點 一九六四～一九六六年的兩期茅臺試點，抽調各省、市、自治區的技術人員三十余名參加。試點取得的主要成果是：肯定了六項操作，澄清了『三老』之爭，取得了四項成果，提出了四項課題，練出了一批新兵。茅臺的試點爲全國白酒行業作出了六項新的突破性成績。

一是從茅臺酒廠的窖中分離出已酸菌株，并對該菌株作了形態及死亡温度、耐酒精和消化糖類等生理試驗。證明了其代謝產物已酸乙酯是茅臺酒三種典型體的主體香氣成分之一，爲確認濃香型白酒的主體香成分提供了科學依據。此項成果對全國濃香型的發展起到了推動作用。

二是在堆積和發酵材料中，分離出了產酯能力强的漢遜酵母和球擬酵母，從遼寧凌川和哈爾濱龍濱酒廠開始應用并推廣到白酒麩曲生產中，提高了麩曲醬香型白酒的質量，這是國內最早的記録。

三是通過對茅臺酒廠的天鍋蒸酒和立管冷却器的對比試驗和總結，在保證產品質量的前提下，使出酒率提高了百分之三～五。

四是在試點中通過試驗和分析，對茅臺酒三種典型體之一的醬香成分，首次判斷可能是4—乙基愈創木酚。

五是試點中不僅研究了三種典型體的主要成分，同時對白酒雜味進行了首次探索。經測定，新酒中都含有硫化氫、硫酸、二乙基硫、丙烯醛和硫銨等。若加熱處理后，則失去了新酒味。爲白酒的除雜、老熟增香提供了科學依據。

六是茅臺試點是采用『倒插筆』的思路和工作方法，此方法爲此后國內各地試點提供了一條少走彎路的經驗。

汾酒試點　一九六四年三月至一九六五年五月，爲了總結提高汾酒生產技術和傳統經驗，進一步探討提高汾酒質量的規律，由輕工業部與山西省輕工業廳組織三十五名工程技術人員，起在汾酒廠進行試點。

試點中對汾酒的大曲、釀酒、成品進行了系統的科學總結，共研究了兩百多個項目，進行了三千多次試驗，取得了兩萬多個科學數據，和該廠一起，制訂了汾酒釀造工藝學，汾酒釀造用微生物實驗法，汾酒品質嘗評法，汾酒釀造化學分析等六十多萬字的技術資料。初步摸清了汾酒的生產規律，揭開了汾酒生產質量的奧秘，破除了不少迷信，提高了汾酒質量和産量，爲汾酒以后的快速發展，奠定了科學基礎。

液態法白酒的各項試點　六十年代初國家科委在《關于釀酒工業及其技術裝備政策的若干規定(草案)》中指出：『今后十年白酒的生產工藝應以液態發酵爲發展方針』。一九六六年輕工業部發酵研究所與山東臨沂酒廠進行了白酒串香試點，以薯干爲原料，加麸皮氮源、生香酵母、回香醅，延長發酵期，采用百分之九十(體積分數)的酒精串香，産品質量較好。

一九六七年，輕工業部發酵研究所又與山東青島酒精廠一起，組織全國七個地區十五名工程技術人員，進行白酒串香試點，仿老窖風味，産品稱『麸香白酒』，其質量較好，經濟效益和機械化程度提高，提高勞動生産率七點四倍。

一九七五年，輕工業部將液態白酒列入科研項目，內蒙古輕工所從四川五糧液老窖泥中分離出已酸菌三十號菌株，經擴大培養用于液態發酵，明顯地改變了白酒的質量，這是一項重要的突破。此后，黑龍江省輕工業研究所研制復合式蒸餾塔，使酸的提取率平均爲百分之五，酯的提取率平均爲百分之三十四。

一九七三年，遼寧省輕工廳組織一批技術力量在金縣試點。首先分析論證了固態與液態法生産的酒在風味上不同的主要原因。經過試驗總結，提出了『液態除雜、固態增香、固液勾兑』的技術路綫。經各地實踐證明，到目前爲止，這條路綫仍然是可行的。

一九七五年，黑龍江省輕工廳組織的玉泉試點，首先提出：農香型白酒『增己降乳』的措施，并通過蒸餾查定得知，酒尾中的油滴是棕櫚酸乙酯、油酸乙酯、亞油酸乙酯及其他高級脂肪酸及其酯類。首次糾正了過去誤認爲油滴是雜醇油的說法，并且提出了充分利用優質濃香白酒生産中的『酒頭、酒尾、香糟、黄水』變廢爲寶的技術路綫，生産出了具有龍江風格的新型白酒，這類白酒目前已占全省白酒總産量的百分之六十以上。

七十年代北京紅星白酒采用串香蕉餾；八十年代四川商業廳對濃香型曲酒進行研究，采用常壓間歇蒸煮，多種微生物混合發酵，重點研究成酯的規律和量比關系，使産品達到了中檔農香型大曲酒質量的水平，爲液態法白酒生産開拓了新路子。四川文君酒廠在發酵過程中導進詔氣，可促進己酸乙酯生成，進而總結爲『G法新工藝』，揭示了老窖泥中甲烷杆菌的存在，并與己酸菌共栖于老窖中。這一發現，有着重要的生態學意義。

八十年代中期，『北斗』試點中提出了己酸菌與甲烷菌共酵，并加入放綫菌以減少産品泥臭味的技術理論，在生産實驗中得到了驗證。北斗計劃使山東、河北、江蘇、安慶等地酒廠的濃香型大曲酒的産量、質量躍進了一大步。

麩曲白酒質量的各項試點　六十年代初凌川試點，摸清了五種生香酵母的關系，并對白酒成分運用紙上層析、電泳、容量分析等方法進行了剖析。同時，改進了制酒工藝對窖内醅微生物(細菌)進行分離和産物試驗，爲后來試點工作中如何改進白酒質量提出了新的課題。

七十年代的金州試點、蘆臺試點、北京的昌平試點，通過大量的試驗和科學總結，證明麩曲是可以生産好酒的。凌川白酒、蘆臺春酒、燕潮酩酒、迎春酒、華都酒等優質酒，都是大量試點后的産品。

一九五八年，輕工業部在周口組織重點省(市)技術力量對代用品原料進行試點，在試點取得成果的基礎上，連續舉辦兩期學習班，爲全國代用品原料釀酒奠定了技術基礎。其他地區，都舉行過各種專題試點，并取得了良好效果。

技術協作活動

第一次名酒廠技術協作組于一九六三年在山西汾酒廠組建，由輕工業部酒處朱梅先生主持。參加酒廠是第一届評酒會評出的四大名白酒(汾酒、瀘州老窖酒、西鳳酒、茅臺酒)廠。汾酒廠爲組長廠，協作組活動内容，首先是擬定技術協作章程，其次是廠際開展技術交流。

第二次名酒廠技術協作活動是在一九六四年，在陝西省西鳳酒廠召開，輕工業部酒處李惠敏先生參加了會議。這次會議吸收了第二届國家評酒會被評爲八大名白酒的另外四個酒廠，即五糧液酒廠、古井酒廠、全興酒廠、董酒廠。會議除了交流各廠的生産技術管理經驗外，重點是制訂八大名酒廠的部頒標準(草稿)，爲名白酒開展勞動競賽提供了依據。

第三次名白酒技術協作活動，于一九六五年在四川瀘州曲酒廠召開。這次會議除了由名白酒廠參加外，還吸收了國家優質酒廠和有關省(市)的管理部門和大專院校科研單位的代表參加，與會者共一百多人。會議重點介紹提高産品質量，降低消耗成本，開發新品種和企業管理等方面的經驗。

第四次名、優質酒技術協作會議，一九七三年于山西汾酒廠舉行，會議請著名釀酒專家秦含章先生，做汾酒試點以后的技術報告，同時還交流了各地提高産品質量的經驗和作法，以及企業改造規劃方面的經驗。

第五次名、優質酒廠技術協作活動，一九七五年于貴州省茅臺酒廠舉行，會議除了參觀茅臺酒生産現場外，還重點研究了名白酒廠的課題成果，大會介紹了白酒生産機械化的經驗，對各地帶來的産品進行了品評鑒定，并提出了改進意見。

第六次名、優質酒技術協作會議一九八〇年於安徽省古井酒廠召開，參加會議代表有一百五十多人，由輕工業部酒處楊文華處長和組長廠共同主持。名白酒廠作了課題報告，同時邀請研單位做了學術報告，還品評了各自帶到會上的産品。此次會議對醬香型酒以后發展有很大的推動作用。

第七次名、優質白酒技術協作會一九八三年於四川省五糧液酒廠召開的。這次會議參加的人數是歷届會議最多的一次，與會者有各方面代表約兩百人。會上發表了不少技術論文和報告。雖然這次會議規模較大，但會議的主持者和組織者，均深感這種形式滿足不了協作者的要求。一是人多不方便；二是香型不同，達不到深入交流的目的。此次會議是由輕工業部主持的名、優質白酒的最后一次協作活動。

中國白酒協會于一九八五年成立后，根據行業的實際情況和要求，于一九八九年按產品類型對參加白酒協會的三百五十八個會員廠，劃分爲若干技術協作組。這些技術協作組一般每年召開一次協作會議。每次會議都針對突出問題開展研討；對形勢的統一看法，對技術難關的攻克和技術專題的培訓等作出了很大的成績。鳳香型協作組成立以來干了很多大事。統一了鳳香型生產工藝和產品質量標准，行業標准和國家標准正式批准執行；成立技術咨詢服務小組，進行技術指導和培訓；每年對同類香型產品進行互評檢查；采取分散與集中相結合的方式，安排課題進行技術攻關；每次有目的地邀請全國著名專家做技術報告，使與會代表開闊視野，增加知識，使協作組織成員受到啓發；西鳳酒廠具體幫助北鳳、太白兩個酒廠在全國第五屆評酒會上榮獲國優質酒稱號。

主要科研成果

白酒微生物的研究

人工發酸窖泥及己酸菌、甲烷菌的研究從二十世紀六十年代初開始，前中國科學院西南生物研究所(現中國科學院成都生物研究所)、四川食品研究所(現四川省食品發酵工業研究設計院)與瀘州曲酒廠協作；七十年代，內蒙古輕工研究所以及遼寧大學與沈陽老龍口酒廠協作；八十年代，河北省廊坊食品工業研究所與有關酒廠組成北斗研究小組；九十年代，中國科學院成都生物研究所等單位對人工發酵窖泥的培養方法，己酸菌的分離、培養及應用于固態法和液態法白酒的發酸等方面，先后進行了大量的研究工作，從而揭示了『老窖泥』之謎，在提高濃香型白酒質量方面取得了顯著的成果，其中一些研究成果達到了國際先進水平。

酯化酶產生菌　一九九二年八月，中國科學院成都生物研究所與四川成都全興酒廠協作，從大曲中分離選育出9055#酯化酶產生菌。此菌以麸皮爲主要營養物質，采用厚層固態通風發酵方式制得粗酶制劑，應用地濃香型白酒生產，縮短了發酵周期，并使產品質量得以提高。

生香酵母　從二十世紀六十年代初起，遼寧錦州凌川酒廠以及內蒙古輕工研究所與包頭酒廠協作，在釀制優質白酒過程中，利用生香酵母的産酶特性進行了産酯條件和生産應用的研究，取得了明顯的效果。一九九四年，宜昌食用酵母基地與天津輕工業學院協作，研制和生產了活性生香干酵母，爲酒廠簡化生產工序，提高白酒質量提供了商品酵母。

酶制劑及活性干酵母　二十世紀六十年代，由無錫酶制劑廠研制和生產的糖化酶，九十年代，由宜昌食用酵母基地研制和生產的耐高溫酒用活性干酵母，都爲酒廠簡化制曲和自培酒母生產工序作出了貢獻，同時在節約釀酒用糧和提高白酒出酒率方面，取得了顯著的效果。

大曲、小曲中微生物的分離、鑒定　原中國科學院菌種保藏委員會，輕工業部食品發酵科學研究所，貴州省輕工研究所，陝西省輕工業研究所，四省食品發酵研究設計院與有關酒廠協作，分別對汾酒的低溫大曲、茅臺酒的高溫大曲、西鳳酒的高溫大曲以及四川小曲中的微生物進行了分離與鑒定等研究工作，取得了較好的研究成果，爲探明大曲、小曲中微生物的分布狀況及其在釀造中的作用提供了科學依據。所分離得到的一些優良霉菌、酵母菌及菌株，經擴大純培養后，分别應用于各類優質白酒的生產中，獲得了良好的效果。

黑曲霉2號與根霉曲菌株　二十世紀八十年代以來，河北省廊坊食品工業研究所與遼寧朝陽酒廠協作，分離和選育了優良新菌種——黑曲霉2號和根霉曲菌株，并分别進行了生産和詴用研究，爲生料釀制白酒和提高出酒率及提高白酒質量提供了條件。

此外，近年來在放綫菌、甲烷菌及其他細菌等白酒微生物的研究方面，也取得了一定進展。

釀酒工藝的研究

液態發酵法白酒的研究　從二十世紀五十年代中期開始，爲了改革傳統白酒生産的狀况，原輕工業部食品發酵工業科學研究所，内蒙古、黑龍江、吉林、遼寧、四川、河南等省科研單位與有關酒廠協作，對液態發酵法白酒進行了大量的研究。所取得的科研究成果有串香法、調香法、全液發酵法及固液結合法等不同工藝路綫，在改善和提高液態發酵法白酒質量方面獲得了豐碩的成果。爲傳統白酒生産工藝的改革作出了貢獻。

低度白酒的除濁　生産低度白酒的技術關鍵之一是除濁問題。衆多的大專院校及科學研究單位，對此進行了廣泛的研究。其成果已應用于生産廠的有冷凍法、各種吸附劑的吸附法、膜處理法、離子交換法、分子篩處理法等。

大容器貯存　一九八二年江蘇省雙溝酒廠與原輕工業部食品發酵工業科學研究所共同研究的大容器貯酒的科研項目，通過了技術鑒定。認爲大容器貯存濃香型優質酒是可行所，所使使用的材質經濟上合理，建議因地制宜，推廣應用。

麩曲優質白酒的研究　二十至年代以來，爲了提高麩曲白酒質量，生産企業和有關科研單位開展了麩曲優質白酒的研究工作，取得了較大的科研成果。如，麩曲清香型老白干酒、凌塔白酒；麩曲濃香型金州曲酒、燕朝酩酒；麩曲醬香型迎春酒、燕嶺春酒、黔春酒等，均先后獲得了國家優質酒的光榮稱號。麩曲芝麻香型梅蘭春酒、納爾構酒，獲取了省優和部優的光榮稱號。

固態發酵法小曲酒的分析定型　自八十年代以來，四川省酒類研究所通過了『對固態發酸法小曲酒的生産工藝和香味成分的研究』的鑒定，提出了因態發酵法小曲酒不屬于米香型白酒，而與麩曲清香型和大曲清香型白酒相類同，應確定爲小曲清香型白酒的論斷。

微機勾兑　一九八四年，四川省五糧液酒廠對基礎酒的數字組合與電子計算機勾兑的研究獲得成功，從而將傳統工藝與高新技術結合起來，初步擺脱了歷來只憑經驗勾兑的繁重勞動。

生料釀酒　一九八二~一九八四年，河北省食品工業研究所與遼寧省朝陽酒廠協作，對生料釀制白酒的研究獲得成功，于一九八五年通過了技術鑒定。此項研究成果表明，生料釀制白酒對降低煤耗、電耗、降低輔料用量、降低勞動强度、降低成本、增加投料量，以及有效地提高白酒質量，均具有顯著的效果。

低度營養型復制酒　一九九四年，黑龍江省釀酒協會組織有關生産企業，對低度營養型復制酒的研究獲得成功，爲解决白酒的營養問題，爲市場增添新品種，爲企業增加經濟效益具有一定的意義。此項科研成果已在有關省、市、自治區推廣應用，并收到了顯著的效果。

分析技術及白酒香味成分的研究

白酒氣相色譜分析技術的研究　一九七五年，内蒙古輕工研究所制成功DNP混合柱分析白酒香味成分。爲推廣應用這一科研成果，一九七九年，原輕工業部在江蘇省洋河酒廠舉辦了第一期全國白酒氣相色譜分析技術培訓班，爲國家名優酒廠和一些科研單位首次培養了色譜分析技術人才，推動了全國白酒行業分析技術的進步，爲白酒香味成分的研究和應用打下良好的基礎。

白酒香味成分的研究　從六十年代末到九十年代，隨着分析技術的進步，原輕工業部食品發酵科學研究所、中科院大連化物研究所、內蒙古輕工研究所、原輕工業部山西日化研究所、山西食品工業研究所、陝西省輕工業研究所、江蘇省日化研究所、江蘇省食品發酵研究所、以及黑龍江省輕工業研究所等科研單位開展了白酒香味成分的剖析和研究工作。通過采用先進的色譜分析手段和色譜與光譜聯用技術，剖析白酒香味成分，取得了突破性的進展。迄今爲止，已檢出白酒香味成分十二大類三百余種。其中可定量的達一百八十種以上。白酒香味成分的剖析和研究成果，對推動白酒生產技術的進步和發展具有巨大的推動作用。

白酒香型的研究

鳳香型　從一九八〇～一九九二年，陝西省輕工業研究所與陝西省西鳳酒廠協作，通過對西鳳酒的香味成分及香型的研究，取得了較好的研究成果。初步明確了鳳香型酒的特征，于一九九二年通過國家主管部門正式確認爲鳳香型，并制定了香型的原則和條件。對推動新香的研究起了積極作用。

豉香型　一九八一年，江蘇省日化研究所、江蘇省食品發酵研究所與廣東佛山石灣酒廠協作，通過對玉冰燒酒的香味成分和生產工藝的研究，爲玉冰燒酒從米香型的誤區分離出來，確認爲豉香型，提供了科學的依據。

特香型、芝麻香型、兼香型　從一九九〇～一九九四年，原輕工業部食品發酵工業科學研究所(現中國輕工食品工業科研所)與江西少四特酒廠、山東景芝酒廠、湖北省白雲邊酒廠協作，通過對四特酒、景芝白干酒、白雲邊酒的香味組分的剖析和研究，爲確認特香型、芝麻香型和兼香型提供了科學的依據。

白酒生產機械化的研究

通風制曲　一九六三年，原輕工業部食品發酵工業科學研究所、沈陽燒酒廠、北京釀酒總廠對機構通風帛制麸曲研究獲得成功。爲改革制曲工藝，減輕工人繁重的體力勞動強度，改善生產條件，取得了明顯的效果。

大曲培養新工藝　一九八五年，山東省景芝酒廠對大曲進行架式培養新技術的研究，獲得了成功，并通過了技術鑒定。這項研究成果表明，將大曲培養由臥式發酵改爲立式格養，是對大曲培養技術的改革，它改善了勞動條件，減輕了勞動強度，爲大曲生產實現機械化、自動化創造了有利的條件。

一九八九年，四川大學應用技術研究所與四川瀘州曲酒廠協作，對架式大曲發酵微機控制系統及制曲工藝的研究，獲得了成功。該研究成果表明，可縮短制同周期，提高大曲質量，減輕勞動強度。該項成果獲四川省科技進步二等獎。

通風晾楂　太白酒生產過程中，出甑酒醅降温操作勞動強度大。爲改善勞動條件，有關酒廠與科研單位通過對晾楂設備的研究和總結，確認以鏈板履帶式晾楂機較爲先進，其機械化水平較高。此外，還有地面晾楂、地下通風晾楂、振蕩式晾楂等裝置，其結構簡單，也較爲適用。

蒸餾設備　一九七六年，轉盤甑蒸餾裝置由遼寧大連酒廠爲生產麸曲白酒而首創。于同年九月，原輕工業部在河南省南陽召開的全國白酒機械化會議上，介紹了該裝置，并受到好評。此后，經各有關酒廠改進，又分爲『三工位』和『四工位』兩種形式。這種蒸餾設備仍保留間歇式蒸餾，對白酒質量具有保證作用。與此同時，還出現了活動甑桶。

——資料來源《白酒生產技術全書》

川酒集萃(一)——五糧液酒

江澤民等國家領導人視察五糧液酒廠(一)

在萬里長江第一城——酒都宜賓，酒文化歷史源遠流長。『國之瑰寶』五糧液，正是在這片神奇的沃土上孕育了她特有的芬芳和甘醇。

從兩千多年前僰人釀造的『蒟醬』，唐代杜甫贊美的『重碧酒』，到宋朝黃庭堅吟誦的『荔枝緑』、『姚子雪曲』、明代的『雜糧酒』，其間凝結了無數釀酒人艱苦卓絶的追求，終于成就了『五糧液』這朵中國酒文化的奇葩。

五糧液酒廠

政要關懷『五糧液』

全國人大委員長李鵬在五糧液酒廠

江澤民等國家領導人視察五糧液酒廠(二)

全國政協主席李瑞環關心“五糧液”，細心觀看五糧液酒廠出品的生肖酒

江澤民等國家領導人視察五糧液酒廠(三)

國務院副總理錢其琛關注五糧液

五糧液集團總裁王國春向時任四川省省長的張中偉介紹酒廠情況

國務院總理朱鎔基聽取有關五糧液的情況匯報

五糧液系列酒品

五糧液古窖池

第八章 酒苑擷英

現代化的包裝車間

五糧液系列酒品

五糧液酒歷獲獎杯

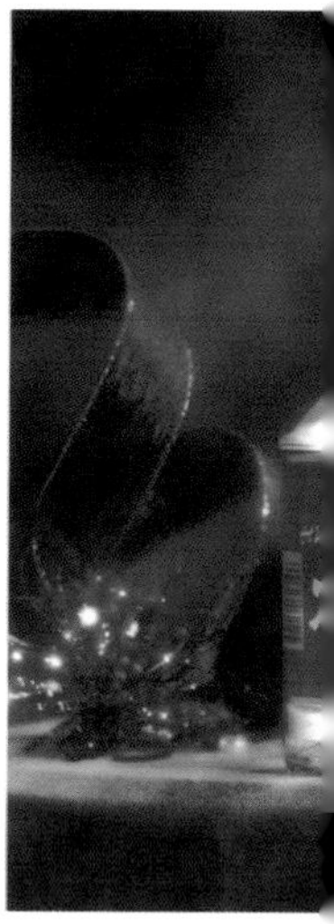

全自動包裝生產綫

川酒集萃（二）——瀘州老窖

中国第一窖
瀘州老窖酒是濃香型白酒的典型代表，故濃香型酒又稱『瀘型』酒。瀘州老窖股份有限公司擁有全國連續使用時間最長、保存最完整的窖池。是中國酒類生産企業中唯一被列爲國家級文物保護的單位。被譽爲『中國第一窖』。
特
瀘州老窖
LUZHOU LAO JIAO
中国·泸州老窖股份有限公司

川酒集萃（三）——劍南春

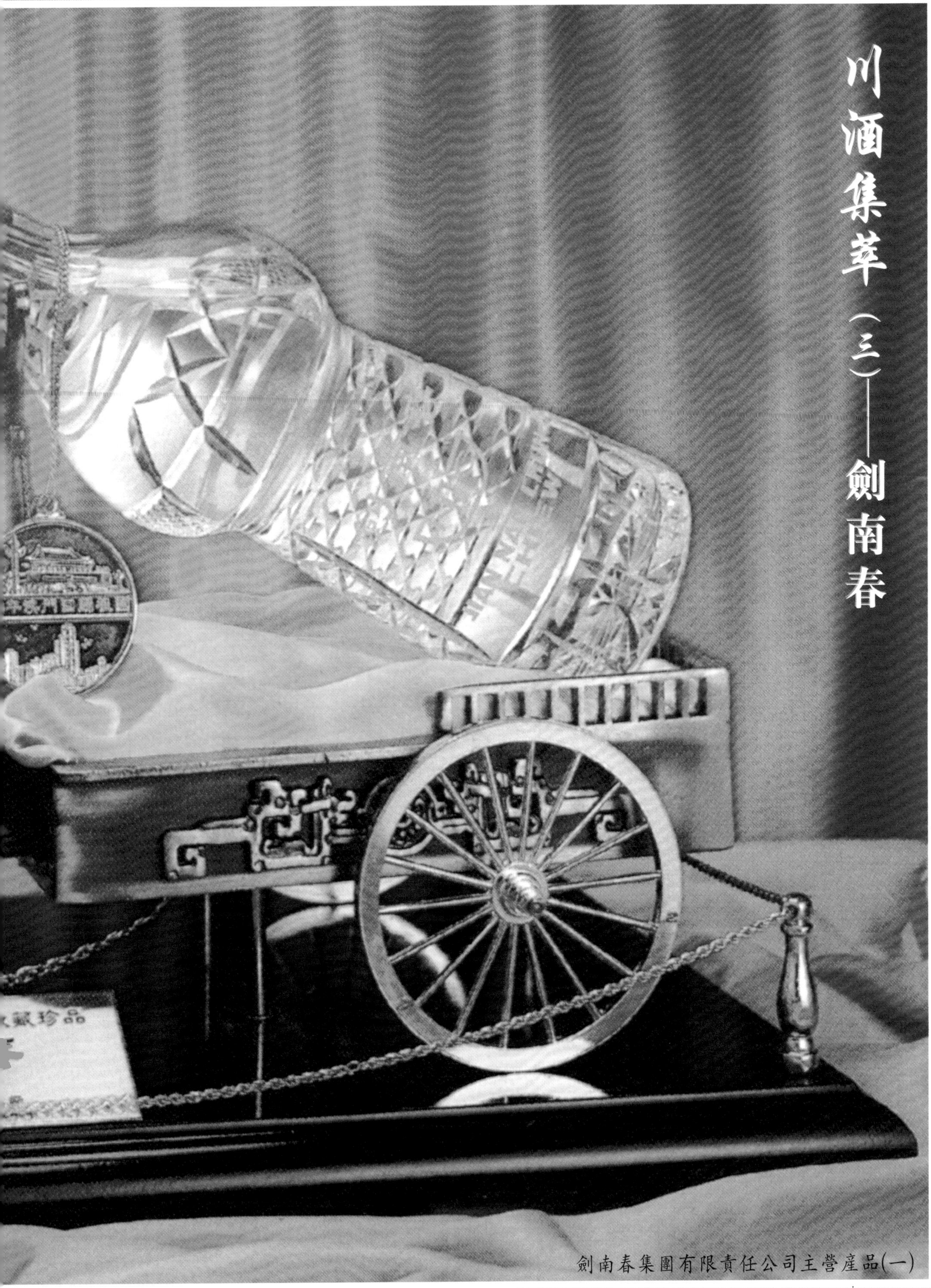

劍南春集團有限責任公司主營產品(一)

唐時宮廷酒 今日劍南春

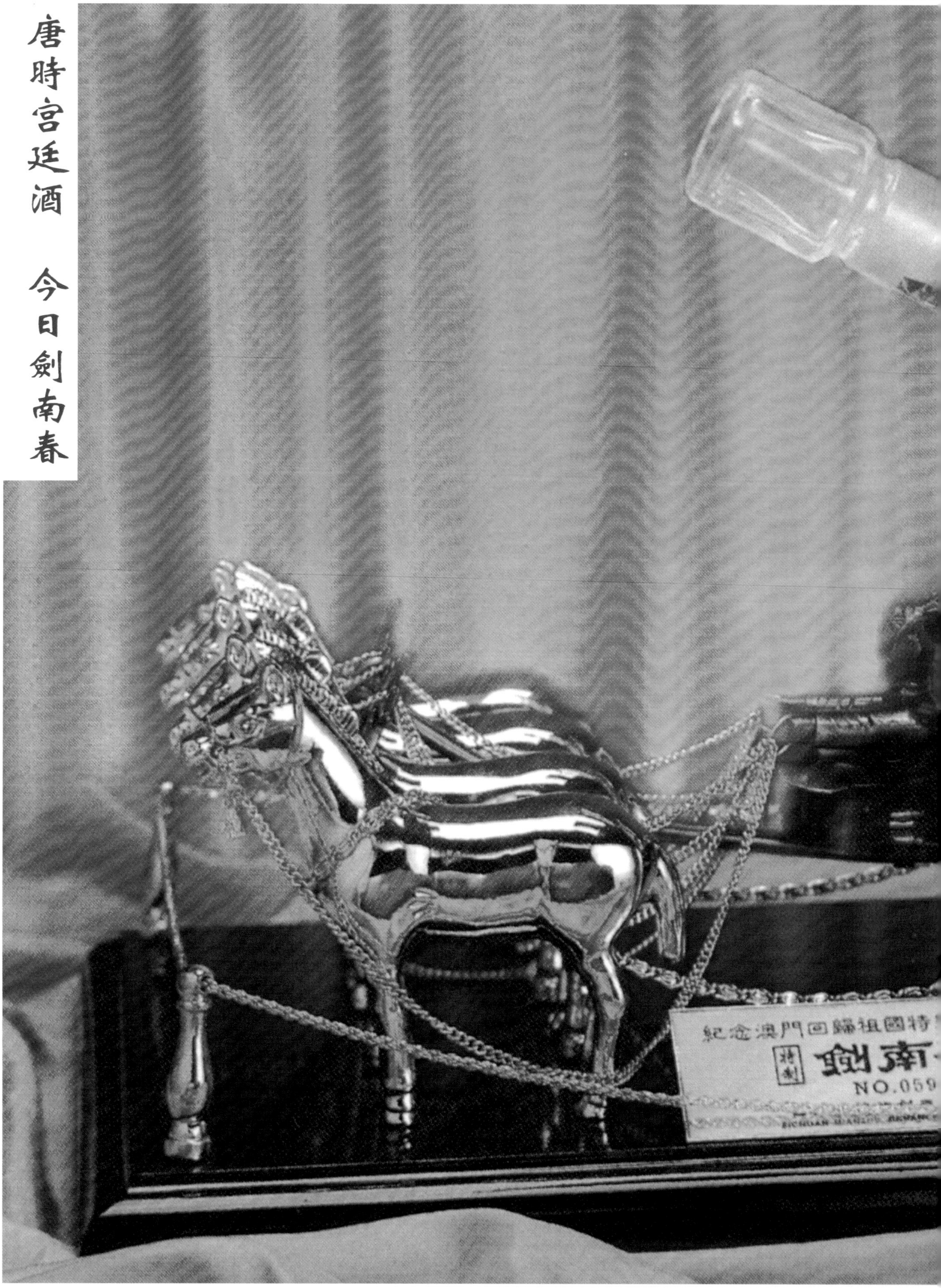

川酒集萃（三）——劍南春

座落在四川省綿竹市的四川劍南春集團有限責任公司現有總資產十八億元，總體經營實力、投放產出率、盈利能力、償債能力、營運能力和發展能力等在中國工業綜合評價最優五百家中居第一百七十五位；

公司自一九九一年以來的產量、銷售收入、利稅均以百分之三十至四十的速度遞增，一九九九年實現銷售收入十四億元，創利稅五點一億元；

公司主營產品中國名酒劍南春五十九次榮獲國家級、部省級和國際質量金獎，被命名爲中國馳名商標。

劍南春集團有限責任公司主營產品(一)

劍南春集團有限責任公司主營產品(四)

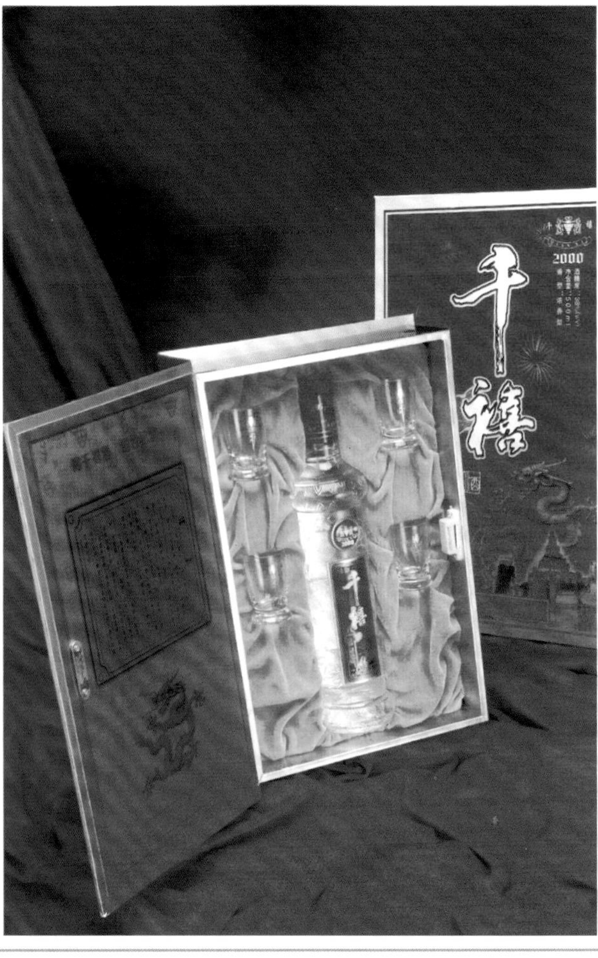

劍南春集團有限責任公司主營產品(三)

劍南春集團有限責任公司主營產品(六)

劍南春集團有限責任公司主營產品(五)

劍南春集團有限責任公司主營產品(八)

劍南春集團有限責任公司主營產品(七)

川酒集萃（四）——郎酒

郎酒集團有限責任公司董事長兼總經理 付志明先生

四川郎酒集團有限責任公司地處天府之南赤水河畔的二郎鎮，是中國唯一能生產醬香、兼香、濃香三種香型的名酒生產廠家，享有中國酒界『一樹三花』全優的美譽，同時也是國內最大的醬香型白酒生產企業。

公司在發展過程中，曾屢獲殊榮：

一九八四年，『郎』牌郎酒被評爲『中國名酒』。

一九八九年，首家名白酒中獲得國家方圓質量標志認證。

一九八九年，五十三度郎酒蟬聯『中國名酒稱號』，三十九度低度郎酒被評爲『中國名酒』。

一九九六年，郎酒在全國名酒中

品』標志使用權。

一九九七年，『郎』牌商標被國家工商局認定爲『中國馳名商標』，享受世界範圍内的特級保護。

一九九九年，『天寶洞』、『地寶洞』被中國上海大世界吉尼斯總部評爲世界上最大的白酒天然酒庫。

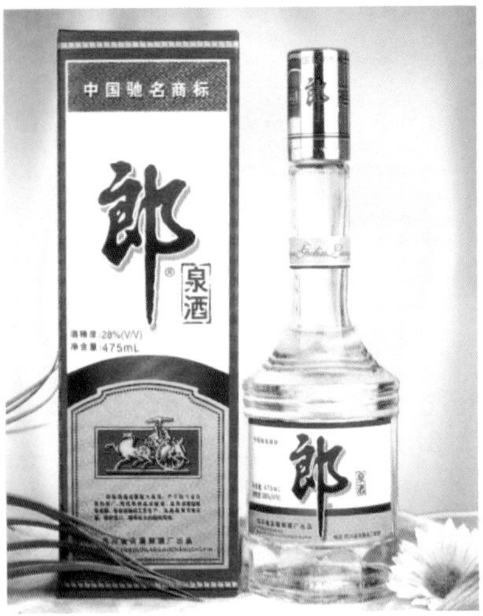

郎泉酒

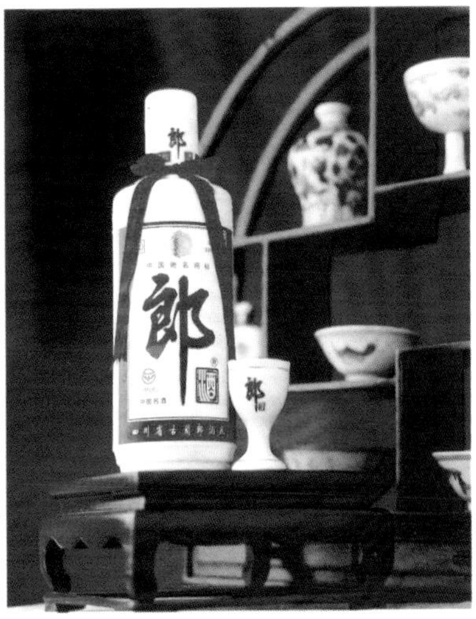
精品郎酒

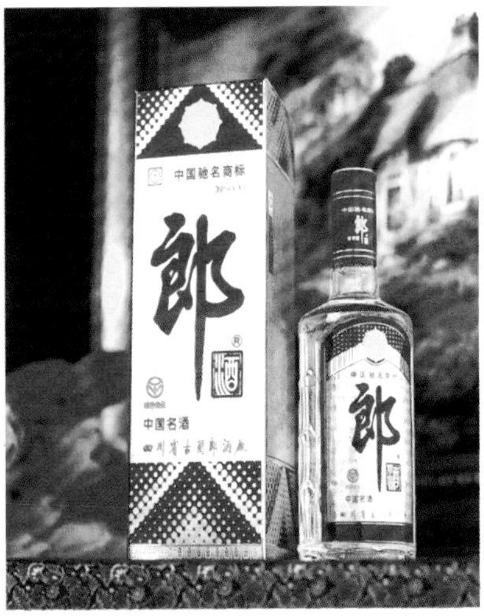

水晶郎酒

郎酒系列

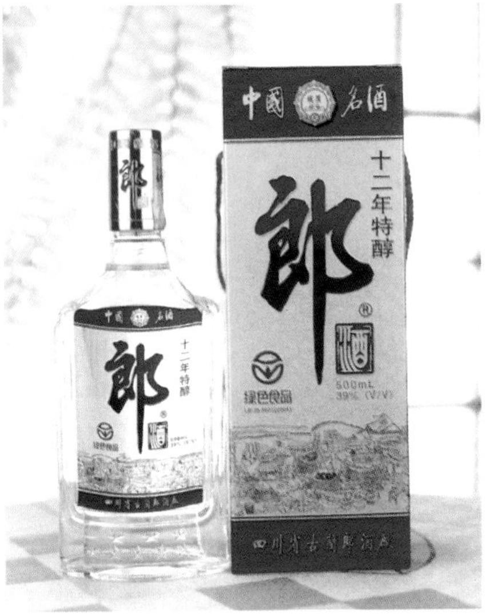

十二年特醇郎酒

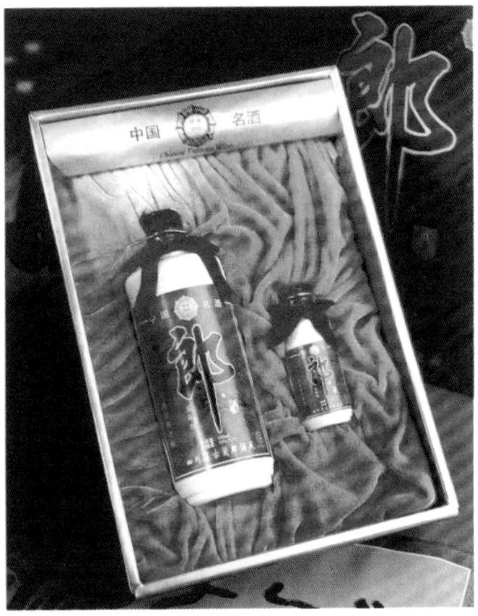

五年存豪華郎酒

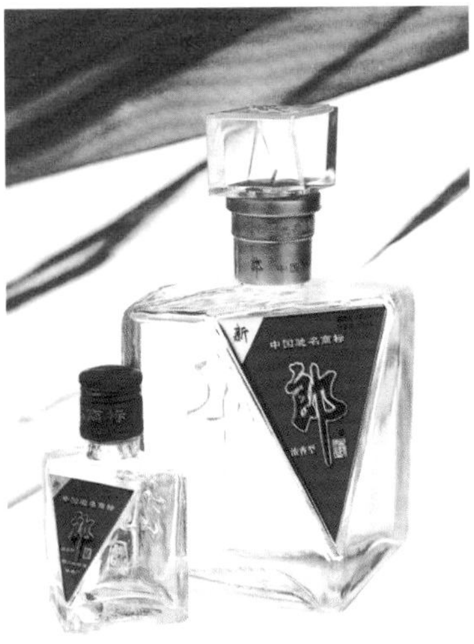

新郎酒

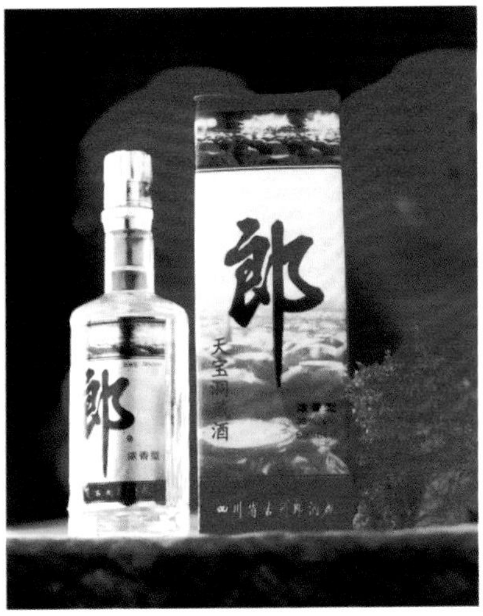

天寶洞藏酒

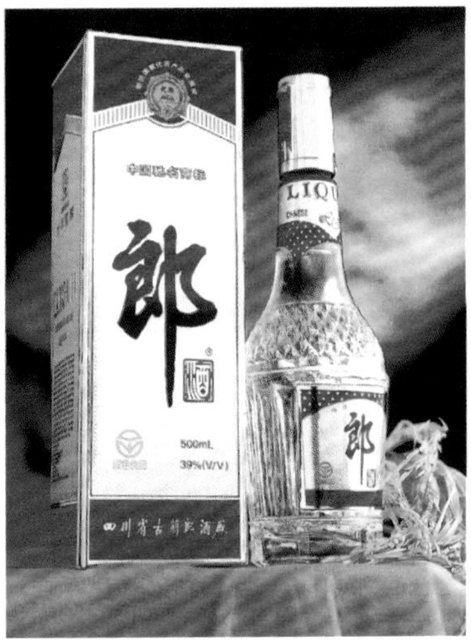

十年陳釀郎酒

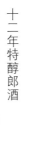

珍品郎酒

五年陳釀

喜郎喜酒

古藺系列酒

郎仙酒

郎 酒 系 列

二郎神酒

健郎健酒

福郎福酒

川酒集萃（五）——全興大曲

四川成都全興集團有限公司是以四川省成都全興酒廠爲主體組建的大型集團的母公司，是國家授權的投資、經營機構，是四川省委、省政府確定的三十七户擴張型企業之一。集團公司抓住跨世紀發展的機遇，走生産經營和資本經營相結合的道路，通過資産重組、兼并、收購、控股、參股等多種形式，形成了全興酒業、藥業、置業、體育文化産業、印刷包裝業五大支柱，爲下一世紀的更大發展奠定了堅實的基礎。

全興酒業發源於元末明初，經過漫漫歲月的衍進，形成了獨具特色的酒香和文化。主導産品『全興大曲』早在六十年代即躋身全國八大名酒之列，數次榮獲國家、國際金獎。其他品種也屢獲優質獎章和稱號，形成了國優、部優、省優、市優和多種國際金獎的優質系列産品陣容，創造了良好的經濟效益和社會效益。

全興養元酒

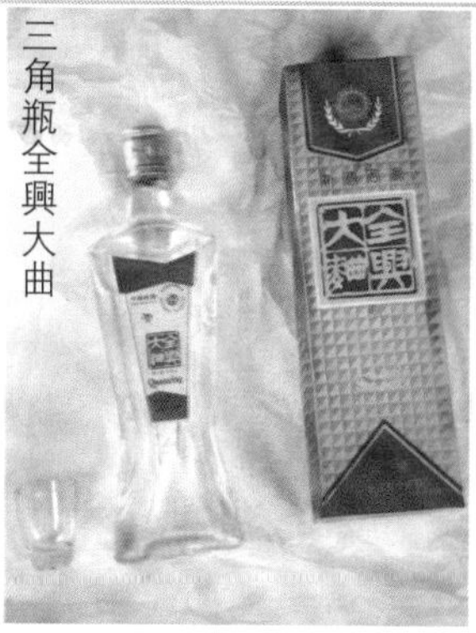

三角瓶全興大曲

水晶扁方瓶珍品全興大曲

金卡盒方瓶全興大曲

晶杯精品全興大曲

金牌全興

特製全興

全興喜酒

世紀全興

中華全興

金聖全興

明珠全興

全興春

精制全興特曲

大全興酒

星級全興

精制全興

興全興

全球興

全興旺

金全興

精品全興窖酒

全興特釀

特制全興頭曲

全興福

全興老作坊

全興糧酒

全興液

特制全興酒

王牌全興

精制全興老窖

全興大曲酒品總匯

全興白酒

全興酒

全興純酒

全興杞酒

精制全興頭曲

全興順

全興曲酒

全興龍鳳酒

全興醉

全興二曲

川酒集萃（六）——沱牌曲酒

中国名酒
【50年陈酿】
沱牌麯酒
悠悠岁月酒
滴滴沱牌情
中国·四川
TUOPAI YEAST LIQUOR CO
SICHUAN CHINA

沱牌曲酒，產於四川省射洪縣柳樹沱，以產地有沱泉而命名。

射洪縣古屬『梓州』管轄，柳樹沱古稱『通泉驛』，釀酒歷史悠久。早在唐代，就釀有『春酒』、『蘆酒』。詩人杜甫宦游此地時，在《野望》中留有『射洪春酒寒仍緑』的詩句。

一九一一年，柳樹沱鎮釀酒世家李吉安建『吉泰祥糟坊』，繼承『謝酒』的傳統工藝，引龍澄、青龍二山交匯的沱泉水爲釀造用水，釀制大曲酒，取名『沱牌曲酒』，泉香酒洌，名聞於省內外，客商争購，銷量日增。

一九八〇年，沱牌大曲被命名爲四川省的名酒；一九八一、一九八五、一九八八年，榮獲商業部優質產品稱號，獲金爵獎。

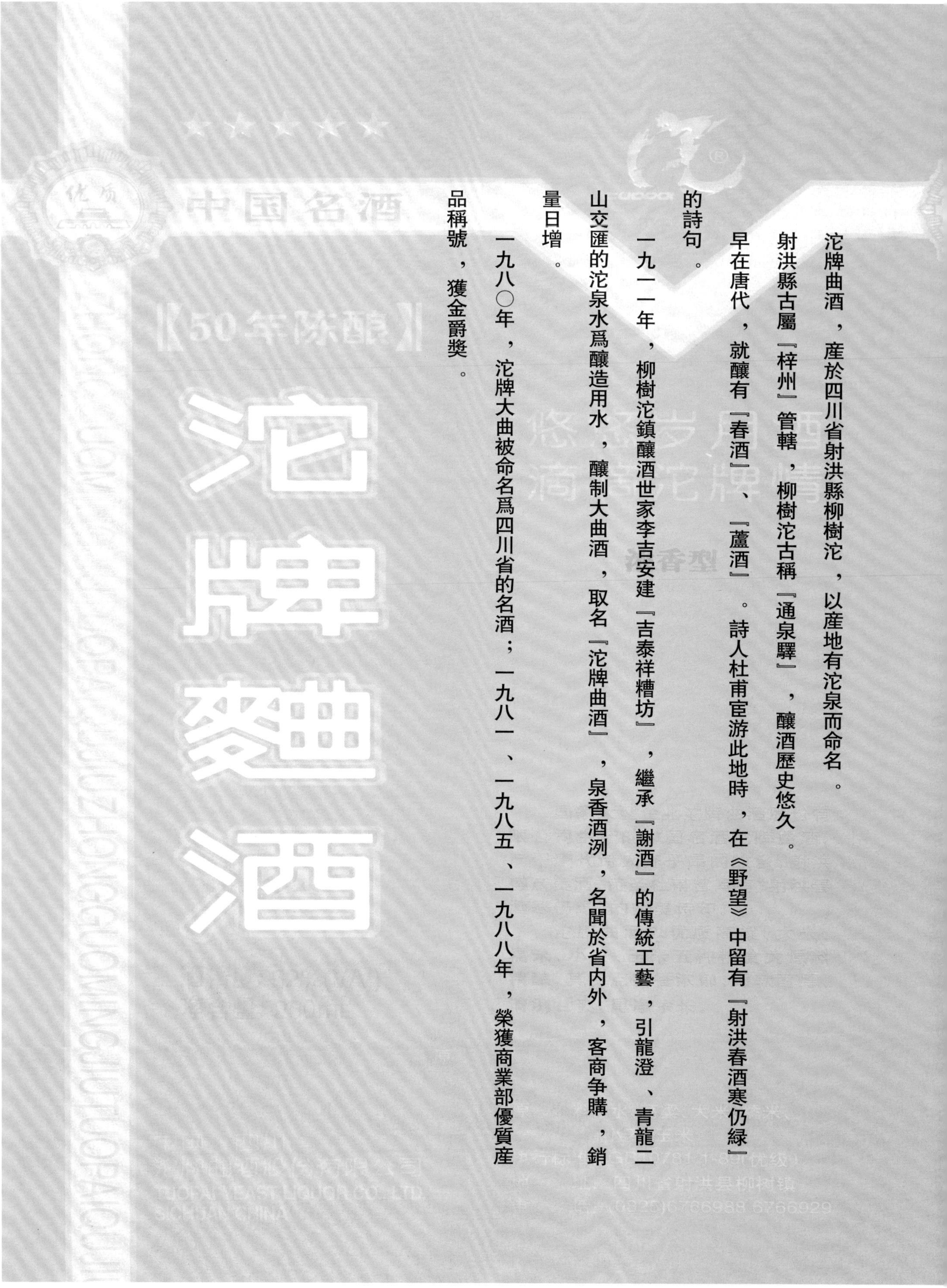

川酒集萃（七）——川池酒

四川省川池集團股份有限公司現有總資產一點五億元人民幣。集團骨干企業——四川省川池酒廠年產優質曲酒二萬噸，具有四條專業化的瓶裝生產綫，日生產能力二萬瓶，川池酒的系列產品主要有：

精品川池酒
川池禦酒
川池禮酒
川池酒
川池醇
川池陳年酒
川池大曲
川池喜酒
川池純糧液等

叙府

川酒集萃（八）——叙府大曲

叙府系列酒，由四川省宜賓市叙府酒業有限公司出品，屬濃香型大曲酒，精選高粱、大米、糯米、小麥、玉米爲原料，精心釀造，勾兑而成。具有『窖香濃郁，綿甜净爽，甘洌醇美，飲后尤香』的獨特風格。一九八四年、一九八九年蟬聯國家銀質獎，榮獲中國優質酒稱號。并榮獲首屆中國食品博覽會金獎，亞太國際博覽會金獎等。

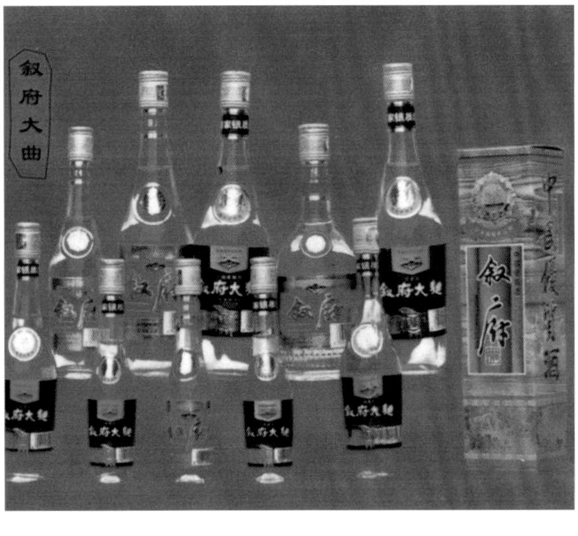

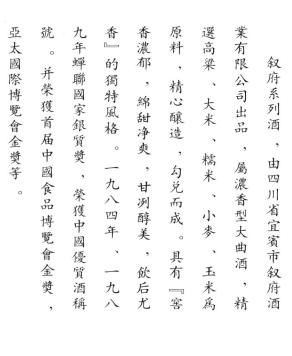

川酒集萃（九）——隆中對酒

隆中對酒，由成都今明天隆中對酒業公司全資生産。

隆中對酒，采傳世工藝，以陳年老窖，聚五糧發酵，精心釀制而成。此酒聚川産名酒之長，自成獨特風格，品質高貴大氣：窖香濃郁，綿甜干冽，落口爽净，余味悠長。

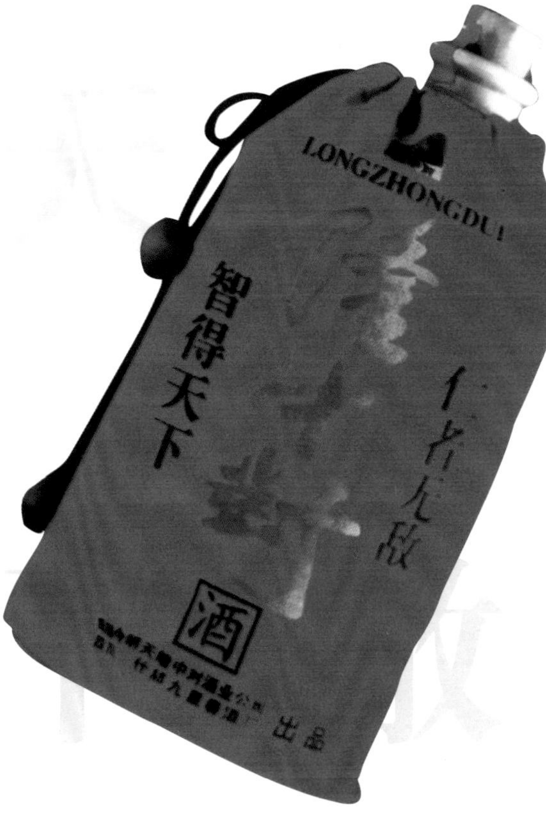

川酒集萃（十）——古川酒

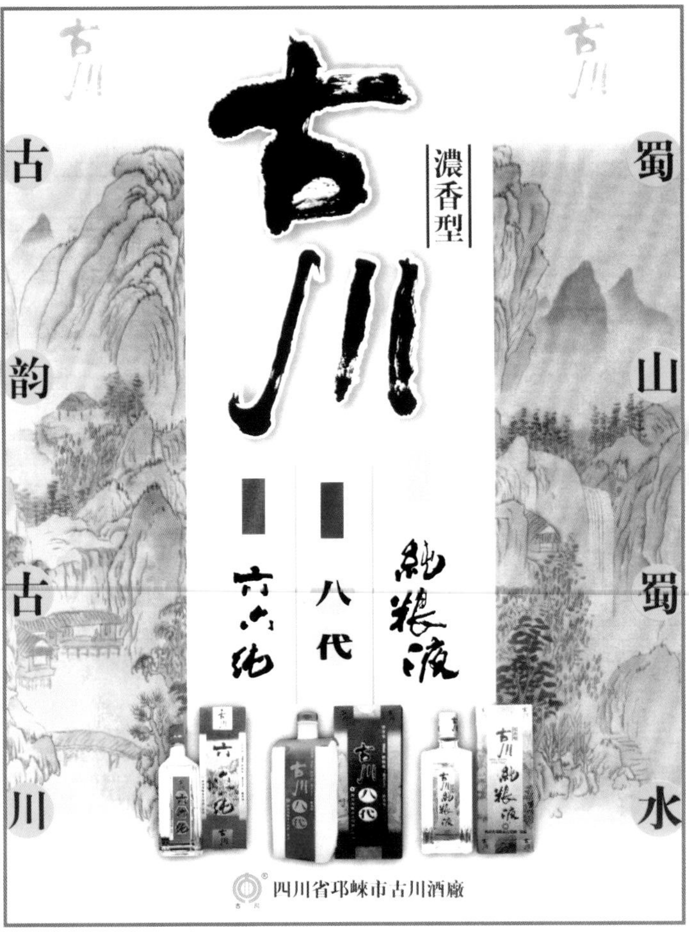

川酒集萃（十一）——東陵貢酒

川酒集萃（十二）江口醇

四川平昌江口醇酒廠出品

川酒集萃（十三）老四川

老四川酒廠出品

『貴州茅臺』壯國威（二）

貴州茅臺酒與蘇格蘭威士忌、科涅克白蘭地同列爲世界三大名酒，自一九一五年巴拿馬萬國博覽會獲得國際金獎以來，連續十四次榮獲國際金獎，并獲得『亞洲之星』、『國際之星』包裝獎、出口廣告一等獎、蟬聯歷次國家名酒評比之冠，是中華人民共和國國酒。

一九一五年, 茅臺酒獲巴拿馬萬國博覽會金獎

茅臺酒榮獲歷屆國家質量金獎

一九八六年茅臺酒榮獲巴黎第十二届國際食品博覽會金獎

COMITE INTERNATIONAL D'ACTION GASTRONOMIQUE ET TOURISTIQUE
C.I.A.G.
"MERITE D'ACTION GASTRONOMIQUE"
ET TOURISTIQUE

國際美食及旅游金桂葉獎(一九八五年)

漢帝茅臺酒

全國企業最高獎——金馬獎(一九九四年)

茅臺酒廠有一個團結、奮進、求真、務實的領導集體

國禮茅臺

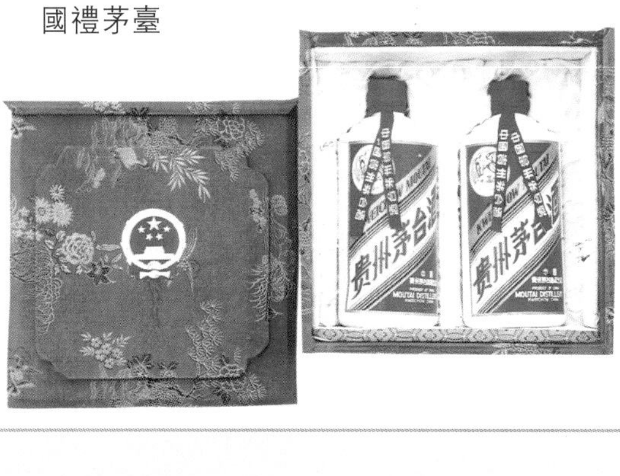

八十年陳年茅臺酒

『貴州茅臺』壯國威（二）

中國貴州茅臺酒廠集團技術開發公司出品

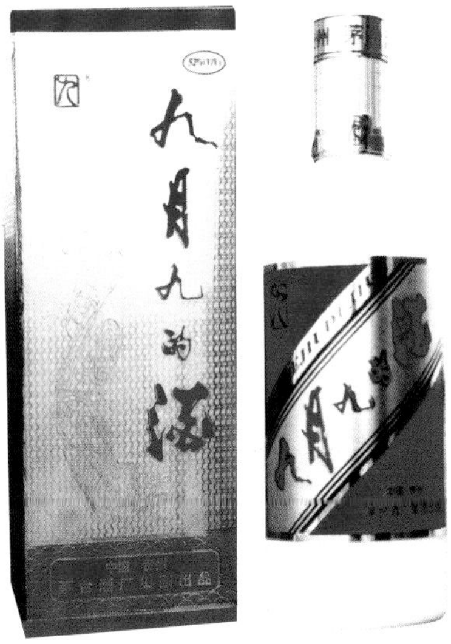

『貴州茅臺』壯國威（三）

中國貴州茅臺酒廠集團保健飲品開發公司出品

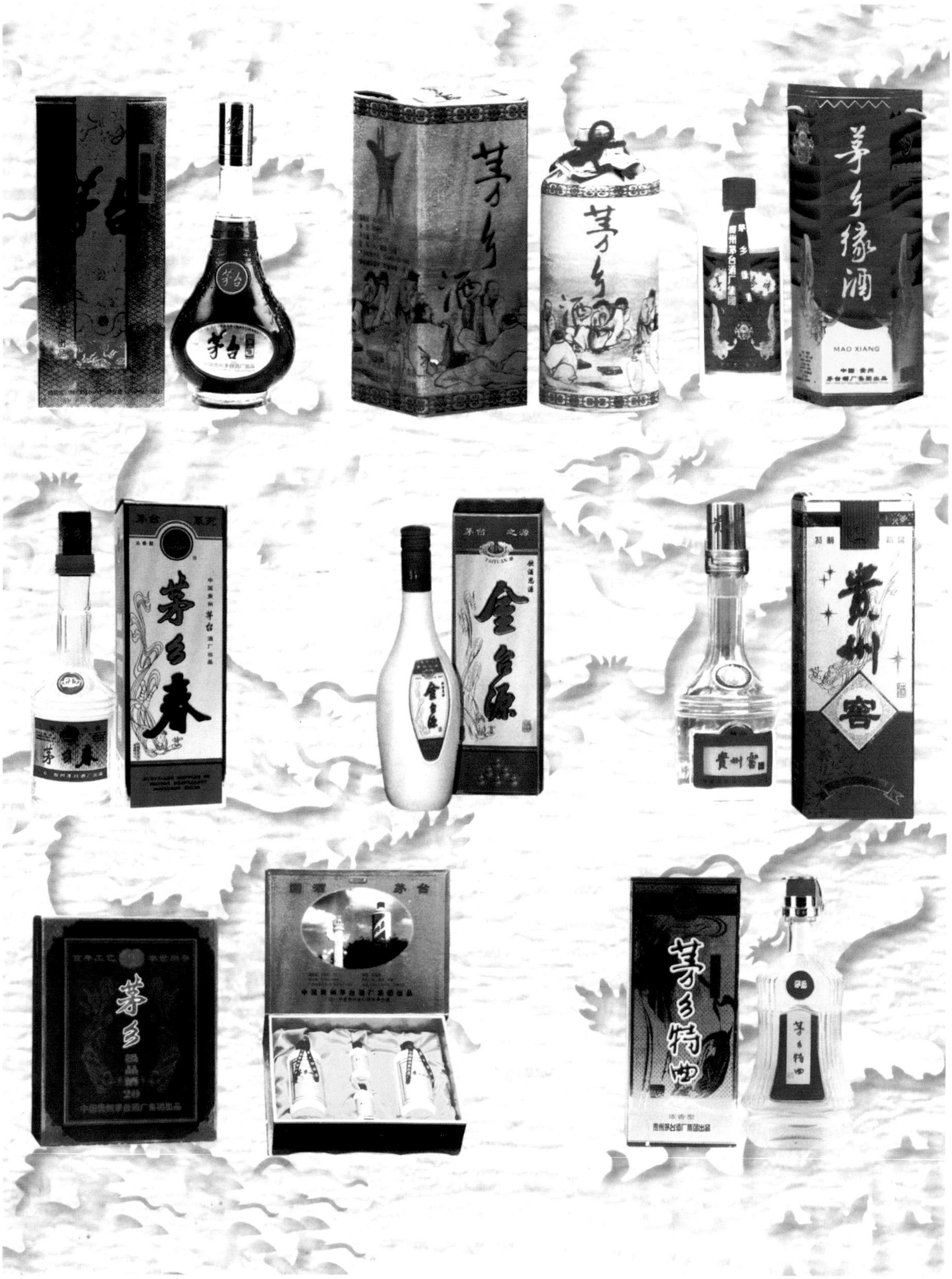

『貴州茅臺』壯國威（四）

中國貴州茅臺酒廠（集團）出品

习酒系列

习水系列

其它系列

『酒中牡丹』——古井貢

安徽古井集團有限責任公司座落在魏武帝曹操和神醫華佗的故鄉亳州市，地處大京九鐵路沿綫，一九九二年在其核心企業古井酒廠(現已改制爲古井貢酒股份有限公司)的基礎上組建而成，屬國家大型一檔企業、國家二級企業，全國輕工行業的重點骨干。目前已發展成爲擁有二十多個直接投資或控股的子公司，集科、工、貿、金融爲一體，跨行業、跨地區、多層次、多功能的綜合經濟實體。

集團公司的核心企業安徽古井貢酒股份有限公司，是中國釀酒界的著名企業，其拳頭產品『古井貢酒』是中國老八大名酒之一，已有一千八百多年的歷史。古井貢酒以『色清如水晶、香純如幽蘭、入口甘美醇和、回味經久不息』的獨特風格，四次蟬聯全國白酒評比金獎，榮獲輕工部質量大賽金獎和出口產品金獎，是巴黎第十三屆國際食品博覽會上唯一獲金獎的中國名酒，被世人譽爲『酒中牡丹』。目前古井系列酒已形成擁有一個香型(濃香型)、二大品牌(古井貢牌、古井牌)、五個系列(高檔、普通貢酒檔、中檔、中低檔、低檔)的完整產品體系。

一九九六年，六千萬股古井貢B股、二千萬股古井貢A股相繼上市，股市信譽價值高達四十多億元人民幣。一九九九年，經國家工商行政管理局認定，『古井貢』爲中國馳名商標。『古井貢』品牌價值經權威機構認定，在'99中國最有價值品牌排行榜上名列第十七位，品牌價值爲三十一點三三億元人民幣。

第八章 酒苑掇英

中国名酒
古井贡牌
井貢酒
ROYAL DRAGON
古井貢酒
GUJING GONGJIU
古井貢酒
ISSN 1006-2289

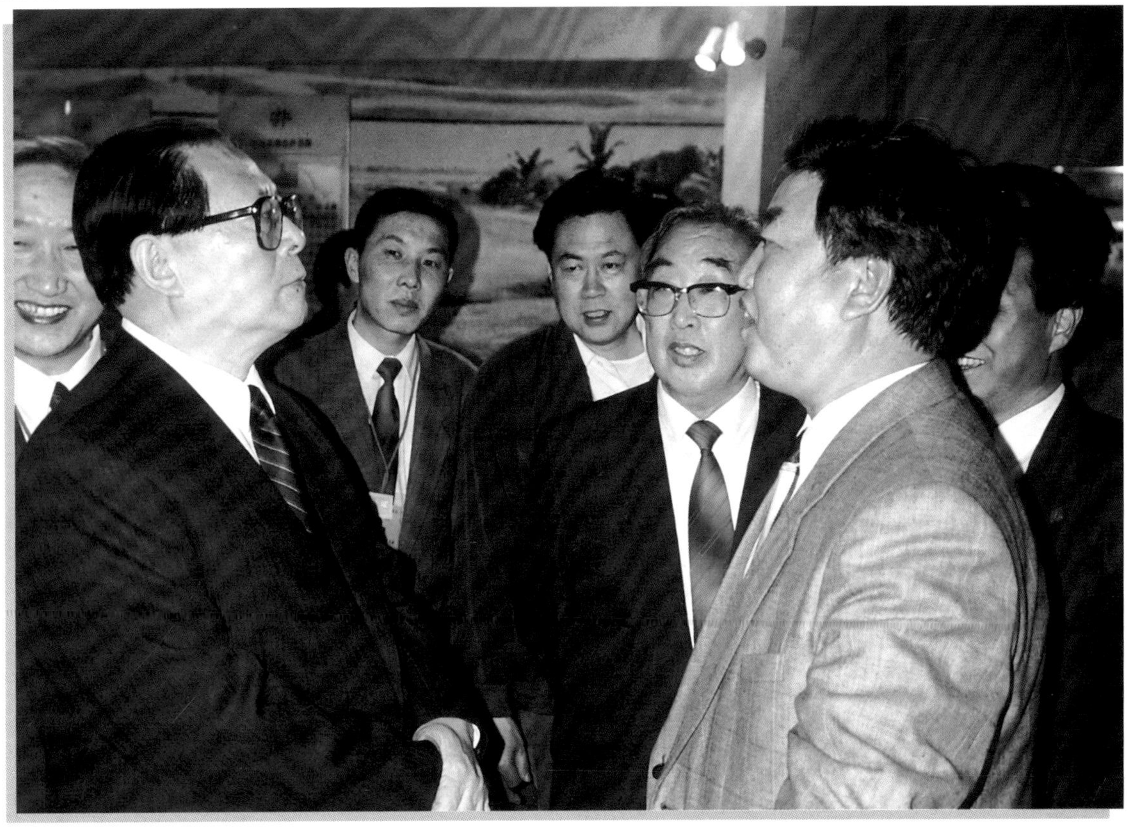

古井集團董事長王效金先生向江澤民主席匯報

古井貢酒系列產品

古井貢酒系列産品

古井酒系列產品

GUJINGPAI
王牌
古井
WANGPAI

中华龙

GUJING
中华龙

中国名牌
古井牌
古井春

古井

中国名牌
古井醇
GUJING CHUN

中国名牌
古井神
酒

二锅头酒

GUJING
TOUQU
古井头曲

GUJING
tegu
古井
古井

古井
高粱王

古井
红双喜
红双喜

古井
红粮液
红粮液

王牌
古井酒

青天
青天

古井王
古井王

古井
988
酒
古井
988
酒

掌中宝
古井
宴

古井
高粱王
古井
高粱王

『酒鬼』、『湘泉』神工之釀

湖南湘泉集團前身系吉首酒廠，始建於一九五六年，集團由湘泉集團有限公司、酒鬼酒股份有限公司組成。現有子公司、控股公司、租賃與托管公司和科研單位等共五十八個經濟實體。

主要產品湘泉酒、酒鬼酒雙雙榮獲法國波爾多、比利時布魯塞爾世界酒類博覽會金獎、北京第五屆亞太國際貿易博覽會金獎，中國質檢協會認定爲『國産精品』，世界名牌消費品認定委員會認定爲『世界名牌消費品』。

一九九七年『湘酒鬼』A股成功上市，是湘泉集團發展史上新的里程碑。一九九八年實施『壯大主體，優化母體，促進擴張』的戰略，在超常規發展的基礎上，步入了高速發展的新世紀。

酒鬼酒系列

酒鬼酒系湘西民族傳統佳釀精華。經精心研制后復活之無上妙品。以雲霧糯高粱和香糯米爲原料，擇取龍、鳳、獸三眼穿石而出的泉水，以陳年大曲、特種藥曲爲糖化劑，采用民間傳統獨特工藝，陳釀三年以上精心勾兑而成。酒液清澈，香氣幽雅，酒態豐盈，回味悠長，尤以醇厚綿甜，落口净爽舒適而見長。由湘西籍著名畫家黄永玉精心設計的形似捆口麻袋的紫砂陶瓶包裝古樸大方，造型稀奇，酒名新穎。曾榮獲北京亞太國際博覽會金獎、比利時布魯塞爾博覽會金獎、中國質量檢驗協會頒發的國産精品證書、法國波爾多世界酒類專業博覽會金獎、世界名牌消費品認定委員會認證爲世界名牌消費品。酒鬼酒現有54度、46度、38度三種品類540ml、250ml、125ml三種規

38度540毫升酒鬼

54度540毫升酒鬼

46度540毫升酒鬼

46度250毫升酒鬼

54度250毫升酒鬼

湖南湘泉集團有限公司
湖南酒鬼酒股份有限公司

湘泉酒系列

湘泉酒納大小曲酒工藝于一體，容各香型爲一味，繼承湘西民間歷史釀酒精華，結合現代先進釀酒技術，精心釀制而成。酒液無色透明，芳香馥郁，味綿甘冽，醇厚柔美，后味爽净，回味悠長。國内酒界專家定爲混合香型－湘泉型，這是繼我國傳統五大白酒香型之后崛起的又一大香型。

湘泉酒曾榮獲北京亞太國際博覽會金獎、比利時布魯塞爾博覽會金獎、中國質量檢驗協會頒發的國産精品證書、法國波爾多世界酒類專業博覽會金獎。湘泉酒有54度、48度、38度三種品類，540ml、125ml兩種包裝。有48度、52度三防玻瓶湘泉、湘泉龍醇、鳳醇，盒口封貼電碼防僞標識，一眼可辨真僞；一次性瓶蓋，杜絶假冒；水晶玻璃瓶體，更貼近廣大消費者。

50度湘泉龍醇

50度湘泉鳳醇

38度湘泉酒

52度玻瓶湘泉

48度玻瓶湘泉

54度特優湘泉

酒鬼香醇系列

酒鬼香醇和酒鬼酒一脉相承，它與酒鬼酒同原料、同工藝，酒液晶瑩剔透，入口香濃，回味醇長。采用麻袋形的水晶玻瓶包裝美觀大方極具收藏價值。

酒鬼香醇有52度、38度兩個品種。

52度酒鬼香醇采用金黄色包裝，象征富貴、步步高升；

38度酒鬼香醇采用銀白色包装，象征純潔、平安吉祥。

52度500毫升酒鬼香醇

38度500毫升酒鬼香醇

软湘泉

软湘泉酒是湖南湘泉集团有限公司、湖南酒鬼酒股份有限公司新开发的湘泉系列酒之精品。它吸取湘泉酒酿造技术之精华，纳大小曲酒工艺于一体，容各种香型为一味，酒体丰满，酒液无色透明，窖香浓郁，醇厚而柔软，回味悠长。

28度500ml

软湘泉酒迎合现代消费习惯，引导低度白酒消费时尚，其磨砂玻瓶体尤显优雅高贵，外包装盒口封贴电码伪标识确保酒品质量。

武陵酒系列

湘泉集團武陵酒業有限公司前身爲常德市武陵酒廠，年生産曲酒3000噸。以生産醬香型武陵酒和濃香型武陵大曲爲主，共19個品種。

武陵酒，因常德古稱武陵而得名，1984年獲國家銀質獎，1988年第五届全國白酒評比會上獲國家金獎。

武陵酒均歷經十年窖藏醞釀，配以現代勾兑工藝，酒體豐滿、香氣馥郁、入口綿甜、回味悠長，兼有醬香型之優雅細膩與濃香型之醇厚甘冽。

武陵大曲，酒液清澈透明，窖香濃郁，優雅細膩，后味爽净。

武陵王酒經窖藏儲存20年以上精心勾兑而成，年産僅一萬瓶，屬武陵酒之極品。在95年全國秋季糖酒交易會拍賣會上以單瓶9.8萬元創全國白酒之最。

48度武陵王

52度精品武陵酒

48度武陵酒

38度武陵大曲

三星四星五星湘泉

由湖南酒鬼酒股份有限公司新近开发的新品三星、四星湘泉是湘泉酒家族中的新成员，她与湘泉酒同原料、同工艺、同香型。香气幽雅，味绵甘冽，采用水晶玻瓶包装，新颖，别致，外包装有以绿色格调和红色格调为主两种，并以星形加以区别，盒口封贴电码防伪标识，一眼即辨真伪。

现有三星、四星湘泉为52°(500ml)装，比较适合中低档消费者口味。

大湘西酒系列

湘泉集團白酒有限公司擁有固定資產500萬元，主要產品有大湘西系列、湘西王、萬年龜王、湘窖、湘西老窖以及優質酒精、曲酒、串香酒等20多個品種。其中尤以大湘西酒系列著名，酒液清澈透明，入口甘烈，窖香濃郁，回味悠長，風格獨特。

大湘西系列、湘西王、萬年龜王酒，采用紫砂陶包裝，形態古怪，具有湘西民間生活特色，是酒瓶包裝藝術的上乘之作。

公司高中低檔產品均衡生産，滿足了不同層次消費者的需求，市場拓展大有潛力。

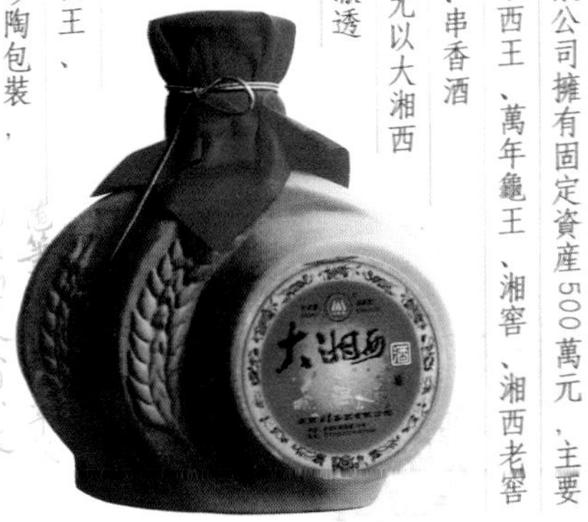

52度500毫升大湘西

52度250毫升大湘西

50度500毫升大湘西

梵净山酒系列

湘泉集團文山酒廠出品的梵净山系列酒，因武陵山脉主峰佛教聖地——梵净山而得名。

酒廠位于貴州省松桃縣，年生産能力1000噸，主要産品有52度精品梵净魂酒、38度、52度梵净山酒。

梵净山酒以高山清亮泉水加以民間獨有的釀造工藝精心釀制而成。酒體豐滿，香味幽雅，入口醇和濃郁，飲后甘爽味長。'98貴州梵净山旅游節首選爲專用酒。

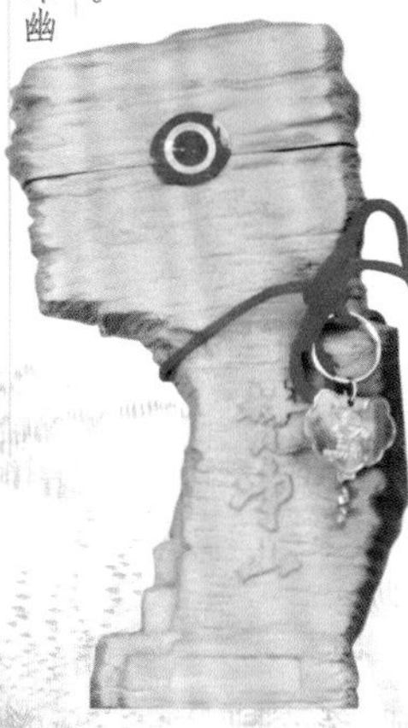

德山大曲·滴水洞酒系列

湘泉集團德山酒業有限公司前身是常德市德山大曲酒廠，年生産5000噸混合飲料酒。主要産品有德山大曲、滴水洞酒兩大系列二十多個品種的濃香精品，深得廣大消費者青睞。

德山大曲以優質高粱爲原料，結合傳統釀造工藝精心釀造，醇香濃郁，綿甜爽净，回味幽雅。1963年獲國家銀質獎，1984年、1985年在全國第四屆、第五屆評酒會上獲中國優質酒稱號。1988年12月獲首屆中國食品博覽會銀獎。

滴水洞酒是爲紀念毛澤東主席誕辰100周年精心釀制的濃香精品，在保持了典型的濃香型風格基礎上，還輔以當歸等十幾種名貴中藥材，具有獨特的保健功效。

極品德山大曲

第二代德山大曲

滴水洞酒

德山古酒

酒鬼湘泉

酒桶酒、開門紅酒系列

湘泉集團湘花有限公司，擁有固定資產982萬元，年產60度曲酒1000噸，主要產品有酒桶酒、神鼓酒、開門紅酒等系列酒。

酒桶酒選用優質高粱、糯米、小麥爲原料，小曲糖化，大曲發酵，貯存老熟，精心勾兑而成。色澤清澈，芳香馥郁，口感爽净，高而不烈。采用獨具湘西風情的木桶形紫砂陶瓶包裝，設計精巧，樸實大方。

開門紅系列酒，繼承傳統工藝，精心釀制勾兑而成，酒質清亮透明，醇和綿甜，暢銷省内外。

神鼓酒選用優質高粱、糯米、小麥爲原料，小曲糖化，大曲發酵，精心勾兑而成，窖香純正，醇和綿甜，飲后有余香。

52度開門紅　52度神鼓酒

壽辰酒·湘泉城酒

湘泉集團湘霸酒業有限公司出品的壽辰酒、湘泉城酒，瓶型古色古香，酒液色澤光亮，口感甚好，清香襲人。

54度壽辰酒分別爲5400ml、4300ml、2680ml、1000ml、500ml裝，實爲壽宴饋贈之佳品。

50度湘泉城酒分別爲500ml、250ml、125ml裝。傳統釀制，工藝講究，口味純正，價格合理，備受大衆消費者青睞。

暢飲壽辰酒，福壽更長久。

54度壽辰酒

50度湘泉城

神工之釀

西鳳酒源遠流長

陝西省西鳳酒廠位於八百里秦川西陲，中國最早、最著名的酒鄉——鳳翔縣柳林鎮。其主導産品『西鳳酒』爲中國的四大老牌名酒之一，被尊爲中國『鳳型』酒之宗。産品共有九個品種三十九個規格，包裝古樸曲雅，精美考究，深爲消費者喜愛。

HSIFENG
CHIEW
西鳳酒
HSIFENG
CHIEW

中國名酒
西鳳酒
HSIFENG CHIEW
西鳳酒
HSIFENG CHIEW
西鳳酒
HSIFENG CHIEW
西鳳酒
HSIFENG CHIEW
XIFENG DAQU
西凤大曲
XIFENG PAI
西鳳酒
HSIFENG CHIEW
柳林春
LIULIN CHUN
FENGLING CHIEW

『西鳳』家族總匯

汾酒源流杏花村

國家主席江澤民視察汾酒廠

山西杏花村汾酒集團公司，是中國大型的白酒生產基地之一，有職工八千余人，總資產超過二十億人民幣。

早在一九一五年的巴拿馬萬國博覽會上，汾酒就獲得甲等金質大獎章，新中國成立后，先后五次蟬聯國家名酒稱號，汾酒、竹青酒還四次獲國際金獎。

巴拿馬萬國博覽會金獎獎牌

公司董事長兼總經理高玉文參加全國人代會歸來

座落在太原市解放路上的汾酒大廈

當年杏花村

《北齊書》有關汾清酒的記載，這是最早記載汾酒的史籍。

歷史上汾酒用過的酒標與酒瓶

汾酒廠存有酒齡分別爲三十年、二十年和十年以上的陳酒

杏花村®

国家驰名商标

汾酒 竹葉青 系列產品

汾酒
FEN CHIEW
38°
千家詩

竹葉青酒
ZHUYEQING CHIEW
杏花村
保健食品
竹葉青酒
ZHUYEQING CHIEW

汾酒
中国 名酒
汾酒
FEN CHIEW

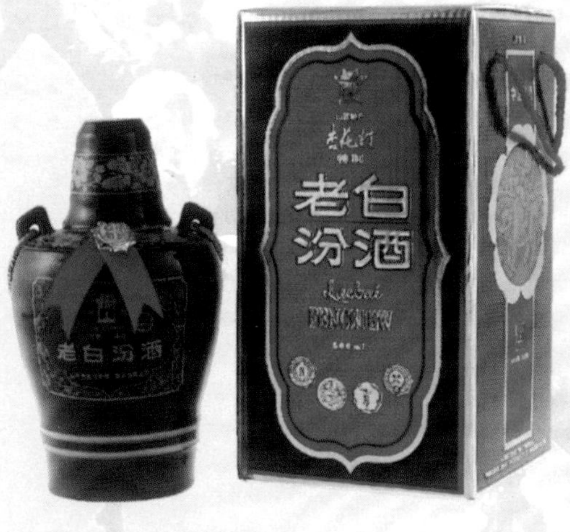
老白汾酒
杏花村
老白
汾酒

中国 名酒
杏花村
汾酒
FENCHIEW
中国名酒
汾酒
FENCHIEW

中國名酒
杏花村
竹葉青酒

我們所處的自然位置人們都習慣地稱作風水寶地；
我們的產品人民給於了近乎偏愛的榮譽——中國公認名牌；
我們將抓牢時代賦給的機遇，再創輝煌！
雙溝集團董事長、總經理：

淮上雙溝產名酒

雙溝大曲系列產品

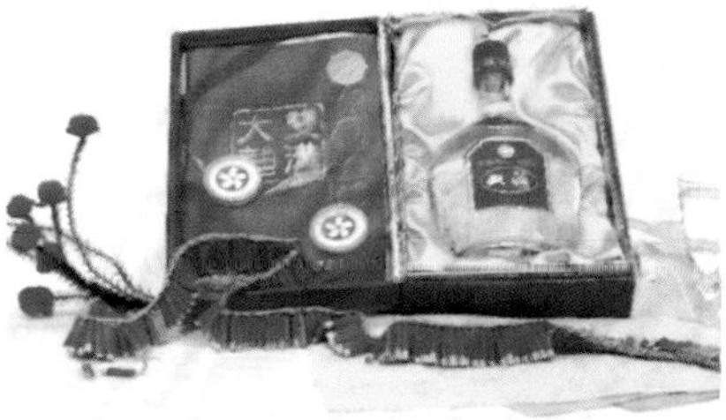

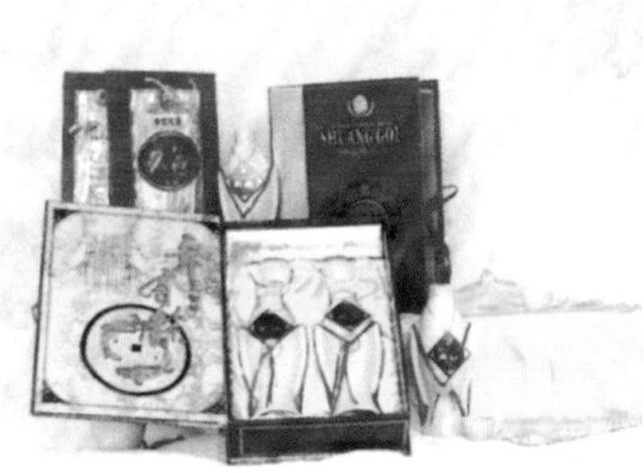

流淌的洋河，不歇的酒歌

國家主席江澤民關懷"洋河"

洋河集團主導產品之一 貴賓洋河酒
中國洋河
貴賓洋河
中国江苏洋河酒厂出品

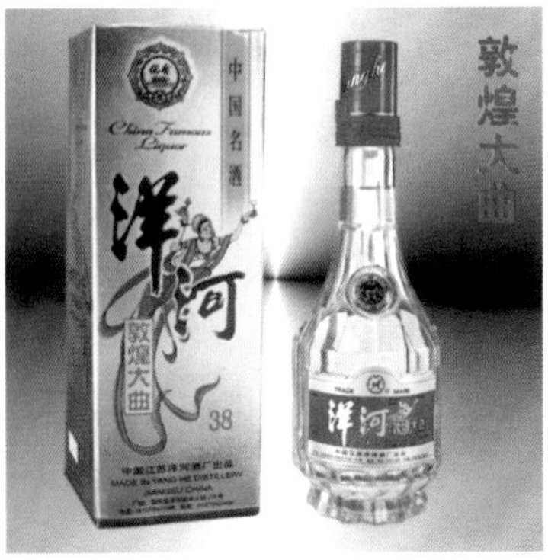

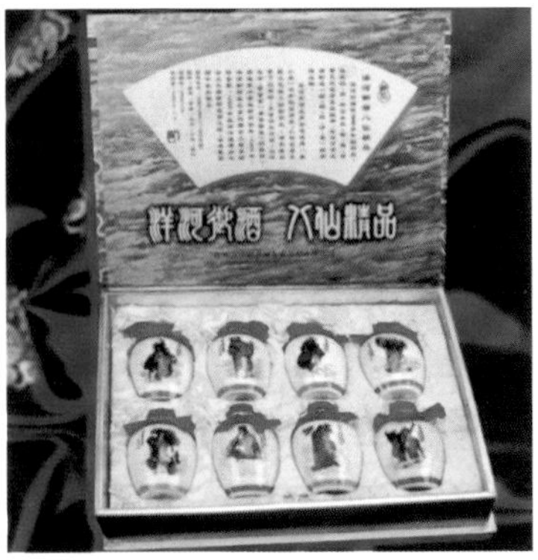

糟糠落地遊魚得味成龍

酒氣衝天飛鳥聞香化鳳

洋河大曲系列產品

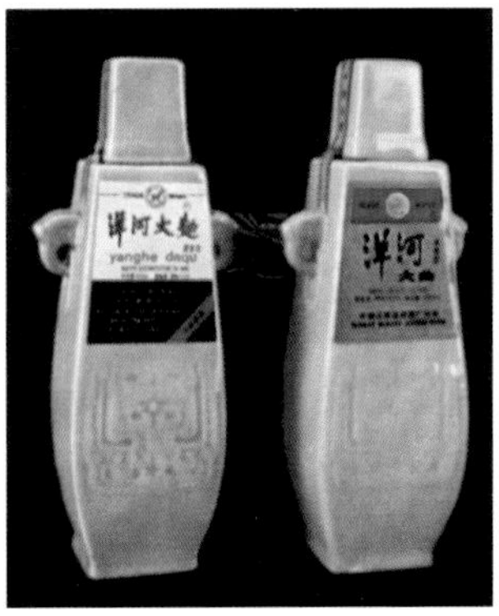

江蘇泗洪『分金亭』
分金亭
珍品
分金亭
酒
分金
江蘇分金亭集團有限公司出品

來自中國第一水鄉的美酒

西晋因思吴中蒓鱸而挂冠返鄉的張翰曾經慨然而嘆：『使吾有身后名，不如即時一杯酒』。

這酒就是有名的周莊佳釀『十月白』。元末明初江南巨富沈萬三既是富甲天下的經商能人，更是釀制『十月白』的行家裏手，家藏鐵力木酒榨，『每榨用米十石，得汁百瓮』規模之巨，可窺一斑。

萬三家酒『十月白』，乃以周莊『鎮爲澤國，四面環水』之特殊環境形成的特殊氣候、特殊土壤所出産具有特殊品質的新糯米加上優質高粱、玉米、小麦等爲原料，采用現代工藝、特殊流程精心釀制而成。

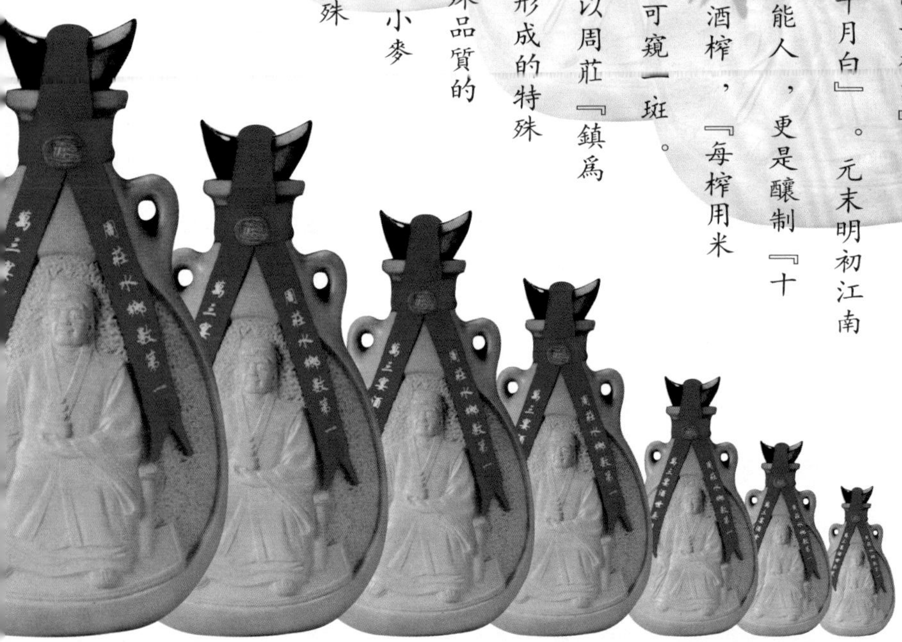

中國昆山市周莊萬三酒業有限公司出品

公司董事長、總經理鄒偉(左)向中國釀酒工業協會理事長耿兆林介紹產品情況

美酒飄香白雲邊

湖北白雲邊股份有限公司由國家大型企業湖北省白雲邊酒廠出資組建，是一家集科、工、貿於一體的綜合性企業。其主導産品白雲邊酒是國家優質酒，以其『芳香幽雅、醬濃協調、綿厚甜爽、圓潤怡長』的獨特風格被輕工部確定爲全國濃醬兼香型白酒的典型代表。

枝江酒业
枝江大曲
枝江大曲
枝江大曲
枝江大曲
枝江大曲
枝江大曲
枝江大曲
枝江大曲

枝江大曲
百年老字号

簡介

湖北黃山頭酒業股份有限公司位于三袁故裏——湖北公安縣境內，交通便利，環境優美；有80多年的釀造歷史，是湖北白酒行業的骨干企業、全國輕工系統名優酒的重點生產企業、全國200家最大飲料制造企業。現有資產1.14億元，年生產固態白酒1.5萬噸。

公司主要生產"黃山頭"牌、"藕池"牌濃香型系列白酒，有黃山頭酒、藕池特曲、黃山頭老窖王、湖北人酒、世紀精品黃山頭等三大系列38個品種，主導產品黃山頭大曲酒，以"窖香濃郁、綿甜爽淨、香味協調、余味悠長"等特點，深受白酒界專家的好評，先后被評爲"湖北名酒"、"輕工部優質酒"等，產品暢銷全國，遠銷日本、東南亞等六個國家和地區。

"九五"時期，公司從單一的白酒生產邁向飲料、印刷、玻璃制品、飼料、酒店等多行業并存的集團化企業發展，力爭在"九五"期間，實現產值5億元，銷售收入4.5億元，利稅1億元的奮鬥目標。

湖北黃山頭酒業有限公司出品
(湖北省公安縣藕池鎮)

漢三杰聞香下馬，高爐酒十里飄香

座落在淮北平原、渦河之濱的高爐酒廠，系國家大型一檔企業，全國濃香型大曲酒第二協作會副會長廠、中國白酒五强企業。一九九五年十月以該廠爲核心組建成安徽雙輪集團。

目前，高爐酒廠有員工四千名，其中各類專業技術人員四百八十人，工廠面積六十八萬平米，擁有大曲酒發酵池近二萬條，年產各類白酒六萬多噸，其中所産雙輪系列優質大曲酒三萬噸。在集團董事長、總經理劉俊卿的科學決策和全體員工的共同努力下，高爐酒廠實現了四年翻四番的宏偉目標。

安徽雙輪集團董事長、總經理劉俊卿

珍品
寶豐
老窖
中国名牌
BAOFENG
Old Cellar
清皇
寶豐
老窖
QING HUANG
BAOFENG
寶豐

河南寶豐酒廠出品

仰韶酒
中国名牌
MADE IN YANGSHAO WINERY HENAN PROVINCE
河南仰韶集團出品

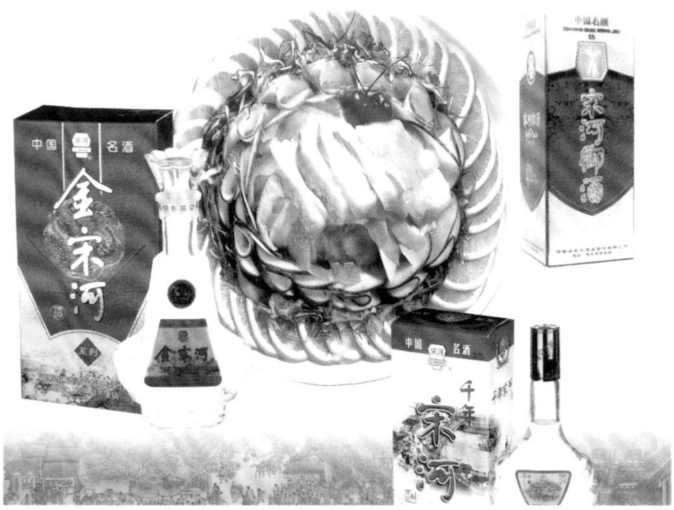

河南省宋河酒業股份有限公司是中國著名的大型釀酒骨干企業，主導產品爲『宋河糧液』。

公司所在地河南省鹿邑縣棗集鎮，是中國著名的傳統酒鄉，是道家鼻祖老子李耳的誕生地和道教文化的發祥地。宋河釀酒，始於春秋，盛於隋唐，公元前五一八年孔子問禮於李耳老聃，曾酒醉棗集，留下了『惟酒無量，不及

亂』的處世箴言；公元一四三年玄宗皇帝躬親鹿邑，拜謁先祖，祭李耳時，即用『宋河酒』，從此『宋河酒』名揚天下。

公元前五一八年，孔子問禮於老子，在古宋河畔把盞論『禮』

金商糧酒——
源於帝窖
殷商成貢
北宋鼎盛
醇厚甜爽
清冽透明
窖香濃郁
回味悠長
風味獨特

河南商糧集團出品

中國人品酒歷有「千杯易得，一品難求」的慨嘆。下列各酒品在國家名酒中雖未列「仙班」，但也各自名震一方，受人喜愛，由此足見中國白酒家族的興旺。

四特酒

中国优质酒
二峨
大曲

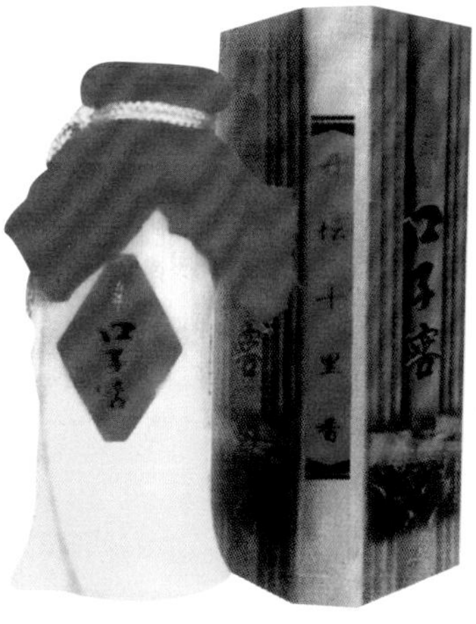

MENGGUWANG
蒙古王

北大荒酒
BEIDAHUANGJIU
黑龙江省哈尔滨松花江酒厂
电话：4101596　邮编：150078

喝凉都美酒　品人生辉煌
甘肃武威酒业（集团）有限责任公司
地址：甘肃武威市北关东路
电话：(0935) 2212369　2212883　邮编：733000

廣告選登

老白干酒
47°
河北衡水老白干酒厂
地址：河北省衡水市问津街156号
电话：(0318) 222959 电挂：6794
邮编：053000

廣告選登

中國吉林林家鋪子榆樹釀酒集團出品
廠址：吉林榆樹市五棵樹開發區
喝林家鋪子酒 中大獎
最高獎項 金磚
具體獎項詳見包裝內獎牌

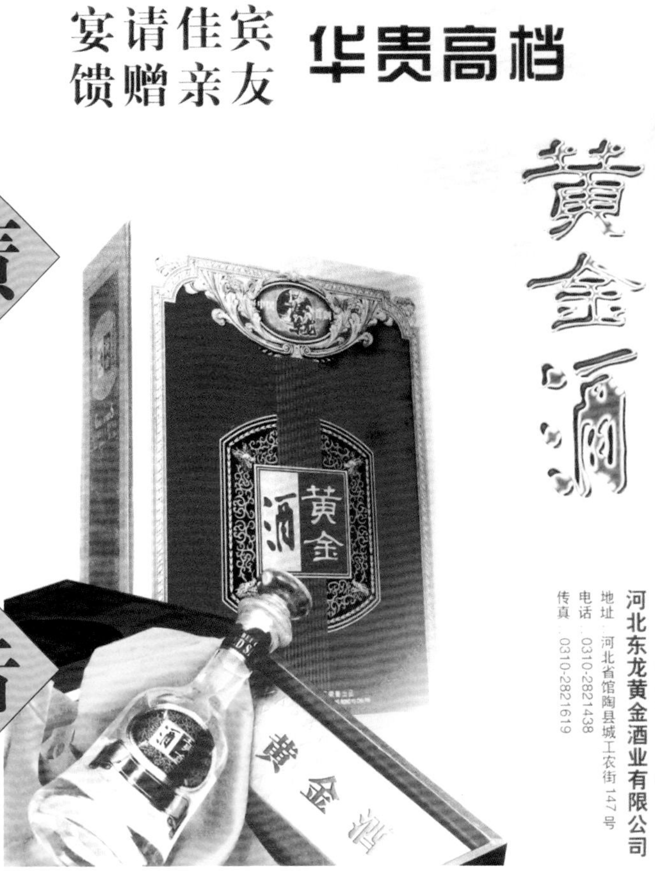
宴请佳宾
馈赠亲友
华贵高档
黄金酒
河北东龙黄金酒业有限公司
地址 河北省馆陶县城工农街147号
电话 0310-2821438
传真 0310-2821619

景芝古釀六百年
醇世神工代代傳
景芝
JINGZHI
景陽岡
山东景芝酒业股份有限公司
地址：山东．安丘．景芝
电话:(0536) 461134
传真:(0536)4611423
邮编：262119

道光廿五
DAOGUANG25
锦州凌川酒业有限责任公司
锦州凌川酒业有限责任公司是全国食品行业质量效益型先进企业。其历史可追溯到清代嘉庆六年（公元1801年）满人显贵高士林创办的"同盛金"烧锅，迄今已近200年历史。其时所酿之白酒大多进奉朝廷，名盛一时，被尊为宫廷宴酒。现企业拥有先进、科学独特的酿酒技术，各种检测手段齐全。年产销白酒达1.5万吨，是国内生产规模大、技术力量强、产品水平高、档次齐全、经济效益好的大型白酒生产基地。
总经理 张广新
地址：锦州市高新科技产业园区凌南西里13号 电话:(0416) 3883835 邮编：121013

廣告選登

喝金种子酒享受健康人生
JINZHONGZI
金種子
金种子集团
地址：安徽省阜阳市河滨路 302 号
邮编：236018
电话：0558-2211999
传真：0558-22126389

北京醇
好运带给您
HUADENG
北京醇
BEIJINGCHUN
地址：中国北京顺义牛栏山
北京市牛栏山酒厂
电话：69412536 69411160
传真：69412530
邮编：101301
Add:NiuLanshan Shunyi beijing China
Tel:69412536 69411160
Fax:69412530
Postcode:101301

来自内蒙古大草原的
真　诚　奉　献
始建于1950年的呼和浩特市制酒厂座落在阴山脚下、敕勒川平原。阴山山脉、大青山断层的优质矿泉水，使占尽天时、地利、人和的呼和浩特市制酒厂，在伴随着经济改革大潮的脚步，尤其是近三年来，经济效益以翻番的速度，得以超常发展，累计创利税9300多万元，1996年人均利税创全区同行业之首，成为呼和浩特市地区的利税大户，是全市15家重点保护企业之一。
内抓管理、外拓市场、质量第一、效益为本是企业的经营宗旨。经过坚持不懈的努力，现已形成白酒和黄酒两大系列，30多个品种的产品格局。
哈达醇
MENG GU
ZHENJIU
蒙古
珍酒
呼　和　浩　特　市　制　酒　厂
厂址：呼和浩特市车站南马路 91 号　电话：（0471）6927672　邮编：010050

内蒙古包头市制酒厂
金駱駝
地址：内蒙古包头市东河区解放菜园甲 1 号
电话：（0472）4145353
邮编：014040

安徽沙河王酿酒集团总裁 张强

大曲車間一角

優質酒庫一角

罐區一角

廣告選登

千台春
千台春
辽宁抚顺千台春酿酒有限公司
厂址：新抚区粮栈路1号
电话：(0413)2645295

曹雪芹集团
厂址：唐山丰润县城西
电话：0315-5116685
董事长 总经理：孙浩华

青稞酒
酿造西部的芬芳
酿造西部的芬芳
酿造西部的芬芳
青海青稞酒集团有限责任公司
地址 中国 青海互助县威远镇西街6号 邮编 810500
电话 (0972)322362 322442 传真 (0972)323892

悠悠黄河谣
浓浓香山情
中国的香山
天下的美酒
香山春
香山春
SPRING OF XIANG SHAN
中国宁夏香山酒业集团有限公司
宁夏·中卫 电话 0953-7019445 7019375

- 高品位时尚酒——雲南情，溶汇数百年云南哈尼族文化，采集斩不断的神奇之物—— 紫珍米的精华于内，以无比甘美之天溪泉水为浆，运用400年传统工艺，精酿的**低度滋补时尚型饮料酒**。
- 云南情分男女装两大系列， 28%(v/v)、18%(v/v)，适应不同消费者需求。

深圳市熊川投资发展有限公司
中国市场运作中心
地址：深圳市上步中路深勘大厦1701室　邮编：518028
业务热线：0755-3755375 3755344 3755411　传真：0755-3755680
网址：HTTP://www.xiongchuan.com.cn.
E-mail:xcants@public.szptt.net.cn.

中国云南熊谷生物工程开发有限公司　厂址：云南·昆明
电话：(0871) 3631413 3624049　邮编：650032
Yunnan (China) Xionggu Biological Engineering &Development Co.Ltd.
Address: Chenggong, Kunming, Yunnan
Tel: (0871) 3631413 3624049　Postal Code: 650032

編后絮語

這部《中國酒事集觀(白酒卷)》，是我們兩年前推出的『紀録中國叢書』的第十部專著。

自從人類爲了自身的生存與發展，創造了文化與紀録文化的書籍之后，作爲一種載體，她就一直起着傳承文明，溝通古今的作用，并得到人類特別的珍視與喜愛。

我們這套『紀録中國叢書』推出后，受到了海内外讀者的歡迎與各行業專門家的好評。從已版十部著作的選題、編輯、乃至印制都給了較高的『印象分』。特別是這部《中國酒事集觀(白酒卷)》尚在編輯時，有關方面就給予了極大的關注與支持，希望早日得而觀之。作爲叢書的主創人員，我們借此書付梓之際，表示深深地謝忱之意。

當我們着手編輯這套叢書的第十一部專著時，人類歷史又進入了一個新的紀元。未來的多彩世界給予了人類更理想的生存空間，也賦予了人類完善、美化這個共同家園的責任。讓我們這些編書的人與更多的讀書的人携起手來，在今后如歌的歲月中，爲共同的人生留下更加令人難以忘懷的紀録。正是：

莫遣歲月空流去，總將瞬間化永恒。

是爲幸也。

中國酒事集觀（白酒卷）

香港迷思達蕾科藝公司出版
（九龍彌敦道七五一號14/F座）
網址：http://www.msa.com.hk
電話：二七八九二七一二
傳真：二七八九九五一八

香港迷思達蕾科藝公司
香港《中國經濟》報社 發行
陝西省圖書出版發行公司 中國大陸總代理

開本：889 × 1194 1/16
印張：26
字數：628千字 圖版3029幅
制版：柏林威圖片有限公司
承印：佳有光印刷有限公司
承制：雄勃紙制品有限公司
版次：2000年6月第一版
印次：2001年6月第二次印刷
印數：10001－18000
裝幀：豪華版
定價：U.S. 95元 HK$ 838元

ISBN 962-85340-4-1
9 787628 534049

身世酒杯中，万事皆空。古来三五个英雄。雨打风吹何处是，汉殿秦宫。梦入少年丛，歌舞匆匆。老僧夜半误鸣钟。惊起西窗眠不得，卷地西风。

稼轩词山寺夜作 己卯秋 师傅